LA FIN

DU MÊME AUTEUR

LA TRANQUILLITÉ, Actes Sud, 2007.
PROMENADE, Actes Sud, 2009.

Ouvrage traduit avec le soutien
de la Fondation hongroise du livre

Titre original :
A vége
Éditeur original :
Magvető, Budapest

ISBN 978-2-330-16086-9

ATTILA BARTIS

La Fin

roman traduit du hongrois
par Natalia Zaremba-Huzsvai et Charles Zaremba

ACTES SUD

Achète berceau, même d'occasion.
Petite annonce parue
dans le *Marosvásárhelyi Népújság.*

PREMIÈRE PARTIE

Samedi, à l'aube, alors que je me rendais à l'aéroport, le brouillard ne s'était pas encore levé. À l'endroit où le taxi tourne vers le terminal deux, au milieu des champs situés en bordure de ville, un chien noir gisait au milieu de la chaussée, en plein virage. Il tressaillait encore. Il avait dû être écrasé par la voiture qui fonçait devant nous. Le chauffeur a freiné et s'est arrêté sur le bas-côté. Il a asséné deux coups sur le front de l'animal avec un câble en acier qu'il avait sorti de sa veste, puis il l'a saisi par les pattes arrière et l'a traîné au bord de la route. En remontant dans le véhicule, il m'a dit, excusez-moi. Je lui ai dit, pas de problème.

Je m'appelle András Szabad, cinquante-deux ans, photographe. Assez connu. Plus précisément, très. Bien sûr, ce n'est pas une raison pour raconter sa vie.

J'allais à Stockholm pour y subir un examen.
Je ne fais plus de photos depuis deux ans. Depuis qu'Éva est morte.

En préambule, je dois encore préciser que je ne crois pas en Dieu. J'ai longtemps pensé autre chose, mais à présent, j'y vois clair. Bien sûr, cela ne dit rien sur Dieu, mais sur moi-même. Je n'ai pas la foi. Or l'espoir dépourvu de foi n'est rien qu'un calcul des chances. Et comme tous les calculs, il est un peu ridicule.

Par exemple : et si le médecin de Budapest avait confondu deux résultats ? Peut-être. Ou pas.

Malgré cela, je dois admettre qu'il existe en ce monde une sorte de providence, bien que je ne sois pas à même d'en situer à coup sûr la source en Dieu. Il se peut qu'elle soit plus puissante que nous, il se peut qu'elle émane de nous. Nul ne saurait le dire.

Kornél m'a dit de raconter ma vie, et que quand on porte un regard global sur le tout, les réponses arrivent toutes seules.

(Budapest, automne 1960)

À vrai dire, je n'ai gardé de cette époque que le souvenir de l'obscurité. Ou plutôt de la pénombre. Pile trois ans s'étaient écoulés dans cette pénombre depuis que j'étais arrivé avec mon Père à la gare de l'Est, qui sentait le goudron. Peu importait que le ciel s'éclaircisse le matin, la lumière ne rendait que plus visible l'intensité du gris. C'était une tout autre obscurité que celle qui avait baigné les trois années précédentes. Celles-là, on en connaissait la fin. Un document tamponné attestait de ces trois ans. Certes, il n'était pas écrit qu'une ombre sortirait de prison à la place de mon Père, ni que ces trois années feraient mourir ma Mère au moment où il apparaîtrait sur le pas de la porte. On savait qu'il y en avait eu trois. Et aucune loi de la nature, aucune formule inébranlable de physique n'était plus importante que cette certitude : Trois. Pour rien au monde, ma Mère ne serait morte durant la première ou la deuxième année. Trois, c'est trois. Il avait fallu attendre que mon Père, ou du moins son ombre, rentre à la maison.

On a trouvé le buffet de la gare, il s'est acheté des cigarettes, puis on est allés à pied jusqu'à cet immeuble. J'y habite encore la plupart du temps. Ses chaussures étaient trop petites. Ou plutôt, elles lui allaient bien à l'origine, mais ses pieds avaient enflé pendant qu'on faisait nos bagages, il avait du mal à marcher, même avec sa canne. J'ai voulu prendre sa valise, il ne me l'a pas donnée, préférant s'arrêter à chaque coin de rue pour souffler. Il connaissait la route, il était déjà venu ici, au moins, on n'avait pas à demander notre chemin.

Il y avait une ou deux personnes dans la rue, les magasins ouvraient. Le concierge sortait justement les poubelles. Mon Père le connaissait déjà, il me l'a présenté, puis nous sommes montés à l'appartement.

La serrure était grippée, il n'y avait pas de lumière dans l'entrée. Des ampoules nues de vingt-cinq watts pendaient aux plafonds. Elles étaient en état de marche. Il y en avait une de cent watts à la cuisine. Mon Père m'a demandé quelle chambre je choisissais. J'ai regardé par les fenêtres, elles étaient toutes orientées dans la même direction. J'ai dit peu importe, et j'ai pris la deuxième, celle où on se trouvait. Mon Père est allé chercher ma valise dans l'entrée. Il a hésité un instant, ne sachant où la poser, finalement il l'a laissée au milieu de la pièce. J'ai regardé l'immeuble d'en face. Une femme âgée arrosait ses fleurs derrière des rideaux en nylon.

Cela dit, l'appartement n'était pas tout à fait vide, les occupants précédents avaient laissé un matelas dans chaque pièce. Dans ma chambre, entre les deux fenêtres, se trouvait une table en formica avec une chaise, dans celle de mon Père, une armoire dont la porte était tombée. Et bien sûr, les deux poêles en faïence. Dans la cuisine, il y avait une gazinière de marque Otthon, un buffet rouge, également en formica. Tout comme le meuble sous l'évier. C'est la première chose que j'ai jetée après la mort de mon Père.

J'ai placé la chaise au milieu de la pièce, à côté de la valise. Je préférais m'asseoir là plutôt qu'à table. Ça m'appartenait davantage, en quelque sorte. Mon père m'a demandé s'il devait fermer la porte qui séparait les deux pièces. J'ai dit oui. Elle était à double battant, je l'ai aidé à abaisser le loquet. Une fois fermée, elle l'est restée.

Je l'ai entendu ouvrir sa valise. Puis pleurer. Puis s'arrêter et refermer la valise. Je ne l'ai plus jamais entendu pleurer.

Il m'a dit qu'il allait chercher du pain et de la charcuterie. Je lui ai dit, d'accord. Après avoir entendu la porte d'entrée se refermer, j'ai attendu un peu avant de me décider à aller faire pipi. Un cafard a traversé la salle de bains à toute vitesse. J'ai éteint la lumière et préféré faire pipi dans l'évier de la cuisine. Puis j'ai laissé couler l'eau jusqu'à ce que mon père revienne avec le pain, deux cents grammes de cervelas et un plan de Budapest.

On a mangé dans ma chambre, car c'était là que se trouvait la table. Je m'étais installé sur la valise que j'avais redressée, mon père avait pris l'unique chaise. J'ai jeté les miettes avec les sachets dans les toilettes, puis mon père a étalé le plan et m'a montré où nous étions.

Rappelle-toi qu'on est parallèles au boulevard Lénine. Tu descends place du Sept-Novembre, tu prends l'avenue de la République-Populaire, en direction de la place des Héros. Tu peux aussi prendre le petit métro, mais ce n'est pas loin. Ou bien tu longes la rue Maïakovski. Szív utca, numéro huit. Huit, rue du Cœur. Si tu le gardes toujours sur toi, mon fils, tu ne vas pas t'égarer.

J'ai donc plié le plan et l'ai rangé dans ma poche. Je l'ai gardé pendant des années. Et je ne me suis pas trop égaré. Il est vrai que, pour l'instant, je n'avais pas la moindre idée d'où je pourrais venir pour arriver place du Sept-Novembre. C'est seulement le lendemain que j'ai compris que je vivais désormais dans cette ville et que je n'avais pas encore mis les pieds dehors. Alors j'ai pris le plan, j'ai repéré la direction du Danube. Au premier croisement, à gauche, puis boulevard Lénine à droite, jusqu'au bout. D'après l'échelle, c'était la même distance que de chez nous jusqu'à la Petite Forêt. Donc pas besoin de prendre le tramway.

(sur le pont)

De l'autre côté de la rue, au coin, il y avait un bureau de tabac. Par la suite, c'est là qu'on allait téléphoner. J'y suis entré pour acheter un paquet de cigarettes. L'homme m'a demandé lesquelles. Je ne connaissais que celles que fumait mon Père, les Sellő. Alors j'en ai pris un paquet. Seulement deux forints*. Je n'avais pas pensé aux allumettes. J'ai facilement trouvé le Danube, le soir tombait. Je suis monté sur le pont pour voir les deux rives à la fois. J'ai demandé du feu à un passant. Je n'avais jamais fumé, alors que j'aurais pu le faire. Comme je savais que ça me ferait tourner la tête, je me suis cramponné à la rambarde. En bas, ça tourbillonnait, derrière, un tramway passait. Le pont tremblait.

Une femme est passée avec son enfant. Puis deux hommes. Puis une autre femme dans un manteau d'automne gris. De loin, je l'avais prise pour Imolka. Ma première cigarette m'a effectivement fait tourner la tête, mais pas autant que j'aurais voulu. Quand j'ai demandé du feu pour la deuxième fois, l'homme m'a donné la boîte entière, de sorte que je n'ai plus été obligé de quémander. Malgré le tramway, pas mal de monde traversait le pont à pied. Chez moi, j'aurais pu déjà dire bonjour cinq fois. Arrivé à la dixième cigarette, j'étais transi de froid à cause du vent. J'espérais que la femme qui ressemblait à Imolka repasserait par là, mais non. Il est vrai que ça n'aurait rien changé. À droite, un château, à gauche, un parlement, au milieu, une péniche.

(le magasinier)

En principe, le camion avec nos meubles devait arriver dans les trois jours. J'ai acheté un balai et une serpillière. J'ai emprunté un seau et une échelle au concierge. Il s'appelait Gyula Korbán, il vivait seul. Son appartement de fonction se trouvait au fond de la cour, à côté des toilettes communes. Il sortait les poubelles, salait les trottoirs en hiver, écrivait des lettres de dénonciation et n'avait pas grand-chose d'autre à faire. Je crois qu'à part mon père et moi, tout l'immeuble avait peur de lui. Nous, on n'avait rien à craindre. Des personnes nettement plus haut placées qu'un concierge avaient écrit des rapports sur mon Père. J'ai fait le ménage, pourtant ce n'était pas très sale. Comme notre radio était dans le camion, je n'avais pas pu le faire en

* Monnaie hongroise. *(Toutes les notes sont des traducteurs.)*

musique, mais j'ai lustré le parquet avec un torchon et du cirage, comme je le faisais autrefois avec ma Mère. Les déménageurs n'arrivaient toujours pas. Mon Père a attendu encore un jour, puis il est allé se renseigner. Il y avait un problème avec le bon de livraison, voilà pourquoi le camion n'était pas encore arrivé, mais il serait là dans deux jours, c'était du moins ce qu'on lui avait dit au téléphone. Et aussi qu'on leur avait donné une mauvaise adresse, que tout était retourné à Mélyvár, et ainsi de suite. Nous n'avions pas donné de mauvaise adresse.

Le troisième jour, mon Père travaillait déjà. Il était magasinier dans une fabrique de pneus, derrière le cimetière. Au moins ça n'aggravait pas l'état de sa jambe. Depuis son séjour en prison, il ne pouvait plus se passer de sa canne. Il est vrai qu'il en avait déjà besoin avant. Depuis tout petit. Il a réussi à me trouver une place dans un lycée, mais ça n'avait pas beaucoup de sens, vu que de toute façon, je ne pourrais pas entrer à l'université. À vrai dire, je n'en avais même pas l'intention. Je ne suis pas très doué pour ça. J'allais en cours juste assez pour ne pas être viré. Et en cas de contrôle d'identité, on ne pourrait pas m'accuser de parasitisme social. Avant l'arrivée d'Adél Selyem au lycée, je n'avais de relation proche avec personne.

De temps en temps, mon père allait voir ses anciens amis de Budapest. Certains lui demandaient dès le pas de la porte de ne plus venir, d'autres le faisaient seulement en apprenant qu'il venait d'être libéré. Il y en avait aussi, bien sûr, qui nous invitaient à déjeuner le dimanche. Qui me donnaient des vêtements et parfois des livres. À vrai dire, c'était la majorité. La grande majorité. Et ce n'était pas leur faute s'ils sombraient dans les ténèbres. Les autres, ceux qui entrebâillaient la porte sans ôter la chaînette de sécurité, sombraient aussi.

Nous avions prévu de passer Noël chez des amis, mais ils ont annulé leur invitation. Non par peur ou par méchanceté, mais parce que leur enfant s'était retrouvé à l'hôpital. De sorte que je suis resté à la maison avec mon Père. En bas, près du marché couvert, les vendeurs remballaient déjà, mais il avait encore réussi à acheter un sapin. Comme le pied et les décorations étaient encore dans le camion, on l'a appuyé contre le mur, dans un coin. On avait une bougie qu'on avait demandée au concierge quelques semaines auparavant, quand les plombs avaient sauté. Je l'ai allumée, on s'est mis devant le sapin pour chanter *Douce nuit*. Puis mon Père est allé dans sa chambre chercher un appareil photo, un Zorki, et une pellicule Forte.

Joyeux Noël, mon fils.

(le Zorki)

La première photo que j'ai prise, c'était le Danube. Si je fais abstraction de celles de ma Mère défunte. Mais elles n'existent pas, la pellicule s'était déchirée dans la bobine et j'avais pris des photos pendant des heures sur du rien. Le lendemain de Noël, je suis allé sur le pont, comme presque tous les soirs. J'ai posé mon Zorki sur la rambarde pour le stabiliser, j'ai attendu que le tramway passe, car il faisait trembler le pont. J'aurais préféré faire une tout autre photo, mais à ce moment-là, il n'y avait que ça. À droite, le château, à gauche, le Parlement, au milieu, un brise-glace. Il faisait déjà sombre, je pensais qu'avec une ouverture maximale, il faudrait une minute, mais que je me contenterais de trente secondes, pour ne faire ressortir que les lampadaires et les plaques de glace. J'ai appuyé sur le déclencheur, compté jusqu'à trente, puis je l'ai relâché. Toutefois je n'avais pas pris en compte le fait que ce que je voyais devant moi n'était pas éternel. Qu'en trente secondes, les phares des voitures serpenteraient, les bateaux et les plaques de glace seraient emportés par le fleuve.

Ma deuxième photo, c'était, le soir même, une ampoule nue au plafond. J'ai cramé cette photo. La troisième, le sapin dans le coin. Puis j'ai posé l'appareil et n'y ai plus touché pendant plusieurs jours. Il n'y avait pas de raison. Jusqu'au lendemain du Jour de l'an, où une femme d'une quarantaine d'années a emménagé un étage plus bas que nous dans l'immeuble en face. Elle n'était pas belle, plutôt quelconque, mais tous les matins, elle ouvrait grand sa fenêtre. Elle y mettait son oreiller et sa couverture pour les aérer. Elle portait un peignoir bleu matelassé et un foulard sur la tête. Le dimanche matin, elle se levait en même temps que la vieille qui habitait juste en face de chez nous, de sorte que je pouvais faire des photos où elle aérait son linge en même temps que la vieille arrosait ses fleurs. Après le sapin, je ne photographiais pratiquement plus qu'elles. J'ai pris encore le portique à tapis de la cour, pour finir la pellicule puis, vers l'endroit où se trouvait le pylône du pont Élisabeth dynamité, côté Pest, j'ai trouvé un laboratoire.

J'avais demandé des tirages de petite taille, format carte postale. Le technicien du laboratoire était un homme maigre, d'une cinquantaine d'années. Plutôt bienveillant. Ainsi, par pure bienveillance, il n'avait tiré que six photos sur les trente-six. Il a dit que les autres étaient toutes pareilles. Si déjà la pellicule avait été gaspillée, au moins ne pas gaspiller le papier. Il ne les comprenait même pas, on voyait les mêmes fenêtres sur chaque photo. Et même parmi celles-là, ce n'était pas la peine de tirer celles du Danube et de l'ampoule, l'une était bougée, l'autre, cramée. Je lui ai dit, oui, je vois. Puis sur sa lancée, il a dit que même celle du sapin, ce n'était pas la peine. C'était un sapin sur un parquet, rien de plus. Je lui ai dit, un sapin de Noël, mais il ne m'a même pas entendu. Et le portique comme ça, c'était inintéressant. Si au moins quelqu'un était en train de battre son tapis dessus, si l'image avait une dynamique, montrait quelque chose de la vie, alors oui. Mais là, ce n'était qu'un tube. Un portique vide dans une cour déserte. Quant aux fenêtres, il ne les comprenait tout simplement pas. Pourquoi avait-il fallu en faire trente ? Qu'y avait-il là-bas ? Je lui ai dit que je ne le savais pas non plus, puis je suis ressorti après avoir payé.

J'étais vraiment contrarié pour celle du portique. Parce que c'était la meilleure. L'ampoule n'aurait pas valu grand-chose, même si elle n'avait pas été cramée : effectivement, ce n'était rien d'autre qu'une ampoule qui pendouillait au bout d'un fil gris. Quant au sapin, moi seul pouvais le voir tel qu'il était. C'était resté un simple sapin, et pas un sapin de Noël. Pour ça, il aurait fallu quelque chose de plus. Trois ans plus tard, j'ai pris la même photo, mais correctement cette fois. Celle de la femme avec sa couverture et la vieille qui arrose ses fleurs à l'étage au-dessus aurait été meilleure s'il n'y avait pas eu les rideaux. Alors que là, même l'ombre de la vieille se voyait à peine. Par contre, le portique était bon. Bien meilleur que le sapin. Il rendait la cour plus déserte que jamais. Et c'était ça qui me contrariait. D'avoir pris cette photo uniquement pour finir la pellicule.

(le bout de papier)

Finalement nos affaires sont arrivées au bout de trois mois et demi. Noël, Nouvel An étaient passés. Les cartons avaient pris l'eau, les vêtements et le linge de lit étaient moisis. La majeure partie des meubles l'avait échappé belle, seul le grand miroir était fendu. Et le grand tableau avec la pleine lune avait une déchirure grande comme la main. Le transporteur a présenté une facture pour frais de stockage. Ils possédaient un papier signé selon lequel mon Père aurait demandé la livraison pour fin janvier. Il était inutile de réclamer. Nous avons payé. Les déménageurs juraient parce qu'on habitait au troisième, ils ont fait tomber une fois le piano. J'ai commencé à monter les cartons.

À l'arrivée du camion, mon Père m'avait demandé ce que j'aimerais avoir dans ma chambre. C'est ainsi que les meubles de ma Mère s'y sont retrouvés. Le porte-plantes n'entrait plus, mais il y avait la vitrine avec tous les débris de porcelaine, son bureau avec les lettres de mon Père, l'armoire avec ses vêtements, son secrétaire sans secrets, son miroir fendu, son fauteuil, son lit. Comme il n'y avait pas de place ailleurs, j'ai poussé le piano contre la porte qui séparait les deux chambres. De cette manière, nous ne l'avons plus jamais ouverte. On ne pouvait plus bouger. J'ai fermé les volets et me suis allongé sur le lit. Je savais que n'importe qui d'autre que moi étoufferait dans cette pièce. Même mon Père. J'étais enfin chez moi.

Lui, il a essayé d'arranger sa chambre comme avant. Son bureau, sa chaise, ses livres. Le canapé avec la table basse, la lampe de lecture, un verre d'eau. La penderie pour ses chemises et ses deux costumes. Sa machine à écrire avait été confisquée au cours des dernières perquisitions, et il avait déjà revendu son télescope quand j'étais petit. Pour acheter l'agrandisseur Agfa. Par miracle on ne lui avait pas confisqué ses négatifs et ses photos, bien que l'officier se soit demandé s'il était normal de photographier le ciel. Il devait y avoir quelque chose derrière les nuages. Mon Père lui avait répondu que oui, bien sûr, il y avait Dieu derrière les nuages. Voilà pourquoi il prenait des photos, pour Le voir apparaître et pouvoir Le montrer au camarade lieutenant. Alors, devant ma Mère et moi, il avait reçu une gifle monumentale. Heureusement, ils ne lui ont pas confisqué ses photos. Ils avaient vu qu'il n'y avait rien dessus. Mais je n'étais plus tellement sûr qu'après trois ans de prison, il veuille encore montrer Dieu à un officier de police.

On a empilé dans le couloir ce qui n'entrait ni dans sa chambre ni dans la mienne. Entre la salle de bains et la cuisine se dressait désormais une tour de Babel faite de petites tables cassées, de commodes vermoulues, de fauteuils déchirés. Pendant qu'on les entassait, il m'a dit que ce serait bien de les vendre. Je suis descendu du tabouret pour qu'il puisse me regarder dans les yeux. Je lui ai dit, jamais.

Le soir, il a frappé à ma porte, demandant la permission d'entrer. Je lui ai dit, bien sûr, mais il s'est arrêté sur le seuil. À vrai dire, il était venu me demander de ne pas le haïr. Comme il n'avait pas osé le faire, je n'ai pas non plus pu lui dire que je ne le haïssais pas, mais qu'il ne pouvait pas m'aider. Néanmoins, c'était bien qu'il occupe l'autre pièce. Pour finir, il m'a dit qu'il avait préparé une soupe de pommes de terre.

Je suis allé dans la cuisine. Il a servi la soupe en la versant directement de la casserole, les pommes de terre étaient restées entières. Il m'a demandé si j'avais encore assez d'argent, je lui ai répondu que oui. Il avait reçu son salaire, il l'avait mis dans le tiroir, je pouvais y piocher en cas de besoin. Je l'ai remercié pour le dîner, disant que c'était très bon, puis je suis retourné dans ma chambre. J'avais déjà éteint la lumière et dormais presque quand je me suis rappelé que c'était son anniversaire.

Je me suis relevé, j'ai cherché des yeux quelque chose à lui offrir. Je ne pouvais rien prendre dans les affaires de ma Mère, et moi-même, je ne possédais pas grand-chose. Finalement, j'ai sorti mes photos et choisi celle du portique. J'ai inscrit au dos : pour mon Père, à Budapest. Puis je me suis dit que je ne pouvais pas la lui offrir, parce qu'elle faisait penser à une cour de prison. Par contre, le sapin dans le coin, lui au moins savait que c'était un sapin de Noël. J'ai écrit la même dédicace. Il s'était endormi avant que j'aie pu la lui donner. Comme il partait travailler à l'aube, je ne voulais pas le réveiller. J'ai posé la photo sur sa table de chevet et, dans le noir, j'ai marqué dessus : Joyeux anniversaire. Le matin, j'ai trouvé un bout de papier devant ma porte : Merci, mon fils.

(à la fabrique)

Un matin, à l'aube, je devais aller voir mon Père à la fabrique. Il faisait encore noir. Il s'est mis à pleuvoir quand je suis arrivé près de la gare. L'eau grisâtre ruisselait entre les pavés, emportant la lumière des réverbères. Après avoir cherché un moment l'entrée normale, j'ai poussé un portail en fer à roulettes. Il y avait une loge, avec une ampoule nue de vingt-cinq watts suspendue au plafond. Un portier en uniforme était assis juste en dessous. La cinquantaine. Pas gros, mais le visage gras, avec une moustache en brosse. Des clés étaient accrochées au mur derrière lui, on aurait dit des villes sur une carte. Je me suis arrêté devant le guichet et j'ai dit que je venais voir mon père, András Szabad, magasinier, il travaillait ici. L'homme n'a même pas levé la tête, il ne m'a pas regardé, occupé qu'il était à jouer avec un rat. Il l'avait attaché par la queue au téléphone à l'aide d'une ficelle et quand l'animal voulait la ronger, il le frappait à la tête avec un trousseau de clés. Il y avait du sang étalé sur la table. J'ai répété : András Szabad, magasinier, il travaille ici. Mon Père. Il m'a regardé enfin. Il avait de beaux yeux clairs. Il a dit : Tiens, il a fini par venir, le fils du boiteux, mais le rat a de nouveau attiré son attention, il a encore fallu le frapper à la tête, il mordait trop fort. La sept, tout au fond.

Des tas de pneus brûlaient çà et là dans la cour. Un chien errait dans la fumée. Tout pelé, décharné. En me voyant, il a détalé vers la grande cheminée. À l'intérieur, derrière les hauts murs en briques rouges, une machine inspirait et expirait lentement. Comme si elle dormait. Les fenêtres étaient encore sombres. Loin dans la cour, tout au fond, se trouvaient sept entrepôts. Des sortes de hangars collés les uns aux autres. À l'intérieur, des pneus noirs étaient empilés dans une lumière froide. Derrière la dernière porte, il y avait une table avec un téléphone, comme dans la loge du portier. Mon Père était assis là. Une ampoule de vingt-cinq watts au-dessus de la tête, sa canne posée à côté de lui. Je me suis approché et lui ai dit de rentrer, que les os étaient cuits. Que ma Mère avait déjà mis la table pour le dîner. Il ne répondait pas, fixant tout le temps un point invisible. Là où je me tenais. Je me suis réveillé au moment où j'ai compris que ce point invisible, c'était moi.

Je l'entendais dormir. Expirer et inspirer aussi lentement que les machines de mon rêve. Je pensais qu'il serait en retard, puis je me suis rappelé que c'était dimanche. J'ai cherché un cahier, arraché les leçons d'histoire et décrit le portier, le chien, mon Père. C'était mon premier cahier. Puis, au cours des trente-trois années qui ont suivi, j'en ai rempli toute une malle. Il est possible que mes rêves soient plus précis que mes photos.

Je suis allé dans la cuisine pour manger un morceau. Les photos de mon Père se trouvaient dans une boîte, au cellier, au-dessus du sucre, du sel et de la farine. Je l'ai descendue, j'ai regardé les clichés. Quelques photos du jardin de Mélyvár, quelques-unes de moi, de ma Mère. Et surtout des nuages. Au dos, le nom du nuage, le lieu de la prise et la date étaient écrits en majuscules, au crayon à papier. Il avait voulu dresser une espèce de catalogue.

Je ne comprenais pas comment il pouvait croire, même au risque d'une gifle, qu'un jour il y aurait quelqu'un derrière ces nuages gris. J'avais oublié de faire des achats, alors je n'ai trouvé que des œufs. Pendant qu'ils cuisaient, je me disais que la photographie ne servait à rien. De la même manière que Dieu était toujours absent des photos de mon Père, moi non plus je ne pourrais pas prendre en photo le chien errant dans la fumée des pneus en feu. Là où Dieu est visible un instant, la pellicule se rompt.

(le FED)

Un jour, j'ai croisé mon Père dans la cuisine. Je lui ai demandé s'il voulait que je lui fasse aussi un œuf au plat. Depuis sa libération, la nuit, il portait un peignoir en guise de pyjama. Ça ressemblait à un manteau. Il m'a remercié, m'a dit qu'il allait s'habiller pendant que l'œuf cuisait. Il ne se sentait pas à l'aise en vêtements d'intérieur. Il portait toujours un costume, c'était plus simple. Pour une raison quelconque, il avait pris cette habitude. C'est ainsi vêtu qu'il allait autrefois enseigner, puis au service du travail obligatoire, partout. Et maintenant, à la fabrique de pneus.

En cinquante-six, il avait été photographié sur le boulevard en train de poser par terre des assiettes venant du snack du coin. La photo était parue à la une d'un quotidien anglais. C'était la raison de son arrestation. Et aussi parce qu'à cause de ces quelques assiettes, les chars russes n'avaient pas osé avancer. Il portait déjà un costume sombre sur cette photo. Avec sa canne sur le bras.

Quand il est ressorti tout habillé de sa chambre, je lui ai demandé s'il ne voulait plus utiliser cet appareil.

Il m'a dit, non, c'est sûr.

Je me suis assis et nous avons eu une bonne discussion. Il m'a raconté qu'au début, il avait un Leica, mais qu'il l'avait égaré au STO. Après la guerre, il avait acheté le Zorki. Plus précisément, il avait d'abord pris un FED, mais après avoir appris que l'appareil tenait son nom de Félix Edmundovitch Dzerjinski, le fondateur de la Tcheka puis du GPU qui avait donné son nom à l'école des officiers de l'ÁVH*, il avait été dégoûté, et l'avait échangé contre un Zorki.

Je lui ai demandé si le Leica était meilleur.

Il m'a dit qu'il n'avait pas senti de différence, mais qu'il en avait vu une, et qu'avec le temps, moi, je devrais la sentir.

Je lui ai demandé ce qui lui faisait dire ça.

Il m'a dit que c'était parce que j'étais complètement différent de lui.

J'ai failli lui dire que c'était bien vrai, mais j'ai préféré me taire.

Il a dit qu'il avait du talent pour photographier ce qu'il voyait. Précisément, avec un bon cadrage, pour qu'il n'y ait rien de gênant dans l'image. C'est aussi ce qu'il aimait dans l'astronomie. La nécessité de voir clairement. Aussi bien l'ensemble que les détails. Et que pour ça, il suffisait d'avoir un certain sens des proportions et un bon appareil.

Pas sûr, ai-je dit.

Mais si, a-t-il dit. Il a ajouté que moi, je ressemblais beaucoup plus à ma Mère qu'à lui. Si je devais vraiment devenir photographe, je ne voudrais pas photographier le visible.

On ne peut photographier que le visible, ai-je dit.

Mais non. Le visible n'est qu'un outil. Tout comme l'appareil photo n'est qu'un outil. Mais pour photographier l'invisible, il faut qu'on ne remarque même pas qu'on a un appareil dans les mains.

Oui, ce serait bien.

C'est là qu'un appareil parfait peut être utile. Un appareil qui se soude à moi, fait corps avec moi comme si l'objectif était mon œil, et la pellicule, ma mémoire. Mais une copie n'est jamais parfaite.

Je lui ai dit que, pour moi, le Zorki était parfait et que si je ne pouvais pas faire corps avec lui, c'était uniquement de ma faute, et non parce que ce n'était qu'une copie.

* "Autorité de protection de l'État", police politique hongroise de 1948 à 1956, succédant au Département de protection de l'État, ÁVO (1946-1948).

J'ai regretté d'avoir parlé de photographie. Il était à deux doigts de vouloir m'aider. J'ai fait tomber mon couteau comme par hasard pour devoir le ramasser et le mettre dans l'évier, et tant que j'y étais, j'ai débarrassé les assiettes. Mais pendant que je faisais la vaisselle, il m'a quand même demandé si je voulais qu'il installe l'agrandisseur dans l'après-midi. Il avait encore des produits et du papier dans l'un de ses cartons, il me montrerait volontiers comment faire. La vaisselle ne suffisait pas pour dévier la conversation et j'ai été obligé de lui dire, merci beaucoup, mais peut-être une autre fois. Il m'a dit que ce serait comme je voulais. Puis il est allé au travail et moi, je suis rentré dans ma chambre pour lire *Humiliés et offensés*.

(le self)

Au coin de la rue Maïakovski, il y avait un self-service où j'allais parfois prendre un repas chaud. C'était bon marché. On mettait le pain et les couverts sur un plateau en aluminium, puis il fallait demander la soupe au comptoir. Il y avait des légumes avec de la viande, des pâtes au fromage, du goulasch, des escalopes viennoises, de la garniture. Puis on payait à la caisse. Les couverts étaient aussi en aluminium, de même que les louches, le rail sur lequel il fallait faire glisser le plateau. Il y a cent ans, on aurait pu acheter une maison avec tout cet aluminium. Une grande maison ensoleillée avec un jardin et des pigeons voyageurs. Puis un jour, il y a eu trop d'aluminium. Parfois, il fallait attendre qu'une table se libère, mais pas trop longtemps. Les gens venaient uniquement pour manger. Sur chaque table, il y avait une carafe d'eau. Une femme âgée d'une cinquantaine d'années les apportait. Elle arrivait à tenir quatre carafes dans chaque main. Elle avait un tablier blanc et des chaussures montantes en toile blanche, comme les deux femmes du comptoir et la caissière. Elle avait les cheveux attachés, un épais fard vert sur les paupières et les sourcils dessinés au crayon. Ses bagues en or tintaient contre l'anse des carafes.

La première fois que je suis entré dans ce self, c'était avec mon Père. Il avait voulu faire la cuisine, mais avait tout oublié sur le feu. L'eau s'était évaporée, les ailes de poulet avaient brûlé. On a dû aérer toute la matinée. C'est alors qu'il s'est rappelé avoir vu ce self sur le boulevard. Je n'étais pas ravi parce que, en plus du temps du repas, ça prendrait une demi-heure aller-retour. À la maison, on avait déjà nos habitudes, on savait à quel moment et combien de temps on se voyait. Quand on allait quelque part, je n'avais pas ma chambre à portée de main. Le silence devenait gênant, et la discussion, forcée. Mais j'avais vu avec quelle amertume il avait gratté le fond de la casserole pour essayer de récupérer les quatre ailes carbonisées, alors j'ai dit, bien sûr, allons-y.

Finalement, ce n'était pas mal. Il m'a dit qu'il serait probablement embauché comme bibliothécaire dans une école. À condition que son interdiction d'enseigner ne signifie pas qu'il n'avait plus du tout le droit travailler dans un établissement scolaire. Ce n'était pas encore clair. Je lui ai dit qu'à mon avis, c'était juste enseigner qu'il ne pouvait plus. Interdire de travailler n'avait pas de sens, même le concierge était un employé de l'Éducation nationale. Il l'espérait lui aussi.

C'est alors que j'avais vu cette femme pour la première fois. De la rue. Il n'y avait pas de rideau, elle posait les carafes d'eau sur les tables situées près de la fenêtre. Le lendemain je n'avais pas osé y retourner, mais le troisième jour, je me suis décidé. Elle s'est approchée de moi, a changé la carafe sur ma table, alors qu'elle était encore presque pleine. Elle m'a dévisagé, et n'est plus repassée par là.

À vrai dire, je n'avais pas faim, mais je voulais la revoir porter l'eau, avec ses cheveux teints en noir attachés au sommet du crâne, son maquillage gras sur les yeux et les lèvres, et ses huit bagues en or. On aurait dit qu'elle s'était égarée. Comme mon Père dans les entrepôts de la fabrique de pneus. Ou bien non, en fait pas du tout. Elle arpentait la salle comme si c'était son bien, avec toute cette vaisselle sale, les serveurs et les clients besogneux. Dans l'entrepôt numéro sept, rien n'appartenait à mon Père, ni les pneus ni sa propre ombre. Si toutefois il avait une ombre là-dedans. Pour être sincère, je n'étais pas sûr qu'il soit visible tout court dans cette fabrique. C'est pourquoi je n'y suis jamais allé.

Il m'a fallu plusieurs jours pour oser apporter mon appareil. Mais je n'ai pas eu le courage de le sortir de son étui. J'y suis retourné encore trois fois avant de me décider. J'ai posé le Zorki sur la table, à côté de mon assiette et, au moment où la femme a surgi sur le pas de la porte battante avec ses carafes dans les mains, j'ai pris le cliché. J'ai tout de suite su que la moitié de l'image serait occupée par le dossier d'une chaise et que d'elle, on ne verrait pratiquement rien. En longeant la deuxième rangée, elle s'est dirigée tout droit vers moi. J'étais pétrifié. Elle m'a regardé comme si elle m'avait surpris en flagrant délit de vol. Ne t'avise pas de recommencer, m'a-t-elle dit avant de me planter là.

Ça s'était passé dans la matinée, je ne suis rentré à la maison que le soir. J'ai pris un café dans un kiosque de la place Calvin, puis je me suis rendu à la gare, j'ai regardé le train qui allait chez moi, à Mélyvár. Puis je me suis assis sur un banc, au parc. Des mamans promenaient leurs enfants, des retraités, leurs chiens. Tout comme il faut. Au coin de la rue Szív, j'ai décidé pour la énième fois d'aller m'excuser auprès de cette femme. Finalement, j'ai préféré éviter de passer par là pendant des années. Arrivé à la maison, j'avais toujours l'estomac noué de honte.

Mon Père était déjà rentré, il m'a demandé où j'étais passé. Je lui ai dit que j'étais juste allé me promener. Il m'a demandé si j'avais pris des photos, parce qu'il voyait l'appareil sur mon épaule. Je lui ai dit que non, puis je suis allé dans ma chambre. J'avais photographié à travers un soupirail Imolka âgée de douze ans à peine, écrivant dans un cahier. À droite, un vaisselier, un robinet, à gauche un canapé et au milieu, I. assise à table, devant une assiette. À droite, un vaisselier, un robinet, à gauche un canapé et, au milieu à table, I. reprisant un collant. Et aussi ma Mère défunte. La femme d'en face avec son oreiller derrière les volets. Je savais que si je levais mon appareil, regardais dans le viseur et n'avais pas peur, elle pourrait même être aimable. Mais je savais aussi que ce savoir ne me serait d'aucun secours.

Et qu'à moins qu'on ne se place devant moi de son plein gré, je passerais ma vie à épier.

(la signature)

Il est apparu assez rapidement que j'avais tort. Mon Père n'avait plus du tout le droit de travailler dans l'éducation. Ni même de balayer, alors que dire d'un emploi de bibliothécaire. De toute façon, il ne connaissait pas grand-chose au travail de bibliothécaire. Ça se limitait en gros à ce que ma Mère disait autrefois le soir à table. Il est vrai qu'il en savait encore moins sur le travail de magasinier. J'avais été un peu gêné qu'il cherche justement une place de bibliothécaire. Mais je ne lui en avais pas fait la remarque. Je ne pouvais quand même pas dire à mon Père de ne pas chercher d'emploi dans une profession que ma Mère avait exercée.

Un soir, en rentrant, j'ai trouvé la porte fermée. J'ai essayé de l'ouvrir, mais la clé était restée à l'intérieur. J'ai pensé frapper. Puis je me suis dit qu'il valait mieux attendre. J'ai entendu des pas, puis des gémissements. Pendant un instant, j'ai cru qu'il avait rencontré une femme. Cela m'aurait fait plaisir, je ne sais pas pourquoi. Peut-être parce que je n'aurais plus à partager avec lui le souvenir de ma Mère. Oui, c'est le plus probable. Bien que je ne sache pas ce qui m'a fait penser qu'il n'aurait alors plus droit au souvenir de ma Mère.

Puis il a parlé à quelqu'un. Il était ivre. Pour vous, espèce d'ordure ? Nooon. Vous croyez pouvoir me salir ? Nooon. Vous ne me salirez jamais ! Nooon. Jamais, espèce de bourreau. Puis j'ai entendu une bouteille ou un verre se briser. Puis mon Père vomir. Tout en répétant : Non, non. Puis l'eau couler dans l'évier. Je l'avais rarement vu ivre. Souvent un peu pompette, à l'occasion des fêtes, quand ma Mère était encore en vie, mais ivre, rarement. Il n'était pas difficile de savoir pourquoi il buvait.

Je suis redescendu dans la rue sans savoir où aller. En tout cas, pas à la gare, à cause des contrôles d'identité, fréquents à cette heure tardive. J'ai fini par entrer dans un café au coin de la rue Dohány. Je lorgnais à l'intérieur à travers la vitrine depuis des mois, mais j'avais peur d'entrer, je ne sais pas pourquoi. Il est vrai qu'en général, il y avait beaucoup de monde. Là, non. J'ai commandé un café et regardé la grande aiguille de l'horloge sur le mur. J'essayais de compter dans ma tête de manière à ce qu'elle bouge au moment précis où j'arriverais à soixante. Pour pouvoir compter les secondes sans montre en prenant des photos de nuit. Et ne pas penser à mon Père. Je n'ai pas réussi une seule fois. Mon meilleur résultat, c'était cinquante-six.

Il n'y avait pas grand monde. C'était un vaste hall avec des piliers dorés, un restaurant au sous-sol, des fresques. Un peu comme s'ils avaient transformé une église en restaurant. Je n'imaginais pas que c'était l'un des cafés les plus célèbres du monde.

Comme c'était le printemps, il n'y avait qu'un seul manteau au vestiaire. La dame faisait des mots croisés. Un peu plus loin, derrière deux vieilles femmes, était assis un jeune homme, à moitié de dos. Il lisait. Un journal dépassait de la poche de sa veste. Vu de loin, j'avais l'impression que c'était moi avec dix ans de plus. Ou peut-être cinq. La seule différence, c'était le journal. Cependant quand il a demandé l'addition à la serveuse, il m'est apparu clairement que ce n'était pas du tout comme si ç'avait été moi, mais ça n'avait plus d'importance.

Je l'ai regardé tendre un billet de cent et empocher la monnaie. Puis fouiller à nouveau dans sa poche et poser le pourboire sur la table. Puis demander l'unique manteau du vestiaire. Je l'ai vu encore par la fenêtre aller à grands pas vers le tramway. Ça fermait à onze heures, je devais partir. J'ai payé avec un billet de vingt, tâchant de deviner combien cet homme avait laissé sur la table. Finalement, j'ai tout laissé. La serveuse m'a rappelé et rendu un billet de dix. Elle m'a dit, vous oubliez ça. J'étais gêné, mais elle était gentille, en tout cas, il n'y avait rien d'humiliant, ni dans sa voix ni dans son regard. Je l'ai remerciée, j'ai pris l'argent et suis rentré chez moi.

Je savais que la clé était toujours dans la serrure et qu'elle y resterait jusqu'au lendemain matin, mais j'ai essayé à tout hasard. J'ai fini par aller tout au fond, vers les toilettes communes. Puis, j'ai monté l'escalier qui menait au grenier, presque jusqu'à la porte métallique. Je me suis assis et j'ai attendu. Je n'osais pas m'endormir de peur d'être vu par un voisin. Pourtant, personne ne montait jamais au grenier la nuit. Et puis, je voulais savoir quand mon Père partirait, pour ne pas le croiser.

Debout à côté des WC, je l'ai vu partir. Il était en retard, il se hâtait, dans la mesure où on peut se hâter avec une canne. Je suis monté, l'appartement était en ordre, le verre brisé était dans la poubelle, de même que la bouteille de vodka. J'ai dormi un peu, puis j'ai lu. Les livres dans lesquels se trouvaient les signets de ma Mère. Elle utilisait pour cela des feuilles de cahier coupées en deux. Parfois, rarement, elle écrivait dessus, pas plus d'un ou deux mots. "Aliocha, Aliocha !"

Quand mon Père est rentré du travail, j'ai fait comme si je venais de me réveiller et allais justement dans la salle de bains. Comme si on s'était croisés par hasard dans le couloir, devant la tour de Babel de meubles inutilisables. Il était gêné, mais avant qu'il ait pu dire quoi que ce soit, je me suis dépêché de lui dire que je venais de me réveiller, que j'étais rentré à midi, que j'avais fait la connaissance d'un homme la veille au café, et qu'on avait discuté toute la nuit. Un peu méfiant, il m'a demandé quel genre d'homme c'était. Je lui ai dit qu'il pouvait être tranquille, que c'était moi qui l'avais abordé pour lui demander du feu, et qu'on s'était mis à discuter parce que j'avais vu qu'il lisait la même chose que moi. Donc, ce n'était pas un mouchard. Mon Père m'a demandé son âge. J'ai dit qu'il terminait ses études de lettres. Un peu rassuré, comme si un étudiant ne pouvait pas être un mouchard, il s'est dirigé vers sa chambre, mais il s'est retourné sur le pas de la porte.

Excuse-moi, j'avais oublié la clé à l'intérieur, a-t-il dit.
Je sais, ai-je dit, c'est pour ça que je suis allé au café.
Et où est-ce que tu as dormi ?

Ici, dans l'escalier du grenier.
Excuse-moi, mon fils.
Pas grave. Si tu veux mon avis, signe.
Il s'est tu.
Quoi ?
Ça.
Il m'a regardé comme si je n'avais pas été là. Comme dans le rêve où je lui rendais visite à la fabrique.
Et toi, mon fils, tu signerais ?
Non, ai-je dit sans hésiter.
Alors je ne comprends pas d'où te vient cette idée.
Moi, je n'ai pas été en prison. Toi, tu as déjà eu ton compte. Pour rien. Signe et considère que tu as déjà été condamné pour ça.
Je n'y ai pas été pour rien, mon fils.
Ce n'est pas ce que je voulais dire.
Ça ne se négocie pas.
Tu penses nuire à quelqu'un en faisant ça ?
Oui, à moi-même.
Et à quelqu'un d'autre aussi ? Tu n'es pas obligé d'écrire des rapports qui peuvent envoyer quelqu'un en prison.
Mon fils…
Avec quoi ils te font chanter ?
Ils disent que je me suis procuré cet appartement de manière illégale.
Tu l'as acheté, non ?
Non, mon fils. Il appartient à l'État. Il a fallu payer pour qu'il nous soit attribué. Et rien que pour pouvoir monter à Budapest. On ne peut pas s'installer simplement, comme ça, dans cette ville quand on vient de province. Personne, et surtout pas nous. Il faut une autorisation spéciale ou bien beaucoup d'argent.
Qu'est-ce qu'ils peuvent faire ?
Nous expulser. On aura sans doute un logement provisoire.
Moi, je ne quitte plus cette chambre. Jamais. Ni pour une plus grande, ni pour une plus petite.
Alors tu signerais pour une chambre.
Je me suis tu. J'avais beau savoir que je ne signerais pas, je me sentais minable. Parce que lui, je l'aurais vraiment fait signer.

Sur le moment, ça ne m'était pas venu à l'idée, mais ça m'aurait aidé de pouvoir enfin le mépriser.

Je comprends, ai-je dit.

Excuse-moi mon fils, mais c'est non.

Cette chambre, c'est tout ce que j'ai.

Alors tu n'auras même plus ça.

Finalement, on n'a pas été expulsés.

(les racines)

Quand j'essaie de creuser jusqu'aux racines, je vois que c'est ma Mère, mon Père, Hitler, Staline et Imolka qui ont décidé de quoi ma vie serait faite. Je crois que, mis à part Imolka, nous sommes tous logés à la même enseigne. Et, bien sûr, que chacun a sa propre Imolka.

Je ne vois pas de raison d'entamer une grande saga familiale en passant ma vie en revue. Je n'en suis pas capable et n'en ai plus la possibilité. Je ne peux plus questionner ni ma Mère ni mon Père, je n'ai jamais rencontré aucun de mes grands-parents. Et je n'en vois pas la raison, parce que l'histoire de ma famille n'est pas exceptionnelle, pas unique, on peut dire que, même avec ses particularités, elle est pratiquement le prototype de l'histoire des familles hongroises. Ou carrément de celle des familles de la classe moyenne non juive d'Europe centrale. Par ailleurs, je pense que les histoires des familles juives sont semblables. Abstraction faite de ce dont on ne peut pas faire abstraction.

Par contre, il y a dans ma famille quelques événements que j'estime importants. Car d'une certaine manière, ils se répètent comme des motifs de frise. Une maille à l'endroit, une maille à l'envers, une maille à l'endroit. Leur importance ne réside pas dans les répétitions, mais dans le fait que ces répétitions se dissimulent sournoisement, restent invisibles pendant des décennies. Mon père n'a jamais vu – et moi, il m'a fallu trente ans pour le voir – que nous avons vécu dans le même appartement en nous évitant, tout comme mon Père avait évité mon grand-père. Et mon grand-père, mon arrière-grand-père.

Et il y a des histoires auxquelles je ne trouve pas de parallèles, mais que j'aime, tout simplement. Comme par exemple celle de ma grand-mère maternelle qui est devenue folle et s'est endormie pour des années. Ou bien celle de mon arrière-grand-mère paternelle qui était devenue folle et s'était mise à apporter à la maison des cadavres de chevaux morceau par morceau. Il est possible aussi que trouver des parallèles ne soit qu'une question de temps.

(mon Arrière-grand-père-András-Szabad)

Le métier de mon Arrière-grand-père-András-Szabad consistait à posséder une rue à Kolozsvár* et quelques centaines d'hectares de résineux. Il conseilla à Grand-père-András-Szabad, quand ce dernier eut terminé ses études de médecine, de retourner tranquillement à Budapest, car ici, mon fils, on n'a pas besoin de médecins. Ici, ce sont les montagnes et les forêts qui apportent la guérison. Et celui qui a malgré cela une maladie, ou bien il mange des feuilles de tussilage, ou bien il va se pendre dans une écurie.

Il est vrai que si mon grand-père avait fait des études de droit, il ne l'en aurait pas empêché, mais à ses yeux, cela n'aurait pas non plus eu de sens dans un rayon de plusieurs centaines de kilomètres autour de Kolozsvár. On peut dire que, pour que mon Arrière-grand-père-András-Szabad trouvât autour de lui une utilité à quelque profession de mon grand-père que ce fût, il eût fallu que celui-ci naquît d'une autre mère. Mon grand-père le savait bien, et le gentleman qu'il était remercia mon Arrière-grand-père-András-Szabad de sa contribution paternelle à ses études avant de quitter Kolozsvár pour rejoindre sa mère

* Aujourd'hui Cluj-Napoca, en Roumanie.

à Budapest, là où il était né. Puis il s'installa comme médecin de campagne à Mélyvár, où il acheta la maison d'un certain Yeretsian.

Soit dit à la décharge de mon Arrière-grand-père-András-Szabad : il n'a jamais aimé sa femme. Il ne lui avait jamais rien promis, ni monts ni merveilles, et ne s'était pas marié de son plein gré. Après l'obligatoire nuit de noces, il envoya mon arrière-grand-mère avec toute sa famille appauvrie à Budapest, mais se chargea de leur entretien. Pareil pour son fils, né de cette unique nuit de noces. Quand ce dernier était lycéen, il le faisait venir auprès de lui en espérant le prendre en affection. Il ne parvint pas à l'aimer, ce n'était la faute de personne. Il fit construire des écoles dans trois villages, fonda un club sportif à Kolozsvár, soutenait les bonnes œuvres et l'art, faisait couler des cloches, mais pour ce qui était d'aimer, il ne pouvait être question que de sa cousine, son premier amour d'enfance.

Quand Debóra Farkas, sa cousine, mourut de la tuberculose, mon arrière-grand-père rentra tranquillement chez lui du cimetière de Házsongárd, chargea le pistolet qu'il n'avait jamais utilisé, et mit fin à ses jours.

Certes, la balle dévia, mais la vie de mon arrière-grand-père prit quand même fin. Il passa encore deux ans sur un canapé, aveugle et paralysé. Lavé par ses domestiques, nourri par ses paysans, dépouillé par ses proches. Durant ses deux années d'agonie, il rencontra encore une fois son fils et lui demanda ce qu'il voulait en compensation du fait qu'il n'avait pas su l'aimer comme un fils.

Grand-père-András-Szabad choisit le relais de chasse dans la vallée du Maros où il avait passé quelques semaines avec son père quand il était lycéen ; la tourmente des orages sur le mont Istenszéke et les diarrhées qui suivaient la cueillette des champignons leur faisaient presque oublier qu'ils ne s'aimaient pas. J'aurais fait le même choix, mon fils, dit mon arrière-grand-père, et ce fut vraisemblablement le moment où mon grand-père décida que s'il avait un fils, il l'appellerait aussi András Szabad. Ce qui arriva quelques mois plus tard.

Ensuite, à Versailles, fut signée la sentence de mort de l'Europe. Selon plusieurs sources, cela se passa de la manière suivante : ils étalèrent la carte de la Grande Hongrie et firent danser dessus des putains roumaines, yougoslaves et tchécoslovaques avec les yeux bandés jusqu'à ce que leurs talons aient délimité les contours de la Petite Hongrie. Pas sûr que cela se soit passé ainsi, mais au vu du résultat, c'est possible. Et il n'est pas sûr que la paix de Versailles eût été une sentence de mort si les filles de joie ivres avaient dansé également sur la carte de l'Allemagne, par exemple, et non seulement sur celle de la Grande Hongrie. En tout cas, après que les nouvelles frontières de la Hongrie furent tracées, Kolozsvár et la vallée du Maros se retrouvèrent aussi loin de Budapest qu'Oulan-Bator ou Darjeeling. Du coup, mon Grand-père-András-Szabad considéra cette maison de la vallée du Maros comme sa maison natale, alors qu'il n'y avait passé qu'un seul été durant toute sa vie.

Plus tard mon Père considéra à son tour cet endroit comme sa maison natale, bien qu'il n'y eût pas passé un seul jour. Il connaissait son pays natal par des atlas et des albums photos révisionnistes, et le temps que le relais de chasse de mon Arrière-grand-père-András-Szabad devienne ma maison natale, le Tigre et l'Euphrate devinrent des affluents du Maros et le mont Istenszéke s'éleva au-dessus des monts Ararat et Sinaï. Finalement, la mythologie s'écrit de la même manière que l'histoire. Et que la vie des hommes.

Toujours est-il qu'en quarante, de nouvelles frontières de la Hongrie furent tracées, plus réalistes cette fois, sauf que, malheureusement, c'était les nazis qui avaient le sens des réalités. Mon grand-père, qui n'en avait pas beaucoup, prit le train et racheta la maison de la vallée du Maros à un négociant en vin, Petre Armenis. Il aurait pu la récupérer gratuitement, mais il trouvait que ce n'aurait pas été convenable.

Mis à part le fait que pratiquement toutes ses économies y passèrent, l'affaire avait plutôt une valeur symbolique. Petre Armenis resta dans la maison en contrepartie de travaux d'entretien. Mon grand-père garantissait sa sécurité vis-à-vis de la nouvelle administration hongroise et ainsi, Armenis put continuer à stocker du vin des côtes de Küküllő dans ses fûts de chêne et le vendre aux curés et aubergistes de la région, jusqu'à ce que les Roumains récupèrent la Transylvanie avec la maison de mon grand-père et que les communistes confisquent les tonneaux et le camion d'Armenis.

Quand on y pense, parmi tous les András Szabad, c'est moi qui aurais eu le plus de chances d'y naître, en quarante-trois. Mais j'étais né à Mélyvár, et je vivais déjà depuis des mois à Budapest. Et si je ne tiens pas compte de moi-même, ce qui est bien sûr impossible, il y a en gros trois personnes qui ont décidé de quoi ma vie est faite. Mon Père, János Kádár* et Gagarine.

Et bien sûr aussi le concierge, l'épicier du coin, le contrôleur du tramway, la serveuse, la vieille en face qui arrosait ses fleurs tous les matins, puis tous les inconnus que je croisais dans la rue. Et Imolka. Mais tout compte fait, en gros, c'était ça.

(Grand-père-András-Szabad)

Ce n'est pas parce qu'on commet une abjection de temps à autre qu'on reste une crapule toute sa vie. Mon grand-père avait dit cela à mon Père qui, en rentrant du front, avait trouvé la maison de Yeretsian vide, car les voisins avaient tout emporté. Plus précisément, il ne l'avait pas dit à ce moment-là, mais bien des années plus tard. Et bien qu'il l'eût dit à propos de cet événement, il pensait à l'humanité tout entière. Sauf à lui-même.

Il avait acheté cette maison à un marchand de tapis arménien qui y logeait l'une de ses maîtresses. Je ne sais pas comment elle

* János Kádár (1912-1989), premier secrétaire du Parti socialiste ouvrier hongrois de 1956 à 1988.

s'appelait. Disons Terézia. Quand les ardeurs de celle-ci se furent refroidies, l'Arménien fit un grand bûcher de coussins lacérés, de sous-vêtements déchirés et de chaussures de danse usées jusqu'à la corde. Une fois le feu éteint, Terézia dut repartir avec la valise qu'elle avait en arrivant, retourne nourrir les poules là où tu les as laissées, si ça ne te convient plus ici, espèce de paysanne.

En versant le pétrole sur le bûcher fait de tous les accessoires de l'amour, il espérait en secret que cette femme se jetterait à ses pieds pour lui demander pardon, mais il se trompait. Terézia préférait largement nourrir des poules que de passer son temps à l'attendre en bas de soie. Elle lui jeta les allumettes en disant, tiens, mets-y le feu, espèce de juif des montagnes.

Ce fut surtout ce juif-des-montagnes qui poussa Yeretsian à mettre le feu qui emporta aussi la moitié du noyer centenaire. Ah bon, juif des montagnes ! Alors qu'elle s'était lavé les cheveux avec du champagne, avait étalé les meilleures crèmes sur ses mains de bouseuse, vécu comme la comédienne Lujza Blaha, elle avait le culot de le traiter de juif, s'emportait-il en racontant l'histoire à mon Père. Aucun juif ne vous vendrait cette maison en dessous de sa valeur uniquement pour des raisons sentimentales. Parce que moi, je la vends par passion. En plus, elle me traite de juif des montagnes, la sale petite pute. Et effectivement, il la vendit en dessous de sa valeur, en tout cas au prix que mon grand-père pouvait lui donner, et de surcroît, il lui laissa les meubles.

Ainsi Grand-père-András-Szabad avait acheté à l'Arménien cette bicoque de mauvaise réputation dont le plancher continua à dégager une odeur de parfum même après la mort en couches de ma grand-mère. Alors mon grand-père se dit que, tout médecin qu'il était, il n'avait pas pu sauver sa femme, et décida de ne pas se remarier et d'élever seul mon Père atteint d'une luxation de la hanche. Il est mort sur le front russe, c'est le moindre de ses mérites.

Ce devait être pour cette raison qu'il faisait apprendre le serment d'Hippocrate aux paysans des environs pendant ses consultations, ce qui compliqua la tâche des médecins qui lui succédèrent. Respirez profondément, monsieur Ádi et répétez après moi : le médecin est au service de la vie, et non à celui des pauvres ou des riches. Vous prendrez donc ces remèdes tous les soirs, et vos trente œufs, vous les remettrez sagement dans votre garde-manger, de toute façon, je les casserais en route. Puis il montait dans son boguet et rentrait à la maison pour assurer l'éducation de mon Père, prenant le relais de la nourrice. Ainsi, certains le considéraient comme un saint, d'autres simplement comme un fou, alors qu'il n'était ni l'un ni l'autre.

Quant à savoir si Grand-père-András-Szabad était un saint, on peut ajouter qu'il renvoyait dans leur garde-manger les quartiers de lard, et que personne ne l'avait jamais vu ivre, mais qu'après sa mort, on trouva deux cent quatre-vingt-dix bouteilles de *pálinka** vides au fond de son grenier. Chaque bouteille portait une date et un titre de livre : 2-5 juin 1936, *Le Père Goriot*, 9-11 novembre 1938, *La Chartreuse de Parme*, 3-13 février 1940, *Les Frères Karamazov*.

À part ces étiquettes, il n'avait pas laissé trop de notes. Et il ne gardait pas de photos de famille, outre une photographie stéréoscopique de ma grand-mère. Le boîtier équipé de deux oculaires était posé sur la table, à côté de sa trousse. Comme un instrument médical. Comme un appareil modifiant la conscience qui – grâce à la lumière filtrée par les deux positifs sur verre et le regard de ma grand-mère qui arrivait au cerveau par les nerfs situés derrière les yeux – transformait le sentiment de culpabilité en un sens du devoir exacerbé.

Donc, Grand-père-András-Szabad n'était ni saint ni fou à lier, mais simplement malheureux. Et comme le font en général les malheureux, il y pensait tous les jours. Tous les jours, il regardait dans ces oculaires et voyait aussitôt son malheur. Car vus de loin, le malheur et notre bonheur, c'est la même chose.

* Eau-de-vie hongroise.

Je pourrais dire que c'est uniquement le sens du devoir qui distinguait mon grand-père d'un dépressif. En effet, il n'était pas un saint, seulement, il était clair pour lui que le malheur n'exonérait de rien. Ainsi, outre qu'il regardait tous les jours ma grand-mère dans les yeux et s'endormait chaque soir plein d'eau-de-vie pour ne pas se souvenir de ses rêves, dans la journée, il faisait tout ce qui était nécessaire pour maintenir sa santé mentale, physique et morale, pour assumer ses responsabilités. Par exemple, avec le même sens du devoir dont il faisait preuve en laissant sa bonne rentrer chez elle après le travail sans la toucher, il allait une fois par mois avec un bouquet de fleurs au bordel de la rue Szemere. Il ne s'en cachait pas, prévenait à la maison où il faudrait le chercher en cas d'urgence. Et il remerciait les filles de joie pour leur aide, laquelle n'était pas moins importante dans sa vie que celle qu'il pouvait lui-même apporter aux autres.

Malgré tout cela, il accumulait erreurs et fautes. Par exemple, quand il pensait que ne pas avoir de mère valait toujours mieux qu'avoir une belle-mère quelconque, ou que les livres pouvaient combler la solitude. Comme il était persuadé qu'un boiteux resterait seul toute sa vie, mon Père savait déjà lire, écrire et compter avant d'aller à l'école. J'ai moi-même su lire et écrire très tôt, mais pas compter. Il est vrai que je ne boitais pas non plus.

Il avait indéniablement raison de dire qu'avec un peu d'attention, on pouvait éviter le fauteuil roulant, mais il avait tort de penser qu'un précepteur valait mieux qu'aller à l'école en boitant. Il avait raison de penser que rien ne procurait un plus grand sentiment de liberté que le ciel étoilé, mais il avait tort de penser que rien ne ferait un plus grand plaisir à son fils qu'un télescope. Il avait raison de penser que les Russes allaient emmener les Hongrois dans des camps, mais il se trompait en pensant que les Allemands allaient ramener les juifs. Tout compte fait, mathématiquement, il avait autant raison que tort, ainsi le résultat est nul, ce qui ne caractérise nullement un saint, mais plutôt un simple mortel.

Donc, comme je le disais, durant l'été vingt-quatre, Grand-père-András-Szabad commanda à Budapest le dernier télescope Zeiss, avec trépied et chercheur, ainsi qu'une caisse de livres spécialisés, car selon son calcul, plus son fils regarderait le ciel, moins il bougerait. Et moins il bougerait, moins la tête déplacée de son fémur userait l'os de son bassin. Il est possible qu'il ait eu raison à ce propos, et que mon Père pouvait effectivement être redevable à ce télescope d'avoir échappé au fauteuil roulant. Ou au cancer, je ne sais pas.

Et grâce à ce même télescope, il arrivait qu'il ne croise pas son père pendant des jours – comme si Terézia, la servante de l'amour renvoyée, avait jeté un sort à cette maison, obligeant deux hommes solitaires à s'éviter pendant des années. En tout cas mon grand-père avait raison en disant que le malheur n'exonérait de rien.

(mon Arrière-grand-mère-András-Szabad)

Le temps que mon grand-père revienne du front en dix-huit, mon arrière-grand-mère devint folle. Et en mourut.

Selon toute vraisemblance, elle était devenue folle de peur. Avant tout, elle avait peur de la faim, ce qui en temps de guerre n'était pas complètement infondé. C'est pourquoi, chaque fois qu'elle le pouvait, elle payait des fortunes pour des morceaux de cuisse, d'épaule ou de rumsteck prélevés sur des chevaux morts. Avec une lame de rasoir, elle découpait la viande en fines lamelles qu'elle enfilait sur une ficelle et faisait sécher dans le garde-manger. Par la suite, elle les fit sécher dans tout l'appartement, même sur les tringles à rideaux. Elle avait lu quelque part qu'il fallait procéder ainsi, faire sécher. Les lambeaux de cheval pendouillaient dans l'appartement de la rue Angyal comme du papier tue-mouches dans les maisons des paysans. Mais ils ne tuaient pas les mouches, loin de là.

Sa deuxième terreur, c'était le noir. Ce qui est en soi une peur justifiée, depuis la nuit des temps, et pas seulement pendant la guerre. Elle s'était donc procuré à cette époque quelques lampes et une bonbonne de pétrole. Elle ne se fiait pas à l'électricité.

Elle craignait beaucoup d'autres choses encore, depuis les démarcheurs jusqu'à la grippe espagnole, mais à vrai dire, la source de toutes ses peurs était la très ordinaire peur de la mort. Et tandis que la prière, le lavage compulsif des mains ou l'écriture de poèmes peut procurer un soulagement à certaines personnes, dans le cas de mon arrière-grand-mère, ni la viande de cheval ni le pétrole ne lui furent du moindre secours. Ni le fait que, depuis sa nuit de noces, son mari l'entretenait depuis Kolozsvár, à cinq cents kilomètres de là, et qu'entre-temps, elle était devenue grand-mère. Tout comme ne l'aida le fait que son fils fût devenu veuf avant elle, et lui eût laissé mon Père à garder pendant que lui-même servait dans un hôpital de campagne.

Par un geste maladroit de son maillet attendrisseur de viande, elle brisa malencontreusement la bonbonne, et les cinquante litres de pétrole inondèrent la maison. Le feu ne se déclara pas, elle avait pris des précautions, mais elle glissa et se cogna la tempe en tombant.

Melánia, la bonne, jugea alors qu'elle n'avait plus rien à faire dans cet endroit, qu'il lui suffisait amplement d'avoir vu la raison de madame tomber en miettes. Elle nettoya le pétrole, jeta la viande, chassa les centaines de mouches bleu acier bourdonnantes pour que la honte ne retombât pas sur la maison quand les voisins découvriraient mon arrière-grand-mère, puis emmena mon Père dans l'atelier de cordonnerie de son propre père.

En un mot, à la fin de la Première Guerre mondiale, c'est dans un atelier de cordonnerie d'Angyalföld que Grand-père-András-Szabad retrouva son fils. Comme il n'avait rien à faire à Budapest, il l'emmena à Mélyvár.

À leur arrivée, les voisins avaient déjà emporté ce qui était resté des sièges, miroirs et tapis de Terézia, les planches ne sentaient plus le parfum, mais les crottes de souris. Pourtant, cela ne découragea pas mon grand-père de reprendre son activité là où il l'avait interrompue pour aller au front. République des Conseils ou pas, il embaucha une domestique, lui fit faire le ménage, puis rendit visite avec son boguet à ses patients d'antan, en tout cas à ceux qui avaient survécu à l'attentat contre François-Ferdinand.

Sur le chemin du retour, dans la cour voisine, Mme Gajdos était justement en train de battre un tapis de Yeretsian. Mon grand-père arrêta son boguet et la regarda. Sentant son regard, elle se retourna, blêmit et poussa un hurlement avec une haine qu'on ne peut éprouver que dans l'enfer de la honte : Ne me regardez pas, monsieur le docteur ! Vous et votre fils, vous avez survécu ! Mais mon fils à moi, il est où ? Ne me regardez pas ! Alors mon grand-père lui demanda pardon. Mme Gajdos éclata en sanglots et rentra précipitamment dans sa maison.

Le lendemain matin, en retrouvant le tapis de Yeretsian posé sur les marches de sa véranda, mon grand-père décida qu'il ne mettrait plus jamais personne dans une situation pareille. Ne voudrait même pas savoir chez qui s'était retrouvée la photo stéréoscopique, ou le lit dans lequel ma grand-mère était morte en couches.

Avant même que l'avion de Béla Kun* ne passât au-dessus de Vérmező avec l'or des comtes en direction de la Russie soviétique, Grand-père-András-Szabad récupéra bien malgré lui pratiquement tout ce qu'il avait laissé autrefois dans sa maison. Il retrouvait parfois un rideau, parfois un livre de médecine, parfois un chandelier en argent sur le banc sous le noyer. Une fois, un guéridon, à côté des framboisiers. Une autre fois, une tasse en porcelaine de Meissen avec sa soucoupe. Puis une lampe de lecture et, par deux fois, du linge du lit. Et un jour, dans son boîtier à oculaires, la photo de ma grand-mère. Cela lui fit un grand plaisir.

Parfois, la nuit, il entendait grincer la porte du jardin, ou des mouvements. Alors il se tournait vers le mur. Mais même s'il n'avait rien récupéré, il aurait probablement gardé la conviction

* Béla Kun (1886-1938), dirigeant de la République des Conseils de Hongrie (mars-août 1919).

que, malgré toutes les abjections qu'on commet, on ne reste pas une crapule toute sa vie.

(mon Père-András-Szabad)

À part ça, mon grand-père s'était indéniablement trompé en pensant que rien ne pouvait rendre son fils plus heureux que de contempler nuit après nuit avec son télescope le ciel hors d'atteinte. En y réfléchissant bien, je me dis qu'il lui avait simplement légué le boîtier en acajou équipé d'oculaires dans lequel lui-même gardait son malheur. Et en y réfléchissant encore mieux, je me dis que moi aussi, je regarde dans le viseur de mon appareil photo ce que je n'atteindrai jamais. Cela dit, c'est quand même avec ce télescope Zeiss que mon Père-András-Szabad découvrit cette étoile explosée, qui fit qu'Anna Hollós le suivit dans le couloir de l'université.

Plusieurs centaines d'astronomes amateurs avaient découvert en même temps que mon Père cette tache lumineuse au bord du néant, mais cela n'intéressait pas ma Mère. Elle voulait vivre dans cette lumière du bout du monde. Elle avait de bonnes raisons pour cela. Elle n'avait pas encore subi l'assassinat de son frère, mais avait déjà derrière elle un bref mariage de quelques mois et l'enterrement d'un enfant. Sauf que ces deux derniers événements, elle a omis de me les raconter jusqu'à la fin de ses jours.

Mon Père-András-Szabad était plus bouleversé par la beauté d'Anna Hollós que par le fait qu'un autre avait découvert cette beauté avant lui. Ainsi, après leur première nuit, dès qu'il se fut retrouvé seul, il fit sa valise. Il fit le ménage, la vaisselle, enleva le linge du lit, puis écrivit deux lettres. L'une à son propriétaire pour s'excuser de son départ précipité, joignant le loyer du mois. L'autre à Anna Hollós. Puis il la déchira, la jugeant ridicule. En quoi il avait probablement raison.

Mon grand-père fut content de revoir son fils, comme toujours, et ne lui posa pas de questions indiscrètes, comme toujours. Le soir, quand ils s'assirent sous le vieux noyer, la seule chose qu'il demanda à mon Père-András-Szabad fut de savoir pourquoi il avait laissé tomber ses études. Mon Père répondit seulement qu'il avait fait le bon choix. Et mon grand-père accepta cette réponse sans réserves. Quand la carafe de vin fut vide, l'un retourna à son Balzac, l'autre à son télescope, et ils tâchèrent ne pas se déranger l'un l'autre. Ils vécurent en paix pendant des semaines, jusqu'au moment où Anna Hollós parut dans l'escalier de la véranda, les cheveux au vent, dans une robe française, et dit à mon Père-András-Szabad, tu devrais avoir honte, espèce de lâche.

Lorsqu'au retour de sa tournée mon grand-père fut confronté au fait que son fils boiteux n'allait pas nécessairement vivre sa vie dans la solitude, il ne fut pas aussi content qu'il s'attendait à l'être. Certes, il dit bonjour poliment, mais la conversation s'arrêta là. Il se retira et resta pendant des heures collé aux oculaires de son boîtier d'acajou.

Ce n'est que le lendemain matin qu'il trouva un moment pour échanger deux phrases avec Anna Hollós. Il attendit que son fils commençât à faire ses valises pour sortir de sa chambre avec deux verres de vin d'airelles et s'asseoir à côté de ma Mère sous le vieux noyer.

Je n'ai pas le droit de douter de vos sentiments et j'ai beaucoup de respect pour votre profonde humilité, sans laquelle vous ne seriez pas venue ici. Mais je crains que vous ne soyez trop belle pour rendre parfaitement heureux un homme comme mon fils.

Anna Hollós aurait volontiers dit toutes les choses qui lui traversèrent alors l'esprit, mais elle se contenta de répondre : Je vais essayer quand même. Elle but le vin d'airelles, alla dans la salle de bains et pendant que mon Père rangeait ses cours afin de repasser ses examens ratés et de continuer ses études, Anna Hollós coiffa en chignon ses cheveux qui lui arrivaient à la taille, chignon qu'elle porterait toute sa vie.

(la comtesse)

Au fond de la cour vivait une mère avec sa fille. En tout cas, j'ai pensé pendant un certain temps qu'il s'agissait d'une mère et de sa fille. L'une devait avoir quatre-vingts ans, l'autre, la soixantaine. L'une était habillée en gris, l'autre portait un manteau en vison. Puis quand le temps se radoucissait, un long manteau léger, couleur tabac. On la voyait plus rarement, c'était plutôt la plus âgée qui allait et venait avec un panier. La plus jeune ne portait jamais de panier, tout au plus un filet, même si, en hiver, cela ne seyait pas à son vison. Ce n'était peut-être pas du vison, mais un autre animal. En tout cas, ce n'était pas de l'astrakan. L'astrakan, ma Mère en avait eu un.

Je l'ai croisée en bas de l'immeuble. Elle rentrait du marché, les bras chargés. Je lui ai ouvert la porte. Puis je lui ai demandé si elle voulait que je l'aide à monter ses courses. Elle m'a toisé avec une expression de désillusion infinie.

On ne place jamais une femme devant un tel choix, mon cher. Vous au moins, dans cet immeuble, vous devriez le savoir.

En prenant ses filets sous le porche, tout ce que je savais d'elle, c'était que Gyula Korbán, le concierge, ne manquait jamais de lui lancer une remarque, toujours la même, quand elle traversait la cour, alors, on se pavane, camarade ? On se pavane ?

Pardon, vous permettez ? lui ai-je dit en tendant la main pour prendre ses filets.

Vous avez de la chance de savoir au moins comment vous tirer d'embarras. Vous pouvez les prendre, a-t-elle dit en me les donnant, puis nous nous sommes dirigés vers la cage d'escalier du fond en longeant les toilettes communes.

Mária, ma chère, nous avons un invité, ce jeune homme… Pardon, vous voyez, avec toutes ces pommes de terre, même moi, je commets des bévues. Comtesse Éva Szendrey, a-t-elle dit en me tendant la main.

Enchanté, András Szabad, ai-je dit, sachant gré à ma Mère de m'avoir appris quand il fallait serrer une main et quand il fallait y déposer un baiser.

Je me suis présenté à Mária. Elle a pris les pommes de terre pour faire la soupe. À la maison, elle était vêtue de la même couleur cendre qu'en allant au marché. Elle arborait un sourire triomphant. La cuisine devait faire tout au plus six mètres carrés et son sourire y rentrait à peine.

N'avais-je pas dit que, tôt ou tard, ce jeune homme viendrait chez nous ?

Je l'ai dit ou pas ?

Oui, vous l'avez dit, chère Mária.

C'est juste pour dire. Que je l'avais dit.

Et moi je dis qu'en cela, vous aviez raison, comme d'habitude, mais ne mettons pas le jeune homme dans l'embarras. Je peux vous proposer du thé anglais, mon cher, ou de la liqueur de griottes, a-t-elle dit en se tournant vers moi. J'ai choisi le thé, car il était évident qu'ici, je ne pourrais pas fumer une cigarette avec la liqueur.

Dans le salon qui faisait une fois et demie la cuisine, il y avait une table basse couverte de livres, de numéros de la revue *Vie et Science*, et, à côté du fauteuil, un poste de radio multibande de marque Lux. Au-dessus, un tableau de Munkácsy, un paysage d'automne avec des paysans qui courbent le dos. Au-dessus de mon fauteuil, un Rippl-Rónai. Une fille tenant une ombrelle dans un jardin. La lumière blanche sur l'écorce des bouleaux. La même femme était assise en face de moi, seulement son visage était strié de rides, tel un tamis, avec des cheveux gris et non blonds, et une grosse cicatrice au-dessus d'un sourcil. Dans une vitrine, il y avait des porcelaines françaises, dans l'une des bibliothèques, des livres allemands, dans l'autre, des livres anglais. Les livres hongrois étaient sous la fenêtre, en quatre rangées, uniquement de la poésie et Márai. Sous l'autre fenêtre, un radiateur à huile.

Mária nous a servi le thé et la comtesse a trouvé que c'était une excellente occasion d'ouvrir la boîte de gâteaux d'Amérique, vous ne trouvez pas, chère Mária ? Ainsi, dans une petite coupelle en verre, nous avons eu des gâteaux transatlantiques.

C'est vous ? lui ai-je demandé en regardant la fille à l'ombrelle. Je savais que c'était elle, mais il fallait que je dise quelque chose, du moment que j'avais accepté son invitation.

Non, mon cher, ce n'est pas moi, c'était moi.

Il n'y avait pas d'amertume dans sa voix, elle avait dit cela sur le ton de n'importe quel bon mot. Il n'en reste pas moins que ce tableau, et pas un autre, était suspendu en face de son fauteuil, et qu'elle le regarderait encore pendant sept ans.

Avant qu'on ait fini la première tasse, il s'est avéré que Mária n'était ni sa mère ni une tante, mais une domestique qui avait été suppliée en vain de reprendre sa liberté. Et qu'elles vivaient non de leur pension de retraite, mais grâce à des colis d'Amérique, deux par mois, c'est-à-dire un pour elles et un pour les douaniers. Et que la cicatrice qui n'apparaissait pas encore sur le Rippl-Rónai datait de l'époque de la nationalisation, parce qu'elle avait eu un comportement indigne de la situation – mais j'espère que cela n'a laissé de trace que sur ma vanité. Si ma vue s'était alors dégradée à cause d'une vulgaire gifle, Mária n'aurait pas manqué de me le faire remarquer.

Moi aussi, je lui ai raconté tout ce que je pouvais, que nous étions venus de province, que ma Mère était morte et que mon Père avait été libéré récemment, qu'il était magasinier mais qu'auparavant, il avait été enseignant. Elle m'a demandé ce que je faisais, j'ai dit que j'étais lycéen, elle a dit alors que nous étions mardi, j'ai dit que je le savais.

Ah… Ce serait sûrement indiscret de vous demander ce que vous avez contre l'Éducation nationale.

Ce ne serait pas indiscret, mais je ne connais pas la réponse.

Alors c'est une énigme. Je la résoudrai pour la prochaine fois. J'espère que vous aimez les énigmes.

Seulement quand c'est nécessaire, ai-je dit.

Ce n'est pas nécessaire, rien n'est nécessaire. Mais croyez-moi, rien n'est plus passionnant que de savoir pour quelle raison on fait les choses. Bon, je vous libère, c'est bientôt l'heure de la sieste.

Merci pour le thé.

Tout le plaisir était pour nous. Et la prochaine fois que vous serez enfermé dehors, mon cher, ne vous sentez pas obligé de rester assis dans l'escalier.

D'accord, ai-je dit, un peu interloqué.

Je sais qu'épier les gens est inhabituel de la part des aristocrates, mais que voulez-vous, la fenêtre de la cuisine donne sur les toilettes communes.

Alors la prochaine fois, je sonnerai.

Très bien. Mais vous pouvez le faire n'importe quand.

Merci.

Mária, ma chère, puis-je vous demander de raccompagner le jeune homme ?

(Kádár)

Un jour János Kádár a dit que ceux qui n'étaient pas contre nous étaient avec nous. Tout le monde fut soulagé, en fin de compte, c'étaient des paroles du Christ. Sauf qu'à partir de là, ceux qui ne montraient pas les crocs étaient involontairement avec lui. Quand j'y pense, il a exécuté tout un pays.

Donc, un jour on a appris au réveil que Kádár avait pardonné à la Hongrie, même si c'était à certaines conditions. Cinq ans après la révolution, au matin du vingt-six août, tout le monde avait enfin été pendu. Mais le fait est qu'après ça, même ceux qui s'y attendaient le moins ont bénéficié de cet amour gris-milicien. Comme, par exemple, mon Père. Quelques mois plus tard, il a reçu un emploi, certes pas dans l'Éducation nationale, mais dans une bibliothèque de quartier. Il est vrai que c'était loin, à Rákos, mais au moins il ne devait plus passer ses journées au milieu de pneus de voiture, de courroies et de chambres à air destinées à des sondes de l'industrie pétrolière.

(le chanteur)

Quand j'étais enfant, un mendiant venait régulièrement chez nous. Deux ou trois fois par semaine, il se campait en bas de l'escalier de la véranda pour chanter. Des airs d'opéra. Il s'accompagnait lui-même en faisant le chef d'orchestre avec sa canne blanche. Il venait à l'heure du repas et chantait jusqu'à ce qu'on lui donne un bol de soupe.

Il portait toujours la même chemise fraîchement lavée, avec le col et les manches élimés. Cravate jaune pâle, costume. Godillots militaires. Il n'arrêtait pas avant d'avoir entendu la porte de la véranda grincer, et que ma Mère ou moi ne lui portions un bol de soupe avec un morceau de pain. Il devinait à nos pas lequel de nous deux lui apportait son déjeuner. Dieu vous bénisse madame, Dieu vous garde en bonne santé, jeune homme. Il ne s'est pas trompé une seule fois.

Il accrochait sa canne sur la rambarde de l'escalier, s'asseyait sur le banc sous le noyer, étalait la serviette sur ses genoux et posait le pain dessus. C'est comme ça qu'il déjeunait. Puis il secouait les miettes, pliait la serviette en triangle, la remettait dans sa poche et lavait la vaisselle au robinet du jardin, à côté du banc. Il rendait le bol et la cuillère toujours comme ça, lavés.

Souvent ma Mère faisait la cuisine pour lui à part, car il ne mangeait rien d'autre que du pain et de la soupe. Un jour, on avait essayé des ailes de poulet, une autre fois, du chou à la transylvaine, quelque chose qui se situait à mi-chemin entre soupe et non-soupe, mais le vieux avait dit, non merci, il ne pouvait pas manger ça. Dire que ma Mère ne le comprenait pas serait un euphémisme. Une fois, elle lui a même demandé, cher monsieur, qu'avez-vous contre les plats normaux ? Et le vieux lui a expliqué volontiers que, malheureusement, il avait une nature difficile. Que la douleur d'avoir à renoncer demain à nouveau aux plats de viande serait plus grande que le plaisir d'en avaler quelques bouchées aujourd'hui. Et ma Mère n'a pu que rapporter les ailes de poulet et faire cuire une soupe au cumin, tout en maudissant le vieux capricieux, et c'est moi qui ai dû la lui porter dehors, car elle ne lui adressait plus la parole, Dieu vous garde en bonne santé, jeune homme.

J'ai eu beau rester assis à côté de lui plus de cent fois pendant qu'il déjeunait, il n'a jamais eu l'idée de me raconter sa vie. Il ne portait pas des lunettes noires, ses orbites n'étaient pas vides, ses iris n'étaient pas voilés de soie grise. Il avait un beau regard bleu glacé. On comprenait qu'il était aveugle à son regard perdu dans le vide.

Nous ne connaissions pas son nom. Moi, je l'appelais tonton, ma Mère et mon Père lui donnaient du monsieur. Une fois, mon Père s'était présenté, mais ils en sont restés là. András Szabad, avait-il dit, le vieux était enchanté, il avait remercié M. Szabad pour sa gentillesse, puis il s'était excusé, car il ne voulait incommoder personne avec son nom.

Il a chanté pour la dernière fois devant notre porte vers l'été cinquante-deux. Au début de l'automne, la vieille demoiselle Lórántfy a fait courir le bruit selon lequel une brigade de la Sûreté d'État avait emmené le chanteur dans la Petite Forêt et, en guise d'entraînement, l'avait pendu par les pieds et battu à mort. Car ils préparaient une manœuvre de prévention d'attentat en prévision d'une éventuelle visite du camarade premier secrétaire du Parti.

On savait pertinemment que c'était une ânerie, comme tout ce que la vieille demoiselle Lórántfy cauchemardait sur la Sûreté d'État. Non qu'on ne puisse pas cauchemarder à ce propos, loin de là, mais il y a des limites aux cauchemars. S'il s'était agi d'un curé ou d'un camarade égaré, alors bien sûr, ça aurait eu un sens de le pendre par les pieds et de le battre à mort. Mais s'il n'y a pas au moins une, une seule et unique raison qui rende logique un tabassage à mort, la seule explication possible est la folie.

Quand il y a folie, il y a chaos. Or chez nous, il n'y a pas de chaos. Et donc, rassure-toi, Anna, si les cueilleurs de champignons ont effectivement trouvé ses godillots, et s'il a vraiment été tabassé à mort et pendu par ses pieds, ce n'était pas par la Sûreté d'État, mais par un fou. Et si c'était vraiment la Sûreté d'État, il y avait quelque chose qui nous échappait. Dans ce cas, le vieux était sûrement un ancien croix-fléchée*, ou bien c'était un comte, ou un moine, ou un ancien communiste, disait mon Père pour rassurer ma Mère, car même s'il ne supportait pas les communistes, il ne comprenait pas comment, après le fiasco qui avait soldé le règne de la terreur, la logique du nouveau régime pouvait toujours consister à terroriser tout un chacun, sans distinction.

Même sous les croix-fléchées, on pouvait savoir précisément qui devait trembler de peur. Les juifs, les communistes, les résistants. Tout le monde. Mais quand même, on pouvait savoir qui devait trembler et pourquoi. Une raison inacceptable et incompréhensible, ce n'est pas la même chose que l'absence de raison. Un régime plus dément que l'ancien est tout simplement inimaginable, Anna. Il va s'effondrer. Il ne pourra pas fonctionner, ma chérie, disait mon Père, incapable d'admettre que telle était effectivement la logique du système, jusqu'à ce qu'il apparaisse que Mlle Lórántfy avait le grade de commandant.

Semer la terreur avec ses cauchemars n'était pas la seule tâche de l'aristocrate convertie qu'était Mlle Lórántfy, elle devait aussi, en se fondant sur ses observations, donner des conseils au groupe de travail censé semer les graines des cauchemars. C'est à son initiative que tous les jours, juste au moment du dîner, une voiture s'arrêtait trois minutes sous les fenêtres du rédacteur en chef du journal local. Jusqu'à ce que le camarade Blénesi se pende. Si les camarades de la Sûreté sont assez habiles, ça se produira dans les sept à huit jours, avait-elle prédit, mais elle avait compté deux jours de trop, car János Blénesi avait déjà une idée du nouveau régime.

Ouvrir les soupiraux condamnés des sous-sols de la police, c'était aussi l'idée de la vieille demoiselle Lórántfy, pour qu'on entende

* Fascistes hongrois pendant la Seconde Guerre mondiale.

les hurlements dans la nuit. Et aussi les séances de dressage des chiens et de tir dans le pré qui jouxtait le cimetière catholique. Mais camarade Procureur général, je ne suis qu'une vieille fille, une ennemie de classe qui a étudié la psychologie à Vienne. Oui, effectivement, j'ai donné quelques petits conseils pratiques dans l'intérêt de la défense de l'État, je le reconnais. Mais comment imaginez-vous que j'aie pu faire battre à mort des mendiants ? C'est du délire, camarade Procureur. Du délire ! disait-elle lors de l'un des procès où les nouveaux camarades appliquaient les anciennes méthodes. Il est vrai qu'elle a fini par tout reconnaître, écopant de dix ans de prison. Un ingénieur agricole, un civil qui avait fait ses études à Moscou, a emménagé dans sa maison de la rue de la Liberté et a fait murer à nouveau les soupiraux de la police.

(le *zú*)

Ce n'est pas vrai que je n'aime pas les énigmes. Seulement ça m'ennuie de ne pas pouvoir les résoudre, ai-je dit à la comtesse la fois suivante.

Ce n'est pas *fair-play*, mon cher, a-t-elle dit.

Quoi ?

Que je me casse la tête des journées entières pour comprendre pourquoi notre jeune ami néglige l'instruction publique, et vous, vous m'attaquez avec la réponse.

Vous la trouvez satisfaisante ?

Je ne le dirais pas, mais c'est un bon début. Il est vrai que peu de choses rendent l'homme aussi prudent que la peur de l'échec. Heureusement, il y a diverses possibilités de l'éviter. Et, indéniablement, l'une de ces possibilités est de ne pas faire face au problème.

Je me taisais.

En tout cas, moi je privilégie une autre voie : résoudre le problème. Pour ainsi dire, chez nous, c'est une tradition familiale. Certes, cela a parfois abouti à des solutions minables.

Une solution minable reste-t-elle une solution ?

Dans la mesure où il y a eu un effort, incontestablement. Et de cette manière, l'obstacle principal, à savoir la peur de l'échec, a été vaincu.

Je ne crois pas que seul l'échec m'éloigne de l'instruction publique.

Je le pense aussi. C'est pourquoi j'ai dit que c'était un bon début. Vous accepteriez un petit sentiment d'échec ?

Il le faut vraiment ?

Comme je l'ai déjà dit la dernière fois, rien n'est obligatoire, mon cher.

J'accepte.

Mária, ma chère, voulez-vous apporter le *zú* ?

Mária était assise devant la fenêtre, à côté du radiateur à huile, mais je ne l'avais tout simplement pas remarquée. Elle a posé son aiguille, le champignon à repriser, est allée vers la vitrine d'où elle a sorti une boîte en argent. Grande comme une brique. Et aussi lourde. Avec un blason dessus. La comtesse m'a dit de l'ouvrir. L'intérieur était exactement comme celui des boîtes à bijoux. Au milieu du velours noir, dans une petite dépression, il y avait une rondelle de bois sombre gravée.

Alors ? a-t-elle demandé.

Je l'ai sortie, elle était à peine plus grande qu'une pièce de monnaie, mais plus épaisse. Sur l'une des faces figurait une espèce de signe formé de sept ou huit traits de gravure. L'intérieur des entailles était peint en blanc. Au dos rien, juste les anneaux du bois. En grand nombre. Elle était dure, lourde et usée. On voyait qu'elle avait beaucoup servi, il était difficile de dire à quoi. Le signe ressemblait vaguement à une double croix, mais ce pouvait être tout autre chose aussi. Pas sûr même que ce soit un signe.

Alors, à votre avis, mon cher, qu'est-ce que c'est ?

Je ne sais pas, ai-je dit.

Réfléchissez. Vous n'allez pas le deviner, mais vous aurez sûrement des idées intéressantes.

J'ai tourné la chose dans tous les sens, j'ai regardé la gravure.

Un sceau ? Sauf qu'ils ne sont jamais en bois.

Non, ce n'est pas ça.

Une pièce de monnaie.

De monnaie ? Ça, voyez-vous, personne n'y avait jamais pensé.

Un authentique faux jeton.

Pas mal, mais contrairement à ce que l'on croit, à la roulette, un jeton est toujours vrai, même si c'est de la monnaie de bois, mon cher.

Il y a quand même des gens qu'on appelle des faux jetons.

Oui, pour désigner ceux qui manient la langue de bois.

Dommage, un authentique faux jeton a sûrement une grande valeur.

Pour moi, il en a. Il appartient à ma famille depuis plus de trois cents ans.

Alors, c'est quoi ?

Voyez-vous, personne ne l'a jamais su. C'est pourquoi on en prenait si grand soin. On a fait fabriquer la boîte quand mon grand-père a apporté cette chose à Rome pour expertise.

Pourquoi à Rome ?

Parce qu'à Rome, on sait tout, mon cher. Il y a quelques endroits au monde, où on sait tout. Rome, Moscou, Jérusalem et Washington. Mais à l'époque, c'est le choix de Rome qui était le plus pertinent. Et puis le signe, il ressemble plutôt à une croix, non ?

Et qu'a dit le pape ?

Je vais vous décevoir, mais même mon grand-père n'avait pas ses entrées chez le pape. Selon l'un de ses subordonnés, c'est le motif du fer avec lequel étaient marqués les premiers chrétiens.

Alors l'énigme est résolue.

Les chrétiens n'ont jamais été marqués au fer, mon cher.

Il est possible que les Romains aient voulu le faire, mais qu'après, ils aient eu une meilleure idée.

Comme nous le savons, ils ont eu beaucoup de bonnes idées, mais pour nous, ça ne change rien.

Et comment il s'est retrouvé dans votre famille ? Ça pourrait vous aider.

C'était un cadeau. Salamon Szendrey s'était rendu en délégation à Constantinople pour des négociations, et le sultan en personne le lui a offert. Il n'y a probablement pas une once de vérité dans cette histoire de cadeau du sultan, car Salamon Szendrey était un grand affabulateur, mais en tout cas, c'est par lui que cette chose s'est retrouvée dans la famille. Pardon.

Je n'ai rien entendu. Mais si on ne peut pas savoir ce qu'est ce… pardon… alors ce n'est pas la peine de chercher, personne ne pourra nous dire si on a deviné, ou pas.

Il y a encore une semaine, vous auriez eu entièrement raison.

Ça veut dire l'énigme a été résolue.

Pas vraiment résolue. Disons plutôt que la chose est apparue. C'est un pion, mon cher.

Je ne comprends pas, comment ça, un pion ?

Comme je vous le dis. Un pion, dans la boîte portant le blason de la famille Szendrey.

Un pion ?

Oui, a-t-elle dit en posant devant moi un *Vie et Science* avec un article sur les échecs chinois.

Ce signe, *zú* dans la transcription pinjin et phonétiquement *tsou*, veut dire fantassin. Un pion.

Une pièce du jeu d'échecs chinois, mon cher. J'ai failli mourir de rire. Après trois siècles de conjectures, il s'avère que c'est une pièce du jeu d'échecs. Elle a été au Vatican, auparavant à Constantinople, peut-être aussi à la Sorbonne ou à Göttingen. Mon père lui a consacré trente pages de suppositions dans ses notes. Un pion, a-t-elle dit en riant avant de le replacer dans la boîte au blason.

Il est possible qu'à Constantinople, ils savaient pertinemment ce qu'ils donnaient à Salamon le Menteur, ai-je dit.

C'est fort possible. Mais au vu du résultat final, ça n'a pas d'importance.

Vous regrettez que ce soit cela, la solution ?

Si je le regrette ? Vous plaisantez. Je n'ai pas ri de si bon cœur depuis la nationalisation.

Vous avez ri lors de la nationalisation ?

Que pouvais-je faire d'autre, mon cher ? Quelques pauvres diables se présentent chez moi avec à leur tête deux types en manteau de cuir qui se sont déjà gavés, et ils pensent liquider l'aristocratie en confisquant l'argenterie familiale.

Ils l'ont quand même liquidée.

Vous trouvez ? Chère Mária, à votre avis, c'est quoi l'aristocratie ?

Zú, dit Mária en riant.

Et l’honorable classe ouvrière ?

Zú, elle aussi.

Et notre jeune ami ?

On ne peut plus *zú*.

Si mon raisonnement est juste, moi aussi, je suis *zú*.

Eh oui, madame la comtesse aussi. Et qui plus est, moi aussi, dit Mária.

Je crains que Mária ait raison.

Alors tout le monde est *zú*, ai-je dit.

Formidable. Vous avez raison aussi.

Mais finalement, le *zú* n’est qu’une simple pièce d’échecs. Et rien qu’un pion.

C’est ça. Un pion qui, par son secret, tient en échec une famille illustre et, par ailleurs, particulièrement cultivée.

Jusqu’à ce qu’on découvre ce qu’il est vraiment, ai-je dit.

C’est vrai. Seulement, s’il a fallu trois cents ans pour découvrir ce qu’est ce bout de bois, combien de temps faudra-t-il pour dire qui je suis ? Voyez-vous, mon cher, l’aristocratie, c’est pareil. Une boîte précieuse qui renferme un secret obscur. Et un jour il s’avère que ce n’est qu’un simple pion. Et en soi, il n’est pas tellement différent du pape de Rome ou de ceux qui ont mis en œuvre la nationalisation. Ou même de vous, cher András.

En ça, non. Mais peut-être sous un autre aspect.

Le reste n’a pas d’importance, croyez-moi, mon cher.

Et que se passerait-il si cela n’était pas apparu ?

Ne vous bercez pas d’illusions, tout apparaît tôt ou tard. L’idéal serait bien sûr de le découvrir soi-même. Mais, comme j’ai dit, j’apprécie déjà l’effort. Pour vous donner un exemple, je ne trouve pour ma part rien de répréhensible au fait de se tenir à l’écart de l’instruction publique. À condition d’essayer au moins de comprendre pourquoi on le fait. Et, bien sûr, s’il y a quelque chose à la place.

Je vois.

Je n’en doute pas. Il n’est plus grand ennemi de l’âme que le vide, mon cher. Le problème ne vient jamais des choses qui ont été emportées lors de la nationalisation. Mais du vide qu’elles ont laissé.

C’est sûr, ai-je dit.

Je suis ravie de constater que nous sommes d'accord. Allez, je vous laisse partir avant que vous ne pensiez que cette vieille veut prendre le rôle de l'instruction publique hongroise.

Ça ne me viendrait pas à l'esprit. C'est le jour et la nuit.

Je considère cela comme un compliment, a-t-elle dit.

(la convocation)

Chaque fois que je sortais ou rentrais, je vérifiais la boîte aux lettres dans l'entrée. Ça n'avait pas beaucoup de sens. Mon Père n'était pas abonné à des journaux et correspondait avec peu de gens. Moi, avec personne. Malgré tout, six ou huit fois par jour, j'introduisais la clé dans la boîte en tôle grise, la tournais, ouvrais la porte grinçante, la refermais, tournais à nouveau la clé et continuais mon chemin. Vraiment, ça n'avait aucun sens, puisque le facteur ne passait qu'une fois par jour, mettait une lettre pour mon Père toutes les trois ou quatre semaines, et on voyait bien à travers la fente que la boîte était vide.

Même quand la serrure s'est cassée, j'ai continué à me servir de la clé pour ouvrir la porte. Ç'aurait été plus simple avec le doigt, ça m'aurait évité d'avoir à fouiller dans mes poches, mais j'avais pris cette habitude. Cela ne valait pas la peine de changer la serrure. Quand il y avait une lettre pour mon Père, je la posais sur sa table. Je ne regardais même pas l'expéditeur. À vrai dire, je n'attendais rien de personne, mais je savais que j'étais chez moi. On ne surveille pas la boîte aux lettres quand on n'est pas chez soi.

Une fois, alors que je partais juste au moment où mon Père rentrait, nous nous sommes croisés sous le porche. Il était en train d'ouvrir la boîte aux lettres vide, et j'ai compris qu'il faisait comme moi. Mais lui, il attendait effectivement un courrier. Il m'a demandé si j'avais de l'argent sur moi, je lui ai dit, oui, merci, il m'a demandé si j'avais mangé, j'ai dit oui, que j'avais acheté des petits pains et du cervelas, puis on s'est dit au revoir.

Dehors, la lumière était forte, inimaginable dans l'entrée couverte de salpêtre, et quand le soleil m'a inondé le visage, j'ai failli me retourner pour lui dire que j'avais acheté du pain pour lui aussi, il était dans le buffet, mais finalement je ne l'ai pas fait. Puis j'ai pensé qu'il le trouverait tout seul. Enfin bon, je voulais juste parler de la boîte aux lettres. Dire que mon Père aussi l'ouvrait toujours.

En prenant la lettre et en la posant comme d'habitude sur sa table, je n'ai même pas pensé qu'elle pouvait être pour moi. Nous nous appelons tous les deux András Szabad. Puis il est rentré à la maison, l'a lue et a frappé à ma porte. Son visage était terreux, sa bouche tremblait légèrement. Comme s'il s'apprêtait à pleurer. C'est pour toi, mon fils.

Ni lui ni moi n'avions prévu de recevoir cette lettre. Tout simplement nous ne prévoyions pas les choses que les familles normales prévoient des mois ou des années à l'avance. Il est vrai que nous n'étions même pas une famille. Le bureau du recrutement militaire m'indiquait la date à laquelle je devais me présenter pour la conscription.

D'abord j'ai pensé à me pendre. Puis, je me suis dit qu'ils ne me retrouveraient jamais dans les forêts qui entouraient Mélyvár, c'était sûr et certain. Puis, que j'allais franchir la frontière en cachette. En réalité, je ne pensais pas à ces choses clairement, comme quand on pense aller acheter trois petits pains et cent grammes de cervelas, je voyais seulement des images. Comme sur un écran de cinéma. Quelqu'un court dans un champ de maïs, un autre enlève la sécurité, vise, attend, ricane et tire. Quand c'est passé, j'ai vu que mon Père se tenait toujours au même endroit, dans la même position.

Je lui ai dit, toi aussi, tu as tenu trois ans.

Non, mon fils. Quel qu'en soit le prix, tu n'iras pas à l'armée.

Je lui ai dit merci, pour qu'il se calme, car il était évident que c'était impossible. Des secrétaires du Parti ne pouvaient pas faire dispenser leurs enfants, alors que dire d'un magasinier fraîchement libéré. Ou à vrai dire, un professeur.

(la vieille)

J'ai acheté mon billet et pris le rapide du matin. Je compte les arrêts jusqu'à Mélyvár. Une vieille femme est assise en face de moi. Son visage est trempé, elle l'éponge tout le temps. Puis ses cheveux. Enfin, ses vêtements. Elle porte un pull brun avec de gros boutons en bois. À l'arrivée du contrôleur, elle se met à farfouiller dans son sac à main. Ses mains aussi sont trempées. L'homme poinçonne son billet avec dégoût, ne regarde même pas le mien. Il referme la porte. Je demande à la femme si je peux l'aider. Elle me répond qu'il n'y a rien à faire. J'ouvre quand même la fenêtre, le courant d'air la fera peut-être sécher. Puis, dans l'un des virages, un pigeon entre par la fenêtre.

Je n'ai jamais vu une chose pareille, il est vrai que je n'ai pas souvent pris le train. Un jour, j'avais dans les deux ans, les Allemands avaient réquisitionné notre maison, un paon est entré dans ma chambre par la fenêtre. Je m'en souviens. Ma Mère m'a sauvé de ses griffes. Et maintenant, voilà qu'un pigeon se débat dans le compartiment. Il se cogne contre la valise de la vieille, le miroir, la porte coulissante. J'essaie de le diriger vers la fenêtre, mais ça l'affole encore plus, alors je me rassois à ma place et ne bouge plus, c'est peut-être mieux pour lui. Et la vieille qui s'éponge sans cesse. Puis elle pose sa serviette et, sans regarder l'oiseau, elle l'attrape d'un geste brusque. Lui tord le cou, crac, puis le jette par la fenêtre. Et alors, sa peau commence à sécher. Je me suis réveillé en hurlant. Heureusement, mon Père n'était plus à la maison. Il avait emporté ma convocation.

(le paon)

Durant les derniers jours de l'Occupation, le colonel Johann Wolfgang Adler donna à ma Mère un paon enveloppé dans une couverture en guise de cadeau d'adieu. Ses hommes l'avaient réquisitionné chez les Tziganes qui vivaient aux abords de la ville. Après les avoir fusillés, à l'exception de sept fillettes. Il est vrai qu'après usage, ils leur avaient aussi logé une balle dans la nuque. Puis ils avaient sacrifié deux bidons d'essence pour la crémation.

Le soir, quand ma Mère rentra, le paon était déjà dans la véranda. Seules sa tête avec son aigrette et les plumes de sa queue dépassaient de la couverture militaire ficelée. Elle défit le paquet et chassa l'oiseau dans la cour, entre les véhicules tout-terrain et les side-cars. Qu'il aille où il voulait. Elle renvoya chez elle Éva-la-petite-voisine, me donna à manger, puis servit le repas des militaires qui avaient pris leurs quartiers chez nous.

Après le dîner, le colonel Johann Wolfgang Adler revint dans le salon avec une bouteille de vin. Il s'excusa pour le dérangement et dit à ma Mère qu'il regrettait que cette guerre se terminât d'une manière si peu glorieuse. Mais que nous pouvions être tranquilles, car de nouveaux Tziganes remplaceraient bientôt les anciens.

Vous ne voulez vraiment pas un peu de vin, chère Anna ?

Ma Mère lui signifia d'un seul regard qu'elle ne voulait toujours pas avoir de conversation avec le colonel Adler. Même si c'était sa dernière nuit.

Pourtant, j'ai vraiment grand besoin de votre aide, dit le colonel Adler. Vous savez, quand on doit obéir à deux ordres contradictoires, on est dans l'embarras. Là maintenant, par exemple, selon l'ordre du jour du général Freissner, je devrais faire fusiller sur-le-champ Blumann et les autres. Car le soldat allemand n'est pas un criminel. Il ne vole pas, n'incendie pas, ne tue pas, ne viole pas. Mais d'autre part, un soldat allemand, même en repli, ne laisse pas derrière lui un camp de Tziganes. Comment résoudriez-vous ce problème, chère Anna ?

Ma Mère ramassa les assiettes.

Ce n'est pas grave, je trouverai une solution. Bien sûr, mon problème n'est qu'une broutille. Pensez plutôt à ces pauvres Anglais qui sont en train de se demander s'il est raisonnable de mettre des armes entre les mains de leurs nègres. Que se passerait-il si ces nègres mettaient en joue non notre théorie des races, mais leurs propres officiers ?

Ma Mère emporta la vaisselle sale. Puis revint chercher la nappe.

Je vous en prie, restez. Vous savez très bien qu'au matin, nous ne serons plus là. Considérez que vous faites un sacrifice pour votre pays en discutant avec moi. Il mérite au moins ça, votre pays, car il est en grande difficulté. Nous, nous serons vaincus, mais vous, vous serez libérés. Et on ne peut jamais haïr de bon cœur ses libérateurs. Même si après usage, ils tirent dans la nuque des petites Tziganes de la même manière que mes soldats.

Ma Mère enleva la nappe qui, de cette manière, resta propre. Nous avons dîné sur cette nappe encore pendant des années.

Vous savez ce que je pense, chère Anna ? Je pense qu'à partir de demain, il y aura toujours des gens pour considérer nos Tziganes comme des personnes déshonorées, assassinées, tandis que leurs Tziganes à eux seraient un abus nécessaire, une erreur. Et il y aura peut-être une once de vérité là-dedans. Pas plus, juste assez pour créer une scission. Et cette scission va mener ce pays à sa perte. Disons-le : là, maintenant, lors de notre dernière soirée, je vous le garantis, à vous et à votre pays tout entier, chère Anna.

Ma Mère ne ressortit pas, alors qu'elle avait déjà plié la nappe. Elle aurait tranquillement pu sortir.

Vous auriez été très bien ici sans les juifs, les Tziganes, les homos et les communistes. Parce que vous auriez pu nous haïr de bon cœur. Et la haine, ça donne de la force. Bien plus que la foi, l'espoir ou l'amour. En revanche, la scission à venir rendra le pays faible, triste et ridicule. Savoir si nous avons une excuse pour ceci ou cela n'est pas un sujet de discussion, car nous n'en avons pas. Par contre, la racaille va nous présenter comme excuse à n'importe quoi. C'est la seule chose qui me fasse regretter de perdre cette guerre.

Ma Mère lui dit que, vraiment, il n'avait rien à regretter.

Le colonel Adler remercia Frau Anna de lui avoir quand même adressé la parole et se servit encore un verre de vin. Selon ma Mère, il était vraiment bel homme.

Croyez-moi, chère Anna, loin de moi le désir de figurer dans vos souvenirs de guerre comme le nazi humain. De montrer à votre petit chou que les Allemands sont aussi des êtres humains. Je ne suis pas encore tombé si bas… Vous n'êtes pas obligée de trinquer avec moi, mais prenez quand même un verre. Ce n'est pas bon tout seul… Bon, si c'est non, c'est non. Mais vous avez tort.

Ma Mère se mit à plier soigneusement la nappe. Bord contre bord. Cela n'avait aucun sens, de toute façon, quelques minutes plus tard, elle atterrirait dans le panier à linge sale.

Vous savez, j'avais un professeur à l'université, le professeur Klaus Klaus. Oui, il avait un nom amusant. Un jour, il a fait une démonstration. Il a fait venir trois étudiants au tableau et leur a posé une question toute simple, à savoir qui avait écrit l'*Éthique à Nicomaque*. Il leur a donné une feuille chacun, ils devaient répondre par écrit. Naturellement, sans réfléchir, tous les trois ont écrit le nom d'Aristote. Je dois ajouter que le professeur Klaus Klaus n'avait d'amusant que le nom. Il a regardé les feuilles, dont deux seulement l'ont satisfait. Puis il a dit à Helga Müller d'assister encore à ce cours, et de l'attendre ensuite dans son bureau, pour en parler.

Et non seulement Helga n'avait pas osé demander pourquoi, mais deux minutes plus tard, elle pleurait déjà à chaudes larmes. Le professeur Klaus a dit alors qu'il n'y avait pas de mal, que si elle avait trouvé la solution, elle se lève et dise à haute et intelligible voix qui avait écrit l'*Éthique à Nicomaque*. Allons, dites-le-nous. Alors Helga a hurlé dans un sanglot, je ne sais pas, pardonnez-moi monsieur le professeur, pardonnez-moi, pardonnez-moi. Voilà pour ce qui est de l'assurance que donne le savoir, a dit le professeur Klaus. Puis il a bien sûr rassuré Helga, lui disant qu'elle avait donné la bonne réponse et qu'outre le fait qu'elle aurait une excellente note à l'examen, l'éthique, que ce soit celle d'Aristote ou d'un autre, ne lui serait jamais d'aucune utilité. Parce que les temps changeaient.

La vérité est, chère Anna, que je ne comprenais pas Helga. Parce que moi, je n'avais pas peur du professeur Klaus. Disons que le savoir m'avait donné un sentiment de sécurité. Et que la liberté dépend toujours de la sécurité, n'est-ce pas ? Une liberté où on tremble de peur n'intéresse personne.

Je n'avais pas peur de Klaus, je n'ai pas eu peur d'écrire une thèse intitulée *L'Éthique de la liberté*, je n'aurais pas eu peur de déserter, seulement je trouvais que ce ne serait pas correct. Donc, ce n'est pas par peur que je suis là. Cela ne veut pas dire que je n'ai peur de rien, car, par exemple, j'ai peur de la mort. Ce que je veux dire, c'est que je ne suis pas une victime du système. Et au risque de vous choquer, chère Anna, je n'ai pas mauvaise conscience. Une fois, dans les environs de Varsovie, j'ai laissé s'enfuir quelques camions de juifs, je n'ai jamais exécuté personne de mes propres mains, etc., etc. Cela dit, je ne prétends pas avoir fait du bien uniquement parce que je n'ai pas fait de mal. Dans l'ensemble, je n'ai pas une haute opinion de la conscience, on peut commettre les plus grandes infamies avec la conscience tranquille.

Bref, si je me suicidais de mes propres mains, ce ne serait en aucun cas par peur. Ni par mauvaise conscience. Ni surtout parce que je n'arrive pas à savoir si c'est par pharisaïsme que les Anglais n'arment pas leurs nègres en ce moment. Je soupçonne fortement que c'est le cas. Donc, je ne le ferai ni pour des considérations éthiques, ni par désespoir. Il est pratiquement certain qu'après un ou deux ans de prison militaire, une bonne université m'invitera pour enseigner l'éthique. Je le ferai uniquement parce que… Effectivement, ce vin n'est pas fameux, vous avez entièrement raison de ne pas en vouloir… Excusez-moi, chère Anna, puis-je vous demander d'ouvrir un peu la fenêtre ?

Bien sûr, dit ma Mère, et pendant qu'elle ouvrait la fenêtre, le colonel Johann Wolfgang Adler, sans peur et avec la conscience tranquille, se tira une balle dans la bouche.

L'aide de camp apparut aussitôt, il demanda à ma Mère de cesser de pousser des hurlements inarticulés et de l'aider plutôt à soulever le colonel Adler. Naturellement, il témoignerait de ce qui s'était passé et, naturellement, *Frau* Anna n'aurait aucun ennui. Mais pour l'instant, elle était priée de garder son sang-froid, après tout, c'était la guerre. Et c'est au moment où ma Mère eut enfin retrouvé plus ou moins ses esprits et qu'elle l'aida à transporter le corps du colonel dans la chambre de mon Père, qui était au STO, que le paon entra par la fenêtre.

Il fit le tour de la grande table où se trouvait encore le verre du colonel Johann Wolfgang Adler, se posa un instant sur la chaise ensanglantée, puis sur la vitrine, avant de partir en direction d'une voix qui l'appelait. Il traversa le couloir, entra dans ma chambre et se posa sur le poêle en faïence. Il piétina sur place un peu comme s'il se demandait que faire, alors que je hurlais déjà à pleins poumons. Pour finir, entraînant derrière lui sa queue arc-en-ciel, il traversa ma chambre à tire-d'aile.

Cette comète hurlante est le premier souvenir de ma vie.

Puis une chaleur pesante m'écrasa et le silence envahit la maison. Un silence plus grand que celui qui avait suivi le coup de feu. C'est dans ce silence que ma Mère arriva en courant dans ma chambre en criant, assassins, et qu'elle me libéra des griffes de l'oiseau des Tziganes avant qu'il ne me crève les yeux et que, moi aussi, je ne me calme une fois pour toutes.

(le Dr Zenta)

Quelques jours après la convocation, mon Père est rentré avec un homme inconnu. Il s'appelait Dr Zenta, neurologue. Il portait un costume gris, ses cheveux étaient également gris, alors qu'il devait avoir le même âge que mon Père. Il avait une tête de vautour. Ou que sais-je. Il ressemblait un peu au frère de ma Mère, Iván, tué par les croix-fléchées. Depuis que nous avions emménagé dans cet appartement, c'était la première fois que quelqu'un venait chez nous.

Mon Père m'a demandé de venir dans sa chambre. Il n'avait que deux chaises, alors j'ai apporté un tabouret de la cuisine. Le Dr Zenta a dit que l'armée connaissait un certain assouplissement, comme le pays tout entier. Mon Père lui a demandé ce que ça voulait dire. Le Dr Zenta a dit que les simulateurs étaient toujours mal vus, mais que dernièrement, les véritables candidats au suicide étaient exemptés. Le nombre élevé de suicides parmi les recrues avait beaucoup terni l'image de l'armée, et ils essayaient d'y remédier. En d'autres termes, j'avais de la chance d'avoir été appelé juste maintenant, parce qu'on ne savait jamais chez ces gens-là, la ligne dure pouvait revenir dans un an ou deux.

Je lui ai demandé si je devais me pendre. Il m'a dit, en aucun cas, car c'était justement ce que faisaient les simulateurs. Ils se pendaient, sautaient du pont, prenaient des somnifères. Et eux, après, on les faisait suer comme les séminaristes. Dans le pire des cas, ils restaient derrière les barreaux pendant quelques années. Celui qui veut vraiment mourir, il meurt. Techniquement, il est beaucoup plus facile de se tuer soi-même que de tuer un autre. Même un nourrisson peut rendre la tâche difficile s'il veut vivre. N'oubliez pas ça, jeune homme, a-t-il. Je lui ai dit qu'il y avait quand même des exceptions. Qu'il arrivait qu'on veuille vraiment mourir, mais qu'on se rate. Il a dit que ça arrivait. Mais que ce n'était pas significatif. Qu'il arrivait beaucoup plus souvent que la tentative aboutisse alors qu'on n'avait pas vraiment voulu mourir.

Je me suis dit que le colonel Johann Wolfgang Adler avait probablement raté ça aussi. Qu'en vérité, il avait compté sur le fait que ma Mère, voyant son reflet dans la fenêtre, se retournerait à temps et lui pardonnerait.

Alors qu'est-ce qu'on fait, a demandé mon Père avec impatience, puis il s'est tu brusquement parce que ce qu'est-ce-qu'on-fait avait sonné un peu comme s'il voulait hâter mon suicide.

On trouvera une solution, a dit le Dr Zenta. Le jeune homme viendra chez moi demain à quatre heures pour prendre des instructions. Puis il a consulté sa Schaffhausen en or avant de prendre congé.

J'ai rapporté le tabouret et les verres à la cuisine. D'abord, l'ampoule a grillé, puis un verre s'est cassé. J'ai allumé une bougie et passé le balai. Les magasins étaient déjà fermés, alors j'ai eu l'idée de prendre l'ampoule de ma lampe de lecture.

Mon Père était assis sur son lit comme sur un bat-flanc. Sa canne à côté de lui. Je lui ai demandé qui était cet homme. Au bout d'un moment, il m'a dit que c'était une très ancienne connaissance de ma Mère.

Je suis allé dans ma chambre et j'ai sorti du tiroir de la vitrine la boîte avec les photos qui n'entraient pas dans les albums. Je n'oublie jamais ce que je vois sur une image. Je me suis même souvenu qu'il était quatre heures cinq. Au fond de la boîte, j'ai trouvé la photo, ma Mère encore jeune fille, dans un parc ou à la lisière d'une forêt. Elle offre son visage au soleil, le vent lui soulève les cheveux. De sa main droite, elle tient une main d'homme, la Schaffhausen indique quatre heures cinq, la photo s'arrête là.

(à l'hôpital)

Le lendemain, je suis arrivé à quatre heures à l'hôpital János. Le portier était un gnome. Il m'a dit qu'on n'entrait pas comme ça chez le Dr Zenta. Je lui ai dit que j'avais rendez-vous, mais il n'était manifestement pas convaincu. Après un instant d'hésitation, il a dû se dire que le moins risqué était de donner un coup de fil. Excusez-moi, camarade chef de service, c'est Sanyi, camarade professeur, oui, le portier, camarade professeur, il y a là un jeune homme, camarade professeur, oui, j'ai compris, camarade professeur.

Il était hydrocéphale et, une fois descendu de sa chaise, il était plus petit qu'assis. Il a ouvert toutes les portes entre sa loge et le cabinet du chef de service au pas de course, puis il est retourné dans sa loge, toujours au pas de course.

Il était beaucoup plus détendu que chez nous la veille, mais il n'a fait aucune allusion au fait qu'il connaissait mon Père. De ce fait, je n'en ai pas parlé non plus. Il m'a demandé si je voulais un cognac, je lui ai dit, non merci, juste de l'eau. Par contre, j'ai accepté une cigarette américaine. Il m'a expliqué dans les moindres détails ce que je devrais dire et faire, il m'a même préparé à la manière de parler des officiers recruteurs.

Il m'a dit que tout irait très bien, qu'ils pourraient éventuellement m'envoyer faire des examens, mais que ce n'était pas sûr. Et que même si c'était le cas, je ne devais pas m'angoisser, le diagnostic qu'il allait me faire était plus sûr que si j'avais été handicapé physique. Je comprends, ai-je dit, et j'ai revu mon Père assis la veille au soir sur son lit, avec sa canne à côté de lui. Puis j'ai pensé qu'avec sa tête de vautour, cet homme n'aurait certainement pas été exempté, et n'aurait même pas essayé. Puis que c'était des âneries tout ça, le frère de ma Mère avait essayé, et il avait été assassiné. Pourtant, il avait exactement la même tête de vautour. Ce n'était pas ça qui comptait. Il est vrai qu'il avait fait un enfant à une femme juive au pire moment qui soit.

Il a sorti une enveloppe cachetée de son sac. Il m'a dit l'avoir écrite la nuit précédente, mais il a souligné que je devais la donner uniquement si on me la demandait. Et que ce papier pourrait nous valoir cinq ans de prison, aussi bien à lui qu'à moi. Je lui ai dit que je le savais. Puis il m'a demandé ne pas ouvrir l'enveloppe si possible, car ce qu'elle contenait ne me concernait pas en réalité, et que voir son nom sur un tel document ne faisait de bien à personne. Je lui ai dit que je ne l'ouvrirais pas, naturellement. Mais que ce serait quand même bien que je sache un peu ce qu'il y avait dedans, au cas où on me poserait la question. Il m'a rassuré en disant qu'ils n'allaient pas m'interroger sur le diagnostic, c'était sûr. Cela dit, un début de schizophrénie. L'essentiel était que je sois exempté sans être forcé de suivre un traitement. C'était une maladie qu'on avait inventée pour ça. Pour l'heure, je n'avais rien du tout, j'étais et pouvais rester un bon bout de temps un membre utile de la société, mais sous la pression, il était certain que mes réactions deviendraient imprévisibles. Je lui ai demandé ce que ça voulait dire précisément. Pour eux, ça signifiait qu'à tout moment je pouvais vider un chargeur sur l'officier formateur. J'ai dit que je ne ferais jamais ça. Évidemment, car je n'avais rien.

Je lui ai demandé si d'autres personnes étaient exemptées grâce à ce diagnostic. Il m'a regardé longuement dans les yeux avant d'allumer une cigarette. La fumée n'adoucissait guère son regard. Si c'est moi qui le signe, c'est probable, a-t-il dit enfin, puis il a écrasé sa cigarette à peine entamée, de sorte qu'elle s'est cassée en deux.

Il s'est levé, a pris une clé dans sa poche et sorti une fiole d'une armoire vitrée. Il l'a entourée de coton et l'a placée dans une boîte de médicament. Je devais absolument la boire en partant. C'était un simple tranquillisant, je serais un peu groggy, il n'y aurait pas d'autre effet. C'était plutôt pour que la tension ne me fasse pas oublier comment je devais me comporter. Ça changerait aussi mon apparence, car j'étais trop beau et bien portant. Exactement comme ma Mère, a-t-il dû se dire.

Il avait encore une affaire à régler, ensuite il pourrait me ramener à Pest en voiture si je l'attendais. Je lui ai dit merci, mais je préférais marcher. On s'est serré la main, j'étais vraiment reconnaissant pour ce papier. L'enveloppe cachetée m'avait laissé des doutes, mais quand il a cassé sa cigarette à moitié consumée, j'ai su avec certitude que je serais exempté.

Ce n'est qu'une bonne trentaine d'années plus tard que j'ai appris qui était le Dr Zenta. À l'époque de mon exemption, il était déjà plutôt un officier traitant du ministère de l'Intérieur qu'un neurologue. "L'influence émotionnelle a un rôle particulièrement important chez les agents travaillant dans le domaine artistique, ainsi que chez les femmes, chez qui l'influence émotionnelle constitue un accessoire naturel de la pression intellectuelle et logique." Il écrivait ce genre de textes didactiques.

(le cercle)

En revenant de la conscription, j'ai remarqué à l'un des arrêts une femme adossée au poteau de signalisation. Elle léchait une moitié de citron. Elle n'a pas bronché tant que tout le monde n'était pas descendu. Comme si elle avait attendu un autre tramway. Le conducteur ne lui a quand même pas fermé la porte au nez, pourtant c'est ce qu'ils font d'habitude quand une femme a dans les trente-cinq, quarante ans.

Je n'étais pas le seul à avoir assisté à la scène, tout le monde l'avait vue. La rame entière, avec les vieilles femmes et les jeunes mamans. Elle a léché encore deux ou trois fois son citron, puis elle l'a emballé dans un bout de cellophane, l'a mis dans son sac à main. Comme si elle avait toujours sur elle, en plus de ses clés, de son maquillage et de ses papiers, une moitié de citron grâce à laquelle elle entendait distinctement les hommes avaler leur salive, malgré le crissement des roues sur les rails.

J'observais son reflet dans la vitre depuis qu'elle était montée. Je m'efforçais de penser qu'elle était la maîtresse d'un agent de la Sûreté ou d'un secrétaire du Parti. Mais ça ne m'était pas d'un grand secours. Visiblement, notre appartenance politique, religieuse ou simplement morale ne change rien à nos réflexes. En tout cas, c'est assez chiant que toute une rame de tramway sache qu'on est en train de saliver.

J'avais beau être le seul à ne dévorer des yeux que son reflet dans la vitre, elle s'est quand même assise juste en face de moi. Pourtant, il y avait plein de places ailleurs. Je ne comprenais pas pourquoi c'était tombé sur moi. Il y avait au moins vingt personnes qui la regardaient. Et pas seulement son reflet, mais directement. Comme ça se fait.

Et moi, j'avais si bien joué l'idiot moins d'une heure auparavant que je l'étais resté. J'aurais pu redevenir normal, j'aurais pu regarder n'importe qui en face, mais ça ne marchait pas. Pourtant il était évident dès qu'elle était montée qu'elle ne redescendrait pas toute seule.

Il y a des femmes chez qui c'est évident au premier regard. Plus précisément, chaque femme a un tel moment au moins une fois dans sa vie. Un moment où elle peut faire descendre le Christ de sa croix, si elle veut. Il est possible qu'elle n'ait ce pouvoir qu'une seule fois, et qu'elle n'en profite même pas. Parce que sa conscience ne le lui permet pas. Ou bien son éducation. Mais ce pouvoir sur l'univers, même si c'est pour un seul instant, elle l'a.

Je ne savais pas ce que j'allais lui dire. Je ne pouvais pas lui dire que, selon les indications du Dr Zenta, à peine une heure auparavant je faisais l'idiot au centre de conscription. Tu leur donnes cette enveloppe et quoi qu'ils te demandent, tu réponds : je-ne-sais-pas. Tu ne joues pas l'idiot, tu ne sais pas, tranquillement, calmement, sans ciller. Ensuite tu peux dire n'importe quoi, ça n'a pas d'importance. Tu aimes la soupe aux choux ? Je-ne-sais-pas. Oui. Tu défendras par les armes la République populaire de Hongrie ? Je-ne-sais-pas. Non. Ton Père était-il un minable traître ? Je-ne-sais-pas. Oui. Tu as déjà fait une tentative de suicide ? Je-ne-sais-pas. Non. Et je te dis, sans ciller, c'est clair ? Retiens bien ça, c'est le plus important. Si on traite ta mère de pute ou qu'ils te disent qu'ils te recrutent, tu ne bronches pas. Simplement, tu les regardes. Voilà pourquoi en partant, tu n'oublieras pas de prendre ce médicament. Et moi, je suis une connaissance de ton Père. N'essaie pas de le nier, ils le savent. Mais dis que tu étais venu me voir uniquement pour me demander un somnifère, parce que ça fait des mois que tu n'arrives plus à dormir. Et que c'est à cette occasion que je t'ai examiné.

Je ne pouvais pas dire à cette femme que je rentrais chez moi de la caserne avec un livret militaire de catégorie E. Je ne pouvais pas lui dire qu'elle avait beau lécher son citron, je n'irais pas avec elle parce que mon Père m'attendait à la maison et se demandait avec angoisse si j'avais été incorporé ou si j'avais réussi.

À vrai dire, le Dr Zenta avait raison. À part je-ne-sais-pas, je ne pouvais pas dire grand-chose. Ni à une commission d'incorporation, ni à une femme complètement étrangère qui s'assoit en face de moi dans le tramway. Au bout de trois arrêts, elle s'est penchée vers moi.

Tu as dû rendre folles beaucoup de femmes en ne les regardant pas, n'est-ce pas ?

Je ne sais pas, ai-je dit. J'aurais bien aimé qu'elle ne dise plus rien. Elle avait la voix usée.

Ça me plaît qu'un homme ne sache pas quelque chose. En général, vous préférez tout savoir.

Je ne sais pas. C'est possible.

C'est vrai, tu peux me croire… Tu me crois ?

Je ne sais pas. Oui.

Alors ferme les yeux, dit-elle. Je les ferme. Elle me caresse les paupières avec ses doigts.

Les miens sont de quelle couleur ?

Je ne sais pas. Bleus.

Quel bleu ?

Je ne sais pas. Bleu d'eau. Avec une tache marron dans le gauche.

Alors tu peux les rouvrir. C'est vraiment excitant qu'un homme ne sache rien à ce point-là. On descend ici.

Et je suis descendu avec elle à Astoria, alors que je voulais descendre à Deák.

Attends-moi ici. Dix minutes, je vais juste chercher mon livret de travail.

J'ai hoché la tête et l'ai suivie vers l'entrée de l'hôtel.

Je t'ai dit, ici.

Elle a sorti de son sac un bâton de rouge à lèvres, s'est accroupie devant moi et a tracé un cercle sur l'asphalte, à l'arrêt du tram. Elle ne faisait pas grand cas des gens offusqués qui attendaient à côté.

Reste là-dedans. Ne t'avise pas de te sauver. Parce qu'alors, je serai triste. Tu dois sûrement le savoir.

Et moi, je suis resté dans un cercle tracé sur l'asphalte, impuissant. J'ai senti seulement que moi, je n'aurais jamais un tel pouvoir sur qui que ce soit. Pendant que je l'attendais, j'essayais de deviner ce que j'allais lui dire. Parce qu'il faudrait que je lui dise quelque chose quand elle reviendrait.

Je ne pourrais en aucun cas lui dire ce que je savais. Qu'à vrai dire, je voulais seulement la regarder. L'asseoir sur le tabouret de la cuisine et, dans la faible lumière qui filtrait du puits de lumière, la regarder à travers le viseur du Zorki. Jusqu'à ce qu'elle devienne aussi immortelle que ma Mère quand elle est morte. Et prendre le cliché. Puis lui demander de partir. Ou même pas le lui demander, parce qu'elle le ferait d'elle-même.

Voilà, je ne pouvais vraiment pas lui dire ça. Toutes les femmes me prendraient pour un malheureux garçon affligé d'un complexe d'Œdipe qui cherche sa mère en elles. Aucune ne croirait que ma Mère n'était pas une femme. Je ne peux dire à personne, tu te trompes, ma chérie, je ne vois pas en toi ma Mère, ni un objet, mais l'éternité. Je ne veux pas que tu fasses la lessive, la cuisine, le ménage. Tout ce que j'attends de toi, c'est que tu meures sous mes yeux. Puis que tu recommences nuit après nuit.

J'en étais déjà à ma centième, à ma millième photo d'elle, assise sur le tabouret de la cuisine quand d'un coup, j'ai eu l'impression d'être dans ce cercle rouge depuis des heures. Puis il est devenu évident que j'étais le seul à le croire. Ce n'était pas possible que je l'attende depuis des heures, puisqu'elle était seulement allée chercher quelques documents.

Mais quand le soir est tombé, il est devenu indéniable que je l'attendais non depuis quelques heures, mais presque une demi-journée. Qu'elle m'avait regardé encore une fois d'une fenêtre à l'étage et qu'il était devenu clair à ses yeux qu'effectivement, je ne savais pas. Que je ne savais pas à un point tel que même ceux qui savaient tout valaient mieux que moi. Alors elle avait préféré sortir par la porte de derrière. Chaque hôtel a une sortie à l'arrière, pour le personnel. Quand les réverbères se sont allumés, tout ce que je voulais, c'était ressentir de la haine. Mais elle avait raison, si elle jouait ce sale tour à quelqu'un tous les jours, alors ce jour-là, exceptionnellement, elle avait eu raison. Autrement, je n'aurais pas pu obtenir le niveau E en suivant les instructions du Dr Zenta. Mais il a fallu encore le temps d'un tramway pour que je puisse sortir de ce maudit cercle.

Puis je suis rentré et j'ai dit à mon Père que ça avait marché.

(le mannequin)

La nuit, je me suis assis devant le piano et je l'ai ouvert. Il était tard, alors je l'ai refermé. De toute façon je n'avais jamais encore joué dans cet appartement. Derrière la porte, mon Père parlait en dormant. Il disait de temps en temps deux mille six cents. En prison, ce chiffre rond était son numéro matricule.

J'ai pensé retourner le lendemain à l'arrêt de tram pour photographier le cercle. Il serait sûrement encore là, une telle chose ne pouvait pas disparaître de l'asphalte en une nuit. Puis je me suis dit que ça n'avait pas de sens. Je demanderais plutôt à mon Père s'il m'arrivait de dire zéro dans mon sommeil.

J'ai regretté un peu de ne pas avoir été incorporé. Au moins, il se serait passé quelque chose. Je ne sais pas. En tout cas, pendant la demi-journée que j'ai passée dans le cercle rouge, il était devenu évident que je pouvais voir défiler toute une vie dans le viseur d'un appareil photo à la con, que je pouvais tout voir, même ce que les autres ne voyaient que si je le leur montrais.

Mais que je ne pourrais jamais me rapprocher davantage de ce que je voyais.

En bas, au coin de la rue Rottenbiller et de la place Lövölde, il y avait un atelier de couture. Rosenberg et Fils, mais le Fils était mort. En hiver, j'avais reçu un manteau, et comme les manches m'arrivaient au-dessus du poignet, il fallait les rallonger avec une manchette, alors je l'avais apporté là-bas. En passant devant, le lendemain de la conscription, j'ai vu que Rosenberg liquidait son atelier. Il avait déjà mis sur le trottoir une grande partie des meubles, il était en train de ranger les tissus dans des cartons. Il avait réservé une place pour le camion du transporteur en mettant une chaise et un mannequin devant le trottoir. J'ai attendu qu'il sorte avec un carton pour lui demander si le mannequin était à vendre.

Il m'a demandé, pour quoi faire. Je ne m'attendais pas à devoir expliquer pourquoi j'avais besoin d'un mannequin de vitrine un peu cabossé qui avait servi durant des décennies à présenter aux passants les meilleurs costumes du tailleur. Puis, faute de mieux, j'ai dit que c'était pour avoir de la compagnie.

Anoushka, tu vas te marier, a dit le vieux avec un sourire moqueur.

Elle ne va pas se marier, elle restera juste à regarder dans un coin de la chambre, ai-je dit, énervé.

C'est pareil.

Pas pour moi. Ce n'est pas grave si je lui donne un autre prénom, n'est-ce pas ?

Pour cinquante forints, vous lui donnerez le prénom que vous voudrez.

Je n'avais qu'un billet de vingt, alors Rosenberg a dit qu'il n'avait pas demandé à vendre ce mannequin. En soi, il avait raison. J'aurais pu lui répondre que moi non plus, je n'étais pas sorti de chez moi dans l'intention d'acheter un mannequin, mais j'ai préféré le remercier pour sa patience et j'ai pris congé. De toute façon, son tu-vas-te-marier et son sourire moqueur étaient assez nuls. J'étais déjà sur le passage piéton quand je l'ai entendu crier, bon, d'accord, va pour vingt.

Anoushka n'avait que le haut du corps avec les hanches, posé sur un pied en bois tourné, et elle n'avait pas non plus de bras. À en juger par ses cheveux peints et ses lèvres un peu arrondies, elle avait été fabriquée avant la guerre. Je l'ai soulevée, elle était légère comme une plume. En chemin, il s'est mis à pleuvoir très fort. Je l'ai couverte avec ma veste pour qu'elle ne se mouille pas. Les gens s'abritaient sous les porches, tout le monde tâchait d'échapper à la pluie, et ainsi personne n'a remarqué que je portais un mannequin sous le bras. Finalement, j'ai décidé de ne pas lui donner de prénom.

Je cherchais ce que je pourrais dire à mon Père quand il me demanderait pourquoi j'avais besoin d'un mannequin. Le plus simple était de lui dire que je voulais le photographier. M'en servir pour m'entraîner à régler l'éclairage. Je pourrais éventuellement lui dire aussi que je l'avais trouvé dans la rue et apporté pour qu'il ne prenne pas la pluie. Puis j'ai compris qu'il était complètement inutile de me creuser la tête. Jamais mon Père ne me poserait pareille question.

(le piano)

À l'été cinquante-deux, nous avions reçu une promesse du colonel du ministère de l'Intérieur et ma Mère avait vidé la moitié du salon le jour même. Une partie des meubles avait été montée au grenier, la vitrine était passée derrière la table à manger, le porte-plantes, sur la véranda. Puis on avait fait le grand ménage, comme avant Noël et Pâques. Personne n'oublie ces dates de grand ménage, même pendant la guerre, pour que Dieu arrive dans un lieu propre et que la propreté demeure après sa mort.

Je n'aimais rien tant que ces grands ménages qui se prolongeaient parfois jusque dans la nuit. Regarder ma Mère vêtue d'une vieille robe de soirée cirer le plancher. Attendre qu'elle arrive à la fenêtre, puis patiner derrière elle sur les torchons attachés à mes pieds. Mais j'aimais surtout la fin, quand elle mettait des torchons à son tour et qu'on patinait ensemble au son de la radio, jusqu'à ce que le plancher brille comme un miroir et que l'un de nous s'étale de tout son long. On s'arrêtait toujours à la première chute, c'était le signe que nous avions fait du bon travail.

De même pendant la grande lessive, le signe, c'était quand l'eau avec la soude débordait de la lessiveuse où on faisait bouillir le linge. Alors, à l'aide de cuillères en bois longues d'au moins un mètre, on transvasait le linge fumant dans un bac. On se voyait à peine dans la vapeur brûlante qui envahissait la cuisine. Puis on pouvait le rincer au robinet du jardin et l'étendre sur le fil d'acier tendu entre le noyer et la remise. Mon Père avait mis une poulie sur le côté de la remise, on pouvait retendre le fil s'il s'affaissait sous le poids du linge mouillé. On aurait dit une cheville de violon.

Ma Mère et moi, on essorait ensemble les draps et les housses de couettes. On serrait de toutes nos forces les deux extrémités des serpents en tissu, moi, vers la droite, elle, vers la gauche. Seulement vu de mon côté, parce qu'en réalité, elle tournait aussi à droite. J'ai mis des années à le comprendre. Pendant des années, je n'ai pas pu concevoir comment ce qui était à gauche à mes yeux pouvait être à droite pour elle. Je n'arrivais tout simplement pas à savoir lequel des deux était la réalité – pourtant, crois-moi, il suffit seulement de ne pas regarder du même côté des choses, mon garçon. D'être face à face. Du coup, on voit la même chose, mais à l'envers.

Puis on secouait les draps froissés l'un après l'autre. Cette brume fraîche était notre récompense. Comme parfois l'arc-en-ciel qu'on créait nous-mêmes au milieu du jardin quand les rayons du soleil se décomposaient dans la brume. Mais ça réussissait rarement. Parfois on secouait les serviettes au point de presque les sécher. Contrairement à la question de l'essorage à gauche et à droite, j'avais presque tout de suite compris l'arc-en-ciel. Rien ne me paraissait plus naturel que le fait qu'une goutte d'eau puisse décomposer la lumière comme le bord biseauté du grand miroir ou les lunettes de lecture de mon Père posées sur le rebord de la fenêtre.

Ma Mère étendait le linge et moi, je lui passais les pinces qu'on gardait dans une boîte de chicorée Franck héritée des domestiques de Grand-père-András-Szabad. Il est vrai qu'en hiver, les pinces n'étaient pas nécessaires, car les draps se transformaient en armures gelées en quelques minutes. On rinçait le linge dans la salle de bains puis, emmitouflés jusqu'au cou, on courait dehors avec le bac juste pour l'étendre. Ma Mère préparait au préalable du thé bien chaud. En hiver, on commençait toujours à la remise et on avançait vers le noyer pour être le plus près possible du thé une fois qu'on serait transis de froid.

Par contre, je n'étais pas le seul à ne pas comprendre comment le linge pouvait sécher dans le froid. On acceptait ce fait incompréhensible, on s'y était résignés, on n'en cherchait pas la raison. Elle m'avait même dit, pose la question à ton père, mon garçon, moi, je ne sais pas, ça ne m'intéresse pas, en ce moment il n'y a que le thé qui m'intéresse. Je lui avais dit qu'en fait, moi aussi, c'était plutôt le thé qui m'intéressait.

Je ne peux pas savoir ce qu'être ma mère était pour elle. Tout ce que je peux savoir, c'est ce qu'être moi était pour moi. Et c'était exactement ça.

Certains draps fraîchement déchirés lui rappelaient parfois des histoires de famille, comme, par exemple, que mon grand-père n'était pas seulement un architecte, mais qu'il avait une connaissance encyclopédique des champignons. Il avait un couteau, une tenue et un sac à dos spéciaux pour les champignons, et il savait faire la différence à une distance de treize pas entre une amanite phalloïde et un champignon de Paris. Mais une fois, il s'était incontestablement trompé en rapportant des clavaires, juste à l'anniversaire de sa femme, de surcroît. Ma grand-mère a été la plus rapide, elle est arrivée la première dans la salle de bains, mais treize amis et membres de la famille se sont chiés dessus dans le couloir en rigolant.

J'aimais bien ces histoires parce qu'elles étaient vraies. Vraies au point qu'il a fallu que je les raconte à Éva, vingt ans plus tard, en contemplant le plafond fissuré d'un appartement budapestois, pour me rendre compte avec stupéfaction que je n'avais jamais vu ni mon grand-père ni ma grand-mère.

La seule personne à propos de laquelle ma Mère n'avait rien à raconter, c'était Iván Hollós, son frère. Elle a parlé de lui une seule et unique fois de toute sa vie. Quelques jours avant la libération de mon Père. On était assis dans la cuisine sur les tabourets, comme tous les soirs depuis trois ans. Puis d'un coup, elle est allée dans la chambre et en est revenue avec le cahier d'Iván Hollós. Dorénavant, c'est toi qui en prendras soin, mon fils.

J'ai voulu lui demander pourquoi, mais elle s'est mise à me parler d'Iván, et comme je ne voulais pas l'interrompre, elle ne s'est pas arrêtée de toute la nuit. Elle a fumé jusqu'à sa dernière cigarette, cachée sur le buffet de la cuisine. Elle a parlé comme un automate. Puis elle s'est habillée, pour arriver à l'atelier de couture au poste du matin. Elle m'a embrassé sur le front et je suis resté avec un cahier à moitié rempli de mauvais poèmes, un essai inachevé sur la nécessité de l'existence de la vie, et avec l'écrasante statue de pierre d'Iván Hollós.

Je me suis ressaisi et j'ai fait la vaisselle. Puis j'ai révisé mes leçons. J'avais encore une heure avant de partir, mais j'avais peur de m'endormir. Depuis que mon Père était incarcéré et que ma Mère bibliothécaire était devenue couturière, il m'était interdit d'arriver en retard, même si j'avais de la fièvre. Mais ça, c'était déjà beaucoup plus tard.

On avait reçu le message du colonel à l'été cinquante-deux. On ne connaissait pas son nom. Et on ne cherchait même pas à le savoir, ainsi que nous l'avait demandé Antal Szakonyi, un ancien ami d'Iván, qui était entré en contact avec elle. Donc nous avions vidé la moitié du salon qui a pris une allure de salon de bateau échoué où les armoires et les tables avaient glissé les unes sur les autres.

Quelques jours après, le colonel a envoyé un message disant que la promesse serait tenue, mais qu'il y avait un empêchement. Puis encore un message, au début de l'automne. On était déjà fin novembre, on s'était presque habitués à vivre dans un bateau échoué quand un jour, à l'aube, un camion militaire avec une bâche verte s'est arrêté devant le portail.

Six soldats ont sauté à terre et ouvert le portail en grand, comme s'ils étaient chez eux. Le camion a reculé dans la cour, le plateau vers l'escalier de la véranda, et le temps qu'on s'habille en hâte et que ma Mère sorte ouvrir la porte, les soldats avaient déjà roulé la bâche. Le contour du piano se détachait dans la lueur incertaine de l'aube, pareil à un gigantesque cercueil.

Le plus dur a été de le descendre. Ensuite, les six soldats ont réajusté les sangles et, comme si ce n'était effectivement qu'un cercueil démesuré, ils ont hissé le Bösendorfer sur leurs épaules. Mon Père leur montrait le chemin, et ma Mère, son manteau enfilé sur sa robe de chambre, fumait en regardant dans le vide.

Ne pouvant pas trop aider les soldats, je me suis mis à côté de ma Mère. C'est là que j'ai vu qu'elle ne regardait pas dans le vide. Quand on regarde dans le vide, on ne voit rien. Et on n'a pas les larmes qui coulent.

Je lui ai demandé pourquoi elle pleurait, mais soit elle ne m'a pas entendu, soit elle n'avait pas de réponse. Elle ne m'a même pas demandé de la laisser seule. On est restés comme ça, muets, même après que les soldats ont eu déposé le piano. Puis l'un d'eux est ressorti chercher les pieds, et alors seulement ma Mère m'a dit, viens mon garçon, on va leur faire du café. Le temps de le préparer, le Bösendorfer était déjà installé, sous la fenêtre de droite, et avec ses tonnes noires, il avait redressé le salon échoué depuis des mois.

Les soldats ont replié les sangles et avalé leur café d'un trait, comme de la *pálinka*, mon Père leur a demandé de transmettre ses remerciements au camarade colonel, puis on est restés seuls.

Mon Père était adossé au montant de la porte. Seul. Ma Mère regardait le jardin ou bien autre chose à travers le rideau. Et moi, je me tenais entre eux deux.

Mme Veres, notre voisine du dessous, a rompu cette grande solitude. Après avoir doucement frappé à la porte, elle s'est faufilée à l'intérieur et a demandé tout bas si nous serions vraiment expulsés. Nous avions déjà préparé la réponse, non, nous ne serons pas expulsés, chère Emma, c'est juste le contraire, en l'honneur de la mort héroïque de mon frère, le camarade ministre avait décidé que le Parti nous offrait le piano d'Iván Hollós. En fin de compte, seuls le Parti, le camarade ministre et le cadeau étaient faux, le piano, lui, était vrai. Il était là, on pouvait le voir, de même qu'on avait pu voir à travers la clôture le camion militaire entrer au petit matin dans notre cour. Par conséquent, Mme János Veres, née Emma Kozma, est repartie avec force approbations, rassurée, et elle a décidé qu'il était préférable de ne pas mentionner l'affaire dans son compte rendu du jour, car cela reviendrait à dénoncer le camarade ministre, voire carrément le Parti lui-même.

Ma Mère a hésité encore pendant un instant. Puis elle s'est approchée du piano, a soulevé le couvercle et fait courir ses doigts sur le clavier. Les barbares, a-t-elle dit avant de refermer le couvercle noir.

(Gagarine)

Au printemps soixante et un Gagarine s'est envolé dans l'espace. Je m'en suis réjoui. La comtesse trouvait que Gagarine mesurait à peine plus d'un mètre cinquante et qu'il avait passé là-haut moins de deux heures, mais tout compte fait, la nouvelle l'avait réjouie, elle aussi. Parce que Gagarine avait malgré tout indiqué une issue. Par contre, elle avait prédit que ces cent huit minutes détruiraient le mariage de Youri Alekseïevitch et qu'il sombrerait dans l'alcool. Parce qu'il avait beau avoir été promu commandant pendant qu'il était dans le ciel, il devait être en ce moment l'homme le plus solitaire du monde. Et les femmes ne supportent pas qu'un homme soit solitaire en leur compagnie.

Il est apparu par la suite que la comtesse avait raison, bien sûr. J'ai lu récemment qu'avant de passer aux vols spatiaux avec des êtres humains, les Russes avaient envoyé dans le ciel étoilé trente-six chiens en dix ans. Les Américains avaient envoyé des singes anthropomorphes, mais les dompteurs du cirque avaient convaincu Khrouchtchev que l'homme ressemblait davantage aux chiens. Comme ils avaient raison. Et Khrouchtchev savait bien qui il fallait écouter. Les chiens étant revenus vivants trois fois d'affilée, et le mannequin vêtu d'un scaphandre n'étant lui-même nullement abîmé, Gagarine a pu y aller. Mais même après son entraînement parfait, les cent huit minutes dans le vide lui ont suffi pour dire quelques années plus tard : je ne sais toujours pas qui je suis exactement, le premier homme ou le dernier chien volant.

À mon avis, il le savait. C'est quand même le genre de chose qu'on peut savoir.

(le cellier)

Un soir, quelqu'un a été poignardé dans l'immeuble. Outre la comtesse, sept familles occupaient l'arrière de l'immeuble, précisément, six plus le concierge. Parmi les six, trois familles tziganes, une de musiciens et deux ordinaires qui ne tiraient pas la chasse et hurlaient parfois. Les musiciens n'adressaient pas la parole aux deux autres, ils ne voulaient même pas hurler avec eux. L'homme jouait dans un restaurant. Chaque nuit, il partait et revenait en taxi, il sortait de la voiture en sueur, le nœud papillon défait, il payait avec un billet de cent et n'attendait pas la monnaie. Leur fils devait avoir un ou deux ans de moins que moi. Il jouait du violon et portait aussi un nœud papillon. Je le voyais parfois avec un étui, mais je ne l'ai jamais entendu répéter. La femme ne travaillait pas. Plus précisément, elle veillait à ce que la maison brille. De tous les occupants de l'immeuble, elle était la seule à adresser la parole à la comtesse, et elle portait les manteaux de fourrure qu'elle lui avait rachetés. Ils avaient partagé leur cuisine en deux, faisant construire à leurs frais des toilettes pour ne pas être obligés d'utiliser les communes. À la fin des travaux, les Tziganes ordinaires ont déversé un seau de pisse sur la femme. Le concierge a prévenu les autorités, la police est venue et les a grondés, ramenant le calme pour un bon bout de temps.

Et un jour, j'ai entendu la femme hurler à tue-tête. Peu de temps après, des sirènes ont retenti, deux Moskvitch* sont arrivées en même temps de deux directions opposées, alors que la rue Szív est à sens unique. Puis l'ambulance. Trois gyrophares bleus tournaient devant l'entrée, je les voyais par la fenêtre. D'abord, ils ont sorti la femme du musicien sur un brancard. Un couteau planté dans la poitrine, elle vivait encore. Le fils venait derrière, entouré de policiers, les mains menottées dans le dos. Avant de monter dans la voiture, il a craché sur sa mère couchée sur le brancard. Personne ne savait ce qui s'était passé. Tout ce qu'on a appris, c'est qu'il avait arrêté sa répétition, posé son violon, pris le couteau et poignardé sa mère.

Je ne comprenais pas comment il avait pu répéter, puisqu'on ne l'entendait jamais. Puis j'ai appris qu'après leur arrivée, l'immeuble avait protesté à cause du bruit, alors ils avaient tapissé le cellier avec des édredons. Pour ne pas poser de problèmes. Ils avaient cloué d'épais édredons en duvet sur les murs du cellier qui faisait deux mètres carrés, même au plafond. L'enfant répétait là, six à huit heures par jour, dans le cellier. Je me suis dit que si, à l'époque, ma Mère n'avait pas tapissé le cellier avec

* Marque de voiture soviétique.

un tapis persan mais avec un édredon, les voisins n'auraient pas entendu les cris de douleur de Klára Meyer en train d'accoucher. Et que les croix-fléchées n'auraient pas tué d'une balle dans la tête mon oncle avec son amoureuse juive et leur bébé de deux jours.

Puis je me suis dit que la seule raison pour laquelle j'aurais été capable de tuer ma Mère, c'était parce qu'elle était morte.

Puis que je ne pourrais pas photographier ce garçon. On ne peut pas faire une photo où on verrait quelqu'un jouer du violon, enfermé dans deux mètres carrés entre des édredons. Une photo où on verrait aussi le quatrième mur. Sur une photo, une cellule de prison a tout au plus trois murs.

Au petit matin, quand mon Père est parti, j'ai mis le tabouret dans le cellier et je me suis enfermé dedans. Au début, c'était même bien. Tant que je pensais à plein de choses, tant qu'elles me venaient à l'esprit, l'une après l'autre. Peu importait quoi, pourvu que ça vienne. Puis plus rien. Ni ma Mère, ni le jardin, ni Imolka, ni la fabrique de pneus, ni la Tzigane poignardée, ni le Danube, ni l'homme du café, ni l'ivresse de mon Père, rien. Seulement le pion. J'avais beau savoir que ce n'était qu'une pièce du jeu d'échecs chinois, j'ai été incapable de penser à autre chose pendant des heures. Comme si un tunnel s'était effondré dans les méandres de mon cerveau et qu'une pensée s'y était coincée pour la vie. Je sentais que je devenais fou. En sortant du cellier, j'ai cru qu'il était tard dans l'après-midi, pourtant je n'y avais même pas passé une demi-heure.

(l'exécution)

C'est à cette époque que j'ai pris l'habitude de jouer du piano. Ce qui n'est pas tout à fait exact, vu que je ne sais pas jouer. J'appuie sur quelques touches, puis je recommence, c'est tout. Ce n'est pas tant l'ordre des sons que la répétition et le rythme qui font que ça devient une sorte de musique. En tout cas, ça me sert à ne penser à rien. Mais quand le silence se fait dans le cerveau, le cœur continue à battre. Le son et le silence, c'est un peu comme la lumière et l'ombre dans une image. Il n'est pas nécessaire qu'une image montre une exécution pour qu'on ait le cœur serré. Blanc, noir, blanc, noir, pigeon, blanc, noir – à vrai dire, ça suffit. Une fois, après avoir photographié Éva, je lui ai montré cette photo de Kertész, le mur aveugle new-yorkais avec le pigeon en vol. Je lui ai dit, sois aussi solitaire que ça. Elle a dit, d'accord.

Ce garçon qui jouait du violon dans le cellier me rappelle une chose. Iván Hollós jouait du piano à peu près aussi bien que moi. C'est-à-dire pas du tout. Et pourtant chaque matin, il s'asseyait devant le Bösendorfer familial. Il frappait quelques touches, avalait quelques gorgées de café, soufflait la fumée, puis frappait les mêmes touches. Il s'arrêtait en général au bout de sa deuxième cigarette. Mais il lui est arrivé de ne pas s'arrêter. Peut-être quatre fois. Le temps de finir son café, il trouvait quelque chose. Quelques accords. Ou tout simplement il oubliait qu'il n'y connaissait rien au solfège.

Il est possible que, pendant ces moments, mon frère ait été fou. Ou je ne sais pas ce qui lui arrivait, mon garçon. Il restait au piano durant des heures. Je me tenais dans l'embrasure de la porte et je l'écoutais. Je n'osais pas bouger, pourtant j'aurais aimé voir son visage. Mais, ma foi, il valait peut-être mieux que je ne le voie pas. En tout cas, avec ses faux accords, ses fausses notes, j'avais l'impression d'être traînée à travers des caves et des tunnels jusque dans les entrailles de la terre. Au milieu du feu qui est à l'origine de tout. À part notre mère et moi, personne ne l'a jamais entendu. Tout au plus, les voisins.

Ou plutôt si, Klári, ma meilleure amie, l'avait entendu une fois. Et alors, mon frère a disparu. Puis, un jour, le Bösendorfer a disparu à son tour. Iván rentrait à la maison de temps en temps pour manger et se changer. Un jour, il est venu avec une camionnette et six déménageurs pour prendre le piano. Il a dit seulement à notre mère que les voisins se plaignaient, et qu'il préférait l'emporter, une amie lui avait prêté un appartement. Alors je suis montée à Pest.

Quelle amie ? Une amie qui s'appelle Tu-ne-la-connais-pas ? Et tu emportes notre piano chez Tu-ne-la-connais-pas ?

Oui.

Et c'est là que tu dors, que tu te réveilles, là où personne ne rouspète, et c'est de là que tu rentres une fois par semaine pour te changer ?

Oui.

Et ça ne me regarde pas ? Ce qui t'arrive ? Où tu vis ? Ce que tu fais ?

Alors il m'a serrée dans ses bras si fort qu'il a failli m'étouffer, puis il m'a embrassée sur le front et m'a dit, mais si, j'étais la seule que ça regardait. Puis il est reparti sans un mot.

Et moi, je ne comprenais pas. J'avais beau écrire à Klári que j'étais à Pest, elle ne répondait pas non plus à mes télégrammes. Alors le lendemain matin, je suis allée chez eux à Buda. Et au milieu de la rue, j'ai entendu notre piano. J'ai ressenti une telle colère, je me suis sentie trahie, bafouée, spoliée, j'ai bousculé Klári sur le pas de la porte, je me suis engouffrée dans le salon, je voulais gifler mon frère. Mais je ne pouvais que sangloter, et je leur ai demandé, pourquoi vous me faites ça ? Alors Klári et mon frère m'ont serrée dans leurs bras et m'ont dit en chœur, c'est parce que tu n'aurais pas été d'accord. Et moi, je ne comprenais pas de quoi ils parlaient.

Pourquoi je n'aurais pas été d'accord ?

Parce que Klári est juive.

C'est pour ça ? Pour ça que vous vous cachez de moi ? C'est mon amie. Je sais qui elle est depuis l'école primaire. Pourquoi je n'aurais pas été d'accord ?

Parce que nous allons partir. Le père de Klári nous a déjà procuré les papiers.

Et là, ma Mère s'est calmée. Elle est devenue tranquille comme une statue de la Vierge Marie. Puis elle a regardé dans le miroir et n'a vu personne.

Vous n'allez nulle part, a-t-elle dit.

Et elle est allée tout aussi tranquillement au ministère, tout droit chez M. Abonyi. Quand ils ont vu ce dernier en personne venir à sa rencontre, les agents du Service de protection du gouvernement n'en ont pas cru leurs yeux. Je n'aimerais pas qu'il arrive quoi que ce soit à mon frère et à Klára Meyer, c'est la moindre chose que tu dois à notre mère, a-t-elle dit. Et de la part d'Abonyi, c'était la moindre chose, à cause d'une vieille histoire, oui, Anna, j'ai compris.

Ainsi Iván Hollós et Klára Meyer ne sont finalement allés nulle part.

M. le ministre n'a pas bénéficié de la protection du Service plus longtemps que le contre-amiral Miklós Horthy. De ce fait, il n'y avait plus vraiment où aller. Alors ma Mère m'a à nouveau confié à Katika-la-voisine, elle est retournée à Pest, a vidé le cellier de ses conserves et compotes, tapissé les murs avec les tapis persans de la famille, et elle a procédé à l'accouchement. Ensuite, Iván et ma grand-mère l'ont aidée à pousser l'armoire devant la porte du cellier. Sauf que Klára Meyer ne voulait obéir pour rien au monde. Elle était certes juive, mais la douleur la faisait hurler comme toute femme qui met un enfant au monde. Et les tapis cloués au mur n'étaient pas d'une grande utilité. Même les plus chers tapis de soie de la famille Hollós n'ont pu convaincre les voisins qu'ils n'avaient rien entendu.

À peine deux jours après le retour de ma Mère à Mélyvár, les soldats ont poussé l'armoire et fait leur devoir. Quand on y pense, ils ont eu la correction de se contenter de trois trous rouges sur les tapis et de n'avoir rien à foutre de ma grand-mère qui hurlait à tue-tête. L'un des soldats l'a immobilisée et lui a fourré son gant de cuir dans la bouche, c'est tout. Leur seul souci était qu'Iván Hollós voie tout le plus précisément possible. Et que la balle lui traverse la tête juste entre les deux hémisphères du cerveau alors qu'il était déjà devenu fou d'impuissance.

Elle est mignonne, ça oui, il faut l'admettre. On comprend qu'elle t'ait fait bander, mais de là à mettre en cloque toutes les putes juives ? Que deviendrait ce peuple si tout le monde se comportait comme toi ? C'est permis, ça ? C'est permis ? Tu as vu comme elles sont tenaces ? Elle a un trou dans la tête et elle s'agrippe encore à son bâtard. Je te dis, elles sont tenaces. C'est comme ça qu'elles sucent le sang sacré de notre nation. Avec la même ténacité. Ça n'aurait pas été plus sage de la baiser bien comme il faut, et c'est tout ? Regarde le petit bâtard, il l'a déjà dans le sang, lui aussi. Il sucerait même le sein d'un cadavre. Tu vois ? Maintenant tu vois aussi, pourquoi il faut les éviter. Tu le vois ou pas ? Voilà. Tu as vidé tes couilles en elle, bon, d'accord. Quand c'est bon, c'est bon. Moi-même, j'ai déjà baisé une pute juive. Pas vrai, les gars, on a tous déjà baisé des putes juives ? Mais où est-ce que tu as laissé ton esprit hongrois quand tu l'as mise en cloque ? Remplacer les bonnes compotes par des tapis... Enfin, tu vois toi-même comment ils sont. Quand il n'y a pas de lait, il suce même le sang de sa mère. La petite sangsue, il gigote, le chéri. Allez, pan. J'ai dit pan, soldat. Voilà, comme ça. On gigote plus. Et toi, tremble pas, allons bon. C'est pas comme ça que tu deviendras un bon Hongrois, ça non. Regarde comme il tremble. À ton avis, avec les temps qui courent, on a besoin de gens qui ont la tremblante ? Les temps sont difficiles pour le pays, Iván Hollós. Et toi, au lieu de le servir, tu trembles à cause du tapis troué comme si tu avais la tremblante. C'est comme ça que tu es utile à la nation ? T'es pas utile. Crois-moi, t'es pas utile. Allez, pan. Troufion, j'ai dit pan. Mes hommages, madame, ça y est, nous avons fini. Vous pouvez remettre les compotes.

Un jour, Éva m'a demandé comment je savais tout ça, alors que je n'y étais même pas. Je lui ai répondu que les disciples dormaient aussi quand Jésus était sorti au Jardin des Oliviers, et que pourtant, parmi toutes ses paroles, c'étaient celles qu'il avait dites à propos de la coupe amère dont nous pouvions être les plus sûrs.

(le café)

Un soir, au café, il y avait le jeune homme que j'avais déjà vu une fois. Il était avec une fille, ils se disputaient. Plus précisément, si j'ai bien entendu, la fille le plaçait devant un choix. Et lui, il essayait de lui expliquer qu'on ne pouvait pas choisir, parce que les deux choses n'avaient aucun rapport. Et ainsi ne s'excluaient pas l'une l'autre. Alors elle a dit, le rapport c'est moi, plutôt c'était moi, puis elle s'est levée et est partie. Elle était très belle.

Il est resté avec son café et son verre d'eau minérale jusqu'à la fermeture. À un moment, il a sorti un bout de papier, a noté quelque chose dessus, une fois, il est allé au vestiaire pour passer un coup de fil, mais à part ça, il n'a rien fait.

Le lendemain, j'ai vu de la rue qu'il était assis au même endroit, alors je suis entré et j'ai demandé un café, bien que je n'aie pas prévu de le faire.

Le troisième jour, il était de nouveau avec la fille qui est de nouveau partie en courant, la quatrième fois, il était seul, puis il n'est pas venu pendant deux jours, puis de nouveau avec la fille. Ensuite, seul pendant presque une semaine. Et il n'y avait toujours personne pour nous présenter.

(Adél Selyem)

Environ six semaines avant le bac, József Kállay, le professeur de littérature, est mort. Selon certains dans un accident, selon d'autres de son plein gré. Parce que sa fille était tombée enceinte et qu'il ne supportait pas la honte. Quoi qu'il en soit, avant d'arriver à la gare de l'Est, le rapide de Debrecen avait dispersé Kállay sur un périmètre de cent mètres avec les contrôles surprises de la terminale B corrigés, de sorte que les cours de hongrois ont été suspendus quelques jours.

Il a été remplacé par une certaine Adél Selyem, fraîchement diplômée, qui, contrairement aux autres profs, ne boutonnait pas sa blouse. Elle avait une chemise blanche, un tailleur noir, la peau blanche, un sac noir, les ongles blancs, les cheveux noirs.

Comme une photo en noir et blanc qu'on aurait commencé à colorier à la main, car à part ses lèvres rouges, il n'y avait aucune couleur sur elle. Même ses yeux étaient gris ardoise.

Elle n'était pas plus grande et ne devait peser pas plus lourd que le premier homme qui avait flotté dans le vide durant cent huit minutes.

Lors de son premier cours, elle a dit qu'elle aimerait bien revenir sur Ady, même si elle savait qu'on était déjà plus loin dans le programme. Puis elle nous a demandé de prendre une feuille et d'écrire ce qui nous paraissait le plus important à dire sur nous-mêmes. J'ai écrit que je m'appelais András Szabad et que je tenais à peu près une demi-heure enfermé volontairement dans un cellier d'un mètre carré et demi.

Le lendemain, je suis arrivé à huit heures, mais j'avais dû me tromper dans l'emploi du temps, il n'y avait pas de cours de hongrois. J'ai assisté aux cours d'histoire et de biologie puis, à la récréation, je suis rentré chez moi. J'essayais toujours de quitter le plus vite possible la rue du lycée. Je ne ressentais pas de peur, seulement une espèce de honte. Parce que ça n'aurait pour moi aucune conséquence d'être puni. D'être viré. Tout au plus, je serais obligé de trouver un travail quelques mois plus tôt que prévu, sous peine de devenir un parasite social, et ça, ça avait des conséquences.

Arrivé au coin de la rue, j'ai entendu des pas de femme s'approcher derrière moi. J'ai ralenti pour qu'elle ne soit pas obligée de courir. Elle s'est arrêtée un instant, puis est repartie un peu plus vite. Je savais que c'était elle, personne d'autre n'aurait pu me suivre.

Et vous tiendriez combien de temps dans une cellule de vingt mètres carrés, m'a-t-elle demandé après quelques pas faits ensemble en silence.

Seul, sûrement autant, ai-je dit.

Pourquoi avez-vous fait ça ?

Pour savoir comment s'était senti mon Père en prison, ai-je dit faute de mieux. Je ne pouvais pas lui dire que c'était parce que mon voisin, le petit Tzigane, avait poignardé sa mère. Ou plutôt si, j'aurais pu, mais elle ne m'aurait pas compris.

Ça, dans un cellier, vous ne le saurez jamais.

Oui, je m'en suis rendu compte.

Et pourquoi est-ce que vous ne tenez pas quelques heures par jour dans une salle de classe ? Vous n'y êtes pas seul.

Je me suis arrêté. Les rayons du soleil filtraient à travers un acacia, les ombres des feuilles dansaient sur son visage. Ses lèvres étaient restées entrouvertes, elle avait tout simplement oublié de les refermer après avoir dit pas-seul.

Si vous le souhaitez, je tiendrai, ai-je dit.

Je le souhaite.

Pourquoi ?

Parce que dans le cas contraire, vous serez viré, par exemple.

Oui, c'est possible.

Ça vous est égal ?

Plus maintenant.

Merci.

C'est moi.

Vous savez que moi aussi, je peux être virée à cause de cette conversation, n'est-ce pas ?

Vous savez pertinemment que je le sais. Sinon, vous ne m'auriez pas suivi.

Je vous ai seulement vu au portail et j'ai pensé que… Mais je dois rentrer. J'ai cours.

Alors allez-y.

Et vous ? Vous avez dit que vous tiendriez le coup.

À partir de demain. Maintenant, j'aimerais être seul.

D'accord.

Et je n'ai pas envie de discuter avec vous devant trente parfaits inconnus. Même à propos d'Ady.

Tôt ou tard, je serai obligée de vous interroger. Si je tiens le coup, vous y arriverez aussi.

C'est vrai. Mais ce n'est pas sûr que ce soit aussi vrai dans l'autre sens.

Vous en êtes si sûr ?

Oui. Allez, courez, sinon vous serez en retard, Adél Selyem.

(Ferenc Vándor)

La nuit, quand mon Père s'est endormi, j'ai essayé de me représenter l'irreprésentable : À droite l'acacia, à gauche l'ambassade d'Union soviétique, au milieu la bouche ouverte d'une femme en noir et blanc. Rien à faire. Imolka était la seule que je pouvais me représenter.

Malgré cela, comme promis, je suis allé au lycée le lendemain matin. Le cours de hongrois était le dernier de la journée. Comme promis, elle a parlé d'Ady, mais outre qu'elle n'a pas regardé une seule fois vers la fenêtre du fond de la salle, là où j'étais assis, je ne me souviens de rien. Pas loin de moi, un gars qui se préparait à entrer en fac de lettres, et qui doit être diplômé en ce moment, a remarqué à la fin de l'heure que ça oui, ça c'est un cours de hongrois, il aurait pu se jeter sous le train plus tôt, Kállay.

Malgré cela, je suis retourné au bahut le lendemain, bien qu'il n'y ait pas de hongrois. Après les cours, je l'ai vue monter dans une voiture. Ce n'était pas elle qui conduisait. Malgré cela, j'y suis retourné le troisième jour. À la fin de la leçon, elle a dit que c'était facultatif, mais que dimanche, elle accompagnerait avec plaisir au musée de la littérature ceux qui étaient intéressés par les manuscrits et autres reliques. Moi, j'étais intéressé.

Je n'ai presque pas dormi la nuit du samedi au dimanche. Mon Père avait oublié d'éteindre la radio, le programme était fini, on entendait uniquement le bruit des ondes. Comme si les sons venaient de l'espace, alors que le chant du néant venait de la tour émettrice. Vers l'aube, j'ai fait un rêve, ou plutôt un rêve éveillé. Ferenc Vándor était à genoux à ma place, affalé comme un sac. Je lui ai demandé de ne pas les tuer. Il m'a regardé et dit seulement : Les trois invisibles, c'est un visible. Puis de l'eau a coulé de sa bouche. C'était horrible. Pas parce que je savais qu'il allait se pendre, mais parce que je savais qu'il se trompait. Que c'était toujours l'un qui était invisible. Et que moi, je ne ferais jamais rien que voir. Je me suis réveillé à ce moment-là. Puis à nouveau quand les programmes ont commencé. Puis quand mon Père a éteint la radio, s'est rasé, habillé. Sa canne a toqué dans le vestibule, il a fermé la porte à clé.

(Imolka)

Imolka, qui s'appelait en réalité Mme Ferenc Vándor née Imola Kocsis, était la seule femme de la ville qui tremblait à l'idée que son mari revienne de captivité. Parce que vous, vous ne connaissez pas mon Feri. Effectivement personne ne le connaissait, on savait juste qu'il avait défoncé la porte de l'église de Nyárfalva et réveillé la moitié du village au son de la cloche uniquement parce qu'Imolka ne voulait pas avant le mariage. Et ça l'avait rendu encore plus jaloux, et à leur mariage, il avait même giflé le curé, mis à genoux un taureau en le tenant d'une seule main par les cornes, et si la guerre s'était terminée en désastre, c'était parce qu'il avait été mobilisé trop tard à la suite d'une erreur. Donc Imolka était la seule que les voisines consolaient en disant que ce n'était pas si facile de revenir de Sibérie, que la plupart des prisonniers ne survivaient pas à la captivité, que c'était pire que la guerre. À vrai dire, elles le disaient surtout pour se rassurer elles-mêmes, parce qu'il était exclu que ce soit juste Feri qui revienne, vu son comportement.

À part ça, Imolka avait vingt-quatre ans, et dans sa hâte, elle oubliait toujours de boutonner le premier et le dernier bouton de sa robe, veillant à ce que cela apparaisse bien comme un oubli. Très souvent, elle le remarquait elle-même, mon Dieu, ce que je peux être négligente, et elle se penchait pour fermer le bouton du bas en faisant en sorte que ses cheveux ne cachent pas l'échancrure du haut, puis elle se redressait, s'étirait un peu pour qu'il apparaisse à quel point son corps en sueur était serré dans sa robe d'été qu'elle allait boutonner par convenance jusqu'au cou. Et elle savait se boutonner avec une telle innocence que même les femmes trompées et trahies ainsi que les veuves de guerre lui pardonnaient tout. Et non seulement ses yeux bleus tristes ne leur donnaient pas de sueurs froides, mais elles étaient toutes des mères pour elle, car il est temps que tu oublies Ferivándor, de nos jours on peut divorcer en deux jours, ma chérie, tu ne vas pas devenir aigre comme un cornichon à cause d'un pareil vaurien, allez, on boutonne ça gentiment, et elles boutonnaient la robe tendue sur sa poitrine tandis qu'elle disait, mon-Dieu-ce-que-je-peux-être-négligente.

Pour les hommes, ça dépassait largement les limites du vraisemblable, au point que ce dépassement justifiait toutes les plaisanteries, moi, pour une paire de miches pareilles, je rentrerais du Kamtchatka à pied, mais ne le dites pas à ma femme. Imolka s'est reprochée à nouveau sa négligence, s'est reboutonnée et a dit à monsieur l'agronome que c'était sûrement parce qu'elle n'avait pas de miroir correct. Le lendemain, la femme de l'agronome en personne lui a apporté un miroir correct, tout en sachant pertinemment que ce n'était pas pour cette raison, et dans son embarras, Imolka, qui n'avait pas assez de mots pour la remercier, a versé le thé à côté de la tasse. De cette manière, elle a reçu un fer à repasser, un vase, des bigoudis, un parapluie, le tout apporté par les épouses, reconnaissante de ce que tout le monde profitait d'elle, qu'elle ne faisait pas de différence.

Moi, par exemple, à douze ans déjà, je l'ai vue se boutonner. Elle m'avait même mis entre les mains son filet à provisions. Regarde comme je suis désordonnée, tu peux me le tenir deux minutes ? Et moi, j'étais resté planté là à la regarder pendant qu'elle me tendait son filet. Alors quoi, tu le prends ou pas ? J'ai fini par le prendre, elle s'est penchée pour fermer les deux derniers boutons, mais en s'apercevant que ses pieds étaient couverts de poussière, elle m'a demandé si je voulais bien lui prêter mon mouchoir. Elle a épousseté ses sandales, comme ma Mère époussetait les porcelaines avec son plumeau, puis elle a repris son filet et m'a dit merci, András. Sur le coup, je n'avais même pas compris qu'elle me parlait à moi, personne jusque-là ne m'avait jamais appelé András. Il est vrai, qu'il n'y avait pas encore de raison à cela, car j'étais encore de l'extérieur comme de l'intérieur Andriska, le petit András.

Le soir, quand ma Mère m'a demandé en ramassant le linge sale de la journée ce que j'avais fait de mon mouchoir, je lui ai dit que je l'avais donné à Sanyi Asbóth qui saignait du nez, parce que le sang, de toute façon, ça ne part pas, mais arrivé au ça-ne-part-pas, j'ai senti que je parlais comme un automate. Ma Mère m'a regardé un instant, puis elle m'a seulement dit, c'est très bien, mon garçon, tu as bien fait de le lui donner. Ce n'est qu'alors que je me suis rappelé que les Asbóth avaient été internés la semaine précédente, et d'un coup j'ai ressenti une haine infinie, comme jamais auparavant. J'aurais pu faire interner Imolka avec sa robe défaite, ses sandales poussiéreuses, de manière à ce qu'elle ne revienne jamais, pourtant à cette époque, je n'imaginais pas encore qu'un boutonnage de quelques secondes au soleil éclatant d'un été poussiéreux pouvait changer la vie au même titre que Staline ou Adolf Hitler. Ou presque. À l'époque, je savais seulement qu'à cause de l'indicible, j'avais menti à ma Mère pour la première fois de ma vie. Qu'à cause d'une femme à moitié déboutonnée que je ne connaissais pas, j'avais fait une chose que je ne voulais pas faire.

Et d'un coup, Ferenc Vándor est rentré, plus précisément pas d'un coup, mais par le premier convoi que la bureaucratie soviétique avait fait partir par mégarde. Après, pendant des années, ils n'ont plus commis cette erreur. Et là, tout le monde a été confus, car on ne pouvait pas imaginer homme plus tranquille, plus paisible que Ferenc Vándor. Oui, il avait été en Union soviétique comme prisonnier de guerre, mais ils étaient bien traités, alors ne vous en faites pas, tante Magda, les autres hommes rentreront aussi tôt ou tard, et sinon, ça ne sera pas à cause des mauvais traitements, parce qu'on était vraiment bien traités, pas comme nous on traitait les autres, à l'époque, et vraiment, croyez-moi, le temps que votre mari aura passé là-bas lui fera du bien, non, je ne l'ai pas croisé, c'est un grand pays, on ne peut pas croiser tout le monde, mais moi, tout ce que je peux vous dire, c'est qu'il est bien là où il est. À ce moment, les larmes d'Imolka se sont mises à couler et elle a dit, viens Feri, rentrons à la maison, et ils ont dit merci pour le dîner et sont rentrés chez eux. Ferenc Vándor ne pensait plus à tabasser le curé, tous les matins à quatre heures précises, il se présentait à l'officier de police de service, confirmait qu'il était là, qu'il n'avait pas quitté illégalement la ville, à quatre heures et demie, il arrivait sur le chantier du côté de la Petite Forêt et reprenait le travail, à savoir qu'il s'asseyait dans la cabine de la grue, montait au ciel d'où il contemplait la ville jusqu'au crépuscule.

Le dimanche, ils ont dîné à nouveau chez une autre femme de prisonnier de guerre, oui, on nous a très bien traités, alors ne vous en faites pas, tante Emma, les autres hommes rentreront aussi tôt ou tard, et sinon, ce ne serait pas à cause des mauvais traitements parce que nous, on était vraiment bien traités, pas comme nous, on traitait les autres à l'époque, et Imolka l'a de nouveau pris par le bras et ils sont rentrés, sauf qu'à partir du dixième dîner, ses larmes ne coulaient plus, mais elle regardait dans le vide comme son mari qui, autrefois, à Nyárfalva, avait mis à genoux un taureau comme un rien.

Ainsi, à peine quelques mois plus tard, Imolka a oublié de laisser sa robe déboutonnée par oubli. Elle devenait de jour en jour plus réelle, car il n'y a rien de tel que le malheur pour rendre une personne réelle. Petit à petit, elle est devenue si réelle que les hommes n'ont plus osé plaisanter avec elle et que les femmes ont compris qu'en fin de compte, elle avait toujours été une petite pute.

Parmi tous ces hommes, Dorvai, le vétérinaire et secrétaire du Parti, a été le premier à percevoir cette réalité, il avait assez d'expérience pour savoir ce que cela voulait dire quand une femme se mettait à se boutonner du jour au lendemain, et que, dans ces cas-là, il était interdit d'évoquer ses seins ronds comme la pleine lune et sa taille de guêpe. Dans ces cas, il faut caresser son âme, et alors tu verras, camarade assistant, elle tombera la robe comme la dernière des putains. Tope là, je te fais le pari qu'elle la tombera, tu peux me croire, mon vieux. Pas de plaisanterie, pas de consolation, c'est la règle d'or. Partager le chagrin, c'est essentiel, jusqu'à ce qu'elle se jette sur toi, la sale petite chienne. Mais là aussi, tu recules un peu, comme un curé. C'est compris, camarade assistant ? Bon, passez-moi ce chiot.

Il a frappé à leur porte un dimanche, pour être sûr que Ferenc Vándor soit à la maison et éviter ainsi les malentendus, et faisant un peu comme si Imolka n'était pas là, il a discuté de l'affaire presque uniquement avec le camarade Vándor. Ce n'est qu'au moment où il a abordé la question de la fidélité des chiens et les liens étroits qui unissaient l'âme humaine et celle des animaux qu'il s'est adressé à Imolka qui n'avait nullement envie d'avoir un chien dans son sous-sol de vingt-cinq mètres carrés, mais sur le coup, elle n'a pas osé dire non à la fidélité des chiens. Et avant que son mari ait pu refuser, le camarade Dorvai s'est dépêché de préciser que, naturellement, il fournirait chaque semaine les deux kilos de carcasse de poulet pour le toutou, car il est assez difficile de s'en procurer de nos jours si on ne travaille pas au Parti. Et là, Ferenc Vándor a regardé Imolka, et a dit oui.

Ainsi, le lendemain après-midi, le camarade Dorvai a juste fait un saut avec la première portion de carcasses de poulet, mais il n'a voulu ni thé russe, ni café chicorée, parce que j'ai une montagne de tâches à faire pour le Parti, si ça continue, je devrai choisir entre ma famille et le Parti, et croyez-moi, camarade Vándor, il n'y a rien de pire que d'être obligé de faire un tel choix, mais bon, passons, c'est ma croix, toutes les femmes ne sont pas aussi compréhensives que vous. Il s'appelle Buksi ? Buksi ! Quel joli nom. Et comme ça lui va bien. Excusez-moi, mais je dois filer.

Et jeudi, il était encore plus pressé, parce qu'il avait une réunion à cause de la situation internationale si complexe. Il a seulement précisé, en rougissant un peu, qu'il y avait deux cuisses parmi les carcasses. Par contre lundi, il a accepté le café chicorée, déboutonné le col de sa chemise et pris sur les genoux le seul survivant des neuf chiots, oui, vas-y, mords, oui, comme ça, brave chien, et il était reconnaissant de pouvoir se reposer quelques minutes et d'entendre quelques mots gentils. En plus, il a l'air d'être un honnête ouvrier, votre Feri, il a mérité qu'on le laisse rentrer avec le premier convoi. Seulement, il ne comprenait pas pourquoi la camarade Vándor était si triste. Alors que ni la situation internationale, ni le système de santé des animaux ne reposaient sur ses épaules, mais excusez-moi, je ne voulais pas me mêler de ça.

Et jeudi, Imolka a laissé échapper des mots qu'elle ne voulait pas dire, surtout pas à cet homme, à savoir que Feri n'était plus comme avant, comme si son séjour en captivité avait fait de lui un étranger. Ça l'a mise dans l'embarras, et elle a été très reconnaissante au camarade Dorvai de clore le sujet d'un maisnon, et d'un la-captivité-éprouve-tout-le-monde. En repartant, il a posé les mains sur les épaules d'Imolka et l'a regardée au fond des yeux en disant, vous n'êtes pas seulement une femme sensible, Imolka, vous êtes aussi intelligente, alors chassez ces bêtises de votre tête. Elle a acquiescé, d'accord József, et quand le vétérinaire est reparti, elle sentait toujours le poids de ses mains sur ses épaules, et s'est rappelé qu'elle avait appelé le camarade Dorvai par son prénom. Elle dirait le jour même à Feri de rendre le chien, c'était lui qui l'avait voulu, c'était à lui de trouver un prétexte, mais il devait le rendre pour que cet homme ne revienne plus jamais.

Et moi, lundi après l'école, je m'étais faufilé par le jardin des Balog dans la remise à bois, derrière le dix-sept de la rue Kossuth, parce qu'elle était presque accolée à l'arrière de la maison. Il y avait à peine cinquante centimètres entre la cloison de planches et la fenêtre du sous-sol des Vándor. Ils n'avaient même pas mis de rideau, car à part la pluie, les chats et moi, personne ne passait jamais par là. J'avais défait une des planches pour mieux voir, le buffet, le robinet, le canapé et la table. C'est tout, je ne voyais pas ce qui se trouvait sous la fenêtre. Je m'y glissais tous les jours, avec mon mouchoir sali par la sueur et la poussière d'Imolka. Les Balog croyaient que je prenais un raccourci, que j'entrais par le trente-cinq de la rue Octobre-Rouge, traversais la remise pour ressortir par le dix-sept de la rue Kossuth, mais ce n'était pas du tout ça, je prenais les premières photos de ma vie.

Parce qu'une photo sera bonne, mon fils, si tu la penses au préalable. En appuyant sur le déclencheur, tu dois déjà savoir précisément ce qu'il y aura dessus. Au point de pouvoir le décrire. Au milieu le noyer, à gauche la clôture, à droite les clapiers à lapins, mais pour une bonne photo, ça ne suffit pas, bien sûr. Tu dois aussi savoir pourquoi c'est juste le noyer qui se trouve au milieu. Ce que tu veux dire par là. Son ce-que-tu-veux-dire-par-là m'avait troublé, parce que je ne voulais rien dire. Qui plus est, dire, c'est ce que je voulais le moins au monde. Je voulais seulement photographier, mais avant je devais faire beaucoup de ces photos écrites, alors je n'ai pas insisté.

Mais en mai cinquante-six, en trouvant dans la remise la fente qui donnait sur la fenêtre du sous-sol, j'ai su d'un coup très précisément ce qui devait figurer sur mes photos. Pourtant, je n'avais rien vu d'intéressant pendant des semaines. En général, une personne est inintéressante quand elle est seule. La plupart du temps, elle mange, lit, se brosse les dents ou simplement reste assise et se repose. Néanmoins, chaque jour, je savais à quel moment je devrais appuyer sur le déclencheur. J'attendais ce moment, et aussitôt, le décrivais : à droite le buffet et le robinet, à gauche, le canapé, au milieu I. à table, devant elle une assiette, à droite le buffet et le robinet, à gauche le canapé, au milieu I. reprisant ses collants, à droite le buffet et le robinet, à gauche le canapé, au milieu I. assise à table me regardant dans les yeux sans me voir. Je gardais ces photos écrites sur les feuilles à carreaux sous la paille d'un clapier vide, dans une boîte de café Franck. Quand on y pense, c'était mon premier album photo.

Puis un jour, alors que Buksi était attaché avec une espèce de laisse en cuir au pied du canapé, Imolka était couchée à plat ventre sur la table, entre les tasses, les soucoupes et les carcasses de poulet. Ses orteils touchaient à peine le sol. Elle n'était même pas déboutonnée, seule sa robe était relevée au-dessus de ses reins. Dorvai lui tordait les bras en arrière, d'une main, il lui tenait les poignets, de l'autre, il lui serrait la nuque. Il la tenait comme s'il avait voulu la tuer. Et elle poussait des cris, oh-mon-Dieu, oh-j'en-peux-plus, encore. Je ne voulais pas que ça se termine. Je ne savais pas ce qui allait suivre, je voyais seulement qu'Imolka était en train de se faire tuer. Anéantir. Et plus elle criait, plus je voyais qu'en fait, c'était elle qui le voulait. Elle voulait disparaître, s'anéantir. Et d'un coup, Dorvai l'a poussée si fort contre le bord de la table qu'elle a failli se déchirer en deux, tiens, tiens, bâtarde, tiens, chienne et là, d'un coup, tout s'est arrêté. On est tombés tous les trois dans un silence qui a duré une éternité. Dorvai s'est affalé sur elle, et moi, par terre. Imolka avait déjà depuis longtemps débarrassé la table, s'était changée, avait aéré quand j'ai commencé à sentir les échardes sous mes ongles et que je suis enfin revenu à moi.

Puis une fois, en voyant par la fenêtre le vétérinaire qui arrivait, j'ai couru dans la remise, mais Ferenc Vándor était là, agenouillé à ma place. Comme un grand sac à moitié rempli qui s'affaisse un peu au milieu. J'étais pétrifié. Sa voix était calme. Il m'a demandé, c'est ta place ici, gamin ? J'ai fait oui de la tête. Alors il m'a dit de rentrer plutôt chez moi. J'ai hoché la tête à nouveau, mais je n'arrivais pas bouger. Il s'est levé, m'a saisi par les épaules et mis dehors sous le soleil éclatant. Pas brutalement, mais comme s'il avait aidé un papillon égaré dans une pièce à sortir. Allez, va-t'en maintenant. Alors j'ai dit, s'il vous plaît, ne les tuez pas. Il m'a même fait un sourire. T'inquiète, gamin, je ne tue personne. Il a fermé la porte et je suis rentré chez moi, puis j'ai regardé par la fenêtre pour voir si le vétérinaire ressortait. Ferenc Vándor ne les avait pas tués.

Le lendemain, sur le chantier, à l'heure de la reprise, le contremaître s'est écrié, putain-de-ta-mère, regardez là-haut. Et tout là-haut, au bout du bras de la grue, comme sur un immense échafaud, se balançait Ferenc Vándor, celui qui avait réveillé tout le village au son de la cloche, cassé la gueule au curé et mis à genoux un taureau en le prenant par les cornes, avant d'être emmené en Union soviétique.

Le même jour, Imolka a pris un bout de carton et elle a écrit dessus, J'AI ÉTÉ VILAINE, elle l'a accroché autour de son cou avec une ficelle. Puis avec une autre ficelle, elle s'est pendue.

Puis un soir, en automne, alors que la révolution était finie et que mon Père était rentré de Budapest, ma Mère est retournée dans la cuisine tout de suite après le dîner. D'habitude, on restait encore un moment ensemble. Mon Père a trifouillé un instant dans son assiette avec sa fourchette, puis finalement, avec difficulté, il s'est mis à parler. Excuse-moi, mon fils, c'est gênant pour nous deux, mais dans les prochains jours, il y aura une perquisition chez nous. Pas seulement dans ma chambre, mais dans toute la maison. Peut-être même dans le jardin. Ça veut dire que si tu as quelque chose à brûler, il faut le faire aujourd'hui. J'ai dit que je comprenais, et je me suis levé pour aller chercher les allumettes dans la cuisine. J'étais déjà sur le pas de la porte quand il m'a dit, dommage, j'aime beaucoup tes photos, mon fils. Mais ces gens-là ne croiront jamais que le buffet est effectivement un buffet, que le canapé est effectivement un canapé. Je suis sorti dans le jardin, j'ai fait un bûcher avec la paille du clapier et j'ai brûlé mes photos sans même les feuilleter. Je ne ressentais rien. Pour la première fois de ma vie, je n'éprouvais ni honte, ni joie, ni peur, ni douleur. Ce sentiment de rien était si fort qu'il est devenu évident qu'en réalité, c'était moi. Puis quand la paille s'est entièrement consumée, je l'ai arrosée avec l'eau du robinet du jardin, j'ai recouvert le foyer avec les feuilles mortes du noyer pour que les agents ne posent pas de questions inutiles. Puis je suis monté dans ma chambre, accompagné par ce rien.

(le facultatif)

Quand un pouvoir affirme qu'une chose est facultative, il peut être risqué de la négliger. Car dans le subconscient du pouvoir dorment toutes les choses facultatives, ces défilés du premier mai, sorties de classe et réunions syndicales que tu as séchés, et quand tu pries pour qu'il te demande enfin des explications, te vire, t'enferme, t'humilie, brise ta vie, mais que ça se termine enfin, c'est seulement à ce moment-là que tu vois passer dans son regard, que bien sûr, bien sûr, c'était bien toi qui…

Le pouvoir peut vous détruire à tout moment pour ce qu'il vous a lui-même obligé à faire la veille. En même temps, il vous expliquera clairement pourquoi il n'avait pas le choix hier et pourquoi il ne l'a pas aujourd'hui. Mais il ne vous demandera pas de comptes à propos du facultatif, même dans une salle de torture. Parce qu'il se respecte. Le pouvoir est comme l'homme.

Et à dix-huit ans, on le sait déjà. À force de côtoyer le pouvoir tous les jours pendant des années, on entame sa journée avec lui et on s'endort avec l'angoisse du lendemain, c'est avec lui qu'on participe aux sorties scolaires, c'est lui qu'on trompe, c'est lui qu'on fuit, c'est à lui qu'on fournit de faux justificatifs médicaux, alors le pouvoir peut nous faire confiance à juste titre, à dix-huit ans, on est déjà mûr. On connaît sa place. On peut se voir confier une tâche plus complexe que résoudre une équation à deux inconnues sans être une menace sérieuse pour le pouvoir.

À cet âge, on sent déjà dans ses tripes que si le pouvoir porte tellement dans son cœur Endre Ady, alors juste avant le bac, on ne peut pas prendre le risque de manquer quelque chose de facultatif. De ce fait, tous sans exception, ou presque, sont allés au musée de la Littérature pour voir les manuscrits d'Ady. J'ai fait en sorte de ne pas arriver trop tôt.

(à l'église)

Dans ma revue américaine, il y avait la photo d'une femme debout sur un balcon. Elle était photographiée de dos, on ne voyait pas grand-chose de son corps. Son dos et ses reins. Jusqu'où sa robe était fendue. Appuyée à la rambarde, elle suit quelqu'un du regard. Très clairement, elle n'attend pas une personne qui doit arriver, mais suit des yeux celle qui s'éloigne. Sa robe est comme une poche amniotique rompue. Il est également évident que si la photo avait été prise par celui qui allait venir, elle se jetterait dans le vide par-dessus la rambarde.

C'était la seule photo de la revue où on ne voyait pas le visage de la femme. Je l'avais achetée aux puces justement pour cette image. C'était la seule sur laquelle je pouvais voir Imolka, même si cette femme s'appuyait à une rambarde et non à une table, et qu'au lieu de regarder la porte du sous-sol se refermer, elle regardait la rue déserte.

Dimanche matin, j'ai ressorti la revue, retrouvé la photo et l'ai regardée jusqu'à y voir Adél Selyem.

Kállay aurait pu ne pas mourir. Ou bien ne pas être remplacé par Adél Selyem. Ou bien elle aurait pu venir, mais ne pas laisser tomber la feuille avec les deux phrases que je lui ai rendue au premier cours. Et quand je me suis penché pour la ramasser, ne pas serrer les genoux avec l'instinct d'un animal effarouché. Mais il est que clair que, dans un cas comme dans l'autre, ça n'aurait changé que quelques événements de ma vie. Pas l'essentiel.

La vérité est que je savais très exactement ce que j'écrivais sur cette feuille. De même que je savais très bien en allant vers l'avenue de la République-Populaire qui j'entendais marcher derrière moi d'un pas pressé. Je ne le désirais ni ne l'espérais, mais je le savais. Aussi sûrement que ma Mère savait que Dieu existait. Il est vrai que ma Mère ne l'avait pas appris par un regard gris ardoise posé sur elle lorsque le Bon Dieu était venu remplacer une personne qui s'était suicidée.

En arrachant la feuille de mon cahier, je ne m'étais pas dit qu'Adél Selyem était professeur de hongrois au lycée. Il aurait fallu pour ça que je sois lycéen. Et le temps de finir ces deux phrases, je n'avais plus une once de peur, de désespoir ou de honte. Rien de tout ce que j'avais ressenti dans le malheureux cercle que Mme Ferenc Vándor née Imola Kocsis et le camarade vétérinaire Dorvai avaient tracé autour de moi.

Il était clair à mes yeux que la raison de cette absence de peur ne venait pas de moi. Moi, je n'avais pas changé, la raison résidait en la personne d'Adél Selyem. Je savais aussi que ce n'était pas de l'amour. Je le dis, ma Mère n'avait pas peur de Dieu. Et moi, je me suis surpris à ne pas avoir peur d'Adél Selyem.

Je me suis assis dans la baignoire et me suis aspergé d'eau tiède. J'y suis resté au moins jusqu'à onze heures. De temps en temps, j'aspirais un peu d'eau, puis la recrachais tout doucement. Un peu comme l'âme qui sortait de Ferenc Vándor dans mon rêve. Puis je me suis rhabillé, mais il était toujours trop tôt. En allant vers le musée, je suis entré dans l'église des franciscains. Il y avait une messe. Je n'avais pas mis les pieds dans une église depuis mon arrivée à Budapest. Il est vrai que, même à Mélyvár, la dernière fois que j'étais allé à l'église, c'était avec ma Mère.

Il y avait quelques vieux assis dans les travées de devant. Derrière eux, trente rangées vides, comme une galère échouée que les membres les plus vaillants de l'équipage avaient quittée à la nage depuis longtemps. Je me suis assis au fond, à côté d'un autel secondaire, là où il y avait de petits panneaux en marbre. Le cimetière des chagrins. Merci à l'Immaculée, Reconnaissance de la famille Jónás, Pour l'intercession de la Vierge, Au nom de Gyurika, ses parents endeuillés. J'ai pensé que les tailleurs de pierre qui avaient gravé ces reconnaissance et ces merci étaient les mêmes que ceux auxquels on devait les né, décédé, dans sa neuvième ou sa soixante-neuvième année.

Un franciscain âgé, un peu voûté, disait que tout le monde oubliait la descente du Saint-Esprit, alors que la Pentecôte était au moins aussi importante que Pâques ou Noël. Il parlait bien, il avait vraiment de la peine pour le Saint-Esprit.

Au moment du que-votre-règne-arrive, la porte battante a grincé, et le jeune homme d'environ vingt-cinq ans que je voyais tous les soirs au café est entré. Il s'est assis à côté de l'autel secondaire opposé au mien. Il a regardé autour de lui seulement au la-paix-soit-avec-vous pour voir à qui serrer la main.

Ou plutôt de s'assurer qu'il n'y avait personne à côté de lui et que personne ne se fâcherait s'il restait assis.

Je me suis levé. Je ne sais pas comment ça s'est fait, je ne serais pas capable de faire ça dans un bus, un café ou lors d'une réception. Aujourd'hui encore, je suis gêné quand je dois me présenter. Heureusement, c'est devenu assez rare et se limite à une formalité, et dans ce cas, on n'écoute plus vraiment le nom.

Je me suis levé comme si j'étais venu à l'église des franciscains dans ce but précis. Je n'éprouvais aucunement l'habituelle angoisse des présentations que me cause mon nom*. Je ne craignais pas qu'on me dise : tu parles ! Nous nous sommes rencontrés devant la petite table avec les dépliants.

András Szabad, ai-je dit en lui serrant la main.

La paix soit avec vous, a-t-il dit. Je veux dire Kornél Erdős, a-t-il ajouté, confus.

Puis, avec des mouvements de bras encore plus confus, il m'a fait comprendre qu'on était dans une église où c'était impossible, mais que, de toute façon, on se reverrait au café.

(au musée)

Au chapeau de Kosztolányi, il n'y avait plus que la moitié de la classe. Puis les derniers se sont dispersés en prétextant un devoir à faire pour le lendemain. J'ai déambulé de salle en salle, et j'ai attendu Adél Selyem devant la machine à écrire de Babits, abîmée par une bombe.

Elle a essayé de faire semblant d'être étonnée de me voir, je n'aurais pas cru que les objets vous intéressaient.

Au contraire, je vis dans un musée.

Dans quel genre de musée ?

Jouons aux devinettes.

D'accord, j'aime jouer.

* Szabad signifie littéralement "libre".

Je sais.
Ah bon ? Hum… J'ai droit à combien de questions ?
Une seule.
Pas sûr que ça marchera.
Je pense que si.
Vous en êtes sûr ?
Oui.
Sûr et certain ?
Oui.
Ce n'est pas bien, parce que je commence à avoir peur.
Pas grave.
Pas grave ? Vous préférez quoi ? Que je devine ou que j'aie peur ?
En aucun cas que vous ayez peur. Mais ça ne dépend pas de moi.
Donc vous n'avez rien à voir avec ma peur, même si je la ressens à cause de vous.
Je n'ai rien à voir avec votre peur de l'échec. Vous l'aviez déjà avant de lire Endre Ady pour la première fois.
Ça ne vous dérange pas du tout que je sois votre professeur ?
Demain, je quitte le lycée, et donc vous ne serez plus ma prof.
Je n'aimerais pas que vous fassiez ça.
Alors je viendrai, ça n'a aucune importance.
Vous savez, n'est-ce pas, qu'il y a quelque chose d'effrayant en vous, András Szabad ?
Si c'est le cas, c'est tout aussi effrayant pour moi, Adél Selyem.

Elle a jeté un coup d'œil embarrassé sur sa montre.
Je ne vais pas tarder à y aller. Vous n'avez rien à faire ?
Non.
Ou allons plutôt dans une autre salle.
Ce serait bien si, dans cette autre salle, vous pouviez ne pas avoir à vous en aller.
Je vais donner un coup de fil. J'ai vu un téléphone dans les vestiaires.
À celui qui conduisait la voiture avant-hier ?
Pour la première fois, elle m'a longuement regardé dans les yeux sans dire un mot.
Finalement, elle a dit, oui, c'était mon père.

Je vois.

Il est assez occupé. Nous prenons le thé ensemble tous les dimanches après-midis.

Moi, pour ça, je fréquente une comtesse.

Alors, le thé doit être semblable, mais mon père est loin d'être un comte.

Il est quoi ?

Parlons plutôt d'autre chose.

Comme vous voulez.

Alors, vous me dites enfin ce qu'il y a dans votre musée ?

Tout à l'heure, on a dit que vous alliez le deviner.

Jouons plutôt au guide.

Il y a un lit.

C'est la chose la plus importante ?

Pas le moins du monde, mais j'ai commencé l'inventaire dans le sens des aiguilles d'une montre.

Alors ça va…

… Vous avez peur de tant de choses.

Qu'est-ce qui vous fait dire ça ?

Peu importe. Et puis un miroir fêlé.

Comment s'est-il fêlé ?

Quelqu'un s'est regardé dedans.

Qui ?

Ma Mère. Elle est morte et s'est regardée dedans. Ça fend tous les miroirs.

… Je suis désolée.

Et moi, alors. Après, il y a une vitrine, un secrétaire, une fenêtre, un bureau, une fenêtre.

La fenêtre fait partie du musée ?

Oui.

C'est rassurant.

Oui, surtout à l'aube.

Autre chose ?

Un piano.

Vous savez en jouer ?

Non, mais ça m'arrive parfois. Et derrière le piano, une porte condamnée.

Et qu'y a-t-il derrière cette porte ?

Mon Père.

Je le regrette au moins autant que le miroir fendu.

Moi aussi. Et lui aussi.

Et lequel d'entre vous a condamné la porte ?

Nous l'avons fait ensemble. Avec un gardien de prison. Et un fossoyeur.

Je vois.

Je sais, sinon je n'en parlerais pas.

… Et vous avez de la visite dans votre musée ?

Si j'en avais, je l'accompagnerais aussi au musée de la Littérature.

… Et vous n'en avez pas parce que vous ne laissez entrer personne ?

Pas du tout. Un mannequin de vitrine a déjà pu entrer.

Ce n'est pas très encourageant. Malheureusement, je ne suis pas un mannequin de vitrine.

À votre place, je ne le regretterais pas. Mais je n'en serais pas heurté non plus.

Toute femme en serait heurtée.

À mon avis, on est heurté par notre point le plus vulnérable.

C'est le point le plus vulnérable de tout le monde.

Pas le mien.

Parce que vous êtes un homme.

Il y a cinq minutes encore, j'étais un élève du lycée. Décidons-nous.

… C'est horrible de discuter avec vous.

Je ne demande pas l'impossible, je veux seulement qu'on mette au clair avec qui vous discutez un dimanche après-midi à la place de votre père, dans un musée où vous avez invité une classe de terminale pour une visite facultative, et alors que vous m'avez couru après quand vous m'avez vu depuis l'entrée.

Ce n'est pas vrai ! Je ne t'ai pas couru après !

En se rendant compte de ce qu'elle venait de dire, elle s'est tue. Elle m'a regardé dans les yeux, immobile, comme si elle avait perdu la raison. Comme frappée par une malédiction.

Pas de problème, mais on ne va pas recommencer à se vouvoyer, ai-je dit.

… Tu es affreux. Comme une cloche en plomb. Tu me tombes dessus de toute ta masse. Tu m'écrases. Tu me compresses.

On était juste en train de parler d'un mannequin en papier mâché, il pèse autant qu'une plume.

N'en parle pas comme si c'était moi.

Je n'ai pas dit ça.

Si, c'est exactement ce que tu as dit. C'est comme ça que tu me vois, que tu me demandes avec qui je monte en voiture, c'est comme ça que tu me donnes ta feuille avec ta cellule d'un mètre carré et demi et ton nom.

Comme ça, c'est-à-dire comment ?

Comme si j'étais un mannequin de papier mâché dont tu fais ce que tu veux.

C'est toi qui ressens ça, pas moi.

Ah bon ? Alors, tu ressens quoi, toi ?

Là, maintenant, je sens que tu as peur. Il y a sûrement une raison à ça. Mais il est certain que je ne suis pas cette raison. Je sens aussi que moi, par contre, pour la première fois de ma vie, je n'ai pas peur. Et je ne sais pas pourquoi. Mais je ne veux plus avoir peur. Et aussi, je suis fatigué. Je ne sais pas faire la cour. Allons prendre un verre quelque part.

… Je ne peux pas prendre un verre avec toi, tu le sais très bien.

Peu importe, allons-nous-en d'ici.

… Je dois appeler mon père.

Bien sûr, appelle-le.

… C'était vraiment mon père.

Je sais. Et personne n'est vraiment jamais venu dans ma chambre, sauf le mannequin. Et je ne veux pas que vous vous rencontriez.

(à la cité expérimentale)

Adél Selyem habitait dans une cité expérimentale, non loin du pont Árpád, dans un studio, avec des fenêtres qui donnaient sur le ciel. On y est allés en taxi, car effectivement, on ne pouvait prendre un verre nulle part. Sa chambre était noire et blanche, comme elle. Un torchon rouge était accroché à un clou au-dessus de son lit. Si sa chambre avait été un visage, le torchon aurait été sa bouche.

On pourrait m'envoyer au bûcher pour ça, tu le sais, n'est-ce pas, a-t-elle dit en s'asseyant sur une chaise.

Si c'est mieux pour toi, je préfère partir, ai-je dit en m'asseyant sur le lit.

Reste.

C'est quoi, ce torchon ?

Rien, un torchon.

Je vois bien. Il est assez rouge pour ça.

Oui, c'est ça… Ton mannequin, qu'est-ce qu'il fait en ce moment ?

Il est assis sur le tabouret du piano.

Je croyais que c'était toi qui jouais du piano.

Ça dépend.

Je ne sais vraiment pas pourquoi je me suis emportée. C'était une bêtise. Je n'ai pas la moindre idée de ce que c'est que d'être un mannequin.

Je peux te le dire. Tu restes dans une vitrine pendant quarante ou cinquante ans, portant la plus belle création d'un tailleur. Qui, contrairement à toi, vieillit. Et ferme sa boutique. Et te met sur le trottoir. À ce moment-là passe un type dans la chambre duquel même un mannequin n'a jamais mis les pieds. Il regarde ton visage, il voit que tu as mis du rouge à lèvres, alors il fait une proposition. Le vieux voudrait te vendre cinquante forints, mais finalement, il te cède pour vingt. Et après toute une vie, en guise d'adieu, il te dit juste en rigolant : Tu vas te marier, Anoushka.

Il a dit ça ?

Oui.

Et toi ?

J'ai payé les vingt forints, la pluie commençait à tomber, j'ai couvert le mannequin avec ma veste et je l'ai porté jusque chez moi.

Et elle était reconnaissante, Anoushka ?

Ne l'appelons pas Anoushka. À part ça, elle est toujours reconnaissante.

Et comment elle l'exprime ?

Elle se tait.

Avec ses lèvres rouges.

Oui, elle se tait avec ses lèvres rouges.

Est-ce qu'elle a un costume ?

Non, ça ne faisait pas partie du lot. Elle n'a pas de bras non plus. Ni de jambes.

Alors c'est un torse.

Disons plutôt un buste.

J'ai une bouteille de vin. Tu l'ouvres ?

Seulement si on ne parle plus de mannequins.

Toi qui as un mannequin, pourquoi ça te dérange ?

Parce qu'il me rappelle de plus en plus que je n'ai pas la moindre idée ce qu'il faut dire à une femme en présence d'une bouteille du vin.

Je n'ai pas l'impression que tu ne le saches pas.

Il faudra quand même que tu me croies.

Il y en a sûrement qui n'accordent aucune importance à ce que tu dis. Et d'autres qui te comprennent sans un mot.

Je choisirais bien cette dernière variante.

Et que fait la femme à laquelle tu ne dois rien dire ?

Par exemple, elle ne me pose pas cette question. Elle le sait d'elle-même.

Alors j'apporte le vin.

J'ai entendu le cliquetis des verres dans la cuisine. Puis le clapotis de l'eau dans la salle de bains. Puis un froissement de tissu. J'ai passé en revue les livres sur les étagères. Sur le bureau, il y avait les contrôles surprises, en deux piles, les corrigés et ceux qui attendaient d'être corrigés. Les existentialistes français. Puis j'ai vu du somnifère sur la table de chevet.

Elle s'est changée, elle est revenue dans une robe d'été blanche, pieds nus. Elle avait remis du rouge sur ses lèvres. Elle apportait le vin et deux verres. Elle s'est assise à côté de moi, a posé les verres par terre, j'ai ouvert la bouteille, servi le vin, nous l'avons bu comme de l'eau, sans trinquer.

C'est passé, ai-je dit.
Qu'est-ce qui est passé ?
L'absence de peur.
Alors je vais la rétablir, a-t-elle dit en se levant, puis elle a tiré le rideau en nylon.
C'est toi qui as peur d'être vue, pas moi. De toute façon, au sixième, avec des fenêtres qui donnent sur le ciel, il n'y a rien à craindre.
Et toi, tu as peur de quoi ?
Pas la moindre idée.
Je sais très bien que tu n'as jamais encore été avec une femme. Et pourtant, je me sens mieux avec toi maintenant qu'avec quiconque.
Je n'ai pas peur de ce que tu sais, mais de ce qu'on ne sait pas, ni toi ni moi.
Alors, ce n'est même pas la peine que j'essaie de deviner.
Non, ce n'est pas la peine.
Dans ce cas, sers-nous plutôt encore du vin.
Il vaudrait mieux que je m'en aille, crois-moi, ai-je dit en me levant.
Pas pour moi, a-t-elle dit, toujours assise. Et elle a posé la main sur mon bas-ventre.

Naturellement, en dix-huit ans j'avais imaginé ce geste mille fois. Et je savais aussi que ce ne serait pas exactement comme ça. Et là, d'un coup, l'idée que c'était comme ça, exactement comme ça, m'a traversé comme une lame d'acier. À part cet exactement-comme-ça, je ne ressentais rien. Je n'étais pas effrayé, j'avais plutôt une colère amère qui s'accumulait quelque part au fond de l'estomac. Ce pouvait être n'importe quoi, même la première fois qu'une femme me touchait, n'importe quoi. Ce serait exactement comme je l'avais imaginé pendant des années. L'enfer. Personne ne pourrait rien me donner, rien dont l'empreinte n'aurait déjà existé en moi depuis longtemps. Je n'avais pas encore dix ans quand ils ont rapporté ce putain de piano, et, seul sur la véranda, je savais déjà comment ce serait quand elle mourrait. Ils étaient venus juste pour la perquisition, ils n'avaient pas encore giflé mon Père, et pourtant je le voyais déjà comme une ombre. Dorvai n'avait pas encore amené ce malheureux chiot, Ferenc Vándor n'avait pas encore trouvé ma cachette dans la remise à bois, pourtant le fossile de ce qui allait arriver était déjà dans mon bas-ventre.

Je me suis penché pour l'embrasser, mais elle a tourné la tête.

Pas ça. Je t'en prie. Ça, non.

Je crois que ce serait vraiment mieux que je m'en aille.

Non, ça ne serait pas mieux. Pour toi non plus. Je te le promets, a-t-elle dit, et elle a défait ma ceinture. Et moi, j'ai déboutonné sa robe d'été, en commençant par le haut.

Donc, tu me promets que ça sera mieux pour moi si je n'embrasse jamais personne.

Oui, n'y pense même pas.

Personne, ou toi ?

Plutôt personne. Mais moi, en aucun cas, a-t-elle dit en me saisissant. Ses mamelons étaient durs comme des pierres. Durs et rugueux. La première fois, tu vas jouir vite, c'est obligé. Mais ça sera bon, je te le promets.

Pourquoi c'est obligé ?

Parce que tu ne peux pas jouir en moi. Et après, je veux que tu tiennes longtemps.

Je me suis tu. Elle m'a regardé. Ses lèvres étaient comme un anneau rouge. Elle s'est mise à me sucer. Je ne pouvais plus la regarder et, au lieu de sa bouche, j'ai regardé ce putain de torchon rouge. Et quand j'ai compris ce qu'était ce torchon, sa gorge s'est contractée. Elle m'a saisi par les reins, m'a attiré en elle de toutes ses forces, puis elle a dégluti. Et moi, je me suis affalé sur elle comme autrefois sur le tas de bois. Sauf que ce n'étaient plus des échardes que j'avais sous mes ongles, mais de la chair.

Je t'avais promis que ce serait bien, n'est-ce pas, m'a-t-elle dit quand je suis revenu à moi. J'ai essayé à nouveau de l'embrasser, mais elle a rempli un verre et me l'a mis dans la main.

Je lui ai dit, oui, tu l'avais promis, et d'un coup, j'ai ressenti un vide abyssal, comme jamais auparavant. C'était le seul sentiment que personne ne m'avait jamais procuré. Ça n'avait rien à voir avec le vide que j'avais ressenti en brûlant mes photos d'Imolka. À droite le somnifère, à gauche les devoirs sur les existentialistes français, au milieu un torchon rouge. Tu ne bois pas ?

Non, je veux encore garder le goût de toi. Je l'aime.

J'ai senti que je deviendrais fou si je ne me levais pas immédiatement pour fuir cet appartement expérimental. Dévaler les escaliers, six étages, quitter cette cité expérimentale, courir jusqu'au Danube, retourner à Mélyvár, entrer par le trente-cinq de la rue Octobre-Rouge et, en traversant la remise à bois, ressortir au dix-sept de la rue Kossuth.

Elle a pris mon verre et posé la tête sur mon épaule. Elle était légère comme une plume. Sa robe blanche d'été était ouverte jusqu'à ses seins. Il faut dire qu'elle était magnifique.

Tu dois savoir dorénavant que tu es un bel homme. Très. Partout, a-t-elle dit en posant la main sur mon bas-ventre.

Je me suis dit qu'il y en avait sûrement que ça aidait de s'entendre dire qu'ils sont beaux, la première fois qu'ils font l'amour. Puis je n'ai plus pensé à rien, je l'ai seulement regardée se pencher sur moi et me prendre à nouveau dans sa bouche jusqu'à ce que je retrouve ma virilité. Alors elle m'a pris la main et l'a mise entre ses cuisses pour que je sente à quel point elle me désirait.

Et je l'ai senti.

Elle n'avait rien sous la robe d'été.

Serre-moi fort.

Je l'ai lâchée.

Fort. Ça ne fait pas mal.

Je sais.

Je t'en prie. Aussi fort que tu peux.

Donne-moi encore un verre de vin.

Elle s'est penchée vers le sol pour remplir mon verre, je lui ai pris la bouteille des mains, j'ai bu au goulot. C'est tout ce que j'avais en moi, cette demi-bouteille de vin et rien d'autre. Même pas l'air que j'avais respiré.

Puis je me suis levé, j'ai allumé une cigarette et me suis arrêté sur le pas de la porte. De là, je nous ai regardés. Je me suis vu la saisir par les reins, la tirer devant moi. Je l'ai vue à genoux devant moi, la robe remontée jusqu'à la taille, s'effondrer sous mon poids. Puis crier, non, pas ça. Tâtonner dans le vide avec sa main et crier, je n'en peux plus, mets-le-moi dans la bouche.

Je ne comprenais pas. Ou ne voulais pas comprendre. Et finalement elle a réussi à attraper le torchon et à l'arracher de son clou. Puis je l'ai vue se le fourrer dans la bouche pour ne pas crier. Comme un enfant réveillé par un cauchemar qui prend son doudou.

Revenue à elle, elle s'est mise à pleurer doucement. Je me suis rassis à côté d'elle.

Qu'est-ce qui se passe ?

Rien. Tu ne sais même pas comme c'est bien avec toi.

C'est toi qui dois le savoir, pas moi.

Tu n'as pas craché en moi, n'est-ce pas ?

Bien sûr que non, ai-je dit.

Elle a tendu la main vers moi, mais je l'ai arrêtée à mi-chemin.

Pourquoi tu ne veux pas ?

Si, je veux, mais là, je dois partir.

Tu avais dit que tu n'as rien à faire.

C'était à midi, et maintenant, on est presque le soir.

Qu'est-ce qu'on va devenir ?

Rien. Je ne sais pas.

Je ne pourrai plus entrer dans cette classe.

Bien sûr que si. Dès demain, je ne vais plus au lycée.

Je ne peux pas te demander ça.

Ça n'a rien à voir avec ce que tu demandes ou pas.

Tu dois passer ton bac.

Tu plaisantes, tu sais mieux que moi dans combien de matières je n'ai pas la moyenne.

On n'aurait pas dû se rencontrer.

C'est vrai, on n'aurait pas dû se rencontrer, et Dieu n'aurait pas dû créer le monde. Mais on lui est quand même un peu reconnaissants.

Je te reverrai ?

Bien sûr que tu me reverras. Mais maintenant, je dois partir. On m'attend.

Qui ça ?

Peu importe, tu ne le connais pas. Un ami.

(le somnifère)

Il était évident que je ne remettrais plus les pieds au lycée. Plus précisément, j'y suis allé encore une fois, pour des paperasses. C'était bien comme ça, ça n'avait rien à voir avec Adél Selyem.

Il était évident aussi que je ne la reverrais plus jamais. Finalement, ce n'est pas ce qui est arrivé, mais le soir même, j'avais toutes les raisons de le penser.

Il était évident aussi que je n'aurais personne pendant longtemps. Et ça s'est confirmé.

Quand je suis rentré, mon Père était à la cuisine en train de se beurrer une tartine pour le dîner. On s'est dit bonsoir et il a voulu mettre son pain sur une assiette pour l'emporter dans sa chambre. Depuis un certain temps, il préférait manger dans sa chambre, du moins quand j'étais à la maison, pour ne pas me déranger. Moi aussi, je mangeais plutôt dans ma chambre, pour la même raison. Pour ne pas le gêner par ma présence.

Je lui ai dit que moi non plus, je n'avais pas mangé de la journée, et j'ai posé sur la table tout ce que j'ai trouvé dans le cellier. Un pâté de foie et de la purée de tomates. Il ne s'était toujours pas rassis, alors je lui ai dit que j'avais besoin de son aide. J'ai tiré l'autre chaise, mais j'ai attendu qu'il s'asseye.

Il m'a demandé s'il s'était passé quelque chose. Je lui ai dit que non, mais que j'aurais absolument besoin d'un travail à partir de l'automne. Ou même avant. Il m'a dit que d'après lui, je pourrais essayer de poursuivre des études supérieures, même si ce n'était pas à l'université. Un dégel s'annonçait, je pouvais être admis dans une filière pas trop convoitée. J'ai dit que je n'allais pas essayer. Pour ça, le dégel ne suffisait pas, il fallait aussi le bac. Il a dit qu'il était impensable qu'ils ne me donnent pas le bac. J'ai dit que ça ne dépendait pas d'eux, mais de moi. Je laissais tomber le lycée, voilà pourquoi j'avais besoin d'un emploi.

Les yeux fixés sur sa tartine de pâté de foie, il se taisait. Il tambourinait avec ses doigts sur le rebord de l'assiette, mais sans faire de bruit. C'est là, à ce moment, dans cette tranche de pain rassis, que se sont rencontrés et réunis les diplômes et doctorats de tous mes ascendants.

Il a fini par me dire, tu peux encore changer d'avis, mon fils.

Je ne peux pas changer d'avis. J'ai ajouté, je ne suis pas en situation de le faire, comme si ça rendait les choses plus compréhensibles.

Et tu sais déjà ce que tu veux faire ?

Pour l'instant, il me faut un travail. N'importe lequel. Je regarde les annonces, mais peut-être qu'une de tes connaissances peut m'aider, ça irait plus vite.

Comme tu voudras, mon fils.

Il s'est levé pour regagner sa chambre. Il s'est retourné sur le pas de la porte et m'a dit que Vermesi pourrait sûrement m'aider, il l'appellerait le lendemain. Je lui ai dit merci. Puis j'ai entendu sa porte se refermer. Sa tartine au pâté était restée là, il en avait pris une seule bouchée. J'ai pensé la lui apporter. Et lui dire que je passerais mon bac par correspondance l'année suivante. Et lui demander avant qu'il se couche de sortir de sa boîte l'agrandisseur Agfa, les cuvettes et les produits, et de m'apprendre à développer les photos.

En rentrant dans ma chambre, je me suis dit à la vue du mannequin installé sur le tabouret du piano que, depuis le tramway, je n'avais pas pensé à Adél Selyem. Puis que ce n'était pas sa faute, mais la mienne. Puis, que quand une chose nous arrive pour la première fois de la vie, on ne doit pas la regarder depuis le pas de la porte, à trois mètres de distance. Parce qu'alors ça n'arrivera jamais. On ne doit pas savoir des années à l'avance comment ce sera et le désirer après coup. Soudain j'ai ressenti un désir puissant, comme je n'en avais pas ressenti même quand Adél Selyem criait en pleurant, pas ça, et qu'elle s'était fourré ce putain de torchon rouge dans la bouche.

J'ai pris le mannequin et l'ai sorti dans le couloir. Après être monté sur un tabouret, j'ai réussi à le coincer au sommet de la tour de Babel. J'ai veillé à ne pas faire de bruit, bien que la lumière soit encore allumée chez mon Père. Puis j'ai pris le Zorki.

Je suis allé à Óbuda à pied, il faisait déjà nuit quand je suis arrivé. J'ai pris une photo du bâtiment expérimental, c'était la dernière de la pellicule. Au troisième étage et au quatrième, il y avait encore de la lumière. La porte d'entrée s'est ouverte, un homme est sorti, je suis parti. De l'autre côté de la rue, j'ai encore levé la tête. Il faisait noir au sixième, elle avait dû prendre un somnifère.

En rentrant, je me suis assis sur une jetée au bord du Danube et je me suis endormi. Au réveil, j'étais tout engourdi. Le soleil se levait, j'ai regardé ma montre, les transports en commun circulaient déjà. À vrai dire, j'aimais cette ville à l'aube. À l'heure où les balayeurs de rue s'affairent, où les lumières s'éteignent, où les livreurs déposent le pain et le lait devant les magasins. Ce n'est pas la faute d'une ville si on ne peut pas y vivre. Il y en a sûrement qui ne pourraient pas vivre à Mélyvár. Pour qui, le temps de balayer la rue Kossuth-Lajos et de poser les caisses de pain devant le magasin Szorovka, le crépuscule tomberait déjà.

(l'agrandisseur)

J'ai croisé mon Père dans l'entrée, il m'a demandé où j'avais été, je lui ai dit que j'avais fait des photos de nuit. Il m'a dit qu'il appellerait Vermesi au sujet du travail. Je lui ai dit merci, n'importe quel emploi ferait l'affaire. Au moment de lui dire au revoir, je lui ai demandé, comme pour m'excuser de ce que nous vivions comme des étrangers dans cet appartement, si ce n'était pas grave que je déballe l'agrandisseur.

Bien sûr que non, il m'a même dit qu'il remonterait avec moi pour me montrer comment ça marchait.

Je lui ai dit que ce n'était pas nécessaire. De toute façon, il devait aller au travail, il me montrerait le soir, ou quand il aurait le temps. J'allais juste le déballer pour voir comment il était.

Je regrettais déjà d'avoir abordé le sujet, car c'était justement ce que je craignais. Il est remonté avec moi au troisième comme si j'avais donné un sens à sa vie. Pourtant je ne l'avais pas fait. De sorte que je pouvais avoir l'impression d'être une simple crapule. La seule chose qui aurait pu donner un sens à sa vie aurait été qu'on efface de sa mémoire ses trois années de prison. Que le Bon Dieu ressorte ma Mère de sa fosse, la lave et la remette sur le banc, sous le noyer du jardin de Mélyvár, et qu'elle fume une cigarette après le grand ménage. Puis que son fils ne revienne pas d'une cité expérimentale avec un négatif mal exposé d'un immeuble au sixième étage duquel une personne dormait grâce à un somnifère, sous un torchon rouge troué à force d'être mordu. Ça aurait peut-être aussi donné un sens à ma vie à moi. D'autre part, la seule possibilité de l'inexistence donne déjà un certain sens à l'existence. Mais c'est difficile d'y penser jour après jour.

Sa canne toquait dans l'escalier, le caoutchouc de l'extrémité était déjà usé. L'année précédente encore, il ne devait pas se tenir à la rampe jusqu'au bout. Je me suis dit qu'il aurait mieux valu trouver un appartement au rez-de-chaussée. La boîte était dans le cellier, sur l'étagère, tout là-haut. Je l'ai descendue, avec les bacs et la cuve de développement. À part le séchoir, il y avait tout ce qu'il fallait dans un laboratoire. Les pinces, le thermomètre et le minuteur. J'ai posé la lampe rouge sur l'étagère des épices, là où il y avait une prise. En dessous, on a pu tout mettre sur la table. On a remué le révélateur, le fixateur, il a préparé le papier périmé. Il a dit qu'il était encore bon pour faire des expériences. Ensuite je l'ai aidé à visser la colonne sur le plateau. Puis on a fixé la tête sur la colonne.

Je lui ai demandé si ce n'était pas grave s'il arrivait en retard. Il m'a dit que non, il s'entendait bien avec le concierge, il s'arrangerait. J'ai sorti une pellicule déjà développée pour qu'il me montre comment il fallait l'enrouler sur la spire et la mettre dans la cuve. Ensuite, il m'a expliqué le procédé. Que le développement se faisait uniquement dans le noir, parce que les pellicules étaient panchromatiques, contrairement au papier qui, lui, était orthochromatique. Que c'était pour cette raison qu'il n'était pas sensible à la lumière rouge. Il m'a expliqué qu'on la trempait dans les produits uniquement avec des pinces, sinon on pouvait s'abîmer la peau, que l'exposition devait être précise à la seconde près et le révélateur, toujours à vingt degrés. Qu'on n'enlevait jamais la poussière du film avec les doigts, mais avec un pinceau ou en soufflant. Et que le rinçage après le fixateur était l'une des choses les plus importantes.

J'ai éteint la lumière, fermé la porte et on s'est retrouvés tous les deux dans la lumière rouge. J'ai soufflé la poussière du film, il a posé le papier sur le plateau et, avec la manivelle, il a réglé la hauteur qui convenait pour la taille de l'image. Il m'a dit qu'il me montrerait d'abord comment mettre la pellicule, en sachant que lui, il ne gardait pas ses négatifs en entier mais les découpait par vues. Ce qui n'était pas très heureux non plus, le plus pratique étant de les garder par séries de six. Quand ils étaient en rouleau, on ne pouvait pas en faire un double de contact. Lui, il préférait ne garder que les meilleurs négatifs, c'est pourquoi il découpait ses pellicules en vues.

Je lui ai donné la pellicule pour qu'il l'enfile, puis il a allumé la lampe de l'Agfa. Et là, comme par une malédiction divine, ma Mère est apparue sur le papier. Elle était assise sous le noyer, en noir et blanc négatif, en train de fumer sa cigarette après une grande lessive.

On était comme deux assassins. Pourtant aucun de nous n'en était un. Il a dit, excuse-moi, mon fils. Il a éteint la lampe et il est sorti. J'ai entendu la porte de sa chambre se fermer. Je suis resté là. Je ne savais que faire. J'ai fini par prendre le papier et le mettre dans le révélateur. Il a noirci. Il avait dû prendre la lumière quand mon Père était sorti.

J'ai frappé à sa porte, il était assis sur son lit, je lui ai dit que je pensais qu'il devrait aller à la fabrique, qu'il n'était pas trop tard. Puis je l'ai remercié de m'avoir montré l'appareil, ajoutant que j'allais me débrouiller pour le reste. Je l'ai vu par la fenêtre aller au bureau de tabac pour téléphoner. Puis piétiner au coin de la rue et partir finalement dans l'autre sens.

J'ai sorti la pellicule du Zorki, je l'ai mise sur la spire, puis dans la cuve et je l'ai développée. Ensuite, je l'ai accrochée avec un trombone sur la lampe de la cuisine pour qu'elle sèche. On aurait dit un papier tue-mouches.

On ne voyait pas grand-chose dans le dernier cadre. Mes deux premiers agrandissements étaient bons à jeter, mais le troisième était tout à fait acceptable. Il est vrai qu'à ce moment-là, je savais déjà que je n'allais jamais utiliser la pince ni le minuteur. Que j'allais devoir compter dans ma tête comme si j'étais sous l'eau. Que je devais sentir le papier sous mes doigts. Avant que l'image n'apparaisse, il est aussi lisse que s'il était couvert d'algues. En vérité, rien n'est aussi proche de la mort que la photographie.

(Kornél)

Je suis arrivé au café vers dix heures, il y avait justement une coupure de courant. Kornél était assis de dos, il regardait la rue à travers le rideau. Les feux des voitures venant d'en face faisaient des ronds de lumière sur sa chemise blanche et entre ses cheveux défaits.

À la table d'à côté, deux femmes âgées attendaient l'addition.

La dame du vestiaire m'a dit qu'il n'y avait pas de service. Je lui ai dit que ce n'était pas grave.

Je ne me souviens pas de notre première conversation. Selon lui, nous n'avons pas parlé de l'église, selon moi, il s'est excusé pour son la-paix-soit-avec-vous. Selon moi, j'ai surtout parlé de Mélyvár, selon lui, je lui ai raconté un rêve. Selon lui, il l'a dit des années plus tard, selon moi, il pensait déjà qu'il aurait mieux valu que son père aussi ait été en prison après cinquante-six. Il saurait au moins pourquoi sa vie était fichue. Selon moi, je n'ai pas dit qu'il ne savait pas de quoi il parlait, mais qu'une vie pouvait être fichue même si on pouvait nommer une cause extérieure.

Selon lui, j'ai suggéré à la première occasion que j'étais un photographe presque incontournable. Qu'on pouvait admirer ou détester, ça, chacun devrait le décider tôt ou tard, pourtant je venais de faire mon premier agrandissement. Selon moi, je lui ai juste demandé ce qu'était ce cahier qu'il avait vite refermé et rangé dans son sac à mon arrivée. Je me souviens très précisément qu'il a dit son mépris des psychologues, des metteurs en scène, des acteurs et des photographes avec une telle véhémence que j'ai préféré ne pas aborder le sujet de la photographie.

Selon lui, effectivement, il a dû dire quelque chose dans le genre, alors qu'en réalité, il ne les méprisait pas, il les enviait plutôt. Et les craignait, car le monde a beaucoup plus besoin d'eux que d'un roman familial hongrois. Selon moi, c'est à ce moment-là que j'ai dit qu'il ne savait pas de quoi il parlait, et non quand il a dit que son père avait échappé à la prison. Il est vrai que ce n'était pas la dernière fois que je le lui disais.

Selon lui, j'ai parlé d'Adél Selyem comme de mon amoureuse. Selon moi, c'est exclu, parce que c'est justement le manque d'amour qui me posait problème. Selon lui, plus tard, j'ai parlé de toutes les autres femmes de la même manière. Selon moi, si j'ai parlé de la même manière de qui que ce soit avant Éva, c'était ça le problème.

Selon lui, quand il m'a interrogé sur ma mère, encore au café, j'ai cassé un verre. Selon moi, je l'ai tout simplement fait tomber au moment où le courant a été rétabli. Je tendais la main pour le prendre, les lumières se sont rallumées, voilà tout. Et il est absolument sûr, que même à l'aube, même ivre, je n'ai pas dit que la pute n'était pas celle qui le faisait pour de l'argent, mais celle qui mourait, je n'avais pas pu dire une ânerie pareille.

Selon lui, après la fermeture on est allés d'abord dans un bar. Selon moi, j'avais encore une bouteille de vin à la maison, je l'ai apportée et ensuite, on est allés au bord de l'eau. Selon lui, ce n'est pas vrai qu'à l'aube on ait ramassé tous les mégots d'un arrêt de bus. Selon moi, ce mégot qui est dans mon tiroir depuis trente ans vient justement de cet arrêt de bus.

Selon lui, il est possible qu'on ne soit pas allés dans un bar et que j'aie apporté la bouteille de vin, mais alors il n'avait pas récité *Tout pour rien*. Parce que lui, ce poème-là à haute voix, jamais. Dans son for intérieur, en silence, au point que lui-même ne l'entendait pas, oui, bien sûr. Tous les hommes récitaient ainsi ce poème. Mais c'est tout à fait sûr que c'était moi qui l'avais dit à haute voix.

Selon lui, ce matin-là, j'avais déjà tout gravé dans le marbre. À l'époque, de nous deux, c'était lui le plus libre. Selon moi, c'était lui qui avait déjà tout gravé dans le marbre depuis des années, et nous n'avions jamais été libres, ni lui, ni moi.

Selon lui, oui, il était possible qu'à l'époque il l'ait récité à haute voix, mais à présent il ne le connaissait plus par cœur. Et oui, ce qui compte, c'est ce que nous devenons en trente ans. Selon moi, une chose a été importante autrefois, une autre l'est maintenant. Et chaque maintenant contient un autrefois. Selon lui, après les quais du Danube, on est allés au château. Selon moi, on a volé du pain devant un magasin et on l'a mangé dans un parc.

Selon lui, vers huit heures, il devait aller à la fac. Selon moi, c'était l'heure où ouvraient les magasins de vins et spiritueux. Selon lui, la deuxième bouteille, c'était aussi du vin. Selon moi, c'était de la vodka, et après, on est effectivement allés à la fac, mais seulement à la cafétéria, pour qu'il donne une lettre excluant toute réponse à la femme avec laquelle je ne l'avais pas vu depuis des semaines.

Selon lui, il n'était plus amoureux à cette époque. Selon moi, c'est là qu'il était amoureux pour la dernière fois. Selon lui, gâcher la vie d'une femme était seulement une faute. Mais gâcher celle de deux femmes était un crime. Selon moi, gâcher la vie de qui que soit, y compris la sienne propre, était un crime. Selon lui, le soir même on n'était pas encore allés chez lui à Budafok*. Selon moi, la troisième bouteille était à nouveau du vin, et sa maman nous avait couchés.

En fait, je ne me souviens pas de notre premier jour. Quand je me suis réveillé, il y avait trois chats sur mon lit. J'ai essayé de vomir le plus silencieusement possible dans la salle de bains. Puis je l'ai réveillé pour qu'il me dise où on était.

Mon père ne nous a pas vus dans cet état, n'est-ce pas ? Le temps de lui répondre, il s'était déjà rendormi. L'escalier, que son père avait bricolé plusieurs années auparavant comme solution provisoire, grinçait. Le portail du jardin grinçait aussi. Il faisait de nouveau nuit noire, j'ai erré une demi-heure avant de trouver l'arrêt de bus. C'était le premier lendemain de cuite de ma vie. Et depuis que j'étais arrivé dans la grisaille de la gare de l'Est, c'était la première fois que j'attendais le lendemain.

(l'imprimerie)

Mon Père m'a trouvé un emploi d'ouvrier auxiliaire à mi-temps. C'était la plupart du temps un travail de nuit. J'étais assembleur dans une imprimerie. Tout le monde croyait que j'étais typographe. Au bout d'un certain temps, j'ai cessé de rectifier, parce que le travail de l'assembleur est assez difficile à expliquer. On a un rail au niveau de la taille. En angle. Les feuillets pliés en deux sont posés dessus. Les feuillets d'un journal. La première pile, c'est le premier

* Quartier excentré de Budapest.

et le dernier. La deuxième pile c'est le deuxième et l'avant-dernier. Et ainsi de suite. Tout le long du rail. Et moi, je marche à côté du rail et je ramasse les feuillets un par un, jusqu'à assembler le journal. C'est tout. Effectivement, pas la peine d'avoir le bac pour ça.

J'étais le seul homme de l'assemblage. Cela dit, elles n'étaient pas nombreuses. On n'était rien que des auxiliaires. On servait d'auxiliaire aux machines parce qu'elles étaient dépassées. La capacité de la machine assembleuse ne suivait pas la production. Une femme était partie accoucher, je la remplaçais.

Il y avait deux rails, posés sur deux tréteaux. Il en fallait deux pour ne pas revenir à vide. Le sol était fait de poutres semblables à des traverses. Elles étaient tout aussi noires, enduites de goudron. Ça faisait qu'une odeur de gare ferroviaire se mêlait à celle de l'imprimerie. J'essayais parfois de séparer les deux odeurs, des fois ça marchait, des fois non. Quand je réussissais, l'odeur de gare me faisait penser à Kállay. Et Kállay, à Adél Selyem. Je tâchais de l'imaginer marchant devant moi. Pieds nus, dans sa robe d'été blanche. Avec des bouts de gants de caoutchouc sur deux doigts. Faisant l'assemblage. Le Bureau Politique a pris position – Achète berceau, même d'occasion.

Les femmes portaient les mêmes chaussures montantes en tissu à talon découpé que les serveuses ou les vendeuses dans les magasins. Comme toutes celles qui travaillaient debout huit heures par jour. Je ne me souviens plus si nous étions sept ou huit, mais il manquait toujours quelqu'un. Parce qu'on faisait en sorte qu'une personne quitte sa place aussitôt qu'une autre revenait de sa pause cigarette. Si on ne voulait pas fumer, on cédait sa place à la suivante. Mais ça n'arrivait pas souvent, parce qu'alors, il fallait attendre une nouvelle tournée entière. On pouvait fumer uniquement dehors, dans la cage d'escalier. À l'intérieur, beaucoup de choses étaient inflammables.

Il arrivait qu'on en grille deux, ou qu'on aille faire pipi, ou encore qu'on avale deux ou trois bouchées de son sandwich, mais personne ne le relevait. En tout cas, on ne pouvait pas discuter tout seul. La fenêtre de l'escalier donnait sur le mur d'un immeuble, les mauvaises herbes poussaient parfois dans les fissures. On ne discutait pas trop à l'intérieur non plus. D'une part, à cause du bruit de l'imprimerie, d'autre part, on ne se voyait que de dos, et celui qui venait en face passait derrière en une seconde. Il y en avait bien sûr qui échangeaient quelques mots, mais c'était noyé dans le bruit des machines.

Quand les piles se terminaient, les rails brillants restaient en lévitation au-dessus des traverses à la hauteur de la taille jusqu'à l'arrivage suivant. Comme un chemin de fer fantôme qui ne menait nulle part. Puis les hommes arrivaient. Ils posaient les nouvelles liasses, lançaient quelques blagues salaces, les femmes riaient et nous, on se remettait en rang. À leurs yeux, en tant qu'employé à mi-temps, je n'existais qu'à moitié. Ce n'était peut-être pas dû uniquement au mi-temps. Mais si j'avais croisé l'un d'eux dans la rue, je l'aurais reconnu plus vite que n'importe lequel de mes anciens camarades de classe, c'est sûr.

J'ai travaillé là jusqu'à la mort de mon Père.

(la voiture)

Un matin, tôt, alors que je rentrais de l'imprimerie, une voiture de police était garée devant notre immeuble. Pas une bleu et blanc, mais une dont seule la plaque d'immatriculation trahissait l'appartenance. J'ai senti un serrement dans ma poitrine, comme si un piège s'était refermé. Je me suis arrêté dans une entrée voisine. J'étais sûr qu'ils étaient venus chez mon Père. Je n'avais aucune idée de la raison, mais cela ne faisait pas de doute qu'ils étaient là pour le voir ou même l'emmener.

Je ne savais pas s'il valait mieux monter ou attendre dans la rue. Comme si ça pouvait changer quoi que ce soit. Puis j'ai compris que je ne pouvais pas surveiller une voiture de police à quelques mètres de distance, dans la rue. J'ai regardé autour de moi, le tabac était encore fermé.

Je ne voulais pas me cacher, mais être présent au bon moment. Leur signaler que je les voyais. Que je les voyais monter en voiture avec mon Père. M'approcher et lui dire de ne pas oublier que les Keresztes nous attendaient pour le repas de midi. Comme si ça pouvait changer quoi que ce soit. Mais quand même, leur signaler qu'ils devaient compter avec moi, avec les Keresztes et le monde entier. Ils devaient compter avec le fait que mon Père avait déjà purgé sa peine et que depuis, il ne s'était rien passé qui justifie qu'on vienne le chercher à l'aube avec une voiture banalisée.

Comme je l'ai dit, le tabac était encore fermé, je ne pouvais pas rester dans la rue, alors j'ai décidé de monter. Tout au plus, on se croiserait dans l'escalier. Pour autant que j'aie pu voir, il y avait un civil dans la voiture, assis seul à l'arrière. Il fumait. Il a légèrement tourné la tête dans ma direction quand je suis passé à côté, mais ne m'a pas regardé.

Comme ce n'était pas le chauffeur qui était assis dans la voiture, je me suis dit que l'officier qui était venu ne devait pas être un haut gradé qui a droit à un chauffeur. Donc, ils n'étaient pas venus en service commandé. Et comme en fin de compte il était déjà assez tard, sachant que mon Père travaillait, ils s'étaient peut-être attendus à ne pas le trouver chez lui. Les agents de la Sûreté vont toujours par deux lors des déplacements officiels. Par conséquent, il devait y avoir quelqu'un sur le siège avant droit, du moment que l'un d'eux était resté dans la voiture. Donc, ils étaient à deux là-haut. J'en étais sûr, avant même de tourner la poignée de l'entrée.

De toute évidence, ils feraient monter mon Père à l'arrière où, dans l'éventualité d'une résistance, il y avait déjà quelqu'un. Qui l'attendait. Pour ouvrir la portière, l'attirer à l'intérieur et l'immobiliser si nécessaire. S'il y avait un homme sur la banquette arrière, cela voulait dire qu'ils allaient emmener celui chez qui ils étaient venus.

Dans le cas de mon Père, ils ne devaient pas s'attendre à une résistance significative. Mais manifestement, ils respectaient les consignes de sécurité même dans le cas d'un homme qui se déplaçait à l'aide d'une canne. En refermant la porte, je me suis tourné de manière à voir encore une fois la voiture. L'homme ne me regardait toujours pas.

Si une porte s'ouvre ou se ferme à proximité, surtout si c'est juste celle de l'immeuble où je suis venu en service, le plus naturel est que je regarde dans cette direction. Si je ne le fais pas, c'est uniquement pour faire semblant que l'événement ne m'intéresse pas, ou que je ne l'ai pas remarqué, alors qu'avec ma vision périphérique, j'ai très bien évalué la situation. Ce petit mouvement de la tête vers moi, quand je suis passé à côté de la voiture, lui a suffi pour savoir très précisément qui était arrivé. Il était tout simplement impossible de ne pas reconnaître, même de dos, le fils de celui qu'ils étaient venus chercher.

Je me suis arrêté devant les boîtes aux lettres, j'ai longuement trifouillé la serrure. Je me suis dit que si la porte en haut se refermait juste à ce moment-là, je pourrais gagner assez de temps avec la boîte aux lettres pour qu'on ne se croise pas sur un palier où ils ne feraient que passer à côté de moi, mais ici, en bas. Et ainsi, je pourrais être présent quand mon Père monterait dans la voiture. Alors que tourner la tête dans leur direction, ou les suivre après les avoir croisés sur un palier, ne serait pas de ma part une simple présence inattendue, mais une certaine agression. Et ce ne serait sûrement pas bon.

Il était possible que l'agression soit inévitable, il était possible qu'ils me bousculent ou me giflent, mais ma première réaction ne pouvait pas être agressive, parce que ce ne serait pas bon pour mon Père. Ils se vengeraient sur lui. Mon devoir était de leur signifier d'une certaine manière qu'ils ne pouvaient pas être agressifs, faire n'importe quoi. Je ne pouvais plus continuer à trifouiller la boîte aux lettres, et en haut, la porte ne se fermait toujours pas.

J'étais au palier du premier étage quand j'ai vu de l'autre côté, à l'autre bout du couloir, deux hommes en civil sortir de chez la comtesse. Théoriquement, j'aurais dû être soulagé. Pourtant, le sol s'est dérobé sous mes pieds. J'ai constaté qu'ils se disaient poliment au revoir, ensuite la comtesse a refermé la porte, et les deux hommes sont descendus par l'escalier de derrière. Puis je me suis rappelé que mon Père n'était généralement plus là quand je rentrais de l'imprimerie. Et qu'eux le savaient mieux que moi. Et que je n'avais aucune chance de savoir ce qui pourrait arriver. Que ce soit à mon Père, à moi ou à qui que ce soit. J'ai chialé comme un idiot dans la cage d'escalier, et tout ce que je ressentais, c'est qu'ils étaient plus forts que moi. Si deux hommes en civil sonnaient effectivement chez nous, je serais impuissant.

Quand ils sont partis, je me suis ressaisi et suis allé voir la comtesse.

Que s'est-il passé ? lui ai-je demandé.

Comment ça ?

Pourquoi est-ce que ces deux hommes vous ont importunée ?

Je ne dirais pas vraiment qu'ils m'ont importunée. Ils sont venus, nous avons pris un thé, puis ils sont repartis. Je n'appelle pas ça être importuné, mon cher, loin de là. Si vous êtes si perturbé parce qu'ils ont discuté avec moi, que ferez-vous si, d'aventure, ils viennent discuter avec vous ?

C'est autre chose.

Non, ce n'est pas autre chose. Il n'y a pas d'autre chose. Maintenant, il y a ça. Et ce sera ça de plus en plus. Et un jour, ça passera. Rassurez-vous, ils ne me voulaient pas de mal, nous avons discuté de ma famille. Une assez grande famille, assez dispersée dans le monde entier. Cela a dû vous échapper, mon cher, mais récemment, Berlin-Ouest a été entourée de barbelés en une seule nuit. Et il y a aussi des Szendrey qui vivent là-bas. Voilà ce dont nous avons discuté. Sauf que leurs voitures ne sont plus noires, mais grises.

Oui, je sais.

Eh bien, alors. Mária, ma chère, voulez-vous préparer un thé léger pour le petit-déjeuner de notre ami ?

Naturellement, madame la comtesse.

(les échecs)

Au fait, pourquoi tu ne rentres pas chez toi ?

Je rentre tous les jours chez moi.

Ce n'est pas ça que je voulais dire. Chez toi, à Mélyvár. Ne serait-ce que pour un après-midi.

C'est impossible.

Pourquoi ?

Parce que. Il n'y a pas où aller. C'est tout. C'est aussi simple que ça.

Tant que Mélyvár est sur la carte et qu'il y a un train qui part de la gare de l'Est, il y a où aller.

Vraiment, je ne te comprends pas. Tu es malade parce que tu ne te réveilles pas au centre-ville et que tes parents ne sont pas arrivés plus loin que la banlieue.

Ce n'est pas vrai, ça ne me rend pas malade.

Ce n'est pas l'impression que j'ai.

Mais moi, ce que je ne comprends pas, c'est que chaque fois que je veux parler de toi, au bout d'une seconde, on parle de moi. Le fait que j'aimerais bien habiter là où tu habites en ce moment ne veut pas dire que Budafok me rende malade. Et surtout pas que je demande des comptes à mes parents. Tu veux que je te dise ce que je vois ?

Si tu vois à nouveau que je l'ai gravé dans le marbre, alors ne le dis pas.

C'est pourtant ce que je vois.

À toi de jouer.

Et non seulement que tu l'as gravé dans le marbre, mais…

Un. Je n'ai rien gravé du tout. Deux…

Trois, quatre, cinq, six. Le septième est : Tu ne tueras point. Échec.

Oui, je vois. Et j'aimerais bien que tu croies que je n'ai vraiment rien gravé, je ne punis personne, et si par hasard je le faisais, je le verrais. Je sais quand je punis mon Père. Je sais quand je te punis, toi.

Et toi-même.

Oui, je le sais aussi. Et non seulement je le sais, mais je m'applique à ne punir personne.

Tu ferais mieux d'avancer, ou je prends ta tour.

J'ai déjà joué, je n'y touche plus.

J'ai joué, c'est gravé dans le marbre.

J'ai ri.

Il a ri.

D'accord, j'avance. Mais alors on va considérer que c'est une deuxième partie et que tu as gagné la première.

Je ne l'ai pas gagnée, tu as juste fait une erreur d'inattention, comme moi avec le pion.

Oui, mais faire une erreur avec un pion à l'ouverture et avec une tour en fin de partie, ce n'est pas la même chose.

Du point de vue de l'erreur, c'est pareil.

Seulement, ce n'est jamais le simple fait qui compte, mais ses conséquences.

Jamais : voilà qui est gravé dans le marbre.

Je ne crois pas que le simple fait d'un coup de feu m'intéresserait s'il n'y avait pas une nuque devant le canon.

Mais ici, personne n'a tiré, tu sais. On joue, tu sais ? On joue aux échecs parce que, tous les deux, on aime jouer aux échecs. Moi, c'est juste cette différence que je ne vois pas. Qu'ici on peut bien éliminer un pion ou une tour sans qu'il y ait mort d'homme. Sans qu'il y ait crime. Mais ce que je vois, c'est que pour toi, une putain d'erreur d'inattention pèse autant qu'une exécution.

Un. Ce n'est pas la même chose. Deux, j'ai dû te supplier pour que tu remettes ton pion.

… Mais je l'ai remis. Et je n'ai pas dit qu'il fallait considérer qu'on jouait désormais une nouvelle partie.

Au troisième coup, ça n'a pas vraiment de sens. Moi aussi, j'ai remis ma tour. Et ce n'est pas une nouvelle partie. Échec.

Oui, effectivement, échec.

Oui. Et vraiment, ça me ferait plaisir que tu arrêtes avec cette histoire de gravure dans le marbre.

Pourtant, tu joues mieux quand tu es tendu.

Si ça ne dépendait que de ça, je t'aurais battu au moins une fois.

On dirait que là, tu vas y arriver.

Oui, on dirait.

… Retourne à Mélyvár, au moins pour la Toussaint.

Sûrement pas ce jour-là.
Je prends ta tour.
Et moi, ton cavalier.
Prends plutôt le fou.
Pourquoi ?
Parce qu'ainsi, la partie sera nulle. On ne peut pas faire mat avec un cavalier.
Je ne le savais pas.
Je pense quand même que tu devrais y aller.

(Mélyvár)

Quand mon Père a trouvé un emploi convenable, j'ai étalé le plan sur la table pour voir où se trouvait Rákos. Puis j'ai pris un crayon et noirci les rues où j'avais déjà été. D'autres le font avec une mappemonde. Le point le plus lointain était la caserne. Et Budafok. J'avais déjà été près de l'hôpital János, sur le pont Marguerite, aux environs de la gare de l'Est, puis le parc, place de Moscou, le château, Astoria, place Calvin, et bien sûr l'avenue Rákóczi, l'avenue de la République-Populaire et le Boulevard. Je me suis rappelé les quelques connaissances de mon Père chez qui nous avions dîné, mais je ne me souvenais plus des adresses, j'aurais été incapable de les situer. Il y en avait deux qui habitaient à Buda, un à Angyalföld, mais il nous avait amenés en voiture. C'étaient eux qui m'avaient donné le manteau d'hiver. Puis une fois à la cité expérimentale. Ailleurs, pas trop. À Mélyvár, il n'y avait pas de rue que je n'aurais pas trouvée, même les yeux fermés.

Il est vrai aussi que Mélyvár n'est pas une grande ville. Tout au plus moyenne. Son étendue comme sa gare sont moyennes. Ainsi que les collines, les églises, le zoo, la caserne. La rivière aussi.

Un château, un atelier de couture, un réservoir d'eau, une école supérieure, une bibliothèque, une place des héros, un moulin, une fonderie, un abattoir, un musée, un marché, une caserne, un four à chaux, une laiterie, une police, un tramway, une plage qui devient patinoire en hiver, un quotidien, une décharge, un théâtre, un crématorium, un siège du Parti, un ex-juif.

Deux temples réformés, deux bureaux de poste et télégraphe, deux cinémas, deux autobus, deux pompes à essence, deux lycées, deux hôpitaux, deux cités, deux coteaux de vignes, deux hôtels, deux caisses d'épargne, deux ex-aristocrates.

Trois églises catholiques, trois cabinets de médecin, trois cafés, trois maternelles, trois cercles d'amitié, trois serres de tomates, trois cimetières, trois anciennes maisons closes, trois lignes directes vers Budapest.

(la maîtresse de mon Père)

Notre vie aurait certainement pris une autre tournure si je n'avais pas tracé ces lignes sur le plan, et n'avais pas décidé de voir au moins les rues principales, du moment que je devais vivre ici. Bien sûr, c'est une ânerie. Il y a indéniablement une cause et une conséquence, mais aucune conséquence ne découle d'une seule cause.

J'ai commencé par arpenter le quartier. Puis les deux quartiers voisins. Je suivais le plan, établissant le trajet à la maison. L'essentiel était qu'il ne reste pas de rue en blanc. J'emportais le Zorki, mais le sortais rarement. J'étais saisi d'une répugnance inexplicable à l'idée de passer ma vie à photographier des murs lépreux, des immeubles avec des poutres de soutènement et des porches obscurs. Une fois j'ai pris en photo un enfant en patins à roulettes, il venait à contre-jour, c'était après la pluie, les pavés mouillés reflétaient sa silhouette. La photo était bonne. À l'époque, moi aussi, je faisais du patin. Comme mon Père ne pouvait pas faire de vélo à cause de sa jambe, il ne m'avait pas appris à en faire, il est vrai aussi que nous n'en avions pas. J'ai quand même fini par apprendre à rouler.

Un jour, j'ai décidé de parcourir l'avenue Thököly sur toute sa longueur. C'était l'automne, la nuit tombait, j'avais un peu froid. Il y avait un bar à l'angle de l'avenue Thököly et du boulevard Hungária, j'y suis entré. Mon Père était assis en face de la porte. La femme devait avoir son âge, elle lui tenait la main. Je ne savais que faire. Mon Père s'est levé, elle ne comprenait rien. Elle était belle. Comme ma Mère. Je lui ai dit, excuse-moi, et je suis sorti. Je savais que ce qui ne devait pas arriver était arrivé. J'étais déjà au coin de la rue quand il m'a rattrapé.

Je ne voudrais pas que tu interprètes mal la situation, mon fils. Parce que la situation prêtait à équivoque. J'ai dit pour le rassurer que je ne l'avais pas mal interprétée, et que je pensais qu'il devait aller se rasseoir, la dame était sûrement toute gênée, au moins autant que lui ou moi.

Et là, il s'est passé une chose qui n'était jamais encore arrivée. Mon Père s'est mis à hurler à tue-tête. Qu'il n'était pas gêné. Et ne le serait jamais. Parce qu'à part ma Mère, il n'avait et n'aurait jamais personne. Il n'était pas un animal, il n'avait pas besoin d'une autre femme. Il avait eu une femme. Alors que je ne m'avise pas de salir la mémoire de ma Mère avec mes calomnies. Et de toute façon, qu'est-ce que je foutais là ? Depuis quand je l'espionnais ? Comme un mouchard. Comme un cafard. Il a ajouté que je n'avais pas la moindre idée de l'identité de la femme avec qui il était attablé et qui lui tenait la main. Que c'était sa cousine, ils ne s'étaient pas vus depuis l'enfance, elle avait perdu son mari. Que c'était une veuve et pas une traînée. Alors que j'arrête de les soupçonner, lui et sa cousine. Qu'il savait très bien ce que je pensais de lui. Qu'il le savait depuis des mois. Que je lui collais sur le dos toute la saleté de mon imagination. Mais lui, il était propre. Lui, il n'avait pas de secrets. Lui, il n'avait jamais photographié des putes qui se montraient à leur fenêtre. Lui, il ne cachait pas des journaux dégoûtants dans son tiroir. Peu à peu, il commençait à avoir honte de son fils, qui était pervers au point de vivre avec des mannequins.

Je lui ai dit que je ne vivais pas avec des mannequins, et que je ne cachais pas la revue américaine, mais la gardais tout simplement dans mon tiroir. Et que je l'aurais gardée là, même si j'avais su qu'il fouillait ma chambre. Alors il m'a attrapé par le bras et m'a crié au visage qu'il n'avait jamais fouillé ma chambre, il avait simplement besoin de mon acte de naissance, alors que je ne m'avise plus de douter de son honnêteté.

D'accord, mon Père.

Je le répète, ne t'avise pas, c'est clair ? C'est justement à cause de mon honnêteté que j'ai connu l'enfer !

Je sais.

Alors arrête de me soupçonner ! Et ne m'espionne pas. Je n'ai pas de maîtresse !

D'accord, je te crois. Mais tu pourrais avoir quelqu'un, ça n'a rien à voir avec l'honnêteté. Il est difficile de tromper un mort. Et ma Mère est morte. Entre autres à cause de ton honnêteté.

Il m'a lâché le bras. Il se tenait sous le lampadaire comme sous une potence.

Un bus est arrivé, je suis monté, je pleurais.

Il n'est pas rentré à la maison pendant trois ou quatre jours.

Je ne peux plus continuer à raconter ça.

Fourmi.

(la fourmi)

Assis dans le jardin, je regardais une fourmi. Elle s'éloignait, revenait, s'éloignait à nouveau. Elle faisait ses allers-retours sur une distance d'à peu près un mètre cinquante. De temps en temps, elle s'arrêtait, faisait un pas de côté, à droite ou à gauche, mais elle revenait toujours sur son chemin. En réalité, ce dernier était invisible. Rien ne l'indiquait, en tout cas rien qui nous ferait dire qu'une bordure de jardin en béton d'un mètre et demi est un chemin. La fourmi était déjà là quand je m'étais assis par terre au pied du mur. Je ne savais pas d'où elle venait. Au début, j'avais pensé qu'elle s'était perdue. Mais quand on s'est égaré, on ne fait pas les mêmes cent pas dans un sens et dans l'autre. Quand on s'est égaré, on marche jusqu'à trouver une route. Ou jusqu'à s'égarer encore plus. Ou bien on s'arrête, on fait un feu, on crie, on fait des signes avec les bras et on prie désespérément que quelqu'un nous trouve. Les quelques pas qu'elle faisait à droite et à gauche n'étaient pas beaucoup plus compréhensibles que ses allers et retours sur un mètre et demi. Il n'y avait rien là-bas. Ni vrai chemin, ni nourriture, ni une autre fourmi. Je suppose que c'est pour cette raison qu'elle refaisait sans cesse son chemin en sens inverse.

Parfois, elle s'arrêtait. Avec ses deux pattes de devant, elle arrangeait quelque chose sur elle-même. Comme une mouche. Sauf que contrairement aux mouches, une fourmi peut se retourner en arrière, comme si elle avait une colonne vertébrale. Comme un chien qui se mord la queue. Ce mouvement, cette toilette n'était pas plus compréhensible que ses allers et retours sur le chemin. Aucune saleté visible n'était collée sur elle. De tout ce qu'elle a fait durant ces longues minutes, rien, absolument rien n'était compréhensible.

Si elle avait mangé, ou au moins cherché de la nourriture. Si elle avait discuté avec une autre fourmi. Perpétué son espèce ou construit une fourmilière. Ou simplement était partie, puisqu'elle n'avait rien à faire là. Tout ça aurait été compréhensible. Mais pas ces allers-retours, comme si elle avait été en prison, alors qu'elle pouvait tranquillement descendre de la bordure vers la pelouse. En plus, elle ne voyait rien. Elle devait sûrement sentir la lumière, mais voir, comme moi je voyais le buisson d'aubépine en face, derrière le garage qui servait de débarras, avec une statue de Christ inachevée à la fenêtre, un peu plus loin le poirier, la palissade vermoulue avec le chat pelotonné dessus – ça non, elle ne voyait pas. Une fourmi n'a pas de cerveau. Pas de souvenirs. Si je l'avais déplacée d'un mètre, elle aurait fait les mêmes allers et retours.

Moi, je savais très précisément pourquoi j'étais assis par terre, au pied du mur. J'attendais. Et ça donnait un sens à ma présence. Bien sûr, j'aurais pu être assis là sans savoir pourquoi, mais rien que de voir les choses qui m'entouraient, rien que d'y penser, de les sentir, comme par exemple ce garage vert bricolé avec du contreplaqué vert, avec Dieu sait quoi dedans, avec un Christ inachevé à la fenêtre, ça donnait malgré tout un sens.

Mais même si ma présence à cet endroit n'avait eu aucun sens, ni visible, ni invisible, si j'avais été aveugle, n'avais pas vu cette fenêtre de garage poussiéreuse, ne m'étais pas rendu compte qu'une personne s'était accroupie au-dessus de moi et me regardait, et voyait qu'à son aune à elle, je n'existais presque pas, si elle avait mesuré que ce presque dépendait d'un seul geste, et que ce geste dépendait de son envie…

Tu es à nouveau très maigre, mon garçon.

Bonjour, tante Emma. Je ne suis pas maigre, ou seulement de constitution.

Constitution, tu parles ! Allez, viens manger – et comme un appât avec lequel elle me ramènerait sur le droit chemin, elle m'a mis sous le nez le pain frais qu'elle apportait dans son filet.

Merci, on arrive tout de suite, j'attends Kornél. Il prend son bain.

Tu peux attendre encore une heure.

Je sais, tante Emma.

Alors tu peux imaginer, à quel point moi, je le sais. Mais vous n'irez pas boire sans avoir mangé quelque chose.

On ne va pas boire, tante Emma.

Ah bon ? Attention, les garçons, parce que moi, je le sais. Je sais tout, dit-elle en riant et me menaçant du doigt.

Celui qui sait tout ne réfléchit pas. Il sait tout en bloc. Pour lui, la cause ne se distingue pas de la conséquence. Il n'y a rien de divin dans le fait que je puisse me demander si la fourmi doit exister. Ou plutôt, c'est ce qu'il y a de plus humain. Celui en qui tout se rencontre, moi, le garage, le Christ inachevé, cette fourmi, ne réfléchit pas. Il ne peut prendre aucune décision. D'aucune sorte.

Du point de vue d'un être omniscient, il n'y a pas de pardon. Ce n'est tout simplement pas logique. Pour cela, ma faute devrait être extérieure à lui. Il est possible que de son point de vue, moi non plus, je n'existe pas. Je ne suis pas distinct du grand tout. Seul un homme peut dire que votre règne arrive. Seul un homme peut dire que la paix soit avec vous. Seul un homme peut dire par pendaison. Seul un homme peut dire fais au moins un effort.

Du point de vue d'un être tout-puissant, ce n'était pas grand-chose, mais du mien, c'était mieux que rien. C'est à peu près à cela que j'étais arrivé à l'âge de dix-huit ans, dans ce jardin. En face d'une fourmi qui avait fini par me sentir et partir. Si toutefois elle percevait les odeurs. Des stimulus devaient bien l'atteindre. Quelque chose la faisait avancer. Avec en face, à la fenêtre du garage, cette statue que le père de Kornél sculptait depuis vingt-six ans. En pensant sans cesse l'avoir ratée quelque part, simplement parce qu'elle n'était pas parfaite.

(le miroir)

Je ne sais pas qui était cette femme. Je ne l'ai plus jamais revue. Mon Père non plus, je pense. Je ne suis pas sûr non plus qu'il ait passé chez elle ces quelques jours. Pourtant, il aurait mieux valu pour nous deux qu'il ait quelqu'un. Il vaut mieux vivre avec un vivant qu'avec un mort. À vrai dire, je ne sais pas ce qu'il faut pour garder l'âme et l'esprit indemnes après la mort de quelqu'un. Certains y parviennent, d'autres pas. Cela dépend probablement plus des morts que des vivants. Il est fort possible que je n'étais pas le seul à ne pas pouvoir jeter les vêtements de ma Mère à la poubelle, mais que n'importe qui d'autre aurait été incapable de le faire. Il est fort possible que, de même que certains n'arrivent pas à vivre, certains n'arrivent pas à mourir. Il est fort possible que ce soit la seule ressemblance d'Éva avec ma Mère.

Quand mon Père est rentré, je ne suis pas sorti de ma chambre pendant un jour et demi. Il savait très bien que j'étais à la maison, mais il a préféré ne pas frapper à ma porte. Au bout d'un jour et demi, ne pouvant plus me retenir, j'ai fait pipi dans le vase en faïence. J'ai essayé de viser la paroi interne du vase pour ne pas faire de bruit, mais il a dû l'entendre. Quelques minutes plus tard, la clé a tourné dans la serrure et il est parti. Certes, juste le temps pour moi de me laver et, pour lui, de faire les courses. En revenant, il a claqué bien fort la porte de sa chambre pour que je puisse aller manger dans la cuisine sans qu'on se croise. La porte qui séparait nos chambres était fermée depuis notre arrivée, de mon côté depuis l'arrivée des meubles de ma Mère, de son côté, elle venait de se fermer définitivement. Une semaine est passée ainsi.

Puis il est apparu qu'on ne pouvait pas rester toute notre vie comme ça, et un matin, on s'est croisés par hasard dans le couloir. Et là, on a fait ce qu'il y a de pire, à savoir qu'on a fait comme si on s'était vu la veille et que rien ne s'était passé. Il m'a demandé si j'avais de l'argent, j'ai dit oui, il a dit qu'il avait eu sa paye et que si j'en avais besoin, je pouvais me servir dans le tiroir, j'ai dit merci. La seule chose qui avait changé, c'était sa porte, désormais fermée. Par attention pour moi, pour qu'on ne soit pas obligés de se voir quand je passais de la cuisine à ma chambre. Deux jours plus tard, quand j'ai eu besoin d'argent, j'ai trouvé un paquet de cigarettes dans le tiroir. Avec filtre, pour que je ne fume pas les mêmes que lui, les Sellő qui grattaient tellement la gorge. Ce paquet de cigarettes quotidien dans le tiroir était la deuxième chose qui avait changé. Il aurait pu le mettre dans la cuisine, mais de cette manière, je devais entrer chaque jour dans sa chambre.

Puis un matin, en allant dans la salle de bains, je l'ai trouvé devant le miroir. La bouche grande ouverte, comme un enfant chez le médecin. Il observait sa langue. Je lui ai demandé ce qui se passait. Il avait un nodule sur la langue. Qui lui faisait mal. Il le sentait à chaque fois qu'il avalait. Il avait dans le regard une peur inconnue que je ne lui avais jamais vue. Même quand ils étaient venus l'arrêter. Je lui ai dit que j'allais jeter un coup d'œil. Puis je l'ai rassuré, ce n'était qu'un petit aphte blanc. J'en avais aussi, ça s'attrapait dans n'importe quel self. Il m'a dit, pourvu que tu aies raison, mon fils. Je lui ai dit que j'avais raison, qu'il pouvait être tranquille. Qu'il n'avait aucune raison d'imaginer le pire à cause d'un aphte. Effectivement, ça a disparu en deux jours. Sauf qu'après, mon Père s'est mis à observer tous les jours pendant une demi-heure sa langue et sa cavité buccale. L'entrée de son âme abîmée. Un an plus tard, il avait un cancer.

(la recherche spatiale)

J'essayais d'être le moins possible à la maison, mais à part Kornél et la comtesse, je n'avais pas vraiment chez qui aller. Quand Mária était souffrante, j'allais faire les courses pour elles au marché couvert, la comtesse m'avait donné quelques livres et on lisait ensemble des numéros de *Vie et Science*. Elle s'intéressait particulièrement aux avancées de la recherche spatiale, trouvant que c'était le domaine le plus éloigné de Dieu. Je lui ai demandé, pourquoi pas la biologie, et elle m'a dit, allons mon cher, les deux créatures que Dieu trouve les plus amusantes sont le curé et le biologiste. Elle s'intéressait aussi au plateau de Nazca, aux statues de l'île de Pâques et à Mohenjo-Daro, car les tentatives maladroites de résoudre ces énigmes étaient pour elle les derniers bastions de la réflexion mythique.

Ce qui l'intriguait le plus n'était pas qu'à Mohenjo-Daro, deux mille ans avant Rome, il y avait déjà l'eau courante et des toilettes, c'est à la portée de tous, pour peu qu'on se respecte, mon cher. Mais que dans toute la ville, on n'avait pas trouvé une seule église, ni de cimetière. Ni d'armes. À vrai dire moi aussi, j'ai parfois tendance à me dire que cette ville n'était pas habitée par des êtres humains. Ou bien c'était un matriarcat, a-t-elle dit en riant. C'est le plus vraisemblable, ai-je dit. En même temps, elle ne s'intéressait pas à l'Atlantide. Peu importe qu'elle ait existé ou non. L'intéressant dans le Paradis perdu, ce n'est pas le Paradis lui-même, mais de savoir pourquoi il est perdu. Nous ne sommes pas des monothéistes, mon cher, mais des demi-théistes. Nous n'avons que notre Bon Dieu et même lui, nous le craignons comme la peste. N'hésitez pas à être un peu anthropomorphe et imaginez quelle est l'ombre de cet immense Bon Dieu en plein soleil de midi. Dommage que vous soyez tellement fâché avec les langues et l'effort, parce que je pourrais vous prêter un livre allemand sur Job. Un livre très remarquable, même les demi-théistes ont des sueurs froides en le lisant. Et donc vous aussi, ai-je dit.

C'est ça, mon cher. Mais le simple fait d'avoir des sueurs froides ne signifie pas que l'autre ne puisse pas avoir entièrement raison. Si vous apprenez cette règle d'or, votre vie sera plus difficile, mais il vous sera probablement plus facile de la lâcher.

Je croyais qu'il fallait un bon demi-Dieu pour lâcher la vie plus facilement.

Non, mon cher, pour ça, il faut avoir la conscience tranquille. Et plus on a de certitudes inébranlables, moins on a la conscience tranquille. On peut dire aussi que la certitude inébranlable est le bourbier de l'âme.

Elle voyait le caractère athée de la recherche spatiale dans le fait que l'homme cherchait une issue à son existence terrestre. Ce qui allait évidemment de pair avec le fait qu'il partait et faisait la java même là, où tout nu, il gèlerait avant de suffoquer. Je lui ai demandé pourquoi dans ce cas elle était tellement passionnée par la recherche spatiale.

Parce que, mon cher, moi aussi, je ne suis fondamentalement qu'une sale petite curieuse.

(le livre de Job)

Un jour, pendant un cours de biologie, Áron Szűcs a demandé ce que Dieu avait créé du moment qu'Il n'avait créé ni l'homme, ni les animaux, ni les plantes, ni même les champignons. Le camarade enseignant Kozma a blêmi. Certes, derrière cette lividité, on voyait quand même le véritable Kozma qui aurait bien aimé comprendre ce monde dans sa totalité, mais cette possibilité ne lui avait pas été donnée, de même qu'à personne d'autre au cours des derniers millénaires. Il avait quelques pistes, mais assez faibles. Ni sa logique, ni ses convictions, ni ses connaissances n'étaient parfaites. Seule sa bonne volonté était irréprochable.

Dieu n'a rien créé, a-t-il dit, mais on pouvait sentir qu'il ne prononçait pas Dieu avec un *d* minuscule. Pas non plus avec une majuscule, mais avec une petite majuscule quand même. Ou au contraire avec une majuscule énorme, d'une tonne. Écrasante.

Il a bien dû créer quelque chose pour que l'évolution puisse se mettre en marche et que le vivant se développe selon les indications du camarade Darwin, a dit Szűcs.

Tu te trompes, mon garçon. Pour créer, il faut exister. Or Dieu n'existe pas. S'il existait, il aurait tout créé, mais il n'existe pas.

Comment on peut le savoir ? a demandé Szűcs.

Parce que les camarades Marx, Engels, Lénine, et surtout le camarade Staline, l'ont compris et l'ont dit. Le camarade Staline voulait devenir prêtre, mais il a compris. S'il n'avait pas compris, il n'aurait pas pu devenir le camarade Staline.

Il a pu se tromper, a dit Szűcs.

Il ne s'est pas trompé. Aucun d'entre eux ne s'est trompé. Ce qu'ils disent, c'est sacré, retiens bien ça, mon garçon.

Le pape non plus ne se trompe jamais, donc il est sacré, lui aussi.

Mais le pape est seul, tandis que les camarades sont quatre.

Les fascistes étaient aussi plus nombreux que les juifs, et pourtant, ils n'avaient pas plus raison qu'eux, dit Szűcs et là, Kozma, désespéré, a consulté sa montre, mais il restait encore dix minutes.

Il fait quoi ton père, mon garçon ? a-t-il demandé en espérant donner un nouvel élan à sa dialectique.

Il est mécanicien, a dit Szűcs, satisfait.

J'ai su alors que c'était lui. À partir du CM, il y avait un mouchard dans chaque classe, mon Père me l'avait dit au début de l'année, pour que je fasse attention.

Tu vois, si le camarade Staline n'avait pas raison, alors ton papa, par exemple, ne pourrait pas être mécanicien. Parce qu'il n'aurait pas de libre arbitre. Dieu ne crée pas des mécaniciens, parce que quand on a inventé Dieu, il n'y avait pas de mécaniciens. Ton père a voulu être mécanicien et grâce à son libre arbitre, il l'est devenu.

À la base, mon papa était journaliste, a dit Szűcs.

La craie s'est cassée entre les doigts de Kozma.

Il avait dû écrire quelque chose où il s'était trompé. Et il a reconnu son erreur, et préféré devenir mécanicien pour ne plus se tromper. Cela prouve aussi que Dieu n'existe pas. Parce que s'il existait, il n'y aurait pas d'erreurs.

Je comprends, a dit Szűcs.

Alors, c'est bien. Et la Bible, elle a été écrite par des hommes, de bonne volonté certes, mais elle n'a aucun fondement scientifique. Retiens ça, mon garçon. Seul l'homme peut créer. Il unit le cheval et l'âne, et crée une mule. Un hybride. Un animal qui n'existe pas. Si Dieu avait tout créé, alors il n'y aurait pas de mule, par exemple.

C'est vrai, a dit Szűcs. Mais la mule ne peut pas se reproduire.

Ça viendra. Pour l'instant, elle ne le peut pas, mais ça viendra.

Et l'homme, camarade instituteur, est-il aussi un hybride ?

Il y en a qui le sont, d'autres pas. Les métis, par exemple, sont des hybrides. L'homme blanc, non.

Les Hongrois non plus ?

Tu vois, ça au moins c'est une question intelligente. Oui, finalement, les Hongrois sont aussi des hybrides. Beaucoup de nations se sont mêlées dans le bassin des Carpates, elles ont été obligées de le faire, car il est très difficile de sortir du bassin des Carpates. Et cela a donné le peuple hongrois. Alors moi, dit Szűcs, je ne suis pas un Hongrois, et le camarade instituteur non plus, mais un hybride. Quelques-uns ont éclaté de rire, mais Kozma ne pouvait pas s'occuper des perturbateurs à ce moment-là.

C'est ça, mon garçon. Différents sangs se mêlent en chacun de nous. Couman, turc, arménien, juif, allemand, russe, toutes sortes. C'est de ce mélange que sont nés les Hongrois. Mais en réalité, le Hongrois en tant que tel n'existe pas plus que Dieu.

C'est le camarade Staline qui l'a dit ?

Non, il ne s'est pas particulièrement occupé des Hongrois, il s'occupe de choses beaucoup plus importantes. Mais en suivant ses indications, avec un peu de logique, on peut arriver à une conclusion juste, a dit Kozma en consultant à nouveau sa Pobeda, mais il restait toujours deux minutes.

Donc les Coumans, les Turcs, les Juifs ne sont pas des hybrides, mais les Hongrois, si.

Je n'ai pas dit ça ! a rétorqué Kozma en haussant le ton. Ils ne sont pas plus hybrides que les Juifs, ne déforme pas mes propos ! J'ai simplement dit que la race pure n'existait pas ! Parce que toutes se sont mélangées. Mais ça n'empêche personne d'être tel ou tel.

D'accord, d'accord, j'ai compris. Merci beaucoup camarade instituteur pour ces explications édifiantes, a dit Szűcs avec un sourire mauvais, et la sonnette a enfin retenti.

Et moi, en rentrant à la maison, je ne pouvais pas m'ôter de la tête que mon grand-père maternel était polonais, et que de cette manière, moi aussi je n'étais qu'un hybride, parce que simplement hongrois, ça n'existait pas.

Le soir après le dîner, en aidant ma Mère à faire la vaisselle, j'ai dit d'un coup que je n'étais pas un hybride.

Quel hybride, mon garçon ? m'a demandé ma Mère, interloquée.

Je suis hongrois, moi. Et je crois au Bon Dieu.

Bien sûr que tu es hongrois, mon ange.

Et même si grand-père était polonais, moi, je suis hongrois.

À ton avis, pourquoi tu es hongrois ?

Parce que je suis né hongrois.

Dans ce cas, un janissaire, il est hongrois ou turc ?

Je me suis tu.

À mon avis, tu es hongrois parce qu'on t'a élevé comme ça. Et ton grand-père était hongrois parce qu'il l'avait décidé. Il voulait l'être. Il est possible que tu décides un jour d'être polonais. Et alors, tu seras moitié l'un, moitié l'autre, parce que tu ne pourras pas oublier ton côté hongrois. Tout au plus, tu n'élèveras pas ton enfant dans un esprit hongrois.

Mais je ne peux pas décider d'être noir.

Ça non, parce que ce n'est pas l'opposé de hongrois, mais de blanc. C'est une race. On est blanc parce qu'on est né comme ça, on est hongrois parce qu'on a appris à l'être. Mais je pense qu'un noir peut aussi décider d'être hongrois. Seulement, c'est une décision difficile. Et on ne croirait pas vraiment qu'il ait réussi à devenir hongrois, alors il laisserait tomber.

Mais je ne peux pas décider que je ne suis rien.

Non, certainement pas. Il aurait fallu pour ça que tu vives tout seul depuis ta naissance dans une grotte au bout du monde.

Et les juifs ?

Qu'est-ce qu'il y a avec les juifs ?

Ils sont hongrois ou noirs ?

Moitié-moitié. Tu ne deviens pas juif rien qu'en apprenant à l'être. Mais même si tu es né juif, tu dois apprendre à le devenir.

Alors moi, je ne peux pas être juif, mais un juif peut être hongrois.

C'est à peu près ça. Pour lui, il suffit d'apprendre, toi, tu aurais dû naître juif.

Pas sûr que ce soit juste.

C'est sûr que ce n'est pas juste.

C'est tout aussi injuste que le fait que l'oiseau sache voler, et toi, non. L'injustice, mon garçon, se trouve seulement là où on peut prendre une décision.

Et le Bon Dieu, Il existe ou pas ?

Il existe, mon ange. Seulement, c'est encore plus difficile que pour les juifs. Dans cette grotte, tu ne serais ni hongrois, ni juif, ni polonais, mais tu croirais vraisemblablement en un dieu quelconque. Tous les hommes croient. Et l'objet de leur croyance est toujours un peu différent, même s'ils prétendent croire en la même chose.

Les communistes ne croient pas.

Tu es sûr ? Je pense que Staline est leur dieu, au même titre que le pharaon ou l'empereur de Chine. Un dieu primitif. Fut un temps où même les animaux étaient des dieux.

Staline n'est pas un dieu, c'est une ordure. Dieu est toujours bon.

Elle a ri.

Oui, effectivement, c'est une grosse ordure, mais ce n'est pas pour ça qu'il n'est pas un dieu. Dieu non plus n'est pas toujours bon. Je pense plutôt qu'Il est tout-puissant. Fondamentalement bon, mais Il peut aussi être mauvais.

Il ne peut pas être mauvais, ça c'est Satan, ai-je dit.

Bien sûr que si. Ce pauvre Job n'a pas été malmené par Satan, mais par le Tout-Puissant. Qui savait très bien que Job n'était pas coupable. Et quand Il l'a enfin pris en pitié, Sa bonté a consisté à lui épargner Sa propre méchanceté. Ce qui, avouons-le, est peu en matière de bonté, a dit ma Mère. Mais à ce moment mon Père est apparu à la porte, et elle n'a pas pu finir ce qu'elle voulait encore me dire sur Job et le Tout-Puissant.

Mon Père ne pleurait pas, il avait seulement les larmes aux yeux.

C'est fini, a-t-il dit. Ils l'ont annoncé sur Radio Londres. Staline est mort hier.

Ma Mère m'a alors serré dans ses bras et elle a fondu en larmes, c'est fini, mon ange, tu vois, je me suis trompée, il n'était quand même pas Dieu, c'est toi qui avais raison.

(la chambre noire)

Depuis que la cuisine était devenue une chambre noire, il ne restait pas beaucoup de portes à fermer dans l'appartement. On se voyait d'habitude le matin devant la salle de bains. Quand il observait sa gorge devant le miroir. C'était affreux. Une fois, je lui ai dit d'aller se faire examiner, si ça pouvait le rassurer. Je pensais qu'il devait connaître des médecins auxquels il pouvait faire confiance. Bien sûr, tu as raison mon fils, a-t-il dit, puis je me suis rappelé qu'il en connaissait deux, des médecins – son père, dans les bras duquel sa mère était morte, et le Dr Zenta dont la main, avec une Schaffhausen en or au poignet, tenait la main de ma Mère sur une photo déchirée en deux.

Une bonne année plus tard, quand il y a eu déjà de quoi faire un prélèvement, j'ai été invité après une opération de routine dans le cabinet du médecin, en tant que parent proche. Je n'avais pas la moindre idée de ce que signifiaient certains mots de ces médecins à la con. Quand il m'a dit entre quatre yeux que le résultat était positif, j'ai été content comme un enfant. En fin de compte, j'en étais un. Il m'a dit que je l'avais mal compris.

Alors j'ai dit, que si, à présent, je le comprenais bien.

Il m'a dit que le malade ne devait pas connaître ce diagnostic.

Alors pourquoi il me l'avait dit ?

Parce qu'ils auraient besoin de coopérer avec un proche, et ce proche, c'était moi.

Non, je ne suis pas un proche.

Comment ça ?

Je ne suis pas un proche, je suis son fils.

C'est pareil.

Je n'ai jamais frappé personne, mais maintenant, faites attention à ce que vous dites. Je suis son fils, c'est clair ?

Il voyait clairement que j'étais en état de choc, ce qui était normal, mais ça passerait, et alors, je serais capable de coopérer.

Comment je devrai coopérer ? En disant chaque jour à mon Père qu'il n'a rien ? Alors qu'il sait précisément ce qu'il a ?

Il ne peut pas le savoir précisément.

Mon grand-père était médecin.

Ça ne veut pas dire qu'il puisse le savoir précisément. Et il est prouvé que c'est mieux pour le malade de ne pas le savoir.

Qui a prouvé ça ? Qui ?

Il s'attendait à mieux que ça de ma part, il croyait que j'allais me comporter en adulte responsable, mais il s'était trompé.

D'accord, je suis un adulte responsable. Que dois-je faire ?

Veiller avant tout à ce que votre papa garde sa sérénité.

Ce sera difficile. Il aurait eu besoin de sérénité pour ne pas avoir le cancer.

Ce n'est pas une maladie psychosomatique, la nervosité ne provoque pas le cancer.

Alors, essayez pour voir, ai-je dit, et en sortant, j'ai veillé à ne pas claquer la porte, parce que mon Père m'attendait dans le couloir aux murs couverts de salpêtre.

Mais ce n'est pas ça que je voulais dire.

Depuis que j'avais installé l'agrandisseur, je passais un tiers de ma vie dans une lumière rouge. Surtout mes journées. J'allais à l'imprimerie la nuit, les journaux devaient être prêts à l'aube. Puis on les acheminait chez le distributeur et de là, encore dans le noir, les crieurs les diffusaient comme une maladie. Le temps d'arriver à la maison et de m'endormir, ils avaient contaminé toute la ville.

En passant à côté du rail, je jetais de temps en temps un coup d'œil sur une ou deux phrases. Que ce fût l'éditorial ou une petite annonce, chaque fois, sans exception, j'éprouvais un sentiment de honte inexplicable. Le Bureau Politique a pris position. Achète berceau, même d'occasion.

Évidemment, ce serait bien de savoir avec certitude si ce que je ressentais était vraiment un sentiment de honte, ou si c'était l'inexplicable. Si le sentiment de honte ne s'était pas greffé ultérieurement à l'inexplicable, comme une espèce d'explication maladroite. Si je trouvais vraiment honteux que le Bureau Politique ait pris une décision quelconque, qu'il existe tout court, ou si je n'imaginais même pas l'existence sans le Bureau Politique, et que c'était seulement ses décisions que je ne pouvais pas supporter.

Cette dernière possibilité me paraît la plus vraisemblable. On se souvient plus facilement de ce qu'on a pensé en soixante et un à propos de Dieu que de ce qu'on a pensé du Bureau Politique.

Mais ce n'est pas ça que je voulais dire.

Depuis que je passais mes après-midis dans la lumière rouge, je ne touchais plus au Zorki. Ça a duré des mois. J'agrandissais de vieux négatifs. Je n'avais pas trop de photos, certes. Mais j'agrandissais tout. Parfois dix fois, cent fois la même image. Il y en avait que je n'avais jamais vu avant parce que le technicien du labo les avait jugées mauvaises ou inintéressantes.

C'est alors seulement que j'ai découvert que je n'avais pas vu les photos qu'il avait agrandies sur du papier tendre passé à la glaceuse. Mes négatifs sont durs, c'est pourquoi il faut du papier tendre, disait-il. Je n'avais pas la moindre idée de ce que signifiait un négatif dur. Et donc j'ai appris par ces bouts de papier de la taille d'une carte postale dans quels endroits j'avais été. À droite le buffet et le robinet, à gauche le canapé, et au milieu, à table, Imolka épluchant un oignon.

Jusqu'alors, je n'avais pas vu la photo de la serveuse que j'avais prise dans le self où, de honte, je n'avais plus jamais osé mettre les pieds. Il avait eu raison de ne pas l'agrandir, elle était ratée. Aux deux tiers, la table floue, avec le dossier de la chaise à gauche. Quelque part au loin, au fond de la salle, la femme sort par la porte battante. On ne la voit qu'à moitié. Elle tient les carafes dans ses mains. Je l'ai épinglée au mur, je ne la comprenais pas. Je ne comprenais pas pourquoi elle était fantomatique. Pourquoi elle était meilleure que toutes celles que j'aie jamais faites. Le papier séchait doucement, s'enroulait sur lui-même. Je l'ai trempé et épinglé à nouveau. J'ai mis deux jours pour voir qu'elle avait les yeux clos. Et comprendre que ça ne tenait qu'à ça. À des yeux lointains, presque invisibles, fermés un bref instant.

J'ai compris que ça tenait à la possibilité de voir un jour l'ensemble. En même temps, on ne peut voir l'ensemble que si on peut voir séparément les plus petits détails. Si on voit dans quelle direction la bourrasque fait tourbillonner la poussière dans la rue. J'ai compris que ce moment, on ne pouvait ni le rater ni le prévoir, mais seulement le voir dans sa totalité, juste le temps du mouvement du doigt, avant que sa lumière n'arrive au cerveau. Et peu importe que je tombe fortuitement sur ce moment ou que je le crée. Que je règle les lumières et dise de fermer les yeux. Pour que mes photos ne soient pas le fait d'un destin aveugle, je devais voir l'ensemble, ce qui est impossible pour un être humain. J'étais désemparé, comme si j'avais un torchon enfoncé dans la bouche et les mains attachées dans le dos.

(les assembleuses)

Une nuit, comme la porte du couloir du bas était fermée, j'ai dû passer par l'atelier des compositeurs. C'est là que j'ai remarqué qu'il y avait un labo. Avant, je ne savais même pas qu'on faisait des photos dans les imprimeries. Ou je le savais peut-être, mais je n'y avais pas pensé. La lampe rouge allumée au-dessus de la porte signifiait qu'il était interdit d'entrer. Je me suis dit que je reviendrais après le travail. Mais la lampe était toujours allumée, et le lendemain aussi. Et le surlendemain.

Je me suis documenté sur le tramage des photos, les appareils utilisés par les imprimeurs. Je me suis dit que, si le photographe m'y autorisait, je ferais la repro d'un négatif, je verrais quel serait le regard d'un passant lointain, presque invisible si je l'agrandissais en grandeur nature.

L'une des assembleuses était une femme d'une cinquantaine d'années. En général, on se suivait, parfois c'était elle devant, parfois moi. On avait le même rythme. Elle m'avait formé. C'était aussi elle qui m'avait donné les caoutchoucs à mettre au bout des doigts. On n'imagine même pas comme c'est pénible sans ça de prendre les feuillets un à un. Avec des gants, par contre, on a la main qui transpire. Alors les femmes avaient coupé les bouts des gants, de sorte que seule l'extrémité de l'index et du pouce transpirait.

Celle qui m'avait formé s'appelait Gizella Vámos. Tout ce que je savais à son propos, c'était que sa fille avait mon âge et que son mari était ajusteur-monteur dans une usine, à Csepel. Et qu'ils avaient chez eux les œuvres complètes de Mikszáth et de Jókai. Quant à elle, elle savait que j'étais arrivé récemment de province à Budapest, que ma Mère était morte, que mon Père était bibliothécaire et que j'envisageais de préparer le bac au cours du soir. Elle m'avait parlé de Mikszáth-Jókai à cause du mot bibliothécaire, et m'apportait parfois des sandwichs à cause du mot décédée. Je lui ai demandé si elle connaissait le photographe. Elle m'a répondu qu'il serait très difficile de passer d'assembleur à photographe sans diplôme professionnel. J'ai répondu que je le savais, que je ne lui avais pas posé la question pour ça, seulement par curiosité. Elle a dit que son mari aimait aussi faire des photos, ils avaient un Smena, et après mon travail, pendant sa pause cigarette, elle m'a accompagné chez Karcsi.

Karcsi était un homme d'environ trente-cinq ans, aux cheveux blonds, ondulés. Il avait une large ceinture et une chemise ouverte sur sa poitrine velue. Après les présentations il m'a demandé, quoi de neuf. Je lui ai dit que je voulais seulement voir comment on faisait des photos d'imprimerie. Il était sympa, il m'a fait entrer. Il m'a montré la salle des machines et le labo, à côté. Il m'a expliqué le clichage. Puis il m'a dit qu'on ne pouvait pas draguer avec cette machine, avec ça, tu as l'air plus idiot qu'un radiologue. Il faut plutôt un Rollei. Pas un appareil à petite pellicule, parce qu'il cache le visage, et les femmes n'aiment pas ça. Elles deviennent méfiantes. Rien de tel qu'un Rolleiflex pour draguer, je pouvais le croire. Onze femmes sur dix écartent les cuisses comme les chiens donnent la patte. Avec les vierges et les femmes mariées, on n'est même pas obligé d'y mettre une pellicule.

En parlant, il m'avait posé la main sur l'épaule.

J'avais l'impression de devenir fou. Je ne suis plus jamais allé le voir.

(le jour des Morts)

Le jour des Morts, je suis allé au cimetière Kerepesi. J'avais trouvé une bougie dans le cellier, je l'ai emportée. Il faisait humide, noir, il y avait mille lumières vacillantes, la foule. Ce n'était pas ce que je voulais. Les familles arrivaient avec des chrysanthèmes. Il y en avait qui venaient pour leurs proches, d'autres faisaient le tour des grands hommes de la nation. Je me suis arrêté sur la tombe d'Ady, j'avais mes raisons. Puis je me suis dépêché de partir, parce que j'avais aperçu Adél Selyem. Elle arrivait avec un grand intellectuel barbu auquel elle n'arrivait même pas à la poitrine. J'imaginais qu'il devait arracher lui-même le torchon rouge pour le lui fourrer dans la bouche. Je me suis dit qu'elle avait trouvé son homme. Puis que demain, ou dans un an, elle allait à nouveau chercher désespérément le suivant.

Heureusement, elle ne m'avait pas vu. Je me suis éloigné avant qu'elle ne me remarque. Je me suis écarté de l'allée principale, la foule s'est raréfiée. Puis, soit je me suis égaré, soit je me suis retrouvé par hasard au fond du cimetière, devant le mur de la fabrique de pneus, parmi des tombes d'enfants abandonnées. J'étais transi de froid, j'aurais bien aimé me sauver, mais j'avais toujours cette putain de bougie dans la poche. À un endroit où rien n'évoquait le jour des Morts, je l'ai posée sur une tombe et je l'ai allumée. Et j'ai été pris de désespoir. Une voiture de police peut me faire sangloter, mais pas une bougie. Même s'il se met à tomber des cordes et que la pluie l'éteint.

Il m'aura fallu exactement trente ans pour comprendre qu'à notre arrivée à Budapest, mon Père était magasinier dans la fabrique de pneus, située derrière ce mur. Il m'aura aussi fallu trente ans pour découvrir que, juste à l'endroit où j'étais allé quelquefois le jour des Morts, reposait, à en croire une pierre tombale perdue au milieu des herbes folles, ma demi-sœur Johanna Zenta, décédée à l'âge d'un jour.

(l'amertume)

Je ne crois pas à la douleur de celui qui ne sait pas se réjouir. Ce n'est pas l'un des András Szabad qui l'a dit, mais ma Mère. À moi. À Noël de l'année où mon Père a été emprisonné. Nous étions restés à deux dans cette immense maison maudite, et Noël est arrivé. Je l'ai regardée tailler le sapin avec une petite hache pour qu'il entre dans le pied. Puis décorer l'arbre avec des noix couvertes de peinture à poêle argentée et des boules de verre. Balayer doucement une boule cassée. Mettre la table. Enfiler sa robe de soie noire. Allumer les bougies. Me servir la soupe. C'est seulement à ce moment que je me suis rappelé que je n'avais aucun cadeau pour elle. Rien, strictement rien. J'avais oublié. Et d'un coup j'ai été pris de honte, et cette honte s'est transformée en quelques secondes en colère, si bien qu'au lieu de dire bon appétit, j'ai dit à ma Mère, maintenant, nous n'avons pas de Noël.

Et pourquoi ça ?
Parce que tu ne dois pas te réjouir maintenant. Et moi non plus.

Tu en es sûr ?

Oui, j'en suis sûr. Moi, il n'y a rien qui puisse me réjouir.

Elle s'est tue.

On verra, a-t-elle dit, puis elle a éteint la lumière pour allumer les bougies du sapin, l'une après l'autre. Dehors, le vent hurlait entre les branches du noyer comme un animal torturé. Et alors que toutes les bougies flambaient comme le feu de l'enfer et que seule *Douce nuit* me préservait de la confrontation inévitable et irrévocable avec ma honte, j'ai fondu en larmes, lui demandant pardon, l'assurant que je n'avais pas voulu l'oublier.

Alors ma Mère m'a enlacé et m'a dit, merci mon garçon.

Je ne comprenais pas. Qu'elle me pardonne, passe encore. Mais qu'elle me remercie était tout simplement incompréhensible. Et là, elle m'a dit que, pour elle, en ce moment, le plus grand cadeau était que son enfant soit capable de dire ce qu'il ressentait. Même sa honte. Pour elle, c'était beaucoup plus important à ce moment-là que tout ce que j'aurais pu lui offrir. Parce que nul n'était à l'abri d'un oubli. Elle-même, par exemple, depuis trois ans, elle oubliait systématiquement l'anniversaire de son frère. Et elle m'a prié de croire que le fait qu'il ne soit plus en vie ne rendait pas la chose plus facile, bien au contraire. On peut demander pardon à un vivant. À un mort, c'est difficile. Mais que je puisse demander pardon, à elle ou à quiconque, au lieu de ressentir de la colère ou de la haine à cause de ma honte, signifiait qu'elle était une bonne mère. J'aurais encore souvent honte, malheureusement, on ne peut pas vivre sans que cela n'arrive. Mais si je m'apercevais que ma honte me pousse à mentir, à chercher des excuses, si je vomissais le repas ou me mettais à haïr la personne que j'aurais blessée, ce serait avant tout de sa faute à elle. Et elle, en ce moment où mon Père ne pouvait pas être avec nous, elle avait besoin plus que tout de savoir qu'elle était une bonne mère.

Je lui ai dit que je lui préparerais un cadeau pour le lendemain.

Elle serait très contente, m'a-t-elle dit. Mais elle n'aurait jamais un cadeau plus beau que celui que je venais de lui faire, même involontairement.

Puis nous avons allumé les cierges magiques et chanté *Douce nuit*.

Puis elle m'a donné le petit paquet. En touchant le papier de soie, j'ai su que j'avais reçu ce que je croyais ne jamais recevoir. Le canif à manche d'ébène de mon Père. Ainsi, j'avais eu un cadeau non seulement de ma Mère, mais aussi de mon Père.

Je lui ai dit que mon plus beau cadeau à moi était qu'elle m'ait pardonné.

Mais je pouvais me réjouir aussi du canif, elle savait bien à quel point j'en rêvais.

Si quelqu'un ne peut se réjouir de rien, même quelques secondes, il ne fait de différence entre la joie et la tristesse. C'est le plus grand malheur qui puisse vous arriver. Pour elle, ce Noël était le plus triste, peut-être encore plus triste que celui de quarante-quatre, quand mon Père était au service du travail obligatoire. Mais elle ne pouvait pas se permettre d'être égoïste et de ne rien voir d'autre que sa propre amertume. De ne pas me voir, moi. Si le Christ n'avait fait que menacer, fouetter, souffrir, s'il n'avait pas été capable de se réjouir même lors de la Cène, ses paroles n'auraient pas valu un clou.

L'homme amer ne fait que répandre du poison dans le monde. Car il n'y voit que la raison de son amertume. L'homme amer est toujours injuste parce que la justice ne peut être que dans la totalité. L'homme amer éveille toujours un sentiment de culpabilité chez ceux à qui il doit être reconnaissant et trouve des alliés en ceux qui acceptent sans réserve les fondements de sa colère. Et il finit toujours par se détourner de ses alliés. Comme il se détourne aussi de ceux qui ne seront pas ses alliés, parce qu'ils l'aiment.

Je dois me méfier des gens qui n'acceptent pas les cadeaux parce qu'ils ne les méritent pas, ou les acceptent comme s'ils vous accordaient une grâce, mais ne s'en réjouissent pas. Car je n'aurai pas d'autre choix que devenir leur allié, les servir puis m'apercevoir qu'ils ont pillé mon âme avant de m'abandonner.

L'homme amer est toujours solitaire. Quand il contemple une montagne ou la mer, il contemple le décor de sa solitude. Il est toujours seul dans son décor. Peu importe le nombre et la qualité des gens qui l'entourent, ils restent des décors. Son amour, son conjoint, sa mère, son père et même ses enfants restent des décors. Des ombres, des monstres contre lesquels il lutte seul. Qui l'attaquent avec la colère qu'il ressent. Toutes les offenses, les colères et désirs de vengeance de l'homme amer sont justifiés, mais demander des comptes pour les blessures qu'il a causées ne l'est pas. On ne se détourne pas de lui, mais il vit dans une vérité où il n'y a de place que pour elle.

Parfois il ne faut pas grand-chose pour devenir amer. Certains, même la guerre ne les rend pas amers, alors que d'autres, une humiliation leur suffit. On ne peut pas savoir combien il en faut à une personne donnée. Ce qui est sûr, en revanche, c'est que Dieu n'aide pas les gens amers. Dieu n'est qu'un décor pour celui qui ne trouve pas de consolation en l'être humain. Alors je pouvais sincèrement me réjouir de mon petit couteau, cela n'enlevait rien à la douleur de savoir que mon Père était en prison. Je ne devais ressentir ni honte ni remords à cause de lui, sinon je ne verrais jamais ni les détails séparément ni l'ensemble. Je serais aveugle. Mon âme n'aurait pas d'yeux.

Voilà en gros ce que ma Mère m'a appris. Puis, à peine deux ans plus tard, elle a préféré mourir, pour ne pas risquer de devenir amère et aveugle. Elle craignait de devenir amère comme plus tard mon Père craindrait le cancer. Si elle s'est trompée, c'est uniquement parce qu'elle n'avait pas vu que la raison principale de l'amertume résidait dans la peur. Ainsi elle n'avait pas envisagé qu'il n'y avait rien de plus effrayant que de trouver sa mère morte.

(le poème)

Un jour, mon Père a frappé à ma porte. Il tenait un journal. On n'avait pas l'habitude d'aller l'un chez l'autre avec un journal. Je savais donc très bien que, s'il l'avait fait, c'était important.

Il s'appelle Erdős, n'est-ce pas ? m'a-t-il demandé.

Qui ça ? lui ai-je demandé à mon tour, stupéfait, car sur le coup, je n'avais même pas compris sa question. Je ne trouvais rien de commun entre l'ordure quotidienne de Kádár ou du Bureau Politique et Kornél.

Ton ami, Kornél.

Oui.

Alors c'est bien. C'est très bien. Ce garçon est un poète qui peut rivaliser avec ceux de *Nyugat**.

Il n'est pas poète, ai-je dit. Il bricole quelque chose depuis des années avec un roman familial, mais il n'écrit pas de poésie. Je le saurais.

Alors, je me suis trompé. Ce doit être un homonyme.

Je peux voir ?

Bien sûr, m'a-t-il dit en me tendant le journal, puis il est ressorti. Je suis resté avec trois poèmes et, dès la première strophe, il a été évident que mon Père ne s'était pas trompé. J'ai senti l'amertume m'étouffer.

C'est quoi, ça ? ai-je dit en posant le journal devant lui.

Il se taisait.

Ne me renvoie plus jamais à Mélyvár.

Je ne comprends pas ce qui t'arrive.

Je veux bien te croire. Et tu ne le comprendras sans doute jamais.

Bon, maintenant, ça suffit. Si tu as quelque chose à dire, dis-le, je t'en prie.

Tu sais ce que tu es ? Le dernier des hypocrites, un faux jeton. Un faux bon, faux sincère, faux modeste.

Merci, j'en ai assez entendu.

* Revue littéraire du début du XXe siècle.

Et moi, j'en ai assez de tes mensonges éhontés. Que la seule personne, avec qui je…

Quels mensonges éhontés ? Dis-les-moi !

Ne fais pas semblant de ne pas savoir. Pas ça.

Oui, je le sais. Ton problème, c'est qu'il y a trois poèmes dans ce journal.

Non, Kornél. C'est le cadet de mes soucis. Et tu le sais très bien.

Si ça t'affecte à ce point, je le regrette et je te demande pardon. Mais je ne suis pas un faux jeton et je ne t'ai pas menti, tu ne peux pas dire ça. Tout simplement, je ne pensais pas que les poèmes t'intéressaient. Plus précisément, mes poèmes.

Tu ne le pensais pas.

Non.

Donc tu ne pensais pas que c'était justement moi qu'ils intéressaient.

Non. Ni personne d'autre.

Vraiment ? Pourtant ce journal est tiré à cent mille exemplaires…

Oui. Je les ai envoyés à ce journal. Parce que c'est comme ça qu'on fait. Quand on écrit des poèmes, tôt ou tard, on les envoie à un journal. Et tôt ou tard, le journal les publie, ou pas. Et s'il les publie, on peut s'en réjouir, ou pas. Si on le peut, on passe une nuit heureuse. Sinon, on a une vie à chier.

… Ils sont très bons. Tous les trois.

Merci.

Y a pas de quoi. Vachement bons. Seulement, ne fais pas semblent de ne pas le savoir. En tout cas, pas avec moi.

Pourquoi, ça te paraît tellement incroyable que je ne le sache pas ?

Qu'un autre ne le sache pas, c'est possible, mais toi, non.

C'est une accusation sans fondement.

Ce n'est pas une accusation, c'est un fait.

Je ne sais pas d'où tu tiens ce fait.

De ce que tu es lâche. Aussi lâche que moi.

Je ne suis pas un lâche. Et qu'est-ce que ça a à voir avec ça ?

Tu n'enverrais jamais un poème sans être absolument sûr qu'il sera publié.

N'importe quel poème peut être refusé.

C'est vrai. Mais par exemple, ne pas publier *L'Ivresse de l'aube** serait assez risqué.

… Mais c'est possible. Et il ne me viendrait jamais à l'idée de te traiter de lâche.

Eh bien maintenant, ça peut arriver.

Non. Ni à moi, ni à quelqu'un d'autre.

Les autres ne m'intéressent pas, mais toi, ne te gêne pas.

Tu vois, moi je serais incapable de dire que les autres ne m'intéressent pas.

Tu sais très bien à quoi je pense.

Oui, mais quand même. Ta façon de le dire. Tu poses ça comme un rocher.

Ça y est, ça recommence.

J'ai dit rocher, je n'ai pas dit marbre.

Pour que ce soit plus grand.

Toi, tu es sûr que tes photos sont bonnes ?

Au contraire. Je suis sûr qu'elles sont mauvaises.

Pourtant, elles me plaisent.

Tu en as vu combien ?

Je ne sais pas. Trois peut-être. Celle du pont qui est à côté de ton lit, la serveuse et encore une.

Et pourquoi tu n'en as pas vu d'autres ?

Parce que tu ne m'en as pas montré, c'est tout.

Et pourquoi je ne t'en ai pas montré d'autres ?

Je ne le sais pas.

Alors je vais te dire. À cause de ton encore-une.

Ne joue pas avec mes mots. Je ne te dirais pas qu'elles me plaisent si ce n'était pas le cas. Et tu le sais, tu le sais très bien.

Je ne joue pas. C'est mon encore-une à moi, pas à toi. C'est la raison pour laquelle il aurait suffi que tu en voies deux. Et aussi pour laquelle personne d'autre que toi n'en a vu une seule. C'est la seule encore-une pour laquelle tu n'aurais jamais envoyé un poème raté. Parce que c'est tout ce que tu as. Tes poèmes. Et si on te les refuse, tu n'auras plus rien. C'est de cette peur à la con que naît l'ambition.

* Poème de Dezső Kosztolányi.

Je n'ai pas d'ambition.

Bien sûr que si. Seulement tu as encore plus honte que moi.

Le portique. Le portique à tapis de votre cour. La photo que tu n'avais pas donnée à ton père, parce qu'on dirait une cour de prison. C'était la troisième.

(le rêve)

À peu près à cette époque, j'ai fait un rêve. Il est très rare que je fasse des rêves érotiques, quant aux rêves en noir et blanc, j'en ai fait quatre en tout. Mais c'était le seul qui m'ait projeté des années en avant. Je suis assis sur un banc dans un parc ou une forêt. Il fait nuit. Je suis venu prendre Gagarine en photo. Mon Père m'a dit qu'il se promenait par là la nuit. Non loin de moi, appuyé contre un arbre, un couple fait l'amour. Une lampe avec un abat-jour en métal est suspendue au-dessus de leur tête. Le vent la fait osciller de temps en temps. L'homme se tient de dos, il ne sait pas que je suis là. Alors que la femme me regarde dans les yeux par-dessus son épaule. Elle répète quelque chose en silence, juste en remuant les lèvres. Deux mots, toujours les mêmes. Pour que je les lise sur ses lèvres. Et moi, je ne comprends pas. Je me suis réveillé sans comprendre ce qu'elle disait. Je n'éprouvais aucun désir charnel, mais j'ai retenu le mouvement de ses lèvres. Le matin, je me suis mis devant le miroir et j'ai mimé ce mouvement jusqu'à comprendre quels étaient ces deux mots.

Des années plus tard, c'est ainsi que j'ai fait la connaissance d'Éva. Sauf qu'elle ne disait rien, elle ne faisait que regarder.

(la villa de Kádár)

J'ai appris cet hiver-là où habitait Kádár. Je veux dire pas exactement, mais en gros. L'une des femmes de l'imprimerie avait un mari plombier. Et elle avait raconté à Gizella Vámos que la veille, son mari avait passé une demi-journée à se faire chier avec un robinet de baignoire chez les Kádár. Gizella Vámos ne voulait pas le croire, mais elle a fini par l'admettre, parce que la femme a raconté que Kádár n'était pas à la maison, mais que sa femme était très gentille, qu'elle avait même fait un sandwich à son mari, et qu'ils n'étaient pas du tout comme on imaginait. Jusque-là, je n'avais même pas imaginé qu'il puisse habiter quelque part.

Je suis allé en bus jusqu'à Pasarét*, puis j'ai marché une bonne demi-heure dans les rues voisines. Je me suis dit qu'il m'était impossible de ne pas reconnaître la villa. Et que si je voyais la fenêtre de la cuisine, des WC, si je voyais que le vent avait arraché les feuilles des arbres dans le jardin, que la rue était aussi boueuse que la rue Szív, alors ça deviendrait plus réel. C'est une idée fausse que j'ai eue presque toute ma vie. Que ce qui est réel devient plus accessible pour tout le monde. Et que ce qui est accessible est plus supportable. Plus facile à maîtriser. À gérer. Ou à éviter.

Quand j'y pense, c'est ce qui a fait dérailler ma vie avec Éva. Et non ce qu'elle cachait, qu'elle taisait. Mais le fait que nommer la réalité lui était insupportable, alors que moi, c'était mentir qui m'était insupportable. Ces deux attitudes étaient en conflit permanent. J'avais absolument raison en disant que le mensonge rend solitaire. Et j'avais aussi absolument raison de penser que la réalité finit toujours vaincre les mensonges. La seule chose avec laquelle je n'avais pas compté, c'était que pour elle, la réalité était plus effrayante que ses mensonges ne l'étaient pour moi.

Je suis donc allé à cet endroit. Rien que pour constater que le vent malmenait les arbres du jardin de János Kádár de la même façon que ceux des jardins voisins. Il y avait des villas de fonctionnaires du Parti. Et aussi des voitures aux vitres fumées devant les portails. Je n'ai rien vu. Le ciel était bleu azur. La villa de János Kádár s'inscrivait dans les collines de Buda, pareille aux

* Quartier chic de Budapest.

autres. À vrai dire, c'était ça le plus effrayant. Que dans l'une de ces rues vivait l'homme qui avait compris qu'il ne fallait pas imprégner le monde de terreur. Mais de grisaille. C'est beaucoup plus sûr.

(le Leica)

Un jour, en rentrant, j'ai trouvé trois Tziganes dans l'appartement. Un grand gros et deux gringalets. Avec des chapeaux et des pantalons de velours. Ils étaient en train de démonter la tour de Babel. C'étaient des brocanteurs, mon Père leur avait vendu les meubles antiques inutilisables de ma Mère. J'ai cru devenir fou.

Il les tenait à l'œil, appuyé au montant de la porte. Quand je suis entré dans ma chambre, le gros a voulu me suivre. Je lui ai dit que pour ça, il faudrait me passer sur le corps. Puis j'ai fermé la porte. Un regard furtif dans ma chambre lui avait suffi pour faire une proposition au m'sieu. Il proposait la moitié du prix d'une maison. J'ai entendu mon Père lui dire que ce n'était pas à vendre, parce qu'on les utilisait. Alors le Tzigane a surenchéri.

Je suis ressorti et, le plus doucement qu'on puisse parler avec une boule dans l'estomac, je lui ai dit que tant que je serais là, pas dans cette maison, mais sur cette terre, il n'avait pas intérêt à faire une offre pour les meubles de ma Mère. Allez, ça va, il voulait bien faire. Lui, rien qu'emporter ce bric-à-brac, il était déjà perdant. Je lui ai dit, alors ne l'emportez pas. Ça non, les affaires sont les affaires. On s'est déjà mis d'accord, n'est-ce pas, m'sieu ? Mon Père a dit que oui, ils s'étaient mis d'accord, mais que rien d'autre n'était à vendre. J'ai regardé autour de moi les fauteuils cassés, les tables et les lustres. Le mannequin traînait devant la salle de bains. Désolé, ai-je dit, mais on en a besoin, et je l'ai pris. Puis je suis resté debout un moment devant mon Père. Heureusement, je n'ai plus rien dit. Je suis retourné dans ma chambre.

L'un des gringalets a protesté, disant que ça faisait cent balles de moins, et que ce n'est pas ce qui était convenu, m'sieu, on a acheté l'ensemble. Le gros lui a dit, ferme-la et mets-toi au boulot. Mon Père sentait qu'il leur devait une explication. Il leur a dit qu'effectivement, ça appartenait à son fils, c'était sa faute, il aurait dû y penser tout de suite. Le Tzigane se taisait. Et mon Père ne supportait pas le silence. Ou bien ce qu'il entendait dans ce silence. Il a dit que son fils était photographe, voilà pourquoi il avait besoin du mannequin, il s'en servait pour régler les éclairages.

Je les ai regardés par la fenêtre charger le plateau de leur camionnette. Ils se sont hissés tous les trois à côté de la tour de Babel démontée. Un Hongrois était au volant, en général, les Tziganes ne savaient pas conduire, ils embauchaient quelqu'un. Du moins ceux qui ne travaillaient pas dans le bâtiment. J'ai pris le Zorki et j'ai fait une photo. Juste au moment où ils ont jeté la bâche sur le bric-à-brac. Puis ils sont partis.

Je me suis arrêté au milieu de ma chambre. Le mannequin gisait sur le lit, là où je l'avais jeté. J'entendais mon Père balayer. Je savais que si je sortais maintenant, on ne se parlerait plus pendant des semaines, voire des mois. Je suis sorti.

On se tenait tous les deux dans l'entrée vidée. Il s'appuyait sur le balai comme sur une canne.

Tu aurais peut-être pu m'en parler, ai-je dit.

Pour ça, il aurait fallu qu'on se parle plus souvent, mon fils.

Ça ne risque pas de nous arriver.

Je suis désolé. On avait besoin d'argent.

Moi pas.

Si. Tu habites ici, toi aussi.

C'est vrai, j'habite ici. Et c'est justement pour ça que tu aurais dû me parler avant de vendre les affaires de ma Mère.

Ce ne sont pas les affaires de ta mère, mais celles de mon père. Tout. Tout, sauf le piano.

Pour toi, peut-être, mais pas pour moi.

Je ne vais pas demander à mon fils l'autorisation de vendre les choses parmi lesquelles j'ai grandi.

Tu as tort. Parce que moi aussi, j'ai grandi parmi ces choses.

C'étaient des ruines, elles prenaient de la place.

De la place, il y en a maintenant. Tu peux en profiter.

Mais bon Dieu, je t'ai dit qu'on avait besoin d'argent ! C'est si difficile à comprendre ?

Non. Pas le moins du monde. Seulement, ne jure plus par Dieu devant moi. Ni quand tu bois avec ta cousine, ni quand tu vends ce qui me restait de ma Mère.

Il était immobile, sa canne, le balai ou je ne sais quoi tremblait dans sa main. Les veines de son cou frémissaient au-dessus de son col élimé. Sa bouche était tendue comme s'il allait hurler, mais il en est resté là.

Encore une chose. Je ne suis pas photographe, et ne le serai jamais dans cette putain de vie de merde. Toi, tu en étais peut-être un, moi non. Rien que le mot me fait vomir, ai-je dit tout bas avant de rentrer dans ma chambre.

Dimanche, j'ai écumé les puces. Je n'ai rien retrouvé. Je n'ai pas croisé mon Père. Ni dans la cuisine, ni dans la salle de bains, ni dans l'entrée. Pendant presque un mois. Une fois, alors qu'il était en train de sortir de l'appartement, je suis retourné dans la cage d'escalier. Il avait dû me voir, mais on ne s'est pas regardés dans les yeux. Au moins, je ne l'ai pas humilié en ne lui disant pas bonjour.

Puis un jour, en rentrant de l'imprimerie, j'ai trouvé sur mon bureau l'inaccessible Leica M3. À côté, un mot : Voilà pourquoi il fallait de l'argent. Joyeux anniversaire, mon Fils.

(la première photo de mon Père)

J'ai quitté l'appartement de manière à ne pas laisser de trace de mon passage. Ce voilà-pourquoi me faisait plus mal que la vente de tout ce fatras. Parce que je savais pertinemment qu'il mentait. J'ai cherché Kornél d'abord au café, puis à la cafétéria de la fac. Puis j'ai pris le tram pour Budafok. Ma vie me paraissait si étriquée que je me suis endormi. Quand le contrôleur m'a réveillé, au terminus, j'ai pensé pendant quelques secondes que j'étais dans un train. Pas pour Mélyvár, Paris, Florence ou Lisbonne, mais seulement dans un train qui filait à travers la plaine et dont Dieu avait oublié de fermer les fenêtres. Livré au vent, inondé de lumière.

J'ai dû refaire un arrêt à pied dans l'autre sens. Le père de Kornél réparait le portail du jardin. Il n'était visiblement pas ravi de me voir, je savais cependant que ce n'était pas à moi qu'il en voulait, mais à son portail. À sa pension de retraite, à sa vie. Il m'a dit de monter, Kornél était là-haut. Puis il a ajouté qu'il devait être très occupé, qu'il n'avait pas le temps de remettre un gond. Je lui ai demandé s'il avait besoin d'aide. Il a dit qu'il avait presque fini. J'ai dit alors qu'il avait dû penser que ça pouvait attendre. Il m'a répondu que rien ne pouvait attendre. La vie, c'est maintenant. C'est maintenant qu'elle nous emporte ou qu'elle nous plante là, le cœur léger. C'est ce qu'il aurait voulu lui transmettre. Rien de plus. Mais il parlait dans le vide. J'ai dit qu'à mon avis, ça, il l'avait réussi. Alors il m'a dit, vous, les garçons, vous êtes du même tonneau.

Je suis monté et je lui ai raconté tout ce que j'ai pu. Il m'a dit qu'il ne le savait même pas, joyeux anniversaire.

Et pourquoi tu es tellement sûr qu'il ment ?

C'est parce que je sais ce que coûte un Leica.

Il l'a quand même acheté, d'une manière ou d'une autre.

Tu vois, je crois que je ne saurai jamais comment.

Est-ce vraiment nécessaire ?

Si ton père rentrait demain avec une voiture, tu serais curieux de savoir d'où elle sort.

Il aurait dû vendre autre chose aussi, pas que du bric-à-brac.

Il n'aurait pas eu intérêt à le faire.

À mon avis, ce qui te chagrine, c'est qu'il a écrit ce mot. Qu'il se soit expliqué. Mais l'essentiel reste que c'était important pour lui. Comme le photographe.

Ce mot me donne vraiment des sueurs froides.

Mais pas à lui. Lui, il a besoin de se raccrocher à quelque chose, du moment que tu as quitté le lycée.

Mais moi, j'aurais besoin de tout autre chose.

À mon avis, tu as aussi besoin d'un bon appareil photo. Et que vous vous disiez au moins bonjour. Que vous arrêtiez de vous éviter comme deux fantômes. Ça aussi, tu en as besoin.

Oui, c'est vrai. Par contre, je n'ai pas besoin des mensonges.

On ne ment pas toujours par bassesse.

Bien sûr. On peut aussi mentir par lâcheté, par exemple.

Si j'ai bonne mémoire, tu as dit que tu étais lâche, toi aussi.

Je l'avais dit à propos de tout autre chose.

Tu en es sûr ? Parce que pour moi, c'est aussi une lâcheté.

Quoi ?

Que tu n'oses pas te réjouir d'un appareil qui réjouirait n'importe qui. Par lâcheté. Parce que tu n'oses pas frapper à sa porte, et lui dire merci.

Tu sais quoi ? Va aider ton père à réparer le portail.

Quel rapport ?

C'est simple. Ton père est en bas, en train de réparer le portail du jardin. Tu descends, il le tient et toi, tu plantes le clou. Ou ce qu'il faut.

Fiche-moi la paix avec ça, je t'en prie. Je lui ai dit que je le ferais. À midi, à table, j'ai dit qu'il était tombé et que je le réparerais dans l'après-midi.

Et pourquoi tu ne l'as pas fait ?

Parce qu'il ne m'en a pas laissé le temps. Parce qu'il voulait que je le fasse tout de suite, et pas dans l'après-midi. Ou parce que je suis sûrement un bras cassé qui ne sait même pas mettre une vis ! Tandis que toute la maison tombe en ruine !

Elle ne tombe pas en ruine.

Mais si. Parce que son fils est un incapable qui ne sait pas faire du béton, ni une charpente, ni couvrir un toit.

Tu en sais sûrement autant que lui.

Et je suis incapable d'avoir mon diplôme, et d'aller sur la lune.

À mon avis, tu vas réussir les deux.

La question n'est pas de savoir ce qu'à ton avis, je vais réussir.

Tu vois, pour moi la question n'est pas non plus de savoir pourquoi mon Père est, à ton avis, un lâche.

Pas plus lâche que toi.

Je reste dormir ici.

Ne reste pas. Rentre chez toi, remercie-le pour le cadeau et va faire des photos. Ou fais une photo de lui.

Je rentrerai demain.

Non. Tu rentres maintenant.

J'ai acheté un *kifli** sur la place Calvin. Puis je me suis assis dans le jardin du Musée. Puis le soir est enfin tombé. Je l'ai vu à travers le rideau en train de lire assis à la petite table. Il ne s'est pas retourné. Je suis rentré dans ma chambre. Je me suis assis et j'ai regardé l'appareil. Il était exactement comme le Zorki. Ou plutôt pas.

J'avais encore une pellicule, je l'ai mise. Quand je me suis levé, le parquet a grincé. Je me suis arrêté. J'avais l'impression que je resterais immobile jusqu'à la fin des temps. Comme ce chien dans le ciel noir, enfermé dans une boîte métallique. Puis je suis sorti dans le couloir. Il était toujours là, assis. J'ai estimé la lumière à travers le rideau. Puis j'ai fait la mise au point. À gauche le porte-plantes, à droite la table avec un verre de lait et une tranche de pain. Au milieu, mon Père lit. Sauf qu'il oublie de tourner les pages. Puis j'ai appuyé sur le bouton. Ils avaient mis dans l'appareil un mécanisme de fermeture qui faisait qu'on ne l'entendait pas à travers une porte vitrée fermée.

(le vélo)

Ma Mère m'avait dit que c'était à cause du chaos de la guerre qu'on avait oublié de me baptiser. À l'époque, je l'avais cru. Maintenant je pense qu'elle a été dégoûtée de Dieu quand son frère a été assassiné. Puis elle a dû retrouver le chemin vers Lui, mais le baptême était déjà oublié.

Elle s'est rappelé que je n'étais pas baptisé quand mon Père a été arrêté. Ou plutôt quelques mois plus tard. Elle avait déjà été renvoyée de la bibliothèque municipale et travaillait comme

* Sorte de petit pain brioché en forme de croissant.

couturière. Elle cousait des boutons, en trois-huit. Elle gagnait un centime par bouton. Il fallait cent boutons pour un forint. Pour deux cents boutons, on achetait du pain. Elle disait qu'il n'y aurait aucun problème, ça s'apprenait. La deuxième semaine, elle atteignait déjà la norme. Et quand le jugement est devenu exécutoire, elle a été convoquée chez le responsable du personnel. Nous avons une bonne nouvelle pour vous, camarade Szabad, a-t-il dit avec un sourire mauvais, et ma Mère a été transférée dans un nouvel atelier, pour coudre les blousons de la milice ouvrière. Celle-ci venait d'être créée, il fallait des centaines de blousons, il était tout simplement impossible d'atteindre la norme. Il lui arrivait souvent de coudre les blousons gris avec du fils gris dix ou douze heures d'affilée. Ils lui répugnaient. C'est d'ailleurs pour cette raison qu'elle avait été placée là. Pour chaque article défectueux, elle avait une retenue sur son salaire. Et nous achetions un demi-pain pour un forint.

Pour moi, c'était plus simple, car j'allais encore à l'école. Je ne pouvais pas arriver en retard, manquer l'école, avoir une bonne ni une très bonne note, mais ça n'avait plus d'importance. Et bien sûr, je n'avais pas pu entrer au lycée où mon Père avait enseigné, mais dans un lycée professionnel. J'apprenais le métier de serrurier, je fabriquais des marteaux à la lime à partir de petites barres de fer. Le chef d'atelier distribuait des tronçons de barre de fer de quatre sur quatre sur quatorze, on dessinait le contour à l'aide d'un pochoir, on les serrait dans l'étau, on limait jusqu'à la ligne, et le marteau était prêt. Il fallait encore arrondir les arêtes. Ceux de terminale perçaient le trou pour le manche, et dans un autre atelier, les filles vernissaient le manche en hêtre et l'enfonçaient.

J'aimais bien fabriquer les marteaux. L'atelier était derrière le terrain de sport, l'après-midi, le soleil brillait à travers les fenêtres grillagées tout droit sur le poste numéro un, là où je travaillais. Il y avait trois étaux sur l'établi, on était trente-neuf en tout dans l'atelier. Les meuleuses et les fraiseuses étaient à l'arrière. Le soleil n'arrivait plus jusque-là, alors la lumière restait toujours allumée. Le pied gauche en avant, je tiens le manche de la lime de la main droite, je pose ma main gauche sur le bout et je me penche dessus. Je ne pousse pas avec le bras, mais avec tout le corps, lentement, pareil dans l'autre sens. Je ne regarde pas par la fenêtre. Il ne faut pas regarder par la fenêtre, à vrai dire, tout dépend de ça. Je regarde seulement la limaille qui s'accumule sous l'étau, sur l'établi couvert de graisse. Le soleil l'éclaire. Si je ne détache pas mon regard et ne perds pas le rythme, la limaille noire commence à m'éblouir. Pas en jaune comme la lampe, mais en blanc. Le plus important est de ne pas regarder par la fenêtre et de respirer régulièrement. En avant, j'expire, en arrière, j'inspire. Si je garde le rythme, au bout de quelques minutes, je n'entends plus le bruit effroyable des trente-neuf limes. Je ne sens pas l'odeur de la limaille ni celle de l'huile rance. Puis l'espace disparaît. Puis l'atelier, le chef d'atelier, le bruit des limes, les autres. Non que je sois seul, simplement, je ne suis pas. Non que je ne sois pas, mais je suis la limaille.

Il y a quelques années, à Kyoto, dans une chambre d'hôte d'un monastère, j'ai compris que, pendant les trois années que mon Père avait passées en prison, j'avais été en réalité une espèce de moine-métallurgiste méditant. En tout cas, quand je fabriquais les marteaux. Et à présent que ni mon Père ni Éva ne sont plus là et que je n'ai plus mon appareil photo à portée de main, j'ai beau regarder durant des heures le mur fissuré, je n'arrive plus à me transformer en limaille. Pour ne pas être, il faut, d'une manière ou d'une autre, être.

Au cours d'un exercice d'atelier, il fallait fabriquer un marteau. Le chef d'atelier portait la même blouse bleue que nous. Et un béret. Il devait avoir la cinquantaine, il était bedonnant. On l'appelait Bretzel. Avant chaque exercice, il nous disait que ces marteaux se retrouveraient dans les magasins, des gens s'en serviraient, alors on devait faire bien attention, c'étaient des marteaux à usage domestique. Celui qui dépassait la ligne avec sa lime recevait une gifle. Il savait que mon Père était en prison. Il me giflait toujours plus doucement. Il s'appelait József Berecz.

Le lycée professionnel était en périphérie de la ville, au-delà de la gare. On pouvait prendre un raccourci vers la rue Élmunkás, il fallait alors traverser les voies. En pressant le pas, j'avais quarante-cinq minutes de marche depuis chez moi. On n'avait pas de vélo, car mon Père ne pouvait pas en faire à cause de sa luxation. Saintantoine, l'homme au pain, m'avait appris à rouler quand j'étais petit, mais je n'avais pas fait beaucoup de vélo depuis.

Beaucoup venaient à vélo. Certains avaient un Csepel, d'autres, un Ukrajna. Une fois, entre les cours et les ateliers, j'en ai emprunté un. Au fond, le mur en béton avait une brèche par laquelle on pouvait se faufiler vers le Bras mort. La récré durait quinze minutes, et moi, j'étais déjà du côté des serres. Et je ne pouvais pas m'arrêter. Je pédalais encore et encore sur ce putain de vélo, sur le chemin des moutons, sous les saules. J'avais l'impression que ma poitrine allait éclater. Le soleil cognait, le vent s'engouffrait sous ma chemise. J'étais heureux. J'étais libre comme je ne l'avais jamais été.

En revenant au mur, j'ai poussé le vélo dans la brèche, et là, József Berecz m'attendait de pied ferme. À l'atelier, les autres limaient leurs marteaux depuis longtemps déjà. Je tenais la tête de manière à ce qu'il m'atteigne au cou plutôt qu'au visage s'il me frappait.

Tu n'as pas intérêt à recommencer, a-t-il dit.

D'accord.

Qu'est-ce que tu crois ? Juste toi ? Tu veux qu'on me vire ?

Non.

Alors, dépêche-toi de rentrer. Et je te fracasse si tu ne finis pas ton marteau.

Je le finirai.

Tu as une sacrée chance avec ton père, gamin. Une sacrée chance.

(l'assistant)

Quand mon Père et moi étions arrivés à la gare de l'Est, il y avait encore au bout de l'avenue un pont qui ne menait nulle part. Il est resté pendant longtemps le plus grand pont suspendu du monde. Les Allemands l'avaient dynamité. Le pilier du côté de Pest avait tenu. À l'aube, quand le brouillard cachait encore Buda, il était comme la porte de l'enfer. On l'avait laissé là justement pour cette raison. Il dominait les clochers des églises. Les tramways tournaient juste en dessous. J'y allais parfois.

Puis ils l'ont démoli pour en construire un nouveau. Ça a pris trois ans, ou quatre, je ne m'en souviens plus. Je n'étais pas content. Quand je me tenais en face de cette porte qui donnait sur le néant, à gauche, dans une des rues, il y avait l'atelier photo où j'apportais mes pellicules à développer. J'avais trouvé cet atelier par hasard. J'avais parfois des conversations bancales avec l'homme qui tenait la boutique, mais au moins il n'était pas méchant. Et on se connaissait. Ce n'était pas très joyeux d'aller chaque nuit à l'imprimerie. Je me suis dit que j'allais remplir une pellicule et que je la lui donnerais à développer. S'il se souvenait de moi, on entamerait la conversation et je lui demanderais éventuellement s'il n'avait pas un emploi d'assistant pour moi.

L'homme n'était pas là, seulement son assistant. Il devait avoir mon âge, ou peut-être quelques années de plus. Je me suis dit, peu importe, j'ai sorti la pellicule de l'appareil et la lui ai donnée. Après l'avoir jetée dans un tiroir, il m'a remis un reçu et m'a dit, trois jours. Je suis resté encore quelques secondes, me tâtant si j'allais lui demander comment faire pour devenir assistant. Il a levé le sourcil et m'a regardé d'un air interrogateur. J'ai décidé de ne pas lui poser la question. J'ai dit au revoir.

Trois jours plus tard, quand je suis retourné chercher la pellicule, c'était encore lui. Il m'a donné le négatif, m'a toisé du regard, puis m'a dit, si déjà vous avez un Leica, vous pourriez apprendre un peu de technique. Les photos sont plutôt sous-exposées.

Mon estomac s'est serré. Je n'ai rien dit, seulement que je tâcherai de mieux faire.

On peut se renseigner, il y a une assez bonne littérature sur la photométrie, a-t-il poursuivi. Et sur la composition.

Au fait, quel est votre problème ? lui ai-je demandé.

Il ne comprenait pas de quoi je parlais, pourquoi je pensais qu'il avait un problème. Il m'avait seulement signalé avec bienveillance que si on sentait la nécessité absolue d'avoir autour du cou un appareil à cinq cents dollars, on veillait à apprendre à régler l'exposition.

Vous avez raison, je vais apprendre à régler l'exposition, ai-je dit en sortant.

J'en tremblais encore des heures plus tard. J'avais été confronté pour la première fois au fait d'être détesté au premier coup d'œil. Je me rendais compte que c'était possible. Et que cela m'accompagnerait sans doute ma vie entière. Je voulais dormir encore une heure avant d'aller à l'imprimerie, mais j'étais incapable de fermer l'œil. Je me suis dit que j'y retournerais le lendemain. J'y retournerais et dirais qu'elles n'étaient pas plutôt sous-exposées, mais sous-exposées exactement d'un diaphragme, parfois d'un diaphragme et demi. Puis, je me suis dit que ça n'avait aucun sens. Rien ne serait plus stupide que d'y retourner. Même si je lui apportais une pellicule parfaitement exposée, je ne pourrais rien changer à ce sourcil levé, à cette voix méprisante.

Quand on y pense, rien ne nous protège de quelqu'un qui dit avec la fausse tranquillité de la haine, je ne comprends pas de quoi vous parlez. Alors que personne ne comprend mieux que lui.

Je me suis levé et j'ai pris ma revue américaine. Je l'ai feuilletée puis remise dans le tiroir. Je me suis dit que c'était dans des moments pareils que les maris giflaient leur femme. Ou leurs enfants. Mon Père a ouvert le robinet, l'eau a jailli. Je savais qu'il regardait sa bouche dans le miroir pendant que la baignoire se remplissait. Je me suis dit qu'il ne m'avait jamais giflé. Je suis sorti, il se tenait devant le miroir. Je lui ai dit d'aller voir un médecin le lendemain. Il m'a regardé, confus, il ne comprenait pas de quoi je parlais. Puis il a compris et il a dit, d'accord. Je lui ai dit qu'il avait raison, on ne pouvait pas comparer cet appareil au Zorki. Il m'a dit que pour lui, l'important était que la qualité des photos dépende de moi et non de l'appareil. Je lui ai demandé s'il voulait que je l'accompagne chez le médecin. Il a souri et m'a dit, mais non, mon fils.

(Johanna)

J'ai fini par avoir une relation avec une fille, elle s'appelait Johanna Vészi. On s'est connus à l'arrêt de bus. La pluie s'était mise à tomber très fort, elle m'a invité sous son parapluie. Je lui ai dit merci. Elle m'a demandé où j'allais, j'ai dit que j'étais seulement parti me promener. C'eût été vrai si je n'avais pas eu dans ma poche le Leica, mais je me suis dit que ça ne regardait personne. Elle allait place de la Libération, elle avait un rendez-vous avec une amie. Elle a ajouté que je pouvais rester avec elle tant qu'il pleuvait si j'en avais envie, de toute façon, ce n'était pas un temps à se promener. J'ai dit que je préférais ne pas les déranger. Elle m'a répondu que je ne la dérangeais pas du tout, elle allait voir son amie juste pour lui donner un livre. Et elle n'aimerait pas que je sois trempé jusqu'à l'os.

Elle portait un manteau gris trois-quarts et des collants épais. Blancs. Ses cheveux lui tombaient sur les épaules, elle avait un visage allongé aux traits réguliers, inintéressant. Comme tous les visages réguliers. En tout cas, c'était ce qui me semblait à la lumière des réverbères. Mais elle avait quelque chose de diabolique dans le regard. Encore que ce qu'on considère comme diabolique soit uniquement le moment où, dans le combat qui oppose le désir et l'interdit, le désir prend le dessus.

Son amie l'attendait déjà au café. Johanna a fait les présentations, puis elle l'a rapidement invitée à l'accompagner aux toilettes. Elle s'appelait Enikő. Elle portait les mêmes collants blancs que Johanna. Leurs manteaux aussi se ressemblaient. Elles ne les avaient pas enlevés, juste déboutonnés, la serveuse avait branché le ventilateur à cause de la fumée. Leurs gestes se ressemblaient. Elles bougeaient comme si elles obéissaient à une commande intérieure. Pas en même temps, mais de la même manière. Seuls leurs visages étaient différents. L'amie avait un très beau visage, sévère. Froid. Je savais très bien pourquoi elles étaient allées aux toilettes. En revenant, Enikő a demandé à Johanna si elle avait apporté le livre, puis elle a vite bu son verre et s'est excusée, elle devait se dépêcher, elle avait une place au cinéma Pouchkine.

Quand nous sommes restés seuls, je lui ai dit qu'il ne fallait pas renvoyer sa copine. Embarrassée, elle a joué avec sa bouteille de soda, puis elle a dit qu'elle ne l'avait pas renvoyée. Puis elle s'est mise à parler d'Enikő, disant qu'elle était sa meilleure amie, qu'elles se connaissaient depuis l'enfance, qu'elles avaient fréquenté le même lycée.

Lequel ?

Elle s'est remise à jouer avec sa bouteille. Le lycée catholique de jeunes filles.

Je ne savais même pas que ça existait.

Ça existe. C'est le meilleur lycée de filles. C'est dur, mais on y apprend tout.

Quoi, par exemple ?

Tout.

La pluie avait cessé, le Leica était dans la poche de mon manteau, j'aurais bien aimé partir, mais c'était impossible. Je me suis dit qu'elle allait tout de suite me demander quel lycée j'avais fréquenté et là, elle déchanterait, et je pourrais enfin partir. Ou j'essayerais de dévier la conversation et de lui faire croire que j'avais une amoureuse.

Elle est très belle, Enikő, pas vrai, a-t-elle dit.

Je n'ai pas remarqué, ai-je menti. L'idée de lui dire qu'à mon avis, elle était plus belle que son amie m'a traversé l'esprit, mais j'en ai été incapable.

Et pourtant, je devais la croire, Enikő était l'une des plus belles filles de la ville.

Je lui ai dit que, pour moi, elle était froide, et ça au moins, c'était vrai. Il s'est passé alors quelque chose qui a fait trembler ma chaise et a assombri le café.

Elle m'a dit que je me trompais. C'est Enikő qui lui avait appris à embrasser.

J'avais en face de moi une fille en manteau gris et collants blancs qui avait fréquenté un lycée catholique. Qui avait tout appris. Il y avait moins de vingt minutes qu'elle m'avait proposé son parapluie. À part mon nom, elle ne savait rien de moi. Même pas que je serrais un appareil photo dans la poche de mon manteau. J'ai bu une gorgée, puis j'ai joué avec ma bouteille. Je ne savais tout simplement pas que faire.

Elle m'a dit qu'elle n'avait pas voulu me mettre dans l'embarras. Puis que je ne devais pas penser à mal, ça s'était passé des années auparavant, elles étaient encore presque des enfants. Et qu'elle m'avait dit ça juste pour que je voie à quel point les apparences m'avaient trompé quand j'avais pensé qu'elle était de glace.

Elle ne me mettait pas dans l'embarras, seulement j'aurais mieux compris qu'elle raconte ça à quelqu'un qu'elle embrassait pour la centième fois, moi, j'étais un inconnu pour elle, elle ne savait rien de moi.

Je me trompais là aussi, elle savait tout de moi. Tout ce qui était important.

En était-elle sûre ?

Oui, absolument. Dès le premier instant, en me voyant serrer mon manteau sur moi sous la pluie. Parce que j'étais pareil à son frère.

Je me suis tu. Puis j'ai dit qu'on avait tout au plus une certaine ressemblance.

Non. J'étais exactement pareil. Même nos prénoms étaient identiques.

Et avait-elle dit aussi à son frère que sa copine lui avait appris à embrasser ?

Elle s'est tue. Puis elle a dit non. Son frère avait émigré six ans auparavant.

Je me suis dit, pas il y a six ans, mais en cinquante-six.

Je lui ai demandé où il était parti.

Elle ne le savait pas. Il avait rompu tous les ponts avec la famille. Une fois, ils avaient entendu dire qu'il était à New York, mais elle était sûre qu'il n'y était pas. Son frère était parti beaucoup plus loin.

Je lui ai demandé où.

En Papouasie, ou au Cap. Le plus loin possible.

J'ai dit que d'ici, même Vienne était loin, pourtant il n'y avait même pas trois cents kilomètres.

Loin de Budapest, mais pas de leur famille. À nouveau, elle s'est tue.

Puis elle a ajouté : Mon père est une brute.

Je me taisais. Puis j'ai dit que la pluie avait cessé et que, si elle en avait envie, elle pouvait venir se promener avec moi. Nous sommes partis vers la place Calvin. Devant le Musée littéraire, j'ai pensé à Adél Selyem. Et à son père. Je me suis dit que c'était là que je devrais photographier Johanna Vészi, dans son manteau gris et ses collants blancs, j'ai saisi le Leica dans ma poche, mais je n'ai pas pu le sortir. Je ne voulais pas que cette fille qui croyait tout savoir de moi sache quoi que ce soit à mon propos. Si elle me posait des questions, ce serait autre chose. Alors, je lui répondrais.

Pourquoi une brute ? lui ai-je demandé.

Elle croyait déjà que je ne lui poserais pas la question.

Il aurait été assez difficile de ne pas la poser.

Il était encore plus difficile d'y répondre. Mais je devais la croire, c'en était une. Son frère avait bien fait de partir à dix-huit ans. Elle aussi voulait partir.

Où ça ?

Partir. Partir d'ici. Sur la Lune. Dans les étoiles. Mais je ne devais pas lui poser de questions sur son père. Elle ne pouvait pas en parler. Je ferais mieux de lui prendre la main, et elle a pris la mienne.

Nous avions déjà dépassé le jardin du musée plongé dans l'obscurité, et elle parlait toujours de son frère András. Il n'y avait plus rien de diabolique en elle. Ni l'interdit, ni la peur avec lesquels son désir lutterait. Elle m'a dit devant un immeuble de la rue Szentkirályi qu'elle habitait là. Je lui ai dit merci pour le parapluie. Elle m'a demandé si elle me reverrait. Je lui ai dit que ça dépendait d'elle. Elle a rétorqué que non, ça ne dépendait pas d'elle, et elle m'a entraîné sous le porche.

Elle s'est collée à moi au point de respirer par mes poumons. Elle m'a donné un baiser avec la langue jusqu'au fond de la gorge, a plaqué ma main sur son bas-ventre. J'ai senti son gros collant se mouiller. Puis j'ai senti sa main m'empoigner à travers mon pantalon. Encore-encore-encore-encore, haletait-elle à chaque mouvement, puis son corps s'est raidi et mon pantalon s'est mouillé à son tour. C'était atroce. L'étreindre, déchirer son collant, sentir le monde s'obscurcir et s'abattre sur moi, c'était ça, le plus atroce.

Elle haletait, adossée au mur écaillé. J'ai refermé son manteau.

Elle m'a appris à embrasser, Enikő, pas vrai ?

Oui.

Tu viendras demain ?

Oui.

Tu sais que tu ne peux pas coucher avec moi ?

Oui, je le sais.

C'est comme ça dans notre famille. Une fille catholique, soit elle s'enfuit au loin, dans les étoiles, soit elle reste vierge jusqu'au mariage.

La nuit, à l'imprimerie, j'ai raté l'assemblage. Ce qui est presque impossible en pratique. J'ai pris certains feuillets en double, j'en ai oublié d'autres. Lors de ma première pause cigarette, j'ai eu des haut-le-cœur, je suis allé vomir, mais je n'y suis pas arrivé. Gizella Vámos m'a dit de rentrer plus tôt chez moi.

Le lendemain, on avait rendez-vous dans le même café que la veille. Il aurait été plus compréhensible que j'aille à la cité expérimentale, chez Adél Selyem. On a bu un sirop et elle m'a raconté à quel point elle détestait sa mère. Elle avait un collant blanc comme la veille.

Je lui ai demandé pourquoi.

Parce qu'elle était lâche et supportait tout. Elle avait même supporté que son père chasse István. Et les nuits, elle se soûlait avec du cognac bon marché.

Je lui ai demandé qui était István.

Son frère, elle me l'avait pourtant déjà dit hier.

Je croyais que c'était András.

Les deux, István András.

Moi, je suis seulement András, ai-je dit.

La lumière était allumée dans la chambre de mon Père. Avant de franchir le seuil, je n'avais pas pensé qu'il serait à la maison. Que je devrais lui dire quelque chose. Même le fait qu'à part lui et Kornél personne n'était jamais venu dans ma chambre ne m'avait pas traversé l'esprit. J'ai demandé à Johanna de m'attendre à la cuisine.

J'ai frappé à la porte de mon Père et lui ai dit que j'avais de la visite.

Il m'a demandé s'il devait partir.

Je lui ai dit que non. Et de ne pas m'en vouloir, la prochaine fois j'essayerais de m'arranger autrement.

Il m'a dit que je ne devais rien faire autrement, ça ne le dérangeait pas, il était content que je ne sois pas seul.

Je me suis dit que ça ne me dérangerait pas non plus si lui n'était pas seul, mais je ne croyais pas pouvoir le lui dire un jour.

Il m'a demandé si je voulais la lui présenter.

Je lui ai répondu que je le ferais plutôt la prochaine fois, car moi non plus je n'avais pas encore réussi à me présenter comme il faut.

Johanna était assise dans la cuisine, elle n'avait pas bougé. En entrant dans ma chambre, elle s'est assise sur le lit. Elle n'a même pas regardé autour d'elle. Je lui ai demandé si elle voulait que je la présente à mon Père. Elle m'a répondu qu'elle ne souhaitait rencontrer ni mon Père ni ma Mère. J'ai dit d'accord. Puis elle a dit que moi non plus, je n'avais pas le droit de rencontrer qui que ce soit de sa famille. Enikő était la seule qui pouvait connaître mon existence.

J'ai quand même entendu le bruit de la canne de mon Père dans le couloir, puis la porte d'entrée se refermer. J'ai demandé à Johanna si elle voulait un verre de vin. Elle a dit oui. Mon verre était sur la petite table, je lui en ai apporté un autre. Je lui ai demandé si elle voulait que j'éteigne la lumière. Elle a dit non, parce qu'elle voulait me voir.

Finalement, elle a pris l'habitude de venir deux fois par semaine. On ne se voyait plus ailleurs. Elle avait son verre sur la petite table. Je le remplissais, elle se déshabillait et s'allongeait sur le lit. Mon Père fermait la porte à clé et partait. On s'embrassait, elle me faisait asseoir sur son ventre pour voir dégouliner mon sperme de ses seins jusqu'à son nombril. De son autre main, elle se caressait le clitoris. On jouissait ensemble. Son corps s'arquait comme un pont, puis s'effondrait. Elle criait comme si elle tombait. Son visage devenait magnifique pendant quelques secondes. Comme si elle n'était pas celle qui était venue peu avant et repartirait peu après. J'attendais les mardis et les vendredis juste pour cet instant. Pour qu'elle parle enfin. Me demande où elle était, qui j'étais. Ou ne me demande rien, mais ne se contente plus de dire qu'elle voulait aller dans les étoiles, qu'elle détestait son père, sa mère, ses camarades de fac, les catholiques. Puis elle m'étalait sur elle. Son ventre, ses seins brillaient. Comme à un cours de zoologie où on examine la division des cellules, elle regardait mon sperme se craqueler en séchant. Elle ne le disait pas, mais je savais qu'elle ne se lavait pas pour rapporter sous son chemisier blanc ce sacrilège à son père et à sa mère. Elle restait en général une heure.

Kornél m'a demandé pourquoi je le faisais. J'ai répondu que je ne le savais pas. Pourtant je le savais. Il a dit que cette fille était dérangée. Qu'elle n'avait peut-être même pas de frère. Qu'elle ne savait pas aimer, et qu'à vrai dire, je ne l'aimais pas non plus. Et que j'allais me haïr chaque jour un peu plus.

Je lui ai dit qu'il avait raison.

Elle donnait deux coups de sonnette brefs, pour que ce ne soit pas mon Père qui ouvre la porte. Un jour, après avoir entendu les deux coups de sonnette, j'ai mis mon appareil photo sur la petite table. Je ne m'étais pas préparé, je ne savais pas ce que je faisais. C'est la seule fois où elle m'a demandé quelque chose. Elle m'a demandé pourquoi c'était là. Je lui ai dit que j'aimerais bien prendre une photo de son visage pendant qu'on faisait l'amour. Elle a dit, d'accord.

Je ne m'y attendais vraiment pas. J'étais prêt à ranger le Leica, comme chaque fois depuis trois mois. Je pensais voir le même visage que jusque-là. Elle s'est déshabillée et m'a enlacé comme une liane. Elle m'a demandé pourquoi je ne la photographiais pas, enfin.

Je me suis assis, j'ai pris l'appareil. Et là, elle s'est déchaînée. Encore. Regarde-moi, a-t-elle dit en me repoussant. Regarde-moi partout. Je le veux, a-t-elle dit en me serrant entre ses cuisses. Elle répétait dans une extase de plus en plus désespérée, regardez-moi, regardez-moi tous. Elle ne s'est même pas aperçue que j'avais branché ma lampe de bureau. Que je la mitraillais de photos. Que je changeais de pellicule. Que je ne regardais que son visage. Que je regardais ses yeux perdus dans le vague à travers le viseur jusqu'à ce qu'elle meure.

Revenue à elle, elle m'a demandé si je voulais aussi prendre du plaisir. Je lui ai dit, pas maintenant. Elle s'est rhabillée, puis elle est partie. Pour la première fois, je l'ai suivie des yeux par la fenêtre ouverte. J'ai pleuré. Puis je suis allé à la cuisine, j'ai préparé le produit et développé les pellicules. Je les ai suspendues à la fenêtre pour qu'elles sèchent plus vite. Chaque photo était bougée, floue, sous-exposée. J'en ai choisi trois et, sans faire d'essais, je les ai tirées en grand format sur papier dur. Puis je les ai fixées avec du ruban adhésif sur les planches à dessin. Le lendemain Kornél est venu. Il a seulement remarqué qu'il ne savait pas qu'on pouvait photographier le moment où l'âme quitte le corps. Je l'ai remercié. C'étaient vraiment de bonnes photos.

Vendredi, tandis que j'attendais les deux coups de sonnette, quelqu'un s'est mis à tambouriner à la porte. Heureusement, mon Père n'était plus là. J'ai demandé qui c'était. Une voix de femme m'a ordonné d'ouvrir immédiatement. C'était Enikő. Johanna Vészi se tenait derrière elle, plus bas dans l'escalier. Immobile. Enikő m'a écarté et est entrée. Elle m'a demandé ce que je m'imaginais. M'a dit de ne pas croire que je pouvais gâcher la vie de son amie avec mes perversions. Je lui ai dit que je n'avais pas de perversions et que je ne gâchais la vie de personne. Elle m'a dit que ça, je pouvais en être sûr. Elle exigeait que je lui donne les photos immédiatement. On est entrés dans ma chambre, je les ai décrochées des planches. Elle m'a dit, tu es un malade. Un sale pervers. Je les ai déchirées en petits morceaux et les lui ai données. Puis je lui ai dit de partir. Elle a claqué la porte. Je ne les ai plus jamais revues, ni elle ni Johanna Vészi.

Quinze ans plus tard, quand Éva a émigré en Occident, ce sont ces négatifs-là qu'elle m'a volés, entre autres. J'ai mis des semaines à me rendre compte que mes photos avaient disparu. J'ai revu Johanna Vészi quand j'ai été invité en Amérique, à ma toute première exposition. Encadrée, avec des prix indiqués, sur le mur d'une galerie étrangère. J'ai demandé qu'on les décroche. Mais Éva m'avait dit que là, ça ne se faisait pas.

(l'île des morts)

Mat, ai-je dit.
Oui, effectivement.
C'est bien ça.
Et comment !
Mais surtout, ne me félicite pas, ce serait prétentieux.
Je n'y pensais même pas. Mais commandons quand même un *somlói**.
C'est cher, ai-je dit.
Voilà pourquoi on n'en commande qu'aux grandes occasions, a-t-il dit en faisant un signe à Évike, qui a signalé en retour qu'elle arrivait.
Je me suis retourné vers l'échiquier, on a rangé les pièces et Kornél a tracé un trait.
C'était la combientième ? lui ai-je demandé.
La quatre-vingtième. Je croyais que tu ne me battrais pas avant la centième.
Et qu'est-ce qui t'a fait croire ça ?

* Sorte de gâteau.

Alors disons plutôt que j'étais sûr qu'au bout de cent parties, tu me battrais facilement.

J'aimerais quand même savoir comment tu peux être si sûr de toi pour ce genre de choses.

Pas pour ce genre de choses, mais ça, j'en étais sûr. Parce que, contrairement à toi, j'ai été élevé aux échecs. Ainsi, contrairement à toi, je sais non seulement que je ne sais pas jouer, mais aussi que je joue très mal. Mais tu vois, je me suis trompé là aussi, et je suis en train d'admettre cette erreur. Alors, s'il te plaît…

Deux *somlói*, s'il vous plaît, Évike.

C'est la fête ?

Oui. Alors ce sera avec deux couteaux.

Vous plaisantez ou vous voulez vraiment que j'apporte des couteaux ?

J'ai regardé Kornél d'un air interrogateur. Il a éclaté de rire. Puis il a dit à Évike que les petites cuillères suffiraient.

Vous n'êtes pas normaux, a-t-elle dit, puis on l'a regardée passer la commande.

Elle ne s'est probablement pas éloignée une seule fois sans qu'on la regarde. Blonde, la trentaine, elle avait le tablier serré autour de sa taille et les cheveux en queue de cheval. À mon avis, elle était la fille d'un libérateur russe. Kornél a calculé que, dans ce cas, elle n'aurait même pas dix-huit ans, il relevait ces erreurs toujours mieux que moi. Elle était belle aussi quand elle venait vers nous, mais là, on n'osait pas trop la regarder. Et on était d'accord tous les deux sur le fait que ça ne nous avancerait à rien de la demander en mariage, de l'attendre le soir pour dîner, on aurait une Moskvitch et on irait se promener le dimanche. Mais on pouvait se tromper. J'ose affirmer que nous étions tous les deux amoureux d'Évike, mais nous ne croyions pas que c'était ça, l'amour.

Elle a déposé les deux *somlói* devant nous, l'eau gazeuse, puis ostensiblement, les deux petites cuillères. Ça peut aussi servir à tuer, mais c'est beaucoup plus douloureux, a-t-elle dit.

Nous allons en faire l'usage habituel, ai-je dit.

Je vous accorde beaucoup moins de crédit qu'à votre ami, a-t-elle dit, puis à nouveau, on l'a regardée s'éloigner.

Tu vois ? m'a demandé Kornél.

Tu sais ce que je vois ? Je vois qu'avec ton air innocent, tu trompes tout le monde. Si je me souviens bien, c'est toi qui étais dans tous tes états quand Évike est arrivée.

Et pour ma part, si je me souviens bien, c'est toi qui avais demandé des couteaux.

Le *somlói* avalé, j'ai sorti la carte postale de ma poche.

Regarde ce que j'ai reçu, ai-je dit.

Il l'a regardée, d'un côté, il y avait *L'Île des morts* de Böcklin, de l'autre l'adresse et seulement : Où es-tu ?

C'est quoi ?

Adél Selyem.

Si tu veux mon avis, n'y va pas.

Bien sûr que je n'irai pas.

Demande plutôt Évike en mariage, achetez une Moskvitch et photographie-la avant qu'elle ne devienne vieille et grosse. Mais tu n'as nullement besoin d'Adél Selyem.

Je viens de te dire que je n'irai pas.

Si un jour tu reçois *L'Embarquement pour Cythère* au lieu de *L'Île des morts*…

Combien de fois je dois te dire que je n'irai pas ?

Bon, d'accord, j'ai compris. Seulement, je sais que tu iras.

Au moins toi, ne me prends pas pour un handicapé de l'âme.

Je ne te prends pas pour un handicapé de l'âme. Bien au contraire. Tout en ne l'étant pas, tu sais bien ce que ça signifie. Tu le sais trop bien.

On ne peut jamais trop bien savoir ces choses-là.

Et pourtant, je crois que c'est comme ça. Tu attires les femmes dérangées comme la viande crue attire les mouches.

Ou bien c'est elles qui m'attirent, ai-je dit.

Non, toi, c'est Évike qui t'attire. Les dérangées t'intriguent seulement. Tu mesures à travers elles ce à quoi tu as échappé.

D'accord, je n'irai pas.

(le chou)

Nous dînions dans la cuisine, ma Mère et moi. Les stores étaient baissés dans la chambre de mon Père, nous ne l'utilisions pas. Le séjour non plus, d'ailleurs. Au début, ma Mère y mettait la table, mais par la suite, nous avons pris l'habitude de manger à la cuisine. Elle était fatiguée, c'était donc plus confortable. Grâce à une amie, elle avait réussi à se procurer le journal anglais où il y avait une photo de mon Père. Connaissant un peu la langue, elle essayait de comprendre l'article. Je cherchais dans le dictionnaire ce qu'elle ne comprenait pas. Cet article n'avait rien d'extraordinaire, il exaltait la révolution.

Elle ne comprenait pas comment ils avaient réussi à identifier mon Père. On ne voyait même pas son visage. Il s'était penché. Deux de ses collègues à l'arrière-plan étaient tout à fait reconnaissables, mais tout ce qu'on voyait de mon Père, c'était un homme penché en avant au milieu du boulevard qui posait une assiette par terre. Moi non plus, je ne comprenais pas. Puis j'ai dit qu'on voyait sa canne accrochée à son bras.

Elle était fière de mon Père, à vrai dire, elle n'avait pas vraiment le choix. Quand le vieux bus déglingué avec lequel la moitié du corps enseignant se rendait à Budapest s'est arrêté devant notre maison et que mon Père a pris son manteau, pour la première fois de ma vie, j'ai entendu ma Mère hurler. Elle a agrippé mon Père par son manteau et lui a crié au visage, tu es boiteux, tu es dispensé. Mon Père lui a répondu que personne n'était dispensé de ça. Je me tenais dans l'entrée. Non seulement j'avais entendu ma Mère crier pour la première fois, mais aussi prononcer le mot de boiteux.

Le bus parti, ma Mère est allée pleurer dans la cuisine. Elle ne pleurait pas pour de vrai, elle avait seulement les larmes qui coulaient, et fumait une cigarette après l'autre. Elle en avait grillé déjà trois ou quatre quand elle s'est aperçue que j'étais là. Excuse-moi, mon garçon, je ne voulais pas parler comme ça de ton père. Je lui ai dit que je n'étais pas fâché du tout, et que je pensais qu'elle avait eu raison. Elle m'a dit qu'elle n'avait pas eu raison.

Ils étaient trois accusés au procès, mon Père, Zakariás et Kövesdi. Mon Père a dit, pardon, mais je voudrais préciser que, comme nous le savons, ce n'étaient pas des mines, mais des assiettes du snack du coin. Vraiment ? a demandé le procureur. Si j'ai bien compris, vous vouliez vous moquer de l'armée soviétique ? De cette manière, les dix-huit mois se sont transformés en trois ans. Sur les quatorze enseignants qui étaient montés à Budapest, neuf l'ont échappé belle. Tordai, le conducteur du bus, a écopé de six ans de prison, les autres, de dix-huit mois et de trois ans. Zakariás est mort au bout de deux ans et demi. Sa famille en a été informée seulement au terme de sa peine.

Et donc, on essayait de comprendre cet article anglais quand Mme Erzsike Kormos est passée nous voir. Elle habitait deux maisons plus loin, elle était très petite. Comme si elle avait cessé de grandir vers l'âge de douze ans et n'avait fait depuis que grisonner et se rider. Elle se permanentait les cheveux avec des bigoudis en métal à élastique, ça lui ajoutait cinq centimètres. Et les grosses semelles en caoutchouc qu'elle faisait coller par le cordonnier à chaque paire de sandales lui en donnaient encore un demi.

Elle voulait nous faire goûter le chou farci qu'elle avait cuisiné. Deux portions pour moi, deux pour ma Mère. Depuis que mon Père s'était retrouvé en prison, elle frappait à notre porte une ou deux fois par semaine, apportant tantôt des gâteaux, tantôt autre chose. Nous étions à la fois contents et mécontents. Nous aurions certainement apprécié qu'elle pose moins de questions. Nous n'avions pas peur d'elle, mais de ses questions. Comme par exemple quand elle nous a demandé si nous serions relégués. Non, Dieu merci, ils n'ont pas pensé à ça. Alors il ne faut pas qu'ils y pensent, a-t-elle dit.

Elle s'inquiétait pour la jambe de mon Père s'il n'avait pas sa canne là où il était, pour moi si je ne pouvais pas aller à l'université, pour ma Mère si on la virait de l'atelier de couture, pour nous après la libération de mon Père, pour l'avenir si Kádár se révélait pire que Rákosi. Ce n'était pas une moucharde, elle voulait vraiment savoir tout cela. Tout comme nous. Mais ces questions ne valaient pas deux portions de chou farci par personne.

Pire encore que ses questions était le fait qu'elle connaissait quelqu'un qui connaissait quelqu'un qui connaissait un gardien de prison. Qui était gentil. Chère Erzsike, je ne vais pas envoyer de lettre. Parce qu'on ne peut pas. Parce que si le gardien n'est pas si gentil que ça, ça ira très mal pour mon mari. Je me suis dit que c'était comme quand notre mendiant n'avait pas mangé l'aile de poulet, mais j'ai préféré me taire. Mais ce n'était pas pareil, parce que je doute que notre mendiant ait regretté pendant des semaines de ne même pas les avoir goûtées.

Quand la porte de la véranda s'est ouverte, ma Mère a caché le journal sous le coussin du tabouret. Le dictionnaire était resté sur la table. Erzsike a posé à côté la petite casserole avec les quatre portions et a demandé ce que c'était, ce livre. Les lèvres de ma Mère se sont mises à trembler, elle devait inventer un mensonge, ce qui lui répugnait autant que les blousons de la Garde Ouvrière. Mais avant qu'elle n'ouvre la bouche, j'ai dit que c'était un dictionnaire d'anglais, tante Erzsike, j'apprends des mots tous les soirs. C'est très bien, il faut apprendre, il ne faut jamais renoncer. Puis après avoir respiré profondément, elle a dit qu'elle avait quand même fait passer par ce gardien un message pour mon Père. Pas par écrit, juste oralement pour qu'il n'y ait pas de problème, mais elle avait fait dire que nous allions bien. Et mon Père avait répondu qu'il allait bien, lui aussi, mais que nous lui manquions et qu'il nous embrassait. C'est tout ce qu'elle voulait dire.

Les yeux de ma Mère se sont embués. Elle se taisait. Merci beaucoup Erzsike. Merci beaucoup pour cette bonne nouvelle. Et pour le chou aussi. J'ai dit que je rapporterais la casserole le lendemain, et l'ai raccompagnée pour fermer à clé le portail du jardin.

Je vais la tuer, cette vieille. Que Dieu me pardonne, mais je vais la tuer. Je vais l'étrangler de mes deux mains, a dit ma Mère.

Si ça se trouve, elle a quand même fait passer le message, ai-je dit.

Comment elle aurait pu le faire, mon garçon ? Par qui ?

Elle voulait bien faire.

Tu penses que c'est bien ? Qu'elle vienne ici avec son chou et raconte ses mensonges délirants ?

On n'y a pas encore goûté. Ça vaut peut-être le coup, ai-je dit, et ma Mère a enfin ri. On a mangé le chou farci directement dans la casserole, et on a décidé finalement d'épargner Erzsike, et quand ma Mère a dit que pour ce chou, ton Père aurait même pu nous envoyer une longue lettre, on riait déjà tellement qu'on a eu du mal à avaler ce qu'on avait dans la bouche.

(l'exposition)

Une fois, je suis allé à une exposition. J'avais lu sur le feuillet d'un journal, à l'imprimerie, qu'elle ouvrait le lendemain. L'article disait que c'était une sélection de chefs-d'œuvre des dernières années. Il s'est avéré sur place qu'ils comptaient les dernières années à partir du premier mai cinquante-sept.

Il pleuvait à verse, mais j'ai pris mon parapluie et j'y suis allé pour six heures. Il y avait beaucoup de monde. Je craignais qu'on ne me laisse pas entrer parce que je n'avais pas d'invitation, mais personne ne m'a demandé ce que je faisais là. Au vernissage, un président de quelque chose a parlé de la responsabilité des photographes et de la puissance éducative de la photo pour la société. Il a félicité les artistes photographes hongrois qui œuvraient infatigablement à montrer les ouvriers, paysans et intellectuels qui œuvraient infatigablement, ainsi que les paysages hongrois et les bâtiments industriels. Il a comparé l'art photographique socialiste avec celui du capitalisme pour constater que la balance penchait du côté de la photo socialiste, car elle n'était pas décadente. Puis il a salué les artistes présents. Quand il a dit les paysages et les bâtiments industriels, certains ont pouffé en silence, mais ils étaient visiblement contents du reste du discours, surtout quand le président a fait pencher la balance à l'avantage des artistes photographes hongrois. Moi, les paysages et les bâtiments ne me gênaient pas trop. Certes, ce n'était pas très heureux devant cent personnes, mais devant cent personnes, n'importe qui peut commettre une bévue. Par contre la répétition obstinée d'artiste-photographe m'a vraiment dérangé. Pour moi il n'était pas évident que chaque bonne photo soit de l'art. Il est vrai que je n'aurais pas pu dire non plus ce qui fait qu'une photo devient de l'art.

J'ai essayé de deviner qui étaient les photographes dans cette foule. Je l'ai su quand les gens se sont mis à se déplacer dans la salle et à féliciter quelques personnes. Certains racontaient l'histoire de leur photo à qui voulait bien les entendre. Comment ils étaient descendus dans le puits, ce que racontait la mamie qui épluchait son oignon, que le pianiste célèbre était si simple et direct, l'appareil particulier qu'ils avaient utilisé. Je m'arrêtais parfois pour écouter. Certains étaient sympathiques, d'autres moins. J'ai essayé d'imaginer que je prenais part à une conversation. Je n'y suis pas arrivé. Même avec ceux qui étaient sympathiques. J'ai pensé que si j'avais connu au moins une personne, je ne me serais sûrement pas senti aussi étranger parmi tous ces photographes. Il ne fait aucun doute que je me trompais. Et cela n'a pas changé par la suite, même quand j'ai été félicité à mon tour dans les langues les plus incompréhensibles du monde.

J'ai regardé toutes les photos, la plupart étaient bonnes. Chacune présentait quelque chose de visiblement intéressant, ce qui manquait totalement aux miennes. Il y en avait une, par exemple, que je ne comprenais pas du tout. Un facteur roulait à vélo dans une nouvelle cité quelconque. Je l'ai regardée durant de longues minutes sans saisir pourquoi elle était si étrange. J'ai fini par me rendre compte que d'en bas, depuis la rue, on ne pouvait pas voir cela. Les murs des immeubles étaient parfaitement verticaux. Les parallèles ne convergeaient pas. Je me suis dit qu'à la maison, j'allais chercher une explication dans un livre, mais j'ai oublié. Des années ont passé avant que j'apprenne à faire une photo comme celle-là.

Il y avait des photos d'artistes de cirque, de haras, de métallurgistes. D'enfants et de vieilles femmes. De câbles de haute tension et de ballerines. Et quelques-unes sur les sujets que j'avais photographiés moi aussi, mais elles étaient nulles. Il y avait par exemple la photo d'une femme qui arrosait ses plantes derrière des rideaux.

Tout compte fait, le président avait quand même eu raison dans son discours inaugural. Les photos reflétaient le plus fidèlement possible la réalité hongroise. Toutes ces ombres et lumières rasantes, scintillantes, ces enfants, ces chevaux, ces paysans, ces vieilles femmes, la neige aveuglante, ces feuilles qui tombaient des arbres et ces lumières du soir, tout ce qui était véritablement la vie, pris ainsi en bloc se figeait en une seule masse grise. Comme si le Danube s'était écoulé jusqu'à la mer, et qu'il ne fût resté ici que son lit vaseux avec des flaques qui brillaient çà et là.

J'ai essayé d'imaginer ma photo de Johanna Vészi sur un mur. Ça n'a pas marché. Elle n'aurait eu sa place nulle part.

Une femme s'est arrêtée à côté de moi devant l'une des photos, elle m'a demandé si je ne trouvais pas magnifique ce visage ridé de vieille femme. J'ai répondu que oui. Elle devait avoir la cinquantaine, les cheveux teints en blond, elle se tenait si près de moi que je sentais l'odeur de son fond de teint. Elle avait encore l'intention de dire quelque chose sur la beauté du vieillissement, mais un homme l'a prise par le bras, viens, on doit y aller, Ágica.

Puis d'un coup, je me suis retrouvé devant une photo. Du côté gauche, Gagarine était assis avec la femme de János Kádár. Derrière eux, des musiciens tziganes avec une coupe de champagne à la main. Ils regardaient les danseurs, ils souriaient. L'inscription placée sous la photo disait, l'épouse de Youri Gagarine danse avec le camarade Selyem. Parmi les danseurs de l'arrière-plan se trouvait Adél Selyem. J'ai eu l'impression de suffoquer.

(le sommeil)

L'autre folle de la famille, c'était ma grand-mère maternelle. Mon grand-père, l'architecte Oszkár Kiepski, avait changé son nom en Hollós à l'occasion du millénaire de l'État hongrois, car il estimait qu'il n'incombait pas seulement aux Juifs et aux Arméniens d'être de bons Hongrois, mais aussi aux Polonais. Puis, le peuple hongrois, avec Béla Kun à sa tête, l'avait piétiné par hasard, dans une petite rue adjacente. Il eut assez de forces pour se traîner jusqu'à la maison, mais lorsque le médecin de famille arriva, il avait déjà succombé à ses blessures. Ainsi ma grand-mère maternelle, Julia Hollós, devint folle à son tour, peu après mon arrière-grand-mère paternelle. Il est vrai qu'elle ne se mit pas à amasser de la viande chevaline et du pétrole, mais qu'elle s'endormit tout simplement.

Elle dormit pendant la République des Conseils, à l'arrivée des Roumains, pendant les négociations de Trianon, sous la terreur blanche. Elle dormit même lors de la tentative de paix séparée de Horthy. Dans son sommeil, elle adorait son mari, mais ses enfants l'adoraient d'autant plus réellement. Mon Père s'était présenté trois fois à elle en un an, la troisième fois déjà en qualité de beau-fils. Elle faisait cela avec un charme si alangui que personne ne lui en voulait. Elle déplorait surtout que la guerre ait abîmé les beaux bâtiments de son pauvre Oszkár. Même la naissance de son petit-enfant dans son cellier ne la réveilla pas. Elle ne sortit du sommeil que le deux février mil neuf cent quarante-cinq, quand les soldats poussèrent le buffet et tuèrent son fils. Elle tint éveillée une demi-journée. Le soir, elle en mourut.

Je ne connais pas d'autres fous dans ma famille. Mais là, devant la photo du camarade Selyem dansant avec Valentina, j'ai senti que, moi aussi, j'allais sans doute devenir fou. En chemin, il pleuvait toujours aussi fort, les gouttes frappaient la toile noire de mon parapluie. Mon cerveau répétait en rythme, à gauche, Mme Kádár, à droite, le camarade Selyem, au milieu, Gagarine. À gauche, Mme Kádár, à droite, Adél Selyem, au milieu, le camarade Selyem. À gauche, Mme Kádár, à droite, Adél Selyem, au milieu, moi. À gauche, les somnifères, à droite, les existentialistes, au milieu, le drapeau rouge.

(à la bibliothèque)

Le lendemain de l'exposition, j'ai demandé à mon Père si cela le dérangeait que j'aille le voir à Rákos vers midi. Je lui ai dit que je voulais seulement regarder les photos dans les journaux. Il était surpris, mais content. La dernière fois que j'étais allé dans une salle de lecture, c'était quand ma Mère était encore bibliothécaire. Il m'a dit, en aucune manière, mon fils.

Le trajet a duré une bonne heure et demie, j'ai regardé les constructions. Cité, terrain vague, cité. Plus loin, une espèce de quartier résidentiel avec des jardins. J'ai marché dix minutes après l'arrêt. Il y avait une rupture de canalisation quelque part, une longue passerelle en bois reliait une école à la rue, les enfants sortaient par là. Ils se bousculaient, certains pataugeaient dans l'eau jusqu'aux chevilles. Ils étaient joyeux.

À part mon Père, deux professeurs d'université et un ingénieur des mines travaillaient à la bibliothèque. Ainsi que Sára Rónai. Elle, elle était vraiment bibliothécaire. L'un des professeurs et l'ingénieur des mines avaient aussi fait de la prison, l'autre professeur avait simplement été viré. Ceux qui avaient de la chance, des diplômes et des relations avaient pu se réfugier dans ces bibliothèques du bout du monde après leur sortie de prison plutôt que de se retrouver dans des entrepôts d'usine.

En entrant, je n'ai vu mon Père nulle part. Un homme assis au comptoir m'a dit de le chercher dans la salle de lecture. Il était en train de ranger des livres. Il a été gêné en me voyant. Il n'avait pas dû s'imaginer à la maison comment ce serait de se voir à cet endroit. À vrai dire, moi non plus.

Avant de me présenter aux autres, il m'a fait passer dans la cour arrière par la sortie de secours pour fumer une cigarette. Il m'a dit tout bas qui était qui. Le professeur qui avait fait de la prison était sûrement une taupe, il fallait faire attention avec lui. L'ingénieur des mines était correct. L'autre professeur, celui du comptoir, avait enseigné la philosophie, il avait un peu perdu la tête, le pauvre, son unique sujet de conversation, c'était la cueillette des champignons. Trois de ses étudiants avaient été exécutés.

Je lui ai demandé comment on pouvait devenir une taupe après avoir été en prison.

Il m'a répondu que c'était facile. C'est même peut-être dans cette situation que c'est le plus facile, mon fils.

Il n'y avait pas de cendrier, on a écrasé nos mégots sur l'étroit trottoir, puis on les a envoyés dans l'herbe du bout de la chaussure. Avant d'ouvrir la porte il a ajouté que, bien sûr, j'allais rencontrer la responsable de la bibliothèque, une femme remarquable, c'était entre autres à elle qu'il devait sa place. À l'intérieur, il m'a présenté au professeur de philosophie et à l'ingénieur des mines. La responsable et la taupe avaient leur pause déjeuner.

J'ai demandé à mon Père les dernières années de quelques quotidiens, puis je me suis installé dans la salle de lecture. Je voulais savoir qui était le camarade Selyem. Pour des raisons obscures, je croyais qu'on pouvait apprendre ces choses dans un journal. Même si ma raison me disait que ce n'était pas vrai, je sentais dans toutes mes fibres, depuis la gorge jusqu'au bas-ventre que j'avais été trompé, sali, violé. Je sentais qu'en dépit de ma raison et de Kornél, j'allais prendre le premier bus pour Óbuda. Que j'allais l'empoigner jusqu'à ce qu'elle se déchire. Qu'elle aurait beau crier, me supplier, je ne la laisserais pas prendre son putain de torchon. Et si elle arrivait quand même à l'attraper, elle ne le sortirait plus jamais de sa bouche.

J'étais assis dans la salle de lecture d'une bibliothèque du bout du monde, devant trois quotidiens et, comme on regarde la division des cellules dans un microscope, mon esprit clair comme le cristal observait ma colère, mon amertume, mon dégoût et mon exaspération se transformer inexorablement en désir sexuel.

Je me suis levé, j'ai demandé à mon Père où se trouvaient les toilettes. Il me les a indiquées. En entrant, j'ai laissé la lumière éteinte. Ensuite, je suis retourné à ma place. En face de moi, un homme âgé lisait du Thomas Mann.

Je n'ai rien trouvé sur le camarade Selyem. Pas même qu'il existait. J'étais fatigué. Ou plutôt, il ne m'intéressait plus trop. Je ne voulais plus jamais aller comme ça dans les toilettes d'une bibliothèque. Je me suis mis à regarder les nouvelles récentes et les plus anciennes. Un avion de tourisme s'était écrasé rue Lumumba. La Citadelle avait été restaurée, je n'y étais jamais allé. Le pont Élisabeth allait être reconstruit. En fait, je le savais, mais je n'y avais pas prêté attention. Le magasin Corvin avait reçu des postes de télévision. Pour des raisons de sécurité, le passage à Berlin-Ouest avait été rendu plus facile à contrôler. Arrivé à ce qu'en Israël, Eichmann avait été exécuté, et ses cendres, dispersées dans la mer, j'ai constaté avec stupéfaction que ce n'était pas le camarade Selyem qui n'existait pas, mais moi-même. Ou, du moins, quand j'étais arrivé avec mon Père dans l'obscurité de la gare de l'Est, je m'étais endormi pour des années, comme autrefois ma grand-mère maternelle.

(le baptême)

Et donc un soir, ma Mère s'est rappelé que, dans la tourmente de la guerre, on avait tout simplement oublié de me baptiser. Elle m'a demandé, que faire ? Je lui ai dit, peu importe. J'ai vu qu'elle avait mal pris ma réponse, alors je lui ai dit que cela n'avait vraiment pas d'importance, puisque, de toute façon, j'avais cru jusque-là être baptisé. Plus précisément, je ne croyais rien, car même l'idée de ne pas l'être ne m'était jamais venue, tout comme à elle jusqu'à ce soir-là. De cette manière, que je sois baptisé ou non, je serais toujours le même. Ce ne serait pas pareil si j'avais jusqu'alors été communiste.

Elle a ri et m'a dit que j'avais raison. Dans la mesure où je prenais les communistes comme base de comparaison. Mais si je comparais avec le christianisme, j'étais tout au plus un sympathisant. Jusque-là je passais plus ou moins pour un catholique, mais dorénavant, sachant que je n'étais pas baptisé, je ne pouvais pas faire semblant de ne pas le savoir.

Je lui ai dit, qu'à cela ne tienne, et si elle se trompait ?

À quel propos ?

À propos de mon baptême. Dans le tumulte de la guerre, pourquoi aurait-il été plus facile d'oublier de baptiser quelqu'un que d'oublier un baptême ?

Elle est restée songeuse, puis elle a dit que c'était exclu. C'étaient des choses qui ne s'oubliaient pas. C'était comme d'oublier son propre mariage.

Je lui ai dit qu'on pouvait tout oublier.

Elle a dit, non, mon garçon, il y a des choses qu'on ne peut jamais oublier. On peut y survivre, les pardonner, les regretter, les réparer, les nier, mais les oublier, jamais.

Je lui ai dit qu'à mon avis, elle se trompait, de telles choses existaient.

Alors c'est qu'on a affaire à un malade, a-t-elle dit. À une personne qui souffre de la plus grave, la plus triste des maladies, la peur de la réalité. Et elle ne croyait pas que moi ou elle-même en souffrions. Nous devions donc en rester au fait qu'elle se souvenait très bien.

À savoir qu'elle s'était trompée jusqu'à maintenant.

Elle m'a dit que j'étais insolent.

Je n'étais pas du tout insolent, bien au contraire, j'étais seulement un innocent entièrement dépendant de sa mémoire. Qui plus est, je l'étais déjà auparavant, car je ne pouvais pas me souvenir de mon baptême, n'est-ce pas ? Je devais croire aveuglément tout ce qu'elle me disait.

Je lui faisais de la peine, elle m'a dit, pauvre enfant, et m'a demandé si je voulais encore une tranche de lard d'Hitler* pour me consoler.

J'ai dit que j'en voulais bien. Erzsike nous en avait apporté, ils le faisaient avec des prunes, ils en avaient plein dans leur jardin. Son mari les avait traitées, mais chez nous, la maladie avait tout détruit car seul mon Père savait comment faire les pulvérisations.

En le posant devant moi, elle m'a dit que j'y avais droit et qu'en même temps je n'y avais pas droit, parce qu'en ce qui concernait la dépendance, ce n'était pas tout à fait comme ça. Qu'on se souvenait de beaucoup plus de choses qu'on n'imaginait, qu'il existait même des souvenirs prénataux.

Comme je m'étais plongé ostensiblement dans des réflexions, elle m'a donné cinq minutes pour deviner ce qu'était le prénatal. Elle a dit qu'en attendant, elle allait allumer la chaudière pour chauffer l'eau du bain. Puis avec une cuillère, elle a sans vergogne coupé un bout de la tranche de pâte de fruits.

Je l'entendais fendre le petit bois sur le carrelage de la salle de bains. Heureusement, juste avant que mon Père ne soit emmené, le vent avait renversé le poirier de derrière, on l'avait débité, on avait ramassé toutes les branches mortes du jardin, de sorte qu'on avait largement assez de bois.

Alors ? m'a-t-elle demandé en revenant.

J'ai trouvé, ai-je dit, mais moi, je n'ai pas de tels souvenirs. La première chose dont je me souvienne, c'est le paon, mais c'est déjà natal.

Un éclair est passé dans ses yeux. Elle a dit qu'avec ce paon, j'avais scié la branche sous ma prétendue dépendance. Car si je me souvenais du paon, je pouvais très bien me souvenir du baptême. S'il avait eu lieu. Mais il n'avait pas eu lieu. J'ai tiré mon assiette vers moi et l'ai couverte avec ma main, parce qu'elle n'était pas du tout en sécurité.

… D'accord, je voulais bien être baptisé, mais c'était elle qui prenait le risque.

* Nom donné par dérision à une pâte de fruits.

Quel risque ?

Celui qu'à mon avis, le double baptême était un péché mortel. Si on ne pouvait pas se marier deux fois, alors on pouvait d'autant moins se faire baptiser deux fois.

Elle se renseignerait, mais elle pensait que se faire baptiser plusieurs fois ne pouvait en aucun cas être un péché mortel.

Finalement, on s'est mis d'accord qu'elle parlerait au curé le lendemain.

Le père András avait dans les quatre-vingts ans, il officiait sur le coteau, dans la petite église des franciscains. Plus exactement, il était le seul franciscain. Depuis que le bâtiment de l'ordre avait été nationalisé en cinquante, les employés des services des eaux y étaient logés. La cellule du père András avait été préservée. Elle n'était pas pratique comme logement, vu qu'elle donnait dans la sacristie. L'église était assez loin, mais nous y montions parfois tous les trois, à Noël ou le Vendredi Saint.

Une fois, le camarade Varga avait dit à mon Père qu'il n'était pas heureux que les membres du corps enseignant fréquentent l'église de la grand-place. Mon Père lui avait répondu, qu'à cela ne tienne, bien que Dieu lui ait dit la veille que le camarade Varga n'était pas heureux d'être secrétaire du Parti.

Alors, le visage cramoisi, Varga avait hurlé, un jour, il t'arrivera des pépins, András. Tu ne sais même pas combien de fois je t'ai défendu. Et quels risques je prends, uniquement par considération pour ton médecin de père.

Qui, n'oublions pas, t'a sauvé la vie, avait dit mon Père.

C'est exact ! Mais toi, tu en profites. Tu veux me détruire !

Et mon Père a dit, d'accord, dorénavant, nous n'irons plus dans cette église. Nous sommes alors montés la première fois sur la colline, chez les franciscains, pour la messe de minuit.

Le père András était sec et impitoyable, il fouettait son monde de toutes ses forces. Ce n'était pas un plaisir de l'écouter. Quand nous mettions nos manteaux avant d'y aller, ma Mère me disait toujours, viens mon garçon, allons prendre quelques claques. Puis en rentrant, on discutait du nombre de gifles qu'on avait reçues. Mon Père essayait parfois de défendre le vieux, disant qu'en fait, il avait raison, mais nous n'entendions pas ses arguments. Qu'on ne vienne pas me faire peur avec les feux de l'enfer à Noël, disait ma Mère. Et surtout pas parce que l'église est vide. Nous, comme des idiots, on y va et aussitôt paf une gifle, pan une autre, alors que ceux qui ont eu la présence d'esprit de rester chez eux y échappent. Mon Père devait admettre que ma Mère disait juste.

Il est vrai qu'en cachette, nous étions reconnaissants à Varga : d'une part, les messes du curé de la grand-place étaient tellement ennuyeuses que même le Christ s'endormait sur sa croix ; d'autre part, le seul problème que nous avions avec les emportements du père András, c'était que nous en prenions pour notre grade. Et pour finir, c'était bien de monter sur le coteau. Surtout en hiver, quand en bas, la grand-place était couverte de boue salée, mais qu'en haut, la neige restait.

Le lendemain, ma Mère est effectivement allée à l'église. Au retour, elle écumait de rage, disait qu'elle n'adresserait plus jamais la parole à ce vieillard sénile. Au lieu d'être content, il l'avait sermonnée. Tout juste si elle n'avait pas eu une claque parce que je n'étais pas baptisé.

Je lui ai demandé ce qu'on allait faire.

Elle m'a dit, rien, elle s'était arrangée pour dimanche matin. On irait, comme ça, ce serait fait.

Je lui ai demandé ce que je devrais faire.

Elle m'a répondu, tu devrais avoir à peu près un an et demi.

Elle était très en colère contre le vieux franciscain.

Le samedi soir, elle a lavé ma chemise blanche, mais celle-ci n'a pas séché. Elle a essayé avec le fer à repasser, et comme il était trop chaud, il a juste jauni le col. Je voulais lui dire de remettre ça à une autre fois, mais je voyais qu'elle avait les yeux dans le vide. Il aurait mieux valu qu'elle soit en colère. Dans ces cas-là, rien de grave n'arrivait. Elle a allumé une cigarette qu'elle a écrasée après quelques bouffées. Puis elle a respiré profondément et est entrée dans la chambre de mon Père.

Il y faisait noir, mais le store laissait filtrer un peu de lumière. Je l'ai entendue appuyer sur l'interrupteur. Puis ouvrir la porte de l'armoire. Puis pousser les cintres sur la barre de laiton. S'arrêter devant certains. Là, c'était le costume gris. Celui-là, c'était le noir. Puis les chemises. Son manteau d'hiver.

Mets-la, mon garçon, a-t-elle dit en me tendant une chemise blanche.

Elle sera sûrement trop grande.

Mets-la, on verra.

Je l'ai mise, elle m'a aidé à boutonner le col.

Elle te va pile poil, a-t-elle dit.

Il faisait beau, c'était un beau dimanche matin de printemps. Les acacias étaient presque en fleurs sur le chemin de l'église des franciscains.

J'aimais cette église, elle était vide comme un hangar. Il y a quelques centaines d'années, les protestants l'avaient badigeonnée à la chaux, et elle était restée ainsi. Seuls le retable et les stations du chemin de croix étaient revenus, ainsi qu'une statue de saint François parlant à des oiseaux imaginaires.

Je suis resté devant l'autel, ma Mère est allée à la sacristie.

J'ai entendu le curé ronchonner, dire que tout ça était contraire aux règles.

Mon mari est en prison, je ne vais demander à personne d'être le parrain, a dit ma Mère. Là-haut, un rayon de soleil a traversé l'œil de Dieu.

Nous nous tenions côte à côte. Moi, dans la chemise blanche de mon Père, ma Mère dans une robe blanche. J'ai baissé la tête, et le père m'a aspergé d'eau au nom du Père, du Fils et du Saint-Esprit. Je me suis rappelé que j'avais oublié de nettoyer mes chaussures. Puis j'ai regardé les pieds de ma Mère qui se tenait à côté de moi, dans ses sandales blanches immaculées sur le carrelage sombre de l'église.

En ressortant du hangar de Dieu, j'ai vu qu'elle était soulagée. Heureuse. Au bout de la promenade, on est allés à la confiserie.

En bas, au coin de la grand-place, un homme venait dans notre direction. En passant à côté de nous, il a dit :

Alors toi, on ne t'a pas enfermée, espèce de putain fasciste ?

Je n'ai pas compris tout de suite ce qu'il avait dit. Quand j'ai eu compris, j'ai voulu lui courir après pour le tuer.

Ma Mère m'a saisi par le bras, tu n'y penses pas, mon fils.

(la mort de Mária)

Mária est morte. Elle ne s'est pas réveillée. La comtesse a attendu jusqu'à sept heures du matin, puis elle s'est assise sur le rebord de son lit et lui a dit, Mária, veuillez vous lever maintenant. Vraiment, il le faut maintenant. Ressaisissez-vous, tout de suite. Vous comprenez ? Tout de suite.

Puis elle est venue chez moi et m'a demandé de descendre au bureau de tabac pour appeler les pompiers. Elle se tenait dans l'embrasure de la porte, un manteau passé sur sa robe de chambre. Elle n'était jamais venue chez moi. Je l'ai fait entrer, elle m'a suivi comme un enfant. Elle s'est arrêtée au milieu de la chambre, ne trouvant pas sa place. Finalement, elle s'est assise sur le tabouret du piano. Je lui ai dit de m'attendre, que je revenais tout de suite.

Le standardiste m'a demandé en quelle qualité j'appelais.

Je suis un voisin, ai-je dit.

La malade n'a pas de famille ?

Elle n'est pas malade, elle est morte.

En tant que voisin, je ne pouvais pas en juger. Pourquoi n'était-ce pas un proche qui appelait ?

Parce qu'elle est sous le choc.

Vraiment ? Et qu'est-ce qui vous le fait dire avec une telle précision ?

Le fait qu'elle est dans ma chambre et qu'elle joue du piano, espèce de connard ! Qu'on entend le Bösendorfer jusqu'au bureau de tabac ! Envoyez-moi un corbillard, bon sang !

Je l'entendais encore dans la cage d'escalier, c'était peut-être du Chopin, je ne m'en souviens plus. Quand je suis entré, elle s'est arrêtée.

Pardon, je ne vous ai même pas demandé si je pouvais.

Bien sûr que vous pouvez.

Donnez-moi une cuillère de sucre, mon cher. Et un verre d'eau.

J'ai tout apporté, elle a pris une cuillère de sucre dans le sachet en papier, l'a avalé, puis elle a bu. Et elle s'est enfin mise à pleurer.

J'ai tellement honte. Tellement honte, a-t-elle dit tandis que ses larmes coulaient sur le col de son manteau par les rides qui partaient de ses yeux.

Pourquoi devriez-vous avoir honte, Éva ?

Parce que j'ai peur.

Tout son corps était secoué de sanglots.

Parce que j'avais demandé à mourir la première. Parce que je pensais que j'y avais droit.

Je suis allé vers elle et l'ai prise dans mes bras.

J'ai si peur, mon Dieu. Et comme j'ai été injuste. Comme Dieu fait bien de ne pas nous écouter.

Quand elle s'est calmée, je l'ai raccompagnée chez elle. Mária gisait comme elle s'était endormie, les mains croisées sur sa couverture à motifs de myosotis. Elle était plus belle, son visage était détendu. Ma pauvre, a dit la comtesse en lui caressant le front.

Je me suis dit que le standardiste avait peut-être raison. Il est possible que nous ne puissions pas en juger. Ni même un médecin. Personne. Que quelque chose nous échappe, tout simplement. Qu'aient raison ceux qui disent qu'elle nous regarde désormais d'en haut, quelque part à hauteur de la tringle à rideaux, puis du plafond taché par les fuites, puis par-dessus les tuiles, puis Dieu sait d'où. Et que plus elle regarde de loin, plus elle voit nettement. Par ailleurs, c'est sur l'infini qu'il est le plus facile de régler la netteté. Et quand elle voit tout, la totalité, alors elle a de la peine pour nous, parce que nous ne savons pas ce qu'elle sait. Elle a de la peine, son cœur se brise. Elle meurt. Elle meurt de toutes les manières. Il faut l'accepter. Elle cesse d'être Mária, si ce n'est pas ici, c'est là-haut, dans la lumière aveuglante. Celui qu'on devient dans le Seigneur ne reconnaît plus celui qui était parmi nous. Il n'a jamais fait brûler une omelette dans cette putain de vie, n'a pas donné de baisers, n'a pas fait affaire avec des fossoyeurs. Il est possible qu'il n'y ait pas meilleur endroit que le cœur de Dieu, si seulement le prix de l'éternité obligatoire n'était pas si effrayant. S'il n'était pas si effrayant de renoncer à quelques années d'automne gris et de printemps lumineux, où je suis malgré tout moi-même.

Le corbillard est arrivé, ils ont emporté Mária. En remplissant le questionnaire, l'homme a demandé à la comtesse quelle était sa relation avec la défunte. Nous étions dans la cuisine, la comtesse fixait du regard la théière en aluminium posée sur le coin du fourneau, elle se taisait.

Finalement, elle a dit, je ne le sais même pas.

Excusez-moi, mais vous devez quand même savoir, moi je dois mettre quelque chose ici, famille, colocataire ou quelque chose.

Je suis sa sœur.

Vous voyez, ça, je peux le mettre. Sœur. Alors toutes mes condoléances.

Je craignais qu'elle ne balance la théière à la tête de ce malheureux.

Merci, merci beaucoup, a-t-elle dit.

Puis ils sont partis.

Vous pouvez vous en aller, mon cher. Vous n'avez sûrement pas encore dormi.

Je vous apporte quelque chose du magasin ?

Non, il reste encore des légumes d'hier. Elle avait fait la cuisine pour deux jours, elle savait que je ne jetterais rien.

D'accord, je viendrai dans l'après-midi.

Venez quand vous voulez, mon cher. Je vais bien, j'ai accepté. C'est dur tant qu'on n'a pas compris que dorénavant, telle est la réalité.

Après c'est plus facile ?

Bien sûr que c'est plus facile. Accepter et se résigner. Concevoir la chose, tout simplement. Le plus problématique avec la réalité, c'est qu'elle est parfois inconcevable. Mais Dieu merci, j'y réussis assez bien.

Pas moi.

Je le sais, mon cher.

Rentré chez moi, j'ai fermé les volets et me suis couché. J'ai rêvé qu'un hibou de Bohême volait dans ma chambre.

(l'accident)

Un jour, alors que je me promenais en direction du pont Marguerite, la façade vitrée de la gare de l'Ouest a volé en éclats. En reculant, un train avait emporté le butoir, défoncé la façade et labouré le boulevard presque jusqu'aux rails du tram. Personne n'était mort, mais à ce moment-là, je ne pouvais pas le savoir. Arrivé sur place, j'ai vu que le wagon était vide, le haut-parleur avait averti les gens à temps qu'un train avait déraillé, la seule dame blessée avait déjà été prise en charge, on attendait les secours.

J'avais mon appareil sur moi, ce qui n'avait rien d'extraordinaire, c'était pratiquement toujours le cas. Comme mon Père et sa canne. Oui, je crois que c'est ça. Un objet qui devient un membre dont on a un peu honte. Et quand on en a très honte, on en arrive presque à s'en vanter. Mais avant tout, il donne de l'assurance. Canne, lunettes, valves cardiaques artificielles, appareil photo – selon la maladie qu'on a.

Comme je l'ai dit, il y avait un wagon en travers du Grand Boulevard. Les gens s'étaient déjà dispersés. Ils s'y étaient habitués en quelques secondes. Le kiosque à journaux a repris ses activités. Quelques personnes attendaient le tramway, un train déraillé derrière eux. J'ai regardé dans le viseur. Je l'ai réglé sur l'homme qui lisait son journal au bord du trottoir, adossé au train. Mais j'étais tout simplement incapable d'appuyer sur le déclencheur. Pourtant je savais que si j'apportais cette photo à un journal, je ne devrais plus jamais aller la nuit à l'imprimerie. Qu'elle aurait sa place l'année suivante dans une exposition. Je n'avais rien de commun avec ce train déraillé. Excepté le fait que j'étais passé par là. Il était tout simplement entré dans ma vie. C'est alors que je me suis rendu compte que, depuis Johanna Vészi, je n'avais pas pris une seule photo.

(le château)

Il ne s'est pas passé grand-chose avant le cancer de mon Père.

Ou plutôt si.

Un jour, en rentrant, j'ai vu Antal Lovas, Kőszegi et Pál Demjén dans la chambre de mon Père. C'étaient ses anciens camarades de cellule. Lovas lui avait sauvé la vie alors qu'il vomissait et chiait depuis des jours tout ce qu'il avalait à cause d'une intoxication. Ils avaient demandé au gardien d'appeler un médecin. Le gardien avait dit qu'il avait un meilleur traitement, et il a donné à mon Père quelques coups de pied dans le ventre. Puis il a dit, maintenant, chie-moi ça, si tu peux. Alors Lovas a demandé à quelqu'un de voler du marc de café desséché et des pommes de terre carbonisées dans la poubelle de la cuisine, et de cette manière, au bout de deux jours, mon Père a cessé de se vider de son eau.

Kőszegi avait déjà été incarcéré comme communiste sous Horthy, alors qu'il était encore presque un enfant. Puis il avait été prisonnier de guerre en Sibérie. Puis il avait fait de la prison sous Rákosi, comme anticommuniste. Puis en cinquante-six, il avait organisé l'approvisionnement en essence pour les cocktails Molotov. Il avait échappé à la peine capitale grâce à un concours de circonstances. Son camarade qui aurait pu témoigner contre lui était mort pendant son interrogatoire. De cette façon, il s'en était sorti avec trois ans, en tant que brancardier.

À la base Demjén était comédien. À vrai dire, il n'avait rien fait, il s'était tout simplement trouvé au mauvais endroit au mauvais moment. Et puisqu'il était là, comme tous les acteurs de second plan, il avait dit qu'il était comédien et récité le *Debout Hongrois*. Selon mon Père, il avait essayé de passer ses dix-huit mois de prison à dormir, ce qu'il avait plus ou moins réussi. Il avait été libéré parmi les premiers et, au moment où ses compagnons de cellule sont enfin sortis, il était déjà en train d'écrire ses mémoires. Pas sur papier, c'était trop risqué, mais dans sa tête. Plus précisément, il les écrivait, les apprenait par cœur, les brûlait, les apprenait par cœur, les brûlait. Il amassait les cendres dans un vase de Zsolnay. Même le Bon Dieu n'aurait pu lui faire lâcher son cinquante-six. Parfois, pour les dilettantes, il n'y a pas de plus grand bonheur qu'une révolution réprimée.

En enlevant mon manteau dans l'entrée, j'ai entendu mon Père dire :

Non, Pali, je ne le ferai pas. Je ne peux pas le faire.

Il y a quelqu'un dans l'appartement, a dit Kőszegi.

C'est juste mon fils qui vient de rentrer, a dit mon Père.

Lovas était assis dans le fauteuil, en face de mon Père, les deux autres, sur le lit. Je les avais déjà rencontrés tous les trois séparément, mais je ne les avais jamais vus ensemble. Il y avait sur la table basse des verres, deux bouteilles de vin et des petits gâteaux. C'est là que je me suis rappelé qu'on était le vingt-trois octobre*. Je me suis demandé si j'allais leur dire bonjour ou s'il valait mieux ne pas les déranger. Je n'avais rien contre Demjén, mis à part qu'il était ridicule, ce qui faisait que je me sentais affreusement mal en sa compagnie. Je ne voulais tout simplement trouver personne ridicule. Une fois, après notre arrivée à Budapest, on était allés chez eux. Il nous avait montré le vase de Zsolnay, avec les cendres de *La révolution jetée au feu*. Il y avait dessus une feuille de cellophane attachée avec un élastique, pour qu'il ne prenne pas la poussière. Puis il avait récité quelques extraits de ses mémoires. J'avais vu que mon Père était aussi mal à l'aise que moi. Ce sera formidable, mon cher Pali, il faut le finir, tout ce qui parle de cinquante-six est important,

* L'insurrection de Budapest a éclaté le 23 octobre 1956.

bon, merci Klárika pour le dîner, on avait tellement envie d'un vrai repas, mais on ne va pas tarder à y aller.

Sur le chemin du retour, je lui ai demandé s'il croyait vraiment que tout était important, même la confiture de cendres sous cellophane de Demjén.

On s'est arrêtés, il a allumé une cigarette.

À vrai dire, oui, je le crois vraiment.

Moi, je ferais un tri.

C'est justement pour ça que c'est important. Pour avoir de la matière à trier, mon fils. Qui se souvient de quoi, et comment il le fait, est presque secondaire, l'important, c'est de se souvenir. On s'étripe tout au plus pour le comment. Mais ce dont on n'a pas le souvenir n'existe pas.

Je ne sais pas, c'est peut-être mieux si on ne s'étripe pas, ai-je dit.

En gros, c'est le raisonnement de ce maton de Kádár, mon fils. Faire oublier. Et bien sûr faire pendre ceux qui pourraient nous empêcher d'oublier.

Je me suis tu. Je savais qu'il n'avait pas raison. Qu'il existait un autre choix. Le fait que je ne sache pas une chose ne l'empêche pas d'exister. Il faut qu'elle existe. Il était déjà tard, on attendait le tram depuis une éternité. Il a fini par arriver, on a réuni la monnaie pour le ticket. On s'est tus jusqu'à la maison.

C'était plutôt à cause de Kőszegi que j'ai décidé de ne pas y aller. Il était intelligent, calme, réfléchi et impitoyable. Le seul révolutionnaire parmi eux. Le genre à labourer même les cimetières pour semer les graines du nouveau monde en cas de victoire.

On était allés chez lui après avoir emménagé à Budapest. Il vivait seul, il ne voulait faire prendre de risques ni à une femme ni à un enfant. Il habitait quelque part à Buda, dans une pièce qui avait servi de buanderie. Tout était propre et bien rangé, il cuisinait bien, il avait mis une nappe blanche sur la table et des fleurs coupées dans un vase rouge. Il veillait jusqu'à l'obsession à ce qu'il n'y ait aucune trace de ce malheur moisi qui s'installe en général dans les logements des vieux garçons, des veufs et des divorcés. J'étais sûr qu'il n'avait jamais fait brûler quatre ailes de poulets au point de devoir aérer ensuite pendant quatre jours. J'étais sûr que, même quand il n'avait pas d'invités, il mettait la table et ne mangeait pas la charcuterie dans son papier d'emballage trempé.

Et je voyais de l'admiration sur le visage de mon Père. Je voyais qu'à cause des fleurs dans un vase, d'un mégot qui pendouillait nonchalamment au coin des lèvres, des œuvres complètes de Lénine et de Staline qui occupaient la moitié des murs, il croyait tout ce que disait cet homme, lui pardonnait et lui permettait tout.

Je le voyais acquiescer sans un mot quand Kőszegi citait ces merdes comme un curé qui se contente de dire Luc neuf-onze. Car il faut connaître l'ennemi. Je le voyais réfléchir sur un lieu commun entendu mille fois. Je le voyais se réjouir que Kőszegi m'ait parlé comme si j'avais fait trois années de taule moi aussi. Qu'à cause de ses trois années à lui et de la mort de ma Mère, il me prenait en considération.

Je me suis mis à le détester quand il a dit à mon Père : Aucune victime n'est superflue, András. Plus on nous enferme, mieux ça vaut pour nous, à long terme. Mais en ce qui te concerne, à titre d'exception, je crois que tu aurais dû rester à la maison, la conscience tranquille. À part ta vanité, personne n'attendait de toi que tu participes aux combats de rue avec ta béquille.

J'avais envie de renverser sur lui sa table, avec sa nappe blanche. Je regardais mon Père, j'attendais qu'il dise quelque chose. Qu'il dise quelque chose à ce tas de merde.

Et mon Père, le regard perdu dans le vide derrière les fleurs coupées, a dit, je sais János, tu as raison.

En rentrant, j'ai dit à mon Père que je ne voulais plus jamais voir cet homme. Il m'a répondu qu'il savait très bien pourquoi, et qu'il me comprenait, mais que cela ne changeait rien au fait qu'il avait raison, qu'il disait vrai. Et que cette vérité ne changeait plus rien à rien. Que sa décision de monter dans cet autobus ait été juste ou non, elle avait décidé du reste de sa vie. Et Kőszegi, avec ses vérités impitoyables, faisait partie de cette vie au même titre que Demjén avec ses mémoires de dilettante. Pourtant depuis la prison, il était tout à fait clair à ses yeux qu'aucun de ceux qui étaient montés dans ce bus ne voulait aller dans la même direction.

Il y a quelqu'un dans l'appartement, a dit Kőszegi.
C'est juste mon fils qui vient de rentrer, a dit mon Père.
Pourquoi tu n'acceptes pas ? Tu as peur ?
Oui, j'ai peur, mais pas de ce que tu crois.

J'ai refermé doucement la porte de ma chambre. Je savais très bien que ma Mère avait eu raison en disant, tu te trompes mon fils, ce n'était pas vain, si un jour on peut vivre dignement dans ce pays, ça sera grâce à ton père et à ses camarades. Je savais de manière incontestable que c'était la vérité. Mais ça m'étouffait de la même manière que la vérité incontestable de Kőszegi disant à mon Père qu'il aurait mieux fait de rester à la maison.

Alors, tu as peur de quoi, a demandé Demjén.
Du fait que les plus chanceux d'entre nous seront ceux qui mourront avant que ce bordel de communisme se termine.
Je ne te reconnais pas, András.
Alors retiens bien ce que je vais te dire : si vous en vivez la fin, vous deviendrez fous, tous autant que vous êtes. Et si moi-même je suis encore en vie, je deviendrai fou moi aussi.

Je me suis allongé et j'ai essayé de terminer enfin *Le Château*.

C'est un peu court, tu pourrais développer, a dit Lovas.
D'accord. À ton avis, quand est-ce que tout ça finira ?
Je ne donne pas dix ans à ce système. Économiquement, il ne peut pas tenir.
Eh bien moi, ça ne me paraît pas impossible. À mon avis, il va de mieux en mieux, il vous remercie.

“Et quand bien même je ne dirais pas la vérité, ai-je à t’en rendre compte ? Et en quoi ne la dis-je pas ?
— Tu n’es pas une simple hôtelière, comme tu le prétends.
— Voyez-vous ça ! Le beau je-sais-tout*.”

L’Amérique ne le permettra pas, a dit Demjén.
Qui ça ? J’ai le souvenir qu’ils ont laissé entrer les Russes.
C’était un cas de force majeure, c’était en même temps que la crise de Suez, a dit Demjén.
Mon cher Pali, ne sois pas infantile, tu le crois vraiment ?

“Ce que tu es d’autre je n’en sais rien. Tout ce que je vois, c’est que tu es hôtelière et que tu portes des toilettes qui ne sont pas faites pour ce métier.”

Oui, c’était un malheureux concours de circonstances. Le monde entier était révolté de ce qui nous arrivait.
Tout au plus la moitié du monde. Et selon toi, nous, c’était qui ?
Toi, par exemple.
Oui, moi aussi, je le pense. Antal, János, toi et moi. Moins de six ans auront suffi à pouvoir nous énumérer tous en dix minutes.

“Tu es peut-être seulement comme un enfant qui a appris quelque sottise et que rien ne peut empêcher de la dire. Eh bien, parle ! Qu’ont mes toilettes ? Que leur trouves-tu de particulier ?
— Tu m’en voudras si je le dis.
— Non, j’en rirai.”

L’Amérique va mettre les Russes à genoux par l’économie, c’est ça la guerre froide, András. L’économie. Personne ne va balancer des bombes atomiques, a dit Lovas.
C’est bien ce que je dis, a dit mon Père. Alors prends une feuille de papier à carreaux et calcule jusqu’à quand on pourra se payer les ragoûts du dimanche malgré les grandes intentions

* Les extraits du *Château* sont traduits par Axel Nesme, *in* Kafka, *Récit, romans, journaux*, Paris, La Pochothèque, 2000, p. 1461-1462.

de l'Amérique. Tu verras très précisément que rien ne changera ici en l'espace d'une vie.

“Ainsi, nous y voilà. Mes robes sont démodées, surchargées, et puis quoi encore ? Et d'où le sais-tu ?
— Je le vois.”

Pas besoin pour ça ni de l'Amérique ni de la guerre froide, chaque dictature se broie elle-même de l'intérieur, a dit Kőszegi.
Non, János, malheureusement là, tu te trompes, a dit mon Père. Pas chaque dictature, mais chaque système, y compris la démocratie athénienne.

“Tu le vois ; tu le vois tout court ; il te suffit de tes yeux ; tu n'as besoin de demander nulle part, tu sais d'instinct ce qu'exige la mode. Sais-tu que tu vas m'être précieux ! Tu vas me devenir indispensable, car j'ai un faible, je l'avoue, pour l'élégance.”

Voilà pourquoi justement cette organisation est nécessaire, a dit Demjén. Justement pour ce que tu dis. Car il faut quelque chose pour les broyer.
Il y a déjà une organisation, elle s'appelle la Garde Ouvrière. Tu as pensé à quelque chose comme ça ? a demandé mon Père.
Garde tes remarques cyniques pour toi !
Comme tu voudras. Par contre, ne me propose pas de la merde au miel pour le dîner.
De la merde au miel ? Tu… tu m'accuses de quoi avec tes sous-entendus ? De ça ?
Mon cher Pali, je ne vais pas te faire le plaisir de t'accuser de ça. Malheureusement, tu n'es pas un mouchard, mais un sot. Je dois le dire autrement ? Un imbécile.
Tu étais déjà arrogant et prétentieux en prison ! Seulement là-bas, il fallait bien te le pardonner !
Je suis désolé, mon cher Pali, mais c'est la vérité.
Je ne suis pas ton cher Pali !
J'ai entendu claquer d'abord la porte de sa chambre, puis la porte d'entrée.

“Voilà mes robes, ces toilettes démodées, ces habits surchargés suivant ton expression. Et il n’y a là que celles qui ne peuvent pas tenir dans ma chambre ; j’en ai encore là-haut deux armoires qui sont pleines, deux armoires dont chacune est presque comme celle-ci. Tu es étonné ?

— Non, lui répondit K., je m’attendais à quelque chose de ce genre. Je disais bien que tu n’es pas une simple hôtelière ; tu cherches autre chose que l’hôtellerie.”

Je reconnais, András, que l’organisation n’était pas une si bonne idée, mais elle n’était pas si mauvaise non plus. Finalement, quel est ton problème avec Pali ? a demandé Lovas.

Tu veux le savoir ? Tu veux vraiment le savoir ?

À vrai dire, moi, je suis plus curieux de savoir pourquoi on devrait devenir fou si on survit à Kádár. Parce que Demjén est effectivement bête, mais tu as oublié d’expliquer pourquoi, a dit Kőszegi.

Tous simplement, János, parce que dans une génération encore, nous aurons les mêmes attentes qu’il y a six ans. Et nous cracherons sur nos petits-enfants qui voudront tout autre chose. Et eux, ils cracheront sur nous. Et là, nous deviendrons fous.

“Je ne cherche rien ; je ne cherche qu’à être bien mise, et tu es un fou ou un enfant, ou un homme méchant et dangereux. Va-t’en, et dépêche-toi de filer.”

C’est nous qui éduquons nos petits-enfants, a dit Kőszegi.

Moi peut-être, mais toi, sûrement pas, a dit mon Père.

Si je le vois bien, même ton fils se fout qu’on soit le vingt-trois aujourd’hui.

Bon, j’en ai un peu marre de tout ça, a dit Lovas. Visiblement vous, vous n’avez pas besoin de survivre à Kádár pour devenir fous.

Tu as raison, Tóni, allons-y.

Je suis désolé de t’avoir blessé, je demanderai aussi pardon à Pali, mais c’est vraiment ce que je pense, a dit mon Père.

Oui, je le sais, pas de problème. Bon, allons-y, a dit Kőszegi.

Dieu te garde, a dit Lovas.

“K. était déjà dans le couloir, quand l’hôtelière cria encore :
— Demain j’aurai une nouvelle robe, je t’enverrai peut-être chercher.”

J’attendais qu’il commence enfin à ramasser les verres. Qu’il ouvre la fenêtre, aère, ou prenne son manteau et parte. Qu’il les suive, ou se soûle quelque part. Qu’il fasse quelque chose enfin, n’importe quoi, mais ne reste pas assis là sans bouger. Ou au moins d’être moi-même capable d’aller le voir et lui dire seulement qu’il avait raison.

(l’enterrement de Mária)

La comtesse avait décidé de faire enterrer Mária dans la crypte familiale des Szendrey. Son parent suisse s’est fâché et a cessé d’envoyer des colis. Le parent berlinois est venu à l’enterrement. Walter Ulbricht a fait beaucoup de bien aux Berlinois de l’Ouest en les emmurant. Ça fait du bien de ne pas être tout simplement libre, mais d’être confronté tous les jours à ça. Ça permet de ne pas oublier que la liberté n’est pas une évidence.

Je l’ai accompagnée au cimetière, il pleuviotait, je tenais le parapluie, elle m’a pris par le bras. Nous cherchions les fossoyeurs. On nous avait dit au bureau qu’ils étaient quelque part vers l’hippodrome, qu’il fallait se mettre d’accord avec eux. Deux enfants juchés sur une tombe regardaient les chevaux par-dessus le mur.

L’allée principale avait été balayée, mais là, dans les allées situées en bordure du cimetière, on avait des feuilles mortes jusqu’aux chevilles. Une toile d’araignée humide s’était collée sur ses genoux, elle l’avait enlevée, mais elle s’est alors collée sur sa main. Pourriez-vous me débarrasser de cela, mon cher ?

Bien sûr, ai-je dit, et la toile est passée de sa main sur la mienne. J’ai fini par l’étaler sur un tronc d’arbre.

Il faut dire que cette chose qu’on appelle la nature n’est pas aussi appétissante de près que vue du haut de la colline, a-t-elle dit.

Moi, j’aime plutôt.

Moi, ce n'est pas que je l'aime, mon cher, je l'adore. Il n'y a pas si longtemps, quand j'étais adolescente, c'était l'expression de ma révolte contre les valeurs de ma mère.

Votre famille n'appréciait pas les toiles d'araignées ?

Je dirais plutôt que ma mère considérait le contact avec la nature comme une perversion de la haute société. Disons à sa décharge qu'elle attribuait à la mauvaise conscience de l'aristocratie toutes les activités qui allaient de la chasse aux papillons jusqu'à la découverte de tribus primitives. Elle partait du principe que les papillons n'aiment pas être chassés, ni les tribus primitives, découvertes.

Il y a du vrai là-dedans. Pourquoi vous étiez révoltée contre ça ?

Parce que je partageais l'opinion de mon père qui prônait le caractère merveilleux de la découverte.

Ce n'est pas facile de vivre dans une famille aussi divisée.

Vous ironisez, mon cher, mais effectivement ce n'est pas facile. Surtout si on part avec son père faire une promenade en forêt pour ne pas déranger sa mère qui reçoit l'ami de la famille.

Hum… Et vous le saviez ?

Bien sûr que je le savais. Un enfant n'est ni idiot ni aveugle. Même s'il lui faut un certain temps pour comprendre que son père n'est pas un saint non plus et que sa mère n'est pas une sale putain, oh, pardon.

Pas de problème… Et pourquoi votre père préférait-il les promenades en forêt ?

Parce qu'il partait du principe, à juste titre, que ma mère n'était pas une…, vous savez hélas à quoi je pense, mais qu'elle était tout simplement malheureuse. Et ça, il n'y pouvait rien.

Dans ces cas-là, les gens divorcent, ai-je dit.

Ou jouent aux cartes, ou se suicident, ou prennent une maîtresse, ou ramassent de la mousse. Il avait choisi cette dernière possibilité. Il avait découvert, avec mon aide, deux variétés de mousse jusqu'alors inconnues. C'était un amoureux des mousses et des lichens.

Et quand est-ce que vous avez découvert que votre père n'était pas un saint et que votre mère…

Un peu trop tard, mon cher. Au moment où j'ai acquis la certitude de ne pas être comme ma mère, hélas.

Et qu'est-ce qui vous avait fait penser que vous l'étiez ?

Regarder un tableau ou lire un poème et voir que les hommes vous trouvent plus belle que votre magnifique maman, et en plus, voir votre maman échanger des bisous avec quelqu'un, ça donne des certitudes.

Qui vous concernent ?

Qui d'autre ? Notre maman ne peut pas être pire que nous, parce qu'il n'y a rien de plus terrible. C'est une vérité indépendante de la classe sociale, mon cher. Si notre maman a incontestablement des amants, et qu'en plus nous sommes incontestablement attirés par certains hommes, nous est-il possible de ne pas en conclure que la prostituée de Babylone s'est incarnée en nous ?

Non.

Vous avez compris. Nous ne pouvons pas mépriser maman pour l'avoir vue, n'est-ce pas ? Par contre, nous avons la possibilité de nous mépriser nous-mêmes cent fois plus. Et ainsi, le problème est réglé. Et si en plus, on peut prendre papa pour un saint parce qu'il ramasse de la mousse plutôt que de rosser maman et l'ami de la famille, alors c'est décidé, nous n'allons jamais détruire la vie d'un homme. Nous allons, nous aussi, ramasser de la mousse chaque fois que nous sentirons la prostituée de Babylone se réveiller en nous.

C'est pour ça que vous ne vous êtes pas mariée ?

C'est cela, mon cher.

Et quelle est la fin de l'histoire ?

Quelle question ! Nous revenons du caveau familial, n'est-ce pas ? Ma mère et mon père reposent côte à côte dans la paix éternelle. Quant à moi, j'ai détruit la vie de quatre hommes, complètement, définitivement. Non que j'aie eu des amants, mais parce que je n'ai pas osé les aimer.

Nous nous sommes tus. C'était l'heure du repas, les quatre fossoyeurs cassaient la croûte sous l'auvent d'une crypte.

Bref, veillez, mon cher, à ne pas être le suivant, a-t-elle dit.

Je prends le risque. Je pense que ça vaut le coup.

C'est très flatteur de votre part, mais malheureusement, vous vous trompez. Ça ne vaut pas le coup. Si la vieille femme expérimentée que je suis peut vous donner un conseil, évitez de loin les femmes qui ne se donnent pas entièrement. Peu importe pourquoi elles n'en sont pas capables, mais si c'est le cas, prenez vos jambes à votre cou.

Je suivrai votre conseil.

J'espère bien. Par contre, si elle se donne, entièrement, comme il faut, la pauvre, alors je vous prie de la respecter. Bon, allons-y, je dois encore négocier avec ces messieurs.

Avec sa tête de souris, le plus petit des quatre fossoyeurs était le chef. En tout cas, c'était lui qui s'était levé à notre arrivée. Il s'est essuyé la main dans son pantalon avant de nous la tendre. La comtesse lui a dit qu'il s'agissait d'ouvrir la crypte Szendrey. Pour dimanche.

Pas facile d'ouvrir cette crypte, m'dame.

Pas facile, ça veut dire quoi exactement ?

Ça veut dire, m'dame, que ça fait beaucoup de travail. Bien sûr si vous ne voulez pas que par malchance le marbre se brise. Et ça, vous ne le voulez pas, je pense.

Vous pensez juste. Alors passons aux corollaires.

Au quoi, m'dame ?

Au prix.

Ah oui, le prix. Parce que, vous voyez, il y a le prix officiel et le prix normal.

Ce dépouilleur de cadavres me nouait l'estomac.

Pourrais-je vous demander ce que l'administration pense du prix normal ? ai-je dit.

Nous allons discuter de cela avec ce monsieur, tenez seulement le parapluie, mon cher, m'a dit la comtesse en me serrant le bras comme le faisait ma Mère quand ce qu'il ne fallait pas dire devant quelqu'un m'avait échappé. Mon cher monsieur, ne me dites même pas le prix officiel, j'ai horreur de tout ce qui est officiel. Donnez-moi le prix normal.

Bien dit, m'dame, je vois qu'on va s'entendre.

Mais bien sûr qu'on va s'entendre. Alors, ça va coûter combien pour que le marbre ne s'abîme pas ?

Eh ben, vu qu'il y a presque plus de travail qu'avec une nouvelle tombe, ce qui fait officiellement quatre cents…

Oh, ne vous ai-je pas dit tout à l'heure que je ne voulais même pas entendre le prix officiel ?

… Quatre cents, a-t-il lâché. Ça fait, vous voyez, pour nous quatre, vous voyez, cent chacun, vous voyez.

Formidable. Moi, j'avais pensé à une bouteille de whisky pour vous quatre et un paquet de cigarettes américaines chacun.

Affaire conclue, m'dame.

Comment avez-vous fait ? lui ai-je demandé quand nous sommes arrivés dans l'allée principale.

Fait quoi ?

Ça, le whisky et les cigarettes.

Vous vivez où, mon cher ? Vous n'êtes jamais allé dans une administration, chez le médecin, à la police ?

Si. Mais je serais incapable de faire ça.

Alors vous devez impérativement apprendre à le faire. Le curé, par exemple, je lui proposerai deux boîtes de cacao hollandais. Les curés adorent le cacao.

Le dimanche matin, elle m'a demandé de rester à côté d'elle, car elle voulait pouvoir s'appuyer à mon bras si nécessaire. Je lui ai dit que, bien sûr, je resterais à côté d'elle. Nous avons pris le taxi, il nous a amenés jusqu'au funérarium. Je n'en croyais pas mes yeux, il y avait déjà au moins cinquante personnes autour du bâtiment. Des vieux pour la plupart, mais il y en avait aussi de mon âge. J'ai reconnu deux ou trois visages, j'avais dû les voir dans un film ou dans un journal, mais la plupart m'étaient inconnus. Le temps que le curé dise la prière, nous étions déjà au moins une centaine. Personne n'a prononcé de discours. À un enterrement normal, ceux qui sont plus loin bavardent, et ceux qui sont plus près pleurent. Ici, mis à part les condoléances qu'ils ont exprimées à la comtesse, personne ne parlait à personne. Nous sommes allés du funérarium jusqu'à la crypte comme si nous participions à une manifestation silencieuse.

Ça m'a fait de la peine. Je me suis dit que parmi ces gens, je n'en avais jamais vu aucun dans notre immeuble. Aucun n'avait jamais proposé de porter le filet non seulement de Mária, mais pas non plus celui de la comtesse. Je me suis dit qu'ils n'étaient pas venus à l'enterrement de Mária, mais que, vêtus de noir de la tête aux pieds, une fleur blanche à la main, ils portaient le deuil de leurs propres Mária perdues. Puis je me suis dit que je n'avais pas raison. Que sûrement personne ne leur proposait de porter leur filet, qu'ils ne l'attendaient même plus, et que ce silence était destiné à leurs Mária d'antan. Et qu'ici, maintenant, il ne devrait y en avoir que pour elle, qui avait passé de son plein gré cinquante ans au service de la famille Szendrey sur les quatre-vingt-deux qu'avait duré sa vie.

À droite, une comtesse, à gauche, une domestique, au milieu, une pièce d'échecs chinois.

Allons-y, mon cher, ramenez-moi à la maison pour que je puisse enfin pleurer.

(le recrutement)

La neige tombait à gros flocons. Je regardais par la fenêtre la rue Szív passer du gris au noir et blanc. Le vent faisait entrer quelques flocons dans ma chambre. En bas, une voiture passait de temps en temps, les traces des pneus disparaissaient comme des traces de condensation. Au loin, à gauche, quelqu'un venait de l'avenue de la République-Populaire. Il titubait un peu, ou peut-être glissait tout simplement. Parfois, il s'arrêtait. Il tenait un sac au-dessus de sa tête pour se protéger. Il était déjà presque devant le bureau tabac quand j'ai compris que c'était Kornél. Je croyais qu'il avait bu. Avec cette posture voûtée, cette démarche hésitante, même avec son manteau et le sac en cuir abîmé par endroits que lui avait donné son père, il ne se ressemblait pas à lui-même.

J'ai ouvert la porte et l'ai regardé tapoter son manteau pour en faire tomber la neige.

Il n'était pas éméché, mais épuisé. Ou tabassé. Ou je ne sais quoi.

Qu'est-ce qui s'est passé ? lui ai-je demandé.

Rien.

C'est bien. Il n'y a rien de tel.

Laisse-moi entrer, enfin, et fais-moi un café.

D'accord. Entre, je vais faire un café.

Nous sommes allés dans la cuisine, il s'est assis, j'ai mis l'eau à chauffer. Le joint de la cafetière était brûlé depuis des mois, j'avais oublié d'en racheter un, et quand par hasard j'y pensais, aucun magasin n'en avait.
Et donc ? ai-je dit.
Ne me presse pas.

D'accord. Je me suis assis et on a attendu que l'eau se mette enfin à bouillir. Puis j'y ai versé le café, j'ai mélangé pour que ça ne déborde pas.
Je sais que tu vas te fâcher à mort.
Tu as certainement raison, en général, tu sais ce genre de chose.
Il a sorti un dossier de son sac et l'a posé sur la table.
Voilà, a-t-il dit.
C'est quoi ?
Le recueil.
Enfin !
Moi, je ne suis pas si content que ça.
C'est ton problème, mais ne me gâche pas mon plaisir à moi. Pourquoi je devrais me fâcher à mort ?
Parce que c'est seulement maintenant que je te le montre.
Seulement maintenant par rapport à quoi ?
Par rapport au fait que je l'avais déjà envoyé à l'éditeur.
Tu viens ici avec le recueil que tu avais envoyé et tu crois que je vais me fâcher ?
Excuse-moi, mais tu es vraiment complètement idiot. Ça en devient vexant. Ce n'est pas le livre que j'ai envoyé, mais celui qu'on m'a retourné.
Ne me dis pas qu'ils te l'ont rendu.
Ils ne me l'ont pas rendu, je l'ai repris.
Bon, buvons le café, parce que là, c'est un peu trop pour moi.
Pour moi aussi, mais pas de la même chose que toi.
Et tu peux me dire pour quelle raison à la con tu l'as repris ?
Parce qu'hier, Tófalvi m'a invité à prendre une bière avec lui.
C'est qui, Tófalvi ?
Celui qui m'a mis un zéro en linguistique l'année dernière.

Et il voulait quoi ?

À vrai dire, il ne m'avait pas invité à prendre une bière, mais à dîner. À la Cave du roi Matthias.

Joue violon !

C'est à peu près ça.

On joue aux devinettes ?

Oui.

En guise d'entrée, il a fait son *mea culpa*, disant qu'il n'avait pas compris à temps qu'il se ridiculisait en te faisant redoubler.

C'était plus long, mais en gros c'était ça.

Et quel était le plat principal ?

Mon recueil.

Comment ça, ton recueil ? Je ne vois pas le rapport.

La maison d'édition le lui avait envoyé pour lecture. Il fait parfois des notes de lecture. Ou de censure.

C'est donc un si gros bonnet, Tófalvi ?

Oui.

Moi qui croyais que ça prenait des mois pour qu'un manuscrit se retrouve sur la table d'un éditeur.

… Je l'avais déjà envoyé en août.

Va te faire foutre.

Je t'avais dit que tu allais te fâcher.

Je ne suis pas fâché. Continue.

Mais si, tu es fâché. Et tu as sûrement raison, mais je ne voulais pas te le montrer avant qu'il soit accepté.

Continue plutôt.

Et donc, ils l'ont envoyé à Tófalvi.

Et alors ?

Il m'a baratiné pendant une heure, disant que voilà la poésie dont la littérature hongroise avait besoin, et pas de toutes ces fadaises folkloriques ou réalistes socialistes.

C'est lui qui a dit ça, fadaises réalistes socialistes ?

Oui. Et aussi fadaises surréalistes. Et chrétiennes.

En un mot, la poésie hongroise dans son ensemble est un tas de merde, et toi, tu vas la sortir de l'impasse. C'est une proposition assez correcte de la part d'un censeur.

C'est ça.

La porte d'entrée s'est ouverte, mon Père a frappé du pied pour faire tomber la neige. J'aurais préféré qu'à cause de la neige, il mette plus de temps à rentrer. Quand il discutait avec Kornél, ça me gênait autant que ça gênait celui-ci quand moi, je discutais avec son père. On n'entendra jamais dans les propos de nos pères ce qui est clairement audible pour les autres. Et leur surdité est irritante, parce qu'ils n'entendent jamais ce que nous entendons précisément depuis des années. Mais le plus irritant, c'est que notre voix se déforme en présence de nos pères. Nous faisons des fausses notes. Bien sûr, parfois, rarement, il y a des exceptions. Et là, heureusement, c'en était une. Mais la plupart du temps, les discussions deviennent telles qu'on n'arrive pas à décider si c'est le soliste qui joue lamentablement ou si c'est la volonté du compositeur. De ce fait, on est gêné non seulement pour le soliste, mais aussi pour le compositeur et nous-mêmes.

Mon Père a demandé si ça nous dérangeait qu'il prenne un café avec nous. Je lui ai répondu que non. Il s'est servi une tasse, puis s'est mis dans l'embrasure de la porte. Kornél s'est levé pour lui céder sa place, et du coup j'ai eu honte en me rendant compte que nous n'avions en tout et pour tout que deux chaises dans la cuisine. Je me suis excusé et j'ai apporté le tabouret du piano. Kornél a dit en quelques mots que nous étions en train de parler du professeur qui l'avait fait redoubler. Et qu'il avait dîné avec lui la veille.

Ce sont des choses qui arrivent, a dit mon Père.

Alors après le redoublement, tu es devenu son préféré, ai-je dit.

En gros, oui. Ou même pas en gros. Le livre devait paraître l'année prochaine.

Tu plaisantes, ici, même un poète de cour doit attendre cinq ans.

Je ne plaisante pas.

Mon Père a dit qu'il faudrait plutôt s'en réjouir.

Malheureusement, je ne peux pas m'en réjouir.

Et pourquoi au fait ? Quel était le dessert ? ai-je demandé.

Il s'est tu. Puis il a dit : Ça.

Je savais très précisément ce que signifiait ce ça, mais je ne voulais tout simplement pas l'admettre.

Quoi ?

Je viens de le dire, ça.

… Et comment il t'a présenté la chose ?

À vrai dire, il ne l'a pas fait du tout.

Alors je ne comprends pas, ai-je dit.

Il n'y a rien qu'on ne puisse comprendre. Tófalvi est plus intelligent que ça. Il est évident qu'il ne va pas sortir au beau milieu de la Cave du roi Matthias un papier du ministère de l'Intérieur pour me le faire signer.

Quand est-ce que tu as compris ? lui a demandé mon Père.

Quand il a dit qu'il était curieux de connaître ma génération. Parce que le gouffre qui nous sépare n'est bon pour personne.

Et comment tu es censé combler ce gouffre ?

Par des rencontres régulières, des conversations régulières. Il voulait aussi que je fonde un journal à l'université, que je pourrais diriger. Et lui, il superviserait ma direction.

C'est tout ? Il ne voulait rien d'autre ?

Non. Ou plutôt si. Cinq poètes sont invités à Londres en janvier, et lui, il a promis de faire tout son possible pour que je sois le sixième.

Et qu'ensuite, tu écrives des rapports sur les autres ? ai-je demandé.

Il ne l'a pas dit, mais c'est évident. Je n'ai jamais encore demandé de passeport.

Tu es sûr qu'il voulait te recruter ? a demandé mon Père.

Oui.

Moi, je n'en suis pas si sûr, a dit mon Père.

Moi si.

Il arrive aussi qu'on comprenne certaines choses. Ou qu'on admette quel idiot on a été l'année dernière. Et qu'on essaie de se racheter, ai-je dit.

Oui, ça peut arriver. Mais en général, ce n'est pas le cas des anciens de la Sûreté.

Pourquoi, Tófalvi en était un ? Comment tu le sais ? ai-je demandé.

Presque tout le monde le sait.

À ma connaissance, il était éditeur, a dit mon Père.

Et donc, tu es allé leur demander de te le rendre, ai-je dit.

Oui, j'en viens.

Et alors ?

J'ai dit que je trouvais ce recueil prématuré, que j'avais encore quelques poèmes en suspens que j'aimerais bien ajouter, j'ai menti comme j'ai pu.

Et eux ?

Ils m'ont proposé de travailler avec l'éditeur, disant qu'on pouvait encore changer beaucoup de choses avant que ça ne parte à l'imprimerie.

Alors, formellement tu ne l'as pas récupéré, mais repris pour le retravailler, a dit mon Père.

Non, j'ai insisté pour qu'ils me le rendent.

Je suppose que Tófalvi ne sera pas ravi, ai-je dit.

Il le sait déjà. Je l'ai croisé aux éditions.

Qu'est-ce que tu lui as dit ?

La même chose. Et qu'après notre discussion d'hier, j'ai senti que c'était une très grande responsabilité, que je devais réfléchir à plein de choses.

Et lui ?

Qu'il regrettait, qu'il s'attendait juste au contraire de ma part. Puis, à mots couverts, il m'a menacé. Il m'a dit qu'il espérait que j'étais conscient du fait qu'il n'était pas Antal Horger.

Il a si bien couvert ses mots, que moi, par exemple, je n'y perçois aucune menace, ai-je dit.

Et pourtant. Ça signifiait assez clairement qu'on ne plaisante pas avec lui.

À mon avis, mon fils a raison, a dit mon Père. Ça pouvait signifier tout aussi clairement qu'il ne se prend vraiment pas pour un Antal Horger. Par contre, toi, tu te prends pour Attila József, ça oui.

Nous nous sommes tus.

Et qu'est-ce que tu vas faire s'il t'invite à prendre une bière demain ?

Il ne m'invitera pas, l'affaire est close, a dit Kornél.

Ce n'est jamais fini. Soit tu as effectivement mal compris, soit ils vont essayer à nouveau.

Je n'ai pas mal compris. Et je pense pas qu'ils retentent le coup.

Qu'est-ce qui te fait dire ça ?

Ils ne sont pas idiots non plus. Si je reprends un manuscrit déjà accepté, ils savent que rien ne justifierait une nouvelle tentative.

Ils peuvent aussi tenter autre chose. Je ne veux pas te blesser, Kornél, mais ce n'est pas difficile de reprendre un manuscrit, a dit mon Père. Même si c'est ton premier livre.

Il buvait encore et encore dans sa tasse vide.

Je le sais. Mais ils n'ont rien qui leur permette de retenter le coup. J'en ai presque honte, mais je n'ai jamais rien fait. Je ne suis pas homo, je n'ai jamais volé, je ne sais pas bien raconter les blagues, je n'ai même jamais possédé le moindre dollar illégal de ma vie.

Je ne pense pas non plus qu'ils recommencent. Pas parce que tu as repris ton manuscrit, mais parce que ce n'était pas une tentative, a dit mon Père.

Si, c'en était une, a dit Kornél.

Crois-moi, personne n'a jamais été recruté sans le savoir. Ils disent toujours clairement ce qu'ils veulent. Et bien sûr, ce qu'ils offrent en échange. C'est un contrat. Toi tu vends ton âme, eux, ils l'achètent.

C'est ce qui s'est passé, a dit Kornél. Ils m'ont dit concrètement ce qu'ils donnaient en échange.

Sans dire ce qu'ils demandaient ? Ça n'existe pas, Kornél. S'ils te veulent, ils te veulent tout entier. Et pour ça, tu dois savoir pertinemment que tu t'es vendu. Pas le supposer ou l'imaginer, mais le savoir. Seul ce savoir fait que tu leur appartiens.

Nous nous sommes tus.

À mon avis, tu ne dois pas avoir si peur d'eux. Sinon, ils vont effectivement te trouver, a dit mon Père avant de se lever et de partir.

Qu'est-ce que je dois faire ? m'a demandé Kornél.

Je ne sais pas, ai-je dit.

Je ne peux plus rapporter ça.

Pour l'instant, non. Mais au moins, tu l'as composé.

Mon Dieu, pourquoi est-ce que je suis si lâche ?

J'aimerais bien être un jour aussi lâche.

Quelle saleté. Que tout ça pourrisse, tout ! Qu'ils pourrissent tous !

Ses lèvres tremblaient déjà.

Je dois aller faire pipi, ai-je dit, car je ne l'avais jamais vu pleurer et ne voulais pas le voir. Je suis allé dans la salle de bains, j'ai ouvert le robinet pour ne pas l'entendre.

(Saintantoine)

Je devais avoir cinq ans quand Saintantoine a fait faire du vélo à mon Père. En vrai, il s'appelait Antal Keresztes, mais nous l'avions surnommé Saintantoine, parce qu'en quarante-sept, l'année de la sécheresse, où même les mulots séchaient sur pied dans les champs de blé, c'était lui qui nous apportait du pain.

Ne m'attendez plus, madame la doctoresse, je n'ai aucune raison de venir. Essayez de trouver du son quelque part. Il nous menaçait ainsi tous les dimanches, si c'est bon, pour les cochons, c'est bon pour nous aussi, mais il revenait quand même chaque semaine. En chemise blanche, manteau et chapeau de feutre, malgré la chaleur accablante. Il apportait le pain dans son sac à dos en toile, à vélo.

Les paysans plus débrouillards que lui se faisaient parfois payer en œuvres d'art ou en bijoux de famille une bouchée de nourriture. Quand on y pense, le prix des œuvres d'art n'avait jamais été aussi élevé. On recevait la vie en échange. "Mais mon cher monsieur, ce n'est pas une reproduction de pacotille, c'est un véritable Mednyánszky. – Alors bon appétit, madâame."

Avant la guerre, mon grand-père avait soigné gratuitement l'enfant des Keresztes atteint de diphtérie ou d'une maladie similaire, et nous, chère madame la doctoresse, nous ne l'avons pas oublié, car Dieu punit l'oubli encore plus sévèrement que la débauche. Ainsi, en hommage à mon grand-père, nous avions notre pain quotidien, même pendant la famine de quarante-sept. C'est également eu égard à mon grand-père qu'il donnait ostensiblement à ma Mère du madame la doctoresse, que, moi, j'étais le fils du docteur, et mon Père, monsieur le docteur.

Parfois, il m'asseyait sur son Turul et on faisait des tours dans la cour. Il est venu pour la dernière fois durant l'été cinquante-deux, juste avant que j'aie pu atteindre les pédales avec mes pieds. Cette fois, il n'apportait pas de pain. Je suis trop trouillard pour ça, monsieur le docteur, a-t-il dit à mon Père. Je pourrais me pendre, je n'en ai pas peur, mais le Bon Dieu pardonne ça encore moins que l'oubli. J'ai signé, j'ai adhéré à la coopérative. Alors, on ne fait plus de pain. Et on n'en fera plus jamais en ce bas monde. Dieu vous garde, vous aussi.

Je devais avoir cinq ans quand, après un tour de vélo, j'ai dit à mon Père qu'il ne savait même pas en faire. Alors il m'a répondu, bien sûr que je sais en faire. Exactement comme toi. Il s'est assis sur le porte-bagage et Saintantoine a fait un tour avec lui.

Je me souviens même de l'ombre du noyer sur le mur de la maison. Du soleil qui tapait fort. Du frein qui grinçait. Du manteau qui sentait le chien et auquel je me cramponnais. Je pense que c'était la sueur qui lui donnait cette odeur. Ma Mère nous regardait depuis l'escalier de la véranda en riant. Et moi, ragaillardi, j'ai dit qu'elle aussi, elle devait savoir faire du vélo. Embarrassée, ma Mère a protesté, dit que ce n'était pas une bonne idée, mon garçon, je n'ai pas la bonne tenue. Mais nous l'avons forcée, mon Père et moi, alors elle s'est assise sur le porte-bagage et a fait un tour avec Saintantoine jusqu'aux clapiers et retour.

Et quand chacun de nous pris séparément a su faire du vélo, Saintantoine a dit qu'il allait nous montrer comment on fait du vélo pour de vrai. Il m'a pris sur ses épaules, a placé mon Père à l'arrière, sur le porte-bagages et fait asseoir ma Mère devant lui, sur le cadre. Maintenant, il faudrait qu'on nous prenne en photo, monsieur le docteur.

Il est possible que ce moment ait décidé du fait que je sois devenu photographe. Il est possible que ce soit si simple. Qu'il existe bel et bien un moment où la promesse de l'éternité dépose sa graine en nous. Le simple désir se trouve dans chacun de nous, mais peu reçoivent la promesse.

Il faut aussi, bien sûr, recevoir cette promesse au moment propice. Je crois qu'un enfant de cinq ans sur les épaules de Saintantoine, sous un soleil éclatant, avec sa Mère et son Père sur un vélo de marque Turul est un assez bon terrain. Par rapport à ça, peu importe ce que cet homme comprendra plus tard, ce qu'il pensera du rapport entre la photographie et l'éternité. Tout est déjà joué.

Naturellement, je ne peux pas savoir si c'était bien ce moment-là. Je dis seulement qu'il y a des moments qui font basculer les destins, même s'il est évident qu'un destin peut basculer dans la même direction à un autre moment. Peu importe si c'est la première ou la sixième balle du barillet. Celle qui a touché sera la cause. Sans ça, je n'aurais peut-être jamais fait de photos d'Imolka. À droite, le vaisselier, à gauche, je ne sais plus quoi, au milieu, la fugacité inconcevable. Il est possible que tout se soit joué sur cette seule phrase de Saintantoine : Maintenant, il faudrait qu'on nous prenne en photo, monsieur le docteur.

(la dernière photo de mon Père)

En sortant de l'hôpital avec mon Père, j'ai hélé un taxi. En route, j'ai aperçu par la vitre de la voiture, dans une petite rue, un atelier de photographe, József Reisz Photos d'identité. Je me suis efforcé de retenir l'endroit. Je me suis dit qu'un jour, je lui demanderais s'il n'avait pas besoin d'un assistant.

Tu te souviens encore de Saintantoine ? a dit mon Père.

Bien sûr que je m'en souviens.

Pourtant tu étais petit.

Je ne sais pas pourquoi il lui était venu à l'idée, nous n'avons plus dit un mot jusqu'à la maison.

À la maison, je ne savais pas si je devais l'accompagner dans sa chambre ou le laisser seul. Il m'a demandé de l'accompagner. Lui ne pouvait pas boire à cause de son opération, mais il m'a servi un verre. Je craignais qu'il me demande ce que m'avait dit le médecin. Jusqu'alors, il était évident que s'il me le demandait, je le dirais. Encore dans le taxi, c'était évident. Mais là, je ne pouvais plus penser qu'à la nécessité de chercher un autre emploi, parce que je ne pourrais pas vivre avec un mi-temps à l'imprimerie. Et qu'il faudrait réaménager la cuisine. Absolument. La première chose que je jetterais, ce serait le buffet rouge. Je trouverais certainement du travail dans cet atelier de photos d'identité ou dans un autre. Je lui dirais plutôt que le médecin ne savait pas encore non plus, que pour l'instant, c'était incertain.

J'ai une demande à te faire, mon fils.

J'ai dit oui, et j'ai bu une gorgée du vin que l'un de ses collègues avait fait. On aurait dit du vinaigre. Mais au moins, je savais déjà qu'il ne me poserait pas la question. Qu'il ne me le ferait pas dire. Qu'il me demanderait simplement de l'amener à Mélyvár. De toute façon, il était temps d'y retourner. Kornél me l'avait déjà dit tant de fois. Depuis l'enterrement, je n'avais même pas été sur la tombe de ma Mère.

C'est difficile de demander ce genre de chose, j'ai un peu honte, a-t-il dit.

J'ai pensé, alors abstiens-toi. Si ma Mère ne m'a pas dit où je devais l'enterrer, ne le fais pas toi non plus. Moi-même, je ne le demanderais à personne. Certes, il n'y aura pas grand monde à qui le demander. En tout cas, toi, c'est sûr que je ne pourrai pas. À la place du buffet, il faudra un plan de travail pour l'agrandisseur, c'est assez chiant de faire des agrandissements sur la table de la cuisine.

Non que ce soit quelque chose de honteux en soi, seulement je sais que, pour toi, plein de choses signifient autre chose que pour moi. La photographie aussi, mais pas seulement la photographie.

J'ai dit que ça n'avait pas d'importance. Il était évident que même sans le demander, il savait très bien que je le ramènerais à côté de ma Mère. Par contre, je ne savais pas que faire avec ses photos. Sa collection de nuages, je n'allais ni la continuer ni la publier ni l'exposer. Dieu merci, il était encore en vie, il n'avait qu'à le faire lui-même. Je n'avais jamais fait une seule photo de nuage, et n'en ferais jamais. Les nuages ne m'intéressaient tout simplement pas.

J'aimerais bien que tu me prennes en photo, mon fils.

D'accord.

Pour qu'il y ait au moins une photo que…

Bien sûr.

Ça peut attendre, quand tu en auras envie.

J'en ai envie maintenant. Passons seulement dans ma chambre.

Je me change ou je fais quelque chose ?

Ce n'est pas nécessaire.

Il m'a suivi comme un enfant.

Assieds-toi là, sur le lit.

… Ça fait longtemps que je ne me suis pas assis dessus. Je fais quoi avec ma main ?

Je ne sais pas. Rien. Mais ne bouge pas ta tête tant que je n'ai pas réglé l'éclairage.

Tu aurais besoin d'une lampe correcte. Comme dans les ateliers.

Ça se trouvera un jour. Pour l'instant, ça ira.

Et un trépied.

Ça, oui. Penche un peu la tête en avant.

Et je regarde où, mon fils ?

Tu me regardes dans les yeux.

(Sára Rónai)

Je devais apporter des papiers médicaux à Rákos, il y avait aussi quelques livres à la maison, j'ai mis tout ça dans un sac, puis j'ai enduit mes chaussures d'encaustique parce que tout était trempé dehors. Je tenais ça de ma Mère.

Cet hiver-là, la mode était aux manteaux trois-quarts avec col de fourrure, pratiquement toutes les femmes en portaient, depuis le Danube jusqu'au boulevard. Vers la gare de l'Est, ils devenaient plus rares, à Kőbánya, on n'en voyait presque plus. J'ai dû changer deux fois jusqu'à Rákos, dans le troisième tram, il n'y avait plus qu'une seule femme portant un tel manteau. Je la voyais de dos, elle avait les cheveux coiffés en chignon. Elle est descendue au même arrêt que moi.

Elle était le contraire de la femme qui léchait un citron dans le tramway à mon retour de la conscription. À vrai dire, je ne sais pas en quoi consistait ce contraire. Elle ne faisait rien de spécial, elle était assise, elle s'est levée, elle est descendue, je n'avais même pas vu son visage. Elle marchait devant moi, j'étais gêné, c'était comme si je l'avais suivie. Allongeant le pas, je l'ai dépassée. Puis je me suis penché comme pour renouer mes lacets et je l'ai laissée passer devant moi. Pour tout dire, je ne sais pas pourquoi. Je n'ai pas vu son visage, de dos elle était comme toutes les femmes minces d'une quarantaine d'années qui portaient un manteau à la mode avec un col de fourrure. Pendant que je trifouillais mes lacets, le fond de mon sac s'est trempé.

Quand on est arrivés à la bibliothèque, elle est entrée.

Je me suis arrêté pour fumer une cigarette. Je tâchais de ne rien planifier, ce qui veut plutôt dire qu'on énumère tout ce qu'on ne va pas faire. Se mettre derrière elle dans la queue devant le comptoir de prêt, chercher un livre sur la même étagère qu'elle, si elle s'assied, s'asseoir ailleurs qu'en face d'elle dans la salle de lecture. J'ai regardé mon mégot crépiter et s'éteindre dans la gadoue. Quand je suis entré, elle était déjà derrière le comptoir.

Comme il n'y avait personne d'autre que nous, j'ai été obligé de lui dire aussitôt bonjour. Heureusement que j'étais habitué depuis l'enfance à ce que les bibliothécaires soient des dames d'âge moyen, tristes et très belles. Je suis András Szabad, je cherche Sára Rónai, ai-je dit. Sára Rónai, a-t-elle dit en me tendant la main. Puis elle m'a demandé comment allait mon Père.

Je ne m'attendais pas à cette question. Encore moins qu'au fait que la femme du tramway descende au même arrêt que moi, ou qu'elle vienne aussi ici, ou qu'en réalité, je sois venu pour la voir, elle.

Bien. Il a un cancer, ai-je dit.

Remarquant que je lui tenais toujours la main, je l'ai relâchée, embarrassé.

Je sais. Vous voulez un café ?

Oui, je veux bien. J'ai posé les livres et l'enveloppe sur le comptoir.

Elle est allée au bureau, a ouvert une thermos, puis elle a jeté son manteau sur ses épaules. Elle a apporté les cafés dans des tasses. Nous sommes allés par la sortie de secours dans la cour arrière, là où j'avais déjà pris un café avec mon Père. Elle m'a demandé si je fumais et j'ai répondu que oui. Elle fumait uniquement des cigarettes mentholées. J'ai dit que je voulais bien en goûter une, que je n'en avais encore jamais fumé. Elle m'en a offert une, et on s'est retrouvés à nous emmêler avec nos tasses, nos cigarettes, les allumettes. J'ai fini par lui proposer de poser les tasses par terre. Je lui ai donné du feu. Les tasses s'étaient un peu salies, je les ai essuyées avec mon mouchoir. Elle s'appuyait contre la porte, le pêne de la serrure a claqué.

Nous voilà enfermés dehors, on va devoir frapper à la porte, ai-je dit.

On peut même tambouriner, elle est capitonnée, a-t-elle dit. Puis elle a pris une gorgée de café, tiré sur sa cigarette en gardant longuement la fumée. Quand elle l'a relâchée, elle a ajouté que je n'avais rien à craindre, on n'allait pas rester bloqués là, on pouvait faire le tour par la porte vitrée d'en face.

C'est mon Père qui vous l'a dit ?

Bien sûr. Qui d'autre ?

Je ne comprends pas pourquoi les médecins pensent qu'il vaut mieux mentir.

Elle s'est tue.

Pourquoi ? Vous le lui auriez dit, vous ? a-t-elle fini par me demander.

Je ne sais pas.

Certaines personnes, il vaut mieux leur mentir.

J'ai tiré sur ma cigarette et gardé longtemps la fumée. La cigarette mentholée me donnait l'impression que le vent s'engouffrait dans mes poumons.

C'est possible, ai-je dit.

Je la regardais tenir sa tasse chaude de ses deux mains et la serrer contre son ventre. La cour était à peine plus grande que ma chambre. Elle était délimitée par quatre hauts murs gris, celui d'en face avait une étroite porte vitrée et quelques fenêtres de cage d'escalier. Je ne comprenais pas pourquoi la sortie de secours avait été placée à cet endroit. Il est vrai qu'au moins, tout en haut, on voyait le ciel.

Je lui ai demandé si elle pouvait m'offrir une autre cigarette mentholée. Le vent s'était levé, et pendant que je l'allumais, elle a entouré mes mains avec les siennes pour que l'allumette ne s'éteigne pas. J'ai regardé ses doigts fins. Puis ses yeux. Elle avait les yeux clairs, bleu azur. Ils n'exprimaient ni pitié, ni envie de consolation, ni une volonté quelconque. Je n'avais aucune raison de baisser les yeux.

Il vous a dit quoi, le médecin ? m'a-t-elle demandé.

Qu'ils allaient tenter une radiothérapie, mais n'avaient pas beaucoup d'espoir.

Elle en a rallumé une, elle aussi. Maintenant, c'est moi qui l'ai abritée du vent. Je ne sais pas si c'était à cause du café ou d'autre chose qu'elle avait les mains si chaudes.

Trois mois. Six, tout au plus, ai-je dit.

N'essaie pas de deviner l'avenir, a-t-elle dit.

Je ne devine pas, c'est des choses qu'on peut savoir.

On ne peut jamais savoir ces choses-là.

Je suis un piètre catholique, donc on peut les savoir.

Moi, je ne suis pas catholique du tout, mais on ne peut rien savoir. Tu ne fais que te détruire avec ça. Et tu ne l'aides pas non plus.

Moi, ça m'aide de le savoir.

Je ne crois pas. L'espoir est toujours un secours.

L'espoir m'a toujours répugné.

Alors qu'est-ce qui pourrait t'aider ?

Qu'il crève avant demain matin. Voilà. Qu'il disparaisse. Qu'il pourrisse avec ma Mère. Avec sa prison. Ses compagnons de cellule. Prends-moi en photo, mon fils. Alors tiens, regarde-toi, tas de merde. Pourvu que tu crèves avant que je te reprenne en photo demain. Et après-demain. Et quand tu auras perdu tes cheveux, ai-je pensé. Je me suis enfoncé les ongles dans les paumes des mains pour ne pas pleurer. Ça aussi, je le tenais de ma Mère, comme l'encaustique sur les chaussures.

Ça m'intéresserait vraiment de savoir ce qui pourrait t'aider, a-t-elle répété.

Je ne sais pas.

Pourquoi est-ce que l'espoir te répugne ?

Sans doute parce qu'il nécessite une chose dont je manque en ce moment.

Comme quoi, par exemple ?

Par exemple, la force.

Je ne crois pas que tu sois faible. Tu as plutôt honte de ta force.

Je me suis tu.

On n'a honte de sa force que si on la confond avec l'insensibilité, a-t-elle dit.

D'accord, alors je ne vais pas avoir honte. Sauf que pour l'instant, je n'en ai vraiment pas.

Tu en auras. Crois-moi. Ton Père en a, tu en auras aussi, a-t-elle dit, et sa main s'est approchée de la mienne. Elle s'est arrêtée à mi-chemin.

Ton Père est l'une des personnes les plus remarquables que j'aie jamais connues, a-t-elle dit enfin, mais il fallait quand même qu'elle finisse d'une certaine manière ce geste suspendu. Alors elle a pris mon mégot entre mes doigts et s'est penchée pour le mettre dans la boîte de conserve qui se trouvait à côté de la porte.

Je me suis dit que le véritable contraire de la femme au citron, c'était ma Mère. Et que cette femme était sûrement la maîtresse de mon Père. Que c'était elle que j'avais vue dans ce bar. Et encore que c'étaient des conneries : dans ce cas, mon Père n'aurait jamais permis que je vienne, même une seule fois, dans cette bibliothèque.

Je veux bien le croire, ai-je dit quand elle s'est redressée. Seulement, ça ne sert à rien contre le cancer.

Bien sûr, a-t-elle dit. Ses yeux étaient embués.

Il faut que j'y aille, ai-je menti.

La porte d'en face donnait dans la rue à travers une cage d'escalier. Encore à l'intérieur, sur le palier, elle s'est arrêtée, a saisi mon poignet et l'a serré contre son ventre, exactement comme elle l'avait fait avec sa tasse dans la cour.

Tu dois savoir que ce n'est pas seulement ton père qui a une place ici.

La vitre avec une trame de fer laissait passer une faible lumière. On se serait cru dans un hôpital.

Je le sais, ai-je dit en prenant la main qui serrait mon poignet.

Tu peux venir ici n'importe quand.

Merci.

Il n'y a pas de quoi.

À l'extérieur, un homme s'est arrêté derrière la vitre opaque, cherchant sa clé. Sára Rónai a lâché ma main et lui a ouvert la porte.

À cause de je ne sais quel obstacle, le chemin du retour a duré deux heures. Pendant tout ce temps, je n'ai pensé à rien. Ni au fait qu'elle s'était penchée, ni à cette sortie de secours insensée, ni à mon Père qui nous regardait à travers la porte vitrée. La dernière fois que j'avais l'esprit aussi clair, c'était quand je limais les marteaux.

Je ne suis plus jamais allé là-bas. Je n'ai rien raconté à Kornél.

(l'omelette)

Ni trois mois, ni six, mais un an. Ou presque. Qui est passé comme les autres. Après l'opération, mon Père est allé encore pendant un certain temps à la bibliothèque. Moi aussi, j'ai travaillé. Une ou deux fois par semaine, j'allais voir la comtesse. Un matin, je l'ai trouvée complètement hors d'elle.

Regardez ce que j'ai commis, a-t-elle dit en montrant une casserole.

C'est quoi ? lui ai-je demandé, alors que j'avais plus ou moins deviné de quoi il s'agissait.

Une omelette.

Je vais vous aider.

Ne m'aidez pas. Apprenez-moi.

Nous étions dans la cuisine, je réfléchissais. Je n'avais encore jamais rien appris à personne. Une fois, j'avais expliqué à Kornél le fonctionnement du Leica, mais c'eût été une leçon s'il s'y était vraiment intéressé, si je ne l'avais pas forcé à manifester un peu d'intérêt pour les appareils photo, au moins par politesse.

D'accord, ai-je dit enfin. Tout d'abord, effaçons cette tache honteuse.

Je ne vous ai pas demandé de me juger, mon cher, mais de m'apprendre.

Malheureusement enseignement et évaluation marchent main dans la main. Si je me souviens bien, à l'époque, c'est vous qui m'avez reproché de me tenir à l'écart de l'Éducation nationale.

Elle s'est tue. J'ai jeté cette immondice huileuse et carbonisée dans la poubelle, puis j'ai lavé la casserole.

Y a-t-il une poêle à crêpes ici ? lui ai-je demandé.

Restons-en à l'omelette.

Oui, bien sûr, mais ça se fait dans une poêle.

Si je me souviens bien, Maria la faisait là-dedans.

À mon avis, vous ne vous souvenez pas bien.

Je comprends.

Et maintenant, cassons un œuf.

Vous voyez, mon cher, c'est là que ça coince. La vérité est que le blanc d'œuf cru me dégoûte. Je n'ai aucun problème avec le jaune, mais le blanc doit être cuit.

On s'y applique. Et le dégoût n'est pas un privilège de l'aristocratie. C'est pourquoi on tâche de le casser de manière à éviter de le toucher. Je vous demanderais un grand couteau bien aiguisé.

Maria les cassait sur le rebord d'une assiette.

Mais elle, le blanc ne lui répugnait pas.

Je ne sais pas, mon cher, on n'en a jamais parlé. Les couteaux sont dans le tiroir.

Je lui ai montré comment il fallait tenir l'œuf, comment il fallait le frapper d'un coup sec et précis, de façon à le couper jusqu'au milieu, et comment l'ouvrir sans entrer en contact avec le blanc. Elle a cassé le deuxième, elle a assez bien réussi. Dans son enthousiasme, elle a failli verser de l'huile dans la poêle. Je lui ai dit, surtout pas. Pour un œuf sur le plat oui, pour une omelette, jamais. Là, on ajoute l'huile à l'œuf battu avec le sel. Éventuellement un peu de farine, mais en ce moment nous n'en avons pas. Et en aucun cas du poivre, ça attacherait au fond.

De temps en temps elle mettait son grain de sel, disant que Maria ne faisait pas comme ça, à quoi je répondais que ma Mère, par contre, oui, et que maintenant c'était moi qui faisais la leçon. Nous avons mangé au salon.

On aurait dû en faire cuire trois, un seul œuf ne vous suffit pas.

Même trois ne seraient pas de trop, mais je n'ai pas l'habitude de manger à cette heure-ci.

Ce n'est pas bien. Vous devriez tout doucement apprendre à vous comporter en adulte.

Je m'y applique. Je sais déjà très bien appeler les croque-morts.

La douleur ne justifie pas qu'on soit cynique, mon cher.

Je sais. Ma Mère le disait aussi.

Alors maintenant, vous le savez de deux sources sûres.

Pour vous, il est exclu que mes sources se trompent ?

À ce propos, oui.

Je ne sais pas, il se peut que la source du cynisme ne soit pas un sentiment, mais l'absence de tout sentiment.

Vous voyez, je n'avais jamais pensé à ça. Il apparaît qu'à mon grand âge, j'apprends non seulement à faire une omelette, mais aussi qu'il existe en ce monde une personne qui n'a pas de sentiments. Et je l'apprends de cette même personne. Alors buvons à cela une petite liqueur d'orange, a-t-elle dit.

Je me suis tu.

Vous vous souvenez encore du *zú* ? a-t-elle demandé en sortant deux verres de la vitrine.

Bien sûr.

Si je me souviens bien, votre idée la plus originale était que c'était un faux jeton, a-t-elle dit en sortant aussi la boîte en argent.

J'avais presque trouvé. Dommage que le faux jeton n'existe pas.

Bien sûr qu'il existe. Il suffit de l'appeler ainsi.

Je crains quand même qu'il ne reste malgré tout qu'un pion chinois.

Vous voyez, je pense comme vous. Le seul fait d'appeler une chose démocratie populaire ne rend cette chose ni démocratique ni populaire. Ma foi, votre homme qui ne ressent rien me fait le même effet que la démocratie populaire ou le faux jeton.

Vous avez raison.

Bien sûr que j'ai raison, mon cher. Et c'est pourquoi je pense que dorénavant, le faux jeton sera mieux chez vous que chez moi.

C'est un objet de famille.

Bien sûr. Et heureusement, nous sommes une grande famille. Et si un jour vous rencontrez quelqu'un qui n'a vraiment pas de sentiments, offrez-lui ce faux jeton.

D'accord. Je le garderai toujours sur moi.

Non, vous risqueriez de le perdre. Cette pièce a plusieurs centaines d'années, même si ce n'est qu'un pion chinois.

Je ne vais pas le perdre.

Je ne l'ai pas perdu.

Il est vrai que le dernier soir, j'ai failli l'offrir à Éva.

(la liste)

Ni trois mois, ni six, mais un an. Jusqu'à la fin du printemps, ça ne se voyait pas que mon Père allait mourir. Puis il est devenu fou.

D'abord Kőszegi est venu tous les soirs pendant des semaines. La radio hurlait à plein volume pour couvrir les écoutes. Si toutefois il y en avait. Oui, à cette époque, il devait sûrement y en avoir. Je ne sais pas ce qu'ils faisaient.

Puis Lovas est réapparu. Puis le professeur de philosophie fou de la bibliothèque. Puis quelques autres, fraîchement libérés. Je n'ai jamais revu Demjén, ça ne m'étonne pas. Ils étaient parfois cinq ou six à se serrer sur le lit. Ils regardaient mon Père comme s'il était un demi-dieu. Le plus humble, le plus obéissant était Kőszegi, à croire qu'il avait déjà tiré le juste enseignement des œuvres complètes de Staline. Je pense que c'est lui qui organisait tout ça. Ils venaient et partaient un par un. Mon Père gardait les volets fermés. À cause de la vieille d'en face, j'imagine.

Parfois quelqu'un apportait une machine à écrire portable, et alors mon Père restait à la maison et écrivait. Il ne savait pas très bien s'en servir, il tapait avec deux doigts, mais il progressait et au bout de quelques semaines, il était plus rapide qu'une secrétaire. Puis il brûlait les notes dans l'évier, comme le faisait Demjén avec ses mémoires. Il me parlait à peine. Ou bien il n'y avait pas d'occasion. Ou bien c'était moi qui évitais les occasions. Je ne sais pas. Une fois, je suis sorti dans la cuisine, il était en train d'aérer, je lui ai demandé pourquoi l'évier était plein de suie, il m'a simplement dit que c'étaient des bouts de papier dont il n'avait plus besoin. Je me suis dit qu'avant, la poubelle faisait l'affaire, mais ce n'était pas la peine de poser des questions. Alors un jour, je suis entré dans sa chambre. Il venait juste de sortir. Je lui avais demandé quand il rentrerait, il m'avait dit, pas avant midi, il avait beaucoup de choses à faire, alors je lui avais dit d'accord, et que j'apporterais de la charcuterie et du pain pour le repas.

Je n'ai rien trouvé, ni sur son bureau ni dans les tiroirs. J'avais terriblement honte, mais je devais savoir ce qu'il lui arrivait. Ainsi qu'à moi. Je me suis mis au milieu de la chambre et j'ai regardé autour de moi. S'il avait déplacé un meuble, je l'aurais entendu. Le lustre ne faisait pas l'affaire, il n'arrivait même pas à l'atteindre. Sous le tapis, il n'y avait pas de place non plus, aucune lame du parquet ne bougeait. Il n'avait sûrement rien mis sur les étagères de la bibliothèque, parce qu'il savait que ce serait le premier endroit qu'ils fouilleraient. Comme sous le lit. Derrière les tableaux, il aurait fallu faire un trou dans le mur. C'était donc dans le poêle. Quand j'étais petit, j'avais caché dans le poêle une gomme que j'avais volée. Sauf qu'après, je n'arrivais pas dormir et, la nuit, j'avais ouvert la fenêtre et l'avais jetée dans les buissons de lilas.

Je l'ai sortie du poêle. C'était une boîte en carton qui rentrait tout juste dans le conduit de cheminée. Elle contenait de fines feuilles de papier pelure pliées dans le sens de la longueur. J'imagine que Kőszegi avait emporté les originaux. La liste de plusieurs centaines d'anciens prisonniers et émigrés de cinquante-six, nom, adresse, profession. Et l'organigramme de l'organisation.

Je ne savais que faire. S'il y avait ne serait-ce qu'un seul mouchard parmi ces gens, il attendait que mon Père fasse encore un petit peu de dactylo pour que la liste soit complète. Je l'ai remise dans le poêle. Puis je l'ai ressortie. Je l'ai posée sur sa table avant de retourner dans ma chambre, et je l'ai attendu. Il y avait une fissure sur le plateau de mon bureau, je l'ai regardée. Comme si j'étais un Gagarine raté qui flottait dans le vide, mon corps ne touchait pas le monde. Seul mon regard me retenait, le fait que je ne le détachais pas de cette fissure noircie. Je ne savais pas que la peur pouvait avoir cette forme-là. Et je n'ai ressenti une peur humaine, mon estomac ne s'est noué et ma main n'est devenue moite qu'au moment où sa clé a tourné dans la serrure.

Je l'ai entendu entrer dans sa chambre. Mais pas entrer tout à fait, parce qu'il avait déjà tout vu depuis le pas de la porte. Puis, j'ai entendu sa canne s'abattre sur le bois du lit et se casser en deux. Le morceau qui s'était envolé tomber par terre. Mon Père s'écrier : Mon fils ! Je me suis levé et suis sorti. Je n'avais plus une once de peur. Oui, mon Père, ai-je dit.

Nous nous faisions face dans le couloir, son visage était gris ardoise. Je ne lui avais vu ce regard qu'une seule fois dans ma vie, au bar, quand il était avec cette femme. Ce n'était plus du désespoir, comme cette fois-là, mais de la colère pure. Ses lèvres tremblaient, j'attendais qu'il hurle à nouveau, mais il se taisait.

S'il m'a fallu dix minutes pour les trouver, eux, ils n'en mettront que trois. Mets-les dans l'agrandisseur, ai-je dit, puis je suis retourné dans ma chambre.

Il est reparti quelques minutes plus tard. Il emportait ses papiers après avoir jeté la boîte vide devant ma porte. J'en avais même oublié qu'il avait le cancer. J'ai pris le Leica, mis deux pellicules dans ma poche et suis allé à Óbuda. Adél Selyem n'y habitait plus.

(l'organisation)

La veille de sa mort, ma Mère avait oublié de faire la vaisselle. C'était la seule révolte de sa vie. On ne choisit pas la personne dont on tombe amoureux. Mais on choisit celle qu'on aime toute sa vie. Et elle, elle l'avait décidé. Et elle s'y tenait. Même au dernier moment, elle avait juste oublié de faire la vaisselle.

Mária était morte après avoir préparé les repas pour deux jours. Pourtant, elle devait avoir au moins autant de raisons de se révolter que ma Mère. Apparemment, la mort non plus n'incite pas tout le monde à faire la même chose. Certains nettoient derrière eux, et d'autres, non. Et il y en a qui aimeraient bien le faire, mais en sont incapables.

Mon Père, par exemple, a mis de l'ordre. Sauf que pendant le grand rangement, tout ce qu'il a touché a été entamé par le cancer. Sa droiture s'était transformée en obstination, son esprit de conséquence, en fanatisme, sa clairvoyance, en irresponsabilité, comme si les rayons de cobalt ne tuaient pas les cellules prolifératives, mais laissaient proliférer dans l'âme tout ce qui, jusque-là, avait une place et une fonction sûres.

Quand il avait claqué la porte d'entrée derrière lui, je croyais que je ne le reverrais plus pendant des semaines. Mais au retour d'Óbuda, je l'ai trouvé assis à la table de ma chambre. Il feuilletait un dossier quelconque. Et le son de la radio était monté à fond.

Je crois que nous devrions avoir une conversation, mon fils.

Bien sûr, ai-je dit en m'asseyant sur le lit.

Avant tout, je te remercie de m'avoir prévenu, ce n'était probablement pas une bonne idée de mettre la liste à cet endroit, même si à long terme, je ne voulais pas la garder là-bas.

En entendant à-long-terme, je n'ai pas eu la gorge serrée, mais je me suis énervé. Et pas seulement à cause de cet à-long-terme, mais aussi à cause de sa voix posée.

Et aussi parce que j'étais assis devant lui sur le lit, comme Lovas et les autres.

Alors ça va, ai-je dit.

D'autre part, pour être sincère, ça me chagrine un peu que mon fils se tienne à l'écart de tout ce à cause de quoi d'autres ont fait des années de prison.

Je ne m'en tiens absolument pas à l'écart, ai-je dit.

Mais tu ne t'y es pas trop intéressé non plus, tu le sais bien.

Oui, effectivement, je ne m'y suis pas trop intéressé.

Et tu sais, mon fils, ce n'est pas seulement vexant, c'est gênant aussi.

Je lui ai demandé ce qui était gênant.

Quand un ancien camarade de cellule te demande, comment ça se fait que ton fils t'ignore.

J'ai eu besoin de toutes mes forces pour ne pas crier plus fort que la radio.

Et qu'est-ce qui fait dire ça aux anciens camarades de cellule ? ai-je dit tout bas.

Le fait que tu traverses parfois cet appartement comme un fantôme maussade et ne daignes même pas saluer les gens qui sont là.

Je n'ai pas le souvenir de ne pas avoir salué quelqu'un que j'aie croisé.

Et moi, je n'ai pas le souvenir que tu sois venu nous voir, mon fils.

C'est tout à fait vrai. Et je ne me souviens pas non plus qu'on ait jamais parlé comme ça, toi et moi.

C'est peut-être là que réside le problème, mon fils.

… Tu sais, une fois j'ai voulu entrer chez toi. Quand tu as envoyé balader ce clown avec son organisation. Pour te dire que tu avais raison.

Ce clown a passé un an et demi en prison. Mais j'avais raison à propos de son organisation. Ce n'est pas l'organisation qu'il faut.

Il faut quoi, alors ?

Il en faut une qui soit vivable. Qui ne puisse pas être liquidée d'une seule salve.

Toute organisation peut être liquidée. Et ils vont le faire.

Comme souvent, là encore tu te trompes. On ne peut pas liquider une organisation d'échelle mondiale.

Et toi, tu as créé cette organisation.

Pas moi, mais nous. Les gens que tu prends pour des clowns.

C'est uniquement Demjén que je prends pour un clown. Kőszegi, par exemple, je pense que c'est un danger public. Je considère aussi cette liste comme un danger public.

Alors ton père aussi est un danger public, j'imagine.

Je parle de la liste.

C'est moi qui l'ai dressée. C'est la liste des gens qui pourront contrebalancer ce qu'ils fabriquent ici.

Je vois, ai-je dit.

Il ne faut pas blâmer les autres, mais s'inspirer de leur exemple.

Je savais que les autres, c'étaient les juifs, mais à cause de ma Mère, ce mot était imprononçable. Comme si c'était une injure ou le nom d'une maladie. On ne prononce pas non plus à voix haute le mot de cancer. Seulement, les mots qu'on ne prononce pas me répugnent.

Je suppose que ces autres, ce sont les juifs, ai-je dit.

Si je l'avais pensé, je l'aurais dit. Je regrette que ce soit juste à mon fils que ça pose problème.

Ça ne me pose pas problème.

Et tant qu'on y est, Kőszegi, par exemple, il est juif.

Je n'en avais pas le moindre doute, ai-je dit.

Tu vois, l'antisémitisme, mon fils, c'est cette remarque cynique, et non le fait de s'inspirer de l'exemple des autres. Moi, je ne parle pas des juifs ni des francs-maçons, mais de quelque chose qui englobe le monde. Qui n'est pas lié à un endroit, à une personne. Qu'on ne peut pas décapiter.

Et moi, je pense que si quelque chose a plusieurs têtes, alors en cas de besoin, on tire une balle dans plusieurs têtes.

On ne peut pas exécuter la moitié du monde, mon fils.

Tu sais, mon problème, c'est que cinq cents personnes, ce n'est pas la moitié du monde. Et que pour Kőszegi, la vie de mon Père cancéreux ne vaut pas grand-chose.

Kőszegi n'a rien à voir là-dedans !

Mais moi, j'ai à voir avec le fait que mon Père, le même qui peut précisément juger si mon ami a été recruté ou non, cache des listes de noms dans son poêle !

Tais-toi. Je t'en supplie, tais-toi, mon fils !

Tu sais qui est-ce qui cache des choses dans un poêle ? Un enfant idiot ! Oui ! Moi, quand j'avais six ans, j'y avais caché la gomme colorée que j'avais volée sur ton bureau ! Car j'avais eu beau la regarder vingt fois, tu n'avais pas pensé à me demander si je la voulais !

Tu aurais dû me la demander. Je ne me rappelle pas qu'on t'ait refusé quoi que ce soit.

Un enfant qui lit Petőfi à six ans n'a nullement besoin d'une gomme colorée, mon Père.

Si tu n'étais pas mon fils, je te dirais de dégager.

Heureusement qu'on est dans ma chambre à moi.

(les bains)

Je rêve de ma Mère. Elle a divorcé de mon Père, elle vit à Budapest avec un vieux comédien. Cela fait trois ans que je ne l'ai pas vue, je lui rends visite pour la première fois. Elle m'attendait avec impatience, elle est contente, elle sourit. L'acteur n'est pas là. Elle porte un peignoir bleu ciel. Elle me conduit par un long couloir sombre jusqu'à la salle de bains. Le lavabo est rempli d'eau, une pastèque y flotte. Pour se refroidir. Sur le rebord, il y a un couteau à manche noir. Ma Mère me le tend pour que je découpe la pastèque. Malgré l'eau froide, elle est encore tiède.

Je lui dis qu'il vaudrait mieux attendre encore un peu qu'elle soit plus fraîche. Elle dit qu'elle en a déjà très envie. Je la fends, j'y trouve le cœur de ma Mère. Elle-même disparaît, son cœur bat dans ma main.

Je me suis réveillé serein, je savais que ce n'était pas vrai.

Kornél était déjà assis devant son cahier, il griffonnait vaguement quelque chose. Dehors, il y avait un soleil éclatant. Quand je lui ai raconté mon rêve, il m'a dit que je n'avais pas tué ma Mère et que je n'allais pas non plus tuer mon Père. Je lui ai dit que je le savais et qu'à mon avis, mon rêve ne parlait pas de ça. C'était franchement un beau rêve. Il m'a répondu qu'un beau rêve ne ressemblait pas à ça.

Je me suis habillé et nous sommes descendus dans la cuisine. Sa maman ne voulait même pas entendre parler de café tant qu'on n'aurait pas pris un petit-déjeuner correct. On a mangé des tartines de beurre sans protester. En haut, sur le buffet, un réveil faisait tic-tac. À côté, du lait avait été mis à reposer dans un bocal. Ça m'a fait rire. Kornél m'a regardé la bouche pleine, il ne comprenait pas. Je lui ai montré le bocal du doigt, je croyais qu'il rirait, mais il ne comprenait toujours pas, ou ne voulait pas comprendre. Il m'a demandé ce qu'il y avait. Je lui ai dit, rien.

Le café prêt, il a rempli nos tasses. Il voulait remonter dans sa chambre.

Je lui ai dit qu'il y avait du soleil. Il faisait la tête, mais on a fini par s'installer avec nos tasses au jardin, derrière la maison.

Je regrette quand même que l'acteur n'ait pas été là, j'aurais été curieux de le voir, lui ai-je dit.

Et moi, je suis curieux de savoir quand tu as fait des photos pour la dernière fois.

Je ne comprends pas ce que tu as depuis ce matin, ai-je dit.

Eh bien, puisque tu me le demandes, je trouve que tu as un comportement anormal.

Comment ça ? Parce que je trouve drôle que du lait repose à côté d'un réveil ?

Tu as un chez-toi…

Je t'avais demandé si je ne dérangeais pas.

Non, tu ne déranges pas ! Je ne parle pas du tout de ça ! Je te dis que tu as un chez-toi. Et un père. Malade, en plus. Et un appareil photo. Et…

J'attends avec patience que tu me dises ce que j'ai encore.

… Tu as une vie. Et je trouve vraiment anormal que tu ne rentres pas chez toi pendant des jours. Anormal que tu qualifies de beau rêve un cauchemar.

Je suis désolé, mais je ne te comprends pas très bien. Je crois être le mieux placé pour savoir quel rêve c'était, et pas toi ni qui que ce soit d'autre. À mon avis, ce qui est anormal, c'est de faire la tête quand je te propose de sortir prendre le soleil.

Je ne faisais pas la tête à cause du soleil.

Et moi, je ne t'ai pas demandé si je pouvais rester quelques jours chez toi parce que ma maison me dégoûte à vomir. Mais pour pouvoir sortir prendre le soleil au jardin au moins dix minutes tous les matins. Moi, fondamentalement, j'aime le soleil, Kornél. Il se peut que je ne fasse jamais la moindre bonne photo, que je ne rencontre pas de femme plus normale qu'Adél Selyem, il se peut que je sois encore plus lâche que toi et que je n'ose pas décrocher une photo d'une exposition. Par contre, ce qui est absolument sûr, c'est que mon Père va crever comme un chien. En hurlant de douleur. Et moi, je serai là, je l'écouterai et je ne pourrai rien faire. Mais je ne vais pas me pendre pour autant. J'aime le soleil. C'est sûrement honteux, mais c'est comme ça. Cette lumière de merde !

Ce n'est pas honteux, alors restons-en là.

Je l'aime. Tu comprends ?! Tu saisis enfin ?

Oui, j'ai compris. Calme-toi.

Alors ce n'est pas à toi de me dire si mon rêve était bon ou pas ! Et ne me tanne pas pour que je rentre chez moi !

Je ne te tanne pas.

Il m'a pris des mains ma tasse vide, est rentré et ressorti avec deux autres cafés.

Tu as déjà été à Lukács ? m'a-t-il demandé en revenant.

C'est quoi, Lukács ?

Des bains. En face de l'Île, au pied du pont.
Je vois. Non, jamais. J'étais encore petit la dernière fois que je suis allé aux bains.
Alors, allons-y. Allons à Lukács.
D'accord, allons-y. Mais prête-moi un maillot.
Je peux te prêter celui de mon père.
Ça ira. C'est cher, l'entrée ?
Je ne sais plus, ça fait longtemps que je n'y suis pas allé.
Pourquoi ?
Je ne sais pas. Parce que tout le monde y va.
Ça veut dire quoi, tout le monde ?
Les acteurs, les putes, les hommes politiques.
Tu as oublié les poètes.
Oui, eux aussi.
Alors ça doit être bien grand comme bassin.

Il était déjà midi passé quand nous sommes arrivés. Le soleil filtrait à travers les feuilles des platanes. La rangée des cabines était pareille que celle de la piscine du Premier-Mai, à Mélyvár. C'est joli, ai-je dit à Kornél. Nous nous sommes changés, le maillot de son père était un peu grand, j'ai serré le cordon au maximum. Il n'y avait pas beaucoup de monde.

En haut, au solarium, une femme d'une quarantaine d'années était assise sur un drap. La nouvelle mode, c'était les maillots deux-pièces. Elle en portait un. Blanc, pour contraster avec sa peau bronzée, je suppose. Elle avait une serviette, également blanche, enroulée sur la tête comme un turban. Elle a levé les yeux et nous a toisés.
Elle mangeait de la pastèque.
Bon, partons d'ici, ai-je dit à Kornél.
D'accord.

(la caresse)

J'ai caressé mon appareil photo au moment de la plus grande désillusion de ma vie. Je lui ai dit : Calme-toi, Laïka. C'était un geste tout à fait compréhensible. Il y a des objets qui vous donnent de l'assurance. Pas par leur utilité ou leur valeur, mais par leurs qualités humaines. Par exemple, un Leica est fiable. Prévisible. Il ne vous abandonne pas. Il est possible qu'un jour, il ne fonctionne plus, mais il ne le fait pas sentir des semaines ou des mois à l'avance. Il ne vous maintient pas dans l'angoisse. Il y en a même à qui il a sauvé la vie. On connaît des cas où un appareil photo a arrêté une balle.

En rentrant de Lukács, j'ai apporté la canne cassée de mon Père chez le cordonnier de la place Lövölde. Il m'a dit qu'il ne pouvait pas la réparer, que je devais m'adresser à un menuisier. Je lui ai dit que je ne connaissais pas de menuisier dans les parages. Il a fini par mettre de la colle sur la cassure, et l'a fortement serrée avec du fil à coudre le cuir. Il n'a pas pris d'argent, disant qu'il ne savait pas combien de temps ça tiendrait. Je l'ai remercié, je suis rentré. Mon Père était déjà à la maison.

J'aurais aimé qu'il soit content de retrouver sa canne, mais il est vrai qu'en revenant d'une séance de radiothérapie, il est difficile d'être content de quoi que ce soit. En tout cas, il m'a au moins dit, merci, mon fils. Il était assis à table, un bloc-notes devant lui, je lui ai demandé ce qu'il écrivait, il m'a dit, rien. Puis il a ajouté qu'il notait ce qu'il avait à faire. Il ne m'a pas demandé de sortir, mais j'ai senti qu'il valait mieux ne pas le déranger.

Une demi-heure plus tard, il a frappé à ma porte, j'ai dit, entre, il s'est arrêté sur le seuil. Il a dit que ce coup de colère de la dernière fois, ce n'était pas bien du tout de sa part, il le regrettait vraiment. Et bien qu'il ne l'ait peut-être pas manifesté, il avait beaucoup apprécié que j'aie fait réparer sa canne. Il a marqué une pause, puis il a ajouté : Sauf qu'on ne peut pas marcher avec une canne rafistolée à l'aide d'un bout de ficelle, mon garçon. Ce n'était pas sûr. Tu n'y as sans doute pas pensé, mais peu importe, c'est le geste qui compte.

Jamais je n'avais entendu mon Père dire qu'il m'appréciait beaucoup, ni parler d'un geste. J'ai regardé la croix tracée au stylo sur son cou, il avait oublié de la laver après les rayons. J'ai dit qu'effectivement, j'aurais dû y penser. Puis je lui ai demandé comment il se sentait. Il m'a répondu, bien, merci. Quand il est sorti, je me suis dit que ce n'était pas grave. Que si la mort s'était nichée en moi, je cognerais peut-être encore plus fort. Quand j'ai entendu la canne craquer et se casser à nouveau sur le rebord de son lit, je me suis simplement levé, je suis allé vers la petite table et j'ai caressé le Leica. Ça m'a calmé.

Puis j'ai cherché un cahier vide dans le tiroir. Depuis le lycée, j'avais plein de cahiers vides, avec tout au plus quelque chose sur les premières pages. J'en ai trouvé un blanc à spirale – les pages sont plus faciles à arracher. J'ai écrit sur la couverture : *Le Bon Jour* et j'ai commencé à réécrire mes anciennes photos d'Imolka. À droite, le vaisselier et le robinet, à gauche, le canapé, au milieu, à table, une femme avec une assiette devant elle. À droite, le vaisselier et le robinet, à gauche, le canapé, au milieu, à table, une femme reprisant des chaussettes. À droite, le vaisselier et le robinet, à gauche, le canapé, au milieu, à table, une femme mangeant une pastèque. À droite, le vaisselier et le robinet, à gauche, le canapé, au milieu, à table, une femme, derrière elle, Dorvai.

(Dalma Keresztes)

Le lendemain, après avoir acheté un maillot de bain au Corvin, je suis retourné à Lukács, à midi. Elle était au même endroit, elle lisait. Elle m'a regardé étaler ma serviette. Après un bref instant d'hésitation, elle m'a dit bonjour. Je lui ai dit bonjour, moi aussi.

Où avez-vous laissé votre ami ? m'a-t-elle demandé.

Aujourd'hui vous devrez vous contenter de moi, lui ai-je dit.

Tiens, tiens, a-t-elle dit, puis elle s'est levée et est allée vers les bassins. Elle était glaciale. Depuis qu'elle m'avait reconnu, je n'avais plus une once de peur de l'échec.

La veille, je n'avais pas vu ses cheveux. La nuit, à l'imprimerie, je les avais imaginés noirs. Effectivement, ils étaient noirs.

Encore que ni ses cheveux ni son maillot deux-pièces ne m'intéressaient vraiment. Ce qui m'intéressait, c'était sa façon de manger sa pastèque. Elle ne découpait pas la pulpe avec un couteau, mais l'arrachait avec trois doigts. J'ai jeté un coup d'œil sur le livre, Balzac, c'est bien, le cas échéant, on aurait un sujet de conversation.

Sortie de l'eau, elle discutait au bord du bassin avec un homme âgé. Ils portaient tous les deux des bonnets de bain. Comme tout le monde dans le bassin. Je me suis dit que si elle me demandait pourquoi je ne nageais pas, je lui dirais que je n'étais venu que pour bronzer, mais elle ne me l'a pas demandé. Elle a poussé son livre et son cabas de plage tressé un peu plus loin, puis s'est allongée pour se sécher. Les pieds vers moi. Elle a soulevé ses hanches quelques instants, son ventre s'est tendu, et avec deux doigts, elle a ajusté son maillot mouillé. Puis elle a écarté les bras comme sur une croix. L'eau froide avait durci ses mamelons. Je tâchais de regarder plutôt son ventre, les gouttes d'eau au creux de son nombril qui montaient lentement à chaque inspiration, puis descendaient. J'ai vu qu'elle essayait de respirer lentement, mais ça ne marchait pas, parfois le rythme se rompait, ses abdominaux se tendaient. À droite, les feuilles des platanes, à gauche, la rangée des cabines et le bassin des hommes, au milieu une femme de l'âge de ma Mère essayant de dissimuler avec une indifférence flegmatique qu'elle tremblait plus que moi.

Elle s'était retournée, elle lisait. Elle oubliait pendant des minutes de tourner les pages, comme mon Père, quand il avait acheté le Leica. Je me suis dit qu'elle devait être divorcée, son enfant devait avoir déjà quitté le domicile familial. Qu'en tout cas, rien ne l'empêchait de passer ses matinées à Lukács. Et qu'elle venait seule et rentrait à la maison seule. Qu'elle se regardait seule dans le miroir quand elle essayait son bikini avant de partir.

Elle s'est levée et a rangé ses affaires. Elle ne m'avait pas regardé une seule fois depuis qu'elle était revenue du bassin. Pour ramasser son drap de bain blanc, elle s'est placée dos à moi, les jambes légèrement écartées. Elle l'a plié lentement, suspendu sur son bras, puis s'est tournée vers moi.

Considérant que j'ai dû me contenter de vous, je dois vous dire que votre compagnie n'était pas très divertissante. Alors, à la prochaine, a-t-elle dit, puis elle s'est penchée à nouveau pour prendre son sac.

Moi, en tout cas, j'ai été ravi. András Szabad, ai-je dit.

Voilà qui est incroyablement passionnant. Et vous m'avez peut-être aussi déjà donné un nom ?

Pas encore.

Dommage, ç'aurait pu être encore plus passionnant.

Disons Olga.

Brrr. Ça fait froid dans le dos.

Je suis désolé.

Je veux bien le croire. Alors la prochaine fois, faites un petit effort.

Je n'étais pas très content non plus, mais malheureusement, c'est tout ce que je pouvais faire. À la place du maillot emprunté, j'en avais acheté un au Corvin. Mais j'avais oublié le bonnet.

Elle me regardait sans un mot.

Alors, j'imagine que vous n'avez pas beaucoup de raisons de rester ici, a-t-elle dit enfin.

Eh bien non. Je crois que je n'ai même pas pied dans ce bassin.

Elle a pris des lunettes de soleil dans son sac et les a mises pour que je ne voie pas ses yeux.

Je suis en voiture, je vous dépose.

Merci.

Dalma Keresztes, a-t-elle dit sans me tendre la main. Puis elle a ajouté : née Johannis.

Je comprends.

J'espère bien.

Vous êtes sûre de bien faire en m'emmenant ?

On n'en est pas encore au point où vous pouvez me poser des questions. Attendez-moi à l'entrée.

Elle avait loué une cabine, moi, je m'étais contenté des vestiaires. J'ai attendu une bonne demi-heure qu'elle se rhabille. J'ai pensé à mon Père qui avait perdu cinq kilos en une semaine. Et n'avait vraisemblablement jamais mis les pieds à Lukács. Et ne les mettrait jamais. Il n'y avait pas de raison. L'eau thermale ne pouvait rien contre cinq kilos par semaine. Ni les rayons ni l'espoir ni une organisation secrète n'y peuvent rien. Je ne comprenais tout simplement pas pourquoi tout le monde était obnubilé par ce putain d'espoir. Qu'il crève, celui qui l'a inventé ! Tant qu'il avait quelque chose à perdre, il n'avait pas l'idée d'inventer une société secrète, c'est sûr. Et si moi non plus je n'avais rien eu à perdre, je ne l'aurais pas attendue si docilement. Ce simple fait montre avec certitude que j'avais quelque chose à perdre. Le fait de ne pas l'avoir attrapée par sa culotte mouillée et poussée dans sa cabine, comme l'aurait fait un Dorvai. Tu as vraiment de la chance, Dalma Keresztes. Tu as beau ajuster ta culotte sur ton con, moi, mon grand-père allait au bordel avec un bouquet de fleurs. Moi, on m'a appris les sentiments. Je peux le prouver avec un pion chinois, moi, que j'ai des sentiments. Je te prie d'apprécier ça. Bien sûr, si on a une tumeur à la place du cœur, c'est autre chose. Alors on peut casser sa canne même sur ton dos. Mais moi, tu me ramènes à la maison, s'il te plaît, née Johannis, parce qu'avec moi, tu ne tromperas personne. Tu peux en être sûre. Et ce ton désinvolte, on dira que ça suffit. Je n'ai nullement besoin des minauderies d'une femme solitaire et frustrée.

Elle m'a demandé où on allait.

Elle était arrivée par l'autre côté, je l'ai à peine reconnue.

À la maison, ai-je dit.

Je suis déjà censée lire dans vos pensées ?

Vous savez quoi ? Si vous n'enlevez pas cette carapace de glace désinvolte, je préfère rentrer à pied.

Je ne voyais pas ses yeux, les coins de sa bouche tremblaient. Elle portait une robe d'été sans manches. C'était plutôt une robe du soir. Noire, descendant presque jusqu'à terre. Des perles à son cou. Elle a ôté ses lunettes et a sorti ses clés de voiture.

Allez, venez.

Elle avait une Fiat rouge.

J'habite rue Szív, ai-je dit.

On n'a pas dit un mot jusqu'à Pest. En traversant le pont, j'ai regardé le Danube à travers la vitre.

C'est sur ce pont que j'ai mis les pieds le jour où je suis arrivé ici, ai-je dit.

Vous êtes né où ? a-t-elle demandé.

À Mélyvár.

Bel endroit.

Vous y êtes déjà allée ?

Plusieurs fois. Aux archives.

Vous faites quoi ?

Je suis plutôt historienne. Et vous ?

Plutôt photographe.

Je me suis tu. À part Kornél, je ne l'avais jamais dit de cette manière à personne. Il est vrai, qu'il n'y avait pas grand monde à qui j'aurais pu le dire. J'ai pensé, peu importe maintenant.

C'est bien. Un photographe m'aurait un peu effrayée, m'a-t-elle dit.

Vous cherchiez quoi à Mélyvár ?

C'est là qu'a été dressé le dernier bûcher de sorcière.

Je ne le savais pas. Dans le monde ou en Hongrie ?

En Europe.

Vous vous intéressez tant aux bûchers de sorcières ?

C'est seulement accessoire. Fondamentalement, je m'occupe des autodafés. La rue Szív est à sens unique en venant d'où ?

Je ne sais pas. Je n'ai pas de voiture.

Elle n'a rien dit.

Et vous photographiez quoi ?

Malheureusement pas vous. Votre mari ne serait pas content, j'imagine.

Je n'en serais pas si sûre. Officiellement, je suis divorcée.

Ça veut dire quoi, officiellement ?

Que mon mari a quitté le pays illégalement. C'est à cette condition que j'ai pu garder mon travail.

En cinquante-six ?

Je fais si vieille que ça ?

Vous savez très bien quel âge vous faites. Sinon vous ne porteriez pas de maillot de bain deux-pièces.

Une femme ne le sait jamais précisément.

Même si on le lui dit ?

Alors là, oui, peut-être. Pendant quelques minutes.

Alors, maintenant vous devez savoir, au moins pendant un jour, que…

Que ?

… Je crois qu'il serait plus correct que je n'entre pas dans les détails de ce que j'ai imaginé depuis hier midi jusqu'à ce matin à propos de vos lèvres, de vos mains et de votre pastèque.

Et vous ne l'imaginez plus ?

Si, de plus en plus.

… Quelle chance que vous ne puissiez pas photographier votre imagination.

Pourtant, je m'y efforce. C'est cette entrée, à droite.

Si vraiment vous vous y efforcez, j'aimerais bien voir un jour vos photos.

Malheureusement, je ne peux pas vous proposer de monter.

Si jeune et déjà marié ?

Je ne suis pas déjà marié, mais mon Père a un cancer.

Je me suis dit, pourvu qu'elle ne dise pas, je suis désolée. Elle a sorti un bout de papier et noté dessus son numéro de téléphone.

Je connais quelques médecins. Ils pourront peut-être l'aider, a-t-elle dit.

Merci. Je vais vous appeler même s'ils ne peuvent pas l'aider.

Il a émigré il y a deux ans déjà, vous m'appelez quand vous voulez.

J'ai refermé la porte derrière moi, attendu qu'elle démarre et s'éloigne. Mon Père était couché avec un torchon humide sur la tête. Je me suis assis sur le rebord de son lit et lui ai demandé comment il allait. Il a dit, bien, il avait seulement mal à la tête. Je lui ai demandé s'il voulait que j'aille à la pharmacie chercher quelque chose contre le mal de tête. Il m'a répondu qu'il en avait déjà pris, c'était sûrement à cause de la chaleur, ça allait passer. Puis il a dit qu'il ne savait pas ce qui lui était arrivé, il avait vraiment honte de ce qu'il avait fait avec sa canne. Je lui ai dit que ce n'était pas grave, que ça arrivait. Il m'a demandé où j'étais allé. Je lui ai dit que j'avais rencontré quelqu'un et qu'on avait eu une conversation. Puis j'ai ajouté que c'était à Lukács, parce que je sentais qu'avec ma conversation, je lui mentais effrontément.

Il m'a demandé comment étaient les bains Lukács. Je lui ai dit qu'ils étaient beaux.

(le bûcher des sorcières)

La dernière sorcière d'Europe était une orpheline déséquilibrée qui se nommait Márta Koszorús. Nous savons par les procès-verbaux qu'elle magnétisait les chiens, parlait aux oiseaux et restait vierge après chaque rapport.

De plus, elle ne magnétisait que les chiens mâles. Quand elle passait devant les clôtures, ils entraient en rut et se jetaient sur la palissade ou des troncs d'arbre pour tâcher de se soulager.

Elle parlait parfaitement le langage des oiseaux, le gardien du cimetière en avait témoigné. Non seulement il les avait vus converser, mais il avait vu aussi que les merles, les corneilles et les étourneaux l'avaient suivie jusqu'à la tombe de sa mère où ils avaient arraché les mauvaises herbes à sa demande.

D'autres qu'elle avaient déjà mis des chiens en rut, mais le fait de parler aux oiseaux aurait pu la faire passer pour une sainte, personne ne le contestait. Cependant sa perpétuelle virginité était la preuve de son pacte avec le Malin. Quel que soit le nombre d'hommes qui couchaient avec elle, parfois cinq ou six d'affilée, elle restait toujours vierge. Son sang coulait à flots. Il ne faisait aucun doute qu'elle était l'élue par qui Satan voulait envoyer son bâtard, comme le Seigneur avait donné au monde son fils par la Vierge Marie.

Mais personne à Mélyvár ne souhaitait que la ville doive sa réputation à l'Antéchrist. Et bien cinq ans après que la maison des Habsbourg est entrée dans le siècle des Lumières et a interdit les procès de sorcières, un bûcher a quand même été dressé pour Márta Koszorús dans la cour du château. Elle n'a même pas été étranglée.

Pourquoi ? D'habitude ça se faisait ?

Bien sûr. En général, les bourreaux avaient pitié des condamnés et les étranglaient. Mais là, ils n'ont pas eu d'autre choix que le feu. Ils avaient fait le tour de la question. Et c'est tout à l'honneur des juges, l'examen de la virginité avait été fait dans des conditions hospitalières. Márta Koszorús avait eu beau se débattre entre les quatre cordes tendues, parler aux pigeons qui voletaient dans la chambre de l'hôpital, faire aboyer les chiens sous la fenêtre, elle s'est révélée vierge aux trois examens. De cette manière, l'Antéchrist n'est pas né hongrois, et surtout pas à Mélyvár, ce qui est finalement une bonne chose.

Mais il aurait pu, ai-je dit.

(la bonne photo)

Je suis amoureux, ai-je dit à Kornél quand il est venu me voir quelques jours plus tard.

De qui ? m'a-t-il demandé.

De cette femme.

Quelle femme ?

Celle de Lukács. Celle qui mangeait de la pastèque.

Il s'est levé et est allé vers la fenêtre. Comme si je n'étais pas là.

Ne fais pas ça, a-t-il dit.

Je ne fais pas quoi ?

Tu le sais très bien. Tu as un cauchemar et après, tu retournes exprès chez cette femme.

Ce n'est pas pour ça que j'y suis allé. Ça n'a rien à voir avec mes rêves. Toi aussi, tu manges de la pastèque. Moi aussi, je mange de la pastèque. C'est l'été. Je ne peux pas haïr toutes les personnes qui mangent de la pastèque uniquement parce que j'ai fait un rêve à la con.

Ça ne veut quand même pas dire que tu doives tomber amoureux d'elle.

… J'y suis retourné parce que je devais le faire.

C'est logique. Tu sais, c'est tellement logique qu'il n'y a rien de plus logique.

C'est possible, mais c'est comme ça.

Et vous vous êtes vus combien de fois déjà ?

Deux. Ou si on compte la première, trois. C'est quoi, un interrogatoire ?

Alors, deux ou trois ?

Une fois avec toi et une fois à la piscine. Quand j'y suis retourné.

Alors c'est deux.

Puis encore deux fois. Chez elle.

… Cette femme pourrait être ta mère.

Personne ne pourrait être ma Mère ! C'est clair ?

Ce n'est pas ce que je voulais dire. Excuse-moi.

Je pense qu'elle n'a même pas quarante-cinq ans. Elle est divorcée. Son mari est parti en Suisse.

Et donc tu as couché avec elle.

J'ai quand même l'impression que c'est un interrogatoire.

Alors, couché ou pas couché ?

Tu me prends pour une espèce de fou œdipien ? Rien que parce que j'ai rêvé de ma Mère ? C'est ça que tu veux suggérer ?

Je suggère que tu te détruis délibérément.

Et ça ne te vient pas à l'idée de me demander quelque chose à son propos. Qui elle est, d'où elle vient, quelle est notre relation ?

Je te l'ai déjà demandé tout à l'heure.

Non. Tu m'as demandé si j'avais couché avec elle. Comme si c'était la seule relation qu'on puisse avoir.

Sûrement pas la seule, mais la plus incontestable. Du moins comme je l'imagine.

Alors tu sais quoi ? Imagine encore plein d'autres choses.

Quoi par exemple ? Que si elle n'a pas de torchon dans la bouche, elle crie plus fort que trois Adél Selyem ? Pour autant que je me souvienne de cette femme, j'ai du mal à imaginer autre chose.

… Au fait, c'est quoi ton problème ? Que, contrairement à toi, je sois amoureux ?

Toi, amoureux ? Tu parles ! Mon cul, oui.

… Alors appelle ça comme tu veux.

Tu sais comment j'appelle ça ? Destruction de son propre destin.

Le destin serait destructible, c'est bon, ça, je retiens… Le fait que je n'aie pas eu de femme depuis cette folle à lier de Johanna Vészi, ça, c'était de l'autodestruction. Parce que ça fait un bon bout de temps.

Et moi, je n'ai pas eu de femme depuis Judit. Et ça fait aussi un bon bout de temps.

Je t'envie d'y parvenir si facilement.

… Tu ne peux pas savoir si j'y parviens facilement.

Moi en tout cas, je n'y parviens que comme ça.

Alors trouve-toi une femme normale. Avec laquelle tu puisses vivre.

D'accord, ai-je dit.

Je me suis levé et j'ai apporté les deux photos qui séchaient dans la cuisine sur la planche à dessin.

Voilà une femme normale. Et moi, je ne peux vivre qu'avec elle.

Il a regardé les photos, ses doigts tambourinaient sur la table.

Oui, elles sont bonnes… Que veux-tu que je te dise ? Très bonnes.

Je le pense aussi. Alors arrête de m'emmerder.

(les deux hémisphères)

J'aimais cet appartement, on avait une vue sur Vérmező. Dans l'une des pièces, il y avait des livres, dans l'autre, le lit. Comme les deux hémisphères du cerveau. Et la porte entre les deux ne se fermait pas. Quand mon Père est mort, j'ai réaménagé l'appartement de la même manière. Il est vrai, sans du tout penser à Naphegy.

En général, j'apportais le vin, et elle faisait la cuisine. Il faut dire que cet en-général a duré à peine trois mois. Jusqu'aux pluies d'automne, on a mangé sur la terrasse. Chez elle, elle portait plutôt une robe de chambre. Ou même pas, si je le lui demandais. Parfois elle venait me chercher en voiture, parfois je montais à pied.

Ses amis médecins étaient pour la plupart des neurologues ou des psychiatres, ils n'auraient été d'aucun secours. Pourtant, la première fois que je suis allé chez elle, elle avait effectivement sorti toutes ses cartes de visite. Elle écoutait un disque de musique ancienne, elle a baissé le volume. Il y avait encore un flacon de vernis à ongles sur la table. Les livres et les coussins étaient empilés les uns sur les autres. Trois murs étaient occupés par des étagères qui montaient jusqu'au plafond. Il y avait un tilleul devant la fenêtre. Sur le bureau était posée une Continental noire avec des feuilles de papier blanc et des carbones usés.

C'était le même chaos que dans un cerveau. Respirer était aussi difficile qu'au sommet des Andes ou de l'Himalaya. De même que se déplacer, à cause des cendriers, des bracelets, des sous-vêtements et des verres. Dans l'autre pièce, il n'y avait rien, seulement un tapis, un lustre et, en dessous, son lit.

Il est bien, cet appartement.

Je sais, c'est mon mari qui l'a arrangé.

Je croyais que c'était toi.

Il l'a fait pour moi.

Alors pourquoi il est parti ?

Parce qu'il ne trouvait pas à Budapest une personne d'une vingtaine d'années à qui il aurait pu aménager les deux hémisphères de la même manière.

Il fait quoi ?

Je viens de le dire, c'est un maquereau. Et, malheureusement, un génie. À part ça, il est psychiatre.

Tu le détestes ?

Oui.

Alors qu'est-ce que tu voulais dire en disant que ton divorce était seulement officiel ?

Que quand la jeune fille aura trente ans, j'irai probablement le rejoindre en Suisse.

C'est une bonne idée, tu crois ?

Tu es jeune, tu poses des questions idiotes. J'ai faim, a-t-elle dit.

La cuisine donnait sur la terrasse. Dalma a préparé des toasts, on les a mangés dehors. Nous avons regardé le crépuscule tomber sur la vallée. Elle m'a raconté l'histoire de la dernière sorcière d'Europe. Aujourd'hui, je sais qu'elle l'avait inventée. Elle avait effectivement déjà été à Mélyvár où quelques sorcières avaient été brûlées, sauf que l'innocente faible d'esprit que l'Antéchrist avait choisie n'habitait pas à Mélyvár, mais à Naphegy, dans un deux-pièces bourgeois de quatre-vingts mètres carrés. Elle avait de la compassion pour la pauvre jeune fille et avait toutes les raisons pour cela. Et il est apparu peu à peu au fil des mois qu'elle était prête à tout pour avoir un objet de compassion.

Je n'y avais jamais pensé. Pourtant, ça doit être ça.

À quoi tu n'avais jamais pensé ?

Qu'il valait mieux d'être étranglé que brûlé vif.

Beaucoup mieux. Entre autres parce que la sensation d'orgasme est multipliée par deux quand le cerveau ne reçoit pas assez d'oxygène.

Elle portait une robe sans manches, je regardais les perles de son collier se serrer entre ses seins.

Tu vois, je ne le savais pas non plus.

Mais maintenant tu le sais. Seulement, il faut le faire correctement. Bon, je vais chercher du vin.

Quand elle s'est levée de sa chaise en rotin, ses seins ont presque touché mon visage. Elle s'est arrêtée un moment à la porte de la terrasse, mais ne s'est pas tournée vers moi.

Si tu veux, tu peux venir avec moi.

Je regardais Vérmező plongé dans le noir. Je l'ai rattrapée au milieu de ses livres. Après l'amour, elle m'a demandé si on se reverrait. Je lui ai dit, bien sûr. Ça voulait dire que je la désirerais tout autant le lendemain ? Je lui ai répondu que tant qu'elle se ferait autant désirer, elle n'aurait aucune raison de me poser cette question. Tout son corps sentait l'ambre.

Tu n'as vraiment personne ?

Si, en fait. Un Leica.

J'imagine que tu ne le laisseras pas tomber pour moi.

C'est exclu.

S'il veut me voir un jour, tu pourras l'amener.

Tu seras jalouse.

C'est sûr. Mais vous allez me désirer encore plus, tous les deux. Et ça, ça me plaît.

Quand je me suis rhabillé, elle m'a demandé de ne pas aller à Lukács. Je lui ai demandé pourquoi. Parce qu'elle y bavardait avec plusieurs personnes, beaucoup de gens la connaissaient. Et pourquoi était-ce grave ? Regarde-toi dans le miroir, tu as à peine plus de vingt ans. Et moi, j'en aurai bientôt cinquante. Je lui ai dit, tu mens. Elle m'a embrassé. Sa bouche avait toujours le goût de la mer. Elle m'a dit, je t'aime. Je me suis tu.

Elle a rencontré Kornél trois ou quatre fois. C'était bien aussi. La première fois, j'avais une certaine appréhension, mais elle a dit qu'elle ne voulait pas passer sa vie enfermée dans la chambre à coucher. Alors j'ai pensé, pourquoi tu m'as banni de Lukács, mais je n'ai rien dit. Car moi aussi, je l'avais bannie de chez moi. Une fois, elle était passée quelques minutes quand mon Père n'était pas là. Je ne voulais pas qu'ils se rencontrent. Je lui avais dit que c'était à cause de son cancer, mais en réalité, je ne voulais pas que mon Père voie que j'étais avec une femme avec laquelle lui-même pourrait vivre. Ils se sont quand même croisés un bref instant sur le pas de la porte. Par politesse, mon Père l'a invitée à entrer. Elle m'a regardé, puis tout aussi poliment, elle l'a remercié, disant que ce serait avec plaisir la prochaine fois, mais que là, elle était pressée. Je l'ai priée de faire en sorte qu'il n'y ait pas de prochaine fois. Elle m'a dit d'accord. Mon Père n'a plus jamais parlé d'elle.

La première fois, nous avions vu Kornél au café. Elle était venue en pull et n'avait mis ni ses bracelets ni ses perles. Évike l'a dévisagée, puis elle a estimé qu'il n'y avait aucune raison de penser à mal. Elle a posé le café devant nous d'un geste assez amical. Après deux minutes de silence gêné, Dalma Keresztes s'est mise à parler des autodafés. Finalement, nous sommes restés jusqu'à la fermeture. Elle ne parlait pas que des livres qui avaient été brûlés pour des raisons politiques ou religieuses, mais aussi des correspondances amoureuses jetées au feu, des manuscrits que leurs auteurs brûlaient eux-mêmes. Kornél lui a demandé si écrire directement sur le sable comptait comme un autodafé. Elle a dit, bien sûr, et elle est montée aux toilettes.

J'ai été très bête la dernière fois, a dit Kornél.

C'est vrai. Mais méfie-toi de ton enthousiasme.

Comme tu sais être idiot, a-t-il dit.

Nous l'avons raccompagné chez lui à Budafok en voiture et, en guise d'au revoir, Dalma Keresztes lui a dit qu'elle ne voulait pas le mettre mal à l'aise, mais qu'elle aimait beaucoup ses poèmes.

Une fois, nous sommes allés au cinéma tous les trois, une autre fois, nous avons fait une randonnée dans la colline Jánoshegy. Et une fois, ils se sont vus seuls tous les deux. Ça m'a un peu énervé.

Ne me dis pas que tu es jaloux, sinon j'explose.

Je ne suis pas jaloux, mais ne complote pas dans mon dos.

Se faire du souci pour toi, ça ne s'appelle pas comploter.

Vouloir m'emmener à Mélyvár après avoir bu un verre avec toi, moi, j'appelle ça comploter.

Et moi, aimer.

Vraiment ?

On n'a parlé que de toi. Et après, quand elle a voulu me ramener à la maison, elle avait encore raison. Malheureusement, moi aussi je peux être ébloui par un maillot de bain. Et par ton obstination qui devient parfois effrayante. Mais cette femme, elle t'aime.

À mon avis, ce qui t'éblouit, c'est d'entendre des compliments sur tes poèmes après avoir échangé de doctes propos sur l'écriture sur le sable.

Je ne te permets pas !

C'est comme tu voudras. Mais sache que Dalma et moi, on ne discute pas de la même manière. Pas d'une manière aussi docte.

Pourquoi, vous parlez comment ?

Ce n'est pas sûr que ces détails te regardent.

Tout le monde parle autrement au lit. Et là, ton concours est nécessaire.

C'est ça. Tu savais qu'elle est venue voir mon Père ?

Sans même te prévenir ?

Oui.

Et ton père, il en a dit quoi ?

Rien du tout.

Alors comment tu le sais ?

Parce que le lendemain, on sentait encore son parfum dans sa chambre.

Ça me paraît assez invraisemblable.

Je connais mieux cette odeur que tu ne connais le fond de ta poche.

Et pourtant, cette femme t'aime.
Non, Kornél. Elle aime seulement une orpheline violée.

(le droit)

Une fois, elle m'a demandé si elle pouvait voir mes photos.
J'ai répondu bien sûr et lui ai dit qu'elle m'attende dans la voiture.
Elle a dit qu'elle ferait comme je voulais, elle savait que je ne supportais personne dans ma chambre.
Ce n'était pas tout à fait ça, elle savait très bien pourquoi je ne l'invitais pas à monter.
Peu importe, elle respectait cela.
J'en suis ravi, ai-je dit.

Jusque-là, j'avais fait neuf photos en tout. Je les avais agrandies sur du papier de quarante sur cinquante. Je les ai mises dans un carton à dessins, puis nous sommes montés chez elle, sur la colline. Je les ai posées par terre, devant la fenêtre. Je m'attendais à ce qu'elle demande ce que les autres négatifs étaient devenus, mais Dieu merci, elle ne l'a pas fait. De cette manière, je n'ai pas eu à essayer de lui expliquer que l'appareil photo n'était même pas à mi-chemin entre la réalité et la photo finie. Après Johanna Vészi, j'avais pris la ferme décision que personne d'autre que moi et le destin aveugle ne se mêlerait plus de ce qui devait être gardé ou pas. N'importe qui pouvait me demander n'importe quand de poser mon appareil. Et je le poserais. Ou sans un mot, je ne le prendrais même pas en main. Mais du moment que cette personne avait dit oui, ni son humeur, ni son état nerveux, ni sa fierté ou toute autre raison ne pouvaient détruire mes photos ni les enfermer à vie dans un tiroir.

Je l'ai dit à Dalma Keresztes dès la première fois. Je la prendrais en photo uniquement si elle le voulait, mais ce que je prendrais, je le garderais. Ou pas, mais moi seul en déciderais. Elle m'a dit qu'elle le savait. Je lui ai dit que ça ne me suffisait pas.

Ce n'est pas seulement à ce moment-là qu'elle devait le savoir, mais même si elle me quittait, me dénonçait à la police ou me tuait, ça ne changerait rien.

Je t'ai dit que je le savais. Ça ne te suffit pas ?

Elle a posé sur le lit une photo où on ne voyait que son visage. Sur l'oreiller. Comme si elle était couchée là, à moitié morte en face des immenses fenêtres qui donnaient sur le néant. Elle a remonté la couverture jusqu'aux yeux.

Celle-là, laisse-la-moi, a-t-elle dit.

Je ne fais qu'un agrandissement de chaque.

Je t'en prie.

D'accord. Je t'en ferai un autre, mais celui-ci, je le reprends.

Tu sais très bien que tu fais de moi ce que tu veux.

Je ne peux faire de personne ce que je veux.

De moi, si. Ce que tu veux.

Elle a baissé le store, l'après-midi traçait des rayures sur le lit.

J'aimerais que tu me croies enfin : tout ce que tu veux.

C'est toi qui le veux, pas moi.

(la tenace)

Puis un jour est apparue une lampe de studio. Dieu merci, elle est restée là-bas.

Je lui ai demandé d'où elle la sortait.

Je me la suis procurée. Tu avais dit que tu en avais besoin.

Je n'ai pas dit ça.

Mais moi, c'est ce que j'ai compris. Tu ne veux pas l'essayer ?

J'ai regardé sa bouche. Son rouge à lèvres s'était un peu étalé à cause du verre. Elle s'est levée et m'a tendu l'appareil photo.

Je regarde où ?

Dans mes yeux.

C'est un appareil.

Ce sont mes yeux à moi.

Alors baise-moi comme un appareil.

Tais-toi.

Allez.
Tais-toi, j'ai dit.

Puis un jour, je l'ai vue par la fenêtre du café, au coin de la rue. Kornél a dit qu'elle avait certainement quelque chose à faire là-bas. Le temps que je sorte, elle avait repris sa voiture, elle était partie. Le soir, elle avait une robe que je ne l'avais jamais vue porter. Rouge. Elle ne lui arrivait même pas aux genoux.

Imagine que je suis une autre femme, a-t-elle dit.

Ce n'était pas une autre femme, mais Kornél. Seulement de là où tu étais, il était caché par le rideau.

Je ne comprends pas ce que tu racontes.

Je me tenais à la place de la porte manquante. C'eût été bien s'il y avait eu quelque chose à fermer. Elle est entrée et s'est affalée sur le lit de manière à ce que je voie qu'elle ne portait pas de culotte. Elle a pris la bouteille de vodka et a bu au goulot.

J'ai joué aux échecs avec Kornél. Ça fait six mois que nous n'avons pas joué.

Je sais.

Alors pose la bouteille.

Ça me fait du bien.

Si moi, je ne bois pas, toi, tu n'as vraiment pas de raison de le faire.

Je veux que tu me soûles.

Comment ça, que je te soûle ?

Comme ça. Tu me la fourres dans la bouche, et tu me soûles à mort.

Je n'aimerais soûler personne.

Mais si.

Je t'en prie, pose-la.

Je te l'ai dit, fais de moi tout ce que tu veux. Pas ce que tu oses, mais ce que tu veux.

Alors, déshabille-toi.

Quand tu auras dit ce que tu penses.

Je pense ça.

Ce n'est pas vrai.

Si. Le reste, c'est toi qui l'imagines.

Ce que tu es lâche.

Je l'ai saisie sous le menton, la vodka coulait sur ses seins. Elle riait.

C'est bon maintenant ? Ça te plaît ?

Oui.

Alors, allons-y, déshabille-toi, espèce de pute.

(le téléphone)

Je ne peux pas savoir ce qui serait arrivé si, le dernier soir, elle ne m'avait pas enfermé. Je ne peux pas savoir jusqu'où on peut s'approcher des limites du désir charnel sans que l'âme en pâtisse. Je pense que l'un des plus grands fardeaux de l'âme, c'est quand la réalité rattrape l'imagination. Bien sûr, le fardeau peut être tout aussi lourd si elle ne s'en approche même pas. En tout cas, pour l'instant, la pauvreté a rendu fous moins de gens que la richesse. Et qu'est-ce que le désir de posséder comparé à l'instinct de procréation ? Je ne peux pas savoir à quel point notre réalité aurait pu approcher de l'imagination de manière à nous laisser quelque chose devant nous. Mais ce qui est sûr, c'est que moi, en une seule seconde, il ne m'est rien resté.

Je dois y aller, ai-je dit.

Je te ramène.

D'accord. Allons-y.

Je t'ai dit que je te ramènerais. Dans vingt minutes, tu es chez toi. Et alors moi, il m'en reste dix-neuf.

Cinq.

D'accord. Croise tes mains dans le dos.

Pas maintenant. Je dois vraiment y aller.

Les mains !

Je l'ai fait. J'ai senti le cordon de sa robe de chambre se serrer fortement autour de mes poignets.

Ce n'était pas ainsi.

On s'était disputés avant. Je lui avais dit que j'étouffais. Que je n'avais pas besoin d'une infirmière.

Quelle infirmière ?

Elle savait très bien de quoi je parlais. Et je ne voulais pas qu'elle ait à faire juste en face du café, ni juste au coin de la Szív et de l'avenue de la République-Populaire.

Ni qu'elle monte en cachette voir mon Père.

C'était ridicule, elle n'avait jamais été chez mon Père.

Et si elle y allait, au moins qu'elle ne mente pas.

Pourquoi irait-elle le voir, qu'est-ce qu'elle lui voudrait ?

Moi aussi, j'aurais bien voulu le savoir.

Elle ne croyait pas que mon Père m'avait dit ça. C'était moi qui avais tout inventé.

Elle ne connaissait pas mon Père comme quelqu'un de…

Elle s'est tue.

Et quand est-ce qu'elle ne l'avait pas connu comme quelqu'un-de ?

Je ne suis jamais allée le voir.

Une personne saine d'esprit serait incapable de ça, ma parole. Nier un fait alors qu'elle sait très bien que les autres le savent. Et qu'elle-même l'affirme.

Au nom de quoi tu ne me crois pas ?

Dans ce cas, il ne faut pas mentir. C'est aussi simple que ça !

Pourquoi je ne pourrais pas connaître ton père ?

Parce que je te l'avais demandé. C'est tout.

Tu ne me l'avais pas demandé, tu me l'avais interdit. Parce que tu as honte. Tu as honte que je puisse être ta mère.

Je la regardais, debout devant la fenêtre, sa robe de chambre défaite, la cigarette dans sa main tremblante. L'après-midi flamboyant traversait les feuillages du tilleul et ses cheveux. Jamais, pas une seconde je ne l'avais vue vieille. À cet instant non plus. À part elle-même, personne ne la verrait vieille encore pendant des années.

Je t'en prie, je ne veux plus entendre ça. Personne ne pourrait être ma Mère, ai-je dit tout bas. Tu aurais peut-être honte de moi à Lukács, mais moi, je n'ai pas honte devant mon Père. Seulement, je ne veux pas qu'il croie que la vie de son fils est foutue. Et qu'il meure désespéré. C'est tout.

Foutue ? Parce que son fils est avec une vieille femme ?

Tu veux bien arrêter avec la vieille.

Si tu veux savoir, il est même content de savoir que quelqu'un s'intéresse à ce dont son fils a besoin !

Alors la prochaine fois, demande-le-moi directement ! C'est peut-être ça qui m'étouffe !

Quoi ? Le fait que tu as tout ? Que tu peux tout faire ?

Je n'ai jamais rien demandé. Tu es quoi ? Une esclave d'amour qui a peur d'être virée ? Tu crois qu'on a besoin de toi le temps de t'attacher les mains pour te baiser ? Nom de Dieu, un peu de tenue, voyons !

Elle a écrasé son mégot, s'est placée devant son miroir et a mis du rouge à lèvres.

Je dois y aller, ai-je dit.

Je te ramène.

D'accord. Allons-y.

Je t'ai dit que je te ramènerais. Dans vingt minutes, tu es chez toi. Et alors moi, il m'en reste dix-neuf.

Cinq.

D'accord. Croise tes mains dans le dos.

Pas maintenant. Je dois vraiment y aller.

Les mains !

Allons-y.

Je me suis levé.

Tu voulais de la tenue, non ? J'ai dit, rassieds-toi et croise tes mains dans le dos.

Je l'ai fait.

J'ai senti le cordon de sa robe de chambre se serrer autour de mes poignets.

On arrête ça, ai-je dit.

Maintenant c'est toi, l'esclave d'amour. Alors tais-toi. Tu le supporteras bien cinq minutes.

Elle m'a bandé les yeux.

Pas les yeux, ai-je dit.

Je ne te comprends pas. Tu aurais déjà pu le demander. Je te l'ai dit, tu peux tout me demander.

Je ne te l'ai pas demandé et je ne vais pas le faire.

Encore quatre, dit-elle en défaisant ma ceinture.
Je t'ai demandé de m'enlever ça.
Si tu veux, un jour on pourra faire venir une pute.
Tu es folle ou quoi ? Enlève-moi ça, je te dis.
Tais-toi. Un esclave obéit et se tait.
Je dois y aller.
J'ai dit tais-toi, n'est-ce pas ?
Elle a essayé de me bâillonner avec un torchon.
Je l'ai repoussée avec mes genoux.
Espèce de brute, a-t-elle dit, puis elle est sortie. Je l'ai entendue pleurer dans l'autre pièce.
Je ne t'ai pas donné un coup de pied, je t'ai seulement repoussée ! Et je t'avais demandé de m'enlever ce truc ! Tu sais très bien que je dois y aller ! Je dois être là quand le médecin viendra !
Je l'ai entendue enfiler le manteau sur sa robe de chambre, mettre ses chaussures et claquer la porte d'entrée. J'avais l'impression de devenir fou.
Ça a duré une demi-heure, ou peut-être une heure. Ou dix minutes, peu importe, je ne sais pas. Elle est enfin revenue, elle m'a enlevé cette merde des poignets. Je suis parti aussitôt, sans dire au revoir.

Quand je suis arrivé rue Szív, il faisait déjà sombre. J'entendais de la rue mon Père hurler de douleur. J'ai monté l'escalier quatre à quatre. Le médecin était là, mais les simples antalgiques n'étaient plus d'aucun secours. Il est parti appeler l'ambulance, en attendant j'ai lavé le vomi à côté de son lit.

Je l'ai accompagné à l'hôpital, il avait eu de la morphine, heureusement, elle a fait effet. L'infirmière m'a permis de rester à côté de lui, sur le rebord du lit, jusqu'à l'aube. Ensuite, je suis allé directement à l'imprimerie. Je leur ai dit que je ne viendrais plus. Ils étaient gentils, ils m'ont dit que je pouvais rester chez moi tant que mon Père n'irait pas mieux, ils arrangeraient ça avec le responsable du personnel. J'ai dit merci, mais il était évident que mon Père n'irait pas mieux, et que moi, je ne reviendrais plus jamais.

Puis j'ai appelé Dalma Keresztes depuis le bureau de tabac. Elle m'a demandé ce que je voulais, il était encore tôt. J'ai dit que je le savais, que la veille au soir, j'avais dû amener mon Père à l'hôpital. Elle m'a dit qu'elle me voulait du bien et que moi, en guise de reconnaissance, je lui avais donné un coup de pied comme à un chien. Je ne donnais pas de coups de pied, ni à elle ni aux chiens. Et là, au lieu de m'excuser, c'est encore moi qui lui demandais des explications. Alors que je l'avais traitée comme un torchon. Je ne l'avais jamais traitée comme un torchon. Curieusement, à part son mari et moi, personne ne l'avait jamais traitée de pute. J'étais désolé, mais alors il ne fallait pas me le demander. C'était plutôt elle qui était désolée. Profondément. Mais elle ne tolérait pas que je la traite, la viole et la rende responsable de tout, comme son mari. Que je la fasse chanter. Comme si ce cancer était de sa faute. Je ne lui demandais pas des comptes. Mais je ne voulais plus jamais la revoir. Elle a encore dit quelque chose, heureusement, on a été coupés.

Je ne l'ai pas rappelée. Je ne l'ai pas vue pendant sept ans. Kornél m'a dit de ne pas déchirer ses photos.

(l'alliance)

Le matin, mon Père allait bien. Si ce n'est que ses testicules étaient enflés, gros comme mon poing, sans qu'on sache pourquoi. Le médecin a dit que ses reins ne fonctionnaient pas. Mais il mangeait, les infirmières étaient satisfaites. Dans le lit voisin, un homme lisait son journal. Parfois il sifflait. Quelqu'un lui a demandé de ne pas siffler. Il a répondu, ça m'est égal.

Mon fils.
Oui.
Appelle Kőszegi, je t'en prie.
D'accord.
… Et aussi Sára Rónai, à la bibliothèque.
Bien sûr, je vais l'appeler.
Dis-leur de ne pas venir me voir.
Ils ne savent pas encore que tu es là.

Appelle-les quand même, et dis-le-leur. Que personne ne vienne.
D'accord, je le leur dirai.
Quand j'irai mieux et que je serai rentré à la maison, ils pourront venir.
D'accord.
Appelle-les maintenant, j'ai de la monnaie dans ma poche.
D'accord.

Un brancard passait dans le couloir étroit, les membres de la famille cassaient la croûte sur des chaises disposées le long des murs. L'homme du brancard a essayé de se dresser sur les coudes, mais l'infirmier lui a ordonné de rester tranquille parce qu'il risquait de faire sortir la sonde de son estomac. J'ai regardé par la fenêtre. Elle donnait sur un mur aveugle. Même d'ici, du troisième étage, on ne voyait pas le ciel.

Je suis redescendu à pied, pourtant peu de gens attendaient l'ascenseur. Je me suis arrêté sur le palier du deuxième pour allumer une cigarette. J'avais peur d'arriver en bas. De sortir dans la rue. J'avais l'impression que la seule réalité possible se trouvait ici, entre les murs. Que tout ce qui se trouvait à l'extérieur, l'immeuble dont on ne voyait d'ici que le mur aveugle, le trottoir et ses merdes de chien, le bureau de tabac, le vélo attaché au réverbère et dont les roues avaient été volées, la future mère ivre qui collait une gifle à son gamin, la fille qui bayait aux corneilles dans le tramway, le facteur et le gros fleuriste, la gare, le passage clouté, le snack, la mercerie, n'était désormais plus valable. Que désormais tout cela existait pour rien.

Un malade s'est arrêté à côté de moi pour me demander du feu.
Un parent ? m'a-t-il demandé.
Non, seulement un ami.
C'est bien quand on est de Budapest. On reçoit des visites. Moi, c'est seulement le mardi. Je suis de Biatorbágy.
Excusez-moi, je dois y aller, lui ai-je dit simplement, pourtant jusqu'alors j'avais toujours ajouté un mensonge à mon je-dois-y-aller.

Puis j'ai dévalé l'escalier quatre à quatre, fuyant cette maison des morts, j'ai franchi la porte et suis retourné parmi les futures mères ivres, les vendeurs à la sauvette et les voleurs de bicyclettes, dans la seule réalité valable.

Une heure plus tard, Kőszegi était déjà sur place. Mon Père dormait encore. On était dans le couloir, il m'a donné une tape sur l'épaule.

Sois un peu plus fier de ton père, mon garçon, parce qu'il n'a pas fait ça pour lui-même. C'était un homme courageux.

Il est encore en vie, ai-je dit.

Il a rougi, on voyait sa veine jugulaire battre de nervosité.

Bien sûr qu'il est en vie. Les hommes comme lui ne meurent jamais.

Si. Dans un jour ou deux, il va mourir. Comme vous aussi, un jour. Et les autres aussi. Et Kádár aussi. Et moi aussi.

… Pourtant nous devrons nous entendre, petit Szabad.

Alors faites un effort.

Putain de ta mère, ce que tu es insolent.

Si tu répètes ça une seule fois, je te balance par la fenêtre, espèce de grosse merde.

Ses mains se sont crispées sur le dossier de la chaise, il tremblait. Je me suis senti plus serein que jamais. À droite, Kőszegi, à gauche, la chambre. J'y ai jeté un coup d'œil. Mon Père était éveillé, il nous observait depuis son lit. Il était loin, près de la fenêtre, je savais qu'il ne pouvait pas nous entendre. Il était content qu'on discute.

J'ai dit, dix minutes.

Tu me donnes des ordres, petit morveux ?

Qu'est-ce que vous avez dit à mon Père autrefois ? Qu'il aurait mieux fait de rester chez lui en cinquante-six ?

Au moins, il n'a plus rien dit.

Dix minutes, le temps pour moi de prendre un café, en bas. Mais il ne passera pas son dernier jour avec vous.

Il y avait un salon de thé devant l'entrée. Les familles y achetaient des gâteaux et des boissons pour les malades. Quand c'était possible. Parfois, des malades venaient, un peignoir passé sur leur pyjama. Il y avait des tabourets rouges à trois pieds, des fleurs artificielles et des cendriers en aluminium. Je me suis assis, j'ai vu arriver Sára Rónai, désespérée, et monter en toute hâte. J'avais faim, j'ai mangé un gâteau à la crème. Il était bon. Environ une demi-heure plus tard, elle est redescendue avec Kőszegi. Elle pleurait, il avait passé le bras sur ses épaules. J'ai attendu qu'ils disparaissent au coin de la rue. J'ai payé mes deux cafés et mon gâteau, et je suis remonté voir mon Père.

Ce sont de braves gens, ils te seront d'un grand secours, mon fils.

Oui, je sais.

Et cette charmante femme ? Comment s'appelle-t-elle ? Dalma ?

Oui, Dalma.

Elle aussi t'aime beaucoup, mon fils. Mais nous avons tant de mal à parler de ces choses.

... Regarde ce que j'ai volé pour toi, ai-je dit.

Qu'est-ce que c'est ?

Une mine terrestre, ai-je dit en posant le cendrier sur sa table de chevet. Il a ri.

Je devais rentrer à la maison pour la nuit. L'infirmière m'a dit que je ne pouvais pas rester, que je pouvais tranquillement rentrer dormir chez moi, qu'il n'y aurait aucun problème. J'ai dit que je devais rester à ses côtés.

Vous serez à ses côtés, croyez-moi, jeune homme, mais maintenant, rentrez sagement chez vous et dormez. Je vous le dis, il n'y aura aucun problème.

Je suis entré dans sa chambre, j'ai regardé le verre de lait caillé sur la table. Il y avait une moitié de pomme sur une assiette. Déjà brunie. Des médicaments. À côté du lit, sa nouvelle canne. L'ancienne, cassée en deux, était sur l'armoire. Sur le sol traînaient des livres et un journal avec la photo de Kádár. Embrassé avec enthousiasme par une ouvrière hongroise lors d'une visite d'usine. Mon Père avait posé le pied dessus par hasard quand je lui avais noué ses lacets. Le journal était froissé.

Je me suis dit que j'allais le garder. Quant au lait caillé, il faudrait le jeter.

Je savais qu'il ne reviendrait plus jamais dans cet appartement. Que tout cela ne serait plus à lui. Que je pouvais tranquillement ouvrir chaque tiroir, et même regarder dans le poêle. Ouvrir la porte entre les deux chambres. Jeter la pomme à la poubelle, le lait caillé dans l'évier. Ranger Kádár. Vole où tu veux, Gagarine, tu ne seras nulle part aussi seul que sur la Terre, dans la chambre de ton père. La pomme à la poubelle, le lait caillé dans l'évier. Le jour se levait. J'étais toujours incapable de pleurer. Finalement, j'ai vu son alliance à côté de sa lampe de chevet.

(le dernier jour)

Je m'étais endormi par terre, il était plus de dix heures quand je me suis réveillé. Sur le coup, je ne savais pas où j'étais, je n'avais jamais encore dormi dans la chambre de mon Père. Puis j'ai compris que je n'avais plus le temps de penser à ça. Le trolley n'arrivait pas, la neige tombait dru. Je suis parti à pied. Heureusement, l'hôpital n'était pas loin. À mon arrivée, c'était déjà l'heure de la consultation. On m'a dit, une demi-heure. Ou trois quarts d'heure. Je n'avais jamais encore vu cette infirmière. Je lui ai demandé comment allait mon Père. András Szabad, chambre sept. Elle a dit qu'il allait sûrement bien. Comment ça, sûrement bien ? S'il n'allait pas bien, elle le saurait.

Heureusement, le tramway fonctionnait, et il ne neigeait plus. Je suis allé au café, Évike m'a donné un bout de papier, j'ai laissé un message pour Kornél lui disant où j'étais. Je suis revenu pour la fin de la consultation. Mon Père était content de me voir, il s'est même levé et on est sortis sur le palier. Un médecin lui a rappelé sèchement que les malades ne devaient pas fumer. Il a ri. Dites-le à mon fils, docteur, moi, j'arrête demain.

Je lui ai demandé s'il voulait que je lui achète quelque chose. Il a dit qu'il n'avait besoin de rien, à vrai dire, il aurait seulement voulu lire l'avenir. Je lui ai dit qu'il n'y avait rien à lire dans l'avenir, qu'il n'y aurait pas de problème. Ce n'était pas son avenir à lui qui l'intéressait, il le connaissait déjà. Mais le mien. Je lui ai dit qu'il n'avait aucune raison de se faire du souci. Il a dit que ce n'était pas une question de souci, mais il regrettait que ni ma Mère ni lui ne verraient l'homme que je deviendrais. J'ai dit que moi non plus, je ne le voyais pas encore. Mais que j'avais décidé de préparer le bac au cours du soir. Pour essayer d'entrer à l'université. En lettres et histoire. Il a regardé par terre. Donne-moi plutôt une autre cigarette, mon fils.

Tu sais de quoi je suis le plus fier dans toute ma vie ?

Tu as beaucoup de raisons d'être fier, ai-je dit.

De t'avoir offert ton premier appareil photo. De t'avoir appris ce qu'est le temps d'exposition.

Mais à part ça, tu as énormément de raisons d'être fier.

Et de t'avoir enseigné la composition. Qu'il faut voir ce qu'il y a à droite, à gauche, au milieu. Que c'est souvent plus important que le temps d'exposition.

Je le pense aussi.

Crois-moi, c'est vraiment ce dont je suis le plus fier. Même si je ne pense pas que quoi que ce soit d'autre ait été vain. Cette fameuse assiette n'était pas vide, je pense. Elle était tout sauf vide, mon fils.

Je le pense aussi.

À propos, tu sais ce que Kőszegi m'a dit hier ? Que ç'avait été une connerie de sa part de me dire un jour que j'aurais dû rester à la maison, et qu'il ne fallait pas lui en vouloir. Je ne m'en souvenais pas, mais il a dit que toi, tu t'en souvenais sûrement.

Vaguement. Un jour où on était chez lui. L'important est que lui s'en souvienne.

Peu importe, bref, cette assiette n'était pas vide du tout, mon fils. Sauf qu'à cette époque, on pouvait nous rire au nez. S'il y avait eu un réseau pour nous aider, un réseau qui aurait eu de l'influence même à l'étranger. Dont le bras atteigne le gouvernement américain. On n'en serait pas là aujourd'hui. Ce pays serait aujourd'hui comme la Suisse.

Oui, ce serait bien.

Il a éclaté de rire.
Qu'est-ce qu'il y a ? ai-je dit.
C'est presque le cas, a-t-il dit.
Moi, malheureusement, je ne vois pas de ressemblance.
La Suisse aussi serait plate si les Russes lui avaient flanqué le même coup de tapette à mouches.
À droite, la fenêtre et le mur aveugle, à gauche, la rambarde de l'escalier.
À mon avis, tu vas tout à fait bien, on pourrait même descendre boire un coup, ai-je dit.
On le fera demain, mon fils.

Il était fatigué, je l'ai raccompagné dans sa chambre. L'infirmière m'a dit de partir, de le laisser dormir jusque dans l'après-midi.
Je n'ai pas l'intention de dormir, Klárika.
Ça n'ira pas comme ça, ici, c'est moi qui commande, monsieur le professeur.
Je me suis dit, tiens donc, monsieur le professeur. Mon Père me regardait.
Klárika dit que seuls des hommes sérieux peuvent lui faire la cour. Il a fallu que j'invente quelque chose.
Oui, et pas des magasiniers, ni même des bibliothécaires, a dit Klárika.
Je vois que j'arrive au milieu d'une conversation. Je ne veux pas vous déranger, ai-je dit.
Malheureusement, j'ai déjà un fiancé. Mais je peux encore réfléchir, a dit Klárika.
De plus, elle était belle. Pas très, mais juste assez pour donner un sens à la vie.
Moi, je pense que tu devrais te ressaisir, ai-je dit à mon Père.
Vous voyez, votre fils est du même avis que moi. Allez, reposez-vous une petite heure.
Pendant ce temps, je descendrai prendre un café, ai-je dit.
Prenez plutôt un bon repas, vous aussi.
Mon Père a ri, écoute ce que dit la dame, mon fils.
Il était temps que tu deviennes raisonnable. Ne gâche pas tout. Je reviens dans une heure.

Quand je suis arrivé en bas, la première neige s'était transformée en boue grise. Pas grave. S'il neigeait si tôt, on aurait sûrement un Noël blanc. Je suis allé au salon de thé d'en face, j'ai commandé un café. Puis un *pogácsa**. J'ai pensé, alors comme ça, il fait la cour. Il plaisante, oui, mais Klárika connaît déjà le bibliothécaire, le magasinier. Et puis elle a raison, il doit se reposer. Sára Rónai avait raison, elle aussi, c'est très important, l'espoir. Et ma Mère aussi avait raison, Noël, c'est Noël. Un temps où il faut savoir se réjouir. Et Kornél aussi a raison. D'une manière générale, il a raison en tout. Et ce connard de Kőszegi lui a au moins demandé pardon. Dire qu'il ne s'en souvenait pas. Par la fenêtre, j'ai vu Lovas arriver. C'était un brave homme, lui au moins, il avait vraiment sauvé la vie de mon Père. Pourtant c'est probablement lui qui avait dit à mon Père, ton fils n'en a rien à foutre de toi. Bien sûr, dans l'autre chambre, il pouvait le croire. Mais bon, l'important est que mon Père sache que ce n'était pas vrai. Demjén avait dû dire la même chose, c'était aussi un compagnon de cellule. Kőszegi n'avait pas dit ça, en réalité, c'était mon Père qu'il avait attaqué, pas moi, parce que mon Père lui avait reproché de ne pas avoir d'enfant. Hier, il s'en est fallu de peu que je ne le frappe. Heureusement, je sais rester calme quand il le faut. C'est une très grande chance. Ma Mère aussi savait garder la tête froide. À vrai dire, mon Père aussi est calme. Bien que ces derniers mois, il ait souvent perdu patience. Ça peut se comprendre. Je ne sais pas comment je suis tombé sur l'idée de fouiller sa chambre. Surtout après lui avoir reproché d'avoir fouillé la mienne. S'il veut organiser un réseau mondial, libre à lui. Il a peut-être raison. Mais il ne transformera pas les Hongrois en Juifs. Les Hongrois ne s'y prêtent pas. C'est un autre peuple. Avec d'autres coutumes. C'est tout. Les Hongrois ne feraient pas de bons Juifs, les Juifs ne feraient pas de bons Hongrois. Même s'il n'est pas sûr que cette dernière affirmation soit vraie. Kőszegi, par exemple, est vraiment un bon Hongrois. Le problème avec lui n'est pas qu'il soit juif, le problème est qu'il est fanatique. Bien que je sois sûrement moi aussi fanatique sous de nombreux aspects. Sauf que je serais

* Sorte de pâtisserie salée.

incapable de tuer. Mon Père n'a jamais tué personne avec ses assiettes vides. Kőszegi avec son essence, oui. Il faut dire qu'on ne fait guère de révolution sans tuer. C'est comme ça. Il faut tuer. La patrie a-t-elle besoin de gens atteints de la tremblante ? Alors pan. J'ai dit pan, troufion, alors pan. Le colonel Adler n'avait pas à se remettre en cause pour ça. Il aurait sûrement pu enseigner l'éthique dans une bonne université. Une université américaine, par exemple. Ensuite, bonne chance à Budapest, camarade Khrouchtchev. Merci, ça ira, camarade Eisenhower. Voilà pourquoi c'est bien qu'il ait marché sur la photo de Kádár. Il ne s'en souvient peut-être pas. Je le lui dirai quand je remonterai. À ce propos, Klárika a raison, il doit se reposer. Les reins, ce n'est pas tellement important, si c'était le foie, ce serait beaucoup plus grave. Je lui dirai aussi qu'il a eu tort de ne pas me prendre au sérieux, je vais vraiment passer mon bac. On peut tranquillement passer le bac à vingt ans, les cours du soir sont faits pour ça. Il y en a qui le passent à trente ans. Ou à quarante. Ils ont déjà des enfants. De toute façon, je laisse tomber l'imprimerie, ce n'est pas une solution. On ne peut pas passer une nuit entière à côté de quelqu'un. Et je ne peux pas vivre avec un salaire d'ouvrier auxiliaire à mi-temps. Le loyer, plus les charges, plus les cigarettes, le café. Il ne reste rien pour les pellicules et le papier. Et aussi la nourriture. S'il guérit, ils le mettront à la retraite. On ne peut pas travailler avec un cancer. Il ne se remettra jamais suffisamment pour pouvoir travailler. Même en sortant de prison, il n'était pas aussi maigre. En tout cas, il faut trouver un travail correct. Je vais noter toutes les factures sur un bout de papier et j'irai chez le photographe de photos d'identité que j'ai vu autrefois par la vitre du taxi. Je lui montrerai qu'il me faut tant, et que pour tant, je ferai tout. Lui, il n'aura même pas à travailler. Il est exclu que ça ne lui convienne pas. Je ne vais pas compter les pellicules et le papier, il y en a de toute façon au laboratoire. Et au moins je travaillerai avec des photos. Et pas avec le Bureau Politique de merde et les petites annonces. J'achèterai un berceau, même d'occasion. Ça a l'air encore plus idiot avec un cercueil. Quand je remonterai, je lui demanderai en tout cas qui est ce Dr Zenta sur la photo, avec sa Schaffhausen en or. On ne parle jamais de rien, maintenant ça va changer. Sur un lit d'hôpital, avec un cancer, on peut dire ce genre de choses. Moi, je ne suis plus un enfant, et lui, il ne peut pas se comporter comme s'il allait vivre éternellement. On peut enfin se dire pas mal de choses. Par exemple, pourquoi il a fallu à tout prix quitter Mélyvár. En tout cas sûrement pas à cause du lycée, que j'ai fini par quitter. Et pourquoi il avait fallu vendre la maison juste à un dirigeant du Parti. Il est vrai qu'il aurait été malsain de continuer à vivre à l'endroit où ma Mère était morte. On ne faisait que s'éviter, de même que lui et mon grand-père s'étaient évités. Si on était restés dans cette maison, pas sûr qu'il m'aurait appris à développer des photos. Ou qu'il aurait discuté avec Kornél. Ou que j'aurais invité qui que ce soit dans cette maison. J'ai pu faire venir librement Johanna Vészi dans l'appartement de la rue Szív, la configuration est telle qu'on ne se dérangeait pas l'un l'autre. Et j'aurais pu inviter n'importe qui d'autre. Tout comme lui. On ouvre et on ferme la porte comme on veut. Il suffit de pousser le piano et elle s'ouvre. S'il va mieux au point de pouvoir rentrer à la maison, Klárika viendra sûrement de temps en temps pour donner un coup de main. Elle plaisante, c'est sûr, mais pas comme les autres infirmières. Ce serait mieux, disons, que Sára Rónai ne vienne pas. Je ne sais pas comment elle a pu s'imaginer que j'avais ma place là-bas autant que mon Père. Mais elle avait peut-être raison, c'est peut-être moi qui me faisais des idées. Elle n'est peut-être pas la maîtresse de mon Père, mais celle de Kőszegi. Dans ce cas, j'y étais d'autant moins à ma place. D'ailleurs, c'est beaucoup plus vraisemblable. Du moins à la vue de Kőszegi lui posant son bras sur l'épaule. Je suis presque sûr que mon Père n'a personne. Ce pouvait être la femme qu'il a rencontrée pendant un certain temps dans un bar, mais il a rompu tout contact avec elle. Je n'aurais pas dû aller là-bas. Mais comment aurais-je pu le savoir ? Ils venaient sûrement de faire connaissance, leur relation devait être toute fraîche. En général, au début d'une histoire d'amour, on va au bar. Si je ne m'y étais pas trouvé par hasard, il est tout à fait sûr que les choses auraient pris une autre tournure. Moi aussi, j'aurais été gêné. Non, merci, je ne veux rien d'autre. Ou plutôt si, encore un café. Si mon enfant me voyait ainsi à peine un an après le décès de sa mère, je prétendrais peut-être aussi que c'est ma cousine. Je donnerais un coup de fil à cette femme si j'avais son numéro. Ou au moins son nom. Je pourrais alors trouver son numéro. Mon Père serait sûrement content si elle venait le voir. Par contre, Lovas pourrait sortir enfin. Moi, je reste ici pour qu'il puisse se reposer. Quoique, s'ils bavardent si longtemps, c'est qu'il va bien. Et d'ailleurs, il va bien. Beaucoup mieux qu'hier. C'était terrible, quand je l'ai amené, mais s'il va si bien, je pourrai le ramener à la maison dans deux ou trois jours. De toute manière, ils laissent rentrer pour le week-end les malades qui ne sont pas gravement atteints. Qui a survécu à la prison survivra à un cancer. Ma Mère, elle, n'est pas morte par hasard. Elle avait choisi l'heure de sa mort. Tout comme Mária. Mais mon Père n'a pas encore pris sa décision. C'est une chose qu'il faut voir clairement. Si on n'y voit pas clair, on panique. Il ne manquerait que ça. Dès que Lovas sera sorti, je monterai et m'arrangerai avec l'infirmière pour qu'elle vienne le soigner à la maison. S'il faut de la morphine, il pourra en recevoir à la maison. Ça calme la douleur. Le pire dans le cancer, c'est la douleur. Avec la morphine, ça devient supportable. Je ne veux plus jamais revoir cette femme. Kornél a entièrement raison, il faut une femme normale. Pas une déséquilibrée. Mais une avec laquelle on puisse vivre. La comtesse avait aussi raison de dire qu'une personne qui ne se donne pas tout entière, il faut la fuir en criant. En revanche, il faut savoir apprécier celle qui se donne. Moi, en tout cas, je n'en ai jamais rencontré. Excepté ma Mère. Elle, elle se donnait tout entière. Et ne jouait pas les martyres. Même quand elle avait toutes les raisons de le faire. Et on ne peut pas ne pas en tenir compte. Si ça produit un complexe d'Œdipe, je ne peux que le conseiller à tout le monde. En cas de besoin, je pourrais même le coudre sur mon manteau, comme mon oncle non juif l'a fait avec l'étoile jaune. Certes, il a été assassiné. Reisz. József Reisz. C'est le nom du type qui fait les photos d'identité. C'est bien qu'il me soit venu à l'esprit. Il est dans une rue pas loin d'ici. Il faut que je demande à un chauffeur de taxi quelle direction il prend pour aller rue Szív. Mon Père était assis derrière le chauffeur, moi à droite. Ce sera donc à droite, je regardais dans cette direction-là. Il est impossible qu'il ne m'embauche pas pour ce salaire, si je fais tout le travail. Cela dit, on vit chichement. Sans compter le Leica, on a toujours vécu chichement. Par ailleurs, c'était bizarre qu'on ait pensé tous les deux en même temps à Saintantoine. Moi, à cause des photos, mon Père, Dieu sait pourquoi. Bon, monsieur le docteur, maintenant il faudrait que quelqu'un nous prenne en photo.

(Kornél à l'hôpital)

Kornél était déjà en haut de l'escalier quand je l'ai vu. Il faisait tomber la neige boueuse de ses chaussures sur la grille posée devant la porte. Je l'ai appelé depuis le seuil du salon de thé. Il m'a demandé ce qu'il s'était passé, je lui ai répondu, rien, j'avais juste dû amener mon Père à l'hôpital.

Quand ?

Hier ou avant-hier, je ne sais plus.

Comment ça, tu ne sais plus ?

Si, je le sais, je vais retrouver le jour, pour l'instant, tout se mélange.

Et pourquoi il a fallu l'amener ? Comment il va ?

Bien. Mais quand je suis rentré à la maison, il hurlait de douleur. Je l'entendais dans la rue.

Et pourquoi tu restes ici ?

Moi ? Je suis juste descendu pour le laisser se reposer. Et il a de la visite.

Donc il va mieux ?

Un ancien compagnon de cellule est venu le voir. Je ne veux pas les déranger.

Viens, on monte.

Tout de suite ? Prends d'abord un café.

Je ne veux pas de café.

Alors un gâteau à la crème.

Je n'en veux pas non plus.

J'en ai mangé un hier, il était bon.

Qu'est-ce qui t'arrive ?

Je ne comprends pas, qu'est-ce que tu veux dire ?

Je ne sais pas. Tu parles comme un enfant.

Et alors, comment veux-tu que je parle ? Je suis son enfant, non ? Moi, il ne m'arrive rien. C'est à mon Père qu'il arrive des trucs.

Bon, je prends un café, et dis-moi ce qui s'est passé.

Bois le mien, je n'en veux plus. Mais il fallait que je consomme.

Tu es là depuis quand ?

Je te dis que je suis là depuis peu. Bon. Je rentrais de chez cette femme. Mon Père allait mal. Le docteur était là. Il a appelé l'ambulance, je suis venu avec lui. C'était avant-hier soir. Hier, il allait déjà mieux et là, maintenant, il va tout à fait bien, je pense le ramener à la maison demain.

Il a sorti un bout de papier de sa poche.

Tu m'as écrit : hôpital Péterfy, troisième étage, chambre sept. Mon Père va mourir aujourd'hui ou demain. Viens le voir, s'il te plaît.

Je lui ai pris le papier des mains, je l'ai lu.

Oui, ai-je dit.

Il a bu le café, puis s'est levé. Viens, on monte, a-t-il dit.

Non.

… D'accord, alors attends-moi ici. Moi, je monte.

Il était au premier quand je l'ai rattrapé. Lovas était déjà reparti. D'après l'infirmière, depuis une bonne heure et demie. Mon Père regardait le plafond. Moi, je savais que c'était lui, là, dans le lit à côté de la fenêtre, mais Kornél l'a à peine reconnu.

Merci d'être revenu, mon fils.

Bien sûr que je suis revenu. J'étais juste descendu prendre un café pour que tu puisses te reposer. Après, j'ai vu Lovas arriver.

Pas de problème, c'est bien que tu sois là.

Kornél aussi est là.

Salut, oncle András.

Quelle surprise !

Je voulais juste passer te voir. Mais je vois que tu vas bien.

Bien sûr que je vais bien.

Il s'est redressé, il a essayé de boire une gorgée de thé, je l'ai aidé.

Regarde ce que mon fils m'a offert, a-t-il dit.
Un cendrier ?
Ce n'est pas un cendrier, voyons. C'est une mine terrestre.
On a ri tous les trois.
La mort elle-même n'oserait pas passer dessus, alors les Russes, tu parles.
C'est sûr, a dit Kornél.
Elle vaut plus que les médicaments. Si bien que je fais déjà la cour.
Il n'y a rien de tel. Et à qui ?
Pour l'instant, seulement à l'infirmière.
Comment ça, pour l'instant ? ai-je dit. Pourvu que Klárika n'ait rien entendu.
Tu as raison, mon fils.

L'homme du lit voisin s'est mis à siffler, puis il s'est arrêté. Pourtant personne ne le lui avait demandé. Il s'est levé, il a bu un peu de thé et s'est recouché.
Il a dit, ça m'est égal.

Personne n'est encore venu le voir, a dit tout bas mon Père. Il est veuf.
Il n'a pas d'enfants ?
Il habite en province. Tu ne sais pas la chance que j'ai d'avoir mon fils.
Et lui, de t'avoir, a dit Kornél.

Une goutte de sueur a perlé sur sa tempe, coulé sur sa pommette saillante, obliqué vers le coin de sa bouche et s'est arrêtée sur sa barbe grise de trois jours.

Tu sais d'où je sors, oncle András ? De la maison d'édition.
Ça alors, a dit mon Père.
Ça alors, ai-je dit.
Tu avais raison, la dernière fois, j'ai été bête. Comme presque toujours.
En un mot, tu as vendu ton âme au diable ? a demandé mon Père.

Oui, dit Kornél. J'ai même signé.
Ils t'ont mis le papier sous le nez ?
Oui. En principe, ça paraîtra en automne. Ou au printemps prochain.
Et qu'est-ce qui s'est passé ?
Il y a quelques jours, Tófalvi est venu me demander si j'avais changé d'avis. Je lui ai dit que oui, parce que tu m'avais aidé. Comme ça, s'il m'invite encore à prendre une bière…
Tu ne dirais jamais ça, Kornél, a dit mon Père.
… C'est vrai. Mais je peux le penser.
Alors dans un an, on se bourrera la gueule, a dit mon Père.
Et comment, a dit Kornél.
Et Klárika aussi sera là, ai-je dit.
Bien sûr qu'elle sera là, mon fils.

On s'est tus. Quelqu'un est sorti faire pipi. Ou pour rien.

Tu as l'appareil sur toi, mon fils ?
Non.
Pourtant ce serait bien d'avoir une photo de nous trois. Il y a même un médecin.
Pour quoi faire, le médecin ? a demandé Kornél.
Parce qu'on pourrait lui dire, prenez une photo, monsieur le docteur.
Je ne comprends pas.
Pas grave, je te raconterai un jour, ai-je dit.
C'est Saintantoine qui l'avait dit, un jour qu'on était tous les quatre sur son vélo. Encore avec ma femme, a dit mon Père.
Je comprends, a dit Kornél.
Je te le raconterai un jour, je te dis.

Tu as bien fait de le rapporter, a dit mon Père.
Oui, c'est aussi ce qu'il me semble, a dit Kornél.
Ils pouvaient encore rire d'une assiette vide, mais ils doivent tenir compte de vous. De toi, et de mon fils.
Qui doit en tenir compte ? a demandé Kornél.
Je te le dirai plus tard, ai-je dit.
Tu sais de quoi je suis le plus fier, Kornél ?

De quoi, oncle András ?

Je savais qu'il allait parler de l'appareil photo. C'était affreux. De ne jamais pouvoir se libérer de ces phrases factices à la con. Même sur un lit d'hôpital, avec une perfusion dans le bras.

D'avoir donné cet appareil photo à mon fils.

Tu peux en être fier. Et de beaucoup d'autres choses encore, a dit Kornél.

Klárika est entrée et nous a demandé de le laisser se reposer.

Ils ne me dérangent pas, a dit mon Père.

Je sais, mais vous devez vous reposer, monsieur le professeur.

Alors remets-toi vite, a dit Kornél.

Et l'année prochaine, on fêtera ton livre, a dit mon Père.

Et comment, a dit Kornél.

Moi, je reviens, ai-je dit à l'infirmière.

Mais seul, a dit Klárika.

En bas, au salon de thé, j'ai demandé à Kornél de me croire qu'il allait beaucoup mieux que la veille. Que ça durerait encore des mois. Il a dit, bien sûr, mais que je ne devais pas rester seul le soir et aller plutôt chez lui, à Budafok. Je lui ai dit que je n'irais nulle part, que je resterais le soir à l'hôpital. Il a dit que c'était peut-être encore mieux. Je lui ai demandé s'il avait vraiment rapporté son manuscrit chez l'éditeur ou s'il avait inventé un mensonge pour mon Père. Il l'avait vraiment rapporté, et c'est après cela qu'Évike lui avait donné mon billet. Sans la conversation avec mon Père, la nouvelle invitation de Tófalvi à prendre une bière, l'avant-veille, ne lui aurait fait que plus peur.

Je vais recevoir une avance, si tu as besoin d'argent, je t'en prie, ne te gêne pas.

Pourquoi est-ce que j'aurais besoin d'argent ?

Pour les médecins.

Il m'a demandé ce qui s'était passé avec Dalma.

Je lui ai dit que je préférais ne pas en parler maintenant.

Ce ne serait pas mieux si tu rompais avec elle à un autre moment ?

Quand j'appelle une personne au petit matin pour lui dire que j'ai dû amener mon Père à l'hôpital et que tout ce qu'elle trouve à dire, c'est que les effets du cancer ne dépendent pas d'elle, ça me dégoûte.

Je te crois.

Au point que je vais jeter au feu ces putains de photos.

Ne fais pas ça.

Elle-même n'aurait rien à dire à ce propos, ni qui que ce soit.

C'est vrai. Sauf que ce n'est pas elle qui t'a mis le Leica dans les mains, mais ton Père.

Ce n'est pas un argument.

Je sais. Mais quand même, ne fais pas ça.

(la photo de Kádár)

Le portier ne voulait pas me laisser entrer, disant que l'heure des visites était passée.

J'ai prétendu m'être entendu avec le médecin.

Comment il pouvait le savoir ? N'importe qui pouvait lui dire ça.

Je dois entrer, ai-je dit.

Je regrette, a-t-il dit.

Je savais que je devais garder mon calme. Je me suis rappelé le portier idiot, chez le Dr Zenta. Sa manière de parler au téléphone. Oui, camarade docteur. J'ai compris, camarade docteur.

Appelez-le.

Qui ?

Le médecin.

Lequel ?

N'importe lequel, au service de médecine interne. N'importe lequel vous dira que mon Père est là.

Bon, ça va, rentrez chez vous. On ouvre le matin, vous pourrez venir après le passage du médecin.

J'avais encore un billet de cinquante. Je l'ai posé sur le comptoir. Il n'a rien dit.

Je suis entré.

Au printemps soixante, quand mon Père a été libéré et qu'il nous a retrouvés ma Mère et moi dans le séjour, il était parfaitement calme. Il avait exactement la même apparence que maintenant. Sauf qu'il n'avait pas de barbe de trois jours. Mais son visage était tout aussi squelettique, avec les yeux perdus au fond des orbites. Et bien sûr, il avait la boule à zéro. À part moi, personne ne l'aurait reconnu. Sauf ma Mère, disons.

Je lui ai dit que la pellicule s'était déchirée dans la cartouche.

Il a dit, pas grave, mon fils, on la sortira dans le noir.

J'étais incapable de le serrer dans mes bras.

Il m'a pris le Zorki des mains et l'a posé sur le piano.

Je ne sais pas combien de temps nous sommes restés debout côte à côte. Sans doute pas plus de quelques minutes. Sûrement pas des heures. Je ne sais pas.

Puis il m'a demandé de l'aider à transporter ma Mère sur le lit.

Il l'a prise sous les aisselles, moi, par les pieds. On n'avait même pas d'effort à faire. On aurait dit un papillon, tellement son corps était léger quand son âme l'a quittée. Il apparaissait tout simplement que sur les cinquante et quelques kilos que pesait ma Mère, une bonne cinquantaine correspondait à son âme. La pluie qui s'était mise à tomber à verse frappait la tôle sur le rebord de la fenêtre.

Il m'a pris dans ses bras après qu'on a eu recouvert ma Mère d'un drap blanc. Ses mains étaient comme celles de la mort.

N'aie pas peur, mon fils, toi, tu seras heureux. Je te le promets, a-t-il dit.

La porte de la chambrée était fermée, les lumières, éteintes. Il restait un peu de neige sur les toits d'en face. Il s'est réveillé quand je me suis assis sur le rebord de son lit. Il ne dormait probablement pas, il avait juste les yeux fermés. Il m'a dit vouloir discuter d'une question importante avec moi. Je lui ai dit, d'accord.

Dans le tiroir de la table, tout au fond, il y avait quelques économies. On n'avait pas assez d'argent en arrivant à Budapest, mais il avait prévu de faire repeindre l'appartement au printemps suivant. Pour que tout soit enfin en ordre. Il le disait parce qu'il savait que je n'aimais pas qu'on entre dans ma chambre, mais ce serait bien aussi de l'arranger.

J'ai dit, bien sûr.

Quelqu'un a gémi, il voulait l'urinal. Je suis sorti, je l'ai dit à l'infirmière. Pendant qu'elle le faisait faire pipi, je suis resté dehors. L'après-midi, au salon de thé, j'avais noté toutes les questions que je voulais poser à mon Père. J'ai sorti le papier de ma poche et je l'ai lu à la lueur de la veilleuse du couloir. Quelle était la véritable raison de la vente de la maison de Mélyvár. Qui était ce Dr Zenta. Comment il avait pu me faire dispenser de service militaire. Qui était cette femme au bar. Pourquoi ma Mère n'avait pas fini ses études. Pourquoi il croyait qu'il valait mieux ne pas se remarier. Quand on a pris le train autrefois avec nos deux valises, pourquoi il a dit que tant qu'il serait en vie et que les communistes seraient là, je ne devais sous aucun prétexte aller à Mélyvár.

Je l'ai froissé et jeté. Puis je l'ai ressorti de la corbeille et remis dans ma poche. L'infirmière ressortait justement avec l'urinal. Elle m'a demandé ce que je cherchais. Je lui ai dit que j'avais déjà trouvé. Il vaudrait mieux que vous pensiez à rentrer chez vous. Je ne vais pas tarder à le faire.

Alors comme ça, on repeint l'appartement au printemps, ai-je dit en me rasseyant sur le lit.

Bien sûr, mon fils. Tu verras, je serai aussi léger que l'était ta Mère.

Tu racontes des bêtises, ai-je dit. On n'en est pas là.

Seule notre âme est lourde. On est abîmé quelque part. On empêche la vie de s'écouler correctement. Tout se bloque quelque part.

Ce n'est pas grave.

Toi au moins, tu as ton appareil photo. C'est un grand secours. Quoi qu'on te dise, n'y renonce pas, ne le lâche jamais. Même si on te frappe, te fait chanter ou t'abandonne à cause de lui, tu n'as pas le droit de le lâcher. Crois-moi.

Je sais, je ne le lâcherai pas.

Et moi, ramène-moi à la maison, mon fils. Ici, c'est pire que la prison.

Entendu, demain matin, je te ramène. En attendant, je suis là.

Il faut que je dorme, rentre maintenant. Reviens demain matin.

D'accord, quand tu te seras endormi, je rentrerai me coucher.

Tu n'as rien à craindre, je vais bien. Je vais beaucoup mieux qu'hier.

Je le pense aussi.

J'ai eu un peu peur, mais je vais bien.

Tu n'as rien à craindre. Demain matin, on rentre à la maison.

Il s'est endormi, ou bien il a juste fermé les yeux. Il respirait par la bouche. Quelque chose clapotait au fond de son corps, comme de la boue. Je l'entendais encore sur le pas de la porte. Si bien que je suis allé fumer une cigarette sur le palier. L'infirmière de nuit était une brave femme. Klárika lui avait demandé de m'autoriser à rester aussi longtemps que possible. Certes, elle m'a dit encore une fois que je ferais mieux de rentrer. Oui, je vais rentrer. Et je l'emmène avec moi, ai-je dit. Elle m'a regardé sans un mot.

Ce putain de billet était de nouveau dans ma poche, à côté de mon paquet de cigarettes. Je me suis dit que j'aurais pu en écrire trois fois plus. Ou six fois. À présent que je savais qu'il ne me donnerait jamais la moindre réponse, j'étais apaisé. Je ressentais une paix profonde et incompréhensible qui ne ressemblait à rien. Ni à ce que j'avais éprouvé quand je n'avais pas frappé Kőszegi, ou quand Dalma Keresztes m'avait dit qu'elle n'y pouvait rien et que j'avais raccroché le téléphone. Ni à ce que j'éprouvais autrefois quand je fabriquais des marteaux. C'étaient des paix qui pesaient des tonnes, comme une pierre tombale. Alors que cette paix-là n'avait rien d'incompréhensible ni d'inacceptable.

Il s'était remis à neiger. Je me suis dit que j'avais oublié d'enduire mes chaussures d'encaustique. Puis qu'il avait tout à fait raison, il fallait vraiment repeindre l'appartement. Mais on ne peut pas poser des questions qui n'ont pas eu de réponse pendant toute une vie. Ça n'a rien à voir avec les secrets. C'est beaucoup plus profond. Un secret, c'est ce qu'on ne sait pas pendant longtemps. Ce qu'on ne sait jamais, c'est autre chose.

Ce qui échappe par essence au savoir. Dieu n'est pas un secret. Mon Père non plus.

Je ne pourrais jamais raconter à personne, sous aucun prétexte, ce qui s'est passé pendant la journée et demie qui a suivi la sortie de prison de mon Père. Non parce que c'est un secret, mais parce que c'est indicible. Il y a des mots pour les événements. Je pourrais même les dire. Chaque événement peut se décrire plus ou moins précisément. Comme les états d'âme. Il y a un mot pour chaque état d'âme. Joie, peur, colère, indifférence, gratitude *et cetera*. Ce sont des mots simples que tout le monde peut comprendre. Si je dis que j'étais content, que j'avais peur, on comprendra ce que je veux dire. Mais il y a des choses pour lesquelles nous n'aurons jamais de mot commun. Parce que c'est impossible. C'est tout. Tout le monde a déjà vu un verre sur une table. C'est tout. Tout le monde sait ce que c'est quand un verre est sur une table. D'autre part, personne n'a jamais vu de verre sur une table. Parce qu'il y a toujours une faille. Pas plus grosse qu'un électron. Comme entre deux atomes d'un même verre. Si cette faille n'existait pas, le monde s'effondrerait. Brûlerait. Exploserait. Eh bien, le secret de Dieu est comme ce point inaccessible. Et celui de mon Père aussi. Et le mien. Ce n'est pas un secret. C'est simplement comme ça. Cette faille infranchissable doit exister. Si je posais ces questions maintenant et qu'il doive y répondre, je l'anéantirais, tout simplement. Il ne mourrait pas, il s'anéantirait. Aussi bien lui que moi. Comme le monde, quand les atomes se rencontrent. N'est-ce pas ? C'est comme ça ou non ? Dites-le-moi.

Oui, c'est comme ça, a dit l'infirmière.

Je n'ai peut-être pas été clair, mais il y a des questions qu'on ne peut pas poser. Même sur un lit de mort. Même si quelqu'un meurt, il est encore. Il existe. Juste différemment. S'il s'anéantit, c'est comme s'il n'avait jamais existé. Ce qui s'anéantit n'a plus de passé.

Si, vous avez été clair, c'est comme ça. Mais maintenant, n'entrez plus dans sa chambre.

D'accord, je n'entrerai pas, je vais juste rester devant la porte. C'est quoi, ça ?

De la morphine.
C'est pour qu'il ne sente rien ?
Oui.
Il faut que j'y retourne. J'ai oublié de lui dire quelque chose de très important.
Il ne vous entendrait plus.
Si, il m'entendra certainement.
Qu'est-ce que vous voulez lui dire ?
Qu'il a posé le pied sur cette pourriture de Kádár le jour où je l'ai amené ici. Pendant que je lui nouais ses lacets.
D'accord, allez-y, dites-le-lui.

(la cachette)

Le lendemain de la mort de mon Père, Lovas a sonné à la porte. J'étais justement en train de faire la vaisselle. À vrai dire, je faisais la vaisselle depuis tôt le matin. J'étais incapable de toucher au lait caillé et à la pomme, le lait sentait déjà mauvais, mais j'avais tout astiqué dans la cuisine. Les verres, les couverts, le tout trois ou quatre fois. Comme on le faisait toujours, ma Mère et moi. Kornél m'avait dit d'aller dormir chez lui. Je lui avais dit non. Alors c'est lui qui viendrait dormir chez moi. Non. Je t'en prie, ne dors pas dans la chambre de ton père. Je ne suis pas fou, je ne vais pas faire ça. Viens plutôt chez moi. Maintenant, va-t'en, je t'en prie. Bon, j'y vais. Mais si tu changes d'avis, prends un taxi et viens. Je ne viendrai pas. Demain peut-être, mais pas aujourd'hui.

J'ai offert une chaise à Lovas dans la cuisine, mais il est entré dans la chambre de mon Père et a allumé la radio. Sans s'asseoir, ni même ôter son manteau. Il avait un manteau en cuir, comme les agents de la Sûreté. Et une toque. Une toque en peau de mouton noir. Radio Kossuth passait de la musique, il a changé de station, pour que ça parle. Une conversation sur fond de musique serait trop facile à déchiffrer.
Vous avez une liste, a-t-il dit.
Ce "vous" sonnait dans sa bouche comme si mon Père avait encore été en vie.

Non. Mon Père l'a emportée.

Là aussi, ça sonnait comme s'il avait encore pu changer d'avis et la rapporter.

Il ne l'a pas emportée, elle est dans l'agrandisseur.

Sûrement pas, je l'ai utilisé.

Si ton père l'a dit, c'est qu'elle y est.

Je vous dis que c'est impossible. Je n'aurais pas pu faire d'agrandissement s'il y avait dedans autre chose que la lampe.

Alors cherche-la. C'est important.

D'accord, je vais la chercher. Mais je sais qu'il l'a emportée. C'est moi qui lui avais suggéré de la mettre dans l'agrandisseur, mais il l'a emportée. Si elle est tellement importante, Kőszegi en a sûrement une copie.

Je sais. C'est justement pour ça qu'elle est importante.

Je ne comprends vraiment pas.

Pas grave. Tu dois rester en dehors de tout ça.

Je n'avais pas l'intention de m'en mêler.

C'est pourquoi tu dois la chercher. Tout de suite.

En ce moment, je n'ai pas envie de chercher quoi que ce soit.

Ton père m'avait demandé de la prendre, alors je vais la prendre. Et s'il a dit qu'elle est dans l'agrandisseur, alors elle est dans l'agrandisseur. Où il est, l'agrandisseur ?

Mon Père est mort ! Il est mort !

Calme-toi.

Il faudrait que toute la bande le comprenne ! Aussi bien vous que Kőszegi !

Il s'est assis, a allumé une cigarette.

Il ne faut pas m'en vouloir, ai-je dit.

Pas de problème, a-t-il dit.

Je vais la chercher, c'est sûr, mais maintenant laissez-moi tranquille.

Je ne peux pas, András. Pour la simple raison que tout ce qu'il y a dans cet appartement est à toi depuis un jour. Tout. Y compris cette liste.

Je vois.

Alors c'est bien. Qu'est-ce que tu as dit à Kőszegi à l'hôpital ?

Que j'allais le foutre par la fenêtre comme une merde.

C'était bien dit. Mais tu n'aurais pas dû.

Comment le savez-vous ?

On se dit tu.

D'accord. C'est mon Père qui vous l'a dit ? Je veux dire, te l'a dit.

Oui.

Donc il m'avait entendu.

Bien sûr qu'il t'avait entendu. Ce sont des paroles qu'il est difficile de ne pas entendre. Et de ne pas retenir pour la vie. Surtout si on a eu raison de les prononcer.

Vous pouvez imaginer ça de la part de Kőszegi ? Je veux dire, tu peux.

Oui, András. Malheureusement. Et ton père aussi pouvait l'imaginer. S'il en a la possibilité, cet homme effacera toute trace de ton existence. Et cette liste lui en donne les moyens. Tu resteras en taule deux fois plus longtemps que ton père sans avoir posé une cuillère ou une fourchette à côté de cette assiette.

Cherchons-la, ai-je dit.

Où est l'agrandisseur ?

À la cuisine. Mais la liste n'est vraiment pas dedans.

Crois-moi, s'il me l'a dit, c'est qu'elle y est.

On est allés à la cuisine, j'ai enlevé la couverture, dévissé le dessus de la lanterne, mais à part l'ampoule, il n'y avait rien.

Là, c'est un tiroir ? a-t-il demandé.

Oui, mais il y a les papiers photo dedans. Ils sont photosensibles.

Voyons un peu.

J'ai éteint la lumière, allumé l'ampoule rouge. Le tiroir qui se trouvait sous la base pouvait contenir deux boîtes de papier de trente sur quarante. L'une des boîtes était intacte, mais on l'a ouverte quand même.

Je ne comprends pas, a-t-il dit.

Pourtant si mon Père a dit qu'elle était là, c'est qu'elle y est. C'est sûr et certain. Je lui avais dit de la mettre là, parce que personne ne l'y trouverait jamais.

Le problème, c'est qu'ils vont la trouver, eux.

Je l'avais trouvée en dix minutes dans ce putain de poêle.

C'est là qu'il la gardait ?

Oui, ai-je dit. Sa question a sonné comme s'il se moquait de mon Père. Le prenait pour un naïf, un imbécile.

On ne pouvait pas la voir, elle était enfoncée dans le conduit de cheminée, ai-je dit.

Tu peux me faire un café ?

Bien sûr.

J'ai allumé la lumière, suis retourné sur le pas de la porte et mon regard est tombé sur l'agrandisseur. Il ne m'en a pas fallu davantage pour tout comprendre.

Ça y est. Tiens ça.

Quoi ?

Le support. Tiens-le bien. Pour que je puisse le démonter.

J'ai tourné la colonne et l'ai soulevée avec la lanterne. C'était dans le tuyau.

Ouf, Dieu merci, a-t-il dit.

Il a sorti des allumettes pour y mettre le feu.

Non, ai-je dit.

Ça ne peut pas rester ici.

Ça ne va pas rester ici.

Tu ne peux pas l'emporter chez quelqu'un d'autre.

Je ne l'emporte nulle part. Je vais juste copier quelques adresses dans mon carnet.

Il m'a regardé et a remis les allumettes dans sa poche.

Je vais attendre, a-t-il dit.

J'ai pris mon carnet et mon stylo. Pendant ce temps, lui, tout habillé, avec toque et manteau, a fait du café turc. La liste était divisée en pays, j'ai recopié les adresses parisiennes. Et quelques viennoises.

N'essaie pas de passer la frontière, a-t-il dit.

Ce putain de pays n'aura pas cette chance, ai-je dit, et je me suis enfoncé les ongles dans la paume de la main pour ne pas éclater en sanglots.

Il a rempli les deux tasses, et alors je me suis rappelé qu'en prison, il avait volé à la cuisine du marc pour mon Père.

Viens manger chez nous ce soir, a-t-il dit.
Merci, une autre fois. Pour l'instant, je suis mieux ici.
Tu viens quand tu veux. Tu sais toujours où on habite.
Oui.

Il a brûlé les papiers dans l'évier, la cuisine s'est remplie de fumée, on est passés dans la chambre. Il a regardé le lait caillé.
Il faudrait le jeter.
Oui, je vais le faire.
Et tu pourrais aussi faire le lit.
Bien sûr.
Il a fouillé dans la poche intérieure de son manteau de cuir, en a sorti une enveloppe qu'il a posée sur la table.
C'est quoi ? ai-je demandé.
Mille forints.
Merci, mais je n'en veux pas.
Peu importe que tu en veuilles ou pas, je les devais à ton père.
Mille forints ? Je n'y crois pas.
C'est ton problème. Je te le dis, tu viens quand tu veux.
Merci.
Et ne t'occupe plus de Kőszegi.

(l'enterrement)

L'enterrement a eu lieu un samedi matin, à onze heures, on n'avait pas pu ouvrir la tombe de ma Mère, elle était encore trop récente, c'était interdit par le règlement. Quatre ans auparavant, aucun de nous n'imaginait qu'il faudrait une tombe à deux places. Heureusement, de l'autre côté de l'allée, il y avait une parcelle libre, de sorte qu'ils se sont quand même retrouvés l'un à côté de l'autre, séparés seulement par l'allée couverte de gravier qui menait des catholiques aux protestants.

Antal Lovas m'a aidé à organiser l'enterrement, c'est-à-dire le transport dans un sens et dans l'autre. Il y avait au moins autant de monde qu'à l'enterrement de Mária. Je ne pensais pas qu'ils seraient si nombreux. De Budapest, et aussi de Mélyvár.

Et sûrement encore d'ailleurs, la plupart m'étaient inconnus. Lovas aurait voulu que Tordai, celui qui avait conduit le bus à l'époque, amène les gens de Pest. Ç'aurait été un peu risqué, mais le problème n'était pas là. Lovas était allé le chercher à Mélyvár, où il s'est avéré qu'il avait perdu la vue en prison.

J'ai demandé au curé de se limiter à l'essentiel. Il m'a demandé pourquoi. J'ai répondu que c'était pour être sûr qu'il ne dise rien avec quoi mon Père n'aurait pas été tout à fait d'accord. J'aurais dû le dire plutôt à Kőszegi, mais j'ai préféré ne rien lui dire. C'est lui qui a prononcé l'éloge funèbre. C'était un beau discours. J'ai toujours été sidéré quand les propos de quelqu'un ne correspondent pas à ses pensées. Lors des enterrements et des manifestations, ce peut être tour à tour drôle ou douloureux. Là, ce n'était heureusement ni l'un ni l'autre. Il a dit adieu à mon Père au nom des amis. Ensuite, Demjén a récité un poème. Ça aussi, c'était bien.

Moi, j'avais un peu l'impression de ne pas être là. Mis à part Lovas, je n'avais rien de commun avec ces gens. Mis à part mon Père, bien sûr. Quelques anciens amis, collègues et voisins étaient venus, ils étaient tous aimables. Mais c'étaient plutôt des connaissances de ma Mère et de mon Père. Ils avaient de la peine pour mon Père, qui était si jeune. Et aussi pour ma pauvre Mère. Quelques-uns m'ont demandé si je faisais des études. Je leur ai dit que non, qu'à partir de janvier, j'allais travailler dans un labo photo. Pas grave, c'est bien aussi, c'est un métier qui rapporte, disaient-ils.

J'étais avec Kornél, on avait pris le train. Celui du matin. La neige poudroyait parmi les collines. J'avais l'impression de passer par là pour la première fois de ma vie. J'ai pris une photo à travers la vitre du train, je savais qu'elle serait tremblée, mais tant pis. On a pris un verre au buffet de la gare, puis on est allés au cimetière mixte. On n'a pas eu le temps de faire autre chose. Il y a le cimetière catholique, le protestant et le mixte. Il n'est pas si mixte que ça, les deux parties sont séparées par un grillage. Le cimetière juif est plus loin. Après l'enterrement, on a pris congé des gens qui étaient venus. Kornél m'a demandé comment j'allais, je lui ai dit, bien.

Pendant que le curé parlait, je ne pouvais pas encore pleurer. Mais quand Kőszegi s'est mis à parler, j'y ai réussi. Pas à cause de ce qu'il disait, puisque moi, je ne disais pas adieu au nom des amis. Et puis je ne disais pas vraiment adieu. Je suis rentré à Pest, rue Szív, avec le train du soir. J'avais été sur la tombe de ma Mère, elle était envahie de mauvaises herbes sur lesquelles la neige était tombée. Voilà pourquoi j'ai pleuré comme un veau. Il y a eu un moment où j'ai failli saisir la pelle et chasser tout le monde, mais je savais que je ne pouvais pas le faire. À vrai dire, il n'y avait aucune raison. Et ça n'aurait pas eu de sens. Si seulement ils n'avaient pas tous été là. Bien sûr, c'était beaucoup mieux qu'ils soient là.

J'avais un peu peur que Dalma Keresztes l'apprenne et vienne, mais heureusement, non. Elle, je l'aurais vraiment chassée. Sára Rónai se tenait à droite de Kőszegi, bras dessus bras dessous. Je me suis dit que la première fois, je m'étais trompé, mais que la deuxième fois, j'avais raison. Mais j'ai peut-être été dans le vrai les deux fois, ça, je ne le saurai jamais. Étonnamment, je ne l'avais même pas inscrite sur la liste des questions que je voulais poser à mon Père.

Comme on avait encore beaucoup de temps avant le rapide du soir, j'ai montré deux ou trois choses à Kornél. En revenant du cimetière, on est entrés dans le salon de thé où ma Mère m'avait amené après mon baptême. Puis on est arrivés sur la grand-place, au coin où cet homme avait dit, putain fasciste. Kornél m'a demandé si je n'avais pas une connaissance chez qui on pourrait passer la nuit. Je lui ai dit que non. Cela dit, j'en aurais sûrement trouvé une si j'avais parlé plus longtemps avec les gens, au cimetière, mais il fallait que je parte. Kornél a proposé d'aller à l'hôtel. À présent qu'il avait de l'argent, il pourrait payer sans problème une chambre avec deux lits. Je lui ai dit que je préférais dormir dans la neige au bord d'un fossé plutôt que dans un hôtel de cette ville. Il m'a dit, d'accord.

Je lui ai montré l'endroit où avait habité Imolka, et juste à côté, notre maison. Enfin, elle n'était plus à nous. Le noyer avait été abattu. De cette manière, il y avait sûrement plus de lumière. Kornél voulait y entrer. J'ai dit que c'était impossible. Il a dit qu'il n'y avait aucune raison à cela et qu'on devait essayer. Il a sonné à la nouvelle porte. Plus précisément, elle n'était pas nouvelle, mais elle avait été modifiée, une tôle avait été fixée dessus, on ne voyait plus à l'intérieur. En entendant un grincement, j'ai su que la porte de la véranda s'ouvrait.

Une femme d'une soixantaine d'années est sortie, c'était la femme d'un membre du comité du Parti, je la connaissais seulement de vue.

Bonjour, je suis András Szabad, ai-je dit.

Ah oui ?

Je ne veux pas vous déranger, je voudrais seulement la montrer à mon ami.

Quoi ? Vous voulez montrer quoi ?

Je suis né ici, dis-je. Vous nous l'avez achetée.

Je sais. Et alors.

Partons, ai-je dit à Kornél.

D'accord.

La femme avait déjà refermé la porte.

(Noël blanc)

Le soir de Noël, la neige tombait à gros flocons. La comtesse avait un invité, je ne voulais pas les déranger. Le matin, j'avais acheté un sapin au marché de la place Hunyadi. Puis j'étais allé à la poste pour envoyer un télégramme à Kornél. Impossible venir stop. Tout va bien stop. À demain stop. Joyeux Noël stop. J'ai débarrassé le coin et j'ai posé le sapin au même endroit que quand on était arrivés à Budapest avec mon Père. J'ai allumé les deux bougies, mis l'appareil photo au pied du sapin. Ma Mère disait que ceux à qui rien ne fait plaisir sont amers. C'est dangereux.

Il y a toujours quelqu'un.
Ma Mère, mon Père, Hitler, Staline, Imolka.
János Kádár.
Kornél.

J'ai dit, je suis heureux. J'ai dit, je suis András Szabad. Photographe. *Je suis András Szabad**. *Ich bin András Szabad. I am András Szabad.*

Maintenant, tout peut arriver.

* En français dans le texte.

DEUXIÈME PARTIE

(Kati-la-paysanne)

Toutou. Et Chien-savant. C'était mon surnom. Mais ça ne me gênait pas. On m'appelait Toutou parce qu'au CM, Kati Orosz était arrivée dans notre école, dans la classe des filles. Elle était venue à Mélyvár de la campagne, elle ne savait pas où elle habitait. Elle restait des minutes entières devant l'entrée principale du parc, entre deux buissons de buis, et ne savait pas par où aller pour rentrer chez elle. Je le lui ai montré. Je lui ai pris son cartable. Le lendemain aussi. Puis tous les jours. Je lui avais dit qu'il fallait faire ainsi et elle m'avait cru. À la maison, j'ai dit à ma Mère que je rentrerais plus tard, parce que je devais raccompagner Kati Orosz. Ma Mère a dit, très bien, mon garçon. Je la menais toujours par un autre chemin, pour lui faire découvrir la ville. On ne pouvait pas aller trop loin, parce qu'elle m'avait dit qu'elle prendrait une raclée si elle traînait. Je lui avais dit que ça n'avait pas de sens, car tous devaient connaître la ville où ils habitaient. Elle a dit qu'elle prendrait aussi une raclée si elle fréquentait les garçons. Si bien que je l'accompagnais seulement jusqu'au coin de la rue Sáros, et elle continuait toute seule jusqu'à Tejtelep. C'était la cité de la laiterie, mais personne ne l'appelait comme ça.

En échange, elle me décrivait en détail Tarkövesd. D'abord leur maison, la grange, la remise, le champ de maïs au bout du jardin. Puis Ida Galgóczi, l'actrice placée en relégation, logée dans leur salle de séjour, et dont tout le monde croyait qu'elle irait travailler aux champs dans la belle robe et les belles chaussures qu'elle portait à son arrivée, mais au lieu de ça, le lendemain à l'aube, pieds nus et un foulard sur la tête, elle s'était mise au travail et avait biné en chantant jusqu'à ce qu'une grande voiture vienne la chercher pour la ramener au théâtre, à Budapest. Puis elle m'a décrit les rues l'une après l'autre. Aujourd'hui encore, je sais qui habitait où à Tarkövesd. Et qui avait un cochon. Eux aussi en avaient, mais ensuite leur père a tout vendu et ils sont allés à la laiterie. Sa mère y travaillait aussi. À la pasteurisation. Le mardi, les cours se terminaient une heure plus tôt, alors je l'attendais. Une fois, pendant que je l'attendais, une fille s'est approchée de moi avec deux copines, et m'a demandé si je ne voulais pas aussi porter leurs cartables à elles. Je leur ai dit que j'étais fidèle. Alors elle a éclaté de rire, disant que j'étais le Toutou de Kati-la-paysanne. Et comme je ne savais pas quoi dire, j'ai fait ouah-ouah.

Un jour, nous avons rencontré sa mère avant d'arriver rue Sáros. Plus précisément, elle nous attendait dans une boulangerie. Elle nous avait guettés par la vitrine, et quand on est arrivés près du magasin, elle est sortie. Kati s'est figée. Elle se tenait à côté de moi, incapable de bouger, et même de dire bonjour à sa mère. Moi, je l'ai saluée, mais elle m'a seulement arraché le cartable des mains. Puis elle a demandé à Kati si elle avait été élevée ainsi. Incapable de répondre, Kati s'est contentée de secouer la tête. Puis elle m'a demandé si ma mère ne m'avait pas enseigné le respect. Je lui ai répondu que si, bien sûr, voilà pourquoi j'aidais sa fille à porter son cartable. Alors elle m'a dit de décamper, parce que si c'est ça le respect chez vous, nous, on n'en veut pas. Et elle a dit à sa fille, pas vrai qu'on n'en veut pas ? Kati a de nouveau secoué la tête. Alors elle lui a demandé, tu veux que je le dise à ton père ? Que je lui dise que tu traînes avec des garçons ? Alors Kati s'est mise à sangloter, ne le dites pas, maman, pardonnez-moi, maman, punissez-moi vous-même, maman. Alors j'ai demandé ce que Kati avait fait de mal.

Il s'est alors produit une chose que je n'aurais pas imaginée même dans le pire des cauchemars. La femme m'a regardé longuement. Il n'y avait dans son regard ni colère ni folie ni désir de vengeance. À vrai dire, ce vide était plus effrayant. Brusquement, elle a giflé sa fille si fort que le sang a jailli de son nez.

Tu veux qu'elle s'en prenne une autre ?

Non, ai-je dit.

Alors ne t'avise plus de t'approcher de ma fille. Maintenant fiche-moi le camp.

Le lendemain, Kati Orosz est passée à côté de moi dans le parc sans même me regarder. Le surlendemain aussi, et encore le jour d'après. Alors j'ai dessiné pour elle un plan de Mélyvár pour qu'elle trouve son chemin. De l'autre côté, j'ai dessiné Tarkövesd avec ses deux ruisseaux, les champs de maïs, la porcherie et les vaches. Quand elle est arrivée à ma hauteur, je lui ai barré la route et lui ai donné la feuille. Et alors il s'est à nouveau produit une chose que je n'aurais pas pu imaginer même dans un cauchemar. Il n'y avait dans son regard ni colère ni folie ni désir de vengeance, mais elle avait dans le regard le même vide que sa mère. Puis elle a déchiré le plan en petits morceaux et se l'est enfoncé dans la bouche. Elle m'a regardé avec le même vide dans les yeux jusqu'à ce qu'elle ait avalé le tout. Puis sans un mot, elle m'a quitté pour la vie.

(Éva)

Une nuit d'août mil neuf cent soixante-huit, je suis allé à Városliget, le parc de la ville. Je ne sais pas pourquoi. Je n'avais pas l'habitude de me promener la nuit. Par ailleurs, je n'aime pas ce parc, il m'arrive de m'y perdre même en plein jour quand je quitte les allées principales, pourtant ce n'est pas un labyrinthe. Je me dirigeais vers l'endroit où se trouvait l'ancienne galerie Műcsarnok. On ne l'appelle plus ainsi, ce n'est plus qu'un hall d'exposition, et parfois même pas ça. À l'époque, elle abritait des ateliers de sculpteurs.

Des ivrognes faisaient du barouf sur le boulevard, j'ai failli faire demi-tour. J'ai seulement changé de trottoir. Il était déjà minuit passé, je croyais qu'il n'y aurait pas un chat au parc. Des statues inachevées encombraient l'escalier de la galerie, elles se perdaient dans l'obscurité. De la lumière filtrait par un soupirail. J'ai entendu un grognement. J'ai allongé le pas. Derrière, entre les gravats, appuyé contre un mur du bâtiment, un couple faisait l'amour.

La femme m'a vu, elle a écarté les cheveux de son visage. Elle se taisait. La lumière d'un lampadaire se reflétait dans ses yeux. L'homme me tournait le dos, il haletait. Je ne pouvais pas m'éloigner. Je me suis assis sur une souche, de l'autre côté du chemin. La femme me regardait dans les yeux par-dessus l'épaule de l'homme. J'étais comme cet arbre abattu. Qui n'existait plus. Puis j'ai pris une photo. Je savais pertinemment que ça ne donnerait rien, qu'ils ne seraient qu'une ombre floue sur un mur de briques, mais ça ne me dérangeait pas. J'ai laissé l'obturateur ouvert pendant trente secondes, pour garder au moins l'ombre. La femme regardait l'objectif du Leica comme si elle m'avait regardé dans les yeux. Je n'étais pas gêné. J'ai pris deux photos, je suis arrivé au bout de la pellicule. Je l'ai rembobinée et sortie de l'appareil. J'ai écrit sur une feuille de calepin d'envoyer les autres photos à l'adresse suivante. J'ai enveloppé la pellicule dans le papier et l'ai laissée sur la souche. Puis je suis rentré chez moi. Je voulais dormir profondément, au point de ne rien entendre même si Budapest explosait. J'avais vingt-cinq ans.

(les travaux)

Après la mort de mon Père, j'ai ouvert la porte entre les deux chambres. Je veux dire quelques mois après. Et à l'occasion, j'ai fait le lit. J'avais jeté le lait caillé juste après l'enterrement. Il sentait mauvais. J'avais mangé les pommes desséchées.

Un jour, au printemps, le facteur a apporté une lettre pour mon Père. Je lui ai dit que mon Père était mort. Il a répondu qu'il devait quand même remettre la lettre s'il y avait un locataire à l'adresse indiquée. Je lui ai dit que je n'étais pas un locataire, que j'étais chez moi et qu'il devait fiche le camp. Après avoir claqué la porte, j'ai fait du rangement. Le lendemain, j'ai acheté un pinceau et de la peinture. Je pensais repeindre tout l'appartement en une nuit. J'ai fini vers l'automne. Kornél m'a parfois donné un coup de main. J'ai jeté le buffet rouge tout pourri de la cuisine, j'ai fait une table de travail, peint la fenêtre en noir. J'ai tout sorti de ma chambre, n'y laissant que le lit, la lampe et l'appareil photo. J'ai dû y remettre quelques trucs par la suite, parce qu'on ne pouvait plus bouger dans le reste de l'appartement. C'est devenu enfin vivable. J'ai enlevé la porte qui séparait les deux pièces. Le bureau est dans un coin de la chambre de mon Père. De là, je vois le lit dans ma chambre.

Depuis que j'étais seul dans l'appartement, j'avais pris l'habitude d'interrompre ce que je faisais dès que j'entendais des pas de femme dans la rue, je posais mon livre, parfois j'émergeais d'un demi-sommeil, et j'allais regarder par la fenêtre. Certains bruits provoquent des réactions instinctives. Par exemple les pleurs d'enfant. Ou le tonnerre. Dans ces cas-là, même un chien sait ce qu'il a à faire. En ce qui me concerne, les pas de femme étaient devenus un tel bruit. Qui me faisait regarder aussitôt par la fenêtre, comme un chien se réfugie sous le lit ou comme on console les enfants. Je ne sais pas ce que j'espérais. Il était évident qu'aucune ne lèverait jamais les yeux vers le troisième étage. Aucune ne me demanderait jamais si elle pouvait monter.

Il est arrivé qu'il y ait quelqu'un chez moi. Assez rarement, mais c'est arrivé quelquefois. Qu'il y ait une personne que j'avais prise en photo quelques instants auparavant. Ou que je n'avais pas prise en photo, mais qui allait se rhabiller. Même si ça arrivait plus rarement. Mais ça arrivait. Qu'une personne soit allongée sur le lit et fume la cigarette des amants d'un soir. Et moi, j'entendais ce bruit de pas, et même si je savais pertinemment qu'il ne fallait pas le faire à ce moment-là, je me levais, ouvrais la fenêtre et regardais dans la rue. Peu importe qui passait, je la suivais du regard jusqu'à ce qu'elle tourne à l'angle de la place Lövölde, ou bien qu'elle disparaisse de l'autre côté.

Qu'est-ce qu'il y a ? Ce n'était pas bien ?

Mais si, j'avais seulement besoin d'un peu d'air. Si tu as froid, je referme la fenêtre.

(la clé)

À quatre heures du matin, j'ai entendu le bruit de ses pas. Je savais exactement que c'était elle. Je savais exactement que dorénavant, je ne regarderais dans la rue qu'en entendant ces pas-là. Et que je ne les confondrais jamais avec d'autres. J'ai ouvert la fenêtre. Elle a levé les yeux. M'a demandé si elle pouvait monter. Je lui ai dit, bien sûr. J'ai ouvert la porte, allumé la lumière dans l'escalier. Je voulais juste la mettre dans la boîte aux lettres. C'est toi qui en as besoin, pas moi, a-t-elle dit en me donnant la pellicule. Je ne voyais que ses yeux. Même sans le reflet d'un lampadaire, son regard était le même que quelques heures auparavant, quand elle m'avait regardé dans les yeux pendant cette satanée étreinte.

Merci, ai-je dit.

Fais-moi un café.

Bien sûr.

On est allés à la cuisine. Elle a allumé le gaz, pris une casserole dans l'évier et mis de l'eau à bouillir. Comme si elle était chez elle. Même Kornél n'aurait touché à rien sans m'en demander la permission.

Qu'est-ce qui s'est passé ? ai-je demandé.

Rien. J'en ai eu marre, c'est tout.

Marre de quoi ?

Peu importe. Comment tu sais que je ne suis pas une putain ?

J'ai apporté le café et le sucre du cellier.

Je le sais.

Elle portait une robe d'été courte et froissée, elle semblait plus âgée que moi. La trentaine. Elle avait les cheveux collés par la sueur.

Tu vis seul ? a-t-elle demandé.

Oui.

Je voudrais me laver.

Le chauffe-eau ne marche pas. Je vais mettre de l'eau à chauffer.

Pas la peine, une douche froide, c'est mieux maintenant.

Je lui ai montré où se trouvait la salle de bains. J'ai entendu le robinet grincer, puis l'eau tomber sur l'émail écaillé. J'ai servi le café pour qu'il refroidisse un peu et que le marc se dépose au fond de la tasse. Puis je l'ai attendue. Puis je l'ai rejointe dans la salle de bains. La tête baissée sous la douche, elle regardait droit devant elle. L'eau froide lui donnait la chair de poule. J'ai compté les grains de beauté qu'elle avait entre le cou et les reins. Son corps ressemblait à une carte du ciel. Elle a levé les yeux.

Je m'appelle Éva Zárai.

Je n'ai pas de serviette propre.

Pas grave, la tienne fera l'affaire.

Elle est sortie de la douche, j'ai étalé ma serviette sur ses épaules, elle s'est essuyée.

Combien de temps je peux rester ?

Je dois être au travail à neuf heures, ai-je dit.

Je ne t'ai pas demandé à quelle heure tu travaillais, toi, mais combien de temps moi, je pouvais rester.

Autant que tu voudras.

Alors je vais aussi laver cette robe.

Je le ferai, va dans la chambre.

C'est une robe américaine.

Je l'ai étendue sur le séchoir, puis j'ai apporté le café dans la chambre. Elle était déjà couchée, la couverture remontée sur le ventre.

Elle est bien, cette chambre. On dirait une boîte chinoise.

C'est-à-dire ?

Tout ce que tu mets dedans disparaît. Comme si ça n'avait jamais existé. Ça ne sert à rien de l'ouvrir et de chercher, seul le poids de la boîte t'indique que ça doit être à l'intérieur.

Pourquoi tu dis ça ?

Parce que si quelqu'un entrait maintenant, il ne me verrait pas.

Moi, je te vois. Il y a longtemps que je n'ai pas vu avec une telle précision.

Je sais. C'est pour ça que je sens mon poids.

Sur les plateaux en bois appuyés contre le mur, il y avait les photos que j'avais mises à sécher plusieurs semaines auparavant.

Une jeune femme était venue chez Reisz pour des photos d'identité, je l'avais fait venir chez moi.

Elle est comme la femme d'*À travers le miroir* qui se tient devant la porte dans la mansarde vide et attend que Dieu entre. Tu l'as vu ?

Oui. À mon avis, c'est toi qui es comme ça.

Sûrement pas… C'est toi qui fais ces photos, je suppose.

Oui, ai-je dit.

C'est bien… C'est qui, elle ?

Je ne sais pas, je l'ai vue une seule fois.

Je vois.

Je lui ai demandé qui était cet homme. Elle m'a dit que c'était son mari. Et qu'ils étaient en train de divorcer.

Et vous faites l'amour au parc ?

Comme tu le vois, plus maintenant. Mais ne parlons pas de ça. Je suis vraiment fatiguée.

D'accord. Si tu veux, je peux dormir par terre.

Si je le voulais, je ne serais pas dans ce lit.

Je me suis allongé à côté d'elle, elle m'a enlacé.

On ne va pas faire l'amour, a-t-elle dit.

Je sais.

Alors c'est bien. C'est très bien.

Je vois que tu as un piano.

Je ne sais pas jouer.

Je vais t'apprendre.

Ça veut dire que tu sais jouer.

Elle a ri.

Pourquoi tu ris ?

Oui, je sais jouer.

Bien ?

Comme toi faire des photos, disons.

Tu sais que c'est l'un des meilleurs pianos du pays, n'est-ce pas ?

Je verrai demain.

Il est seulement désaccordé.

Ce n'est pas un problème. Je vais faire venir un accordeur.

C'est vrai que les accordeurs de piano ne savent pas jouer ?

Il y en a sûrement qui savent. Mais ils n'en ont pas besoin. Ils ont juste besoin de silence.

Alors dormons, ai-je dit.

Le matin, je me suis habillé, puis j'ai posé la clé de mon Père sur le lit. Elle avait fait tomber la couverture, elle dormait comme un enfant. Elle devait être en train de rêver, ses doigts ont joué du piano pendant un instant. Comme les chiens qui courent dans leur sommeil. J'ai tendu devant elle mon bras avec ma montre au poignet, et j'ai pris une photo. Pour savoir toute ma vie à quelle heure c'était arrivé. Puis j'ai écrit sur un bout de papier que je serais de retour vers cinq heures. Pendant des années, je ne me suis pas douté qu'à la même époque, quelqu'un avait fait une photo similaire. Sauf que ce n'était pas Éva allongée derrière une Vostok qui avançait tout le temps, mais une rue déserte de Prague. Où les chars russes arriveraient bientôt. Ainsi que l'armée de la République populaire de Hongrie.

(József Reisz)

Je travaillais depuis presque cinq ans. Depuis que j'étais allé chez József Reisz et que je lui avais dit que j'avais besoin de telle somme, et que je ferais n'importe quoi pour l'avoir.

Il m'avait regardé, immobile. Il devait avoir le même âge que moi maintenant. Maximum cinquante-cinq. Il portait un cardigan gris. Et une écharpe. Il avait un nez immense. L'atelier se trouvait au fond de la cour, à droite. Ce devait être autrefois une buanderie ou le logement du concierge. Le comptoir allait d'un mur à l'autre, perpendiculairement à la porte. On pouvait tout juste l'ouvrir. Du côté gauche, il y avait une chaise et une patère avec un miroir. Derrière le comptoir se trouvaient l'appareil, l'arrière-plan et les deux lampes. Encore derrière, le laboratoire, les toilettes et un escalier en colimaçon qui montait à l'appartement de Reisz, au premier. Les clients ne pouvaient entrer dans l'atelier que s'il levait le comptoir à charnière.

Comment vous appelez-vous ?
András Szabad. Pardon. Vous n'avez même pas besoin de venir travailler, ai-je dit.
Et je fais quoi, alors ?
Je ne sais pas. N'importe quoi. Ce que vous aimeriez faire.
Moi, c'est ça que j'aime.
Alors excusez-moi.
J'allais repartir. Une clochette de cuivre était suspendue au-dessus de la porte, mais elle n'avait pas de marteau. Au lieu de sonner, elle faisait un bruit mat chaque fois que la porte s'ouvrait ou se refermait. Toc.
Fermez la porte, il fait froid. Vous savez développer les photos ?
Oui.
Qui vous l'a appris ?
Mon Père.
Il est photographe ?
Non. Il est mort cette nuit. Il était prof.
Cette nuit.
Oui.
Il a allumé une cigarette sans m'en offrir une.
Et vous avez fait quoi jusqu'à présent ?
Des photos. Je sais vraiment prendre des photos. Et j'ai travaillé dans une imprimerie. Comme remplaçant. Je n'ai pas le bac.
Votre mère ?
Elle était bibliothécaire. Il y a déjà quatre ans qu'elle est morte.

Un réveil a sonné au laboratoire. Il y est allé comme si je n'étais pas là. Il en était à la fixation ou au rinçage, je ne sais pas. Il en est ressorti quelques minutes plus tard, je l'avais attendu. J'étais prêt à lui dire que, s'il le fallait, je pourrais préparer le bac au cours du soir.

Vous aurez beaucoup de choses à faire maintenant. Vous n'aurez pas le temps de m'aider, avait-il dit en ressortant du labo.
Si, j'aurai le temps. Je vais tâcher d'en avoir.
Comment vous ferez ? Et puis les fêtes approchent.
Oui, je sais.
Ici, il n'y a pas de travail pendant les fêtes.
Je me taisais.

Vous viendrez le deux à la première heure, vous m'apporterez une photo. Je me fous de ce qu'il y a dessus, un champ, le facteur ou votre petite amie. Ce qui m'intéresse, c'est comment vous développez une pellicule. Comment vous agrandissez un négatif.

Entendu.

C'est bien. Vous êtes engagé.

… Mais vous venez de dire que vous voulez d'abord voir la photo.

Bien sûr. Pour évaluer à quel point je vais me faire chier à vous former.

Merci.

On ouvre à neuf heures. Pas huit, on n'est pas au bagne. Neuf heures.

Bien sûr.

Après avoir farfouillé dans un tiroir, il en a sorti trois billets de cent.

Voilà. C'est un acompte sur janvier.

Merci, mais j'ai encore de l'argent.

Prenez.

J'ai vraiment encore de l'argent.

Alors mettons les choses au clair tout de suite, ça vaudra mieux : dans cette boîte, mon père déjà ne recevait d'ordres de personne.

Merci. Je sais vraiment prendre des photos.

C'est la deuxième fois que je vous l'entends dire. Perdez cette habitude. Ce n'est pas à vous de le dire.

Je n'ai pas l'habitude de le dire. Mais maintenant c'est pour moi très…

Très quoi ? Très quoi pour vous ?

Je ne sais pas.

Moi non plus. Le deux à neuf heures. Quand je lèverai le rideau de fer, je veux voir votre tête de lune surexposée.

(la mort de Gagarine)

Quand j'ai rencontré Éva, Gagarine était déjà mort. Il avait péri quelques mois auparavant dans une catastrophe aérienne. C'est du moins ce qu'avaient dit les journaux. Ceux qui n'y croyaient pas se livraient à des conjectures. En tout cas, l'effondrement d'une galerie de mine ou un accident de chasse auraient été beaucoup plus crédibles. Un accident d'avion, c'est un peu comme si Christophe Colomb s'était noyé dans un ruisseau. Selon certains, il serait mort sur la Lune, mais Moscou aurait préféré cacher l'échec de l'alunissage. Selon d'autres, il n'aurait même jamais été dans l'espace. Et pour d'autres encore, que ce n'était pas lui, mais les nazis qui avaient fait les premiers voyages dans les étoiles, sauf que les juifs l'avaient nié par la suite. Et il y avait aussi la variante selon laquelle Hitler en personne vivait encore caché dans un vaisseau spatial en attendant le moment propice pour revenir. Voilà pourquoi son corps n'avait pas été retrouvé. Moi, je croyais à la catastrophe aérienne. Le fait qu'une puissance a toutes les raisons de mentir sans arrêt ne signifie pas nécessairement qu'elle mente tout le temps. Elle peut aussi parfois vous rouler.

En tout cas, la nuit où j'étais allé me promener au parc, Gagarine était déjà mort. Longtemps, je n'ai pas compris ce que je faisais là au milieu de la nuit. Ce qui pousse quelqu'un à rompre avec ses habitudes, poser son livre au milieu d'une phrase et mettre ses chaussures pour aller n'importe où. Aujourd'hui, je pense qu'il y a certaines choses que je dois comprendre, et d'autres, non. Si on ne croit ni au hasard ni en Dieu, il faut admettre que les causes flottent parfois dans le néant. Comme des boules d'acier de plusieurs tonnes dans le vide. Pour certains, c'est ça qui est plus facile à admettre, pour d'autres, c'est Dieu. Moi, je crois que Dieu est plus facile à admettre. On n'a pas encore trouvé de cause universelle plus solide que Dieu. Il est assez difficile de faire flotter ces boules d'acier durant toute une vie.

(la peur)

Après le travail, j'ai fait des achats, puis à partir de cinq heures, je l'ai attendue chez moi. Elle avait laissé un mot sur l'oreiller. Il n'y avait dessus ni parfum ni marque de rouge. Elle avait simplement écrit qu'elle ne savait pas quand elle rentrerait. Sur le coup, je n'ai rien compris. Elle est venue le soir, je l'avais vue par la fenêtre en entendant ses pas. Elle ne m'avait pas entendu ouvrir la fenêtre, j'avais dû l'appeler. Je lui avais crié, tu es belle. Elle a ri. Elle a sorti d'un filet ce qu'il fallait pour le dîner et l'a posé sur la table.

Tu as un frigo ?

J'ai dit non, parce que je n'osais pas lui dire qu'on en achèterait un.

Alors il faut qu'on mange tout tout de suite.

Qu'est-ce que tu as acheté ?

Du saumon et du caviar.

C'est bien, je n'en ai jamais mangé.

Alors c'est le moment, a-t-elle dit.

Elle a déballé le cervelas et le fromage. Je me suis senti soulagé.

Dans ce cas, je débouche le champagne.

Toi, tu ne peux pas mentir.

De quoi ? Qu'est-ce que ça veut dire ?

C'est comme ça. Tu ne peux pas mentir.

D'accord, ai-je dit. Je suis allé dans le cellier chercher le champagne que j'avais acheté l'après-midi.

Le problème, c'est que moi aussi, j'avais préparé le dîner. Du poulet au paprika, sans recette. Et pour ça non plus, il n'y avait pas de frigo.

Embrasse-moi enfin, a-t-elle dit.

Je me taisais.

J'ai peur, dis-je enfin.

Et moi encore plus que toi.

Elle a pris le champagne et est allée dans la chambre.

Apporte la casserole, a-t-elle dit.

Je me suis revu porter le cartable de Kati-la-paysanne, je ne pouvais penser à rien d'autre. Ni à Adél Selyem ni à Imolka ni à Dalma Keresztes. À rien. Juste que je portais le cartable de Kati tout le long de la rue de la Libération jusqu'à la Laiterie. J'ai embrassé un à un tous ses grains de beauté, et elle s'est mise à pleurer. Elle a dit, je ne sais pas ce qui m'arrive. Sûrement la même chose qu'à moi. Finalement, nos corps, au moins eux, ont atteint une sorte de plaisir. Ensuite, on a regardé le plafond en silence. On a bu, fumé, elle m'a pris par la main.

Je ne les comprends pas. Pourtant je n'ai pas peur de tes photos. Mais pas du tout.

Il n'y avait aucun reproche dans sa voix.

Tant mieux, ai-je dit.

(le fromage de tête)

Le deux janvier soixante-quatre à neuf heures, je me tenais devant le rideau de fer. J'y étais encore à neuf heures et quart. Et à neuf heures et demie. Une vieille femme m'a demandé de sa fenêtre à l'étage ce que je voulais. Je lui ai dit que j'attendais le photographe. Elle m'a dit que c'était fermé et que je n'avais qu'à revenir le lendemain. Je lui ai dit que je préférais attendre. Vers dix heures, j'ai fini par prendre le chemin du retour. Je suis tombé nez à nez avec lui dans la rue, il arrivait avec une valise. Il s'est excusé, il avait passé les fêtes en province, dans sa famille, et il n'y avait pas de train à cause de la neige. Je lui ai dit que ce n'était pas grave, que j'avais supposé qu'il avait eu un empêchement. Je ne voulais pas lui dire que j'avais sombré dans le désespoir. Il m'a dit qu'il n'ouvrirait plus ce jour-là, mais il m'invitait à prendre le petit-déjeuner chez lui. Il m'a demandé si j'avais apporté la photo. Je lui ai dit que oui.

L'entrée normale de l'appartement était au premier, sur la galerie. Il m'a installé dans le séjour pendant qu'il faisait du feu dans le poêle de faïence. Impossible d'enlever son manteau, l'appartement était complètement refroidi. Il a allumé la lumière, il ne faisait pas très clair. Une télé, une radio, un tourne-disque, des livres. Tout était neuf. Même les meubles étaient d'après-guerre. Il y avait quelques vieilles photos de famille au mur, mais à vrai dire, elles étaient également neuves. À l'origine, ce devaient être des photos d'identité, il les avait seulement agrandies. Dans le coin de l'une d'elles, on voyait encore le tampon du royaume de Hongrie. Deux étagères de la bibliothèque vitrée étaient vides. Ce n'était pas seulement à cause de l'hiver qu'il faisait si terriblement froid. J'ai travaillé presque quinze ans chez lui, mais je n'ai plus jamais remis les pieds dans son appartement.

Il m'a demandé si je voulais un café. J'ai dit oui. On est allés dans la cuisine, il a fait du café. Dehors, sur la galerie, un enfant faisait des va-et-vient sur ses patins à roulettes. Il m'a demandé pourquoi j'étais venu juste chez lui. Je lui ai dit que j'avais vu sa boutique par la vitre du taxi en revenant de l'hôpital avec mon Père. Il a sorti de sa valise le boudin et le fromage de tête qu'il avait apportés de la campagne. Voilà ce qu'ils m'ont donné, a-t-il dit. Le cornichon craquait dans sa bouche. Je lui ai demandé s'il ne faisait que des photos d'identité. Il a dit oui. Qu'on en avait toujours besoin. La vieille femme avec laquelle j'avais échangé quelques mots est sortie pour gronder l'enfant, lui dire que ce n'était pas un terrain de jeux. On est retournés dans le séjour pour boire le café.

Il m'a prié de lui montrer la photo. J'ai sorti la pochette cartonnée Forte. Finalement j'en avais apporté cinq, toutes différentes, les meilleures. Des anciennes. Je n'avais pas apporté les clichés de Dalma Keresztes, elles étaient en grand format. Mais pas seulement pour ça. Il les a regardées, il a dit, ça va. Après avoir attendu qu'il en dise peut-être plus, je les ai remises dans la pochette. Il ne m'a pas posé de questions sur l'enterrement de mon Père, ni sur rien de personnel, où j'étais né, pourquoi je n'avais pas passé le bac, des choses comme ça. Par ailleurs, sa voix n'était pas la même en haut, dans son appartement, que la dernière fois en bas, dans l'atelier. En haut, elle était empreinte de timidité. En bas, elle avait de l'assurance. Je lui ai demandé s'il avait une famille. Il a dit qu'il était veuf. Je lui ai demandé quand sa femme était morte. Il m'a dit, ça fait longtemps.

En rentrant chez moi, je me suis dit qu'après la mort de mon Père, ma voix aussi avait changé. Que j'étais moins mûr que deux mois auparavant.

Kornél a dit que c'était normal.

(le cadran solaire)

Beaucoup de gens pensent qu'à l'âge de sept ans, on a déjà tout vécu. Moi, même à la mort de mon Père, je n'avais pas encore tout vécu. Il est sûr que cette vingtaine d'années est comme l'aiguille d'un cadran solaire. Immobile. Son ombre tombe toujours sur le présent. Mais ce n'est pas grave.

Un jour, un critique norvégien ou suédois a calculé qu'en moyenne, on ne voyait quelque chose que sur trente-trois pour cent de la surface de mes photos. Cela dit, il écrivait des choses franchement élogieuses, seule cette histoire de tiers contenait une réprobation implicite. Disant que j'avais un penchant pour l'obscurité, que je ne contribuais pas à l'équilibre du monde. Après l'avoir lu, je n'ai pas pu m'empêcher de penser que ce malheureux était resté pendant des semaines avec sa règle et son compas, et aussi sa calculatrice de poche et sa peur obsessionnelle de ce qui n'était pas moitié-moitié, parce que n'était pas équilibré. Que si le jour ne dure pas six mois et la nuit six mois aussi, l'ordre du monde s'en trouve bouleversé. Qu'il dépend de ça. Comme si certains ne trouvaient pas davantage de lumière dans l'éclat du blanc de l'œil que d'autres dans une nuit blanche de six mois.

Kornél m'a dit de me calmer, qu'un tiers, ce n'était pas peu.

(le mérite)

Quand j'étais petite, je n'étais pas aussi terrifiée. Je ne le comprends toujours pas, a-t-elle dit.

L'amour, c'est comme ça.

Elle m'a embrassé.

Petite, c'est quoi ?

Dix-huit ans.

Tu mens.

Je ne mens pas, j'avais vraiment dix-sept ans. Bon, d'accord, presque seize.

Et qu'est-ce que tu faisais avant ?
Comme tout le monde.
Avec tes grains de beauté. Comme tout le monde.
Oui.
Et puis avec ce regard.
Oui.
Et avec ces lèvres.
C'est bon, d'accord, à quinze ans, j'ai embrassé quelqu'un.
Je vais le tuer.
Trop tard. Il est déjà à la retraite.
Tu as embrassé des vieillards à quinze ans ?
Elle a fait comme si elle n'avait rien entendu. Elle s'est levée, puis a ouvert les volets. Le jour pointait, le soleil a avalé la lumière de la lampe. Les premiers trolleys passaient place Lövölde.
Fais attention, la vieille d'en face se lève tôt.
Je pense que ce n'est pas la première fois qu'elle voit une femme nue à ta fenêtre.
Non, mais elle ne s'en souvient plus.
Parce qu'elle est sénile ou parce que c'était il y a si longtemps ?
J'aurais voulu faire comme si je n'avais rien entendu, mais c'est une chose que je ne sais pas faire. J'ai fini par dire que c'était il y avait longtemps.
En fait, pourquoi tu nous as regardés jusqu'au bout, au parc ?
Pas jusqu'au bout. Je suis parti avant.
Peu importe. Qu'est-ce que tu as vu ? Ou plutôt pour qui tu m'as prise ? Une traînée ? Une salope ? Qui t'excite parce qu'elle te regarde dans les yeux quand elle est avec un autre ?
Si ç'avait été le cas, tu serais venue ici ?
Elle s'est tue.
Finalement, elle a dit non.
Elle a croisé les volets, s'est allongée à côté de moi, a tiré une bouffée de ma cigarette.
Je serais peut-être partie. Mais je ne serais pas venue jusqu'ici. C'est sûr. Maintenant, je le sais.
Tu es souvent partie ?
Une fois. L'année dernière. On n'était pas encore en train de divorcer.
Et tu es allée où ?

Jusqu'à la réception d'un hôtel. C'était un chef d'orchestre américain.

Qu'est-ce qui t'a retenue ?

Le fait que chez moi, tout le monde me croirait si je mentais. Et que je ne recevrais même pas une gifle.

J'ai écrasé ma cigarette. Je l'ai regardée dans les yeux.

Moi, je t'en flanquerais une.

Elle s'est redressée de manière à ne pas détourner le regard. Elle a bu une gorgée.

Si je le mérite, tu pourras le faire.

Ça ne me plairait pas. Alors ne le mérite pas.

J'ai vu ses mamelons durcir.

J'ai dit que si je le méritais, tu pourrais le faire.

Et moi j'ai dit que je préférais que tu ne le mérites pas.

Elle s'est étendue sur le lit, les bras écartés. Son ventre s'est tendu.

Et si j'aimais ça ? À part cette gifle, qu'est-ce que tu me ferais ?

Je regardais sa peau frémir comme celle d'un cheval. Je me suis dit que c'étaient des grains de beauté. Pas des étoiles filantes, ni des mouches d'écurie qui s'envolent. Des grains de beauté. Des parties du corps humain. Un, deux, trois, quatre…

Tu me dis ce que tu me ferais ?

… Je t'attraperais par les cheveux. Je les tirerais.

Jusqu'à ce que je crie ?

Oui.

Et quoi d'autre ?

Je te jetterais par terre. Et je te dirais, espèce de garce.

Je n'ai rien contre les garces, c'est les salopes que je n'aime pas.

C'est pour ça que je dirais garce.

Et quoi d'autre ?

Je t'empoignerais le con. Assez fort pour qu'il en sorte un peu d'urine. Pour que tu voies à qui tu as affaire.

Et quoi d'autre ?

Je te baiserais. Même si tu me supplies de ne pas le faire.

… À la maison, j'ai couché avec lui.

Avec qui ?

Quelle question ! Avec mon mari.

Tu mens.

J'ai le droit. J'ai couché avec lui et je l'ai sucé.

Ferme-la.

Et j'ai joui. Fort.

Tais-toi.

Il m'a baisée à en mourir.

Je t'ai dit de la fermer.

Quand je suis revenu à moi, elle avait les yeux fermés. Immobile, elle ne respirait pas. Elle gisait au milieu de la pièce comme si elle était tombée du ciel avec toutes ses étoiles.

J'ai pris mon Leica, j'ai fait une photo.

Elle m'a demandé tout bas, les yeux fermés, ça y est ?

Oui.

Alors reviens.

Je me suis recouché à côté d'elle sur le plancher.

Il faudrait un tapis ici. J'ai mal partout.

J'ai dit qu'on en achèterait un.

Elle m'a embrassé.

Ne couche pas avec elles, je t'en prie.

Désormais, je ne photographierai personne d'autre que toi.

Alors je vais te quitter. Je n'ai pas besoin d'un homme qui renonce à son âme.

Je n'y renonce pas.

Moi non plus, je n'abandonnerais mon piano pour personne. Mais ne couche pas avec elles. Je le sentirais.

D'accord.

Pendant sept ans, je n'ai été avec personne d'autre. Et probablement elle non plus, pendant un temps. Il est vrai qu'alors ça n'avait plus d'importance. Ou je ne sais pas.

(la photo d'identité)

Le matin du premier jour, József Reisz m'a dit de lui faire une photo d'identité. Ça m'a glacé. Je croyais que j'allais travailler au laboratoire, que je l'aiderais éventuellement à régler l'éclairage, des choses comme ça. L'appareil était posé sur un trépied en bois. Un appareil à soufflet. Il ressemblait un peu aux appareils d'imprimerie, mais ceux-ci étaient grands comme une armoire. Je lui ai dit que j'allais essayer. Il a attendu, assis sur une chaise. Je merdais avec les deux lampes. J'espérais que la cloche ferait toc, que quelqu'un arriverait, et que je pourrais le regarder faire. Il s'est levé, il a dit, c'est bon. J'ai dit que j'étais désolé, que je n'avais jamais vu un tel appareil. Il a dit qu'il le croyait bien, c'était une Linhof Technika.

Il m'en a expliqué le fonctionnement. Sous le voile noir, on fait la mise au point sur le verre dépoli. Le diaphragme ouvert, à l'oculaire. Puis on introduit le magasin sur la glissière. On remonte le verrou, on tire le volet du châssis. Il ne faut pas oublier de le faire, sinon on expose le volet. Et alors on pourra fermer la boutique. On fait avancer la pellicule, on remonte à nouveau le verrou, on prend la photo suivante. Avec le doigt. Pas avec le cordon, c'est trop lent. On ne peut pas le sentir. C'est bon pour les photographes de paysage. La main droite, le majeur. On touche à peine. Dès que le client a cligné des yeux, le doigt doit frémir comme s'il avait reçu une légère décharge électrique. Il ne faut pas lui demander de ne pas ciller, parce qu'alors il regarde comme un lézard. C'est à nous de guetter le bon moment. On est plus lents que ses yeux, et si on déclenche au moment où il ferme les paupières, elles seront ouvertes au clic du diaphragme. On évite ainsi paupières floues et les photos de dormeurs. Aussitôt on fait avancer la pellicule, on remet le volet, on repousse la chambre, on ouvre le diaphragme pour que l'appareil soit prêt pour le client suivant. Il faut mémoriser ce processus pour pouvoir le reproduire même en dormant. Sans s'en rendre compte. Et parler en même temps avec le client. On s'occupe de lui, et on ne se trompe pas. Ce n'est pas un Leica, on peut pas prendre des photos à tout-va.

Comment vous savez ce que j'ai comme appareil ?

Vous m'avez montré vos photos, non ? Un Summicron cinquante.

Vous pouvez le dire au premier coup d'œil ?

Personne d'autre que moi ne vous le dira. L'une des photos a été prise avec un Zorki ou un FED, les quatre autres avec un Leica. Sur les cinq, deux ont été prises avec un diaphragme de deux, l'une en cinq-six, celles du Zorki en trois-cinq.

Ça se peut.

Non, c'est sûr. Votre montre avance de quatre minutes. En vrai, il est neuf heures cinquante-six minutes. Hier, elle n'avançait que de trois minutes. En bas de votre manteau, vous avez neuf petites taches de boue, vous avez été éclaboussé par une voiture. Hier, il était encore propre. Moi, je le sais, vous, non.

Vous y accordez de l'importance, moi pas. C'est une maladie.

Je n'ai jamais entendu parler de cette maladie.

Tant mieux pour vous. Mais ne vous tracassez pas pour moi, on peut très bien vivre avec. Cela dit, ce que vous faites avec votre propre appareil pendant votre temps libre ne me regarde pas. Par contre ici, quand vous faites votre travail, vous devez savoir que cet appareil a une âme.

Les appareils n'ont pas d'âme.

Vous devez être assez lâche pour répéter des trucs auxquels vous-même ne croyez pas.

D'accord, mais dans ce cas, mon appareil aussi a une âme.

Et pas seulement lâche, mais susceptible de surcroît.

Bon, alors disons que l'âme du Leica est différente.

Au moins vous avez de la jugeote. Ça pourra vous servir. Bon. La lumière est mesurée ici, on expose à huit centièmes. On ne travaille pas sur plan-film, uniquement sur bobine. C'est un format idéal, dix cadres par rouleau, ça fait cinq clients. On les développe pour le lendemain, mais s'il les faut tout de suite, on prend un supplément. Pas parce qu'on est des voleurs, mais parce qu'on développe le reste de la pellicule pour rien. Pas d'agrandissement, rien que des contacts. Le client reçoit l'un des négatifs, l'autre reste ici. Avec le nom, l'adresse, le numéro de téléphone le cas échéant. Mais on archive par date, pas par nom. On n'est pas une administration.

Il n'y avait toujours personne, les gens font peu de documents d'identité en début d'année. Il s'est rassis sur sa chaise.

J'ai allumé les deux lampes, il m'a dit de veiller à l'ombre de son nez. Je me taisais. Je ne voulais pas parler de son nez.

Vous savez, n'est-ce pas, que vous avez déjà perdu un client habituel.

·Pourquoi ?

Parce que si un client parle de ses yeux, de sa bouche, de ses oreilles ou de quoi que ce soit et que vous gardez un tel silence, il ne reviendra plus jamais à l'atelier Reisz. Et sa famille non plus. Ce n'est pas bon pour nous.

D'accord, dans ce cas, vous pouvez être tranquille, monsieur Reisz, l'administration ne reconnaîtra pas votre nez.

Décidément, vous n'y arrivez pas. Alors taisez-vous plutôt.

Quand j'ai mis le voile sur ma tête pour faire la mise au point, j'ai eu soudain l'impression de sortir du monde. Comme quand on se retrouve sous l'eau et qu'on entend battre son propre cœur. Sur le verre dépoli, Reisz était flou, la tête en bas. Et il savait mieux l'heure que ma montre. Je me suis rappelé la voiture qui m'avait éclaboussé de neige fondue. Sur le coup, je ne m'en étais même pas rendu compte. Puis j'ai pensé à mon Père. À ses derniers instants, il avait dû me voir comme ça, flou. Je me suis mis à tourner le bouton de réglage de la netteté, l'objectif avançait lentement sur la crémaillère.

Là, c'est bon, a dit Reisz.

(le parent)

Quand j'ai fait la connaissance d'Éva, la comtesse n'habitait plus là. J'avais dû aller chez elle une fois par semaine, parfois deux, jusqu'au printemps soixante-sept. Alors un parent était venu la voir. De province. Il était entre deux âges. Je ne l'avais jamais vu.

Le dimanche de Pâques, quand je suis allé chez elle, cet homme était là. J'ai failli écrire qu'il était assis à ma place. En tout cas, dans le fauteuil où je m'installais d'habitude. Sous le Rippl-Rónai. Il portait un costume, une cravate. Il avait des lunettes. Il avait une tête de chimiste. La comtesse a fait les présentations, mais j'ai dit que je n'allais pas les déranger, et que je reviendrais de toute manière le lendemain pour l'aspersion*. D'accord, mon cher, a dit la comtesse.

Lapin tout blanc, œuf en couleur, un bon baiser pour l'arroseur, voilà ce que je lui ai dit à Pâques pendant sept ans. Elle était contrariée et me disait que si je n'apprenais pas un poème correct, les traditions populaires allaient disparaître. Je lui répondais qu'elle ne connaissait pas les traditions populaires et la priais de croire qu'il s'agissait du plus sortable des poèmes, et qu'elle devait me donner un bisou. Elle avait des œufs en chocolat enveloppés dans des papillotes rouges. Ils venaient sûrement de Vienne – chez nous, il n'y avait encore rien de tel. Voilà pour ce qui est des traditions, ai-je dit.

J'avais envie de lui demander qui était l'homme de la veille, mais je me suis dit que si elle voulait en parler, elle le ferait de toute façon. Je ne sais plus de quoi nous avons parlé. Des mêmes choses que d'habitude. Après la mort de mon Père, on s'était disputés une fois. Elle était venue chez moi, il y avait un reste de cervelas tout sec et brun sur la table. Elle m'a dit, mon cher, vous ne pouvez pas vous permettre ça. Je lui ai dit de ne pas jouer à la maman. Elle a dit, excusez-moi, ce n'était pas mon intention. Je lui ai dit, pourtant c'est ça, peu importe votre intention. J'ai trouvé un emploi, je travaille, je me débrouille tout seul et je ne vis pas au milieu de cervelas pourris, je n'ai tout simplement pas eu le temps de le jeter à la poubelle. Elle a dit qu'il vaudrait peut-être mieux qu'elle rentre chez elle. Le lendemain, je suis allé lui demander pardon. Elle a dit, pas de problème, mon cher. Mais au risque de jouer à la maman, je vous conseillerais de quitter cet appartement. Même si je regretterais alors que vous ne soyez plus là.

Je ne vais pas déménager.

Bien sûr, je le sais pertinemment. Alors parlons plutôt d'autre chose.

* Coutume consistant à asperger, surtout les femmes, d'eau ou de parfum le lundi de Pâques.

J'ai déballé l'œuf en chocolat et l'ai mangé. Puis je l'ai fait descendre avec de la liqueur d'orange. Elle m'a dit, j'ai un gros problème avec Karcsi, mon cher. Je lui ai demandé qui était Karcsi.

Un cousin au second degré. De la branche bourgeoise.

Et quel est le problème ?

Selon mes calculs, il va venir ici chaque semaine pendant les prochains mois. Jusqu'à ce qu'il sente que nous sommes devenus suffisamment proches.

Ça veut dire que jusqu'à présent, vous ne l'étiez pas.

Non. Mais c'était certainement dû aux circonstances. Il vit à Ózd.

Ce n'est pas si loin.

Dans ce pays, mon cher, rien n'est loin. D'ailleurs, en dix ans, mon premier cousin n'a pas trouvé le moyen de venir de la place Boráros à la rue Szív.

Et Karcsi, il vient pour quoi ?

C'est tout le problème. Je ne sais pas.

Ça s'avérera sûrement.

Sans aucun doute. Sauf qu'en général, je devine ces choses d'emblée. Je vieillis.

Si ça se trouve, Karcsi ne veut vraiment rien. On peut parfois être de bonne foi.

Je ne suis pas de mauvaise foi, mon cher. Ça ne me dérange pas qu'on veuille quelque chose. Mon problème, c'est comme je l'ai dit. Je vieillis. Mon esprit n'est plus aussi incisif.

Eurêka, a-t-elle dit après la troisième visite du cousin.

Vous avez trouvé l'entourloupe ?

Parfaitement.

Un emprunt ?

De moi ? Mais de quoi ? Karcsi est ingénieur, mon cher, il sait calculer.

Alors l'héritage ?

Non. Pire.

Qu'est-ce qu'il peut y avoir de pire ?

Un échange d'appartements.

Je ne comprends pas.

Parce que vous ne savez pas encore que Karcsi a eu une proposition d'emploi à Budapest, un emploi bien meilleur que celui qu'il a à Ózd.

Et vous, vous ne voulez pas déménager à Ózd, n'est-ce pas ?
Qui voudrait déménager à Ózd, mon cher ? Lui non plus ne vit pas là-bas de son plein gré.
Je me suis tu. Je savais précisément qu'elle avait pris sa décision au bout de quelques visites, avant même que Karcsi n'ait abordé la question.
Pas si vite, mon cher. On veille toujours à son propre intérêt. Même moi. Soyez tranquille, j'ai peu de raisons de quitter les toilettes communes et de vouloir m'installer à Ózd.

Finalement, l'argument principal a été la sœur de Karcsi qui s'était engagée à s'occuper de la comtesse. C'était une institutrice, mère de deux enfants, intelligente, agréable, je l'avais rencontrée quelquefois, la comtesse serait vraiment mieux dans la maison d'Ózd.
Vous avez dit qu'Ózd n'était pas si loin.
Effectivement, je l'ai dit.
C'était la fin de l'été. Je l'ai aidée à empaqueter ses livres. Je me disais que quelques années auparavant, j'aurais été beaucoup plus désespéré.
Je me disais que j'aurais pu au moins m'empêcher de pleurer.
Putain de merde ! Putain de bordel de merde !
Ne dites pas de gros mots, mon cher.
Pardon. Je me suis cogné la main.
Venez ici, aidez-moi à décrocher ça.
Je suis allé décrocher le Rippl-Rónai. Elle l'a essuyé avec un torchon.
Je vais l'emballer dans du papier journal, ai-je dit.
Pas la peine, vous pouvez l'emporter comme ça.
Je n'ai pas le droit de le prendre.
Elle se tenait si près de moi que je me voyais dans ses yeux.
Mais moi, je l'ai assez vu. Alors faites-moi plaisir, prenez-le. Tout de suite. Cette fille n'a rien à faire dans une ville d'acier.

(sept conversations)

Qui est cette femme ?
Mon amour.

Je te comprends.

Elle s'en approche et la regarde, dressée sur la pointe des pieds.

C'est un original ?

Bien sûr.

D'où est-ce que tu as un Rippl-Rónai ?

Je te l'ai dit, c'est mon amour qui me l'a donné. La comtesse Éva Szendrey. Sauf qu'elle a vieilli un peu et m'a quitté. Elle habitait là-derrière, à côté des WC communs.

Elle est morte ?

Je ne plaisanterais pas si c'était le cas. Elle a déménagé à Ózd l'an dernier.

Présente-moi un jour.

Uniquement si tu le mérites.

Elle est venue vers moi et m'a enlacé.

Tu peux faire tout ce qui te plaira.

C'est peu. Ce n'est pas le tout qui m'importe, c'est le quand.

D'accord.

Même dans dix ans.

D'accord, ai-je dit. Il faut juste que ça ne fasse pas mal.

Ces meubles ?

Un héritage.

Quand ?

La moitié quand j'avais seize ans, l'autre moitié à vingt.

Alors tu n'es plus un enfant.

Si. Quand je suis seul.

C'est pour ça que tu es seul ?

Tu me menaces ? Tu viens de dire que même dans dix ans.

Elle a bu une gorgée de vin, et a gardé la bouche ouverte. J'ai regardé le liquide couler entre ses étoiles jusqu'à son nombril.

Mais je n'ai pas dit que j'attendrais dix ans.

Quelle est la première chose dont tu te souviennes, m'a-t-elle demandé quand nous sommes revenus à nous.

Ton con.

Cochon.

Il n'y a rien de meilleur.

Je t'ai posé une question sérieuse.

Un paon. Ma Mère m'a sorti de ses griffes.

Tu avais quel âge ?

Deux ans. Il voulait me crever les yeux.

Deux ans ? Et tu t'en souviens ?

Je ne me souviens pas de ça, mais seulement qu'il volait dans ma chambre. Du poêle en faïence jusqu'à mon lit. Et qu'il criait. Mais c'était peut-être ma Mère.

Comment ça se fait que vous ayez eu un paon ?

Un officier allemand cantonné chez nous l'avait laissé.

Cantonné ici ?

Non, pas ici, à Mélyvár.

Ils vous ont fait du mal ?

Non. À mon avis, il était tombé amoureux de ma Mère.

Qu'est-ce qui te le fait dire ?

Le fait qu'il s'est tiré une balle dans la tête en guise d'adieu. Assis sur la chaise qui se trouve là, devant mon bureau.

Tu es sûr de devoir t'asseoir sur la même chaise ?

Oui. Les autres sont bancales.

Une fois, je suis descendu acheter du pain et du vin. Et au bureau de tabac, j'ai téléphoné à Reisz pour lui dire que j'étais malade.

Qu'est-ce qui te fait le plus peur ?

L'abandon.

Alors maintenant, tu n'as rien à craindre.

Je ne crains rien.

Mais ne sois pas si sûr de toi.

Si, je suis sûr de moi.

Je me suis levé, j'ai pris mon vieux cahier dans le tiroir du bureau. Je lui ai lu le rêve en noir et blanc que j'avais fait en soixante-deux, après être allé au parc pour photographier Gagarine. Un couple faisait l'amour à la lueur d'un lampadaire en fer-blanc qui se balançait au-dessus d'eux. La femme disait quelque chose en me regardant dans les yeux.

Elle a remonté la couverture sur son ventre.

Tu me fais peur.

Alors va-t'en.

Jamais.

Elle a ramené ses cheveux sur son visage pour que je ne voie pas si elle était en train de pleurer ou de rire.

Et que disait cette femme ?

Elle ne l'a dit qu'à moi.

… Elle a pu mentir.

C'est exclu. Je lui aurais collé une gifle dans mon rêve.

Je t'ai déjà dit que tu pouvais le faire si je le méritais.

Je suis mort de fatigue, s'il te plaît, ne le mérite pas pendant dix minutes encore.

On n'était pas sortis de l'appartement depuis trois jours. Il n'y avait plus de cigarettes, quand je suis revenu, elle se tenait devant le miroir de la salle de bains. Elle répétait en silence un seul et unique mot.

Qu'est-ce que tu dis ?

C'est mes affaires.

J'étais derrière elle, je l'ai enlacée.

Allez, dis-le-moi.

Non.

Tu es lâche. Dis-le.

Je l'ai regardée dans le miroir articuler en silence.

Elle s'est retournée soudain. Et je ne suis pas lâche.

Si. Lâche et dévergondée.

Bon, on retourne dans la chambre, d'accord ? Voir tes photos. Viens, on va d'abord regarder tes photos et après, on se demandera qui est dévergondé.

Je lui ai demandé si elle était sûre de vouloir les voir juste maintenant. Elle m'a dit, bien sûr. Allongée sur le ventre, elle regardait du haut du lit les photos étalées sur le sol, comme d'autres regardent la mer.

Ces femmes ne sont pas dévergondées.

Bien sûr que non. Pourquoi elles le seraient ? Je ne le suis pas moi-même.

À ce propos, les avis sont fortement partagés.

Je n'attendrai pas pour les entendre.

Elle a ri. Laisse tomber.

Elle m'a demandé si je les connaissais bien. À peine, lui ai-je dit. Je les avais presque toutes vues deux fois seulement. Une fois quand elles étaient venues chez Reisz pour une photo d'identité, une fois ici.

Tu as couché avec elles ?

Avec l'une d'elles.

Et ?

Ça a duré cinq jours.

Pourquoi ?

Parce qu'elle avait une conception expéditive et décidée du mariage.

C'est laquelle ?

Je l'ai pas photographiée.

Je veux bien te croire. Montre-m'en encore.

J'ai fini par étaler quelques Dalma Keresztes.

Elle, tu ne l'as pas rencontrée chez Reisz.

Je n'ai rien dit.

Qu'est-ce qu'elle devient ?

Je ne sais pas. Je ne l'ai pas vue depuis la mort de mon Père. Et je ne le souhaite pas.

C'est bien, a-t-elle dit.

On dormait, puis on recommençait. Parfois, on chassait la fumée par la fenêtre avec une serviette. Ma montre marchait, mais on s'était trompé sur le calendrier. Elle s'est penchée par la fenêtre et a demandé à un passant quel jour on était. Il a répondu, vendredi treize.

Le dernier jour, elle m'a demandé de jouer du piano. Je lui ai dit que c'était plutôt à elle de jouer, qu'une pianiste qui se respecte devait répéter tous les jours. Elle se rattraperait tout de suite, mais moi d'abord. Quelle blague, juste moi, et juste pour elle ? Elle m'a dit que si je ne jouais pas, elle me dénoncerait à la police des mœurs pour harcèlement. J'ai dit d'accord, mais il fallait d'abord que je me rhabille.

Harcèlement et violences sexuelles. Tu seras dans de beaux draps.

Je me suis assis, mais j'avais les mains engourdies. Je ne trouvais même pas les accords que je plaquais d'habitude même en rêve.

Ça ne va pas aller, ai-je dit.

Mais si, ça ira.

D'accord, je ne vais pas m'habiller, mais alors, tu sors. Ou au moins tu te mets sur le lit, derrière moi.

Je ne sais pas ce qui s'est passé. J'ai pianoté laborieusement pendant un instant, puis on aurait dit que le ciel nous était tombé sur la tête. Bien sûr, ce n'était pas de la musique, je ne sais pas jouer. Juste quelques accords. Et la répétition, le rythme. Ou que sais-je. Noire-blanche, noire-blanche, rien, noire-blanche.

D'un coup, elle s'est penchée vers moi, se couchant à moitié sur le piano. Son visage était si près du mien que je le voyais à peine.

Encore, a-t-elle dit. N'arrête pas.

Elle a appuyé son ventre contre le Bösendorfer.

Plus grave.

Ferme-la.

Je t'en prie. Plus grave !

Je ne savais même pas si c'était le jour ou la nuit. Je ne frappais plus que les deux octaves les plus basses. Elle s'est mis la main entre les cuisses.

Enlève ta main !

Encore !

Je t'ai dit d'enlever ta main !

Je l'ai attrapée par les cheveux et je lui ai levé la tête pour voir le vertige dans son regard. De mon autre main, je frappais sur ces putains de touches si fort que j'avais l'impression que les cordes allaient se rompre. Je n'entendais plus rien, je la voyais seulement crier.

Je pensais au fait que ma Mère était morte assise à ce piano.

(la mère)

En général, Éva rentrait tard. Elle répétait dans une salle du Conservatoire. Je lui ai demandé pourquoi elle ne faisait pas accorder le Bösendorfer. Elle m'a répondu qu'elle devait être seule. Je la comprenais. Moi non plus, je n'aurais pas pu prendre de photo s'il y avait eu quelqu'un dans l'autre chambre.

Un jour, j'ai invité une femme à poser pour moi. Elle devait avoir mon âge. Je lui avais dit que si elle en avait envie, j'aimerais lui tirer un vrai portrait. Elle n'était pas belle, elle avait des yeux tristes de cheval. Comme le saint Barthélemy du Greco. Elle m'a demandé ce qu'elle devrait faire. Je lui ai dit, rien, simplement rester assise. Et venir dans une robe fermée et sombre, pour que je ne voie que son visage. Elle était ravie. Je lui ai donné mon adresse, on s'est mis d'accord sur l'heure, j'ai préparé l'arrière-plan, la lampe. Puis la sonnette a retenti et, quand j'ai ouvert la porte, elle était là avec sa mère.

Je n'avais pas le choix, j'ai dû les laisser entrer. La fille était un peu tendue, mais sa mère, pas le moins du monde. Elle est entrée, s'est assise en disant qu'elle ne voulait pas déranger. Elle avait des ongles épais, vernis. Elle sentait l'eau de Cologne. Elle ne ressemblait pas à sa fille. Je lui ai dit qu'elle ne me dérangeait pas, je l'ai seulement priée d'attendre dans l'autre pièce.

Bien sûr, bien sûr, c'est tout naturel. Vous faites des photos de mode ?

Non.

Alors quel genre ? Étais-je une sorte d'artiste ?

Je lui ai dit que je n'étais pas une sorte d'artiste.

Mais j'avais pourtant bien une raison de faire des photos de sa fille.

J'avais l'impression d'étouffer. J'ai dit que je faisais des photos, comme ça, pour rien. Et qu'un jour peut-être, je les exposerais.

Alors je ne prenais même pas d'argent pour ces photos ?

Non.

C'était bien, parce que ce ne serait pas correct que moi, je touche de l'argent et que sa fille pose gratuitement.

Je lui ai dit de se rassurer, je ne prenais pas d'argent.

Est-ce que j'avais déjà fait beaucoup de photos pour rien ?

Oui, beaucoup.

Mais elle espérait que je ne faisais pas de photos immorales. Je n'avais pas imaginé, n'est-ce pas, que sa fille se déshabillerait devant moi.

Non, je veux juste faire des portraits.

Alors, c'est bon. Allons-y, commençons.

J'ai été envahi par une sorte de sérénité infinie. La sérénité de la certitude. La certitude que cette femme n'avait tout simplement pas le droit de faire ça. Ni à l'égard de sa fille de vingt-deux, vingt-trois ans, ni surtout à mon égard, plus précisément à l'égard de mon travail. Et alors je l'ai plutôt priée de s'en aller. On aurait fini dans une heure.

Elle s'est levée et elle a dit, d'accord, elle reviendrait dans une heure. Aranka est très belle, ce sera un bon sujet de portrait. Puis elle s'est tournée vers Aranka et, le regard triste, elle lui a dit du ton le plus aimable possible : C'est comme ça, ma petite, je m'en vais maintenant. Fais de ton mieux.

Alors il est arrivé une chose qui ne se produirait même pas dans un cauchemar. Comme quand Kati a été giflée par sa mère qui m'a demandé ensuite si je voulais qu'elle s'en prenne encore une. D'un coup, la fille, qui jusqu'alors était assise sur le lit à côté de sa mère, réservée, avec ses bas qui filaient, s'est jetée sur moi, me demandant ce que je m'imaginais, comment j'osais mettre sa mère à la porte. Et pour qui je la prenais. Je la faisais venir, après un tas d'autres femmes avec lesquelles je faisais Dieu sait quoi.

Sa mère lui a dit alors, tout va bien mon chaton, calme-toi, le jeune homme ne te veut aucun mal. Tu vois bien que je suis avec toi. Et elle lui a caressé le visage.

Mais Aranka ne s'est pas calmée. Elle haletait comme si on l'étranglait avec une corde.

Alors sa mère a ajouté, tu es très belle. Puis elle s'est tournée vers moi. N'est-ce pas qu'elle est jolie ?

Aranka a fondu en larmes et m'a hurlé au visage, je ne suis pas votre chaton, c'est clair ?

Puis elle a bondi et s'est enfuie.

Sa mère a crié après elle, c'est toi qui voulais venir, chaton, je t'avais dit que ce n'était pas pour toi. Puis, très tendue, elle s'est excusée, elle ne comprenait pas ce qui avait pris sa fille, d'habitude elle n'était pas comme ça, puis elle est partie.

Quand Éva est revenue, j'ai essayé de lui raconter ce qui s'était passé, mais quand je suis arrivé à la sorte-d'artiste, elle s'est mise à ramasser ses vêtements sur le séchoir. Je lui ai demandé s'il y avait un problème.

Non, je t'écoute. J'adore les histoires de mamans.

Je ne sais vraiment pas quel est ton problème.

Il n'y en a pas, continue.

J'ai terminé mon histoire.

Voilà ce qui arrive quand on amène chez soi des femmes trop jeunes.

Le problème, c'est la mère ou la fille ?

Il n'y a pas de problème. Aucun problème. Si seulement je savais pourquoi tu attires les psychopathes comme des mouches.

(l'ex-mari)

J'ai attendu assez longtemps qu'il arrive dans la conversation, et un soir, je lui ai demandé de me parler de son mari.

Elle m'a dit qu'il n'y avait rien à dire.

Et quand est-ce que vous divorcez ?

En ce moment, on échange notre appartement contre deux plus petits.

Il fait quoi, ton mari ?

Ce n'est plus mon mari.

Bien sûr, mais quand même.

C'est János Radnóti, je te l'ai déjà dit.

Je ne m'en souviens pas. Et qu'est-ce qu'il fait ?

Elle m'a regardé comme si je lui avais posé une question idiote.

Il est compositeur.

… Je comprends. Et tu répètes chez lui en attendant un nouveau logement ?

Je répète toute seule. Au Conservatoire. Tu n'as aucune raison d'être jaloux de lui. Il pourrait être ton père.

Il ne pourrait pas être mon Père.

Ce n'est pas ce que je voulais dire. Et crois-moi, c'est fini. À vrai dire, ça fait dix ans que c'est fini. C'était déjà fini quand on s'est mariés.

Il y a dix ans, tu étais encore une petite fille.

Elle a écrasé sa cigarette dans sa main, elle l'a réduite en miettes, y compris la braise. Je croyais que je ne la reverrais plus jamais.

... Je n'étais pas une petite fille.

Ne sois pas fâchée.

... Pas de problème.

Je me suis dit qu'elle n'était effectivement plus une petite fille. Et qu'elle disait la vérité. Que c'était vraiment fini. Sauf qu'à peine un mois auparavant, elle avait encore fait l'amour avec lui. Après, je me suis dit que cet homme n'était pas son mari.

Je ne divorce pas pour parler de lui.

Très bien. Je ne te poserai plus de questions à son propos, mis dis-moi seulement si tu étais avec lui au parc.

Elle n'a pas cillé. Comme si elle n'avait rien entendu.

Elle s'est levée, a jeté sa cigarette réduite en miettes, puis est allée dans la salle de bains où elle a ouvert le robinet de la baignoire. Je l'ai suivie au bout de quelques minutes avec un verre de vin, elle m'a dit merci.

Et tu vas t'installer dans cet appartement ?

Bien sûr.

Je me suis tu.

Je ne peux pas vivre avec quelqu'un, tout comme toi.

Pourtant tu as vécu jusqu'à présent avec quelqu'un, ai-je pensé.

Je vais emporter mes livres, mon piano. Je n'ai pas grand-chose d'autre. J'aurai enfin un endroit où je pourrai répéter quand j'en aurai envie. C'est tout l'intérêt de cet appartement.

Prends ce Bösendorfer.

Elle s'est tue.

Tu es la seule qui puisse l'emporter.

Viens dans la baignoire.

Je me suis déshabillé, je l'ai rejointe.

Mais alors sur quoi tu joueras pour moi ?

Le lendemain, j'ai regardé son ex-mari sur une pochette de disque. Il aurait pu être son père. Il ne me ressemblait en rien. C'était rassurant. Je me suis dit qu'au moins, elle ne m'aimait pas à cause d'une espèce de fixation. Disons, parce que je suis exactement comme son père, son frère ou un autre proche. Je ne voulais pas acheter le disque, car j'étais sûr qu'elle serait mécontente, alors je l'ai écouté au magasin. Une œuvre pour orchestre inspirée par un tableau de Csontváry, la *Fontaine de Marie à Nazareth*. C'était bon. Ça aussi, ça m'a rassuré. La biographie au dos de la pochette disait seulement qu'il avait étudié à Budapest, enseigné quatre ans à Sopron, puis qu'il avait eu ce poste à l'Opéra. Lauréat du prix Kossuth. Ça m'a fait plaisir. Rien de plus stupide que de craindre d'être un jour comparé à un autre. Bien au contraire, ça signifiait justement que ce genre de chose ne l'intéressait pas. Ensuite, j'ai calculé qu'elle devait avoir seize ans quand ils se sont connus. Maximum dix-sept. Et donc qu'ils s'étaient mariés trois ou quatre ans plus tard. Évidemment, ça veut dire qu'ils se sont cachés pendant trois ou quatre ans. Ce qui n'est pas une partie de plaisir, surtout dans une petite ville. Moi, je n'avais même pas pu aller au café un dimanche avec Adél Selyem. Et pas à Mélyvár, mais à Budapest. Et moi non plus, je ne parlerais pas volontiers d'elle si on divorçait. Mais si elle avait tenu une quinzaine d'années avec une telle différence d'âge, c'était bien. Il fallait s'en réjouir. Les rêves sont importants, mais il est au moins aussi important de tenir compte de la réalité. Et la réalité, c'était comment elle m'enlaçait dans son rêve. Je le dis, j'étais tout à fait rassuré en rendant le disque à la vendeuse.

Le soir, elle a apporté un sac avec quelques vêtements, des chaussures et plein de dessous.

J'ai sorti les affaires de ma Mère de l'armoire et les ai rangées dans deux valises que j'ai mises dans le cellier, tout en haut de l'étagère, là où se trouvaient les nuages de mon Père.

Quand elle a eu rangé ses affaires, je l'ai prise en photo. Au moment où elle se penchait vers l'armoire vide. Les cintres vides pendaient au-dessus d'elle.

J'ai envie, a-t-elle dit. Sans même regarder en arrière.

Elle a serré les cuisses en tremblant. Elle criait : Oh-mon-Dieu.

Kornél a dit qu'il était temps que je vide cette armoire. Sans tout gâcher.

(la boussole)

Les trois Tziganes s'appelaient Gabriel, Raphaël et Jonathan.

Le colonel Adler les avait-il épargnés ?

Non, c'étaient des nouveaux. Des frères. Mais le plus jeune avait un an de plus que nous, parce qu'il n'avait pas été possible de les laisser passer dans la classe supérieure, malgré les instructions du Parti. Et ils n'étaient même pas allés au rattrapage. Ils s'attendaient l'un l'autre en sixième B. On savait d'avance que l'année d'après, ils seraient cinq en sixième, parce que Zacharie et Isaïe les rejoindraient. Beaucoup jalousaient les futurs sixièmes, parce que les cinq Tziganes perturberaient tellement la classe qu'il n'y aurait pas de cours.

Pendant les récréations, ils vendaient les choses les plus diverses. Depuis les bonbons jusqu'aux munitions. Ils ne faisaient pas de troc, ils voulaient seulement de l'argent, et pas qu'un peu. Ils vendaient un bonbon yougoslave au prix de cinq *kifli*. Et se plaignaient que ça leur coûtait encore plus. Personne ne savait ce qu'ils faisaient de tout cet argent, parce qu'ils portaient tous les trois les mêmes pantalons trop courts qu'ils avaient déjà lors de leur première sixième. C'était encore plus mystérieux que la façon dont ils se procuraient la marchandise. Parce qu'on pouvait quand même se procurer de la marchandise de contrebande. Ceux qui pouvaient se le permettre buvaient tous les matins du café de contrebande en fumant des cigarettes de contrebande, étalaient du beurre de contrebande sur leurs tartines et se brossaient les dents avec du dentifrice de contrebande.

Et quand Toutou, le premier de la classe, n'a pas su faire la différence entre l'est et l'ouest et a eu la nausée devant la mappemonde, les Tziganes se sont mis à rire. Parce que la veille, ils lui avaient vendu une boussole, à crédit. Ce n'était pas une boussole de contrebande pour touristes, mais un instrument gros comme un réveil. Un boîtier en laiton avec un niveau à bulle et un rubis de la taille d'une tête d'allumette au milieu de l'aiguille, pour que le trou de l'axe ne s'use pas. C'était vraiment un instrument de précision, ils ne l'avaient pas mis en vente pendant la grande récré, parce qu'ils savaient qui en serait l'acquéreur. Ce genre de chose ne pouvait se vendre qu'à Toutou. Ils l'avaient appelé au fond de la cour, lui avaient montré l'instrument et déclaré qu'on ne marchandait pas. S'il voulait la boussole, il devait leur verser leur argent de poche quotidien jusqu'à la fin de l'année, même les jours où il manquerait l'école.

Quant à Toutou, il a su au premier coup d'œil que la boussole Askania Werke Berlin valait encore plus que le salaire de son père. Il savait aussi que les Tziganes ne l'avaient pas volée dans les réserves du magasin de sport. Les trois trous qui correspondaient aux vis du support montraient qu'elle avait été démontée quelque part. Et alors, avec sa modération habituelle, il a dit qu'il allait quand même marchander.

Gabriel, qui n'en croyait pas ses oreilles, lui a promis une baffe. Mais Toutou a dit qu'il y avait un malentendu. Il ne leur donnerait pas leur argent de poche jusqu'en juin, mais carrément jusqu'à la fin de la quatrième. À condition qu'ils lui montrent l'endroit où ils l'avaient piqué. Parce qu'il avait besoin du tableau de bord tout entier.

Gabriel et ses frères ont éclaté de rire et dit que là-bas, tu vas faire dans ton froc, petit malin. Le petit Toutou leur a rendu l'instrument et leur a dit, vingt centimes par jour, jusqu'à la fin de la quatrième, y compris les dimanches, sinon rien. Puis il s'est dirigé vers la cage d'escalier.

L'heure suivante, les Tziganes ont été intenables. Ils s'insultaient et essayaient de se persuader les uns les autres. Ils avaient compris qu'ils avaient été roulés, parce que le tableau de bord entier valait même plus que le salaire annuel de leur père. Par ailleurs, il était clair qu'ils ne pouvaient le vendre qu'à Chien-savant. Ils étaient désemparés. Et ce fait même les irritait de plus en plus. Quand ils se sont mis à s'arracher les cheveux et les chemises, le professeur les a giflés l'un après l'autre. Demain, soit vous aurez pris une douche, soit vous déguerpissez direction votre gourbi.

Après les cours, ils ont attendu Chien-savant dans le parc qui se trouvait devant l'école, et lui ont dit, d'accord, vingt centimes par jour jusqu'à la fin de la quatrième. Mais si on est pris et que tu nous cafardes, on mettra le feu à ta maison. Et tu seras grillé avec ton père et ta mère. Compris, crâne d'œuf ? Il a hoché la tête et, l'après-midi, la deuxième pièce de vingt centimes dans la main, il a attendu les Tziganes dans la pépinière abandonnée, à côté du Bras mort.

Au bout d'une heure, comprenant qu'il les attendait en vain, il s'est mis à explorer les serres envahies de mauvaises herbes, mais outre des éclats de verre, un crâne de chat et quelques boîtes de conserve, il n'a rien trouvé. Rien qui puisse avoir un tableau de bord. Il savait qu'ils l'avaient grugé comme ils l'avaient fait la semaine précédente avec Laci Serbán qui avait payé d'avance quatre roulements à billes. Il les avait attendus tout l'après-midi. Et le lendemain, quand il a réclamé son argent, ils l'ont tabassé au point qu'il a dû aller à l'infirmerie, parce qu'il saignait du nez sans arrêt. Il a préféré dire à l'infirmière qu'il avait glissé dans l'escalier, parce qu'il ne doutait pas un instant qu'ils mettraient vraiment le feu à sa maison.

Bref, Toutou savait qu'il ne reverrait plus jamais ni la boussole ni les vingt centimes qu'il leur avait donnés en guise d'acompte.

C'est ce qui l'irritait le plus. Son impuissance confrontée à sa bêtise. Le fait qu'à cause d'une boussole de précision, il avait été capable de faire abstraction d'une évidence. À savoir que Gabriel et ses frères roulaient tout le monde. Et d'un coup, il s'est retrouvé cerné par sept Tziganes.

Il y avait aussi les deux plus petits, qui étaient en CM, et les deux aînés, qui avaient déjà dix-huit ans. Ils étaient entrés sans bruit dans la serre. Ils marchaient pieds nus sur les éclats de verre, parce qu'ils ne mettaient de chaussures qu'à l'école, où c'était obligatoire. Et quand Toutou les a vus, jambes de pantalons retroussées, torse nu, son estomac s'est noué et il leur a tendu spontanément le crâne de chat. Comme s'il leur avait appartenu et qu'il ne l'avait pris que pour le regarder. L'aîné a craché et dit, alors quoi, on y va, Chien-savant, et ils se sont dirigés vers le Bras mort.

Au bord de l'eau, Gabriel lui a demandé, alors quoi, tu veux entrer tout habillé ? Et lui ne comprenait pas pourquoi il devait entrer dans l'eau. Il s'est avéré alors que l'avion de chasse gisait au fond de l'eau croupie du Bras mort, enfoncé dans la vase. Toutou aurait préféré dire qu'il n'en voulait plus. Parce que s'il savait un peu nager, il craignait de mettre la tête sous l'eau. Même dans la baignoire. Sauf qu'il était évident qu'il n'était plus possible de revenir sur le marché qu'ils avaient conclu. Jonathan avait déjà ramassé une pierre et l'avait jetée dans l'eau, là où se trouvait le chasseur, bref, ils lui avaient montré l'endroit.

Les sept Tziganes le regardaient. L'aîné, dont il ne connaissait même pas le nom, retournait une feuille de saule dans sa bouche. Comme le font les soldats avec les lames de rasoir. Puis ils ont perdu patience et lui ont demandé, alors quoi, qu'est-ce qu'il y a, frérot, tu te tapes déjà la queue mais tu sais pas encore nager ?

Alors Toutou s'est déshabillé. D'abord la chemise, puis les chaussures et les chaussettes dont l'une avait un trou, et il a failli en mourir de honte. Mais les Tziganes n'en avaient rien à foutre de sa chaussette trouée. Ils rigolaient parce qu'il déposait tous ses habits, du pantalon au maillot de corps, sur un buisson, pour ne pas les salir.

La vase se soulevait sous ses pieds. Il ne voyait rien, le soleil lui brillait dans les yeux à travers les saules de l'autre rive. Gabriel lui indiquait la direction. Quand il a atteint le milieu du Bras mort, il a pris une profonde inspiration et mis son visage dans l'eau. Puis toute la tête, pour ne pas entendre les rires qui lui parvenaient de la rive. Puis il a pris encore un bol d'air et plongé. Ce n'était pas sorcier. Plus infernal que le rire des Tziganes était le fait que ce qu'il avait tant craint se révélait finalement si facile.

L'eau était peu profonde et, en quelques instants, il a repéré une aile du chasseur. Puis en longeant le fuselage, il est arrivé à la cabine de pilotage. Il n'avait compté que jusqu'à vingt-cinq, mais il savait qu'il pourrait tenir au moins jusqu'à soixante. Il avait mesuré mille fois combien de temps il tiendrait s'il osait plonger. À trente, il a trouvé à tâtons le canon de la mitrailleuse et compris qu'il était allé trop loin, si bien qu'il a fait demi-tour, mais il s'est emmêlé dans une branche d'algue. Plus précisément, deux.

Deux branches gluantes m'ont enlacé et j'ai ouvert les yeux. Et dans la lueur glauque, j'ai vu devant moi le visage du pilote. Ou plutôt ce qui restait d'un visage au fond de l'eau. Je me suis cramponné aux deux bras qui flottaient comme des branches, incapable de les lâcher. Mes mains se sont engourdies quand j'ai empoigné jusqu'à l'os la veste du pilote. À vrai dire, je n'avais pas peur, j'avais juste oublié de continuer à compter. Je ne pouvais penser à rien d'autre qu'à ma Mère faisant la vaisselle après le dîner, elle me passait les assiettes, je les essuyais et j'aurais voulu que ça ne s'arrête jamais. J'aurais voulu rester à côté d'elle jusqu'à la fin des temps et essuyer ces putains d'assiettes, mais il n'y en avait déjà plus.

Et alors deux autres mains m'ont empoigné et les deux Tziganes aînés m'ont tiré sur la rive. Ils m'ont fait recracher l'eau à coups de poing dans l'estomac en criant, tu ne vas pas crever, sacré nom de ta mère ! Je t'ai dit de respirer, Chien-savant ! Tu m'entends ? Respire ! Je suis revenu à moi, ils m'ont enfilé les vêtements que j'avais mis sur le buisson. Ma chaussette trouée, ma chemise. Deux d'entre eux m'ont pris par les bras et amené sans un mot, à travers champs, rue de la Gare.

(les histoires)

Raconte, m'a-t-elle dit quand nous avons eu repris nos esprits. Couchée sur le dos, elle paraissait attentive comme si elle avait regardé le ciel étoilé et non un plafond craquelé du sixième arrondissement. Je n'aurais pas cru que mes paroles aient une telle puissance. Je n'avais fait que raconter. Je lui avais tout raconté. Depuis mon Arrière-grand-père-András-Szabad jusqu'à Imolka. Jusqu'à mon Père. Et Dalma Keresztes.

Comment est morte ta mère ? m'a-t-elle demandé.

Dormons, maintenant, je te le raconterai une autre fois.

Parfois, elle me demandait de répéter une histoire. Elle aimait mon Père. Elle avait de la peine pour mon Grand-père. Elle avait pris acte d'Imolka. Elle disait que, pour un adolescent, n'importe qui pouvait être une Imolka. Je lui ai dit, je sais, mais ça ne change rien au fait que c'était pour moi qu'Imolka était devenue Imolka. Elle a dit, bien sûr, mais que mes photos ne parlaient pas d'Imolka.

Adél Selyem lui répugnait. À cause de son chiffon rouge, et aussi à cause de son regard gris ardoise. Comme si elle-même n'avait pas les yeux gris. Elle disait que, par ailleurs, elle comprenait pourquoi cette femme avait été la première. Et je ne pouvais rien y faire. Mais si, me disais-je. Il y a parmi les femmes un type de victimes qui choisissent leur bourreau avec le plus grand soin. Ensuite, elles le détruisent. J'ai dit qu'elle ne m'avait pas détruit et que même sans elle, je n'aurais pas eu mon bac. Elle a dit qu'elle ne parlait pas de mon bac, mais elle t'a simplement intoxiqué avec de la viande crue. On fait même cuire le repas des chiens, seuls les animaux sauvages mangent cru. Je me demandais pourquoi elle éprouvait tant de haine pour une personne avec laquelle j'avais passé un seul après-midi. Huit ans auparavant. Je lui ai dit qu'elle ne m'avait pas empoisonné. Alors Dalma Keresztes, c'était quoi ? J'ai dit que je ne le savais pas et j'ai préféré ne pas lui demander pour qui d'autre elle s'était déjà couchée sur un piano.

Sa préférée, c'était celle de la boussole. Pas le passage sous l'eau, mais les serres en plein soleil d'été. Quand j'attends les Tziganes, et qu'ils surgissent d'un coup devant moi tous les sept, pieds nus sur les éclats de verre. Et quand le plus âgé d'entre eux retourne dans sa bouche une feuille de saule. Et quand j'accroche mes vêtements au buisson.

Je t'aime, m'a-t-elle dit.

Je sais, lui ai-je dit.

Une fissure courait au plafond, je la suivais des yeux. Je pensais au fait que, des semaines plus tard, Toutou avait encore fait pipi au lit. Que ça n'avait pris fin que la nuit où je l'ai enfin raconté à Mère. On était assis, adossés au montant de la porte, l'un en face de l'autre, les genoux repliés. Elle était pâle comme un linge. Mon petit, si tu ne veux pas que ça te rende fou, tu dois admettre que Toutou, c'est toi. Tout ce qui t'arrive dans la vie, c'est toi. Lui, c'était un malheureux soldat qui est mort comme des millions d'autres. Tu comprends, mon petit ? Tu es toi, et il n'y a plus de problème.

(de la solitude)

Un jour, en revenant de chez Reisz, j'ai trouvé Éva qui m'attendait sur le seuil de la cuisine avec un pain enveloppé dans un torchon blanc. Elle le portait comme un enfant.

Regarde ce que j'ai préparé.

Il était encore chaud. On l'a mangé presque tout entier au lit, sans rien d'autre.

Il manque un peu de sel, le prochain sera sûrement meilleur, a-t-elle dit.

Moi, je le trouve très bon, ai-je dit.

Vraiment ? Elle avait les yeux brillants. Je n'avais jamais vu cet éclat, ni après l'amour ni après un concert. J'ai pensé alors pour la première fois que ma Mère n'avait pas été seule. Elle aimait mon Père. J'ai pensé alors pour la première fois que la seule chose qui pouvait chasser la solitude qui nous habite, c'était le battement du cœur de l'autre dans notre poitrine.

J'étais dans l'erreur. J'ai vécu plus de trente ans dans cette erreur. Ma Mère n'avait pas seulement besoin de mon Père pour ne pas être seule, mais de mon Père et de moi.

(la vie d'Éva)

Éva connaissait un tas de gens. Pas seulement des musiciens. Mais aussi des journalistes, des peintres, des bouchers, des brocanteurs, des pilotes, des curés, elle connaissait tout le monde. J'ai longtemps cru que c'était normal, quand on se produit pour ainsi dire devant le monde entier. Ensuite, il est apparu que ce n'était nullement le cas. Elle était toujours entourée d'autant de monde, même après avoir laissé tomber le piano. Mon entourage à moi se réduit à trois ou quatre personnes, aujourd'hui comme autrefois, quand mes photos étaient achetées par des gens qui faisaient une demande de passeport ou de carte d'identité, et non par des musées.

Je ne parle pas de ceux qui s'étaient retrouvés par hasard dans son calepin, mais de ceux qui constituaient une part véritable de sa vie. Qui passaient prendre un café sans prévenir ou l'invitaient à une partie de pêche à la ligne. J'ai cru pendant un temps que ces gens lui voulaient quelque chose. Mais je n'ai pas souvenir que, par exemple, la femme qui relevait les compteurs d'électricité et qui, chaque mois, s'asseyait un instant pour lui parler un peu de son ivrogne de mari avant de poursuivre sa course d'un compteur à un autre, lui ait jamais demandé une entrée gratuite au Conservatoire.

Bien sûr, je pensais que c'était pour sa beauté. Ou plutôt, son aura érotique. Cette puissance qui stimule la vie comme le pain et l'eau. Cette force gravitationnelle qui m'avait attiré autrefois dans l'appartement souterrain d'Imolka jusqu'au miroir de la femme de l'agronome. Sauf que contrairement à Imolka, Éva ne laissait jamais ouverts les deux boutons du haut et les deux boutons du bas de sa robe. Elle ne faisait pas de promesse implicite. Rien qu'en leur demandant de se tenir devant mon appareil photo dans une chambre aux rideaux tirés, j'avais fait une promesse implicite à plus de gens qu'elle avec ses concerts, ses grains de beauté et ses robes françaises.

Un jour, j'ai découvert avec stupéfaction qu'Évike, la serveuse, ou le buraliste d'en face en savaient beaucoup plus à mon propos que moi sur la vie de la femme qui, nuit après nuit, s'endormait dans mes bras.

Raconte, ai-je dit.

Quoi ?

N'importe quoi. Tes Tziganes à toi. Ton paon. Ta boussole.

Je n'ai pas eu de Tziganes. Je t'en aurais déjà parlé.

Alors ta Grand-mère-Éva-Zárai.

Ni ma mère ni ma grand-mère ne s'appellent Éva.

Oui, je sais que ce n'est pas Éva.

Et tu sais aussi qu'elle vit à Sopron.

Alors allons dimanche à Sopron.

Maman chérie, voici mon amoureux, faites connaissance, ensuite fais-nous vite deux tartines de beurre parce qu'il faut qu'on attrape le rapide de six heures, j'ai une répétition demain matin.

Alors allons-y une autre fois.

Bien sûr. Mais crois-moi, je n'ai rien à raconter sur elle. J'ai une mère tout à fait ordinaire, j'avais un père tout à fait ordinaire, qui est mort d'un très ordinaire infarctus, à cause de quoi je me suis effondrée, c'est normal. Mais maintenant, je ne suis pas le moins du monde effondrée.

Moi aussi, j'avais une mère tout à fait ordinaire.

Je veux dire que rien n'a bouleversé notre existence. Ou du moins pas plus qu'une existence ordinaire. Mon père n'a pas été en prison, ma mère n'a pas été déclassée de bibliothécaire en cousette.

Alors raconte-moi ton Imolka.

Elle a ri. Elle s'est glissée sur moi pour prendre son verre d'une manière qui me permettait de voir le ciel étoilé de son ventre.

Eh bien, je n'ai pas eu la moindre Imolka. Mais j'ai l'impression que tu aimerais beaucoup que j'en aie eu une.

Je ne nie pas que je te regarderais bien une fois avec une Imolka.

Elle s'est assise, a reposé son verre et allumé une cigarette. La lumière de la lampe se perdait dans ses cheveux, je ne voyais même pas son visage.

Qu'est-ce que ça a à voir avec l'amour ?

Rien, ai-je dit. C'était une plaisanterie.

Elle s'est tue.

D'accord, a-t-elle dit enfin. Si un jour tu me fais boire et me procures une Imolka qui me plaise, tu pourras me regarder avec elle.

Fais attention, j'ai déjà le vin.

Je ne me fais pas de souci pour toi, à mon avis, tu n'aurais pas de mal non plus à trouver une Imolka.

Je me suis tu.

Tu as dit que tu n'avais pas peur de mes photos.

Pourquoi ? Je devrais en avoir peur ? Juste au moment où je t'ai dit de trouver une Imolka.

Je ne veux ni ne peux trouver d'Imolka.

Elle m'a pris la main et l'a serrée contre ses lèvres. Elle a soufflé la fumée entre mes doigts.

Alors c'est moi qui la trouverai. Mais tu pourras nous regarder seulement en noir et blanc.

D'accord.

Et seulement une fois.

D'accord.

Et seulement si tu me le fais enfin, tout de suite.

Je ne comprends pas.

Si tu me baises.

Je ne comprends pas.

Si tu me sautes.

Je ne comprends pas.

Si tu me ramones. À fond.
Ferme ta gueule.

(Nóra Kardos)

Je n'aimais pas Nóra Kardos. Même si je commençais autrement, ça ne servirait à rien. Peu de choses se décident en un clin d'œil pour toujours, mais il y en a. Quand on est arrivés au café, elle était déjà là, assise dans le coin le plus sombre. Elle buvait son café avec du cognac. C'était une amie d'enfance d'Éva. Elle travaillait à l'Opéra, dans l'administration. Éva lui avait trouvé ce travail par l'entremise de son ex-mari, pour qu'elle puisse venir s'installer à Budapest. C'est tout ce qu'elle m'avait dit à son propos. Et aussi que je ne l'aimerais pas, parce qu'on ne pouvait pas aimer Nóra. Je lui ai dit de ne pas le décider d'avance. Elle a dit qu'elle ne l'avait pas décidé, mais qu'elle le savait, et que ça ne lui posait aucun problème. Cela dit, il n'y avait et n'y aurait pour elle rien de plus important que Nóra. Je lui ai dit que c'était une chance que les tramways fassent tant de bruit ici et que je n'entende pas ce qu'elle disait. Elle m'a enlacé, puis elle m'a dit, ne fais pas l'idiot, toi, tu es ma vie. Nóra, c'est mon cercueil. Je lui ai demandé, dans quel sens, ton cercueil. Elle a dit, bon, alors disons une boîte en plomb. Dans laquelle on garde sa vie. Je lui ai dit, moi, ne me garde pas dans une boîte en plomb.

À notre arrivée, elle se tirait les cartes. Ou faisait une réussite, je ne sais pas. Elle a ramassé les cartes, les a entourées avec un caoutchouc, puis les a rangées dans son sac. Elle m'a toisé avant de dire à Éva : Tiens, tiens. Elle avait plutôt l'air d'un adolescent. Elle portait un pantalon, était coiffée à la garçonne. Elle n'avait rien de féminin. Elle m'a demandé ce que je faisais. Je lui ai dit, des photos. Elle a dit que tout le monde pouvait faire des photos. J'ai attendu qu'Éva dise quelque chose, mais elle n'a pas jugé utile de le faire. Si bien que je n'ai rien dit, moi non plus. Pour être exact, j'aurais voulu le faire, mais j'avais le cerveau figé. Rien ne me venait à l'esprit. Elle a éclaté de rire en disant qu'il ne fallait pas tout prendre au sérieux. Je lui ai dit que je ne l'avais pas prise au sérieux. J'avais envie de partir, mais je ne voulais vexer ni l'une ni l'autre. En tout cas, elle avait réussi à me faire réfléchir pendant des semaines à la réponse que je donnerais si quelqu'un me confrontait de nouveau à cette vérité.

Un jour, elle est revenue de Varsovie – elle se rendait parfois à l'étranger avec l'Opéra. Elle a raconté que la nuit précédente, elle avait été emmenée par des inconnus sous un chapiteau de cirque et qu'elle s'était balancée nue sur un trapèze. Je savais pertinemment que ce n'était pas vrai. Ce n'était pas ça qui me posait problème. Mais l'attention avec laquelle Éva l'écoutait. Le fait qu'elle regardait cette femme comme autrefois mon Père regardait Kőszegi. Et qu'elle croyait tout ce qu'elle disait.

Tant qu'on ne s'était pas rencontrés, je pensais qu'elle était le Kornél d'Éva. Maintenant, je vois que ce n'était absolument pas le cas. Qu'elle était plutôt comme une ombre. Une ombre qui marche à votre place, qui vous emmène là où elle va. En partant, elle a dit, donne-moi trois cents forints. Éva a dit bien sûr, elle a pris trois cents forints dans son porte-monnaie et les lui a donnés. Nóra les a fourrés dans son sac sans un mot, sans même dire merci.

Sur le chemin du retour, j'ai demandé à Éva si elle croyait qu'elle s'était vraiment balancée nue sur un trapèze. Elle m'a répondu, bien sûr. Et que par ailleurs, il lui était totalement égal de savoir si certaines choses étaient vraies ou non. Je lui ai dit que moi, ça ne m'était pas égal. Et que ça ne lui est pas égal non plus de savoir si ce que je racontais à propos de ma Mère, de mon Père ou de qui que ce soit d'autre était vrai ou non. Elle m'a dit, tu n'es pas Nóra. Je lui ai demandé quelle était la différence entre elle et moi du point de vue de la vérité.

Elle s'est tue.

Il faudrait quand même que je le sache, lui ai-je dit.

Oui, mais toi, tu n'as pas été violé par ton père.

Je me suis tu. Ce fait rendait encore plus insupportable le regard ébloui qu'Éva posait sur cette femme. J'ai dit que ça ne changeait rien à la vérité. Elle m'a dit de me rassurer, que parmi toutes les personnes qu'elle avait jamais connues, Nóra était la seule dont chaque parole soit vraie. Quand on n'a rien à perdre ou à gagner, on ne ment pas. Je me suis dit qu'une personne qui n'avait rien à perdre ne lisait pas l'avenir dans les cartes. Je lui ai demandé finalement si elle ne prenait pas mal que je n'aime pas son amie. Parce que moi, je prendrais sûrement mal qu'elle n'aime pas Kornél.

Nóra n'est pas mon amie.

Alors quoi ?

On a du pain à la maison ?

Non. Elle est quoi pour toi ?

Elle m'a embrassé sur le front, m'a donné sa cigarette et est entrée dans le magasin pour acheter du pain. Je détestais qu'elle ne me réponde pas. Fasse mine de ne pas entendre ce que je disais. Je n'ai jamais rencontré personne qui soit capable de le faire. Ma Mère était la seule à qui je m'adressais en vain, mais elle au moins était morte.

Je l'attendais au bord du trottoir, je regardais les voitures. Une Mercedes décapotable blanche, immatriculée à l'étranger, remontait l'avenue de la République-Populaire. C'était comme un mensonge. J'ai attendu qu'elle disparaisse au milieu des Škoda grises et des Lada. Elle était près de la place des Héros, et je la voyais toujours.

Alors elle est quoi pour toi ? lui ai-je demandé quand elle est ressortie du magasin.

Tu veux le croûton ? Il est encore chaud.

J'avais envie de hurler. De la saisir par le bras et la secouer en criant, merde alors, réponds quand on te parle. J'ai cassé un morceau de pain et lui ai donné la moitié.

Mon témoin.

Témoin de quoi ?

Il est meilleur que celui que j'avais fait.

Moi, je préférais le tien. Ça veut dire quoi, ton témoin ?

Si le mot cercueil ne te convient pas, je n'en trouve pas de meilleur. Elle est mon témoin. Celle qui sait tout.

Dans ce cas, c'est toi mon témoin.

Elle m'a pris par le bras.

Non, je suis ton amour.

Et l'un exclut l'autre ?

Oui.
Alors c'est sûrement Kornél qui est mon témoin.
Non. Toi, tu n'as pas de témoin, seulement tes photos.

(le suaire de Turin)

Mon premier client était un homme d'une cinquantaine d'années avec une moustache en brosse. À part bonjour, il n'était pas très bavard. Il a accroché sa fourrure au portemanteau, s'est assis, m'a regardé. J'ai réglé l'éclairage. Ce silence était chiant. Faute de mieux, je lui ai demandé à quoi lui servirait cette photo. Il m'a dit que c'était pour son permis de port d'arme. Après ça, on n'a plus parlé. J'ai fait la mise au point, j'ai poussé le magasin sur le rail à la place du verre dépoli, j'ai posé le doigt sur le déclencheur, j'ai attendu qu'il cligne des yeux. Il me semblait que ça durait des minutes entières. Il ne cillait pas. Il m'a demandé, alors, qu'est-ce qui se passe ? J'ai déclenché. La plaque ! s'est écrié Reisz depuis le laboratoire.

J'ai sorti la plaque, j'ai pris les deux photos correctement, j'ai rempli le papier. J'étais en nage. Quand la porte s'est refermée, Reisz est sorti du labo.
Je lui ai dit merci.
Ça va venir.
Je ne pensais pas que faire une photo d'identité soit un tel enfer.
Quelques jours plus tard, je le faisais déjà sans difficulté.
Comment vous saviez au labo que j'avais oublié de sortir la plaque ?
À l'oreille. Elle n'avait pas tinté. Et l'obturateur avait claqué.
Et vous l'entendez de là-bas ?
Oui. Et alors n'avancez pas la pellicule. Ou si vous le faites, prenez encore une photo du client. Pour qu'il y ait un nombre pair au bout. Alors que là, une case restera vide.
Très bien, je vais faire attention.
Et ne demandez pas à quoi servira la photo. Ce n'est pas de notre ressort. Si le client le dit, c'est bien, s'il ne le dit pas, c'est bien aussi.
Je voulais juste faire la conversation.

Alors demandez-lui de pencher un peu la tête, des choses comme ça.

Très bien. Il avait un regard de serpent. Il ne cillait même pas. C'était un chasseur.

Ce n'était pas un chasseur.

Si, il a dit qu'il en avait besoin pour une autorisation de port d'arme.

Ce n'était pas un chasseur, mais un membre de la Garde Populaire. Les chasseurs sont bavards.

J'ai appris le métier en une semaine. J'aimais ce travail. Quand je n'ai plus eu besoin de prêter une attention particulière à chaque mouvement, regarder le verre dépoli sous le voile noir est devenu comme regarder la limaille de fer autrefois. Sauf qu'il ne s'agissait plus de limer un marteau. Ici, quelqu'un me regardait quand même dans les yeux, même si ce n'était que le temps de faire une photo d'identité.

J'ai demandé à Reisz pourquoi je ne travaillais pas au laboratoire. Il m'a dit que c'était parce que je savais le faire. Vous devez apprendre que faire des photos n'est pas un blasphème. Qu'il n'y a là rien de honteux.

C'est quand même, dans une certaine mesure, un blasphème, ai-je dit.

Vous vous trompez lourdement. À votre avis, qui a fait la première photographie ?

Talbot.

Mon cul.

Alors Niépce.

Mon cul, oui.

Alors je ne sais pas.

Ça, c'est grave. Alors vous n'avez pas d'autre choix que d'avoir honte de vos photos toute votre vie. Parce que dans ce cas, c'est vrai que c'est le plus grand blasphème du monde.

Je le crains.

Bon, écoutez-moi bien. Est-ce que Dieu peignait ?

Pas que je sache.

Faisait-il de la musique ?

Pas que je sache non plus.
Écrivait-il ?
Il l'a fait une fois, dans le sable.
Ça ne compte pas. C'était éphémère, y en avait, y en a plus.
Ça compte quand même un peu.
D'accord, disons que ça compte pour vous.
Et c'est aussi lui qui a écrit sur les tables de pierre.
C'est lui, ou pas. Qui vient de loin raconte ce qu'il veut.
Mais les Écritures restent les Écritures.
C'est ça. Et chacun les tord et les triture à sa guise. Mais avec la photo, pas de bla-bla. Voilà pourquoi Dieu a choisi la photographie. Voilà pourquoi la première photo a été faite par Jésus-Christ en personne. Qui plus est, un contact. Un contact intégral de lui-même. Si vous voulez être photographe, retenez ça pour la vie. C'est la seule chose qui nous vienne personnellement de Dieu. Et à l'intérieur de la photographie, le portrait, la représentation humaine.
Ça demande une foi forte, dis-je.
Écoutez, sincèrement, votre appartenance religieuse ne m'intéresse pas. Moi par exemple, si j'avais une appartenance religieuse, je considérerais le Christ avec son suaire comme un prophète à moitié fou. Comme il y en avait dix qui couraient dans le désert à chaque pâque. Mais si vous voulez travailler au studio Reisz, alors que ni le rabbin, ni le curé, ni le secrétaire du Parti, ni les autres crânes d'œuf ne s'avisent de vous dire que la photographie ne vient pas de Dieu. Parce que si vous supportez ça, vous pourrez vous torcher le cul avec vos photos. C'est tout pour aujourd'hui.

Kornél a dit que Reisz avait raison, mais que l'écriture aussi venait de Dieu.

(de la photographie)

Quand j'y pense, dans un certain sens, je suis toujours le dilettante que j'étais quand j'ai frappé à la porte de Reisz. En réalité, ce qui m'a toujours intéressé, c'est de savoir si une photo pouvait réveiller en moi ce que je ressentais quand j'ai appuyé sur le déclencheur. Je vais tâcher de donner un exemple. Je regarde un visage. Son apparence me remplit à la fois de curiosité, de désir, de peur, de volonté de m'y identifier. J'appuie sur le déclencheur. Quelque chose se passe, l'extase se transforme en sanglots. En colère. En haine. En n'importe quoi de différent de ce que j'ai ressenti au moment où j'ai pris la photo. Mais de même que, disons, la membrane d'un stéthoscope, la photographie peut amplifier le sentiment que j'ai éprouvé à l'instant où j'ai déclenché. La photo n'a pas le choix. La photo ne voit pas l'avenir. Ni le passé, bien sûr. Une photo est seulement le point où l'avenir rencontre le passé. Ou si on préfère : un présent perpétuel. Oui, de cette manière, c'est peut-être plus clair. Pour autant qu'un discours sur la photographie puisse être clair.

Par ailleurs, je ne sais pas pourquoi il est plus difficile d'admettre le gouffre qui sépare la photo et la réalité que le fait que ce que nous voyons dans le ciel n'existe plus en réalité. Sans doute parce que nous sommes sur la photo. Notre lumière et sa réverbération. C'est peut-être vraiment un blasphème si la lumière de mon instant unique survit à l'instant lui-même. Me survit. Mais considérant sa nature, il n'y a pas une grande différence entre une photo et la lumière d'une étoile morte depuis des millions d'années qui nous parvient.

Vue d'ici, mon attitude de photographe est définitivement celle d'un dilettante. Mes photos résultent du même besoin que les photos de famille, tout au plus ne représentent-elles pas des repas d'anniversaire. En revanche, le fait que certaines de mes photos aient pu amener d'autres personnes à des instants qui n'ont jamais existé pour elles est dû entre autres à ce dilettantisme, justement.

Bien sûr, il est possible que ce ne soit pas grâce à cela, mais en dépit de cela. Mais alors je n'en vois pas non plus la cause. Tout ce que je sais, c'est que ces instants ne sont pas à chercher dans les outils énumérés par les critiques. La lumière, l'ombre, la composition, l'angle de vue ou la technique utilisée. Même si ces analyses sont indéniablement pertinentes, et ces outils, indispensables. Seulement, rien n'en découle. Au-delà d'un certain point, il n'y a plus de différence entre l'esthétique et la physique. Au-delà d'un certain point, peu importe que l'une soit mesurable, toutes deux offrent la même possibilité de comprendre le monde, de le décrire. À savoir, aucune. Il est impossible de s'approcher davantage de l'infini. On ne peut décrire qu'un monde dont on a exclu l'infini.

Au fil des ans, j'ai jeté des centaines de photos en dépit du fait qu'elles auraient pleinement satisfait les critiques grâce auxquels mes autres photos se sont retrouvées sur des couvertures, dans des musées ou des collections particulières. Parce qu'elles ne me produisaient aucun effet. Elles auraient peut-être produit un effet chez d'autres, mais n'est-ce pas, qu'est-ce que ça peut me faire ?

(le kitsch)

À Mélyvár, les bibelots se trouvaient au rayon ménager du grand magasin, au bout de l'étagère de la porcelaine. Une ballerine, un lapin, un chat avec une pelote de laine, un ramoneur, un brigand fumant la pipe. Il y en avait peut-être encore d'autres. On était venus, mon Père et moi, pour acheter une lessiveuse. J'allais déjà à l'école. Au cours préparatoire. L'ancienne lessiveuse où on faisait bouillir le linge s'était trouée. C'étaient des récipients de vingt ou trente litres, je ne sais plus. En tôle galvanisée. En automne, on s'en servait pour ramasser les pommes.

À l'époque où il enseignait, tout le monde connaissait mon Père. Y compris la vendeuse du rayon ménager. Elle nous a aidés à choisir la lessiveuse. Puis elle l'a portée à la caisse, pour qu'elle ne nous encombre pas au cas où nous voudrions voir d'autres choses. Mon Père a dit qu'il fallait acheter un vase pour ma Mère, afin qu'elle ne reçoive pas seulement une lessiveuse.

Les bibelots étaient après les vases. Le ramoneur me plaisait beaucoup. J'ai demandé à mon Père s'il voulait absolument acheter un vase. Il a dit que, pour sa part, il n'y tenait pas absolument, mais il savait que ma Mère souhaitait en avoir un. Pour avoir sur la petite table un vase élancé dans lequel on pourrait mettre une seule fleur, parce qu'à la maison on n'avait que des vases à bouquet. J'ai dit à mon Père qu'à mon avis, le ramoneur lui ferait aussi plaisir. Il a ri. Gentiment. Il a dit que c'était impensable. Je lui ai demandé pourquoi. Il s'est appuyé sur sa canne et m'a dit : C'est du kitsch, mon fils.

Je n'avais aucune idée de ce qu'était le kitsch. Tout ce que je savais, c'est que j'entendais toujours dire ça à propos des choses qui me plaisaient. Le panneau brodé de tante Erzsike était kitsch, tout comme le poisson en verre roumain sur son poste de radio et, au-dessus, l'edelweiss encadré. Je me suis dit que j'aimerais ce que ma Mère aimait. J'ai dit à mon Père, moi, j'aime le kitsch. Il a dit, très bien, on va acheter le vase pour ta mère, et ça, pour toi. J'étais ravi. On a payé et on a pris le chemin du retour. On portait la lessiveuse à deux, en la tenant par les anses. Avec dedans, emballés dans du papier, le vase et le kitsch.

En chemin, rue Dózsa-György, mon Père m'a expliqué que le kitsch était l'opposé de l'art. L'art des gens bêtes. Tous les couchers de soleil et les biches s'abreuvant au ruisseau étaient des mensonges. Pas des mensonges au sens propre, parce que les couchers de soleil existaient et que les biches s'abreuvaient bel et bien. C'étaient des mensonges en tant qu'art. Parce qu'ils voulaient donner l'illusion d'une idylle éternelle. Comme si dans la vie, le mal n'était pas aussi présent que le bien, le laid, que le beau. Âgé de quatorze ans à peine, Dürer avait dessiné un portrait de sa mère comme peu pourraient le faire. Pas seulement parce qu'il avait une excellente technique, mais aussi parce qu'il avait eu le courage de représenter sa mère avec sa laideur. Il aurait pu, grâce à sa technique phénoménale, produire du kitsch. Faire un dessin qui suggérait que sa mère était belle et heureuse, et même que toutes les vieilles femmes le sont. Et ce serait assurément du kitsch, mon fils. Dürer et les autres sont grands justement parce qu'ils ne mentent pas. Dans le *David* de Michel-Ange, il y a à la fois de la force, de l'assurance et de la tension. Parce qu'il doit vaincre Goliath. Alors que ce ramoneur sourit comme si passer sa vie à nettoyer des cheminées encrassées était le plus grand des bonheurs. Le kitsch, c'est tout simplement un mensonge. C'est oublier la difficulté de la vie. Voir le monde comme une mousse rose. Voilà ce qu'est le kitsch.

J'ai dit à mon Père que j'étais donc très bête, puisque ce ramoneur me plaisait tant. Il m'a dit que je n'étais pas du tout bête, mais que personne ne m'avait encore expliqué ce qu'était le kitsch. Je serais bête si, devenu adulte, je remplissais ma maison avec ce genre de bibelots et que je les léguais à mes enfants. Je lui ai dit que c'était possible, mais qu'il ne fallait pas montrer le ramoneur à ma Mère. Il a ri, disant que c'était mon kitsch à moi et que je pouvais en faire ce que je voulais.

Arrivé à la maison, j'ai pris l'album Michel-Ange sur l'étagère, je l'ai emporté dans ma chambre et j'ai cherché le *David*. Puis j'ai posé le ramoneur à côté. Et j'ai eu honte. Mon Père avait raison. Je ne le croyais pas, je le voyais. Après le dîner, je suis allé au fond du jardin, derrière les framboisiers, et à l'aide d'une pierre, j'ai cassé le bibelot en menus morceaux, avec son échelle, son sourire, tout. Puis j'ai ramassé les débris dans du papier d'emballage. J'ai pleuré comme une madeleine. Le kitsch est toujours enterré à cet endroit.

Alors, viens, a dit Éva.

Maintenant ?

Oui, maintenant.

Elle s'est levée et habillée. Elle a ouvert les persiennes, la fenêtre. Le ciel était encore gris clair.

Tu veux aller où ?

Je vais te faire aimer le kitsch.

Tu auras du mal.

Fais-moi confiance, ça va marcher.

Tu ne réussiras pas à me tirer de ce lit.

Elle ne m'a même pas répondu. Elle a remonté sa robe jusqu'à la taille, en une seconde, elle a enlevé sa culotte et l'a jetée par la fenêtre.

Dépêche-toi, quelqu'un va la trouver.

Elle est passée dans la salle de bains pour prendre quelque chose dans la boîte à pharmacie. Elle m'a demandé où était le permanganate. Je lui ai dit que ce n'était pas un médicament, mais un produit chimique, il était dans la cuisine, dans l'armoire à produits. Dans une bouteille brune, derrière le fixateur.

Je l'ai, ai-je dit quand nous sommes descendus dans la rue.

Quelqu'un d'autre aurait pu avoir son jour de chance, a-t-elle dit en me l'arrachant.

Il y avait peu de circulation dans l'avenue de la République-Populaire. Elle m'a pris par le bras, m'obligeant littéralement à courir. Un taxi est enfin passé, elle l'a hélé.

Je n'ai pas assez d'argent sur moi, ai-je dit.

Moi, oui. Pont Élisabeth, a-t-elle dit au chauffeur.

Vous êtes sûre ?

Croyez-moi, personne ne sait mieux que moi où je veux aller.

Je vous crois, madame, mais d'habitude, on saute du haut du pont de la Liberté.

Oh, vous savez, nous nous apprêtons à commettre un tout autre crime, a dit Éva.

Je me taisais.

On est arrivés au pont au point du jour. Elle a payé, on est descendus du taxi. J'étais venu peut-être deux fois dans les environs depuis la construction du nouveau pont. À gauche, le château, à droite, le Parlement, au milieu, le cri des mouettes. Aux côtés d'Éva, la ville m'était tout à fait familière.

Ça au moins, ce n'est pas du kitsch, ai-je dit.

Ça ? Ce n'est rien. Viens, a-t-elle dit. On a traversé la chaussée en dehors des clous, elle s'est arrêtée en face du pont, au pied de la colline, là où tombe la cascade. Les embruns mouillaient sa robe par endroits.

Donc, le kitsch est un mensonge.

Oui, ai-je dit.

De la mousse rose.

Oui.

La légèreté de la vie. Et tu ne l'aimes pas.

C'est vrai, je ne l'aime pas.

Alors maintenant, c'est toi qui feras la mousse, et moi, la couleur rose.

Je ferai quoi ?

Tu vas verser cette boîte d'Ultra, a-t-elle dit en sortant de son sac la lessive qu'elle avait trouvée dans la salle de bains.

Non.

Fais-le.

J'ai versé la poudre. Et elle, tout mon permanganate.

En quelques instants, une mousse mauve pâle s'est mise à monter, a franchi le garde-corps, s'est répandue sur la chaussée. On était dedans. Elle atteignait déjà le bas de sa robe blanche.

Comparé à ça, ton ramoneur était un Michel-Ange, a-t-elle dit.

Je sais. Fuyons.

Tu es fou. Tu veux laisser ça ici ?

Je ne suis pas fou, mais lâche.

Je vois.

On est montés jusqu'à la statue et on a regardé d'en haut les voitures rouler sur les restes de mousse.

Si tu as peur de ça, tu mourras, a-t-elle dit. Même si ton père avait raison.

Je n'en ai pas peur, je n'aime pas ça, c'est tout.

Allons. Tu l'enterres au fond du jardin comme un vieux chien et tu dis ne pas l'aimer ? Tu étouffes. Tu n'oses pas respirer.

Si, désormais j'ose le faire.

C'est bien. Alors tu peux me baiser.

On va nous voir. Ça coûte de trois à cinq ans.

Elle a remonté jusqu'à la taille sa robe mouillée, s'est appuyée contre le garde-corps en pierre.

Quelqu'un va sûrement passer.

Une bonne vingtaine d'années plus tard, Kornél m'a dit qu'il ne m'avait jamais rien envié, sauf ce matin-là.

(la femme aveugle)

Un jour, une femme est venue chez Reisz. Pour une photo de passeport. Dans les trente-cinq ans, vêtue avec élégance. Ses cheveux blonds ondulés lui retombaient sur les épaules. Elle portait des lunettes de soleil. J'étais seul à l'atelier, Reisz était sorti déjeuner. Il y avait un self place Baross, c'est là qu'on allait.

Elle parlait très bas. Comme si on se touchait presque. Pourtant le comptoir nous séparait. Elle avait un parapluie blanc qu'elle a suspendu au comptoir par la poignée en forme de tête de dragon. Les yeux du dragon étaient en pierre rouge. Elle tenait la main sur cette poignée sculptée comme si l'animal était vivant. C'était l'une des plus belles femmes que j'aie jamais vues.

Je lui ai dit le prix de la photo, elle a payé aussitôt. Elle a sorti de son sac à main un porte-monnaie plein à ras bord de billets de cent. J'ai calculé ce que je lui devais et lui ai rendu la monnaie. Elle a froissé les billets et les a fourrés avec les pièces dans un autre porte-monnaie. Ensuite seulement, elle m'a demandé quand la photo serait prête. Je lui ai dit, quand elle voudrait. Elle a dit que dans ce cas, merci, elle attendrait. J'étais embarrassé, parce que je ne voulais pas lui dire qu'il y aurait un surcoût. J'ai fini par lui dire que ce n'était pas bon, parce qu'il y en avait pour une bonne heure. Elle m'a demandé s'il y avait une chaise libre. Je lui ai dit, bien sûr. Elle m'a dit en souriant que c'était bien, qu'elle attendrait volontiers une heure si ça ne me dérangeait pas.

Je lui ai dit que, pardon, je ne pouvais la laisser entrer que par là. J'ai soulevé le comptoir, elle est entrée. Elle ne s'est même pas regardée dans le miroir. Elle m'a demandé ce qu'elle devait faire. Je lui ai dit qu'elle n'avait rien à faire, juste s'asseoir sur cette chaise. Elle a failli trébucher sur le pied de la lampe, j'ai failli lui dire de faire attention, mais son mouvement s'est suspendu et, finalement, elle est passée au-dessus. Elle est allée vers la chaise, s'est arrêtée un centimètre avant, s'est retournée et assise. Elle avait des mouvements de marionnette.

J'ai allumé les lampes, je l'ai regardée. Elle s'est tournée vers l'appareil, c'est-à-dire vers moi. Elle restait impassible. Je me suis mis le voile sur la tête, j'ai fait la mise au point sur le verre dépoli. Je ne savais pas ce que je ressentais. Ce que c'était en réalité. Cela ressemblait peut-être à ce qu'on ressent quand on regarde l'océan et qu'on fond en larmes.

J'avais déjà poussé le magasin et sorti la plaque quand je me suis dit qu'on ne pouvait pas avoir de lunettes de soleil sur une photo de passeport. Mais elles faisaient tellement partie de cette femme que je ne les avais pas remarquées. J'avais même réglé l'éclairage de manière à ce qu'il n'y ait pas de reflets dans le verre noir.

Je lui ai demandé de les enlever.

Elle m'a demandé pourquoi.

Je lui ai dit que la police n'accepterait pas la photo.

Elle a dit, dommage. Elle les a ôtées, et ça m'a glacé le sang.

Une peau grisâtre tapissait le fond de ses orbites vides.

Vous pouvez les prendre ? a-t-elle demandé.

Bien sûr, ai-je dit, puis j'ai posé les lunettes sur le comptoir.

Je suis désolée, a-t-elle dit.

Je me suis tu. J'ai déclenché.

J'ai pris la photo, puis j'ai réglé l'éclairage autrement.

Qu'est-ce que vous faites ? a-t-elle demandé.

L'éclairage.

Elle a éclaté de rire. Voilà pourquoi je ne le sais pas, a-t-elle dit.

Je n'osais pas lui demander de venir dans mon studio.

Je vais en faire encore une, ai-je dit.

Je vous en prie. Je suis venue pour ça.

Il y avait un fond sombre qu'on n'utilisait pas. En toile. Je l'ai mis derrière elle.

Finalement, je n'ai pas pu ne pas le lui dire.

Je voudrais faire un vrai portrait. Pas une simple photo d'identité.

Ses lèvres ont à peine frémi, un silence sépulcral s'est abattu sur nous.

Non, a-t-elle dit.

Dans ce cas, pardonnez-moi. Dans ce cas, c'est fini.

Elle restait assise.

Pourquoi voulez-vous faire mon portrait ?

Je ne sais pas. Je suis photographe, c'est comme ça. Les photos d'identité, c'est juste pour gagner ma vie. Je ne sais pas pourquoi je veux faire des photos.

Pourquoi de moi ?

J'ai gardé le silence.

Qu'avez-vous ressenti ?

Quand vous êtes entrée ou quand vous avez enlevé vos lunettes ?

Elle a gardé le silence.

Vraiment, il ne faut pas m'en vouloir, ai-je dit.

Quand je suis entrée. Vous auriez aussi voulu faire mon portrait si je n'avais pas enlevé mes lunettes ?

Dans ce cas, je vous aurais invitée chez moi, dans mon studio. Ici, je n'ai jamais fait que des photos d'identité.

Donnez-moi la main, a-t-elle dit.

Je me suis approché, elle m'a pris la main. Comme si elle la voyait. J'avais la paume moite. Elle l'a serrée contre son visage.

D'accord, a-t-elle dit en la relâchant.

J'ai éteint l'une des deux lampes, mis un papier-calque sur l'autre. Puis j'ai tiré le rideau pour qu'aucune lumière ne vienne de l'extérieur. Ni personne. Pour que cette unique lampe donne autant de lumière qu'il y en a sous la mer. Il restait une petite demi-heure jusqu'au retour de Reisz.

Penchez un peu plus la tête, ai-je dit.

Comme ça ?

Oui. Et entrouvrez à peine les lèvres.

Je les humecte ?

Pas la peine.

Que voit-on de mes yeux ?

Rien. Ils sont dans l'ombre. Complètement.

Mes mains ?

Peu importe. Mettez-vous à l'aise. Elles ne seront pas sur la photo.

Dommage que je ne la verrai jamais.

Vous savez sans ça comment elle sera.
C'est vrai, a-t-elle dit.

J'ai utilisé deux bobines. J'aurais voulu ne jamais arrêter, mais Reisz allait revenir d'une minute à l'autre. J'ai rangé les pellicules dans la poche de mon sac. Je ne voulais pas qu'il le sache.

Merci, ai-je dit.
Elle m'a pris la main et l'a serrée à nouveau contre son visage.
Je vous en prie, a-t-elle dit.
J'ai remonté le rideau, elle a remis ses lunettes et pris son parapluie à tête de dragon.
Je préfère quand même partir, a-t-elle dit tout bas.
D'accord. Venez la chercher demain.
Je ne reviendrai jamais, n'ayez crainte. Quelqu'un viendra prendre ma photo d'identité.

J'ai développé la pellicule chez moi. Le plateau était trop petit, j'ai retourné le projecteur Agfa et projeté l'agrandissement sur le mur en cinquante sur soixante. Le soir, quand Éva est rentrée, les photos étaient encore en train de sécher sur les planches. Elle est restée au milieu de la pièce sans dire un mot.

Qui est cette femme ? a-t-elle fini par demander.
Je ne sais pas. Elle est venue à l'atelier aujourd'hui.
Elle a un regard à couper le souffle, dit-elle.
Elle n'a pas de regard. Elle est aveugle.
Cette femme n'est pas aveugle.
Si.
Je ne te crois pas.
D'accord, alors demain, je t'apporterai sa photo d'identité.
Elle se taisait.
Je te dis qu'elle n'a pas d'yeux. Elle n'a que des ombres à la place des yeux.
Il s'est mis à pleuvoir, l'automne arrivait peu à peu. Elle est allée devant la fenêtre. Elle regardait les gouttes de pluie soulever la poussière sur l'appui en tôle.
Tu as déjà été heureux ? a-t-elle demandé.

Je suis heureux maintenant, ai-je dit. Je suis allé vers elle et l'ai embrassée sur les yeux.
C'est différent. Autrefois. Vraiment heureux.
Oui.
Quand ?
Quand je faisais la vaisselle avec ma Mère.

(l'autoportrait)

Asseyez-vous là, a dit Reisz.
Je lui ai demandé pourquoi.
Asseyez-vous là.
Je préfère pas. Je n'ai pas besoin de photo d'identité.
Je le sais très bien. Sauf que, voyez-vous, cet appareil a deux côtés. Et en général, il y a quelqu'un de chaque côté.
Je me suis assis.
Il a réglé l'éclairage.
Ce n'est pas moi qu'il faut regarder, mais l'objectif.
J'ai regardé là où il m'avait dit de le faire.
Levez un peu le menton.
Je l'ai levé.
C'est trop. Baissez-le.
Je l'ai baissé.
Redressez-vous, vous avez les épaules en biais.
Je me suis redressé.
Vous regardez comme un lézard.
Je sais.
Alors ne regardez pas comme ça. Ayez l'air naturel, comme si vous me regardiez, moi.
Je vais tâcher.
Si je déclenche maintenant, la pellicule sera foutue, vous le savez, n'est-ce pas.
D'habitude je suis de l'autre côté de l'appareil. La personne qui est assise ici n'a pas besoin de savoir régler l'éclairage ni de faire la mise au point.
Comme vous voudrez. Je dis simplement que ce serait dommage pour la pellicule.

Je fais de très bonnes photos d'identité.

Le commissariat de police ne les rejettera pas, vous pouvez en être sûr.

Pourquoi vous me faites chier ? Qu'est-ce que j'ai foiré ?

Je vais vous raconter un truc. Il y avait une femme qui venait ici. Trois fois par an, des fois quatre. Elle disait que c'était pour son passeport. Elle mentait, la pauvre. Elle n'allait jamais nulle part, vous pouvez me croire. Elle n'avait pas besoin de photo pour son passeport, mais elle était folle. Atteinte d'une espèce de tristesse. Une qui étale ses photos d'identité sur la table de sa cuisine pour se regarder vieillir.

Je vous crois. Mais je ne vois pas le rapport.

Je vais vous le dire. Cette femme est venue ici pendant quatorze ans. Petite, la cinquantaine. Elle tient les épaules un peu en biais. Elle a un chapeau brun. Vous vous en souvenez sûrement.

J'avais l'impression de sombrer.

Je suis désolé, ai-je dit.

Ne soyez pas désolé. Mais quatorze ans, c'est quatorze ans. Assez non seulement pour apprendre à marcher, mais aussi pour faire son école primaire.

Je ne voulais pas blesser cette femme.

Je ne sais pas si vous le vouliez ou non. Tout ce que je sais, c'est qu'elle ne viendra plus jamais. Je l'ai croisée hier dans le tramway. Et vous savez ce qu'elle m'a dit ? Elle m'a dit, monsieur Reisz, ce n'est pas un hasard si je suis toujours venue chez vous.

Je lui ai seulement demandé de se redresser.

Certes.

Elle est entrée en me demandant qui j'étais, ce que je faisais ici, si j'étais un parent. Je lui ai répondu que non, que j'étais un employé. Ensuite, je lui ai demandé de se redresser un peu. Alors elle s'est levée d'un bond en disant qu'on ne lui avait jamais parlé de cette manière ici. Qu'elle n'était pas un chien, que personne n'avait d'ordre à lui donner. Et elle a claqué la porte.

Certes, a dit Reisz.

Certes non ! C'est elle qui m'a parlé comme à un chien !

Je vous crois, a dit Reisz. La question n'est pas là. La question est de savoir si vous vouliez prendre une photo de cette femme.

Bien sûr que je le voulais. Et je regrette qu'elle ait décidé de ne plus venir.

Si elle ne veut plus venir, elle ne viendra plus, tant pis. Elle fera ses photos d'identité ailleurs. Ce n'est écrit nulle part qu'elle doive les faire à tout prix chez Reisz. Vous, en revanche, si vous voulez photographier quelqu'un, y compris pour une simple photo d'identité, vous ne devez absolument pas vous tenir derrière l'appareil. Vous devez regarder le Schneider depuis cette chaise.

Bien sûr, je le sais, ai-je dit.

Vous ne le savez pas.

Si, je le sais.

Vous ne le savez pas. Vous croyez seulement le savoir. Parce que jusqu'à présent, vous avez eu de la chance qu'il n'y ait pas eu de réclamation. Parce que les personnes que vous attirez d'ici chez vous pour les prendre en photo vous suivent les yeux bandés. Elles sont charmées, comme un serpent au marché. Ce que vous faites derrière l'appareil leur est égal.

Ça leur est peut-être égal à elles, pas à moi.

Encore heureux. Sinon, vous seriez un escroc. Mais que vous fassiez de bonnes photos des gens que vous avez charmés ne signifie pas que vous sachiez ce qui se passe devant l'appareil. Pour ça, vous devez être assis là. Non pas regarder dans le miroir avec votre Leica, mais vous asseoir devant. Nu. Je vais vous dire encore une chose. Ce n'est pas sur la chaise qu'il faut vous asseoir. Mais dans la personne qui est assise sur cette chaise. Regarder la lentille avec ses yeux. Et entendre avec ses oreilles qu'il faut se redresser.

Il faisait déjà nuit quand je me suis décidé. J'ai croisé les persiennes pour que la vieille femme d'en face ne voie rien. Puis j'ai réglé l'éclairage et le focus sur le mannequin. Je n'avais jamais encore utilisé le déclencheur à retardement, c'était plus rapide que je ne le croyais. À la moitié du rouleau, je me suis décidé, et me suis déshabillé. Ensuite, j'ai remis mon pantalon, ma chemise.

Sur la dernière photo, je porte le manteau d'astrakan de ma Mère.

(la sécurité)

Pour la sécurité de Gagarine, ils avaient d'abord envoyé des chiens. Le premier était un bâtard errant, la chienne Laïka. Ils l'avaient prise à la fourrière de Moscou, puis les astronomes l'avaient formée à la Cité des étoiles. En clair, ils l'ont fait tourner jour après jour dans une centrifugeuse, de plus en plus vite. Au début, ils y étaient allés trop fort, la pauvre bête ne pouvait même pas faire pipi. Alors ils ont un peu ralenti. Elle a décollé l'année où mon Père a été emprisonné.

À vrai dire, tout ce qui les intéressait, c'était de savoir si Laïka supporterait le décollage, ainsi que l'apesanteur. Et donc, à la place de l'unité de retour, il avait suffi de lui préparer une capsule de poison. Tout ce qu'on sait, c'est qu'elle a survécu au décollage. Mais elle n'a plus atteint la capsule de poison. Assise sur une boîte métallique, elle n'a probablement rien vu de ce qui ferait dire plus tard à Gagarine : Magnifique. Que c'est magnifique.

Je ne sais pas si ces expériences avaient été réalisées dans le but d'observer le comportement des cadavres dans l'espace. Pour savoir si, en apesanteur, le corps entrait en décomposition. Si nous emportions les vers qui nous rongent la chair sur les os. Si l'odeur de cadavre existait dans l'espace ou si, ailleurs dans le vaste univers, il n'y avait pas de place pour elle. En revanche, Khrouchtchev avait prévenu Gagarine qu'il ne trouverait pas Dieu. "Je ne vois pas Dieu ici", voilà ce qu'il devait annoncer en priorité sur les ondes courtes. Ce qui constitue au demeurant une forme particulière de recherche. Je ne sais pas si Khrouchtchev avait pensé à la manière dont Gagarine allait obéir à ses instructions s'il se retrouvait par hasard nez à nez avec Lui. Certes, cette probabilité était faible, Khrouchtchev l'avait bien prévu, mais quand même. Et si Dieu était visible de partout, dans tout l'univers, sauf ici, sur la Terre ? Que pour une raison quelconque,

Sa lumière ne puisse pas franchir l'atmosphère ? Que l'ozone la réverbère, comme les rayons ultraviolets ? Même Khrouchtchev ne pouvait pas en être sûr. Il était irresponsable, quoi.

Pour le vol, le pilotage n'avait pas été confié à Gagarine. C'est logique, c'eût été trop risqué. De même qu'il n'y avait pas moyen de savoir dans quelle mesure les caractéristiques de Dieu étaient différentes dans le ciel et sur la terre, on ne pouvait pas savoir dans quelle mesure les caractéristiques humaines changeaient. En l'absence de précédent, les possibilités de formation étaient limitées. En l'occurrence, le premier homme n'était pas très différent du dernier chien.

Sa tâche principale consistait à s'observer lui-même. Observer et noter ce qui lui arrivait. Même dans les circonstances terrestres, cette tâche n'est pas aussi facile qu'on pourrait le croire de prime abord. Il avait reçu pour cela un carnet et un crayon. Le crayon s'est envolé dans l'apesanteur. Ainsi nous ne savons pas ce qu'il aurait noté, mais seulement ce qui l'intéressait le plus quand il communiquait avec la Terre.

Je vais bien. Pouvez-vous me parler du vol ?

Je vais bien. Je me sens très bien. Pouvez-vous me dire quelque chose ?

Je vais bien. Je me sens bien. Dites-moi quelque chose.

Je vais bien. Parfaitement bien. Dites quelque chose sur le vol.

Je vais bien. Très bien. Je vous en prie, transmettez-moi les données du vol !

Ils ne lui ont rien dit. Parce qu'ils avaient fait une erreur de calcul et, pendant une demi-heure, ils n'ont pas su lequel des communiqués de presse préparés à l'avance à propos des cent huit minutes serait le bon. Même si, contrairement à Laïka, ils avaient prévu un parachute pour qu'il s'éjecte quand la cabine spatiale retomberait.

Je le dis, Gagarine était intéressé par la même chose que Laïka et tous les grands observateurs d'eux-mêmes. Pas par l'apesanteur, pas à quel point c'était magnifique, et même pas si Dieu était visible de là-haut et, dans l'affirmative, quel effet cela lui ferait. Mais par la question de savoir s'il reviendrait en vie après son auto-observation. Finalement, il y est parvenu.

(Persona)

Un soir, Nóra est montée. Pour la première fois. Sans regarder autour d'elle, elle s'est affalée sur le lit et a allumé une cigarette. Elle m'a dit, il faudrait que tu fasses quelque chose, c'est assez chiant que tu n'aies pas le téléphone. Je lui ai dit, je peux faire la même chose que les autres : attendre. Éva lui a demandé si elle voulait boire quelque chose. Elle a dit, il faudrait plutôt se dépêcher, il y a un ciné-club illégal à Rákos, il faudrait y être à dix heures, ils passent *Persona*. Je n'avais aucune envie d'aller à Rákos. La dernière fois que j'y étais allé, c'était quand mon Père était bibliothécaire. Je lui ai demandé si elle avait voulu nous proposer par téléphone d'aller dans un ciné-club illégal.

Donne-moi un cendrier, sinon je vais salir ton lit douillet.

Je lui ai apporté le cendrier. Éva s'habillait déjà. Elle a mis le même col roulé que Nóra.

On peut voir *Persona* dans un cinéma normal, ai-je dit.

Sauf que la censure a effacé la bite, a dit Nóra. Mais toi, tu peux aller le voir au cinéma.

Mets quelque chose de chaud, il fait froid, a dit Éva.

Elle n'a pas été coupée.

Mais si, a dit Nóra. Sois tranquille, la censure coupe tout ce qui est bon.

Je ne sais pas, moi, je l'ai vue.

Ça ne m'étonne pas, tu ne vois rien d'autre, a dit Éva en riant.

C'est plutôt à moi de le dire.

Tu te plains ? a demandé Nóra. À ta place, je ne me plaindrais pas de ça.

Je ne me plains pas, ai-je dit. Cela dit, elle se dresse de droite à gauche, au premier plan, et on ne la voit même pas une demi-seconde. C'est peut-être pour ça que tu ne l'avais pas remarquée. Ça vaut le coup d'être attentif, même dans un cinéma légal.

Il se souvient toujours de tout ? a demandé Nóra.

Non, seulement des images, a dit Éva.

Le pauvre, a dit Nóra.

Éva m'a tendu mon pardessus.

Allez, viens, parce que nous, on n'a même pas vu la version censurée.

Sur le seuil, Nóra a dit que cet appartement était un peu déprimant.

Il y avait de la bruine. On y est allés en taxi, Nóra a payé, elle pouvait se faire rembourser par l'Opéra. J'étais assis devant. Je regardais le chauffeur qui les regardait, elles, dans le rétroviseur, et non la route. Éva m'a demandé comment était le film. J'ai dit qu'il était parfait pour nous. Nóra a dit, eh bien, tu m'as mis l'eau à la bouche maintenant. À part ça, vu de l'extérieur, la maison de la culture était noire comme l'enfer. Il fallait entrer par une sortie de secours, à l'arrière.

Le ciné-club était dirigé par un animateur culturel, mais j'aurais juré que c'était un mouchard. Une connaissance de Nóra. Dix à quinze personnes étaient perdues dans cette salle grande comme un hangar. Seules deux lampes étaient allumées sur les côtés, on voyait à peine l'étoile rouge en plâtre au-dessus de l'estrade. Il y avait des sièges capitonnés en velours rouge, à gauche, un piano occupait le bord de la scène. Je me suis dit que le Bösendorfer de ma Mère se trouvait autrefois dans une maison de la culture semblable. Sauf qu'à l'époque, on ne pouvait pas organiser de ciné-club clandestin. On s'est assis au milieu, là où il n'y avait personne. Nóra à l'intérieur, Éva, puis moi à sa gauche. L'animateur nous a demandé avant la projection de ne pas fumer, parce que ça se sentirait le lendemain. Il a dit, on ne présente plus Bergman, n'est-ce pas. C'est la version intégrale du film, tout y est, ça aussi. Tout le monde a ri. J'ai toujours détesté les rires complices. Ainsi que version intégrale au lieu de non censurée. Ainsi que le ça-aussi. Comme si le censeur était un idiot. Comme si ce n'était pas lui qui autorisait ces rires. L'homme est monté dans la cabine, il a éteint la lumière.

Quand ce pénis est apparu pendant une demi-seconde, Éva s'est penchée vers moi et m'a chuchoté à l'oreille : C'est tout ? J'ai dit, ma foi oui, aujourd'hui, tu devras te contenter de ça. J'ai pensé lui parler de l'épisode de la photographie, lui dire de regarder attentivement pour voir une énorme bêtise. Parce que Liv Ullmann fait la mise au point en cachant avec sa main le viseur du Leica. On ne peut pas faire la mise au point si on ne voit rien. La première fois que j'avais vu ce film, je n'avais pas compris comment Bergman avait pu ne pas le remarquer. En rentrant du cinéma, je n'avais que ça en tête. Rien d'autre ne m'intéressait dans ce film, que cette erreur. Et puis une nuit, je me suis rappelé le tesson de verre que l'infirmière pose sournoisement devant les pieds nus de Liv Ullmann pour qu'elle marche dessus. C'était une impression assez pénible. Heureusement, personne à part moi ne savait quelle satisfaction m'avait rempli durant toute une soirée parce que j'avais enfin trouvé une petite erreur de rien du tout chez Bergman. C'était vraiment terrible. Bon, peu importe, je ne sais pas pourquoi, j'ai pensé attirer quand même l'attention d'Éva sur ce passage.

Au moment où l'infirmière a commencé à raconter à Liv Ullmann muette comment elle avait fait l'amour sur une plage avec une inconnue et un adolescent, Éva m'a pris par la main. Il n'y avait pas assez de lumière dans cette putain de salle pour que j'y voie clair. Pour que je voie si elle avait aussi pris la main de Nóra. Quand l'infirmière est arrivée au moment où elle avait satisfait l'autre femme avec la main du garçon, Nóra a changé de position. Elle a posé ses jambes sur le dossier du siège devant elle, s'est mis une main entre les cuisses et a enlacé Éva de son autre bras. De manière à me toucher fortuitement l'épaule. Éva a dit : Non. Nóra a dit : Alors qu'est-ce que tu veux ? Éva a dit : Rien. Je me suis dit que si elle voulait amener Nóra pour en faire une Imolka, elle était devenue folle. À l'avant, quelqu'un a dit, silence. Éva m'a relâché la main, elle s'est recroquevillée, appuyant sa tête sur ses poings fermés. Elle est restée immobile, on ne l'entendait même pas respirer. Nóra a pris une cigarette. Elle l'a frappée contre le paquet, puis l'y a remise. J'ai dû me pencher en avant pour voir au moins en partie le visage d'Éva. Liv Ullmann avait déjà sous la main la photo déchirée de son enfant quand Éva s'est enfin redressée et calée dans son siège. Elle a tambouriné du doigt sur le dossier. Nóra a ramené ses jambes et s'est rassise correctement. Quand Alma a dit à Liv Ullmann qu'elle était devenue muette parce qu'elle haïssait son propre enfant et qu'elle voulait le tuer, Éva a dit tout haut : C'est chiant à mourir, je ne vais pas regarder ça jusqu'au bout.

Alors allons-y, a dit Nóra. Elle a pris sur le bras les trois manteaux posés sur le siège d'à côté et s'est levée. On a marché dans les couloirs sombres comme dans un labyrinthe. On a fini par trouver l'issue de secours.

Je vais attraper un taxi, a dit Éva, nous laissant seuls à dessein.

Nóra me regardait comme un assassin.

Si tu l'as déjà vu et si tu te souviens si parfaitement de tout, tu aurais pu nous dire de ne pas venir.

Pour ça, il aurait fallu que je sache quelque chose que, manifestement, je ne sais pas. Puis j'ai ajouté : À propos de vous deux.

À quoi tu penses ?

Tu sais, j'ai de plus en plus l'impression que cette nuit-là, je n'ai pas vu Éva avec son mari, mais avec toi.

Elle a allumé une cigarette.

Ça ne me fait pas rire.

J'ai gardé le silence.

Ce que tu peux être bête, a-t-elle dit.

J'ai regardé Éva debout dans la bruine au bord de la rue déserte. Je me suis dit que les taxis ne passaient jamais par là.

À mon avis, au lieu de t'imaginer des conneries pendant que tu jouis sur son ventre pour qu'elle ne tombe pas enceinte, tu ferais mieux de l'emmener à la maison et de lui faire un enfant.

Tu n'as pas à organiser notre vie, Nóra. On fera un enfant quand on l'aura décidé.

(le mariage de Kornél)

Hier, Kornél m'a demandé pourquoi je n'avais rien écrit sur nous deux depuis l'enterrement de mon Père. Je lui ai dit, ce n'est pas vrai, j'écris. Il n'a rien dit.

Il vient une fois par semaine, en général il apporte du vin, il s'installe dans le fauteuil où s'asseyait Éva. Il reste d'habitude deux ou trois heures. Ça fera bientôt trente ans qu'on n'a pas joué aux échecs. Je lui lis ce que j'ai écrit dans mon cahier depuis notre dernière rencontre. Comme je montrais autrefois mes photos à Éva. Souvent elle ne disait rien, pourtant je savais si la photo était bonne. Si au moins une partie de ce pour quoi j'avais appuyé sur le déclencheur était devenue sensible. Bien sûr, Kornél dit parfois ceci ou cela, là où selon lui, il y en a trop ou pas assez. Parfois il me rappelle un truc. Par exemple, c'est lui qui m'a rappelé la mère qui avait accompagné sa fille pour la photo. En tout cas, c'était la première fois qu'il me demandait des comptes sur ce que j'écrivais. Je lui ai dit que j'avais déjà écrit ce qu'il y avait d'important à notre propos. Il m'a dit, c'est toi qui vois.

Mais bon, peu importe, j'aurais très certainement écrit à propos de l'unique sourire de Klári Szentiváni même si Kornél ne m'avait pas demandé des comptes.

Son livre est paru après la mort de mon Père. Les choses ne se sont pas passées comme il l'espérait. Une bonne quinzaine d'années plus tard, au milieu de la galerie Broch, j'ai enfin compris pourquoi il n'était pas heureux. Mais à l'époque, dans la chambre de mon Père, au milieu des seaux de chaux, ça m'énervait déjà qu'il ne veuille pas prendre acte de ce qui arrivait à ses poèmes. Les critiques étaient réservées, mais les lycéens et les profs de hongrois les plus passionnés avaient fait le travail à leur place. Certains exemplaires de son livre avaient été lus plus de cent fois. À la fac de lettres, on ne pouvait pas draguer sans connaître par cœur au moins autant de Kornél-Erdős que d'Endre-Ady, d'Attila-József ou de Radnóti. Mon Père avait eu raison.

Il y a ceux qui fouettent comme le Christ, et il y a les grands flagellants. Il était convaincu d'être trop faible pour être l'un, et trop lâche pour être l'autre. Je crois qu'il a mis du temps à comprendre la force qu'il y avait dans cette lâcheté, dans cette faiblesse. Que justement là où tout fouet se romprait, où un pilier de béton soutient la vérité, il avait, par cette absence de fouet, créé une sorte de doute vague, un soupçon, une incertitude. Peu importait qu'un individu fût amoureux, fonctionnaire du Parti ou curé, un pilier s'ébranlait en lui. Il ne marchait pas sur l'eau, mais sur un marais.

Quelques semaines après la parution de son premier livre, une femme était venue le voir. Ou plutôt une jeune fille. Klári Szentiváni. Elle avait vingt-quatre ans. Elle écrivait des poèmes. Je ne sais pas comment ils étaient, juste que c'était la raison de leur rencontre. Elle n'a plus jamais écrit de poésie par la suite.

Kornél avait peur, moi, j'étais content. Il disait qu'il ne voulait détruire la vie de personne. Je lui ai dit que dans ce cas, c'était avant tout sa propre vie qu'il ne devait pas détruire par ses craintes. Il avait fait la cour à Klári pendant environ trois mois. Une fois, ils étaient même venus chez Reisz pour faire des photos d'identité. Je leur ai demandé pour quoi faire, Kornél m'a dit, pour un passeport, j'ai demandé où ils allaient, Klári a dit, au paradis, et qu'ils avaient déjà déposé leur demande de visa. C'était bien. À l'époque, il n'existait pas encore de photomaton à rideau, ce pouvait donc être la première photo d'identité hongroise où des personnes s'embrassent.

La noce a eu lieu au restaurant Trombitás Kert, en automne. Les feuilles tombaient déjà, mais personne ne les balayait. Quand l'air est devenu irrespirable à l'intérieur, on est sortis et on a dansé dans les feuilles mortes. Quinze à vingt personnes étaient venues du côté de Kornél, une bonne centaine de celui de Klári. Je pourrais dire que c'était un beau mariage, mais je n'ai pas d'éléments de comparaison, c'est le seul auquel je sois jamais allé. Je ne me suis pas marié avec Éva. Il n'en a jamais été question. Au moment où j'avais posé la clé de mon Père sur le lit, à côté d'elle, elle était devenue ma femme, tout simplement. Un jour, je lui en ai parlé, mais cela n'avait plus de sens, car elle est partie quelques mois plus tard. Peu importe. Quand j'ai fait sa connaissance, Kornél était déjà père de deux enfants. Ils en attendaient un troisième.

Le jour du mariage, j'ai fait une photo de Kornél en costume et de Klári en robe de mariée courant après le tramway. C'était une idée de Kornél, j'avais dit, d'accord, je la ferais, mais m'avait-il déjà vu faire un cliché humoristique ? Il a dit : gravé dans le marbre. On a ri. Finalement, la photo n'était pas réussie, je suis assez lent, je n'ai jamais su faire de bonnes photos dans ces conditions. Durant cette course, sa veste s'était déchirée à l'épaule, on n'avait plus le temps de l'apporter chez un tailleur, je lui ai donc prêté la mienne. Dans laquelle il a dansé à ses noces.

Il était évident qu'ils se marieraient un jour, mais j'avais été un peu surpris, car ils ne se connaissaient que depuis trois mois. Avant, on allait presque tous les soirs au café. Une fois, on est même allés ensemble à un concert. Klári m'avait aidé à nettoyer les vitres quand j'ai enfin eu terminé de repeindre l'appartement. Elle m'avait posé des questions sur Kornél jusqu'au petit matin. Elle pleurait, parce qu'elle avait l'impression que Kornél était indécis. Je lui avais dit de se calmer, sinon elle pleurerait toute sa vie, parce qu'outre ses poèmes, Kornél ne serait jamais sûr de rien. Elle a dit que ce n'était pas vrai, qu'il n'était pas sûr du moindre de ses vers. Je lui ai dit de croire que c'était vrai, sinon elle n'aurait pas lu le moindre de ses vers.

En automne, quand Sartre a refusé le prix Nobel, Kornél a dit que ça n'avait aucune importance, qu'il était de toute manière nobélisé.

Klári a dit qu'il avait tort, qu'il était de cette manière beaucoup plus nobélisé que les autres. J'ai dit alors que Klári avait raison. Kornél a dit qu'en fin de compte il se contenterait aussi d'un lauréat hongrois qui accepterait le prix. Alors Klári a dit, Dieu nous en garde. Je lui ai demandé pourquoi. Elle a dit que dans ce cas, un Hongrois ne le recevrait plus pendant les cent prochaines années, ce qui enlèverait toute chance à Kornél. Je voyais que Kornél était embarrassé. Même pour une plaisanterie, ce n'est pas drôle, chérie, a-t-il dit avant de vider son café. Ce n'était pas une plaisanterie, a dit Klári. J'ai regardé les lampes réalistes-socialistes minables qui clignotaient sous les fresques de Mannheimer à la place des anciens lustres vénitiens. J'ai dit que l'amour était une belle chose.

Je ne sais toujours pas pour quelle raison je n'avais appris qu'à la dernière minute qu'ils se mariaient. Je lui avais demandé pourquoi ils étaient si pressés. Kornél s'était contenté de dire que c'était plus correct ainsi. Qu'il fallait se décider et qu'il avait pris sa décision pour la vie. Cette pensée me hantait et quand, au Trombitás, Klári m'a suivi sur la terrasse, je lui ai demandé si elle était enceinte. Elle a éclaté de rire et a dit non.

Je lui ai demandé pourquoi ils étaient si pressés, dans ce cas. Elle a dit qu'ils n'étaient pas pressés, mais qu'il y avait des évidences dans la vie. Ady était mort, Babits était mort, de sorte qu'elle n'avait pas le choix.

Je lui ai dit que je ne la reconnaissais pas, qu'à mon avis cette phrase était non seulement indicible, mais tout simplement impensable. Elle m'a dit que je me trompais sur beaucoup de choses.

Je lui ai dit qu'elle pouvait avoir raison, mais que là, j'étais absolument sûr de ne pas me tromper. Si cela l'avait vraiment encouragée à déposer une demande de visa, alors elle n'aurait pas un passeport pour le paradis, ni même pour l'enfer, mais pour le plus gris, le plus insignifiant des mariages.

Elle m'a dit que, là encore, je me trompais et que, dorénavant, son premier devoir en tant qu'épouse était de protéger Kornél de mes erreurs. Je lui ai demandé si elle voyait un rapport entre la femme qu'elle avait été ces trois derniers mois et celle qu'elle était devenue. Elle a dit que non seulement elle le voyait, mais que c'était justement à cause de questions de ce genre qu'elle devait préserver de moi Kornél et leur couple.

Je lui ai dit qu'il était inutile de protéger leur couple, mais qu'il serait difficile de protéger Kornél.

Elle m'a dit que là encore, je me trompais.

Kornél s'est joint à nous. Il était un peu éméché. Ou peut-être pas, il était simplement heureux. Il a enlacé Klári et lui a demandé de quoi on parlait.

J'ai dit, de rien.

Klári a dit, c'est pas vrai. On se disait justement que c'est soit votre amitié qui doit perdurer, soit notre mariage.

Kornél m'a regardé et m'a demandé, tu as perdu la tête ?

Klári m'a regardé, un sourire dont je ne connais toujours pas le nom est passé sur son visage, et elle a dit à Kornél : Je lui ai posé exactement la même question.

J'aurais voulu dire quelque chose, mais j'en étais incapable. Immobile, je regardais la colère dans les yeux de Kornél et le sourire sur les lèvres de Klári.

Mais en fait, quel est ton problème ? m'a alors demandé Kornél.

Rien, ai-je dit. C'est un malentendu.

Si j'ai bien compris, le problème est juste que je te compare à Ady et Babits, a dit Klári.

Tu ne m'as pas bien compris, ai-je dit.

Pourtant, c'est assez facile à comprendre. Et il y a encore une chose, András, que nous devons mettre au clair. Jamais je ne serais tombée enceinte rien que pour le forcer à m'épouser.

Qu'est-ce que c'est que ce bordel ? a demandé Kornél.

Rien, je te dis. Plus précisément, ton mariage.

Son visage s'est empourpré, il tremblait. Je ne l'avais jamais vu dans cet état. Klári lui a pris le bras et dit froidement, ne t'énerve pas, chéri, il a sûrement trop bu. Puis elle s'est tournée vers moi et m'a dit : En tout cas, ça fait mal d'apprendre à son propre mariage que le meilleur ami de ton mari te prend pour une traînée.

Je préfère m'en aller, ai-je dit.

Tu fais bien, a dit Kornél.

Je me suis rappelé le moment où cet homme avait traité ma Mère de putain fasciste, et que ma Mère m'avait alors pris par le bras. Elle avait eu raison. Quoi qu'il arrive, quoi que dise cette femme ou même Kornél, je n'avais pas droit à la parole.

Je les ai regardés retourner bras dessus bras dessous vers les tables garnies. Kornél portant ma veste. Je suis parti, j'étais déjà place de Moscou quand Klári m'a appelé.

Tu as oublié ça chez nous, a-t-elle dit en me donnant ma veste.

Je ne comprendrai jamais de quoi tu as peur. Et je ne croirai jamais que la bassesse n'a pas de limite, ai-je dit.

Et moi, je te dis que tu es dans l'erreur, que tu persistes dans l'erreur. À part toi, personne n'a peur de rien. Et tout ça n'a rien à voir avec la bassesse.

Et tu dirais comment, toi ?

Légitime défense.

Contre quoi ?

Contre toi. Contre tout ton être. Contre ta manière de vivre, de penser, de faire des photos. Il est possible que personne ne te l'ait encore dit ouvertement, András, mais tu es pernicieux. Tes photos ont peut-être leur place sur le mur principal d'une exposition, mais elles n'ont rien à faire dans une maison familiale.

(la montre de Gagarine)

J'ai hésité près d'une demi-heure devant la vitrine avant de me décider. Enfin, j'ai pensé qu'elle entrait dans l'atelier et qu'elle disait, monsieur Reisz, je vais mourir de faim si vous n'autorisez pas immédiatement votre employé à venir déjeuner avec moi. Que, dans le bus de l'orchestre garé devant l'entrée, elle m'enlaçait et disait en haletant, on a vingt minutes, j'ai soudoyé le chauffeur. Quel déjeuner, espèce d'idiot ? Je ne pouvais pas dire au pauvre Reisz que je ne tiendrais pas jusqu'au lendemain.

J'ai pensé qu'elle regardait la photo. Ce n'est pas bon, chéri. Tu peux la développer encore vingt fois, elle ne sera toujours pas bonne. Si tu veux, je peux te dire qu'elle me plaît, mais avec le même effort, je peux aussi coucher avec quelqu'un d'autre.

Que je me tenais à la fenêtre et qu'elle ne venait pas. Depuis des heures. Et quand elle a enfin tourné au coin de la rue, soudain, comme une inondation, une vague de boue haute d'un étage est apparue derrière elle. Que je lui criais de courir, mais qu'elle ne m'entendait pas. Qu'elle me réveillait, calme-toi, tout va bien.

Tu ne fais pas ce genre de rêves ?

Qu'elle me disait en riant : Jamais.

Je voulais qu'avant le vingt-cinq, date à laquelle nous devions enfin aller pour la première fois à Sopron, elle reçoive une chose que personne ne lui avait jamais offerte. J'ai donc ouvert la vitrine et j'ai pris le coffret d'acajou avec les oculaires. J'ai enlevé le verre dépoli et j'ai sorti les deux photos de ma grand-mère. Par miracle, les plaques de verre ne s'étaient pas brisées malgré la guerre et les déménagements. La veille, j'avais développé ma première photo avec la montre. Je l'avais fait pour ne jamais oublier quand cela s'était produit. Il est vrai que je n'avais pas fait l'agrandissement sur du verre, mais sur une pellicule, et il est vrai qu'il n'y avait pas d'effet de profondeur, mais je m'étais dit que même sans profondeur, l'avenir serait tout aussi visible que l'était le passé pour mon grand-père quand il regardait dans cette boîte.

J'avais acheté le sapin la veille, place Hunyadi. J'en voulais un qui arrive jusqu'au plafond, mais ça a fait rire le vendeur. Il a dit, ce n'est plus la mode, monsieur. J'ai fini par en acheter un de deux mètres. Il était beau. Éva a apporté les décorations de chez son ex-mari.

Après les achats, elle m'a chassé de la cuisine. Parfois elle venait me dire que c'était terrible, mais qu'à cause de ce piano de merde, elle n'avait pas appris à émincer correctement les oignons. Je lui ai dit que j'allais le faire. Elle m'a dit de ne pas mettre les pieds dans la cuisine, elle était dans un état lamentable. Par exemple les *pogácsa* avaient brûlé. Je lui ai dit que, dans ce cas, elle ne recevrait pas de cadeau, que c'était écrit dans Marc que la sainte Famille était particulièrement exigeante en matière de *pogácsa*. Puis on a décoré le sapin ensemble. Puis elle est allée se changer dans la salle de bains. Elle m'a demandé ce que Marc disait à propos du comportement convenable. Je lui ai dit que les pièces de vêtement superflues étaient exclues. Elle a dit que ce Marc était un grand rêveur.

Qu'est-ce que c'est ?

Une pierre.

Je l'ai sortie de son écrin de velours, je l'ai regardée. Elle avait la taille d'un petit caillou. Noire comme du charbon.

J'aurais préféré la montre de Gagarine, mais elle n'était pas à vendre, a-t-elle dit.

C'est quelle pierre ?

Seul Dieu le sait, elle est tombée du ciel. C'est une étoile. Elle est tombée à peu près quand tu es né. Pas ici, certes, mais en Sibérie. La date est juste.

Tu l'as trouvée où ?

Au musée.

Tu l'as volée ?

Jamais de la vie. Je l'ai demandée.

Regarde-moi dans les yeux.

Bon, d'accord, j'ai volé une fois. Mais c'était il y a longtemps. Ça, c'est un ami à moi qui l'a volé.

C'est quoi ? a-t-elle demandé en défaisant le papier de soie.

La montre de Gagarine.

Je ne te crois pas.

Alors défais le paquet. Moi, je ne peux pas mentir.

Quand elle a regardé à l'intérieur et qu'elle s'est vue couchée derrière ma montre, elle a fondu en larmes.

Où est-ce que tu as mis ta grand-mère ?

Ne crains rien, elle est dans la vitrine.

Embrasse-moi.

Le dîner va refroidir.

Selon Marc, tu n'auras pas de dîner ce soir.

On avait prévu d'aller ensemble à Sopron, mais quand on est revenus à nous, elle a dit qu'elle avait parlé avec sa mère, celle-ci avait glissé et il avait fallu lui plâtrer le pied, si bien qu'elle préférait y aller seule. Mais elle reviendrait dès le lendemain, car elle avait une répétition le vingt-sept.

J'ai dit, bien sûr, qu'elle fasse comme ça l'arrangeait.

Kornél m'a dit qu'il ne comprenait pas ce qui m'empêchait de croire la personne qui avait fait voler pour moi une étoile au musée quand elle me parlait d'une fracture de la cheville le jour de Noël.

(de la musique)

J'essaie de l'écrire depuis des jours, mais ça ne vient pas. À propos d'Éva et de la musique. Je n'aimais pas sa manière de jouer.

Avant toute chose, je dois préciser que je n'y connais rien en matière de musique. C'est important, parce qu'il y a un lien entre comprendre et aimer. Même quand la raison s'adapte instinctivement aux émotions, comme un caméléon.

Bien sûr, il arrive souvent qu'elle ne puisse pas s'adapter avec discrétion. Quand le rouge surgit d'un coup devant la malheureuse raison qui fait de son mieux. Quand la raison sait que l'erreur n'est pas en elle, qu'il est simplement interdit de s'adapter à cette couleur. Et pourtant. Cela peut arriver à n'importe qui, n'importe quand, en dépit du bon sens, du discernement, du sentiment de vérité et d'un sens moral raffiné, de se surprendre à constater que sa femme est la dernière des putains, ou que les juifs gouvernent le monde. En fait, ce conflit intérieur peut constituer pour un individu la plus grande des tragédies. Parfois au point de le pousser au suicide.

Disons que, dans notre cas, un tel conflit intérieur n'existait pas. Je savais qu'elle était une bonne pianiste, mais je n'aimais pas son style. Et je le lui avais dit. Que j'avais presque peur de sa manière de jouer. Pas toujours, certes. Si elle avait joué à ses concerts comme lors de ses premières répétitions, j'aurais aimé. Mais elle ne le faisait pas. Quand elle commençait les répétitions, elle donnait l'impression de lapider le piano. Puis elle se mettait à évacuer je ne sais où ces brouettes de pierres jusqu'à ce que ce putain de Petrof retrouve son éclat immaculé, comme si on ne l'avait jamais touché. Comme s'il jouait tout seul, tel un piano mécanique. Comme si Van Gogh avait barbouillé ses lignes nerveuses avec un pinceau d'huile de lin jusqu'à ce que son champ de blé devienne une photo. Une fois, je lui ai dit que pour moi, il y avait entre ses répétitions et ses concerts la même différence qu'entre mes photos et le cliché d'une division cellulaire réalisé en laboratoire. Elle a seulement dit : Je sais. Je lui ai demandé pourquoi, dans ce cas, elle n'osait pas jouer d'une manière qui vaille le coup. Elle m'a dit de la croire, que c'était bien ainsi. Qu'elle avait besoin de ça. Je lui ai dit que je ne le croyais pas. Elle a dit, certains peuvent le faire, d'autres non. Je lui ai demandé quoi. Elle n'a pas répondu.

Soudain, elle s'est retournée et m'a dit : Moi au moins, je peux me produire avec ce piano de merde quand je veux. On en reparlera quand tu auras enfin exposé tes photos.

(l'appartement d'Éva)

Quelques semaines avant ce concert, elle s'était installée dans son nouvel appartement. Son ex-mari le lui avait procuré, en gros comme l'avait fait mon Père pour celui de la rue Szív. Mais sûrement avec un peu plus de facilité, parce qu'être lauréat du prix Kossuth, ce n'est pas la même chose que de sortir de prison. Je lui ai demandé si je pouvais lui donner un coup de main pour déménager. Elle a dit que c'était inutile, elle avait déjà fait ses cartons, János s'occuperait des déménageurs. À vrai dire, j'avais à l'idée de défaire les cartons, d'arranger l'intérieur et non d'empaqueter les choses chez son ex-mari. Mais je n'ai pas insisté, j'ai dit, d'accord. Je suis quand même allé à la rue Fő, j'ai repéré un bar d'où on pouvait voir l'entrée de son immeuble. J'avais prévu de les voir tous les deux, elle et son ex-mari. C'est parfaitement compréhensible, je les avais vus une fois faisant l'amour. Finalement, je ne suis pas entré dans le bar, je n'avais aucune raison de le faire. Ferenc Vándor avait toutes les raisons d'épier Imolka depuis la remise, mais moi, non. Et bien sûr, je craignais d'être vu. Cet appartement était dans un endroit assez minable, assez difficile à atteindre depuis la rue Szív. Je ne pourrais pas dire que je passais par là par hasard.

Quand elle est rentrée à la maison après son déménagement, je lui ai demandé comment était son appartement. Elle a dit qu'il lui convenait pour ses répétitions. Je sentais qu'elle n'en dirait pas plus. Finalement, je me suis lancé et lui ai demandé si elle me le montrerait quand même un de ces jours. Elle a ri, mais bien sûr, pourquoi pas ? Sauf qu'elle n'avait pas pensé que ça m'intéressait particulièrement. Comment pouvait-elle penser ça ? On y est allés le lendemain, elle s'est escrimée pendant quelques minutes avec les clés. Premier étage, côté rue, quarante mètres carrés, une grande pièce et une petite. Tout était regroupé dans le séjour, le matelas, les partitions, les livres, quelques valises de vêtements. Un vieux coffre avec je ne sais quoi dedans. Et un petit bureau. Je lui ai demandé quels meubles elle aimerait avoir. Elle a dit, aucun, c'est bien juste comme c'est. Au mur en face du bureau, il y avait une photo assez ancienne de la taille d'une carte postale dans un cadre en plâtre. Un peu de travers. Comme si le locataire précédent l'avait oubliée là. Une jeune femme promenant un berger allemand dans un parc. J'ai demandé qui c'était. Elle a dit, Néron, notre chien. Puis elle a ajouté, avec ma mère. Je lui ai dit, je ne savais pas que vous aviez un chien. Elle a dit qu'il était mort depuis longtemps, il s'était échappé, une voiture l'a écrasé.

J'aurais voulu dire quelque chose, que sa mère était belle comme une statue ou quelque chose dans le genre, mais après ce chien écrasé, ce n'était plus possible. Le Petrof entrait tout juste dans la petite pièce. Je me suis dit qu'il manquait seulement les édredons aux murs. Qu'on pouvait faire du piano dans cette chambre de bonne comme le petit Tzigane qui, autrefois, jouait du violon dans un cellier. Et ensuite, que si cet enfant n'avait pas poignardé sa mère, je ne me serais jamais enfermé dans le cellier et n'aurais rien eu à écrire pour Adél Selyem sur cette feuille de cahier, et ne me serais jamais retrouvé à la cité expérimentale. Là, j'étais coincé. Je ne trouvais pas le jamais suivant qui m'aurait conduit directement du logement expérimental à la rue Fő. Et j'ai été rassuré. Par le fait qu'un tout autre chemin y menait. Ensuite, je me suis dit que depuis que la clé avait enfin ouvert cette serrure de merde, j'avais l'impression de ne plus être avec la femme avec laquelle j'étais parti de chez moi. Comme quand j'étais dans l'appartement de Reisz et que même sa voix était différente de celle qu'il avait à l'atelier. Il est vrai que je n'étais peut-être pas non plus le même. Il était exclu que je puisse jouer sur ce piano. Ou même passer une nuit dans cet endroit. Je me suis dit, encore heureux qu'on ait où habiter. J'avais apporté une bouteille de champagne, mais elle est restée dans mon sac.

Voilà. Allons-y, a-t-elle dit.

(avec Dalma Keresztes)

Je suis arrivé au Conservatoire à la dernière minute. Quand je me suis assis à ma place, la femme qui se trouvait devant moi a dit tout bas, sans se retourner :

Tiens, tu aimes la musique maintenant ?

J'ai eu des sueurs froides. La dernière fois que j'avais entendu cette voix, c'était avant la mort de mon Père, au téléphone du bureau de tabac. Avec l'espoir de ne plus jamais l'entendre.

J'ai toujours aimé la musique, ai-je dit.

Tu ne m'as pas laissé ce souvenir.

Toi non plus, ai-je dit, à moins de l'avoir seulement pensé. Je ne sais plus. Éva est arrivée, elle s'est assise au piano. Il fallait applaudir.

J'aurais préféré quitter la salle, mais c'était impossible. J'essayais de regarder Éva, et je ne voyais rien d'autre que l'épingle à cheveux en marcassite qui retenait le chignon fraîchement teint de Dalma Keresztes. Les rides qui se croisaient sur son cou. Je me suis dit que, dans un ou deux ans, elles atteindraient ses vertèbres. Qu'elles feraient le tour de son cou comme une corde de pendu. Et qu'alors elle mourrait. Se suiciderait.

À l'entracte, j'ai attendu qu'elle sorte pour me lever. Elle parlait avec quelqu'un, j'ai traversé le hall jusqu'au bar. J'ai pris un verre de vin. Les gens regagnaient peu à peu leurs places quand elle est venue vers moi.

Le jeu de cette femme est assez inexpressif, a-t-elle dit.

Moi, j'aime bien.

Ça m'étonne. Je ne te connaissais pas comme ça.

Tu ne me connaissais pas.

Mais si. Je te connaissais et je t'aimais. Mais maintenant, je ne te connais pas et je ne t'aime pas.

Alors ne parlons pas.

L'occasion fait le larron. Par ailleurs, je suis infiniment désolée de ce qui est arrivé à ton père.

Je dois y aller.

Je suis désolée, même si ça te dérange. Contrairement à toi, je l'aime toujours.

Considérant que tu ne l'as jamais rencontré.

Oui.

Je suis désolé, moi aussi, mais je dois y aller. Ça commence.

Moi, je vais plutôt faire l'impasse sur la deuxième partie de mademoiselle Zárai.

J'ai mobilisé toutes mes forces pour ne pas casser le verre dans ma main.

Tu fais bien. Cela dit, mademoiselle Zárai est ma femme.

Ses lèvres ont frémi, puis elle a éclaté d'un rire forcé.

Ne me fais pas rire.

Ce n'était pas mon intention.

Des enfants ? Combien ?

Il y en aura.

Mais pas de coup de pied dans le ventre. Ça ne se fait pas.

Je ne t'ai pas donné de coup de pied dans le ventre.

Tu sais, à vrai dire, ça n'a pas d'importance.

Si, ça en a.

Pour toi… Tu fais toujours des photos, ou tu feuillettes ses partitions ?

Je fais des photos d'identité. Je ne sais pas lire les notes.

Moi, tu ne m'as pas encore fait de photo d'identité.

Je dois vraiment y aller.

C'est la troisième fois que tu le dis. Je ne veux pas te retenir, parce que si l'artiste remarque les deux sièges vides, elle pensera à mal.

Elle ne pense jamais à mal.

Elle est si naïve ?

Elle n'est pas naïve, mais elle n'a aucune raison de penser à mal.

Allons bon. Tu n'as pas changé à ce point. À en juger par son jeu, vous ne vous déchirez pas tous les deux.

Je ne voudrais pas t'offenser. Ne le fais pas, toi non plus.

Je n'ai rien dit d'offensant. J'ai établi deux faits. Elle joue froidement, ce qui n'empêche pas les critiques de l'aimer. Et toi, tu n'as pas pu changer tant que ça.

Tant que quoi ?

Tu le sais bien.

Il apparaît que tu n'as pas changé non plus.

Doucement, parce qu'au bout de sept ans, ça peut presque passer pour un compliment.

Ce n'était pas mon intention.

Tu aurais pu le faire. J'ai dépassé l'âge d'avoir peur de vieillir. Cette histoire de photo d'identité, c'était une blague, n'est-ce pas ?

Non. Je dois gagner ma vie. Mais rassure-toi, j'en fais d'autres aussi.

Donc, la pianiste ne t'entretient pas. C'est un bon point. Moi, j'ai eu le tort de vouloir t'entretenir.

Elle a beaucoup d'autres qualités, crois-moi.

Sûrement. Pour être très sincère, je n'exclus pas que vous vous déchiriez quand même. Elle est jolie.

Oui, on peut le dire comme ça : jolie. Mais si ça ne dépendait que de ça, on ne serait pas en train de discuter comme on le fait. Toi aussi, tu es juste assez jolie.

Au présent ? Fais attention, parce que c'est déjà le deuxième compliment.

Tu n'as vraiment pas changé, tu es toujours la championne des malentendus.

Elle a regardé autour d'elle d'un air émerveillé, puis elle a arrangé l'épingle de son chignon. Ses bracelets ont glissé de ses poignets sur ses bras, sa poitrine s'est tendue.

Je ne vois ici aucun malentendu. Je vois que tout le monde est entré et, si j'entends bien, ta femme est déjà en train de jouer. Et nous, nous sommes toujours là. Où est le malentendu ?

Tu peux être tranquille, je vais rapidement regagner ma place.

Je n'en doute pas. Tu as ramené ton père à Mélyvár ?

Oui.

Tu as bien fait. Il était sans doute l'homme le plus valeureux que j'aie jamais connu. Tu aurais pu hériter d'un peu de son courage.

J'ai hérité d'autre chose.

Mais tu étais peut-être seulement encore immature.

Je manquais certainement d'expérience.

La maturité n'est pas une question d'expérience, mon cher, mais de l'usage qu'on en fait. Tu n'en étais pas à ta première expérience.

Là, exceptionnellement, tu as raison.

Tu sais quel a été ton moment de plus grande maturité ? Ou, disons plutôt, de virilité ?

Non, lequel ?

Le premier. Quand tu as eu l'audace de me dire que c'était uniquement à cause de moi que tu avais acheté un maillot de bain. Depuis cet instant jusqu'à ton minable coup de téléphone où tu me demandais des comptes, tu n'as fait que dégringoler.

Tu sais, avant mon minable coup de téléphone, mon Père hurlait de douleur si fort que je l'avais entendu dans la rue en revenant de chez toi. Donc, il n'est pas sûr que le moment de ta plus grande maturité ait été celui où tu m'as claqué la porte au nez.

Elle s'est tue.

Elle a pris dans son sac un miroir et un tube de rouge, elle s'en est mis sur les lèvres. Elle a rangé le tout et sorti une cigarette. Elle l'a allumée et me l'a mise entre les doigts. Puis elle s'en est allumé une autre.

Je regrette.

Je me taisais.

Comment dois-je te le dire autrement ? Je te demande pardon.

Je ne vais pas te pardonner, ai-je dit.

Tu ne peux pas ou tu ne vas pas ?

Je ne vais pas.

De quoi as-tu peur ?

De rien.

Ne mens pas.

Je me taisais. Je regardais la serveuse laver les verres. Elle n'avait même pas besoin de se retourner. En levant la tête, elle pouvait me voir dans le miroir qui se trouvait derrière les étagères.

Ne crains rien, je ne vais pas briser ton ménage.

J'ai écrasé ma cigarette à moitié consumée.

Je n'ai pas peur. Mais maintenant, va-t'en d'ici, ai-je dit.

C'est le Conservatoire de musique.

Je sais. Moi, je ne suis plus allé aux bains Lukács, toi, ne viens pas au Conservatoire.

D'accord, a-t-elle dit.

Elle a éteint sa cigarette et arrangé sa robe sur sa taille. Elle portait la même robe longue sans manches qu'autrefois.

Mais je vais d'abord aux toilettes, a-t-elle dit.
D'accord, vas-y.
Au bout de deux pas, elle s'est retournée à moitié. De la même manière que la première fois, sur la terrasse.
Si tu veux, tu peux venir avec moi.
Ce putain de miroir derrière le vaisselier était tellement embué que je n'y voyais rien.
Je n'irai pas avec toi.
Elle a dit, mais si.

Après le concert, je suis allé au vestiaire des artistes. J'ai dit à Éva que j'avais des nausées et que je n'irais pas dîner avec eux. Elle a dit, d'accord, elle ne tarderait pas. Une fois rentré, j'ai sorti les photos de Dalma Keresztes. Puis je les ai remises à leur place. Je me suis dit que brûler des photos ne réglait rien, tout comme brûler des livres. Qu'en découpant avec une paire de ciseaux le Dr Zenta sur cette photo, ma Mère avait été aussi stupide que les indigènes qui tremblent de peur quand on les photographie. Comme si une photo avait vraiment un pouvoir. Mais elle n'en a pas. Elle n'a aucun pouvoir.

Puis j'ai ressorti celle dont elle m'avait demandé autrefois un exemplaire. Je suis allé dans la salle de bains, j'ai ouvert le robinet de la baignoire. J'ai regardé le carton s'imbiber lentement d'eau, les noirs devenir plus profonds. Monter en même temps que l'eau. Puis se détremper complètement et couler au fond de la baignoire. Je l'ai ressortie et mise à sécher sur l'un des panneaux. Puis je me suis rendu compte qu'elle ne serait pas sèche au retour d'Éva. Je l'ai déchirée et jetée dans les WC. Ensuite, je me suis dit que j'aurais pu la mettre derrière l'armoire, il y avait juste assez de place pour une planche à dessin.

Je me suis déshabillé et suis entré dans la baignoire. J'ai pensé que j'aurais très bien pu la suivre. Qu'Éva ne l'aurait jamais su. D'un coup, j'ai éprouvé pour Éva une haine aussi profonde que celle que mon Père avait pu éprouver pour les matons.
Pourquoi tu n'es pas revenu après l'entracte ? m'a-t-elle demandé.

Je n'avais pas entendu la clé dans la serrure, ni ses pas dans le vestibule.

Je te l'ai dis, j'avais des nausées. C'est pour ça que je ne suis pas allé au dîner.

Elle se taisait.

Je savais qu'elle savait. Je savais qu'elle avait dû voir ces photos une fois et qu'elle les reconnaîtrait partout. Qu'il lui avait suffi de jeter un seul coup d'œil de derrière son piano sur la salle comble pour savoir que cette femme était là.

Et parce que j'avais discuté avec quelqu'un au bar.

Elle s'est déshabillée.

Ne viens pas, c'est froid, ai-je dit.

Je sais.

Elle s'est assise, a penché la tête en arrière, ses cheveux se sont étalés sur l'eau. Elle a regardé par en dessous la veilleuse du chauffe-eau.

Tu vas encore lui parler ? a-t-elle demandé.

Non.

Elle a redressé la tête, l'eau ruisselait de ses cheveux. Elle ne me regardait pas dans les yeux, mais quelque part derrière.

Tu l'as baisée ?

Non.

Je te crois, a-t-elle dit en se levant. Maintenant, il faut que je dorme, je suis très fatiguée.

J'arrive.

Tu peux rester. Ajoute juste un peu d'eau chaude.

Tu peux vraiment me croire.

Je sais, a-t-elle dit en s'enveloppant dans une serviette. Ce n'est pas de ta faute si c'est juste de cette femme-là que j'ai peur.

Tu n'as rien à craindre, ni de celle-là ni des autres.

Tout le monde a quelqu'un à craindre. Moi, toi.

Je n'aimerais pas avoir peur.

Alors n'aie pas peur, a-t-elle dit en sortant.

(le kriss)

J'attendais la correspondance au buffet de la gare, à Miskolc. Je pouvais seulement rester au comptoir, car des Tziganes pleuraient quelqu'un, ils allaient à un enterrement. Les femmes étaient assises par terre le long des murs. Quelques-unes donnaient le sein à des enfants. Un homme qui se trouvait au comptoir à côté de moi m'a demandé ce que je buvais.

J'ai dit, du vin. Il en a commandé une bouteille à la serveuse. Elle lui a dit qu'elle ne servait que des verres. Il a craché sur un billet de cent et l'a posé violemment sur le comptoir. J'ai dit, une bouteille. La serveuse en a débouché une et l'a posée sur le comptoir avec deux verres. Elle ne lui a pas rendu sa monnaie. Il a versé le vin en me regardant dans les yeux. Ses yeux étaient aussi secs que des os.

Ta mère, ton père peuvent crever, mais ton fils ne doit jamais mourir. Pas ton fils. Il a vidé son verre comme si c'était de l'eau. Ton fils, jamais.

J'ai dit, je suis désolé.

Ne sois pas désolé pour moi, sois désolé pour Dieu. Parce que je vais monter le voir aujourd'hui. Ces Tziganes ne le savent pas, mais aujourd'hui, je vais monter le voir pour lui demander où est mon fils.

Je lui ai dit, ne montez pas le voir.

Il m'a dit, alors tu n'as pas de fils, toi, et il m'a planté là.

C'eût été plus rapide en bus, mais je n'aime pas ça. En train, on peut se pencher par la fenêtre. J'ai dû marcher une bonne demi-heure depuis la gare d'Ózd. Je ne voyageais pas beaucoup. C'est là que je me suis rendu compte qu'à Budapest, le spectacle des rues était tellement plus varié. Qu'il y avait vraiment de tout dans cette ville. Des Trabant, des Wartburg, des Škoda, des Lada. Que même les mannequins des vitrines avaient une âme. Que les cinémas voisinaient avec les salons de thé et les bureaux de poste. Le tramway. Elle m'avait dessiné l'itinéraire sur une carte postale. Au moins, elle n'avait pas déménagé dans un immeuble en préfabriqué, mais dans une maison avec jardin. Sa nièce habitait dans l'autre partie de la maison, elle nous a apporté des gâteaux et du café. C'était une femme sympathique. Ses deux enfants jouaient dans la cour.

La comtesse m'a demandé où j'avais placé la demoiselle au parasol. J'ai dit, entre les deux fenêtres. Elle a dit que c'était l'endroit le plus sombre du mur. Je lui ai dit qu'elle se trompait, qu'avec trois fenêtres, la pièce était devenue beaucoup plus claire. Elle a ri.

Le logement était bien plus grand que celui de la rue Szív. Elle en occupait une seule pièce, l'autre était vide. Elle disait qu'elle n'en avait pas besoin. Je lui ai demandé comment c'était, ici. Elle a dit, bien. Au loin, on voyait d'immenses cheminées. Il n'y en avait pas deux ou trois, mais toute une forêt. Une forêt de brique. J'ai fait une photo à travers les rideaux. J'aurais aussi voulu la prendre en photo dans la pièce vide, mais je n'ai pas osé le lui demander. J'ai photographié la pièce vide.

Elle continuait à recevoir des chocolats de sa famille en Occident, la petite table était à la même place, les numéros de *Vie et Science* continuaient de s'y amonceler. Elle m'a demandé des nouvelles de la rue Szív. Je lui ai dit que Korbán, le concierge, était mort. Un camion qui faisait marche arrière l'avait écrasé contre un mur. C'était au petit matin, une livraison de charbon.

Le pauvre. C'était un homme assez malheureux.

Pas sûr. Pour certains, être concierge est un bonheur.

Allons, mon cher. Tous les mouchards sont malheureux.

Je lui ai demandé si elle avait envie de venir une fois avec moi à Budapest, on pourrait aller dans un musée ou au cinéma.

Ne me faites pas la cour, mon cher.

Je lui ai dit, je n'ai pas trouvé mieux.

Alors cherchez. Personne ne vous appellera depuis la rue pour demander la permission de monter au troisième.

Pourtant, c'est ce que j'attends.

Je vous le reprocherais, mon cher.

Je me demandais si ce Tzigane l'avait dit par amertume, ou s'il allait effectivement monter voir Dieu pour Lui demander pourquoi Il avait tué son fils.

Le kriss n'est pas très connu chez nous. Ou alors grâce aux mots croisés. C'est une sorte de poignard à lame ondulée utilisé quelque part dans des îles lointaines. La première fois que j'ai rendu visite à la comtesse, ce poignard javanais occupait ses pensées. Elle s'était mise à lire toutes sortes de choses à propos du fer et de la métallurgie, du moment qu'elle vivait ses dernières années dans la cité du fer. C'est ainsi qu'elle avait trouvé un article sur le kriss dans *Vie et Science.*

Figurez-vous, mon cher, ces sauvages, comme disait feu ma mère, considèrent toujours que tout a une âme. Je ne comprends tout simplement pas comment ils font.

Comment ils font quoi ?

Prenez le kriss, par exemple. Il y a longtemps qu'ils font fondre le fer nécessaire dans un four Martin, il y a longtemps qu'ils l'aiguisent avec une affûteuse électrique, mais il a toujours une âme. Il se dresse sur sa pointe, la nuit, il sort de son fourreau et s'envole dans les airs, annonce les tremblements de terre ou les éruptions volcaniques, se fâche contre son propriétaire si celui-ci ne l'enduit pas une fois par mois d'une huile de fleur au nom imprononçable.

Mon appareil photo aussi a une âme. Depuis que Reisz m'a traité de lâche, je ne conçois pas que mon Leica n'ait pas d'âme.

Vous prenez la chose à la légère, mon cher, mais moi, je parle sérieusement. Je ne crois pas que votre future femme puisse épouser votre Leica.

C'est pourtant ce qui l'attend. Bon d'accord, trêve de plaisanterie. Donc, les Javanais s'engagent dans le mariage corps et lame.

Vous avez dit, trêve de plaisanterie.

Je suis juste de bonne humeur. Est-ce que je pourrais m'installer dans cette pièce vide ?

N'y pensez pas, mon cher. Pour cela, il vous faudrait vieillir de quarante ans en une nuit.

Je pourrais le faire. Donc, qu'est-ce qu'il y a avec ces couteaux ?

Je ne vous le souhaite pas. Quant au kriss, si un homme ne peut être présent à son propre mariage, il peut le remplacer. Il ne symbolise pas seulement son propriétaire, mais pour eux, il a une âme. Ce mariage est tout aussi valable qu'il l'est ici, dans l'église du coin. Ou même encore plus valable, parce que je ne suis pas tout à fait convaincue qu'ici, le curé croie à la transsubstantiation, par exemple.

Moi non plus.

Sauf que pour nous, ce n'est plus un scandale, mon cher. Pour nous, c'est plutôt une aide. Parce que nous n'avons plus à nous fatiguer à concilier le rationnel et l'irrationnel dans la même cervelle. Pour nous, ce n'est plus une évidence que les deux ne font qu'un. Nous, nous devons travailler pour atteindre Dieu. Vous imaginez les cauchemars que fait ce pauvre pape à cause de Darwin ? Ne croyez pas que ce soit plus facile pour lui que pour vous ou pour moi. Et je n'en trouve pas la raison.

Les Lumières.

Bah, arrêtez avec vos Lumières. Vous savez, tant que ces kriss étaient forgés à partir de météorites, ça pouvait encore passer. Mais ces gens ne sont plus des sauvages, mon cher. Et même, ils ne l'étaient pas du temps de ma mère. Ils construisaient des villes de la taille de Rome à l'époque où nous hésitions encore à migrer vers l'Europe. Et pourtant, chez eux, l'herbe et les arbres ont toujours une âme. Peut-être même les bicyclettes. Cela ne leur pose aucun problème, aucune contradiction insoluble, comme l'eucharistie pour nos curés ou votre appareil photo pour vous. Nous nous sommes fourvoyés, mon cher.

Quand ça ?

Quand nous avons cru que cela dépendait des Lumières ou du four Martin.

Alors ça dépend de quoi ?

Si je le savais… Excusez-moi. Elle s'est levée et est allée dans la salle de bains. J'ai mangé un gâteau en l'attendant. Quand elle est revenue, elle avait les yeux rougis de larmes.

Le problème, mon cher, n'est pas que je vieillisse. Le problème, c'est que devenue vieille, je ne crois plus. Je ne vois plus d'âme ni dans l'herbe ni dans les arbres.

Allons, allons.

Bon, d'accord, j'en vois encore une en vous. Quel dommage que vous ne soyez pas mon petit-fils.

(Pasiphaé)

Un soir, j'ai pris l'atlas sur l'étagère, j'aime bien le feuilleter. Éva m'a demandé où j'aimerais aller. J'ai dit, n'importe où, excepté à Sopron, bien sûr, parce que ça n'existe pas. Elle a fait mine de ne pas entendre. D'un geste brusque, elle a ouvert le livre et posé le doigt au hasard. Malheureusement, c'était l'océan Pacifique. J'ai dit, là peut-être pas, je ne sais pas si bien nager. On a ri. Le deuxième tour a mieux marché, elle a presque touché les rives de Sumatra.

Bon, voyons maintenant où tu voudrais nager, toi.

Elle a dit, pas d'hésitation, en tournant les pages jusqu'à la Grèce.

Pourquoi juste ici ?

Parce que depuis Prométhée jusqu'à Œdipe, tout a été inventé ici.

Je lui ai demandé quelle était son histoire préférée. Elle a dit, celle d'Ariane et Thésée. Elle m'a demandé si je la connaissais. Je lui ai dit que oui, bien sûr, et j'ai porté les mains à mon front pour faire des cornes de taureau, et je lui ai dit que si c'était sa préférée, elle devait partir en courant, mais vite. Elle a ri et m'a dit de ne pas trop m'exalter, je n'étais pas le Minotaure. Il aurait fallu pour cela que Pasiphaé soit ma mère. J'ai dit que je ne connaissais pas cette femme, j'en étais resté à Ariane. Elle a dit qu'Ariane n'était pas mal non plus, qu'elle était la fille de cette même femme, mais qu'elle n'avait pas été engendrée par un taureau. Et qu'elle avait été chassée du bateau par Thésée quand elle était tombée enceinte, la pauvre. J'ai dit que je giflerais ce Thésée. Elle m'a dit de ne pas me battre, qu'Ariane n'était pas une sainte non plus, pour s'être fait engrosser avec une telle désinvolture. Tel arbre tel fruit. Je lui ai demandé quelle faute avait commis la maman. Elle a dit que j'étais quand même un peu inculte. Je lui ai dit que si elle voulait aller en Grèce uniquement pour le prouver, ce n'était pas la peine, je pouvais très bien être inculte ici aussi. Elle a dit qu'elle le voyait bien. Et donc, il y avait le cheval de Troie et la vache de Crète, c'étaient les bases que je devais retenir avant tout. Très bien, je ne les oublierais jamais, mais qu'elle me dise plutôt ce qu'avait fait la mère. Qu'est-ce-qu'elle-a-fait, qu'est-ce-qu'elle-a-fait, elle s'est bien fait baiser, voilà ce qu'elle a fait. Un taureau blanc lui avait tellement plu que Dédale a fabriqué une vache en bois, elle est entrée à l'intérieur, présentant sa chatte à l'arrière et ainsi, ils se sont livrés à la luxure. Je lui ai dit de ne pas dire chatte, qu'il y avait un mot normal pour ça. Bon d'accord, disons alors son con, mais elle avait préféré ne pas en rajouter pour éviter de m'exciter. Parce que dans ce cas elle ne pourrait pas me raconter la fin de l'histoire, alors que le meilleur était à venir. J'ai dit qu'on ne pouvait guère surpasser une telle luxure, que je ne croyais pas qu'il puisse y avoir encore mieux, alors qu'elle me montre comment avait fait cette Parfisée. Elle m'a dit de bien vouloir lui prêter attention, parce que c'était la moindre des choses de savoir que de ce taureau berné par cette vache artificielle était né le Minotaure. J'ai dit que ça ne m'étonnait pas. Alors elle m'a raconté un prodige encore plus grand, à savoir que Minos avait demandé à ce même Dédale qui avait fabriqué la vache en bois pour sa femme de construire un labyrinthe. Mais le plus remarquable, c'était que tout le monde s'arrêtait à Ariane et Thésée. Personne ne se souciait de ce qui était arrivé ensuite à Pasiphaé. J'ai dit, je pense qu'elle s'est pris une baffe monumentale de Minos. Eh bien, non, mon cher. La maman et son fils monstrueux ont vécu dans le labyrinthe. N'oublie jamais quand tu t'émerveilles devant le fil d'Ariane que la figure clé ce n'est pas Ariane ni même Thésée, mais la maman.

J'ai dit que si tout cela était vrai, je ne voulais pas de cette figure clé. Je continuerais à m'arrêter à Ariane et Thésée. Qu'en plus, je baiserais volontiers cette dernière, là tout de suite, bien comme il faut, pas juste un peu pour qu'elle se salisse. Et si par hasard elle tombait enceinte, je ne partirais nulle part, je resterais avec elle en Crète et je la photographierais en train d'allaiter sa petite nymphe, bien que je sache que ça relevait aussi de mon inculture, car les nymphes étaient déjà un peu plus grandes.

J'avais cru dire quelque chose de beau.

Mais elle s'est levée et a enfilé son peignoir.

Alors trouve-toi une Ariane, a-t-elle dit.

Elle est allée à la cuisine, j'ai entendu le frigo s'ouvrir et le lait couler dans un verre.

Je l'ai suivie, lui ai dit que j'avais déjà une Ariane.

Elle m'a dit, je voudrais être seule, si tu le permets.

Je lui ai dit que je ne savais pas comment j'avais pu la blesser, mais je lui promettais de l'emmener un jour en Crète, et de lui prouver que j'avais raison.
Elle m'a dit, tu iras là-bas tout seul.
Je lui ai dit que je préférais y aller avec elle.
Le verre de lait a éclaté contre le mur comme une grenade.
Elle a crié : Retourne dans ton labyrinthe !

Kornél a dit que moi aussi, j'avais des accès de fureur.

(la-bonne-gestion*)

Pendant quelque temps, je me suis dit que tant qu'elle ne m'emmènerait pas à Sopron, je ne l'emmènerais pas non plus à Ózd. Puis j'ai compris que c'était stupide. Un pur entêtement qui avait déjà détruit tant de vies. Un matin, je lui ai demandé si elle voulait venir avec moi chez la comtesse. Elle a regardé le Rippl-Rónai et m'a dit, eh bien, seulement si elle a vraiment vieilli. Elle m'a demandé qui je voulais présenter à la comtesse Szendrey sous le nom d'Éva. Mon amour, ma maîtresse, mon modèle, éventuellement ma pianiste, parce que, n'est-ce pas, les aristocrates sont en général des mélomanes. J'ai dit que je voulais lui présenter Éva Zárai, ce qui est un nom générique qui contient tout cela. Elle est restée pendant vingt minutes devant le miroir de la salle de bains.

J'avais commis une erreur, c'est sûr, j'aurais dû prévenir la comtesse de notre arrivée. Mais le problème n'était pas là. Elle ne m'a pas fait de reproche, elle a été aimable avec Éva, mais la situation était pénible. En venant de la gare, à mi-chemin, il s'était mis à pleuvoir, on était trempés jusqu'aux os. Sa nièce était allée à Miskolc, la comtesse gardait les deux enfants toute la journée, on ne pouvait pas les chasser dans la cour sous la pluie.

* Variante hongroise socialiste du Monopoly.

En se présentant, Éva a dit que Zárai ne s'écrivait pas avec un *y* mais avec un *i**. La comtesse lui a répondu, peu importe, ma chère, par ailleurs, je le savais, notre amour commun m'a déjà offert votre disque de Schubert.

Je croyais que ça lui ferait plaisir, mais ça l'a plutôt gênée.

Je n'avais pas imaginé que ce *i* puisse lui venir à l'idée. Elle n'avait jamais manifesté le moindre intérêt pour ce genre de question. Et ça n'est plus arrivé par la suite. C'était seulement le *y* de la comtesse qui lui posait problème.

On a eu des biscuits américains et du kirsch maison, la comtesse a dit à Éva qu'avec l'âge, l'imagination s'appauvrissait, qu'il y avait moins d'un an, elle m'avait prédit que personne ne lèverait jamais les yeux vers le troisième ni ne demanderait l'autorisation de monter, et voilà le résultat. Éva m'a lancé un regard à moitié amusé et a dit, tiens donc, elle ne pensait pas que je faisais des comptes rendus si détaillés de notre vie amoureuse. La comtesse a dit alors que nous n'avions pas de secrets l'un pour l'autre.

À vrai dire, il se trouvait simplement qu'elle avait aimé Éva au premier coup d'œil, et qu'elle lui parlait comme à moi. Elle ne pouvait pas savoir qu'avant de venir, Éva était restée plus longtemps devant le miroir qu'avant de se produire devant une salle comble au Conservatoire. De plus, les enfants, eux aussi conquis en un instant, la priaient de venir avec eux dans la pièce vide pour jouer à la-bonne-gestion. La comtesse leur disait d'être un peu plus patients, mais ils ne l'écoutaient pas. Finalement Éva a dit qu'elle allait avec eux, et qu'alors nous pourrions au moins discuter un peu.

Il apparaît qu'un ange est vraiment entré chez vous, mon cher. Veillez à ce qu'il ne s'envole pas.

C'est impossible, j'ai déjà refermé la fenêtre.

* La lettre *y* en fin de nom de famille est une marque aristocratique, contrairement à la lettre *i*.

Vous pourriez être un peu plus avisé que cela. Un ange ne reste pas parce que la fenêtre est fermée, mais parce qu'il a des raisons de rester.

Il n'y aura jamais d'autre raison que celle qu'elle m'aime.

Bien sûr, mon cher, bien sûr. C'est bien ce que je dis. Gérez bien cette unique raison. Sinon, vous serez puni, comme moi aujourd'hui par ces deux enfants. Je n'ai pas appris à temps les jeux de société, de sorte que j'ai perdu plus d'appartements et de meubles que lors de la nationalisation.

Je ne voulais pas parler de ça. Je lui ai demandé si les Américains allaient vraiment se poser sur la Lune.

Elle a dit qu'ils n'avaient pas le choix, qu'ils devaient le faire.

Dans le train du retour, Éva a parlé d'elle tout le temps, déplorant que cette aimable vieille dame doive vivre là, qu'elle passerait volontiers la voir si elle habitait toujours dans notre immeuble, que c'était bien qu'elle n'ait pas des allures aristocratiques et que c'était bien aussi pour moi d'avoir trouvé une grand-mère de remplacement, qu'elle m'avait sûrement beaucoup aidé au début. Je savais pertinemment qu'elle pensait vraiment ce qu'elle disait, mais que dorénavant, chaque fois que je lui demanderais si elle voulait venir avec moi à Ózd, elle aurait des répétitions.

(l'alunissage)

En juillet soixante-neuf, Éva m'a proposé d'aller chez une de ses connaissances pour regarder l'alunissage, il y aurait beaucoup de monde. Je lui ai dit que ce n'était pas la Saint-Sylvestre. Elle s'est vexée. J'avais été bête, ou plutôt lâche. Je n'avais pas osé lui dire que je voulais regarder la retransmission non pas avec ses amis, mais à Ózd, avec la comtesse chez qui je n'étais allé qu'une fois cette année-là.

Elle s'est assise au piano, a appuyé sur une seule touche. Celle dont la surface en ivoire était cassée. Elle l'a fait pendant des minutes entières. Je pense qu'elle avait oublié que j'étais là. Puis brusquement, elle a dit : Plutôt ma mère dans le noir.

Quoi, plutôt ta mère ? ai-je dit.

Rien. Je me le disais à moi-même, pas à toi.

Tu pourrais me le dire aussi.

Elle s'est tue.

Pour une fois, tu pourrais vraiment me le dire.

Parfois j'étouffe ici, a-t-elle dit, puis elle est allée dans la salle de bains.

Je l'ai suivie, lui ai demandé pardon. Je lui ai dit qu'elle avait raison, bien sûr, on irait où elle voulait.

Toi, tu préfères quoi ? a-t-elle demandé.

Je te l'ai dit, allons-y.

Heureusement, elle avait l'horreur des chamailleries, on pouvait sortir en un instant d'une telle impasse.

Moi, j'aimerais bien y aller, a-t-elle dit. Je n'ai pas envie de rester à la maison alors que quelqu'un va sur la Lune.

Tu as raison, ai-je dit.

Dehors, juillet s'était installé entre les maisons. Même après le crépuscule, l'air restait immobile. On a pris le métro jusqu'au terminus, puis on a traversé le pont à pied, on est montés dans le quartier du château, jusqu'à la rue Úri. Je n'ai jamais aimé le château de Buda. De loin, depuis la rive de Pest, oui, mais pas m'y promener – ni les rues, ni les promenades, ni les placettes, ni le Bastion des Pêcheurs. Ni même les environs du château. Le pont des Chaînes, le tunnel, le jardin de Vérmező. Chaque fois que je passais par là, je me sentais floué. Un peu comme dans un parc d'attractions ou un musée en plein air. Bien sûr, je préfère ce sentiment de tromperie à ce que je ressens dans un grand ensemble.

On gravissait la colline en silence, accompagnés par l'ombre de notre dispute de l'après-midi. Je me demandais si les astronautes américains allaient rencontrer Laïka. Puis si l'appareil photo de Neil Armstrong lui échapperait dans l'apesanteur comme autrefois le crayon de Gagarine. En fin de compte, l'apesanteur se fiche de savoir si c'est un appareil photo ou un crayon. Éva m'a demandé à quoi je pensais. Je lui ai dit, à la comtesse. Elle m'a demandé alors pourquoi dans ce cas je n'étais pas plutôt allé à

Ózd. Je n'ai pas répondu. Je ne connaissais pas la personne chez qui on allait. Le fait est qu'Éva, pas trop non plus. Elle savait juste qu'elle travaillait dans la presse ou dans l'édition. En réalité, c'était une connaissance de Nóra.

Quand Adél Selyem nous a ouvert la porte avec un bébé sur le bras, j'ai perdu pied. Mes poumons, mon estomac, tous mes organes internes se sont soulevés comme quand on tombe dans un gouffre diablement profond, de plus en plus vite, dans le noir absolu. À vrai dire, cette sensation n'était pas désagréable. Ça s'est terminé quand elle m'a tendu la main et dit : Adél Bauer. Puis elle a ajouté, et elle, c'est Eszter. J'ai dit, András Szabad. Puis, avec Éva, elles se sont présentées l'une à l'autre. Éva a fait un bisou au bébé.

Elle ne m'avait si catégoriquement pas reconnu que je n'avais d'autre choix que d'en prendre acte. J'étais tout au fond de ce puits, je ne voyais là-haut ni le ciel ni le plafond. Je ne savais pas comment j'allais regagner la surface de la terre alors que le module spatial de Neil Armstrong s'approchait de la Lune et entamait sa descente.

Je me suis dit que c'était peut-être mieux ainsi. Je n'aurais pas eu l'idée de nier que je la connaissais, mais elle, manifestement, elle en avait besoin. Et peut-être Éva aussi. En général, huit années, ça se voit sur une femme. Surtout si elle devient mère dans l'intervalle. Pas seulement sur les femmes, d'ailleurs, ça se voit sur tout le monde. En revanche, à la porte de son appartement, un enfant dans les bras, Adél Bauer flottait avec la même légèreté qu'Adél Selyem, autrefois, quand je lui avais donné une feuille de cahier avec dessus une seule phrase disant que je pouvais tenir une demi-heure tout seul dans un cellier.

Je me suis dit que si Dalma Keresztes avait inspiré une telle crainte à Éva, il valait cent fois mieux qu'elle ne sache pas qui était la femme dont elle m'avait fait raconter l'histoire du chiffon rouge deux ou trois fois. L'appartement était grand et la compagnie, nombreuse. Bauer devait être un collectionneur, parce que les sabres, les hallebardes et les carabines s'alignaient par dizaines sur les murs. Dans l'entrée, à côté du portemanteau se dressait une armure entière, avec lance et bouclier. C'était horrible.

Le séjour contenait des meubles de salon à dorures, des vitrines, une télé posée sur une table basse en marbre, le son coupé. L'image était assez granuleuse. Sur une autre table basse en marbre, un tourne-disque jouait de la musique dansante. Des chaises et des fauteuils qui auraient pu remplir la moitié d'une salle de théâtre étaient disposés pour suivre la retransmission depuis l'espace. Pour l'instant, quelques sièges seulement étaient occupés. À cause d'Eszter, on ne pouvait fumer que sur la terrasse. On est sortis nous joindre à la compagnie.

Bauer était un homme de petite taille, d'une cinquantaine d'années. Il portait un jean, une chemise jaune déboutonnée. Les bras et la poitrine couverts de poils. Je savais que je l'avais déjà vu quelque part. Puis j'ai compris que ce n'était pas lui. C'était le camarade Selyem qui avait dansé avec la femme de Gagarine.

Ils avaient une immense terrasse, avec des palmiers décoratifs se découpant dans le soir de Budapest. On ne voyait juste pas le Danube. Adél a dit à Éva que le buffet était dans l'autre pièce, qu'on pouvait se servir. Elle ne m'adressait pas la parole. Je ne connaissais que Nóra, qui laissait avec un rictus cynique deux vieux messieurs lui faire la cour. Éva a trouvé quelques connaissances, mais je m'efforçais toujours de m'esquiver avant qu'elle ne me les présente. La grande discussion portait sur la nécessité de se poser sur la Lune.

Quelqu'un a dit qu'à la place de Moscou, il attendrait les bras croisés, parce que l'économie américaine n'était pas assez robuste pour supporter le programme Apollo.

Tous étaient debout, seul Bauer était assis. Il a bu une gorgée de cognac et sans même regarder l'autre homme, il a dit : Imre, arrête tes provocations. Ça a jeté un froid. Il a attendu un instant, avalé une nouvelle gorgée, puis il a ajouté en riant : Je vais finir par croire que tu ne travailles pas pour nous, mais pour les Américains.

Soulagés, les gens ont ri.

Eszter s'est mise à pleurer. Bauer a fait un geste de la main, mais comme Adél ne l'a pas remarqué, il a dit, alors quoi, donne-moi ma fille. Adél l'a mise dans ses bras. Bauer lui a montré le ciel. Regarde là-haut, ma princesse. Un grand vilain monsieur américain va monter là-haut aujourd'hui. Et il va manger la Lune. Comme ça, miam, et il a pris la main d'Eszter dans sa bouche. Le bébé s'est tu. Bauer l'a rendu à sa mère. Rentre-la, elle va prendre froid.

Je me suis dit que ce Bauer-là n'avait pas grand-chose à voir avec le Bauer qui, au jardin du Musée, en janvier, s'était enveloppé dans un drap imbibé d'essence auquel, le drapeau rouge-blanc-vert* à la main, il avait mis le feu.

Quand Adél est entrée, j'ai attendu un instant, puis j'ai dit à Éva que j'allais chercher du vin. Je me suis arrêté sur le seuil de la chambre d'enfant, je l'ai vue jouer avec sa fille sur une couverture étendue sur le sol.

Vous avez un beau bébé, ai-je dit.

Elle a sursauté : Pas ici !

J'ai juste dit qu'il était beau.

Presque au désespoir, elle a répété, je t'en prie, pas ici.

D'accord. Je crois que ça vaudra mieux pour moi aussi. Cela dit, tu as vraiment un beau bébé. Puis je suis allé chercher du vin dans la pièce voisine.

Nous sommes rentrés dans le salon quand la retransmission a commencé. Il n'y avait pas assez de chaises, j'ai dit à Éva de s'asseoir sur mes genoux, mais elle n'a pas voulu. Ça n'était jamais arrivé. J'étais debout dans un coin. Adél Selyem était assise à côté de Bauer, dans un fauteuil couleur tabac. Eszter s'est remise à pleurer, sa mère lui a mis le bout de son lange dans la bouche.

* Couleurs nationales hongroises.

Elle fait ses dents, a dit Bauer à la femme d'une cinquantaine d'années assise à côté de lui.
La pauvre, a-t-elle dit.
Pendant toute la retransmission, j'ai regardé le bébé mordiller le lange. Je n'ai rien vu de tout l'alunissage.

Il est apparu que ce n'était que l'alunissage, et que Neil Armstrong n'allait sortir et marcher sur la Lune qu'à l'aube. Bauer a demandé aux gens de placer les chaises le long du mur. Il a éteint la télé et monté le volume du tourne-disque.

Certains sont partis, disant qu'ils verraient la suite chez eux, d'autres sont retournés sur la terrasse pour commenter ce qu'ils avaient vu. Moi, ce que j'avais vu, je n'aurais pu en discuter avec qui que ce soit. Adél a couché le bébé. J'ai demandé à Éva ce qu'elle voulait faire. Elle a dit, danser, évidemment. Elle est allée avec Nóra prendre un cognac dans l'autre pièce. Elle m'a demandé si j'en voulais un aussi. J'ai dit, bien sûr. Finalement, elles ne sont pas revenues, elles s'étaient assises quelque part pour bavarder. Je me suis installé dans le fauteuil tabac. J'ai regardé le camarade Bauer danser avec Adél Selyem.

J'ai pensé à cette note unique qu'elle avait jouée l'après-midi sur le Bösendorfer. Puis à ce qu'elle avait dit : Plutôt ma mère dans le noir. Comme une malédiction. Ensuite qu'elle l'avait dit à cause de moi. Qu'elle étouffait avec moi. Et aussi au fait qu'Adél Selyem qui faisait semblant de ne pas reconnaître son ancien amant respirait mieux dans ce musée de la guerre à la con qu'Éva quand rien d'autre ne me venait à l'esprit que de lui proposer de regarder un Bergman pour la troisième fois, d'aller faire une promenade ou de prendre un verre dans un bar. Je me disais que même en me creusant la tête pendant toute une année, l'idée de verser de la lessive dans la cascade ne me serait pas venue. Et que j'avais des doutes quand une personne me disait s'être balancée nue la nuit sur le trapèze d'un cirque de Varsovie. Et pourtant, pourquoi ne l'aurait-elle pas fait ? Moi aussi, j'avais enfourché ce vélo emprunté et j'avais roulé jusqu'aux serres au lieu de faire des marteaux. Berecz ne m'avait même pas giflé. Je me disais que je n'avais pas plongé dans cet abîme maudit au moment où Adél Selyem avait ouvert la porte, mais bien plus tôt. Laïka ne parcourait pas encore le ciel, sans parler de Gagarine. À cet instant, à je ne sais combien de kilomètres au-dessus de ma tête, un homme assis dans une cabine spatiale souriait. Il attendait que la porte s'ouvre pour sortir. Il avait sûrement peur, comment pourrait-il en être autrement ? Mais il sortirait. Moi, je gardais depuis bientôt dix ans mes photos dans un secrétaire. Puis je me suis dit que la dernière photo que j'avais faite, c'était celle de la femme aveugle. Depuis, je n'avais invité personne. Parce que je voyais qu'Éva avait peur. Elle avait beau ne pas vouloir avoir peur, elle avait plus de craintes que moi. Elle ne croyait pas que cette femme soit aveugle. J'avais fini par lui apporter de chez Reisz sa photo d'identité pour qu'elle voie qu'elle l'était vraiment. Elle ne me l'avait pas demandé, n'en parlait pas, mais je savais que sans ça, elle ne m'aurait pas cru. Et ça n'aurait rien changé à l'affaire si j'avais cru que sa mère s'était cassé la cheville. Si j'avais cru qu'il lui arrivait de répéter jusqu'à minuit. Si j'avais cru qu'elle avait eu une chambre simple dans un hôtel de Vienne ou de Berlin. Si j'avais cru que, pour une raison ou une autre, on ne pouvait pas aller ensemble à Sopron, mais qu'elle devait aller éliminer les mites chez sa mère dès que la possibilité d'avoir trois jours pour nous se présentait. Et qu'elle rentrait comme une épave. Parce qu'elle avait dû se disputer avec le contrôleur. Je ne comprenais pas. Ma Mère mettait de la lavande, et la question des mites était réglée. Je me demandais qui irait éliminer les mites chez sa mère quand on aurait un enfant. On irait sûrement ensemble. Tous les trois. On apporterait un bouquet de lavande. Ou de la formaline ou comment ça s'appelle. De la naphtaline. Ce serait drôle si elle ne présentait pas non plus son enfant à sa mère. Il faut dire que je m'étais senti mal, moi aussi, quand Dalma Keresztes avait voulu à tout prix m'emmener à Mélyvár. Elle était même montée chez mon Père. Mais c'était assez différent. On n'aurait guère pu avoir d'enfant. Notre problème à tous les deux, c'était qu'on aurait donné naissance directement à un petit-enfant. Mais en fait, le problème n'était pas là. Je ne l'aimais pas, tout simplement. Quand j'y pense, je n'ai aimé personne avant Éva. C'était le même problème avec Adél Bauer. Comme c'est facile d'apprendre un nouveau nom. Bauer. Il avait suffi qu'elle le dise une fois pour que je le retienne pour la vie. Surtout avec une petite Bauer dans les bras. Un vilain monsieur va monter là-haut et la manger. Miam. Ma foi, je ne montrerais pas comme ça la Lune à mon enfant. Parfois, je la voyais entre les lilas qui poussaient devant ma fenêtre. Je n'ai pas vérifié s'ils les avaient abattus aussi, ou seulement le noyer. À vrai dire, on s'en fout. Le jour des Morts, je demanderai à Éva de venir avec moi. En six ans, j'y suis allé trois fois. Plus précisément deux, parce qu'à la dernière occasion, j'ai fait demi-tour dès la gare. Le tombeau ne sera jamais arrangé correctement. Si seulement il n'y avait pas eu cette putain de pluie. Ils auraient pu mettre le jour des Morts à un moment plus normal. J'ai raté le train du soir pour la deuxième fois, tellement il pleuvait. Je ne passerai plus jamais une nuit dans cette ville, à la gare, pour rien au monde. Heureusement que c'est écrit sur ma carte d'identité que je suis né là, sinon le policier m'aurait mis en garde à vue. Il était correct. Je pense qu'il connaissait mon Père. Tout le monde le connaissait. Si Éva était venue avec moi, j'aurais écrit à quelqu'un chez qui on aurait pu passer la nuit. Mais il n'était pas sûr du tout qu'elle serait venue, elle serait sûrement allée à Sopron chez son propre père. Je me demande si elle m'aurait présenté à son père ou non. En tout cas, si ma Mère était en vie et que je sois pianiste, elle assisterait à tous mes concerts. Même s'il avait fallu venir de Mélyvár. C'est sûr et certain. Peut-être pas à tous, mais à un bon nombre. De même que mon Père viendrait à toutes mes expositions. Encore faudrait-il qu'il y ait une exposition. Et bien sûr, mon Père devrait ressusciter. Là, c'est difficile. Le fait est que ma meilleure photo est celle de la femme aveugle. Le problème n'est pas qu'Éva en ait peur, mais qu'on ne puisse pas exposer une seule et unique photo. Bien sûr, il y en a peut-être encore quelques-unes qui sont bonnes. Kornél aussi a attendu des années avant de composer son premier recueil. Et même alors, il avait voulu le récupérer pour ne pas être recruté comme mouchard. Il est vrai qu'il n'avait pas attendu dix ans. Bon, la poésie, c'est différent. Ça se passe à l'intérieur. Il écrit des poèmes quand il veut. Ou peut. Moi, je n'aurais pas pu prendre cette photo si cette femme n'était pas venue à l'atelier et si elle n'avait pas ôté ses lunettes de soleil. Voilà pourquoi il a fait preuve d'intelligence en se contentant d'un bout de papier et d'un crayon. Il se peut que l'apesanteur ne fasse jamais flotter l'appareil photo de Neil Armstrong comme le crayon de Gagarine. Il faut dire que c'est incomparable. Ce qui est comparable, c'est qu'ils en ont déjà un troisième. Klári avait peut-être eu raison de dire que mes photos n'avaient rien à faire dans une maison familiale. Bien sûr, ça ne veut pas dire qu'il avait fallu attendre trois ans pour que moi, j'aie quelque chose à y faire. Kornél a été lâche comme une merde. Mais il faut dire que si c'était lui qui avait traité Éva de pauvre connasse, il n'aurait pas pu mettre les pieds chez moi pendant trente ans. Même s'il avait eu raison. Malheureusement, c'est comme ça. À court terme, j'avais sans aucun doute raison, mais à long terme, c'est quand même Klári qui avait raison. C'était quand même eux qui étaient assis chez eux devant leur télé Orion. Et ils ne regardaient pas la petite Eszter Bauer âgée d'un an s'enfoncer un lange dans la bouche au lieu de regarder l'alunissage. D'avoir pris une décision pour la vie n'avait pas rendu ses poèmes plus mauvais. Éva non plus n'en jouerait ni mieux ni moins bien. Mes photos n'en seraient ni pires ni meilleures. Je ne devrais même pas craindre qu'il s'avère qu'elle ne va pas chez sa mère pour tuer les mites. Elle a raison, tout le monde a quelqu'un à craindre. Mais pourquoi justement Dalma Keresztes, je l'ignore. À sa place, je craindrais davantage Adél Selyem. Et pas parce qu'elle m'avait empoisonné. Qu'elle aille au diable, la viande crue. À quinze ans, tu avais déjà embrassé quelqu'un. Moi, je regardais encore les dessins les plus réussis d'Egon Schiele quand tu baisais déjà depuis deux ans avec ton compositeur. À droite, Schiele, à gauche, les fresques de Pompéi, au milieu, moi. Tu sais pourquoi je craindrais Adél Selyem ? Tu le sais ? Parce qu'elle n'a pas peur. Ou alors tout au plus de sa brute de mari. Même avec un enfant dans les bras, elle ose flotter dans l'air. Elle ouvre la porte, et elle flotte. Ce n'est pas une question de corpulence. C'est une question de courage. Jamais de la vie, elle n'aura des seins et un cul comme toi. Jamais de la vie, elle n'aura le ciel étoilé sur son ventre. Mais elle a pris une décision. Tout comme Kornél. Et

Klári. Et ma Mère. Tous. Ce Bauer est peut-être une brute, mais même avec toutes ses hallebardes, il ne pourrait pas garder Adél Selyem si elle-même ne l'avait pas décidé. Si elle allait parfois tuer des mites. Juste quand rien d'autre que Bergman ne me vient à l'esprit. Par ailleurs, ce n'est pas moi qui ai dit que tout le monde devrait regarder *Les Communiants* au moins une fois par mois. Après ça, il est assez difficile de flotter dans l'air. Seule une personne qui ne craint pas d'avoir envie en réalité d'autre chose peut flotter dans l'air avec un enfant dans les bras. Or tout le monde a envie de tout. Moi aussi, j'ai envie de tout. Gagarine aurait sûrement eu envie d'être également scaphandrier. Mais lui aussi avait dû choisir entre la Fosse des Mariannes et le ciel étoilé. N'insinue pas que je n'ai pas pris de décision, alors que tu me menaces de me quitter du moment que c'est seulement toi que je veux photographier. N'insinue pas que je n'ai pas pris de décision, alors qu'en six mois, j'ai pu entrer seulement deux fois dix minutes dans l'appartement que ton ex-mari t'a donné. N'insinue pas que je n'ai pas pris de décision, alors que je ne sais pas si ta mère est toujours en vie. Qu'est-ce que tu ne sais pas ? Quoi ? Depuis mon arrière-grand-mère à moitié folle jusqu'à ce chiffon rouge de cette traînée, qu'est-ce que je ne t'ai pas raconté ?

Elle te plaît ? m'a demandé Éva. Elle s'est assise sur l'accoudoir du fauteuil et m'a tendu un verre de cognac.

Qui ça ?

Qui-ça, qui-ça ! La jeune maman.

Allons, tu plaisantes, ai-je dit.

Il y avait dans cette jeune-maman un mépris que je n'avais pas entendu dans sa voix depuis une année.

Parce que tu ne la quittes pas des yeux.

Ce n'est pas elle que je regardais, mais la manière de danser de son mari.

Intéressant.

Quoi ?

Qu'en les regardant, tu ne penses pas à m'inviter à danser. Et que tu n'aies pas remarqué que ça fait dix minutes que je danse pour toi avec Nóra.

Avec Nóra ? C'était sûrement pour ça que je ne l'ai pas remarqué. Je la vois uniquement quand elle est suspendue nue à un trapèze.

Allons bon, ne t'emballe pas trop.

Pourtant, je te regarderais plus volontiers avec elle qu'avec la jeune maman. Elle a au moins des allures de garçon.

Non.

Je ne dirais pas non plus qu'elle est virile.

Elle a ri. Le cognac t'a rendu impertinent, a-t-elle dit.

Viens, lui ai-je dit. J'ai vidé mon verre, puis je l'ai entraînée dans l'autre pièce. Je me suis resservi un verre et l'ai vidé. Elle a ri.

Tu as besoin de boire autant pour enfin me faire danser ?

Loin de moi l'idée de danser. Chambre à coucher, bibliothèque, chambre d'enfant. Quoi, ils n'ont pas de salle de bains en marbre ?

Elle est de l'autre côté.

Cuisine, cellier, WC, ah, enfin, c'est ça. Entre.

Le camarade Bauer sera fâché, a-t-elle dit, mais elle déboutonnait déjà sa robe.

Je l'emmerde.

Et si la jeune maman est fâchée.

Je l'emmerde aussi. Ils ont trois verrous sur la porte de la salle de bains ? Ils sont fous.

Ils les ont sûrement installés à cause de toi. Pour que tu ne t'en prennes pas à la jeune maman.

Si tu n'arrêtes pas avec ta jeune maman, je te ramène danser.

Bon, j'arrête… Bien qu'elle danse assez bien pour une jeune maman.

Tu m'aimes ?

Bien sûr que je t'aime, András Szabad.

Alors toi aussi tu vas assez bien danser pour la future maman que tu vas tout de suite devenir.

Elle m'a repoussé, tout est devenu glacial dans cette putain de salle de bains. Les dentifrices, les parfums, les peignoirs, les serviettes ont gelé comme si le Bon Dieu les avait jetés dans le néant noir du haut de sa cabine spatiale.

Pardon, ai-je dit.
Ne t'avise pas de recommencer.
D'accord.
Jamais de la vie. Ne t'avise pas d'oublier encore une fois de me demander si moi aussi, je le veux.
D'accord, je n'oublierai pas.

La poussière lunaire se soulevait sous le pied de Neil Armstrong qui, craintif, mal assuré, comme un dieu débutant qui apprend à marcher sur l'eau, faisait son premier pas sur la Mer de la Tranquillité, et moi, assis dans le fauteuil du colonel Adler, je regardais le mur. Et Éva endormie, tournée contre le mur. À cause de la lampe de bureau posée par terre, son ombre s'élevait au-dessus d'elle. Elles étaient deux, elle et son ombre déformée. Je me disais que si je me couchais entre les deux, l'une d'entre elles disparaîtrait. J'ai saisi le Leica et pris une photo d'elles deux. Pendant six ans, je n'avais pas vraiment photographié quelqu'un d'autre qu'elles. Pendant six ans, il ne m'était pas venu à l'esprit que ce que j'ai ressenti ce matin-là s'appelait en réalité la gratitude.

(la tombe de mon Père)

Un jour, Lovas est venu chez moi. Je l'avais vu pour la dernière fois à la mort de mon Père. Après l'enterrement, j'avais été une ou deux fois chez eux, puis je n'ai plus cherché à les voir. C'était lamentable de manger la viande qu'on me servait eu égard à mon Père et essayer de leur expliquer pourquoi je ne retournais pas à Mélyvár, bien que je puisse y trouver une maison avec jardin en échange de l'appartement de Pest. Que mon Père et ma Mère soient enterrés là-bas. Et qu'il y ait partout besoin d'un photographe.

Il se tenait sur le seuil, dans le même manteau de cuir qu'il portait autrefois. J'étais seul à la maison. J'étais surpris, c'était l'unique raison pour laquelle je restais immobile, la main posée sur la poignée. Il m'a demandé s'il pouvait entrer. Je lui ai dit, pardon, bien sûr.

Il a fait le tour de l'appartement comme si je n'avais pas été là. Il notait tout ce qui avait changé. Il ne disait pas un mot. Finalement, il s'est assis à ma place. Autrefois, la place de mon Père. J'avais l'impression d'être une sous-merde. C'était comme si mon Père m'avait infligé un contrôle. J'ai pensé que si lui ou ma Mère ressuscitaient, je ne pourrais plus vivre avec eux. Je n'étais plus celui qui les avait enterrés. Je ne savais que faire de leur mort, mais il ne fallait surtout pas qu'ils reprennent vie. J'ai dit à Lovas que j'avais dû déplacer quelques objets. Il a hoché la tête.

De ma place, il avait une vue directe sur les planches à dessin de ma chambre, je n'avais pas encore enlevé les photos sèches. Je les avais prises au Conservatoire, Éva s'était arrangée pour entrer de nuit dans la salle de concert. Je l'avais prise en photo sur la scène déserte. Je vois que tu t'amuses toujours à faire des photos, a dit Lovas. J'ai dit oui.

Je lui ai demandé s'il voulait un café. À cette heure, je n'en bois plus.

Je lui ai demandé pourquoi il était venu. J'espère que je ne te dérange pas.

J'ai entendu la clé tourner dans la serrure et la porte s'ouvrir. Pendant un instant, j'ai même été content que ce silence ait pris fin. Réveille-toi, András-Szabad, s'est écriée Éva, c'est ta maîtresse qui rentre. Le visage de Lovas était imperturbable.

Ma femme, ai-je dit.

Je ne savais pas que tu t'étais marié.

Le mariage n'a pas encore eu lieu, ai-je dit.

Puis j'ai appelé Éva, fait les présentations. Ma femme, un ancien compagnon de cellule de mon Père. Concernant mafemme, Éva m'a dit de ne pas rêver. Lovas lui a fait un baisemain. Elle lui a demandé pourquoi il n'ôtait pas son manteau. Il a dit n'être venu que pour un instant, le temps de régler une question avec moi. Elle lui a dit de l'enlever quand même, et qu'elle allait de ce pas préparer quelques toasts. Elle a emporté le manteau de cuir dans l'entrée, apporté du vin du frigo et trois verres sur un plateau.

Merci beaucoup, mais vraiment, ne vous fatiguez pas, je n'ai pas faim, a dit Lovas.

Je vais les préparer quand même et on verra si vous leur résistez. Tu ne veux pas nous servir, mon chéri ?

Mais si, ai-je dit. Nous avons trinqué, puis Éva est sortie faire les toasts.

Elle est sympathique, ta petite amie, a dit Lovas.

Oui, elle l'est.

Si je vois bien d'ici, c'est elle, sur ces photos.

Oui, c'est elle.

Bon, peu importe, c'est pas mes affaires.

Pris d'une nervosité soudaine, je me suis mis à trembler.

Elle est pianiste, ai-je dit. Elle joue souvent du Bach sur cette scène.

Je me suis soudain rappelé que mon Père avait dit aux brocanteurs que son fils était artiste photographe. Qu'il avait pour cette raison un mannequin chez lui.

L'important est que vous vous aimiez. Elle a l'air d'être une brave fille, ton Père serait sûrement content.

Oui, il est tout à fait sûr qu'ils s'aimeraient bien.

Il a bu une gorgée, a roulé une cigarette entre ses doigts pour l'assouplir.

Du moment qu'on en parle, je suis venu à cause de ton Père. Mais il vaudrait mieux qu'on en parle une autre fois entre quatre-z-yeux.

Ce qui me concerne concerne également ma femme, ai-je dit, et qu'il soit bien clair que je ne veux plus entendre parler de petite amie.

Comme tu voudras, a-t-il dit. Tu as complètement disparu, alors que je croyais que tu resterais en contact avec nous.

Je travaille beaucoup, ai-je dit.

J'ai voulu lui demander qui il entendait par nous, seulement sa femme ou toute la bande qui venait chez mon Père les derniers mois. Je lui ai demandé plutôt ce que devenait Kőszegi.

Je ne sais pas, j'ai entendu dire qu'il s'était marié.

Je suppose qu'il a épousé la bibliothécaire, ai-je dit.

Il s'est tu.

Finalement, il a dit oui.

Je me suis dit qu'il y avait au moins une personne à qui la mort de mon Père avait fait du bien. Puis qu'il y avait une telle dualité chez certaines personnes. Dieu même ne croirait pas que cette femme ait pu faire dans sa vie une place à la fois à mon Père et à Kőszegi. Mais tout aussi incompréhensible était ce que je faisais moi-même dans la vie d'Éva après le compositeur émérite János Radnóti. Et ce que faisaient Adél Selyem ou qui que ce soit d'autre dans ma vie avant Éva.

Je suis venu, parce que je suis descendu à Mélyvár la semaine dernière.

Ah bon.

J'ai vu votre maison. Bien sûr, uniquement de l'extérieur.

Ce n'est plus notre maison.

Éva a apporté le plateau, elle avait fait des toasts au beurre, au fromage, au saucisson, à la crème de paprika. Elle nous a demandé si elle nous dérangeait.

Je lui ai dit qu'elle ne nous dérangeait en aucune manière.

Parce qu'elle n'était pas sûre que les affaires de famille la concernent.

J'ai failli dire qu'il n'y avait plus de famille, mais j'ai préféré me taire.

Lovas a pris un toast et a dit qu'il était très bon.

Éva a dit avec un sourire satisfait, vous voyez que je vous ai conquis.

Lovas a dit, c'est sûr. Puis il a ajouté que s'il y avait eu un tel service en prison, ils auraient tenu le coup même debout sur un seul pied.

Il l'a dit de la même manière que l'agronome qui avait dit à Imolka qu'il serait rentré à pied du Kamtchatka pour ses miches, mais qu'elle ne devait pas le répéter à sa femme. J'ai pensé qu'il ne me pardonnerait jamais d'avoir jeté le buffet rouge tout pourri, mais qu'en revanche il pardonnerait n'importe quoi à Éva. Y compris ces cinq photos. Cela n'aurait rien changé si c'était moi qui lui avais apporté les toasts. J'ai pensé que je ne saurais jamais pourquoi. Certaines personnes reçoivent des lettres d'indulgence valables toute la vie. Non seulement Éva, mais Kornél aussi. Peu importait que son verre s'écrase contre le mur de la cuisine, peu importait que, par lâcheté, il m'ait évité pendant des mois après son mariage, je balayais les morceaux de verre ou j'attendais le lendemain. Et pas seulement moi, mais n'importe qui. À part ces lettres d'indulgence, je n'ai jamais rien envié à personne. Ma Mère aussi en avait eu une. Mais elle ne s'en était jamais servi.

Éva a dit quelque chose que je n'ai pas entendu.

Lovas a ri.

Je lui ai demandé s'il y avait du neuf à Mélyvár.

Il a hésité un peu, il ne s'attendait pas à ce qu'on soit à trois. Il m'a répondu à moi, mais en se tournant vers Éva.

Pas grand-chose, a-t-il dit. Il était assis de manière à voir à la fois Éva et, derrière elle, les photos, dans l'autre chambre.

Vous êtes déjà allée à Mélyvár ?

Pas encore, a-t-elle dit.

Je suppose que vous n'avez pas le temps de voyager, vous avez sûrement beaucoup de difficultés, a-t-il dit.

Oui, ai-je dit, même si à brûle-pourpoint aucune difficulté ne me venait à l'esprit.

Et donc, je suis allé sur la tombe de ton père.

Oui, ai-je dit.

Je suis monté uniquement pour te demander ton autorisation, a dit Lovas. Avec quelques anciens compagnons de cellule, on voudrait offrir à ton père une tombe correcte. Digne de lui.

J'ai dû dire quelque chose qui signifiait que j'allais le faire moi-même. Éva a posé son verre. Elle s'est levée et est venue vers moi. Elle s'est assise sur l'accoudoir et m'a enlacé. Dès lors, plus rien ne m'intéressait vraiment. Je regardais les images en écoutant la conversation comme une sorte de pièce radiophonique. Ou comme si elle venait de l'appartement voisin. Ou je ne sais d'où. La meilleure photo, c'était celle où elle se tenait seule au milieu de la scène. Les autres étaient sans intérêt. Nées de mon cerveau. Il y a toujours une seule photo d'intéressante. La toute première. C'est pratiquement sans exception. Et pourtant, on utilise chaque fois une pellicule entière. Ou dix. Lovas a dit qu'il n'y avait aucun problème.

Éva a dit que nous le remerciions beaucoup, et que, naturellement, nous prendrions les frais à notre charge, mais que ce serait vraiment une grande aide si les compagnons de cellule s'en occupaient, parce que moi, je ne serais jamais capable d'ériger une stèle à mon père. Elle parlait comme si je n'avais pas été là. Lovas a dit qu'il était content qu'une femme aussi remarquable soit mon épouse. Elle l'a raccompagné. J'ai pensé que j'aimerais vraiment me coucher entre ma remarquable épouse et son ombre. Certes, il se pourrait que le matin, je me réveille seulement avec son ombre. Elle est revenue. M'a dit : Tu es affreux.

(les deux hommes)

Quand Reisz est entré à l'hôpital pour son ulcère à l'estomac, je me suis occupé de la boutique pendant un mois. Il m'avait demandé si j'en serais capable. Je lui avais dit, bien sûr. Un jour, après la fermeture, j'ai demandé à Éva de poser pour moi. Je n'avais pas d'intention particulière, mais mis à part la femme aveugle, je n'avais jamais fait de vraies photos dans cet endroit. Et la Linhof est très différente du Leica. Elle ne permet pas de déclencher comme bon vous semble. En cela, Reisz avait raison. Elle s'est assise, m'a demandé que faire. Je lui ai dit, rien. J'ai passé une dizaine de minutes à régler les éclairages.

Je ne suis pas aveugle, a-t-elle dit.

Pourquoi devrais-tu être aveugle ? Je faisais mine de ne pas comprendre pourquoi elle avait dit ça, mais je l'avais bien compris.

Ce n'est pas la peine de me prendre en photo. Je suis déjà celle que je suis.

Bien sûr que tu l'es. Toi, et Dieu aussi. Pourquoi seriez-vous différents ?

Quand tu me vois, tu ne vois que moi. Tu places toutes tes lampes pour rien.

Je ne les place pas pour rien.

Si. Je ne peux plus éclairer ton imagination.

J'ai reposé l'appareil, tiré le rideau. Puis j'ai éteint les deux lampes. C'était le noir complet. J'ai dit : Maintenant, on va voir.

Je n'avais pas besoin de lampe pour voir le ciel étoilé sur son ventre. Je savais qu'il en serait ainsi toute ma vie. Ce n'était pas moi qui l'avais décidé, mais quelque chose de beaucoup plus puissant que moi. Ces étoiles seraient mortes depuis longtemps, mais je continuerais à voir leur lumière. Je l'ai empoignée si fort que j'ai senti son cœur battre dans ma main.

D'un coup, elle s'est écriée : Encore ! Baisez-moi tous !

(chez Imolka)

Après que Mme Ferenc Vándor née Imola Kocsis a eu suspendu à son cou le panneau portant l'inscription J'AI ÉTÉ VILAINE et qu'elle s'est pendue, l'appartement en sous-sol est resté vide pendant quelques semaines. Je suis entré par la fenêtre de derrière, celle par laquelle je faisais autrefois mes photos. La mairie l'avait laissée entrouverte, pour que le logement s'aère en attendant un nouveau locataire. J'avais sur moi une lampe de poche à pile plate. Je ne voulais rien emporter. Il est vrai que je n'aurais pas osé voler quoi que ce soit. Je me suis assis à la table, en face de la fenêtre. Je suis resté comme ça pendant une heure. Le temps que la pile se décharge. Je n'osais pas rester assis dans le noir complet. J'avais posé la lampe sur le sol, le verre vers le bas, un cercle de lumière filtrait sur le plancher. Un chat est passé dehors. Une personne est entrée dans la remise, a rempli un panier de bois et est repartie. Une souris grattait dans le buffet. Une goutte d'eau tombait de temps à autre du robinet. Je savais pertinemment qu'elle m'avait vu.

(Les Communiants)

Je lui ai dit de ne pas avoir peur. Juste de s'asseoir et de regarder l'objectif, il n'y aurait aucun problème. Cela durerait un centième de seconde, elle ne s'en rendrait même pas compte. De tendre la main comme si elle mendiait. Elle m'a dit qu'elle n'avait pas peur, qu'elle me faisait confiance. Elle avait une quarantaine d'années, les cheveux bruns. Sa peau diaphane laissait transparaître ses veines. Je lui ai dit de lever encore un peu la main. À peu près jusqu'au nombril. Et que je ne savais pas moi-même ce qui allait se passer, on verrait bien. Et de penser qu'elle était malade quand je le lui demanderais. Le cœur. Qu'elle était si malade que son cœur allait se rompre. Maintenant. Des flammes aveuglantes ont jailli de sa main. J'ai pris la photo. Les flammes bleu azur lui montaient jusqu'à la poitrine. C'était magnifique, elles éclairaient tout son corps. Sauf que le centième de seconde était passé depuis longtemps et que le feu brûlait toujours dans sa main. Elle aussi le voyait, pas seulement moi. Le système de fermeture de la Linhof s'était enrayé, il s'était ouvert, mais ne se refermait plus. Je reste encore ? a-t-elle demandé. Refermez le poing ! Tenez-le serré ! J'appuyais désespérément sur le déclencheur, mais rien ne se passait, le mécanisme de fermeture ne fonctionnait plus. C'est très beau, a-t-elle dit en regardant la flamme au creux de sa main. Serrez le poing ! Vous m'entendez ? Je peux l'emporter ? a-t-elle demandé. Je lui ai dit que non, que cela m'appartenait, mais elle ne m'écoutait pas ou bien ça ne l'intéressait pas, et sans remettre ses vêtements, elle a traversé la cour vers la sortie.

Le cahier était resté sur ma table. Je ne sais pas si je l'y avais oublié ou laissé. Je l'avais peut-être vraiment laissé, alors que d'habitude, je le rangeais et refermais le tiroir à clé. Je le faisais même quand je vivais seul. Depuis que mon Père m'avait dit qu'il n'avait cherché que mon acte de naissance. À mon retour de chez Reisz, Éva était déjà à la maison.

Je lui ai demandé si elle voulait qu'on aille quelque part. Elle m'a demandé où je voulais aller, moi. Je n'en avais aucune idée, alors on a encore regardé *Les Communiants*. Puis on est allés au parc. Je lui ai dit que j'allais demander à Reisz l'autorisation de travailler parfois à l'atelier après la fermeture. Elle m'a demandé pourquoi. Je lui ai dit, à cause de la Linhof. Que le Leica était comme un carnet, que les photos que je prenais avec, c'était en fait ma vie. Mais qu'il y avait des choses que je pourrais faire beaucoup plus précisément avec la Linhof. Même pas plus précisément, mais autrement. La photo de cette femme aveugle était tellement invraisemblable pas seulement parce que ses orbites étaient restées dans l'ombre, mais parce qu'on ne voyait si nettement qu'en rêve. Et ce n'était qu'un format moyen. Or le plan-film est vraiment comme un miroir où on voit en noir et blanc.

On est passés là où je l'avais vue autrefois. Elle s'est assise sur le tronc depuis lequel je les avais regardés, son ex-mari et elle.

Et tu veux photographier qui ? m'a-t-elle demandé.

Toi.

Au bout de la promenade, deux chiens se battaient, se mordaient, leurs maîtres avaient du mal à les séparer.

Il y a une violoncelliste, je vais l'inviter pour que tu la photographies.

C'est toi que je veux photographier.

Alors tu me photographieras avec elle. Elle a la peau diaphane comme du verre.

Je me suis tu.

Nous avons poursuivi notre promenade en silence.

À hauteur de l'Institut des Aveugles, elle m'a demandé soudain si je croyais que, dans *Les Communiants*, Jonas Persson s'était vraiment tiré une balle dans la tête par peur des Chinois ? Si je pouvais m'imaginer que, dans un village perdu de Suède, un pêcheur lise dans le journal que les Chinois élèvent leurs enfants dans la haine, qu'ils auraient bientôt la bombe atomique, et que cela le remplisse d'angoisse au point de le pousser au suicide ?

Je peux me l'imaginer, ai-je dit. L'angoisse, c'est comme un chien. Il court, flaire, creuse jusqu'à ce qu'il trouve un os. Peu importe s'il n'y a pas de viande dessus, peu importe s'il ne peut pas se rassasier avec ou même simplement le mordre. Il montre les crocs à quiconque veut le lui prendre. Il pourrait tuer pour son os. Pourtant en réalité, ce n'était sûrement pas un os calcifié, creux et tout desséché qui l'avait poussé à creuser. Je pense que mon arrière-grand-mère n'a pas avalé une bouchée des lambeaux de cheval qu'elle amassait. Elle, elle avait trouvé une raison de s'angoisser dans le risque de famine, Jonas Persson, dans les Chinois.

Pourtant, ce ne sont pas les Chinois qui l'ont tué, mais le pasteur.

Allons bon, ai-je dit.

Il est allé voir le pasteur avec l'espoir de trouver de l'aide.

Il n'est pas allé tout seul chez le pasteur. C'est sa femme qui l'a amené. Il n'avait aucune intention d'aller chez le pasteur.

Peu importe, il y est quand même allé. Et il s'est suicidé quand Tomas Ericsson a déversé sur lui ses propres angoisses.

Un pasteur à la foi ébranlée n'aurait pas pu l'aider. Comment aurait-il pu ?

Il aurait pu au moins ne pas se lamenter auprès du pauvre pêcheur. Il n'avait pas à le faire. S'il avait perdu la foi, il n'avait qu'à faire ses valises et partir, devenir serrurier ou manutentionnaire, au lieu de détruire les autres avec ses propres doutes.

Je commençais à m'énerver.

Écoute, je ne sais pas quelle était la véritable raison des angoisses de Persson. Et à mon avis, tu ne le sais pas non plus. Mais admettons que ce n'étaient pas les Chinois ni même la vacuité de ce malheureux pasteur. On ne va pas mettre sur le dos du pasteur le fait que Persson avait été humilié par son père ou que sa mère ne lui avait pas donné à manger.

… Ou qu'il ne désirait plus sa femme, a dit Éva.

Je me suis tu.

À vrai dire, de quoi on parle, là ? ai-je fini par demander.

De Bergman. Moi, du moins. Quant à toi, tu es le seul à savoir de quoi tu parles.

Selon moi, de nous deux, c'est moi qui parle de lui.

Parfait, alors on parle tous les deux de la même chose. Bref, d'après toi, le pasteur n'est pas responsable de la mort de Persson.

Si, il en est responsable. Autant que le journaliste qui a écrit cet article. Ou que les Chinois qui vont certainement fabriquer une bombe atomique. Ou que sa femme qui l'a incité à parler de ses angoisses au pasteur.

Eh bien, moi, je ne suis pas de cet avis. Quelqu'un lui demande de l'aide, et lui, il pleurniche parce qu'il est enrhumé.

Il n'a pas invoqué son rhume, mais ses doutes. Il aurait peut-être pu aider quelqu'un d'autre avec ça.

Avec ses doutes ? Tu parles !

Un pasteur n'est pas un médecin. Et ne pas pouvoir aider ne signifie pas pousser au suicide. Si quelqu'un grimpe sur le toit et que tu ne puisses pas attraper son bras à temps ne signifie pas qu'il est monté à cause de toi ni qu'il est tombé dans le vide par ta faute.

… Tu me fais un peu peur.

Tu pourrais me dire pourquoi ?

Je ne sais pas. C'est juste étrange que tu défendes tellement ce pasteur. Que tu avances tous ces arguments, sa mère, son père, l'os, les chiens, alors que tout pasteur qu'il soit, il traite cette institutrice comme une chienne. Alors que même Marta, qui est non croyante, a plus d'amour en elle que lui. Cette femme l'aimait. Elle tenait à lui. Elle s'humiliait pour lui.

On parle du pêcheur, pas de l'institutrice.

Tu fais une distinction si nette entre eux. Je trouve ça bizarre.

Tu sais, moi, ce que je trouve bizarre, c'est d'avoir oublié mon cahier sur la table, et…

Ah bon ? Quel cahier ?

Tu le sais très bien, celui où je consigne mes rêves.

Tu ne l'as pas oublié, tu l'as laissé.

Contrairement à toi, je raconte mes rêves.

Moi, je n'ai rien à raconter, mon cher. Je ne rêve ni d'hommes à la peau diaphane, ni de femmes à la peau diaphane. C'est toi qui vois l'avenir, pas moi.

J'ai vu l'avenir une seule et unique fois. Mais ma vision ne disait pas que je passerais pour insensible parce que je ne suis pas convaincu qu'un pasteur désabusé soit responsable de la mort d'un pêcheur dépressif.

Ce n'est absolument pas pour cette raison que je te trouve insensible. Et tu le sais très bien.

Alors pour quelle raison ?

La prochaine fois, réfléchis à ce que tu rêves.

D'accord. Je vais m'y efforcer.

Et si malgré un gros effort ça ne marche pas, au moins mets-le sous clé. Ne le laisse pas traîner sur la table.

D'accord, tu peux être sûre que dorénavant, je mettrai tout sous clé.
C'est bien.
Dommage seulement que justement toi, tu ne voies que ça dans ce rêve.
Que quoi ?
Que quelqu'un a la peau diaphane.
Que tu es bête.

Arrêtons ça, je t'en prie, ai-je dit quand nous sommes revenus à la Petite Salle. C'est ici que je t'ai vue pour la première fois, alors arrêtons tout ça ici.
Ce n'est pas ici que tu m'as vue, mais en rêve. Et c'est en rêve que tu me verras pour la dernière fois.

(le plan-film)

Quand j'ai demandé à Reisz de me prêter son studio, il m'a dit que j'aurais pu le faire plus tôt.
Je suis lent, lui ai-je dit.
C'est bien que vous preniez votre temps. Jusqu'à présent, je croyais que vous en aviez pris pour soixante, soixante-dix ans, dans le meilleur des cas.
Dans le meilleur des cas, je n'en suis même pas à la moitié. Le meilleur est à venir.
Vous savez quoi ? Je vais vous faire gagner cinq ans et vous révéler qu'en réalité, la Linhof est un appareil à plan-film.
Je le sais, vous me l'avez déjà dit il y a six ans.
Tiens donc, vous vous souvenez de tout. Veillez à ce que votre excellente mémoire ne vous attire pas d'ennuis.
Elle ne le fera pas.
C'est vous qui voyez. Alors, demain, vous apporterez une boîte de plans-films, et je vous apprendrai à faire l'artiste.
Vous savez ça aussi ?
Bien sûr. J'ai été photographe au camp. J'ai même eu une exposition dans la salle des médecins.
Je me suis tu.

Vous pourriez me le raconter un jour.
Quoi ? Il n'y a rien à raconter.
J'attendrai.
N'attendez rien, faites plutôt des photos de votre maîtresse.
Ce n'est pas ma maîtresse, c'est ma femme.
Mon œil. Elle sera votre femme quand vous vous serez mariés.

Le lendemain, j'ai acheté une boîte de plans-films, et après la fermeture, il m'a montré comment il fallait les introduire dans la cassette, dans l'appareil, les développer, tout ça. Je lui ai dit que je voulais le photographier en premier. Comme autrefois, quand il m'avait appris à faire les photos d'identité.

Faites juste attention à l'ombre de mon nez, a-t-il dit.

Il ne faudrait pas que votre excellente mémoire vous attire des ennuis, ai-je dit.

Trop tard pour me mettre en garde. Il y avait neuf taches de boue sur votre manteau.

Huit.

Neuf.

À cet endroit-là, à ce moment-là, je ne pensais pas qu'un jour, cet homme qui m'avait accueilli après la mort de mon Père alors que j'étais un parfait inconnu, me renierait comme un père, de manière définitive et irrévocable, à cause d'une seule phrase prononcée par une parfaite inconnue à moitié folle.

(au grenier)

Il y a tant d'imposture chez les artistes, ils débitent tellement de mensonges quand ils parlent de leur travail. Peu importe qu'ils soient écrivains, peintres ou photographes, ils déversent des tombereaux de balivernes dès qu'ils sentent qu'ils peuvent en tirer profit. Quand je me suis retrouvé en situation de pouvoir le faire, j'ai veillé scrupuleusement à ne pas commettre cette erreur. À ne jamais mentir. À ne jamais dire, par exemple, qu'en Hongrie, je n'aurais eu aucune chance d'exposer mes photos. Puisque je n'avais même pas essayé. Je ne peux pas le savoir.

Quand on me demandait ce que j'avais fait pendant les quinze ans qui séparaient le moment où mon Père m'avait offert le Zorki et la signature du contrat avec la galerie Broch, je disais ouvertement que j'avais été employé dans une imprimerie et fait des photos d'identité. Et que j'avais aimé cela. Je ne l'avais pas trouvé dégradant. Et que je devais toutes mes connaissances techniques essentiellement à József Reisz. La relecture de ces passages dans mes interviews et biographie m'a toujours procuré le plus grand plaisir. Rien ne cache mieux notre réalité que quelques vérités incontestables.

Éva avait un ami peintre, Kálmán Varga. Nous allions parfois dans son atelier, il louait une verrière à Zugló. J'aimais y aller. J'avais même pensé lui demander de me le prêter un après-midi pour que je puisse y faire des photos d'Éva. Il invitait généralement cinq ou six personnes, il y avait de tout, des toasts, du vin, l'odeur de l'huile de lin. Il montrait alors ses nouveaux tableaux. Comme peintre, il était diablement bon. Même selon ceux qui boudaient déjà la toile et les peintres. Mais dès que Martonyi arrivait, Varga se mettait à parler et ne pouvait s'arrêter d'expliquer son thème, de présenter ses réflexions sur la réalité intérieure et les possibilités que recelait la matière. Je venais de l'écouter patiemment pour la troisième ou la quatrième fois quand je lui ai dit, Kálmán, quand tu te mets devant la toile, est-ce que tu penses vraiment que tu vas réfléchir à ta réalité intérieure ?

Il m'a lancé un regard perplexe. Je ne sais pas où tu veux en venir, a-t-il dit.

Alors, je vais te le dire autrement. Avec Anna, tu fais le tour des possibilités que recèle ton instinct de reproduction et tu y réfléchis, ou bien vous avez envie l'un de l'autre et vous baisez comme des lapins ?

Mon cher, ce qu'ils font ne te regarde pas, a dit Éva.

À mon avis, on parle de la même chose, mais de deux manières différentes, a dit Varga.

Eh bien, je ne sais pas, à mon avis, Anna serait définitivement refroidie si tu faisais le tour de la question et réfléchissais. Si bien qu'on ne parle peut-être pas de la même chose.

Assise en face de moi, Anna m'a regardé avec la gratitude d'un chien qui reçoit à manger.

Quel est ton problème, au fait ? a demandé Varga.

Simplement le fait que tu mens. Tu es là avec tes amis, chaque mois, tu es un homme tout à fait respectable, mais dès que Martonyi se pointe, tu te mets à débiter des mensonges. Heureusement pour toi, tu n'as jamais fait le tour de rien, Kálmán. Heureusement pour toi, tant que tu ne vois pas un critique mais que tu peins ou que tu baises Anna, tu ne penses pas à toutes ces conneries.

Si je comprends bien, j'écris des conneries, a dit Martonyi.

Tu m'as mal compris. Toi, tu peux tranquillement voir les possibilités que recèle la matière. Mais lui, devant sa toile vierge, il ne les verra jamais de la vie. Il ne lui viendra pas à l'esprit de s'occuper de conneries de ce genre.

C'est-à-dire que tu es un être instinctif. Tu exclus la conscience créative de l'artiste, a dit Martonyi.

Merci, a dit Varga.

On va y aller, a dit Éva.

Ce n'est pas la conscience que j'exclus. Je dis simplement que tu sais tout sur la vitesse de libération et l'apesanteur, mais que tu n'as jamais été dans l'espace. Et que tu n'iras jamais. Ce qui te distingue d'un physicien, c'est que sans lui, personne ne pourrait monter là-haut, alors qu'on peut très bien peindre sans toi.

Là, c'est moi qui dis merci, a dit Martonyi.

Il n'y a pas de quoi. De vous deux, c'est toi qui es celui qui devrait crever de faim sans l'autre. Et pourtant, c'est lui qui se met toujours à faire le tour de la question dès que tu arrives.

Tu as la chance, András, de ne rien faire d'autre que des photos d'identité. De cette manière, tu ne dois lécher le cul ni au secrétaire du Parti, ni au pape ni à personne. Cette grande pureté est sûrement une bonne chose. Pourtant, je ne t'envie pas, a dit Varga.

Je regardais le pichet de vin devant moi. Il disparaissait lentement. Puis tout a disparu. Les verres, le cendrier, la table. Kálmán Varga, Martonyi et les autres. Tout. Heureusement, Éva m'a pris par la main. Et j'ai à nouveau vu clair.

Vous avez raison. Pardonnez-moi, ai-je dit.
Pas de problème, a dit Varga.
Je regrette, ce n'est pas dans mes habitudes.
On le sait, il n'y a pas de problème.
Bon, allons-y, il est tard, a dit Éva.
Bien sûr, allons-y, ai-je dit.
Je regrette, a dit Éva à Anna qui nous raccompagnait.
Allons, ils sont tous pareils, a dit Anna.

Je croyais que je ne descendrais jamais de ce grenier. Dans la rue, Éva s'est campée devant moi. Elle était glaciale.
J'en ai assez de tout ça, a-t-elle dit.
Je te comprends.
Je ne veux pas que tu me comprennes. Je veux que tu ramasses tes photos et que tu les portes à l'Association. Ou n'importe où. Que tu fasses enfin une exposition, ne serait-ce que dans une maison de la culture. Je pense que tu vois très bien que ce que tu fabriques n'est pas normal.
Je n'ai pas besoin d'exposer.
De quoi tu as peur, au juste ?
Je n'ai pas peur.
Mais maintenant, tu as de quoi avoir peur. Je ne peux vraiment pas continuer comme ça.
J'ai compris.
Elle s'est mise en route, je regardais la lumière des phares traverser ses vêtements. Je la suivais à cinq ou six pas. Elle s'est arrêtée au coin de la rue sans se retourner, attendant que je la rejoigne.
Je ne peux pas avoir du respect pour un lâche, a-t-elle dit.
Je l'ai saisie par le bras. J'ai hurlé, c'est toi qui es lâche, pas moi. On est lâche quand on ne joue pas comme on le voudrait sur un putain de piano. Moi, je photographie ce que je veux, et pas ce que j'ai le courage de photographier. Ne t'occupe pas de mes photos, je n'ai pas besoin de tuteur.
Les passants s'arrêtaient, un vieil homme a demandé s'il fallait appeler la police. Éva lui a dit que non.
Elle m'a enlacé, j'ai sangloté sur son épaule comme un enfant.

(sous la fenêtre)

En mil neuf cent soixante-treize, pour mon trentième anniversaire, Éva m'a offert un appareil photo. J'aurais voulu me réjouir, mais je n'ai pas pu. Elle était depuis environ un mois et demi chez sa mère, à Sopron. Elle était partie pour deux jours. Puis elle m'avait appelé chez Reisz pour me dire qu'elle avait un empêchement, qu'elle ne pourrait rentrer que le lendemain. Puis qu'elle devait rattraper ses répétitions, et resterait un jour de plus. Cela a fini par faire presque une semaine. La cinquième nuit, je me suis rendu rue Fő. La lumière était allumée. J'ai cru devenir fou.

Je ne savais que faire. Je suis resté une demi-heure dans la rue. Finalement, je suis monté et j'ai frappé à sa porte. Elle ne s'ouvrait pas. Je l'aurais volontiers défoncée, mais je craignais que les voisins n'appellent la police. Je suis resté encore deux heures dans la rue. Elle a éteint la lumière, mais personne n'est sorti. Le jour se levait, la circulation reprenait. Je suis rentré chez moi.

Le lendemain, en rentrant, elle m'est tombée dessus en guise de bonjour. M'a dit de ne plus jamais faire ça. De ne pas l'espionner, parce qu'elle ne m'avait donné aucune raison de le faire.

Je lui ai dit que si la lumière était allumée chez elle alors qu'elle était à Sopron, c'était pour moi une raison suffisante. Comme le fait qu'elle soit partie pour deux jours et ne revienne qu'une semaine après, en sachant pertinemment que j'étais resté toute la nuit sous sa fenêtre. En d'autres termes, que c'était moi qui allais crier, et pas elle, et qu'elle ne me fasse pas le coup de l'attaque-est-la-meilleure-défense. Elle a dit qu'elle n'avait aucune raison de se défendre, que Nóra occupait régulièrement son appartement et que je le savais très bien.

Eh bien, elle avait omis de me le dire. Et je ne savais pas quelle raison aurait eu Nóra de ne pas m'ouvrir la porte.

Sûrement la même que toi quand tu n'ouvres la porte à personne pendant qu'on baise.

Je lui ai dit que je pourrais manifestement bientôt ouvrir la porte à n'importe qui. Surtout si Nóra avait accès libre à cet appartement où moi, je n'avais pu monter que deux fois.

Elle m'a dit que ce qu'elle faisait de son appartement ne me regardait pas.

Je suis devenu calme comme une pierre. Je l'ai priée de ne plus me dire ça-ne-te-regarde-pas si elle voulait encore la paix après cinq ans de vie commune.

Pourquoi ? Tu feras quoi ? Tu me frapperas ?

Je ne te frapperai pas, je te jetterai par terre comme une merde.

Je l'ai regardée sortir ses vêtements de l'armoire de ma Mère. Puis les fourrer dans un sac de voyage. Moins de la moitié y est entrée, elle a laissé le reste au milieu de la chambre.

Tu peux les brûler.

La clé, ai-je dit.

Elle l'a jetée par terre.

Ce que tu peux être odieux !

Fous le camp, ai-je dit.

Elle a pris le sac. Sur le seuil de la porte, elle a crié en pleurant que c'était Nóra qui était là, pauvre con.

Je l'ai rattrapée au coin de l'avenue de la République-Populaire. Elle m'a dit de la lâcher, qu'elle n'avait aucune raison de revenir si je ne la croyais pas.

Je lui ai dit qu'on ne pouvait pas exiger la confiance avec des cris. Dans le cas inverse, elle aurait aussi toutes les raisons de douter. Qu'elle s'imagine que je sois allé à Mélyvár. Et que la lumière soit restée allumée chez moi la nuit. Et qu'elle aurait eu beau frapper à la porte, tambouriner, supplier, et que personne ne lui ait ouvert. Qu'est-ce qu'elle aurait fait ? Pensé ? Ressenti ? C'est tout.

Elle m'a regardé. Le visage apaisé. Je croyais qu'elle m'avait enfin compris.

Eh bien, je ne sais pas, moi j'ai cru sans réserve que tu voyais la petite Adél Selyem épouse Bauer pour la première fois de ta vie.

J'ai senti toute l'avenue de la République-Populaire se dérober sous mes pieds. Elle ne m'a pas reconnu. Elle ne voulait pas me reconnaître.

Tu aurais quand même pu me dire pour quelle raison au juste tu m'avais entraînée dans la salle de bains.

Ce n'était pas à cause d'elle.

Peut-être. Simplement je ne me souviens pas de t'avoir demandé des comptes une seule fois en quatre ans.

Je n'ai rien dit.

Et maintenant, j'ai envie de me promener.

D'accord. J'ai pris son sac.

Je suis rentré à la maison et j'ai replacé ses vêtements dans l'armoire. Je savais très bien que c'était très mesquin de mêler cet alunissage à la con avec la nuit de la veille. Même si c'était vraiment Nóra qui était chez elle. Je me sentais plus berné et misérable que si j'étais tombé sur une orgie dans cet appartement. J'avais peur. Je sentais qu'elle pouvait faire de moi ce qu'elle voulait.

(le trentième)

Donc, pour mon trentième anniversaire, Éva m'a offert un appareil photo. Elle a dit qu'on devait se dépêcher. Je lui ai demandé, pour aller où. Elle m'a dit que c'était un secret. Une fois, elle avait dit qu'elle m'organiserait une exposition sans que je le sache. Je lui avais dit alors de ne pas le faire, que j'étais certain que ça ne me plairait pas. Et là, ça m'était revenu à l'esprit. J'en avais vraiment peur. J'ai vérifié dans mes tiroirs, mes photos étaient là, dans leurs classeurs. Ça m'a rassuré. Elle m'a dit de mettre des vêtements que je ne craignais pas de salir. Je lui ai dit que c'était le cas de tous mes vêtements.

On est descendus du taxi au pont Élisabeth, à l'endroit où elle avait essayé autrefois de me faire apprécier le kitsch. Sauf qu'à l'époque, c'était l'aube et là, c'était le crépuscule. Ou l'après-midi. Peu importe. Un homme âgé nous attendait à la tête de pont du côté de Pest. La soixantaine, barbu. Il s'appelait János Szentesi, Jean Dussaint, un nom difficile à oublier. C'était le gardien du pont. Il a ouvert la porte métallique du pilier. Il m'a dit de passer devant, Éva serait au milieu et lui resterait derrière, c'était plus sûr. À plusieurs endroits, l'éclairage ne fonctionnait pas. Il nous a donné des lampes frontales comme en ont les mineurs. J'ai entamé ma montée vers le néant sur l'échelle humide.

Lors d'une pause, Éva m'a embrassé. Elle m'a dit, tu ne devineras jamais. Je me suis dit que je n'avais pas deviné non plus l'année précédente qu'elle me rapporterait de Paris un album Nadar. Il faut dire qu'à l'époque, je n'étais pas encore obligé de deviner qui laissait la lumière allumée la nuit dans l'appartement de la rue Fő. À mi-hauteur du pilier, ma lampe s'est éteinte. Le gardien du pont a voulu me donner la sienne. Je lui ai dit que j'y voyais. De nouveau, je ne pouvais penser à rien qu'à ce qui me hantait chaque nuit depuis un mois et demi. À savoir que j'aurais dû défoncer cette porte. Ce qu'un homme normal aurait fait. Il défonce la porte et colle une gifle à qui de droit. Tout le monde le fait depuis cinq mille ans, peu importe sur quel continent on vit. On tue plus souvent par jalousie que pour du pain. Personne ne dit que ça ne se fait pas, que ce n'est pas convenable. Eh bien, j'emmerde les convenances et l'alunissage. Un type qui fait le pied de grue pendant des heures au bord du trottoir à regarder ta fenêtre comme un con n'est pas normal. Un type sous les pieds duquel l'asphalte se dérobe quand tu lui reproches d'avoir oublié de te présenter quelqu'un n'est pas normal. Un type qui a la poitrine serrée à cause de quelques vêtements que tu sors de l'armoire pour les jeter par terre comme s'il se tenait à nouveau au-dessus d'une tombe n'est pas normal. Ça ne me regarde pas ? Alors ça regarde qui ? Ta mère ? C'est juste moi que ça ne regarde pas ? Tu te mets à réglementer mes rêves, et moi, ce que tu as foutu pendant une semaine ne devrait pas me regarder ? Depuis des années, je ne photographie personne d'autre que toi, pour ne pas perturber ta petite âme, et ça ne me regarde pas avec qui tu baises ? Je n'aurais pas dû faire le pied de grue, mais défoncer la porte.

Quand on est arrivés en haut, elle m'a dit, joyeux anniversaire.

Tout en haut, à la jonction des câbles, il y a un trou dans la plate-forme d'acier. Pour évacuer l'eau, ou que sais-je. Il est là depuis des années, depuis la construction du pont. Il donne sur la chaussée. Il est juste assez grand pour que la circulation se reflète à l'envers sur le plafond en acier. La file des voitures, des bus. Le pont Élisabeth est une immense chambre noire.

Eh bien c'est à toi. Comme ça, moi aussi, je t'aurai offert un appareil photo. Et je te promets que l'année prochaine, tu auras une exposition.

Pas avant plusieurs années, ai-je dit. Elle m'a embrassé.

János Szentesi, le gardien du pont, a sorti de la poche de sa veste une bouteille de *pálinka* d'abricot de Kecskemét et l'a fait tourner. Lui aussi m'a dit bon anniversaire.

Je pensais à ce que m'avait dit Kornél quand mon Père m'avait offert le Leica. Que je devais le remercier et me réjouir. Là, j'étais dans une boîte de fer, haut dans le ciel, et je regardais à travers un trou cette ville qui ne me concernait pas. Comme Ferenc Vándor, le mari d'Imolka, dans sa grue, avant de se pendre. J'ai eu besoin de toutes mes forces pour enlacer Éva et lui dire au moins merci.

(Le Silence)

Après notre ascension du pont, Éva m'a offert encore dix bobines de pellicule Kodak. Elle les avait fait venir de l'étranger. Elle m'a dit de les garder pour une occasion exceptionnelle. Par exemple si un jour je la photographiais avec Imolka. Je lui ai dit que je n'allais pas attendre la date de péremption. Elle a fait comme si elle n'avait rien entendu. Elle m'a demandé si je savais quelles photos je voulais faire. Bien sûr que je le savais, mais ça tombait très mal pour cette pauvre Imolka, la coquetterie de deux femmes ne m'a jamais intéressé. Pour ne pas gâcher le film, il faudrait qu'elle détruise Imolka, qu'elle l'anéantisse. Moi, c'était son visage à elle qui m'intéressait. Sa colère, sa jalousie, son intransigeance, sa folie.

Et si c'était elle qui essayait de me détruire ? m'a-t-elle demandé.

Elle n'aurait pas intérêt, ai-je dit.

La sonnette a retenti, j'étais content que Kornél vienne et que cette conversation prenne fin. Depuis notre grande dispute au parc à propos de mon rêve, j'évitais ce sujet.

Je suis allé ouvrir la porte. La violoncelliste à la peau diaphane se tenait dans la cage d'escalier avec un gâteau au chocolat entre les mains. Je ne l'avais jamais vue de si près, mais je savais déjà précisément que c'était d'elle qu'Éva avait parlé. Je pense que pas mal de gens allaient au concert uniquement pour elle. J'ai été pris d'une telle colère que j'ai dû mobiliser toute mon autodiscipline pour ne pas claquer la porte. Je savais pertinemment qu'en échange de ce gâteau au chocolat je devrais, comme par un électrochoc, oublier que j'avais fait le pied de grue toute une nuit sous une fenêtre de la rue Fő.

Elle m'a donné le gâteau en disant joyeux anniversaire. Elle s'appelait Lilla. Elle devait avoir vingt-cinq ans mais là, avec sa queue de cheval, on aurait dit plutôt une lycéenne. Éva est arrivée, elles se sont serrées l'une l'autre dans les bras. Lilla lui a dit, que tu es belle. Puis elle m'a demandé si l'appareil photo que j'avais reçu me plaisait. Je lui ai dit que oui. Elle m'a dit qu'elle le regarderait volontiers un jour, ce devait être assez vertigineux là-haut, elle aimait avoir le vertige.

Nous sommes entrés. Lilla a sorti de son sac une bouteille de cognac et a dit, ça aussi, c'est pour toi.

Éva a dit, c'est plutôt pour nous, lui, il doit encore faire la mise au point.

Je suis allé chercher trois verres, Éva m'a suivi dans la cuisine. Elle m'a enlacé et dit, je t'avais promis de te trouver une Imolka.

Je lui ai demandé ce qu'elle avait promis à cette pauvre fille.

Elle m'a dit, rien que du beau et du bon.

Je lui ai dit que moi, par contre, j'avais promis de les voir uniquement en noir et blanc.

Je ne me souviens pas de t'avoir demandé ça.

Moi, je m'en souviens, ai-je dit. Puis j'ai ajouté que même si elle ne me l'avait pas demandé, c'est ainsi que je le souhaitais.

Elle m'a embrassé, m'a dit, c'est toi qui sais, c'est ton anniversaire aujourd'hui, tu fais ce que tu veux. Tout ce qui compte pour moi, c'est que les photos soient bonnes.

J'ai pensé qu'à cet instant précis, mes photos ne l'intéressaient nullement.

À part le fait de pouvoir dire à tout moment qu'elle m'avait offert le pont Élisabeth et Lilla Hámori, rien ne l'intéressait.

Je lui ai dit que j'allais faire un effort.

À notre retour, Lilla se tenait devant la photo qu'Éva avait suspendue des années auparavant au-dessus du piano.

Hou là, ce type est vraiment fou, a-t-elle dit à Éva comme si je n'avais pas été là. N'empêche que cela m'était manifestement destiné. Et je n'avais pas envie qu'après quelques phrases de ce genre, Éva claque la porte en pleurant.

Uniquement quand je fais des photos, ai-je dit.

Pas de fausse modestie, a dit Éva, je pourrais en raconter des vertes et des pas mûres.

Je lui ai demandé d'apporter plutôt des assiettes et un couteau pour le gâteau.

Quand elle est sortie, j'ai dit à Lilla : Ne cherche pas à avoir le vertige, et ne sois pas si belle.

Comme tu voudras, j'ai le temps, a-t-elle dit.

Tu voudras quoi ? a demandé Éva sur le pas de la porte.

J'ai seulement dit que vous étiez trop fraîches et qu'il faudrait vous faire des cernes sous les yeux.

Après le gâteau, je leur ai servi du cognac et j'ai pris un verre d'eau.

Puis j'ai fermé les volets, mis un disque de chants grégoriens et installé les lampes.

Éva et moi dormions sur des coussins jetés par terre, Lilla, dans le lit. Éva s'est réveillée au petit matin, je l'ai entendue se lever, se brosser les dents, s'habiller. Je faisais semblant de dormir. Lilla aussi. Mais il est possible qu'elle ne se soit réveillée qu'au moment où Éva est sortie pour aller chercher le petit-déjeuner. Trente secondes après, le plâtre du plafond détrempé de la cuisine est tombé.

J'ai balayé la cuisine. Préparé le café, attendu qu'il s'écoule. Lilla ne s'était toujours pas levée, pourtant lorsque le demi-mètre carré de plâtre humide était tombé du plafond, elle avait déjà les yeux ouverts. Je l'avais vu dans le miroir. Finalement, j'ai rempli sa tasse et la lui ai apportée. Elle était nue et tirer la couverture sur elle ne lui a pas traversé l'esprit. Moi, j'avais dormi tout habillé, je n'avais même pas ôté mes chaussures. Je lui ai tendu son café, elle se l'est posé sur le ventre. Je me suis assis sur le bord du lit, elle me regardait. Elle a bu une gorgée puis a reposé la tasse sur son nombril. J'avais l'impression d'étouffer. Je lui ai dit que les photos étaient bonnes.

Je le pense aussi, a-t-elle dit.

Elle a plié son oreiller dans son dos et s'est assise.

À ton avis, qu'est-ce qu'on fait ici, tous les deux dans cette chambre ?

Je n'en ai pas la moindre idée, ai-je dit.

Je peux te le révéler. Quand une femme a peur, elle essaie de contrôler même l'incontrôlable. Or, c'est impossible.

Quoi ?

Allons, a-t-elle dit.

Elle a posé ses pieds sur mes genoux.

Elle n'a rien à craindre, je ne l'ai jamais trompée. Elle le sait mieux que quiconque.

À mon avis, elle ne le sait pas. Elle sait seulement que tu es trop lâche pour baiser une autre femme, même si elle t'y autorise. Et pas que tu ne l'as pas trompée.

Tu ne peux rien imaginer d'autre que la lâcheté ?

Je n'ai pas l'habitude d'imaginer, je dis ce que je vois.

J'ai saisi ses pieds, les ai embrassés puis reposés sur le lit. Je me suis assis par terre pour ne pas avoir à me lever brusquement du lit quand Éva reviendrait.

On a pris le petit-déjeuner tous les trois, dans la chambre, par terre. Lilla a seulement enfilé un peignoir. Il y a du soleil tôt le matin dans cette chambre, un large rai la traverse en quelques minutes. J'ai regardé Éva enjamber le filet de lumière, s'asseoir à côté de Lilla, lui poser la tête sur l'épaule et se mettre à m'observer. J'avais l'impression d'être au tribunal. Elle n'a pas dit un mot. Je lui ai dit que le plafond de la cuisine était tombé pendant qu'elle était au magasin. Elle a dit qu'elle l'avait vu. Lilla a resserré son peignoir. Éva lui a dit, pas la peine, tu auras tout de suite le soleil. J'ai dit que j'avais utilisé toute la pellicule.

La lumière a glissé de Lilla sur Éva, puis sur la vitrine. Elle a éclairé tout le bric-à-brac de mes trente ans, puis s'est estompée. Sur ma table, à gauche, il y avait le reste du gâteau, les trois verres, la bouteille de cognac, l'eau gazeuse. Les trois petites assiettes remplies de mégots. À droite, les pellicules utilisées étaient sagement rangées par deux. Comme si j'avais été un ingénieur. Je ne faisais pas autant de photos en une année. Je savais qu'elles étaient bonnes. Sauf que maintenant, ça n'avait aucune importance. Lilla a demandé si elle pouvait avoir encore un peu de café. Je lui ai dit bien sûr. J'ai voulu me lever, mais Éva m'a devancé et a dit qu'elle l'apporterait. Je savais très bien qu'elle allait nous épier par la porte de la cuisine. Elle a aussi apporté un café pour moi, posant les deux en même temps devant nous. Elle s'est rassise, on a fumé une cigarette en silence. Puis elle a ouvert la fenêtre et a dit, allons au moins au cinéma. Je voulais lui demander ce que signifiait cet au-moins, mais je n'en ai rien fait.

Pendant que Lilla s'habillait dans la salle de bains, Éva a dit que, étrangement, on pouvait parfaitement jouer sur un instrument muet, sans cordes. Je lui ai demandé comment cette idée lui était venue à l'esprit. Elle a dit qu'elle ne le savait pas, qu'elle lui était simplement venue comme ça. Et qu'on pouvait non seulement en jouer, mais que ceux qui s'y connaissaient en musique pouvaient l'entendre. Je lui ai dit que moi, malheureusement, je n'y connaissais rien. Elle a dit qu'elle ne parlait pas de moi. Mais si par exemple Lilla jouait un prélude sur un violoncelle sans cordes, elle saurait non seulement ce qu'elle jouait, mais aussi si elle le faisait bien. Ça commençait à m'énerver. Je lui ai dit que nous ne pouvions pas le vérifier maintenant.

Je l'ai déjà vérifié, c'est vrai, tu peux me croire, a-t-elle dit.

Je ne sais pas, je ne crois pas qu'autrefois tu te serais couchée sur ce piano s'il n'avait pas eu de cordes.

Elle a éclaté de rire, m'a caressé le visage et embrassé.

Tu as raison, a-t-elle dit.

Nous avons consulté le programme sur la colonne Morris détrempée de la place Lövölde. *Le Silence* passait le matin au cinéma Kinizsi. Éva voulait le voir. Elle savait pertinemment que je détestais ce film. Tout le monde a un Bergman qu'il déteste. Elle, c'était *Persona*, moi, celui-là. Lilla a demandé de quoi il parlait, s'il était passionnant. Éva a dit qu'il y était question de deux femmes et d'un petit garçon innocent. Un trolleybus est arrivé au virage devant l'église, Lilla a dit qu'elle préférait rentrer chez elle, qu'elle était très fatiguée. Elle m'a enlacé, m'a embrassé sur la joue et a dit, je suis curieuse de voir tes photos. En m'étreignant les épaules.

On est allés à pied jusqu'au boulevard. Au niveau du self du coin de la rue Maïakovski, Éva s'est soudain campée devant moi et a déclaré qu'elle ne voudrait pas que je rencontre cette fille en tête à tête sous prétexte de photo. Je lui ai dit qu'elle pouvait être tranquille, qu'on ne se verrait ni en tête à tête ni en comité. Elle a fondu en larmes et m'a dit de ne pas lui en vouloir, elle ne savait pas ce qui lui arrivait. Je lui ai dit qu'à mon avis, il lui arrivait la même chose qu'à quiconque voudrait contrôler l'incontrôlable. Elle m'a demandé de quoi je parlais, ajoutant qu'elle ne voulait rien contrôler du tout. Je lui ai dit, peu importe. J'ai failli lui demander si elle savait maintenant ce que c'était de passer une nuit entière debout sous une fenêtre. Mais je lui ai plutôt demandé ce qu'il serait advenu si j'avais pris au sérieux sa proposition de la veille et que j'aie vraiment baisé Lilla. Elle m'a dit, eh bien, ça aurait peut-être mieux valu que ta minable hypocrisie.

Nous étions pratiquement seuls au cinéma. Quand l'ouvreuse est enfin ressortie avec sa lampe de poche, Éva a proposé de s'asseoir au dernier rang. Je déteste vraiment ce film. J'ai essayé de dormir les yeux ouverts. Je me disais que j'allais développer les négatifs dans l'après-midi. L'une des vues contenait la meilleure photo que j'aie jamais prise, je le savais. Elle n'avait rien de particulier, j'avais utilisé jusqu'au bout le même arrière-plan sombre. Éva serrait Lilla dans ses bras comme elle aurait tenu sa petite sœur ou sa fille, et non une femme. Comme Klára Meyer avait dû serrer la fille d'Iván Hollós dans ce cellier, quand les jeunes hommes ont poussé l'armoire et défoncé la porte. Puis je me suis dit que Lilla allait faire son apparition chez Reisz dans un ou deux jours. Puis que, heureusement, elle ne savait pas où je travaillais. Moi seul pourrais la trouver au Conservatoire. Dans la scène où Anna regarde depuis une loge un couple faire l'amour, Éva a glissé sa main sous sa robe. Je l'ai saisie par le poignet et j'ai ressorti sa main. Elle ne m'a même pas regardé. Après le film, je lui ai demandé si elle aimerait faire l'amour avec deux hommes. Comment cette question dégoûtante avait-elle pu me passer par la tête ? Je ne savais pas si c'était plus dégoûtant que mon hypocrisie. Mais sinon, ça m'était passé par la tête parce qu'elle avait joué assez souvent à faire l'amour avec deux hommes. Vraiment ? Elle ne s'en souvenait pas. Moi par contre, si ma mémoire était bonne, c'était ainsi que je l'avais connue. Elle faisait l'amour avec l'un, et regardait l'autre dans les yeux. Elle s'est tue. À la maison, j'ai sorti les pellicules des cassettes, l'une après l'autre. Elle m'a demandé ce que je faisais. Je lui ai dit que de cette manière au moins, je n'aurais aucun prétexte pour voir Lilla Hámori. Elle a dit qu'elle allait passer quelques jours chez sa mère, qu'elle prendrait le train du soir. Je lui ai dit, d'accord. Ensuite, à son retour de Sopron, nous avons eu quelques mois tout à fait tranquilles.

(la météorite)

En février mil neuf cent soixante-quatorze, une météorite métallique noire de cinq mètres de diamètre et douze mètres de haut s'abattit au milieu du cimetière Kerepesi. La neige qui recouvrait les pierres tombales s'évapora. Les rails du tramway de l'avenue Kerepesi fondirent, il fallut poser une nouvelle voie entre la gare de l'Est et la place Teleki. À l'arrière, l'enceinte de la fabrique de pneus s'effondra et, pendant longtemps, les chiens entrèrent par là au cimetière. Parfois, des chevaux venaient de l'hippodrome.

Beaucoup de gens voyaient dans la météorite une cathédrale. D'autres, un poste d'observation astronomique. D'autres encore, l'Hymne. Tout le monde l'aimait et ceux qui le pouvaient achetaient pour eux-mêmes une concession à proximité. Aucun gouvernement n'osa la déplacer. Aujourd'hui, entourée d'une clôture, elle est devenue la curiosité préférée des étrangers qui viennent à Budapest. C'est pour eux quelque chose comme les vestiges du Mur de Berlin ou l'endroit où se dressait la Bastille à Paris.

Mais c'est autre chose.

Il s'avéra dès les premiers jours que la colonne attirait comme un aimant les malheureux chiens errants. Il arrivait que dix ou quinze chiens décharnés attendent dans son ombre. Les examens en laboratoire n'ont à ce jour donné aucune explication à cela. Les autorités municipales essayèrent d'abord de les mettre en fourrière, avant de se résigner. Ces bâtards efflanqués sont là comme des chiffres incompréhensibles jetés n'importe comment à l'ombre du style d'un gigantesque cadran solaire. Ils ne font de mal à personne. Ils attendent leur tour.

Je ne sais pas pourquoi j'écris ça.
Rien de tout ça n'est vrai.
Il ne serait resté de Budapest même pas autant que de Dresde ou de Nagasaki.

Kornél m'a dit de ne pas barrer ce passage, qu'à son avis, c'était important.

(le faire-part de décès)

Un soir, j'ai voulu faire un rapide tour au magasin avant la fermeture. Éva était chez sa mère, elle ne devait rentrer que le lendemain soir. Je n'avais rien à manger à la maison. Des filets, des cabas étaient suspendus sur le côté intérieur de la porte du cellier. Je n'aime pas les filets, parce que le pain se prend dans les trous. Parfois, on a du mal à le sortir, les fils de nylon entrent dans la croûte. Il y avait un sac noir avec une sérigraphie du pont de Mostar, Éva l'avait rapporté d'un concert en Yougoslavie. Je l'ai pris pour faire les courses.

Je me souviens aussi de ce que j'ai acheté. Un demi-pain, cent cinquante grammes de fromage, un yaourt, de la moutarde, parce qu'il n'y en avait plus, et un cervelas. À la caisse, quand j'ai voulu tout mettre dans le sac après avoir payé, j'ai trouvé une lettre froissée, tout au fond. András Szabad, Budapest, sixième arrondissement, huit rue Szív. Il y avait aussi d'anciens tickets de caisse. J'ai mis l'enveloppe dans la poche de ma veste. Mes achats rangés, je suis sorti du magasin et me suis dit que je la regarderais à la maison. Je l'ai quand même sortie dans la rue Maïakovski, pourtant il faisait déjà sombre. Je me suis arrêté devant la vitrine de l'agence de location de robes de mariée, il y avait un peu de lumière. J'ai ouvert l'enveloppe avec une clé. C'était un imprimé. Seul le nom de la comtesse était écrit à la main. Ainsi que la date de l'enterrement.

Rentré chez moi, j'ai posé le sac, l'ai vidé, j'ai fait cuire le cervelas et me suis mis à table. J'ai mangé tout le pain et le pot de moutarde. Puis j'ai bu le yaourt. J'ai vérifié s'il y avait encore quelque chose. J'ai trouvé les cent cinquante grammes de fromage et une conserve de pâté de foie dans le cellier. Puis j'ai vomi le tout. J'ai lavé le sol de la salle de bains, la baignoire. Je me suis allongé, j'ai attendu. J'ai entendu des pas de femme dans la rue, j'ai ouvert la fenêtre, me suis penché. La neige commençait à tomber, je n'ai pas vu la femme, seulement son parapluie qui disparaissait au coin de la place Lövölde.

Quand la circulation a diminué, je me suis rendu au cimetière Kerepesi. Au fond, chez les juifs, il y a un endroit où on peut entrer en rampant. Je n'ai pas eu de mal à trouver la tombe. Les couronnes étaient encore là. La famille ne savait sans doute pas ce qui revenait aux fossoyeurs, parce que la dalle de marbre était fendue sur toute la longueur. J'ai dit putain de merde ! Putain de merde de tout ça ! Elle m'avait dit, ressaisissez-vous vite, mon cher.

Le lendemain soir, à son retour, Éva a redit les trois phrases qu'elle disait toujours à cette occasion. Que sa pauvre mère ne recevait pas de remède correct pour sa tension, qu'elle devait s'occuper de tout, ce serait tellement plus simple à Vienne. Elle était aussi énervée qu'à chaque fois qu'elle rentrait à Budapest. Ces trois phrases et toutes leurs variantes m'écœuraient comme une merde de chien sous la pluie.

Tu as oublié de me donner ça, ai-je dit.

Elle a regardé le faire-part de décès et s'est figée. Elle a dit, je suis vraiment désolée.

Je lui ai dit, moi aussi.

Puis, comme si de rien n'était, elle m'a demandé s'il y avait à manger à la maison.

Je lui ai dit qu'il y en avait eu, mais que j'avais tout vomi.

Elle m'a dit qu'elle n'allait pas m'entendre lui reprocher toute sa vie d'avoir oublié de me donner un faire-part de décès.

Je lui ai dit qu'elle n'allait pas l'entendre.

En plus, il n'était même pas dans une enveloppe à liseré noir. S'ils l'avaient mis dans une enveloppe de faire-part comme il faut, elle l'aurait sûrement remarqué, elle n'était quand même pas idiote à ce point.

Je lui ai dit, c'est ça.

Moi aussi, j'oubliais sûrement des choses.

Je lui ai dit, c'est ça.

Si je faisais les courses plus souvent, je l'aurais sûrement trouvé à temps.

Je lui ai dit, c'est ça.

Tu ne ressusciteras personne en allant à son enterrement.

Je lui ai dit, c'est ça.

La tombe de ton père, ce sont les autres qui l'ont arrangée, tu n'y es même pas allé. Tu y es allé une seule fois depuis que je te connais.

Je lui ai dit, c'est ça.

Elle s'est mise à hurler, à me dire que je n'avais pas à m'efforcer de lui donner mauvaise conscience.

Je lui ai dit que je ne m'y efforçais pas.

Je n'y arriverais pas. Parce qu'elle n'avait aucune raison d'avoir mauvaise conscience. De nous deux, c'était moi qui avais des égouts à la place de l'âme, pas elle.

Je lui ai dit que moi, pas du tout.

Elle le croyait bien, parce que tout glissait sur moi. Je la calomniais. Je mentais. Fouillais. L'épiais. Et elle le supportait, comme une idiote. Oui, elle faisait la navette entre sa mère à moitié folle et son amant à moitié fou, comme une idiote, pendant que je faisais Dieu sait quoi. Elle ne serait pas étonnée que j'aie moi-même caché cette lettre, parce que j'avais la phobie des enterrements. Et à présent, je lui collais tout sur le dos. Parce que j'avais mauvaise conscience.

Je lui ai dit que j'en avais un peu marre de sa bonne conscience, qu'elle arrête ça.

Vraiment ? Tu en as marre ?

Elle s'est mise alors à sortir ses vêtements de l'armoire. Elle les a empilés après les avoir soigneusement pliés. Puis elle a rassemblé ses chaussures.

Je lui ai dit d'arrêter ça.

C'est justement ce que je fais.

Elle a posé la clé de mon Père sur la table sans faire le moindre bruit.

Ne t'avise pas de me suivre, a-t-elle dit tout bas.

Tu n'as rien à craindre.

Elle tenait dans une main une valise avec ses vêtements, dans l'autre, des sachets avec ses chaussures.

La salle de bains aussi, ai-je dit.

Elle y est allée, a ramassé ses bâtons de rouge, ses vernis à ongles. Sa brosse à dents.

Si tu trouves encore quelque chose, tu peux le jeter.

D'accord, ai-je dit.

Et encore une chose, a-t-elle dit sur le pas de la porte. Si un jour tu oses exposer une seule photo de moi…

Tu n'as rien à craindre.

Ce n'est pas moi qui ai à craindre, mais toi.

Bon, maintenant va-t'en d'ici, ai-je dit.

J'ai ouvert la fenêtre et fait une photo floue d'elle marchant dans la neige fondue avec ses bagages vers l'avenue de la République-Populaire.

(le repaire)

Après la mort de la comtesse, le bar de la rue Fő est devenu mon repaire. J'avais une vue sur la porte de l'immeuble d'Éva. En général, j'y allais directement de chez Reisz et ne rentrais chez moi qu'après la fermeture. Le barman était un grand gaillard, je ne le supportais pas. Il parlait à tout le monde comme à une merde. Tiens, bois, Józsi. Il y avait une habituée, Vera, une vieille femme qui sentait la poudre de maquillage. Elle n'était pas alcoolique, ou du moins je ne l'avais jamais vue ivre, elle passait la soirée à siroter une bière. Elle s'installait dans le coin, près des toilettes. Elle n'avait sûrement rien à faire chez elle. C'est toujours mieux d'être parmi des gens, quels qu'ils soient. Moi, j'avais la chance d'avoir mon appareil photo et mon labo. Si je n'avais eu que mes livres ou ma radio, je serais devenu fou tout seul chez moi. Quand Vera avait fini sa bière, elle prenait un mouchoir et essuyait les traces de rouge sur son verre. Il lui arrivait de ne pas réussir à les essuyer correctement. Alors le barman, après avoir ramassé les verres sur un plateau, le montrait à l'un des clients au comptoir comme une preuve irréfutable. Voilà ce que vous faites, regardez. Vous faites toutes ça. Après c'est moi qui lave. Heureusement, Józsi, toi, tu mets pas de rouge. Ils s'esclaffaient.

Moi, il ne me cherchait pas noise, j'étais un inconnu, et il ne se permettait de parler ainsi qu'avec les gens du coin. La quatrième ou la cinquième fois que je suis venu, il m'a demandé, vous avez emménagé ici ? Je lui ai dit que non, que j'étais journaliste. J'ai même posé mon appareil photo sur la table. Il a dit, ah bon, et m'a laissé à nouveau tranquille. Il croyait que son emploi était en jeu. C'est étonnant qu'à cette époque où on ne pouvait pratiquement rien écrire, les journalistes avaient plus de pouvoir qu'aujourd'hui. Du moins dans des endroits comme ce bar.

Une fois, je l'ai vue sortir avec Nóra. Elles sont parties toutes les deux dans la direction opposée. Et une fois, avec un homme âgé. Je ne l'avais pas reconnu tout de suite, mais avant qu'ils ne montent dans la voiture, j'ai compris que c'était son ex-mari. Ça m'a rassuré. Puis, elle n'est pas rentrée chez elle pendant une semaine. Je me disais qu'elle était allée chez sa mère à Sopron. Quand la lumière s'est rallumée dans son appartement, tout un groupe est arrivé. C'est sûr qu'ils venaient chez elle, parce que deux personnes portaient des étuis d'instruments de musique. Un violon et un je-ne-sais-quoi. Lilla Hámori n'était pas parmi eux, je l'aurais reconnue. Je me suis rappelé alors que c'était son anniversaire. J'ai fini rapidement mon *fröccs** et suis rentré chez moi. Heureusement, mes photos étaient bien rangées. Ma Mère avait été bibliothécaire. J'ai cherché l'essai d'agrandissement de la toute première photo que j'avais faite autrefois au parc. Je n'avais pas eu de raison d'en faire un agrandissement correct. Mais elle, elle savait parfaitement qui étaient ces deux ombres floues sur le mur de briques flou. J'ai écrit au dos de la photo Joyeux anniversaire, puis au milieu de la nuit, je suis allé la jeter dans sa boîte aux lettres. La fenêtre était sombre, mais on entendait de la musique de danse. Je me suis dit qu'en fin de compte, c'était son anniversaire. Puis je me suis rappelé qu'une nuit, j'avais posé cette photo sur le bureau de mon Père, et qu'au matin, j'avais trouvé devant ma porte un bout de papier : Merci, mon fils.

Kornél m'avait dit de ne pas le faire, que ça n'avait pas de sens, que ce ne serait plus une vie normale. J'ai préféré ne plus le voir pendant quelques mois.

(à l'Opéra)

Je pensais qu'en trouvant cette photo, elle viendrait au bar le lendemain soir. Elle savait que je le fréquentais. Il était impossible qu'elle ne le sache pas. Je pensais qu'elle viendrait avec ses valises, que je finirais mon *fröccs* et qu'on rentrerait à la maison. La lumière est restée éteinte pendant toute une semaine.

* Panaché d'eau gazeuse et de vin blanc.

Finalement je me suis résolu à aller voir Nóra à l'Opéra. Elle m'a demandé ce que je voulais. Je lui ai dit qu'elle le savait bien, parler. Elle m'a dit de l'attendre au bar. Je l'ai attendue une demi-heure, j'ai bu deux cafés. Elle s'est assise et m'a dit, écoute, András, je ne vais pas faire l'intermédiaire entre vous. Tu es un grand garçon, débrouille-toi tout seul. Je lui ai dit que je ne voulais pas qu'elle fasse l'intermédiaire, et que je devais seulement savoir si elle avait quelqu'un.

Pourquoi est-ce que tu dois le savoir ?

Parce que ça ne m'est pas égal qu'elle ait quelqu'un ou pas.

Si ça t'était égal quand tu l'as connue, pourquoi ça ne l'est plus ?

C'était différent, ils étaient en instance de divorce.

Vraiment ? On en apprend des choses par une si belle matinée.

Qu'est-ce que ça veut dire, on en apprend ?

Mon cœur, ils étaient déjà en instance de divorce quand tu usais encore tes fonds de culotte sur les bancs de l'école. Et ça va durer tant que János ne sera pas six pieds sous terre.

J'avais l'impression que ma poitrine allait exploser.

Ça veut dire quoi, ça va durer ?

Elle se taisait.

Rassure-toi, il n'est pas son amant.

Alors ça veut dire quoi, ça va durer ?

Il y a des femmes dont on divorce toute sa vie. Je pense qu'au bout de six ans, tu as compris qu'Éva était une de ces femmes.

Je ne l'ai pas compris.

Je le constate.

C'est toi qui étais dans son appartement ?

Quand ?

Tu le sais très bien. C'était toi ou ce n'était pas toi ?

Elle se taisait.

Oui, c'était moi.

Et moi, j'ai fait quoi ?

Qu'est-ce que tu veux dire ?

Qu'est-ce que j'ai fait ? Comment tu as su qu'il y avait quelqu'un ? J'ai sonné ou quoi ?

Elle a éclaté de rire.

C'est sérieux ? András, tu es fou.

Je ne suis pas fou, réponds-moi. J'ai sonné ou j'ai frappé ?

Elle s'est contentée de me regarder. J'ai fondu en larmes.

Calme-toi, tu as frappé, et c'est moi qui étais là. Mais peu importe vraiment qui était dans son appartement. Les femmes dont on ne divorce pas n'ont pas des dizaines d'amants. Dans sa vie, elle a couché avec trois hommes, toi compris, si ça t'intéresse.

Je sais seulement pour János.

Le contraire m'aurait étonnée. Contente-toi de ça.

Je me suis tu.

Que faire ?

Va la voir, avoue-lui que c'est toi qui as oublié le faire-part au fond du cabas, ou invente quelque chose. Dis-lui que c'était de ta faute et demande-lui pardon. Et puis attends.

Tu sais bien que ce n'est pas vrai.

Tu m'as demandé ce que tu devais faire.

Bien sûr, mais ce n'est quand même pas vrai.

Qu'est-ce que tu veux, au juste ? La vérité ou bien qu'elle revienne ?

D'accord, je vais lui demander pardon.

Elle a écrasé sa cigarette, puis s'est levée.

Et au bout de six ans, tu pourrais enfin essayer de la connaître.

Je la connais assez bien.

Si par hasard tu montes tout seul chez elle, veille seulement à ce qu'elle ne le devine jamais.

Je ne le ferai jamais.

Bon, vas-y, j'ai du boulot. Tu n'es pas un mauvais gars, tu es juste un peu bête.

(le journal)

Une nuit, après qu'Éva était revenue habiter chez moi, j'ai pris l'empreinte de la clé de son appartement avec une savonnette. Puis, quand elle est allée voir sa mère, je suis entré chez elle, rue Fő. J'avais toujours la lampe de poche que j'avais utilisée autrefois dans le sous-sol mal aéré d'Imolka. Je l'ai emportée, je ne voulais pas allumer la lumière, de peur d'être vu. Il était minuit passé. Une porte a claqué quelque part. Je n'ai pas osé bouger pendant plusieurs minutes, en nage. Finalement, je me suis dit que j'avais peur pour rien, puisque Nóra y venait parfois aussi. Avec d'autres personnes. Moi seul n'avais pas libre accès à cet appartement. J'ai allumé la lumière.

J'ai regardé tout d'abord dans le coffre. Il y avait un coussin décoratif dessus, pour qu'on puisse s'y asseoir. C'était une simple malle militaire, j'ai la même, elle me vient de mon grand-père. J'y garde mes cahiers de rêves, depuis que mes tiroirs sont pleins. Une fois, je lui avais demandé ce qu'elle gardait là-dedans, elle m'avait dit, rien, du fatras. Il y avait quelques vêtements usés, une vieille paire d'escarpins, des partitions avec toutes sortes d'annotations. Une facture d'un restaurant de Sopron. Un cadenas de fabrication chinoise. Un bouquet de fleurs séchées. Dans une enveloppe, une perle noire détachée. Je m'y attendais. Un jeu de société. Un livret de cartes postales. Dix cartes postales reliées, avec des pointillés permettant de les détacher une à une. Éditées à Rome. Les plans de labyrinthes célèbres, avec pour chacun le bon chemin dessiné au crayon. La première était détachée, elle l'avait sûrement envoyée à quelqu'un. À moins qu'elle l'ait eu dans cet état. Une laisse. J'ai regardé la photo au mur, celle où sa mère promenait un berger allemand, c'était probablement la même laisse. Si elle ne me l'avait pas dit, je n'aurais jamais deviné que cette femme était sa mère. On aurait dit une statue de pierre.

Je pensais qu'il y aurait de vieilles lettres et des photos de famille, mais il n'y avait rien de tel. Des disques s'empilaient sur le plancher, à côté du tourne-disque. Ceux de János formaient une pile à part. À vrai dire, c'était normal, elle avait été sa femme pendant dix ans. Les critiques étaient rangées dans deux dossiers, j'en connaissais une partie. J'en ai parcouru quelques-unes. L'un des auteurs la complimentait parce qu'elle jouait Bach comme du Bach et qu'elle ne mettait pas en avant ses sentiments personnels. Je ne sais pas comment il avait pu affirmer cette connerie. Il avait sûrement tourné les pages des partitions pour Bach. Et une chose n'est personnelle que si elle est mise en avant, c'est le refoulement qui est impersonnel. J'ai regardé tous les livres empilés. Les trois volumes de Kornél étaient tout en haut, ça m'a fait plaisir. Balzac, Kosztolányi, Ady, Stendhal, Antal Szerb, Dostoïevski, etc. La même chose que n'importe où. De la philosophie, quelques livres de psychologie en allemand et en anglais. Sigmund Freud et Carl Gustav Jung. Je ne savais même pas qu'elle lisait l'allemand. Je croyais qu'elle le parlait moyennement. Le dos de l'un des vieux livres était arraché, je croyais que c'était un cahier, mais en le prenant, j'ai vu que ce n'était que *Zarathoustra* de Nietzsche. Traduit par Ödön Wildner, mil neuf cent huit, “À mon épouse et à mes petits, en souvenir d'un chapitre de *Zarathoustra*...” U. W. Ö. C'était imprimé, mon Père m'avait offert la même édition, il l'avait volée à la bibliothèque. Dans l'exemplaire d'Éva, U. W. Ö. était barré d'un trait et il était écrit en dessous János Zárai. C'était son père, je le savais. La dédicace aux petits était un peu étrange. En réalité, c'était le traducteur qui l'avait écrite. Je n'ai rien trouvé d'autre parmi les livres. Et il n'y avait pas grand-chose d'autre dans l'appartement, à part le piano.

J'allais repartir quand je me suis rendu compte que je n'avais pas inspecté son bureau. Le tiroir était fermé, mais presque toutes ces serrures s'ouvrent avec la même clé. La clé de ma boîte aux lettres a fait l'affaire.

Les papiers du divorce, visiblement, ils avaient quand même pu divorcer. Quelques documents officiels, quelques cartes postales envoyées de l'étranger par János. J'ai regardé la première, mais n'ai pas lu les autres. Ça m'a fait du bien. Un petit album photo. Et enfin, des photos. Mais seulement des photos de concert et de studio. À gauche, au fond, il y avait les cinq cahiers à spirale de format A-quatre. J'ai noté leur emplacement pour pouvoir les remettre de la même manière, comme tout le reste. Celui du dessus était un peu décalé et ils ne touchaient pas le bord du tiroir.

Je savais très bien que c'était bas, mais en fin de compte, j'étais venu pour ça. Elle aussi avait lu mes rêves quand je les avais oubliés sur la table. Elle tenait un journal depuis son installation à Budapest. Du moins celui-là. Elle avait une écriture ronde, comme ma Mère. Je n'ai fait que feuilleter le premier cahier. Son mariage ne me concerne pas. Tout comme les cartes postales de János. Les petits noms qu'ils se donnaient ne me regardent pas. Ma Biche. Pour moi, elle n'était pas ma biche, mais Éva. Ma chérie, mon amour, ma salope, ma femme, mais pas ma biche. Bref, j'ai feuilleté rapidement les premiers cahiers. Elle écrivait tout en bloc, remplissant les lignes, les pages. Il n'y avait aucune séparation. Une note se terminait, suivait une date au milieu de la ligne, et ça continuait. Comme un fleuve en crue qui emporte aussi bien la bassine oubliée sous le porche que le lit. Descriptions détaillées de répétitions. De voyages. D'expositions. De films. S'ils étaient bons ou pas. Une ou deux citations extraites de livres. Quatre vers de Kornél. Sur une même ligne. La plupart des notes concernaient ses visites à sa mère. J'y vais ce soir, ce sera à nouveau pareil. Je n'ai pas réussi à obtenir la pension d'invalidité pour ma mère, ce salaud de médecin voulait une montagne de fric. J'ai passé deux jours chez elle. C'était comme si on m'avait mis la tête sous l'eau. J'ai donné mille forints à Ádám. Selon ma mère, l'appartement devrait me revenir, János n'a qu'à aller où il veut. On s'est engueulés. Ádám m'ignore depuis Pâques. Il entre chez ma mère comme si je n'étais pas là. J'ai essayé de me rappeler ce qui s'était passé à Pâques trois ans auparavant, mais rien ne m'est venu à l'esprit. Et j'ai mis un bon bout de temps à comprendre qui était ce foutu Ádám, mais à la lecture d'une des notes, j'ai compris que c'était un membre de la famille qui s'occupait parfois de sa mère, lui faisait les courses. Comme si sa mère était handicapée. Quoiqu'elle se soit cassé la cheville autrefois, je m'en souviens. Ádám a encore dit qu'il n'avait pas d'argent pour les médicaments de ma mère, qu'il n'avait pas le temps de faire les courses tous les jours, qu'il fallait que je paie quelqu'un. Je lui ai dit que je ne pouvais pas donner plus, que je lui virais la moitié de mon salaire le cinq de chaque mois, et que tout ce que j'avais gagné avec Chopin avait servi à financer la salle de bains. Nóra m'a suggéré de verser de la lessive dans la chute d'eau. Je vais essayer. Et moi qui croyais que c'était son idée à elle. J'ai eu l'appartement, quarante mètres carrés, c'est juste ce qu'il me faut. J'ai appelé ma mère pour lui dire de se calmer enfin, mais elle a de nouveau dit que János m'a exploitée et mise à la rue avec rien qu'une culotte sur les fesses, comme il fallait s'y attendre. J'ai raccroché. Après le concert, Lendvai est venu me féliciter. Ça m'a fait plaisir. Le Beethoven donnera peut-être quelque chose. J'ai sauté de nombreuses pages, je ne voulais pas rester jusqu'à l'aube, parce qu'il y aurait déjà du mouvement dans l'immeuble. Nóra m'a présentée aujourd'hui au gardien du pont, mais on n'avait plus le temps de monter. C'est incroyable que le pont Élisabeth tout entier soit une chambre obscure. Eh bien, je n'aurais pas cru non plus que c'était une idée de Nóra. Bien sûr, peu importe qui a eu l'idée, c'est Éva qui me l'avait offert et personne ne me le reprendrait jamais. Je suis retourné quelques pages en arrière, cherchant la semaine où elle était censée être chez sa mère, mais elle l'avait expédiée d'une seule phrase. J'étouffe, je jure qu'un jour, je vais faire sauter cette maison. Sauf que cela ne disait pas vraiment combien de temps elle y était restée. Je n'ai rien trouvé qui ait de l'importance pour moi. Outre le fait que sa mère et elle ne s'aimaient pas tant que ça. Ou du moins, il y avait une grande tension entre elles. Ce qui n'avait rien d'étonnant, si c'était effectivement elle qui s'occupait de tout à la maison, depuis la salle de bains jusqu'à la pension d'invalidité, et qu'elle lui envoyait la majeure partie de son argent. À vrai dire, ce n'était pas grave qu'on ne soit pas allés ensemble à Sopron. J'ai remis les cahiers exactement comme je les avais trouvés. En refermant le tiroir, j'ai eu un instant de panique parce que la clé de ma boîte aux lettres l'avait certes ouvert, mais ne voulait plus le refermer. Finalement, j'y suis parvenu. J'ai éteint la lumière, refermé la porte et suis reparti. J'étais presque au bout de la rue quand, d'un coup, le vide m'a frappé au visage si fort que j'en ai eu le souffle coupé. J'ai fait volte-face et suis retourné en toute hâte dans ce maudit appartement. J'ai tout lu, lettre par lettre, depuis août soixante-huit. Je n'ai pas trouvé un mot, un seul putain de mot qui aurait signalé mon existence.

(la honte)

Une fois rentré chez moi, j'ai fouillé les tiroirs de mon bureau jusqu'à trouver un cahier vide. Je pensais me mettre à écrire un journal. Le temps qu'elle rentre de Sopron, j'aurais rempli un cahier. De n'importe quoi. Comme ça viendrait. Mais je n'écrirais pas un seul mot sur elle. Et je le laisserais sur la table. Je ne l'oublierais pas. Je le laisserais exprès. Pour qu'elle le lise. Puis je me suis dit que je serais incapable de remplir un cahier ne serait-ce qu'à moitié. Si je n'écrivais pas sur elle, il ne me resterait pas grand-chose à écrire. Ce qui se passait chez Reisz ne ferait même pas une page par jour. Je voyais Kornél une fois par semaine, ça ferait autant qu'une semaine de Reisz. Voilà. Tout le reste, c'était Éva.

Tu tiens un journal, n'est-ce pas ?

Oui.

Quel journal ? Ordinaire ou littéraire ?

Un journal ordinaire des événements quotidiens.

Et tu y parles de moi ?

Bien sûr. Pourquoi ?

Juste pour savoir.

Oui, mais je ne comprends pas.

Tu comprendras à la fin. C'est un jeu. Donc, tu tiens un journal des événements quotidiens et j'y apparais. Y compris nos conversations, ce qui nous arrive. Même s'il ne nous arrive pas grand-chose. Mais disons que je te montre mes photos. D'une certaine manière, ça va se retrouver dans ton journal.

Oui. Bien sûr, je ne transcris pas les conversations mot à mot, seulement ce dont on parle.

Et tu n'écris pas uniquement les bonnes choses ou uniquement les mauvaises.

Non, j'écris les deux. Même si je crois en écrire plus de mauvaises.

Et donc quand il nous arrive quelque chose de mauvais, tu l'écris.

Bien sûr. Mais écoute, si mon journal t'intéresse, je vais te le montrer. Il ne contient aucun secret.

Ce n'est pas ton journal qui m'intéresse. Est-ce qu'il y a des gens dont tu ne parles pas ?

Des gens ou des choses ?

Des gens.

Il s'est tu.

Je n'ai pas de maîtresse. Je suis bien avec Klári.

Je sais que tu n'as pas de maîtresse, ce n'est pas à ça que je pensais. Je te demande s'il y a une personne dont tu ne parles pas sciemment. Pas un traître mot.

Non.

Et est-ce que tu peux l'imaginer ? Par exemple, décider qu'à partir d'aujourd'hui tu n'écriras pas un seul mot à mon sujet dans ton journal. Que quoi qu'il arrive, qu'on se dispute, ou même que je crève la gueule ouverte, ou que ce soit quelque chose de très bien, tu n'en parleras pas.

Donne-moi un exemple de très bonne chose.

Là, à brûle-pourpoint, rien ne me vient à l'esprit. Mais ce n'est pas le fond de la question.

Au contraire, ça l'est de plus en plus pour moi. Alors racontes-en une très bonne.

J'en-sais-rien-moi. Donc, tu peux t'imaginer ne pas écrire un seul mot à mon sujet ? Pendant des années ?

C'est exclu. Ou alors, il faudrait que je me contrôle sans arrêt. C'est impossible, du moins pour un homme normal.

Qu'est-ce que tu entends par homme normal ?

Je ne sais pas, la même chose que toi. Et dans ce cas, tenir un journal reviendrait à rendre compte de ce dont je ne parle pas, et non de ce qui est arrivé.

Donc, si dorénavant tu n'écrivais plus rien à mon sujet pendant des années, tu ne serais pas normal.

Eh bien, je pense que non.

Et ce serait quelle maladie ? La dépression ? La schizophrénie ? La paranoïa ?

Je ne sais pas, je n'y connais rien en psychologie et d'ailleurs, ça ne m'intéresse pas. Par contre, ce qui m'intéresserait au plus haut point, c'est de savoir pourquoi tu poses ces questions.

C'est juste un jeu qui m'est passé par la tête.

Je ne vois là aucun jeu. Tu sais ce que je vois ? Que tu vas tout de suite te mettre à chialer.

Tu vois mal. Peu importe, c'était idiot de ma part. Où en est ton roman ?

András, ne parlons pas de mon roman. Cela dit, nulle part.

Tu as écrit combien de pages ?

Dis-moi plutôt de quoi il retourne dans cette histoire de journal, c'est quoi cette détresse ?

Il n'y a aucune détresse.

Éva tient un journal ?

Éva ? Je ne sais pas, je n'en ai pas la moindre idée. Si c'est le cas, elle ne le garde pas ici.

Pourquoi ? Tu l'as déjà cherché ?

Je n'ai rien cherché nulle part ! Je ne comprends pas ce que tu me veux d'un coup avec le journal d'Éva, merde alors !

Il s'est tu.

C'était exactement comme quand ton Père t'a crié qu'il n'avait jamais fouillé ton tiroir.

J'avais l'impression d'étouffer de honte.

J'ai fait une clé, ai-je dit.

Tu as fait une clé ?

Oui. Avec une lime. Une lime à ongles. Peu importe. J'avais toutes les raisons de le faire, crois-moi.

Il se taisait.

Elle tient un journal depuis qu'on est ensemble. Ou plutôt depuis beaucoup plus longtemps. Et elle n'y a pas écrit un seul mot à mon propos. En six ans, elle n'a pas écrit un seul putain de mot sur le fait qu'elle connaissait un certain András Szabad habitant rue Szív.

Il se taisait.

À mon avis, arrêtez, a-t-il dit enfin.

On n'arrêtera jamais.

C'est un problème.

Je devrais la quitter parce qu'elle ne parle pas de moi dans son journal ?

Non. Mais parce que tu pénètres dans son appartement pour lire son journal.

Je me taisais.

Parce que tu fais des choses pour lesquelles tu te craches toi-même au visage. Que tu as honte de me raconter. Parce qu'elle te rend fou.

Je serais fou sans elle.

Tu ne peux pas le savoir.

Si, je peux.

Je dois y aller, je vais rater la sortie de la maternelle. Je reviendrai demain, si tu veux.

(le miroir)

Depuis des semaines, je m'endormais en l'écoutant respirer. En entendant ses poumons se remplir d'air. De rien. Un matin, alors qu'elle partait chez sa mère, je l'ai arrêtée sur le pas de la porte. Je lui ai dit qu'elle savait, n'est-ce pas, que je n'avais qu'elle. Elle m'a dit que oui, elle le savait. Je lui ai dit que je lui avais tout donné. Et qu'il en serait toujours ainsi.

Elle se taisait.

Je lui ai demandé pourquoi elle retournait voir sa mère, elle l'avait vue la semaine précédente.

Elle est malade. C'est pour ça.

Qu'est-ce qu'elle a ?

Je viens de te le dire, elle est malade.

Elle portait une robe française à fleurs de lys. Deux jours avant, elle avait dit qu'elle venait de l'acheter. De petites fleurs de lys noires sur fond blanc. L'inverse eût été mieux. Et sa petite valise rouge. Il est vrai qu'elle l'emportait toujours.

Je lui ai demandé si elle avait quelqu'un.

Elle m'a dit que non. Que je le saurais.

Pas sûr.

Elle m'a dit que c'était sûr, parce que le mensonge la rendrait folle.

Le miroir de la salle de bains s'est détaché. Il a éclaté en mille morceaux, les éclats se sont répandus jusque dans l'entrée.

Elle n'a même pas cillé. Je dois y aller, a-t-elle dit, je vais rater mon train.

Vas-y, je vais balayer.
Fais attention à ne pas marcher sur un tesson.

(Karcsi)

Le lendemain, une femme est venue chez Reisz. J'étais absolument sûr de l'avoir déjà vue quelque part, mais je ne savais plus où. Elle devait avoir mon âge. Elle était assez belle, juste un peu vulgaire. Bien qu'il soit difficile de dire ce que cela signifie exactement. Le mot lui-même renvoie au vulgaire, au public. Ça veut dire que n'importe qui pouvait la regarder. Qu'elle exposait publiquement tout, qu'elle portait toute la panoplie de ses instincts sur sa figure et ses vêtements. J'ai pensé tout d'abord l'avoir vue dans le tramway. Ou plutôt, je ne sais pourquoi, à un concert. C'eût été mieux. C'est une chose qu'on peut demander. Finalement, je lui ai demandé si elle fréquentait le Conservatoire.

Elle m'a dit que non. Pourquoi, j'ai une tête à écouter du classique ?

Pas vraiment, je pensais seulement vous y avoir vue.

Ce serait difficile. D'ailleurs, elle n'était pas budapestoise, elle était juste venue chez sa tante pour un mois, voilà pourquoi elle voulait prendre une carte de transport.

Je lui ai demandé d'où elle venait.

De Mélyvár.

Ça ne m'a fait aucun effet.

Je lui ai dit que moi aussi.

Vraiment ? C'est bien, ça.

Je lui ai dit, effectivement. Voilà pourquoi j'avais cru la reconnaître.

Maintenant que tu le dis, j'ai aussi l'impression de t'avoir déjà vu quelque part. Tu as fréquenté quel lycée ?

Je lui ai dit que j'avais été au lycée professionnel.

Alors ce n'est pas là, a-t-elle dit, mais à ce moment-là, j'ai eu un éclair. J'ai revu le parc tout entier, les buis, les cailloux blancs sur le chemin qui menait tout droit à la malheureuse statue du soldat soviétique courant avec sa baïonnette pointée vers l'école primaire. Une fois, Gabriel et ses frères y avaient accroché mon manteau. Ne pouvant l'attraper, j'avais dû demander un balai au gardien, mais il n'était pas assez long. J'ai fini par lancer le balai comme un javelot vers la baïonnette, tandis que les Tziganes rigolaient. Mais c'était avant que Kati-la-paysanne n'arrive à l'école. Je l'attendais régulièrement dans ce parc, et je voyais les garçons importuner cette fille et ses deux copines. Elles étaient importunées par tout le monde, du moins par ceux qui osaient le faire. Surtout cette femme qui était assise là, devant moi, avec ses cheveux teints en blond, sa robe en jean kaki qui ne lui arrivait pas aux genoux et dont elle avait oublié de fermer le premier et le dernier bouton. J'ai regardé son visage flou sur la plaque dépolie, et j'ai tiré la lentille en arrière pour qu'il devienne entièrement flou. Puis j'ai refait la mise au point sur ses yeux. Je lui ai dit sous mon voile noir de s'humecter un peu les lèvres. Elle l'a fait en souriant, sans se rappeler que ces lèvres avaient prononcé pour la première fois le surnom de Toutou.

Une personne attendait déjà son tour. Nous nous sommes présentés en nous disant au revoir. Elle avait les ongles des mains et des pieds vernis. Je lui ai dit que si elle venait chercher sa photo le lendemain à l'heure de la fermeture, nous pourrions prendre un café quelque part. Elle a dit, d'accord. L'autre client était un homme d'une quarantaine d'années. Il s'est tourné vers Kata Bárdos et l'a regardée jusqu'à ce qu'elle referme la porte derrière elle. Cela m'a un peu irrité.

Lorsque Reisz est ressorti du laboratoire pour prendre la bobine à développer, il m'a dit de me figurer que, la veille, il avait écouté à nouveau le disque d'Éva jouant du Chopin, et m'a demandé de lui transmettre ses félicitations, qu'il n'avait pas pris une ride. Je savais pertinemment qu'il mentait, il avait écouté le Chopin tout au plus une fois, à sa sortie, deux ans auparavant, et n'écoutait rien d'autre que du Bach. Qu'il arrête avec ses conneries. Je n'avais jamais découché, ce n'était pas maintenant que j'allais commencer.

La nuit, j'ai regardé Éva, je comptais ses respirations. Elle était revenue de Sopron assez énervée. Je lui avais demandé, quoi de neuf, elle m'avait dit, rien. J'ai pensé que si j'avais marqué d'un trait chacune de ces conversations comme les prisonniers marquent les jours, les murs des deux chambres ressembleraient à des murs de cellule.

Puis je me suis dit qu'avec Kata, j'allais tout simplement monter dans le pilier du pont Élisabeth. Elle passerait devant. C'était plus sûr. Autrefois, à l'imprimerie, Karcsi avait dit qu'on ne pouvait pas draguer les filles avec une presse grosse comme une armoire. Mais tu vois, Karcsi, cet appareil-là est plus haut que le pilier du côté de Pest, et pourtant je vais draguer avec comme tu ne l'as jamais fait de ta vie. En plus, ce n'est pas un appareil d'emprunt, mais il m'appartient. Ma femme me l'a offert. Et on sera trois, parce que sans le gardien du pont, c'est impossible. Qu'est-ce que tu en dis, Karcsi ? À ton avis, cet appareil lui fera baisser la culotte pour moi aussi vite que les vierges et les épouses le font pour toi ? Parce que cette Kata n'est ni vierge ni mariée, c'est sûr. Elle n'était déjà probablement plus vierge à l'époque où j'étais le Toutou de Kati-la-paysanne. Kati et Kata. C'est pas mal non plus, hein, Karcsi. Je vais le noter dans mon journal. Et je vais aussi mentionner ma femme, pour qu'elle ne se vexe pas. Ou ne soit pas prise d'un doute. Alors on va faire une liste depuis Kati-la-paysanne jusqu'à Éva-Zárai. Un, deux, trois, nous irons au bois. Tu as sûrement une liste, Karcsi. Rien de honteux à ça. C'est juste un peu difficile de bien assortir les critères. Tu vois, par exemple, si je fais monter Kata Bárdos en haut du pilier et que je la baise à faire s'écrouler le pont, et qu'il faille le reconstruire une troisième fois, impossible de la faire figurer sur la même liste que Kati-la-paysanne. Elle m'a regardé droit dans les yeux jusqu'à ce qu'elle ait avalé le plan de Tarkövesd. C'est le problème des listes, Karcsi. Le système des critères est soit trop strict, soit trop lâche. Sur la base de certains critères, je ne peux pas mettre sur une même liste la femme au citron qui a tracé un cercle autour de moi avec son rouge à lèvres et celle qui s'est fourré un chiffon rouge dans la bouche. Mais selon d'autres, elles peuvent parfaitement se retrouver sur une même liste. Ou bien, je ne peux pas mettre sur une même liste Dalma Keresztes et Sára Rónai. Ne serait-ce que parce que Sára

Rónai était la maîtresse de mon Père. Et aussi celle de Kőszegi. Ça t'en bouche un coin, Karcsi. Mais selon un autre critère, elles s'accordent très bien. Il y a encore plus compliqué. Si j'inscris sur la liste Éva Zárai qui, couchée à côté de moi, est traversée par le néant à chaque respiration, il faudrait une autre liste pour l'Éva Zárai qui criait si fort sur ce piano que je ne l'entendais plus. Pourtant, selon d'autres critères, elles sont pareilles. Par exemple, aucune d'elles ne m'a mentionné dans son journal. Tu comprends maintenant le problème des listes, Karcsi ? Bien sûr, ça n'empêche pas de faire monter Kata Bárdos dans le pilier du pont. Le souci est que je ne sais pas comment m'y prendre. Seules Éva et Nóra savent organiser ce genre de chose. Tu aurais cru qu'un pilier de pont était un ouvrage d'intérêt stratégique, Karcsi ? Que les ponts Élisabeth sont des ouvrages d'intérêt stratégique seulement quand on les fait sauter ? On va plutôt emmener la petite Kata au parc, à l'ancienne Galerie. C'est beaucoup plus près de chez Reisz. Je pourrais aussi inviter Éva. Si toutefois elle ne va pas acheter à ce moment-là une robe à fleurs de lys. Elle s'assiérait sur une souche et nous regarderait. Au début, je l'ai regardée baiser avec son ex-mari, à la fin, c'est elle qui regarderait son ex-mari baiser. C'est aussi simple que ça. Ne me dis pas, Karcsi, que juste maintenant, juste avec une fille de Mélyvár, c'est trop banal. Parce que bon. Ne le dis pas. Parce que c'est trop banal n'importe quand, avec n'importe qui, voilà. C'est ce que m'a appris ma Mère. Elle me disait : Mon petit, n'écoute jamais Karcsi. Jamais. Et comme elle avait raison. Si je t'avais écouté, je ferais des photos avec un Rolleiflex de merde et pas avec le pont Élisabeth. Mais tu t'en es peut-être mieux sorti que moi, Karcsi ? Tu es plus mobile. Moi, avec cet objectif plus élevé que Pest, je vois constamment la même image. À vrai dire, avec un appareil photo ordinaire, je vois aussi *grosso modo* toujours la même chose. Et de la même manière. C'est ce qu'on appelle le style. Tu savais, Karcsi, que c'était le même style ? Par exemple, quand je fais une photo d'identité, c'est une grosse merde, avouons-le. Fond nul, éclairage nul, visage nul. Mais si un jour je remplissais la Galerie d'art avec mes photos d'identité, et je pourrais le faire, crois-moi, eh bien, ce serait déjà un style. De plus, on est revenus à la Galerie. Si seulement je savais pourquoi je ne suis pas capable de m'imaginer jusqu'au bout plaquer Kata Bárdos contre un mur et la sauter. À ton avis, pourquoi, Karcsi ? Tu dois le savoir. Tu sais ces choses-là mieux que moi.

(Kata Bárdos)

Le lendemain, Kata Bárdos est venue chercher ses photos une demi-heure avant la fermeture. Elle ne portait pas sa robe kaki un peu froissée, mais une blanche. Blanche à vous brûler les yeux. Jusqu'alors, je n'avais vu une telle blancheur qu'en regardant un projecteur. Ou en faisant un marteau. Elle a demandé si on allait prendre un café. Je lui ai dit que oui. Reisz m'a dit que je n'avais pas fini ma journée. Je lui ai dit que je la rattraperais.

Nous nous sommes dirigés vers le parc. Je ne m'étais jamais senti si léger. Non pas inexistant, mais léger. J'ai demandé à un chien oreillard noir si je savais à peu près aboyer en chien ou si je racontais des conneries quand j'aboyais. Kata Bárdos a ri. Je lui ai dit qu'un chien comme ça lui irait bien. Noir et blanc. Elle a dit qu'elle le savait, mais que c'était tellement de soucis. Pipi-caca, et faire cuire de la viande puante tous les jours. Je lui ai dit, ma foi, oui. Devant l'ancien Hall, j'ai préféré prendre une autre direction. Je lui ai dit que je connaissais un bar, rue Hermina. Elle m'a demandé si j'étais le fils du professeur qui avait été mis en prison. Je lui ai dit, bien sûr. Mais il en était déjà ressorti, n'est-ce pas ? Bien sûr, depuis longtemps, il était même déjà mort. Aïe, elle était désolée.

Je lui ai demandé si elle se souvenait de Toutou. Quel Toutou ? Celui qui faisait la cour à Kati-la-paysanne. Non, elle se souvenait seulement de Kati-la-paysanne. Pourquoi, qu'y avait-il avec ce Toutou ? Rien, c'était juste pour demander. Et savait-elle ce que Kati devenait ? Bien sûr, tout le monde le savait. Elle travaillait à la laiterie, avec sa mère, et un jour, sur un coup de tête, elle s'est noyée dans une citerne de lait. Quant à elle, elle ne le comprenait pas. Il fallait être folle pour faire ça. Kati avait un copain tout à fait correct, le pauvre en avait pété un câble. Il répétait depuis dix ans qu'il n'y était pour rien. Alors c'est sûrement vrai, ai-je dit en me levant avec les deux verres vides. Apporte-moi aussi quelque chose de fort. Ça me donnera du courage, a-t-elle dit avec un sourire en se léchant les lèvres comme la veille, à l'atelier. Dans ce cas, d'accord, je t'en apporte un.

Le fait que le bar était étouffant et chaud comme l'enfer a sûrement dû avoir une influence. Tandis que la serveuse remplissait les verres de *fröccs*, j'ai tracé le plan de Tarkövesd dans la flaque qui s'était formée sur le comptoir en fer-blanc. J'ai vidé d'un trait un premier verre et en ai commandé aussitôt un deuxième. Kata Bárdos était assise de dos, sa robe de soie artificielle trempée de sueur lui faisait une seconde peau. J'ai bu également le verre d'eau-de-vie. Je me suis dit que si je retournais m'asseoir, je ne ferais plus qu'aboyer.

J'ai attendu qu'elle se remette du rouge à lèvres devant son petit miroir. Puis j'ai attendu qu'elle allume une autre cigarette. La serveuse m'a demandé si je voulais autre chose, ou quoi. J'ai pris les deux verres et suis retourné m'asseoir. Écoute, Kata, je suis marié.

Elle m'a dit : Je me disais bien. Pas de problème, Toutou.

(l'enfant)

Si au moins il était arrivé quelque chose. Un avortement, un amant occasionnel, n'importe quoi. Une pourriture dans le cœur. Mais il n'y avait rien. Nous n'étions pas malheureux. Je reconnais que nous n'étions pas non plus parfaitement heureux, mais qui l'est ? Si on est incapables de vivre l'un sans l'autre, peu importe qu'on soit heureux ou pas, pas vrai ? Dans quelle lumière ne jetons-nous pas d'ombre ? Pas vrai ? Même dans la lumière diffuse, l'ombre est sous nos pieds. Pas vrai ? Au fond de chaque vie bat une malédiction. Qui a jamais été totalement heureux ? Ni ma Mère, ni mon Père, personne. C'est comme ça. C'est tout simplement comme ça. Est-ce si difficile à comprendre, à accepter ? Sacré nom de Dieu, qu'est-ce que les gens attendent de l'Amérique ? Qu'est-ce qu'il y a là-bas ? Qu'est-ce que l'Amérique a de si foutrement important pour qu'on abandonne l'autre ici ? Je le dis, moi : Rien. À part ces dix mille kilomètres, rien. C'est tout ce qu'il y a là-bas, dix mille kilomètres. La même raison pour laquelle les gens emmènent leur chien loin dans la forêt quand ils n'en veulent plus. Pour qu'il ne retrouve jamais le chemin de la maison.

La veille, elle avait voulu aller voir *Le Silence* qui passait au Kinizsi. Je lui avais dit d'y aller toute seule. Elle savait pertinemment que j'allais dire ça. J'avais déjà vu ce film deux fois, ça m'avait suffi. Surtout la deuxième fois. Cette femme qui rit pour finir en sanglots. Et l'homme qui la regarde. Ce regard compatissant et méprisant à la fois dure deux secondes, c'est à peine si on le voit, mais je ne veux plus le voir. Je m'en fiche que mon opinion à propos de ce film de merde doive sûrement être plus nuancée. Je déteste cet enfant qui lave le dos de sa mère. Qui regarde le lever du soleil par la vitre du train. Qui se frotte sans cesse les yeux. Un petit merdeux innocent qui, vingt ans plus tard, écarte les bras et dit qu'il n'y est pour rien.

(Éva s'en va)

Je pars demain, a-t-elle dit.

Tu joues où ?

Je ne vais pas jouer.

Tu vas chez ta mère.

Non.

Il y avait le même silence dans cette putain de cuisine que dans le ciel.

Alors où tu vas ?

Elle s'est tue.

En Amérique.

Je savais précisément ce qu'elle disait.

Seule ? Demain ?

Oui. Je viens de recevoir mon visa.

Tu vis avec moi et je ne sais pas que tu as demandé un visa ? Que tu pars ?

Je ne vis pas avec toi. Je vis seule, et toi aussi, tu vis seul.

Parce que tu as dit que tu ne pouvais vivre avec personne.

Je l'ai dit il y a sept ans.

Alors pourquoi tu n'as pas dit aussi autre chose ? Il y a six ans. Ou cinq. Comment est-ce que je pouvais savoir que ce que tu as dit autrefois n'était plus valable ?

Ne te fâche pas. Je ne veux pas me disputer. Ça n'aurait pas de sens.

Une mouche faisait des ronds au-dessus de la table, puis elle s'est posée sur l'œuf mollet.

Tu ne partiras pas.

J'ai déjà fait mes valises. Je pars. Et je ne reviendrai pas.

Tu as quelqu'un là-bas ?

Elle s'est tue.

Non.

Ce n'est pas vrai.

Je te dis que non.

Tu ne partiras pas. Je vais te dénoncer. Je vais te faire descendre de l'avion.

Elle s'est levée, est allée chercher du sel. En revenant, elle m'a caressé le front.

Tu ne me dénoncerais jamais. Ni moi, ni personne d'autre.

Je me suis dit qu'il y avait autant de mouches quand ma Mère est morte.

Quand est-ce que tu as pris ta décision ?

Je ne sais pas. Peut-être déjà dans mon enfance.

Arrête avec ton enfance, maintenant. Pendant sept ans, tu me l'as épargnée, alors maintenant, arrête. Quand est-ce que tu as pris cette décision ici, à mes côtés, dans ce lit ?

Je ne l'ai pas décidé dans ce lit.

Alors dans lequel ?

Elle s'est tue.

Je ne peux pas vivre avec tes photos.

Mes photos ? Les photos que j'ai faites de toi ?

Celles-là non plus. Et les autres non plus.

Je n'ai jamais couché avec personne. Tu le sais très bien.

Peu importe.

Si, ça importe.

Non. Ce n'est pas pour ça que je m'en vais.

Autrefois, tu m'as dit que tu me quitterais si j'arrêtais.

Ne commençons pas à chercher qui a dit quoi.

Ça ne me fait pas peur, je dis toujours la même chose.

Je sais. C'est peut-être ça le problème.

Que ce que j'ai dit il y a sept ans soit encore valable ? C'est un problème ?

Oui, peut-être. Que rien n'ait changé. Moi, dans l'intervalle, j'ai vieilli.

Comment tu aurais pu vieillir ? Et qu'est-ce qui aurait dû changer ? Dis-le-moi. Je t'avais dit qu'on pourrait se marier. Tu n'as pas voulu venir t'installer ici, tu n'as pas voulu m'épouser, tu n'as pas voulu d'enfant. Et tu me quittes parce que ce dont tu n'as pas voulu te manque ?

Ce n'est pas pour ça que je pars.

Alors qu'est-ce que je ne t'ai pas donné ? J'ai le droit de le savoir.

Rien que tu puisses me donner. Tu m'as donné tout ton possible. Je t'en ai donné tout autant. Ne me demande pas de comptes.

Je ne dois pas te demander de comptes alors que tu me quittes ?

Elle se taisait.

Tu vas chez qui ?

Chez personne, je te dis.

Ce n'est pas vrai.

… Chez ce chef d'orchestre.

Celui que tu n'avais pas rejoint dans sa chambre d'hôtel ?

Oui.

Parce que tu n'aurais pas pu mentir à ton mari. Et à moi, tu peux ?

Arrête, je t'en prie. Je ne vais pas chez lui, il m'a juste envoyé une invitation.

Je vais te tuer. Je n'ai rien à perdre. Lui aussi, je vais le tuer.

Ne me tue pas. Je dois partir.

Tu dois ? Tu dois m'abandonner ?

Ce n'est pas toi que j'abandonne.

Mais qui alors ?

Tout le monde. Ma mère, le piano. Tout.

Le piano.
Oui.
Tu disais que tu ne l'abandonnerais pour personne.
C'était vrai à l'époque. Ça ne l'est plus.
Tu n'auras plus rien. Tu deviendras folle.
Je ne vais pas devenir folle.
Et qu'est-ce que tu feras là-bas ?
Je crois que je pleurais déjà en lui posant cette question.
Je ne sais pas. Je ne deviendrai certainement pas une femme de ménage.
Certainement pas.
Ne me blesse pas.
Pourquoi tu n'as jamais rien écrit sur moi ?
Elle m'a regardé.
Tu es allé chez moi ?
Oui.
Ce que tu peux être mesquin. Mais bon, on s'en fiche.
On ne s'en fiche pas. Pourquoi tu n'as pas écrit un traître mot sur moi ? Jamais.
Parce qu'il n'y a pas de place pour deux réalités dans une seule vie.
C'est moi, la réalité. Je suis une réalité au moins au même titre que ta mère. Ou que ton piano.
Maintenant, oui.
Sauf que tu n'as plus besoin de moi ?
Elle se taisait.
… Tu n'abandonnerais pas un chien.
Je n'ai pas de chien.
Ce que tu peux être mesquine.
Je ne suis pas mesquine.
Je voudrais que tu meures.
Je sais.

(la lettre)

En partant, elle m'a volé mes photos. Essentiellement les négatifs, mais aussi des agrandissements. Pas tout, elle avait fait un tri. Je ne m'en suis rendu compte que quelques semaines plus tard. Elle avait laissé la plupart des photos d'elle-même. Sûrement pour que j'aie quoi regarder.

Elle m'a demandé de l'accompagner à l'aéroport. Elle m'avait dit que son avion décollait le soir, qu'elle avait une escale à Paris, que je pouvais donc tranquillement aller au travail, qu'elle préférait être seule pour boucler ses valises, elle avait déjà ramassé ses affaires dans l'autre appartement, elle les emporterait en taxi l'après-midi.

Reisz m'a demandé ce qui était arrivé. Je lui ai dit, rien. Il m'a dit de rentrer chez moi. Je savais qu'Éva ne serait pas contente. Je suis allé au parc m'asseoir sur un banc. Puis j'ai flâné jusqu'au cirque. Je me disais que nous aurions pu y aller une fois. Et aussi au zoo, et aussi à la foire. Qu'il n'arrivait rien de mal quand on allait à la foire. Que le soir, je lui dirais qu'il faudrait y aller quand elle serait rentrée.

Près de la souche où je m'étais assis autrefois, un enfant de sept ou huit ans apprenait à voler. Il grimpait sur la souche, écartait les bras et sautait. Puis recommençait. Sa mère lui a dit une fois de faire attention à son pantalon. J'ai pensé que cet enfant avait dû naître à peu près à l'époque où j'avais vu Éva dans les bras d'un inconnu. Puis que si elle partait effectivement pour toujours, je l'aurais su. Si elle était tombée amoureuse, ce ne serait que pour quelques mois. Éventuellement quelques années. Mais on ne peut aimer toute sa vie qu'une seule personne. Si elle devait ne jamais revenir, je l'aurais déjà su. Je l'aurais su tout de suite en la voyant. Ça m'a rassuré.

Je suis rentré chez moi à l'heure où je finissais d'habitude chez Reisz. Place Lövölde, j'ai commandé un taxi pour la demie, au huit de la rue Szív. Quand j'ai ouvert la porte, elle devait déjà survoler Vienne. Ou je ne sais quoi. La clé de mon Père était sur table. À côté, un billet : Je t'ai vraiment aimé.

(les cordes)

Les premières heures ont été tout à fait supportables. J'hésitais à appeler Kornél, mais j'ai trouvé finalement qu'il n'y avait pas de raison de le faire. J'ai lavé la vaisselle. J'ai ouvert l'armoire, quelques cintres seulement étaient vides. Les pardessus étaient sur le portemanteau, au-dessus des chaussures. J'ai tout photographié. J'ai réussi à faire de très bonnes photos. Avec les chaussures sous les manteaux, c'était comme si Eva se tenait dans l'entrée, adossée au mur, mais ce n'était pas le cas. J'ai regardé dans la boîte d'acajou à oculaires pour la voir pelotonnée derrière ma montre-bracelet. Comme si au départ d'une course, on se mettait à rêvasser au moment où le juge appuie sur le chronomètre. Je n'ai vu que du blanc, elle avait sorti les deux photos. J'ai éclaté en sanglots, mais je savais que c'était naturel. Puis je me suis dit que j'allais la casser. Puis que j'y remettrais la photo de ma grand-mère. Puis que cette boîte n'était plus à moi. Même si elle n'avait pas pu l'emporter, elle lui appartenait depuis sept ans. Je n'avais pas le droit de la casser.

Assis sur mon lit, j'ai considéré chaque chose l'une après l'autre. Le miroir de ma Mère, le secrétaire, la table n'étaient plus à moi seul, ni la canne de mon Père. Le piano n'était plus à moi. Pourtant elle en avait à peine joué. Et ne m'avait pas appris à en jouer. Alors qu'elle avait dit tout au début qu'elle le ferait. Ni à lire une partition. Moi, j'avais tenu toutes mes promesses. Toutes. Je ne l'avais pas frappée, pas battue. Je n'avais pas bu. Je ne l'avais pas trompée. En sept ans, j'avais peut-être crié trois fois. Peut-être quatre. C'est presque pareil. Il y en a qui hurlent tous les jours au visage de l'autre. On entend ce qui se passe dans l'immeuble. Pas seulement chez les Tziganes, chez tout le monde. Tout le monde hurle. Et moi, quatre fois. En sept ans. Et je n'avais pas menti. Je ne lui avais rien caché. Ou alors une seule fois, le fait que je connaissais la jeune maman qui nous avait ouvert la porte. Ça s'était trouvé comme ça. Mais quand elle m'avait posé la question, je lui avais répondu. Je n'avais pas menti à tort et à travers.

J'ai sorti une robe de l'armoire, pas n'importe laquelle, l'américaine. Celle que j'avais lavée quand elle m'avait demandé jusqu'à quand elle pouvait rester. Quoi qu'il en soit, j'ai pris cette robe et l'ai étalée à côté de moi sur le lit. Puis je me suis dit que c'était ridicule. Que c'était ce que faisaient les enfants avec les mouchoirs des malheureuses Imolka qui finissaient par se pendre. Puis que nous n'avions pas été une seule fois à Mélyvár. Tout comme moi je n'avais pas été chez eux. En sept ans, je n'avais pas été sept fois dans l'appartement où elle habitait réellement. À gauche, les livres, à droite, les valises. Au milieu, un matelas de merde. Comme si elle n'avait rien. Comme une exilée.

Il était déjà trop tard, et on ne peut pas téléphoner à Kornél la nuit. Je me suis levé pour aller chercher la pince-étau dans le cellier. Puis j'ai soulevé le couvercle du Bösendorfer et sorti les cordes une à une. Pour certaines, les clés ont lâché, d'autres, j'ai dû les couper. Je les ai enroulées, enveloppées dans du papier journal et mises dans l'armoire parmi ses vêtements. Et maintenant, joue, András-Szabad, ai-je dit.

(la conversation avec Nóra)

Nóra m'a donné l'adresse de Sopron. C'est toi qui vois, m'a-t-elle dit en me fourrant le bout de papier dans la main. Mais je te comprends. Il faudrait seulement que tu apprennes qu'on peut vivre sans quiconque.

J'aurais préféré ne jamais l'apprendre, ai-je dit.

Nous étions dans le même café que sept ans auparavant, quand Éva nous avait présentés l'un à l'autre. Je lui ai demandé si elle avait une idée de l'endroit où était Éva. Je n'avais aucune nouvelle d'elle, pas une lettre, pas un appel, rien.

Elle m'a dit, pose la question à son frère, il doit le savoir. Il sait tout.

J'avais l'impression que ce putain de café se mettait à s'enfoncer dans le sol, avec ses fleurs artificielles, Nóra, tout. Tout comme notre séjour l'avait fait quand j'y avais découvert ma Mère.

Quel frère ?

Eh bien, ça devient intéressant, a-t-elle dit en recrachant longuement la fumée.

Quel frère ? ai-je demandé à nouveau.

Quel frère, quel frère. Son grand frère. Le premier-né de sa mère. Le handicapé de l'âme. Dans toutes les familles, il y a un handicapé de l'âme, personne ne te l'a jamais dit ?

Non. Il n'y en avait pas dans ma famille.

Si tu le dis, c'est que c'est vrai.

Parfaitement, tu peux en être sûre. Il habite à Budapest ?

Mais non. Il habite toujours là-bas, dans la maison jaune.

Quelle maison jaune ?

Chez eux. Là où la maman aimante t'attend jour après jour et meurt de chagrin parce que tu ne rentres pas à la maison au moins une fois par mois pour lui obéir. Mon amie t'a bien embobiné. Elle ne t'a jamais dit le moindre mot sur Ádám ?

Elle ne m'a pas embobiné, elle n'en a juste pas parlé. Il y a sûrement des choses dont tu ne parlerais pas, toi non plus.

Elle m'a regardé longuement dans les yeux.

Tu penses à mon père ? J'en parle à qui tu veux pour deux balles.

... Je ne pensais pas à ça.

Mon cul, oui ! Crois-moi, être baisée quelques fois par son père vaut mieux que d'être tenue en laisse pendant seize ans par sa mère, comme Éva.

Tous les adolescents sont tenus en laisse.

Avec une chaîne pour chien ? Qui s'attache au cou avec un cadenas pour la nuit ? Pour que ton frère te tienne quand ta mère vérifie si tu es encore vierge ? J'en doute.

Je me taisais.

Je ne crois pas, ai-je dit enfin.

C'est ton problème.

Elle aime sa mère.

Bien sûr. Est-ce que j'ai dit qu'elle ne l'aimait pas ? Elle est partie justement pour pouvoir l'appeler chaque semaine. Il n'y a qu'eux qu'elle aime plus que toi.

J'ai regardé dans la rue à travers le rideau en nylon. Tous allaient quelque part.

Qui d'autre que toi le sait ?

Elle s'est tue.

Qui ?

Celui à cause de qui elle est devenue un chien enchaîné. Son ex-mari.

Je suis allé aux toilettes, j'ai fait pipi, puis j'ai vomi. Dans le hall, une femme de ménage essuyait le miroir avec du papier hygiénique, quelqu'un avait écrit au rouge à lèvres : Je t'aime quand même.

Tu vas bien ? m'a-t-elle demandé quand je suis revenu.

Oui.

J'ai commandé ça pour toi, dit-elle en poussant vers moi un verre de cognac.

Je n'en veux pas.

Bois-le quand même.

Je l'ai vidé.

Moi, elle m'a dit que son père était mort d'un infarctus. C'est vrai ?

Bien sûr. Sauf qu'on s'en fout, elle n'a pas échangé dix mots avec son père durant toute sa vie. Son mari a été son premier père.

Moi, je n'ai nullement été son père.

Ça, c'est sûr. C'est János qui l'a élevée ; avec toi, elle aurait enfin pu être mère. Maintenant, quelqu'un va soit lui faire un enfant, soit l'enterrer. C'est comme ça. Disons plutôt l'enterrer. À mon avis, personne d'autre que toi n'aurait pu lui faire un enfant.

Elle ne voulait pas d'enfant.

Et toi, tu l'as crue. Tu sais, c'est parfois très confortable de croire ce qu'on te dit.

Il y avait un fil sur son col roulé. Je le regardais et me disais qu'il faudrait l'enlever.

À ton avis, pourquoi je n'ai pas d'enfant ?

Je ne sais pas.

Mais si.

Probablement à cause de ton père.

Ne me fais pas rire. Qu'est-ce qu'un malheureux connard à moitié ivre comparé à une mère qui fait la lessive et repasse tout au carré en faisant semblant de ne pas voir le foutre de son mari sur le drap de sa fille pour ne pas troubler la quiétude familiale ?

Je me taisais.

Et crois-moi, avec tout ça, ma mère était une sainte. Alors ne me dis pas qu'Éva n'avait pas de quoi avoir peur. Quand une femme qui aime son mari, qui a tout ce qu'elle a, à qui on sert sur un plateau le Conservatoire et cent vingt mètres carrés à Buda décide d'avorter, elle a toutes les raisons de le faire, tu peux en être sûr.

… Elle ne me l'a jamais dit.

Elle t'aurait dit quoi ? Chéri, figure-toi que j'ai tellement la trouille d'être mère que j'ai préféré avorter. Que j'ai préféré quitter mon mari. À mon avis, ce ne sont pas des choses qui se disent en baisant.

Notre vie ne se limitait pas au cul.

Pourtant s'il n'y a plus rien entre deux personnes, la vie se limite à ça. Je vis comme ça, moi aussi, je sais de quoi je parle, crois-moi.

Toi, tu vis peut-être comme ça, mais nous, non.

Tu as raison, vous ne vivez plus du tout.

Je me suis tu.

Je n'ai jamais rencontré de femme aussi froide que toi, ai-je dit enfin.

Elle a tapoté sa cigarette contre la table et l'a allumée.

András, tu as baisé pendant sept ans ma seule amie, et elle est partie. Mon problème, ce n'est pas que tu ne saches pas son nom, connard, mais qu'elle soit partie. N'attends pas de moi que je t'aime.

Je me taisais.

Peu importe. Mais rassure-toi, elle n'est pas partie à cause de toi. Sauf que toi seul aurais pu la retenir. Elle t'aimait vraiment.

… Alors d'après toi, pourquoi elle ne m'a rien dit ?

Parce que János lui a appris qu'il n'était pas bon pour elle qu'un homme sache tout à son propos.

Entre le tout et le rien, il y a de la marge.

Pour toi peut-être. Mais peut-être pas pour elle.

Elle aurait quand même pu me dire qu'elle avait un frère.

Elle a sans doute préféré que sa famille ne juge pas votre vie.

Le pire des jugements aurait mieux valu que ça.
Tu en es sûr ? Son mariage a résisté une semaine à ce jugement. Ensuite, ils ont divorcé pendant dix ans.
Elle n'était plus une enfant quand je l'ai connue.
Et alors ?
C'était déjà une femme adulte. Ils n'avaient plus leur mot à dire.
Écoute, András. Ta mère à toi est morte depuis plus de vingt ans. Et elle se mêle toujours de ce qu'elle veut.

(la laisse)

L'une des photos les plus connues que j'aie jamais faites représente une vieille femme assise à la table de sa cuisine. Son fils en pyjama se tient à côté d'elle, une fourchette à la main. Il est déjà grisonnant, avec une barbe de trois jours. On peut supposer qu'il fait manger sa mère. Tous les deux regardent l'objectif.

Pour certains, c'est une photo posée. Je l'aurais imaginée et prise dans mon studio, comme beaucoup de mes photos. Pour d'autres, c'est exclu, tous les deux regardent l'appareil comme s'ils avaient été pris en flagrant délit. Pour d'autres encore, ce sont tout simplement des fous. La vieille femme, sans aucun doute, mais le fils assurément aussi. Il tient la fourchette de sa main droite, à hauteur de poitrine, la lumière de la lampe s'y reflète. Derrière eux, un mur nu. Au-dessus, une pendule murale ronde indique douze heures moins huit. Beaucoup croient que c'est presque minuit. Disons que c'est justifié par le pyjama et la lumière. Mon train était arrivé à Sopron à onze heures quarante du matin.

Je ne connaissais pas la ville, j'ai donné l'adresse au chauffeur de taxi. Il s'est arrêté devant une maison jaune de plain-pied. Les quatre fenêtres étaient cachées par des acacias. J'ai dit au chauffeur de m'attendre. Le portail n'était pas fermé à clé, au fond de l'étroite cour pavée se trouvait une niche de chien. Vide, le toit affaissé. Entre la maison et le mur aveugle de l'immeuble à gauche était tendu un fil de fer auquel était accrochée la laisse.

Quand il y avait un chien, il pouvait la traîner sur les cinq-six mètres qui séparaient les deux murs.

Je ne voulais pas sonner. Je voulais les voir tels qu'ils étaient au naturel. Je l'avais décidé dans le train. La porte de la véranda était fermée. À droite, l'une des vitres était cassée, des tessons étaient restés dans le cadre. J'ai hésité en haut de l'escalier. J'avais peur. Finalement, j'ai passé la main à travers la vitre cassée et cherché à tâtons la clé dans la porte. Je ne savais pas ce que je leur dirais.

Le piano sur lequel Éva avait dû faire ses gammes avait été sorti sur la véranda. Un tapis roulé était posé dessus. Sur le clavier, des pommes. J'ai pris une photo. Toute la maison sentait la naphtaline. Quand je suis entré dans la cuisine, l'homme faisait manger la vieille femme. Je leur ai dit : Maintenant, je vais vous tuer.

La vieille femme s'est contentée de me regarder. L'homme a levé sa fourchette. Je leur ai dit de ne pas bouger, sous peine de crever tous les deux.

Nous n'avons pas d'argent, a dit la femme.

Soyez tranquille, mère, il ne veut pas d'argent, a dit l'homme.

Alors qu'est-ce qu'il veut ? a dit la femme.

C'est le photographe. Le chevalier servant.

Je me suis senti submergé par une impuissance tellement amère que j'ai cru m'étouffer. Je leur ai dit : Vous ne mourrez jamais. Jamais, je vous le jure. J'ai pris la photo, tourné les talons et suis ressorti. Sur la véranda, j'ai encore entendu la mère me dire, fous le camp, et le frère, rigoler. C'est seulement dans le taxi que j'ai éclaté en sanglots.

(les négatifs)

Après le départ d'Éva, j'ai été fou pendant quelque temps. Très précisément, je suis devenu fou dans le train, en revenant de

Sopron. Un homme est entré dans mon compartiment, il voulait faire la conversation. Il m'a demandé d'où je venais, ce que je faisais, des choses dans le genre. Comme toujours dans un train. Il devait avoir la soixantaine, une moustache, deux valises. La poche de sa chemise à carreaux était pleine de stylos à bille. Je me suis dit que ce serait mieux pour moi aussi de discuter, si bien que je lui ai dit que je revenais de chez la mère de ma femme, que je l'avais vue pour la première fois de ma vie. Puis je lui ai tout raconté, depuis le frère dont l'existence avait été tue pendant sept ans jusqu'à la laisse du chien. Quand je suis arrivé au départ d'Éva pour l'Occident, il s'est excusé, disant qu'il devait aller aux toilettes. Il n'est revenu qu'à Budapest pour prendre ses valises.

Puis, de la même façon, j'ai raconté toutes sortes de choses à différentes personnes. Sur Mélyvár, ma Mère, Éva. Je ne mentais pas, je ne disais que la vérité toute nue. C'est sans doute pourquoi ni Kornél ni Reisz n'ont rien remarqué. Parce qu'il n'y avait rien de déplacé à leur raconter tout cela. Par exemple qu'en cinquante-six, mon Père avait arrêté les chars soviétiques avec des assiettes creuses, et qu'il avait fait trois ans de prison, mais ne nous avait pas abandonnés pour autant. Parce que ce n'était pas un lâche qui laisse tout derrière lui. Par exemple, il aurait pu fuir en Occident. Je l'ai aussi raconté à la caissière du self de la gare de l'Est où j'ai pris mon petit-déjeuner. Elle m'a dit que si je ne voulais pas d'histoires, je ferais mieux de la fermer. Je lui ai dit qu'elle avait raison, mais que ça s'était vraiment passé ainsi.

Puis j'ai parlé d'Adler à une serveuse de la place Boráros. Brièvement. Lui disant qu'un colonel allemand s'était suicidé dans notre maison, selon moi à cause de ma Mère. Car l'amour est ainsi. Je pouvais très bien vivre sans mon Père ni ma Mère, mais sans Éva, c'était un peu plus difficile. Elle m'a dit de me rassurer, que ça passerait. Je lui ai dit que ça ne passerait jamais. Elle a ri. Dit, mais si. Je lui ai dit, j'en suis sûr. Elle m'a dit que dans ce cas, c'était mon problème, qu'elle-même ne se brûlerait jamais la cervelle pour qui que ce soit.

Dans les halles de la rue Hunyadi, l'un des vendeurs m'a demandé où était la belle femme qu'il avait toujours vue avec moi. Je lui ai dit qu'elle était en Amérique et que moi, j'avais démonté toutes les cordes de son piano, mais que dès que je connaîtrais son adresse, je les lui enverrais pour que son cœur se brise comme celui de ma Mère.

Je ne sais pas pourquoi je faisais ça. Cela a duré tant que je n'avais pas à quoi m'accrocher. Un après-midi, environ trois semaines plus tard, j'ai voulu tapisser le piano avec ses photos. C'est alors que je me suis rendu compte qu'elle avait emporté les négatifs. Alors j'ai su que même si elle ne m'écrivait pas, même si elle ne m'avait pas envoyé la moindre carte postale, même si elle était avec ce chef d'orchestre ou n'importe qui d'autre, elle ne m'avait pas abandonné. Et qu'elle ne m'abandonnerait jamais.

Alors, je me suis calmé.

(la lettre)

À l'époque de la guerre froide, dans l'État du Kentucky, les militaires de la base de Fort Knox gardèrent pendant vingt-sept ans une caisse portant l'inscription suivante : Objet volant potentiellement radioactif. Elle bénéficiait de la part des gardes du même traitement que, dans d'autres bases, les extraterrestres, l'Arche d'Alliance, ou le saint Graal. Il se peut aussi que l'armée américaine n'ait pas eu la chance de conserver l'Arche d'Alliance. Je ne sais pas. En tout cas, cette caisse a indéniablement existé et je dois plus ou moins à cet objet volant potentiellement radioactif d'avoir été convoqué à l'automne soixante-quinze au bureau trois cents et quelques du ministère de l'Intérieur.

Je n'avais aucune nouvelle d'Éva depuis six mois, quand le facteur m'a apporté une lettre d'Amérique. Je n'osais pas l'ouvrir. J'avais tellement attendu cette foutue lettre que lorsque je l'ai enfin eue dans les mains, j'ai tout simplement été paralysé. Le facteur m'a demandé si je me sentais mal. Je lui ai dit que non.

J'ai signé le papier, lui ai donné son pourboire et ai refermé la porte. J'ai posé la lettre sur la table et me suis allongé sur mon lit. Je me suis dit que la fissure au plafond était deux fois plus large que sept ans auparavant, quand je lui avais tout raconté, depuis Imolka jusqu'à mon Père.

Puis je me suis relevé et assis au piano. J'ai frappé quelques touches, mais n'ai rien entendu. J'avais tout bonnement oublié que j'avais sorti les cordes six mois auparavant. J'ai refermé le capot, pris mon Leica et suis sorti. À droite, le château, à gauche, le Parlement. Un tramway est passé derrière moi, faisant trembler le pont.

J'avais vraiment attendu cette lettre comme si cette foutue enveloppe d'outre-mer avait contenu tout ce que j'avais. J'ai flâné jusqu'à la rue Fő, la lumière était allumée, quelqu'un y avait emménagé depuis longtemps. Puis je suis revenu à Pest par le pont Élisabeth. Je ne sais pas ce que j'attendais de cette lettre, puisqu'il était évident qu'Éva ne reviendrait pas. Elle ne pourrait plus le faire. Il était minuit passé quand je suis rentré chez moi. Je me suis assis au bureau, j'ai ouvert la lettre avec un coupe-papier. C'était une lettre officielle, écrite en anglais, je n'en comprenais pas un traître mot. Et ça ne m'intéressait pas.

Je me suis assis dans la baignoire, sous la douche. Le chauffe-eau s'était éteint. Puis j'ai pris le dictionnaire dans lequel j'apprenais autrefois les mots avec ma Mère. Le matin, j'ai compris que c'était une lettre officielle de la galerie Broch de New York aux autorités hongroises, qui les assurait de la prise en charge de mes frais de voyage et de séjour et m'invitait à mon exposition. Je croyais encore que j'allais rester à l'étranger.

(la sainte Couronne)

Je n'ai pas été autorisé à me rendre à l'inauguration. Non par une volonté délibérée, je pense, juste par routine. Ma demande avait dû se retrouver au niveau le plus bas du service des passeports.

Un niveau si bas où, comme moi, on n'avait pas la moindre idée de l'objet volant potentiellement radioactif gardé à Fort Knox.

Il est vrai que j'ai dû attendre encore trois ans pour qu'après des négociations qui piétinaient depuis longtemps, le nouveau président américain, Jimmy Carter, décide enfin de faire ouvrir la caisse. À mon avis, les hommes de la base ont été terriblement déçus en constatant que la sainte Couronne de Hongrie n'était ni volante ni radioactive. Un bon nombre de Hongrois ont dû éprouver la même déception.

Oui, comme je l'ai dit, après cette lettre d'invitation, il a fallu près de trois ans pour que János Kádár admette qu'il valait mieux céder aux attentes des émigrés hongrois et de la Maison Blanche. Concrètement, qu'il n'aurait rien à faire à proximité de la sainte Couronne quand l'Amérique nous la rendrait. D'une part, parce qu'il n'était pas roi, mais seulement premier secrétaire du Parti. Il reconnaissait au moins cela. D'autre part, parce que depuis les exécutions consécutives à cinquante-six, il était un simple tueur de masse, à condition de considérer que quatre cents personnes forment une masse. Il ne l'a jamais reconnu, se contentant de le savoir.

Et finalement il a admis qu'il valait mieux avoir une tâche assez urgente ailleurs pour ne pas se trouver au Parlement quand la Couronne reviendrait au pays. Il s'était sûrement résigné à cette condition parce qu'il ne croyait pas au danger de la radioactivité. Il ne lui était pas venu à l'esprit qu'une dizaine d'années plus tard, de jeunes et jolies sondeuses d'opinion interrogeraient la population pour savoir quel devait être le nouvel emblème national, celui de Kossuth ou la couronne. Je veux dire qu'en soixante-quinze, quand le plus bas niveau du service des passeports a rejeté ma demande, ni János Kádár ni moi n'imaginions que le six janvier soixante-dix-huit, quand la sainte Couronne serait rapatriée de Fort Knox, moi, je serais au Parlement, et lui, non.

Tout ce qui s'était passé en réalité, c'est qu'Aaron Broch, l'un des quelques hommes qui formaient le goût des dix mille personnes de la couche supérieure des New-Yorkais, avait dit lors de l'inauguration, devant quelques journalistes, qu'il trouvait étrange que Kádár convoite la sainte Couronne alors qu'il n'autorisait pas les plus grands artistes de son pays à se rendre à leur propre exposition.

Ce n'était pas Éva qui avait eu l'idée de cette phrase, ni son chef d'orchestre, mais Aaron Broch lui-même. Tout simplement, il avait grandi dans un monde où, dans certaines situations, il ne fallait pas en appeler à la vérité, aux valeurs, à la liberté, mais à l'intérêt. On peut toujours opposer une autre vérité à la vérité. J'ai ma vérité, il a la sienne, et aucun de nous n'a besoin de celle de l'autre.

Sachez-le, chère Éva. Personne ne voudra jamais de votre vérité. Ce n'est pas une base d'échange. On ne peut pas dire, donnez-moi une bouchée de pain parce que je dis vrai.

Eh bien, voyons ce que nous avons, et dont Kádár et consorts auraient besoin depuis longtemps. Et il est important que, pour l'instant, ce ne soit pas un sujet en Hongrie. Que ça n'ait pas valeur d'information. Qu'il ne faille pas l'expliquer dans votre pays, s'il en est question ici.

Et voici la deuxième chose que vous devez apprendre ici, chère Éva. Il y a une chose que même une bombe atomique ne peut détruire : l'entêtement. Ce cancer de la fierté.

Nous en sommes restés au fait qu'il fallait en appeler à l'intérêt et à l'amour-propre, mais en évitant de provoquer cet entêtement.

Ce n'est pas grave non plus si on surprend son partenaire. Si on met en avant une chose dont il n'aurait même pas rêvé. Parce qu'il n'y a aucune raison que ça lui vienne à l'esprit, puisque ce qu'on veut n'a rien à voir avec ce qu'on dit.

À votre avis, quelle est la dernière chose qui concerne votre photographe ? À mon avis, le mieux serait de voir ce qu'il y a dans cette caisse du Kentucky.

(le passeport)

Ils sont venus chez Reisz. À vrai dire, c'est ce qui m'a angoissé le plus. Qu'ils ne soient pas venus rue Szív, mais directement chez Reisz. Comme si cela avait de l'importance. Comme s'il n'avait pas été tout à fait naturel qu'ils sachent où j'étais un jour de semaine à dix heures du matin. L'homme était mesuré, pas menaçant, plutôt officiel. Il devait avoir mon âge. Il a attendu patiemment que j'aie fini le rinçage et mis la pellicule dans le séchoir. Il s'est excusé auprès de Reisz pour le dérangement. Il a dit, nous devons simplement dissiper un malentendu au service des passeports. Dans la voiture, en route pour le ministère de l'Intérieur, je me disais que je ne pourrais absolument pas prouver qu'Éva m'avait volé les photos. Et aussi que si mon Père avait tenu trois ans, je tiendrais, moi aussi. Même si dit comme ça, ce n'est pas tout à fait exact. J'y pensais, bien sûr, mais je n'avais nullement la peur au ventre, comme quinze ans auparavant quand j'avais vu cette voiture devant notre immeuble. C'était plutôt ce qu'on ressent quand on craint le Tout-Puissant. Et pas du tout la terreur avec laquelle on est mené à un interrogatoire ou à la potence.

J'ai été reçu au bureau trois cents et quelques par le camarade Varjas. Sa voix, sa tenue, son col de chemise déboutonné, la tasse de café quelconque, le calendrier accroché au mur un peu de travers, la poignée de porte minable en alu et la photo de deux adolescents sur le plateau de verre de son bureau, tout cela était censé me suggérer que le camarade Varjas était comme moi. Que tout cela le lassait autant que moi. Que nous mangions du pain fait du même blé hongrois, qu'en dehors des horaires de travail, il élevait ses enfants pour en faire d'honnêtes gens, comme tout le monde, mais bon, là, on était dans les horaires de travail.

Après les présentations, il m'a demandé si je voulais un café, puis il m'a dit que, d'une manière regrettable, mes papiers s'étaient perdus et que ma lettre d'invitation venait juste de lui parvenir d'un service subalterne. Mais c'est une exposition importante, n'est-ce pas, à un endroit important, n'est-ce pas, dont la République populaire de Hongrie doit s'enorgueillir, n'est-ce pas. Bref, le devoir du service des passeports était de corriger cette regrettable erreur.

Je savais déjà précisément ce qu'ils voulaient. Je savais qu'ils attendaient de moi pour de vrai ce que Kornél avait craint autrefois sans raison.

Et que se passera-t-il si je reste là-bas ? ai-je demandé.

En principe, nous prenons ce risque, mais je ne pense pas que vous restiez là-bas.

Qu'est-ce qui vous fait dire ça ?

Une intuition. Pourquoi y resteriez-vous ? Pourquoi serait-ce mieux pour vous ?

Parce que ma femme est là-bas.

Il a éclaté de rire.

Vous pensez à votre ancienne compagne ?

Son rire ne contenait pas de cynisme, mais le plus détestable des apitoiements. La pitié d'un homme pour un autre qui raconte des bêtises. J'ai dû me contenir de toutes mes forces pour ne pas l'attraper par le cou et lui écraser la tête contre le plateau en verre de son bureau jusqu'à ce qu'il dise tout ce qu'il savait sur Éva.

Il faudrait que vous signiez ici, a-t-il dit.

Je me taisais.

Et qu'attendez-vous de moi ? Quelles sont les conditions de ce passeport ?

Il m'a répondu avec le même naturel que si je lui avais demandé le temps qu'il faisait.

Si vous voulez savoir, nous n'avons pas l'intention de vous recruter comme agent.

Qu'est-ce qui me le garantit ?

Il n'existe pas de telle garantie, a-t-il dit en me tendant un stylo.

J'ai pris le passeport et signé le reçu.

Il m'a dit au revoir.

Sa voix n'avait rien de menaçant.

Je n'imaginais pas encore que je n'aurais plus besoin d'aller au studio. Il est vrai que j'y serais allé même si je l'avais su. J'aimais vraiment travailler là-bas. J'ai dit à Reisz que je partais la semaine suivante. Il m'a demandé où. Je lui ai dit, en Amérique. Il a attrapé un fou rire. Je lui ai demandé pourquoi.

Heureusement que j'ai tout noté.

Qu'est-ce que vous avez noté ?

Quelle chance que j'aie tout noté. Tout le papier que vous m'avez volé en dix ans. Et les produits chimiques. Et les pellicules. Eh bien, maintenant, vous allez gentiment me payer tout ça en une fois.

Je dois d'abord m'acheter un costume correct, ai-je dit.

(le jeu)

Je n'en ai pas parlé jusqu'à présent parce que je n'y accordais pas d'importance, mais quelqu'un joue avec moi. Ça a commencé la semaine dernière, un peu après que j'ai acheté ce nouveau cahier à la papeterie. Pas juste ce jour-là, mais à peu près. Peut-être un peu avant. Je ne m'en souviens plus.

À part moi, personne n'habite plus ici au troisième étage. L'appartement d'en face est vide depuis des années. La vieille femme a été placée par ses filles dans une maison de retraite, elles n'ont pas encore trouvé d'accord concernant son petit logement. L'une des filles m'a proposé de l'acheter, j'ai même pensé pendant quelque temps qu'il pourrait me servir de débarras, mais finalement sa sœur n'a pas voulu le vendre. Pas grave, de toute façon, ça n'aurait eu de sens que si Éva vivait toujours ici avec moi.

Et donc, à part moi, personne ne monte par l'escalier principal jusqu'au troisième. Il y a une semaine environ, quelqu'un a posé une pomme sur le rebord de la fenêtre du palier. Tandis que je montais, la lumière tombait droit dessus à travers le vitrail. Je l'ai prise. Posée sur ma table. Je ne sais pas pourquoi. Le lendemain, il y en avait une autre. Je l'ai laissée à sa place.

Kornél m'a dit que ce n'était pas lui qui l'avait mise là.

(le départ)

La veille de mon départ, j'ai acheté un fer au magasin Otthon et repassé mes chemises. Je pensais que je n'étais plus celui que j'avais été. Que je m'étais corrompu. Qu'à la mort de mon Père, j'avais encore une indéniable pureté dont il ne restait aucune trace.

Mes valises faites, j'ai pris dans le cellier la boîte contenant les photos de mon Père. J'avais vu ses nuages pour la dernière fois quand il était mort. Je les ai étalées sur le sol de la chambre. Je les ai disposées côte à côte jusqu'à ce que la pièce se remplisse de nuages. Puis j'ai placé ma valise au milieu. Je suis monté sur le Bösendorfer et j'ai pris une photo. J'ai pensé qu'il n'avait jamais vu de nuage d'en haut. J'ai dormi tout habillé pour ne pas rater l'avion le lendemain matin.

J'ai rêvé que j'étais accoudé à la fenêtre de la chambre. Je regardais la place, en bas. La place se trouvait dans une petite ville du Sud. Une ville espagnole ou italienne. En face, il y avait un cinéma. Sur le côté, une ruelle étroite. Quelqu'un se tenait là, mais on ne voyait que son ombre sur le pavé. Plus loin, un long mur blanc. En plein soleil. Un homme est enchaîné à ce mur, il a un sac sur la tête. Devant lui, des soldats en uniforme blanc. Le peloton d'exécution fait feu, l'homme s'effondre. La tête en avant. Seuls ses poignets sont enchaînés. J'écrase ma cigarette sur la rambarde en fer-blanc, je veux refermer la fenêtre pour partir, mais l'homme se redresse. J'allume une deuxième cigarette, je m'accoude à nouveau, alors que je devrais partir, une queue se forme déjà devant le cinéma. Ils passent un film fait à partir de mes photos. Il sera suivi d'un débat. Je crains de ne pas bien savoir parler. Je me rassure en pensant à ce que m'a dit un jour une prostituée. Peu importe ce qu'on dit, l'important, c'est d'avoir une belle voix. La caissière a ouvert la porte, je dois y aller. Je crie au peloton d'exécution d'en finir enfin. L'officier me lance un regard interrogateur, de quoi je me mêle. L'homme enchaîné se débat, il essaie de faire tomber le sac qu'il a sur la tête. Il hurle : Mon fils !

(en Amérique)

J'ai vu de l'Amérique à peu près autant que ce que j'avais vu de l'alunissage. J'attendais tellement Éva que je n'ai pas pu fermer l'œil dans l'avion. Même ce rêve à la con ne m'intéressait pas. J'ai oublié de photographier les nuages, alors que c'était pour cette raison que j'avais pris un cliché des photos de mon Père. Pour avoir sur la vue suivante un nuage vu d'en haut et développer les deux sur un même papier, sans intervalle. Jusqu'à Francfort, j'étais dans un avion de la compagnie hongroise, mais ensuite, je n'ai plus compris un traître mot de ce que disait l'hôtesse. Le dictionnaire que j'avais acheté avant mon départ était dans mon bagage en soute. Je voulais demander de l'eau, mais je ne savais pas comment le dire en anglais. J'ai montré à l'hôtesse que j'avais soif, elle était aimable, elle m'a apporté un verre de vin. J'ai préféré dès lors ne plus rien demander. J'ai bu au robinet des toilettes, ça ne me ferait pas de mal, j'avais déjà bu au robinet dans le train. De temps à autre, je prenais et remettais dans mon portefeuille, à côté de mon passeport, la dernière lettre d'Éva : Je t'ai vraiment aimé.

En voyant qu'elle m'attendait avec son mari, j'ai failli éclater en sanglots. Elle m'a dit, salut, m'a serré dans ses bras et embrassé sur la joue. Comme une simple connaissance qu'elle n'aurait pas vue depuis longtemps. Puis elle m'a présenté à son mari. Il devait avoir le même âge que János, son premier mari. Et il avait en gros la même apparence. Je lui ai serré la main, il m'a demandé si j'avais fait bon voyage. Éva traduisait. J'ai dit oui, merci. Il m'a dit de ne pas me gêner, que nous pouvions tranquillement parler hongrois.

Dans le taxi, Éva m'a dit qu'ils habitaient à Brooklyn, mais que c'était loin de la galerie et qu'ils m'avaient réservé une chambre à Manhattan. J'ai dit, je comprends, merci. Puis elle m'a donné une enveloppe. Je lui ai demandé ce que c'était. Elle m'a dit, mille dollars, histoire que j'aie un peu d'argent sur moi. Je lui ai demandé ce que je devais faire avec une somme pareille. Elle m'a dit que Broch avait vendu quelques photos, que c'était une avance et qu'on parlerait du reste le lendemain, à la galerie, mais qu'il fallait d'abord que je me repose. Je lui ai demandé si elle m'aimait. Elle ne m'a pas entendu. Elle a dit qu'Edward était très malade, qu'il recevait des perfusions quotidiennement et que, pour cette raison, je ne pouvais pas habiter chez eux. Mais naturellement, je leur rendrais visite, en deux semaines, on trouverait un moment. J'ai regardé par la vitre, nous traversions un pont dix fois plus grand que le pont Élisabeth. J'ai pensé que je me suiciderais. Éva m'a dit, crois-moi, ce n'est pas facile pour moi non plus.

À l'hôtel, elle m'a accompagné jusqu'à ma chambre, son mari était resté dans le taxi. Je lui ai demandé pourquoi elle m'avait fait venir.

Parce que tes photos sont à leur place ici.

Et moi ?

Viens, je vais te montrer comment fonctionnent les robinets dans la salle de bains.

Et toi, qu'est-ce que tu fais ici ?

Je te l'ai dit, je veille sur Edward, il est très malade.

C'est pour ça que tu es venue ?

Oui. Tiens, voilà mon numéro, s'il y a un problème, tu peux m'appeler de ta chambre, Broch paiera tes factures. Je dois y aller, je ne veux pas faire attendre Edward. Et ne le déteste pas, je lui suis redevable de ta présence ici.

C'est toi qui lui es redevable, ou moi ?

… Tous les deux.

Je ne détestais pas non plus ton ex-mari.

J'ai voulu lui dire, à part toi, je n'ai jamais détesté personne, mais j'ai préféré me taire.

Bon, d'accord. Dors maintenant. Je viendrai te chercher demain matin.

Je ne vais pas rester ici deux semaines.

Mais si.

Elle s'est dirigée vers la porte, puis s'est arrêtée avant de sortir. Elle ne s'est pas tournée vers moi.

Ádám m'a dit que tu étais allé à Sopron.

Je me taisais.

Après tout, c'est égal.

Moi, rien ne m'est égal, ai-je dit.

Je sais.

Je l'ai serrée contre moi, je ne voulais pas la laisser partir.

Lâche-moi. Le taxi m'attend en bas. Je viendrai demain matin.

(la boîte de conserve)

Je n'arrivais pas à dormir, il faisait encore grand jour. Je me suis assis à la fenêtre, j'ai fumé quelques cigarettes. Je regardais les escaliers d'incendie et les citernes d'eau sur les toits d'en face. Dans le soleil couchant, les ombres des escaliers s'allongeaient sur les murs de briques. À l'une des fenêtres, quelqu'un arrosait des fleurs. Sept étages plus bas, un homme parlait de Jésus dans un mégaphone. J'essayais d'en comprendre ce que me permettaient mes vingt ou trente mots d'anglais, mais je n'entendais pas bien à cause des voitures. Je me suis dit que j'aurais trente-trois ans dans quelques mois. Et qu'ici, du haut de cette fenêtre, je n'aurais jamais entendu le bruit des pas d'Éva. Dans cette rue, elle n'aurait pas levé les yeux. Et que cette rue n'avait même pas de nom, rien qu'un numéro.

Le soir tombait, je n'avais plus de cigarettes, et j'avais faim. Je n'avais rien mangé depuis l'avion. J'aurais bien appelé le service de chambre, il aurait fallu pour cela parler anglais. J'ai sorti tout ce que j'avais dans mes poches, passeport, argent, clé, *zú*. J'ai mis le tout sous l'oreiller, avec mon Leica. Puis j'ai ressorti le tout et l'ai mis plutôt dans le panier à linge de la salle de bains. J'ai pris un billet de cinquante dollars et des allumettes. J'ai regardé dehors, il y avait quelques flocons. Je suis descendu à pied parce que je n'avais pas de monnaie pour le pourboire du liftier. Je me suis dit que j'avais passé des années au café New York avec Kornél, et que pas une seule fois, on n'avait tenté d'imaginer cette ville. Il ne nous était pas venu à l'esprit qu'elle existait vraiment. Avant mon départ, il m'avait dit que ce serait sûrement comme Budapest après Mélyvár. Je n'en suis pas sûr. À Budapest, il y avait au moins le boulevard Lénine, l'avenue de la République-Populaire, la rue Szív. Une femme de ménage m'a abordé, me disant de prendre l'ascenseur. J'ai fait semblant de ne pas comprendre.

J'ai fait le point sur ma situation. J'étais à l'étranger pour la première fois de ma vie. De plus, sur un autre continent. J'avais pris l'avion pour la première fois. J'avais vu la mer pour la première fois, même si c'était du ciel. Pour la première fois, j'habitais dans un hôtel. Pour la première fois, je ne comprenais pas ce qui se disait autour de moi. Pour la première fois, j'avais assez d'argent pour vivre une année entière chez moi. J'avais la première exposition de ma vie. La liste s'est allongée jusqu'au troisième ou au deuxième étage, finalement il n'est resté rien d'autre qu'elle me regardant à l'aéroport avec son mari. "Ádám m'a dit que tu es allé à Sopron." Comme si j'étais le dernier des derniers. Comme si c'était moi qui avais menti la moitié de ma vie. Qui lui avais fourré mille dollars dans la main en disant, tiens, sois contente. Qui l'avais tenue en laisse.

J'avais calculé qu'en faisant le tour du pâté de maisons, je ne me perdrais pas, ne devrais pas traverser la route, et trouverais certainement un bureau de tabac et une épicerie. Je regardais les vitrines. On trouvait toutes sortes de choses. L'homme qui parlait de Jésus était parti dès les premiers flocons. Je n'avais pas la moindre idée de l'endroit où j'étais, pourtant j'avais passé avec Kornél une soirée entière à regarder le plan. Une grande femme noire vendait des parapluies sous un porche. Des gens lui en achetaient. Je me suis demandé si j'en avais besoin, mais il ne neigeait pas tant que ça. Et je ne voulais pas payer avec un billet de cinquante dollars dans la rue.

Il n'y avait de bureau de tabac nulle part, mais j'ai fini par trouver un magasin avec de la nourriture. Mais ni pain correct ni charcuterie ou autre chose. Finalement, j'ai acheté une soupe en conserve. Je me suis dit que je la réchaufferais dans la salle de bains, sous le robinet d'eau chaude. Il y avait des cigarettes à la caisse. J'ai demandé des Marlboro, parce que je les connaissais. Soudain, j'ai ressenti une immense fatigue, comme si je n'avais pas dormi depuis des mois. Depuis qu'Éva était partie. Le type de la caisse m'a dit d'avancer, je bloquais la queue.

J'ai mis la boîte de conserve dans la poche de mon manteau, puis j'ai allumé une cigarette devant le magasin. Je me suis dit que, dans ma hâte, j'avais laissé les photos de mon Père par terre, dans ma chambre. Que la première chose à faire après mon retour serait de ramasser ses nuages et de les remettre au cellier. J'ai décidé de faire le tour du pâté de maisons. Je ne voulais pas faire demi-tour. Mais la neige tombait déjà dru. Arrivé au coin suivant, je suis tombé nez à nez avec moi-même. Je ne comprenais pas. Je croyais que c'était à cause de la fatigue. Il y avait sur une colonne Morris, grandeur nature, cette vieille photo où je porte le manteau d'astrakan de ma Mère. J'ai enfin fondu en larmes.

(le petit-déjeuner)

Le matin, j'ai dit à Éva que je voulais rester, tant pis si elle était mariée. Elle m'a fait une caresse, m'a dit qu'on prendrait d'abord notre petit-déjeuner, puis qu'elle m'amènerait à la galerie où Broch nous attendait pour midi. Des angelots dorés étaient suspendus au plafond du restaurant de l'hôtel. Plusieurs centaines. Parfois, l'un des angelots descendait environ d'un mètre sur un fil de pêche, puis le mécanisme le remontait et en faisait descendre un autre. C'était assez énervant. Mais après tout, Noël approchait. Éva m'a demandé si j'avais dîné. Je lui ai dit que oui. Je voulais lui demander si c'était vraiment le plus important pour elle en ce moment. De savoir comment fonctionnaient les robinets et si j'avais dîné. Finalement, je lui ai plutôt demandé pourquoi elle ne m'avait pas dit au téléphone qu'elle s'était mariée. Qu'elle m'attendrait avec son mari. Que je n'irais pas chez elle, mais à l'hôtel.

Je t'ai déjà dit que tu n'habitais pas chez nous parce qu'Edward est malade.

C'est pour ça que tu ne m'as pas épousé ? Pour ne pas être emmerdée ici par le divorce ?

Tu es ignoble !

Moi ?

J'ai sorti sa lettre de mon portefeuille et l'ai posée sur la table.

Elle se taisait.

À ton avis, qu'est-ce que j'ai ressenti ? À ton avis, comment je vis depuis ?

Je sais comment tu vis. Je te l'ai dit, pour moi non plus, ce n'est pas facile.

Tu ne sais rien. Moi, ce n'est pas que je t'ai aimé, je t'aime.

Elle se taisait.

Tu aimes cet homme.

… Oui.

Alors qu'est-ce que je fais ici ?

Elle m'a pris par la main.

Mon cher, Edward est homosexuel.

Je ne t'ai pas demandé si tu avais couché avec lui, mais qui tu aimais.

(dans le taxi)

Ce qu'on voyait du ciel n'était pas plus large qu'un sentier. Éva m'a dit de ne pas prendre le métro, d'aller partout en taxi pour ne pas me perdre. Je lui ai dit que, de toute manière, je n'irais nulle part tout seul.

Dans le taxi, je lui ai demandé pourquoi elle avait laissé tomber le piano.

Parce que je joue bien, mais que je ne suis pas musicienne.

C'est une bêtise.

Elle n'a rien dit.

Tes photos ont leur place ici.

J'ai sorti les cordes de ton piano. Je voulais les apporter, mais elles n'entraient plus dans ma valise.

C'est ton piano, pas le mien.

Plus rien n'est à moi, là-bas. Seules mes photos m'appartenaient. Tu aurais pu au moins me les demander.

Si je l'avais fait, tu ne serais pas ici en ce moment.

C'est sûr. Hier soir, j'ai vu cette affiche à la con. C'est comme ça que ça marche ici ? Ton mari te dit tiens-ma-chérie, et on me placarde dans la rue ?

Ce n'est pas comme ça. C'est parce que tes photos sont bonnes. Et que quelqu'un le voit. Quelqu'un à qui on croit.

Pour moi, c'est bizarre.

Crois-moi, même avec l'aide d'Edward, tu n'aurais intéressé personne ici si tes photos n'avaient pas été foutrement bonnes. Il y a plus de grands talents ici que de moyens en Hongrie. Je te demande juste de te fier à moi. Mais surtout, fie-toi à Broch.

D'habitude, je me fie surtout à moi-même.

D'accord, tu le feras en Hongrie, mais pas ici.

Ma poitrine s'est serrée comme à chaque fois que j'entendais de tels propos.

Bref, je rentre au pays, ai-je dit.

Elle m'a dit : Oui.

(Broch)

De la rue, on ne voyait rien que l'inscription Broch sur du verre noir et, sur la porte, la photo où je porte l'astrakan de ma Mère. Des femmes portant de bien meilleures fourrures passaient devant la galerie.

Il n'y avait aucune lampe à l'intérieur, la lumière du jour qui tombait du faux plafond illuminait uniformément la salle. Ils obtenaient cet effet grâce à des miroirs, je n'avais jamais rien vu de tel. Et bien sûr, je n'avais jamais vu mes photos rassemblées sur un mur blanc immaculé. Certes, dans la plupart des cas, ce n'étaient pas mes propres photos, mais des agrandissements réalisés sur place. Je n'aurais pas pu faire de tels agrandissements, ni chez moi ni chez Reisz.

Alors, qu'est-ce que vous en dites, a demandé un homme derrière nous. Éva a fait les présentations. J'ai dit que c'était assez bien. Puis j'ai eu honte.

Alors nous sommes d'accord sur l'essentiel, a-t-il dit.

Broch boitait comme mon Père. Pas à cause d'une luxation de la hanche, mais à la suite du Débarquement. Il avait la tête d'Adolf Hitler sur le pommeau de sa canne.

Qu'est-ce que c'est ? ai-je demandé.
Éva n'a pas voulu traduire. Broch a ri.
Vous autres Hongrois, vous aimez vous indigner avant de regarder attentivement ce que vous voyez. C'est une canne. Sur laquelle je m'appuie. Faite du même platine chirurgical que les broches que j'ai dans la jambe.
Il a ouvert le visage d'Hitler des yeux jusqu'à la bouche, comme un tiroir, et l'a tendu vers moi.
Prenez-en, c'est du sucre. Je fais parfois de l'hypoglycémie. C'est une idée de mon ami le plus pragmatique.
Salvador Dalí, a ajouté Éva qui traduisait.
Bon d'accord, pourvu qu'il ait toujours du sucre sur lui, ai-je dit.
Ensuite, j'ai pensé que ce n'était pas Broch qui avait dit Salvador Dalí, mais Éva. Que c'était pour elle plus important que je ne le croyais. Qu'en me voyant placardé sur une colonne Morris, elle m'avait certainement enfin vu comme elle avait toujours voulu me voir.

Une vieille femme couverte de diamants est entrée, a fait un tour, est revenue sur ses pas, s'est arrêtée devant Johanna Vészi. La photo que j'avais autrefois déchirée et donnée à cette lycéenne catholique.
J'ai dit à Éva de la faire enlever.
Elle m'a dit, on ne peut pas faire ça ici.
Broch s'est penché vers elle et lui a dit, c'est intéressant, les vieilles femmes apprécient particulièrement cette photo.

Je ne m'étais jamais senti plus pillé, plus exploité. J'avais l'impression de devoir remercier tout bas pour des choses qui m'auraient plutôt fait hurler. L'hôtel, les mille dollars fourrés dans ma main, la canne à tête d'Hitler, Johanna Vészi. Quand Broch est entré dans son bureau pour appeler un chauffeur, Éva m'a dit, tu sais qui a acheté ta femme aveugle ?
Je lui ai dit, rien à foutre.
Elle m'a dit, tu es plus têtu qu'un gamin.

(le déjeuner)

Le premier endroit où je me suis senti comme un être humain digne de ce nom dans cette ville n'était absolument pas mon exposition, mais un snack chinois bon marché. Broch m'a dit que je serais peut-être déçu, mais qu'il aimait bien cet endroit où il venait déjà quand il était petit. Je lui ai dit que ça me plaisait. Il m'a demandé si j'aimais la cuisine chinoise. Je lui ai dit que je n'en avais pas la moindre idée, qu'en général, je mangeais n'importe quoi. Et que je n'avais pas faim, mais qu'il pouvait manger tranquillement. Éva n'a pas traduit.

Il m'a demandé si j'étais vraiment satisfait de l'exposition. Je lui ai dit que non. Puis j'ai demandé en anglais à Éva de bien vouloir traduire. Elle m'a regardé comme si je l'avais giflée. Je lui ai dit de ne pas me regarder ainsi. Broch m'a demandé quelles étaient mes réserves. Je lui ai dit que c'était tout ce que je possédais. Ces photos. Que j'existais par elles, qu'elles soient bonnes ou non. Et que la photo que j'avais prise de mon Père n'était peut-être pas la meilleure, mais qu'elle avait sa place dans ma première exposition. Il n'a rien dit.

Puis je lui ai dit que j'avais déjà déchiré une fois la photo qui avait tant plu à cette vieille femme. Parce qu'on me l'avait demandé. Et même si cette personne ne saurait jamais que quinze ans après, cette photo s'était retrouvée sur le mur d'une galerie de New York, elle n'avait rien à y faire.

Et que je savais pertinemment que l'image et le mot étaient très différents, mais parfois, non. Quand je parle, on me comprend parce que j'aligne les mots. Il se pouvait très bien que cette exposition ait été meilleure que si je l'avais agencée moi-même, que c'était comme si on avait découpé mes phrases en mots et ensuite, advienne que pourra. Chacune de ces photos était de moi, c'était indéniable. Et chacune devait se défendre toute seule. Mais là, elles étaient ensemble. La place de la femme aveugle était peut-être juste à côté de mon Père.

On peut penser le contraire, a dit Broch.

Bien sûr. Je demande à être convaincu.

Vous aurez le temps demain ?

Oui.

Très bien, alors on fera un agrandissement de votre père pour demain. Et on verra comment vous pourrez réorganiser l'ensemble. Quant à cette autre photo, je ne peux malheureusement pas l'enlever. Je l'ai déjà vendue.

Alors c'est égal. Merci pour mon Père.

Ce n'est pas égal. Elle a été achetée par le MoMA.

Je ne savais pas ce qu'était le MoMA.

Il a dit qu'il aimerait que je l'écoute attentivement. C'était un peu gênant de ne pouvoir discuter qu'avec l'aide d'Éva, car nous devions lui être reconnaissants tous les deux, puisque sans elle, nous ne nous serions pas rencontrés. Mais cela n'avait plus d'importance, et du moment que nous travaillions ensemble, notre vie privée ne l'intéressait pas. Il n'était pas un marchand, pour lui, le profit n'était qu'un moyen. Ce qui l'intéressait, c'était ce qu'on pouvait faire avec l'argent. La culture. Il n'avait jamais vendu de travaux minables, même si leurs auteurs étaient les plus grands, mais quand quelque chose était bon, il choisissait l'acheteur. En d'autres termes, il ne gagnait pas sa vie en faisant mousser de la merde. Il avait vendu quatre de mes photos à un prix qui n'était pas une escroquerie considérant qu'il s'agissait des œuvres d'un photographe très talentueux, mais encore complètement inconnu. En tout cas, je n'aurais pas de soucis matériels en Hongrie pendant un ou deux ans. Si nous devions travailler ensemble, ses conditions seraient les suivantes. Il déterminerait le nombre de copies. Je ne pourrais exposer nulle part sans son accord. Cinquante pour cent reviendraient à la galerie, même si je ne vendais pas par son entremise. Tout cela serait valable tant que nous n'aurions pas rompu le contrat, mais mes travaux réalisés avant seraient représentés par la galerie Broch même après la rupture. Tant que j'étais sur place, nous composerions un livre qu'il financerait avec les ventes futures. Parmi les revues d'art, seules quelques-unes l'intéressaient, je pourrais placer des photos où bon me semblerait, mais lui seul négocierait les livres suivants avec les éditeurs. Exception faite de la

Hongrie, naturellement. Ce qui se passait en Hongrie n'était pas particulièrement important. Et bien que ce soit à portée de main, il ne souhaitait pas faire de moi une victime du communisme. Ce pourrait être intéressant pendant quelques années, mais lui ne vendait pas des photos aux musées pour quelques années. Si cela me convenait, nous pourrions signer le contrat le lendemain.

Bien sûr que cela me convenait. Mais qu'arriverait-il si je ne pouvais pas faire sortir les photos ?

Je m'en occuperai, a-t-il dit. Vos photos sortiront de la manière la plus légale qui soit, et vous aussi.

Donc, il ne faut pas que je reste ici ?

Ça ne dépend pas de moi. Mais il ne semble pas que vous soyez exposé à un danger particulier dans votre pays. De plus, compte tenu de votre travail, cela n'aurait aucun sens, a-t-il dit. Chez vous, vous pourrez dans un premier temps avoir une vie plus facile.

(le dernier jour)

Quand on est descendus de la voiture et qu'on a eu pris congé de Broch, Éva m'a enlacé. Elle m'a dit, je suis fière de toi. Je lui ai dit, merci d'avoir emporté mes photos. C'est vraiment un brave homme, malgré sa canne à la con, et même s'il ne vendra jamais d'autres photos que ces quatre-là. À gauche, Times Square, à droite, la Quarante-Troisième Rue Ouest. Au milieu, je la couvre avec mon manteau. Je te le dis, je ne veux pas que tu m'abandonnes encore une fois.

Elle m'a embrassé. Non. Elle a dit dans ma bouche, prends-moi. Nous sommes montés dans ma chambre. J'avais aussi peur que la première fois. Je ne pouvais m'empêcher de la revoir, debout sous la douche dans la baignoire écaillée, regardant droit devant elle. Et je comptais ses grains de beauté.

Quatre-vingt-douze, ai-je dit.

Quoi ?

C'est le nombre de tes grains de beauté.

Comment tu le sais ?
Quand tu es partie, je les ai comptés sur une des photos.

Elle devait partir pour être chez elle avant l'arrivée du médecin de son mari. Je lui ai dit qu'Edward était peut-être homosexuel, mais que je ne souhaitais quand même pas venir chez eux. Elle m'a dit qu'elle me comprenait, que c'était peut-être mieux ainsi pour tout le monde.

Le lendemain, je ne suis pas sorti de ma chambre, attendant qu'elle vienne. J'aimais rester assis à la fenêtre et regarder dans la rue. Et je ne voulais pas dépenser mon argent. Elle est venue le matin, on a fait l'amour. Puis on est allés ensemble à la galerie. Accrocher la photo de mon Père. Ensuite, elle a voulu me montrer la statue de la Liberté, mais je lui ai dit que je la verrais une autre fois, je préférais qu'on retourne à l'hôtel. Elle m'a aidé à choisir les photos pour le livre, j'ai donné une interview, elle a traduit. Elle m'avait demandé de ne rien dire qui puisse m'attirer des ennuis au pays. Une fois, nous sommes allés à trois avec Broch à une réception sur le toit d'un gratte-ciel. Il y avait là tout un tas de peintres, d'écrivains, de musiciens, dans l'ensemble ceux pour qui le monde entier faisait la queue cent étages plus bas. Sans Éva, je ne pouvais parler avec personne. Je me sentais même assez minable dans mon costume sorti de l'atelier de confection Octobre Rouge. L'un des peintres aux cheveux gris s'est arrêté un instant devant nous et m'a dit, tu as une bonne gueule, et cette fourrure est foutrement chouette, fais plus d'autoportraits. Je lui ai dit OK. Éva m'a demandé si je savais qui c'était. Je lui ai dit, bien sûr, mais aussi que je ne l'avais jamais supporté et que je ne l'aimais toujours pas. Puis je lui ai proposé de nous en aller. Elle m'a dit que c'était comme ça, qu'il fallait que je le comprenne. Je lui ai dit, tu me le feras comprendre un autre jour, mais si on ne rentre pas de ce pas pour baiser, je vais voir ce connard et je lui flanque une baffe. Elle m'a dit, oh là là, surtout pas, alors dépêchons-nous plutôt.

Oui, pendant une semaine, chacune de nos journées s'est passée ainsi. Je croyais que c'était décidé. Que je pourrais rester là-bas. Qu'on louerait une chambre dans l'un des immeubles à escalier d'incendie, et peu m'importait si elle allait tous les après-midis chez Edward. S'il le fallait, je pourrais faire cent autoportraits par jour, pourvu qu'elle rentre le soir. Le jour, ça allait encore, mais la nuit était comme un marécage. Ce n'est pas normal de s'endormir seul. D'entendre un robinet qui fuit au lieu d'un cœur qui bat.

C'est quoi ?
Ne l'ouvre pas.
Et je pourrai l'ouvrir quand ?
Seulement quand tu seras rentré, à Noël.
Il ne s'est rien passé. Je crois que même mon visage n'a pas frémi.
Dis-le-moi au moins.
Tu verras.
Je veux voir maintenant.
J'ai défait le paquet, c'était une montre.
Elle m'a dit que Neil Armstrong portait la même sur la Lune.
Je lui ai dit merci.

Je lui ai dit que je lui donnerais un cadeau seulement si elle venait s'allonger à côté de moi.
Elle m'a dit qu'on devait se dépêcher, qu'on était attendus à un déjeuner très important.
Je lui ai dit qu'on aurait le temps. Je lui ai ôté ses vêtements. Je me suis dit que lors de l'alunissage, elle m'avait repoussé dans la salle de bains d'Adél Bauer.
Je ne peux rien te donner d'autre, ai-je dit.
Elle m'a enlacé comme un lierre. Son cœur battait dans ma poitrine quand elle a atteint le plaisir.
Je ne l'ai pas relâchée.
Fais attention.
Je t'aime vraiment, ai-je dit.
Qu'est-ce que tu fais ? Tu ne vas pas jouir en moi.
Je lui ai pris la main.
Lâche-moi !
Jamais, espèce de lâche.

Je t'ai dit de me lâcher !

Je la serrais contre ce putain de lit d'hôtel comme si je la crucifiais.

Si tu as peur, tue-le, ai-je dit.

Elle m'a craché au visage.

C'était la dernière fois que je la voyais.

(Aczél*)

Quand Reisz est parti à la retraite, j'ai repris la boutique. Formellement, pour ne pas devoir restituer le local à l'État, mais je ne faisais plus de photos d'identité. Le livre était déjà paru, j'avais eu déjà ma première exposition au pays. J'avais déjà été une fois à Rome et passé un mois à Berlin-Ouest. Ce n'était pas un voyage touristique, on m'avait laissé partir. J'ai même appris un peu d'anglais.

Une fois, j'ai demandé à Broch des nouvelles d'Éva, mais il m'a dit que ma vie privée ne le concernait pas et qu'il préférait que cela reste ainsi. Quand je suis allé une deuxième fois à New York, j'ai juste appris qu'elle avait déménagé sur la côte ouest avec son mari. Je suis resté encore trois jours après le vernissage. Pourtant Broch m'avait conseillé de quitter mon pays. Je lui avais dit, à quoi bon.

Chez Reisz j'ai démonté le comptoir. J'ai acheté des lampes et me suis procuré un appareil de quarante sur cinquante avec armature en bois, qui est venu s'ajouter à la Linhof. Il était presque aussi grand que celui que j'avais vu à l'imprimerie, à l'époque où j'étais assembleur. Il le fallait afin que rien ne se perde à l'agrandissement, ni les lumières ni les ombres. Que ça devienne un miroir en noir et blanc.

Ici, je n'étais pas trop connu et c'était très bien ainsi. Plus précisément, je n'étais pas assez connu pour ce que soit bon pour

* Ministre de la Culture sous Kádár.

moi. Mais je ne travaillais jamais pour les journaux, ne faisais pas de photos publicitaires, ne participais pas à des expositions communes, je ne prenais la place de personne. Une fois, on m'avait demandé de faire partie de l'Association, j'ai demandé si c'était obligatoire. Bien sûr que non, cher András. J'ai dit que, dans ce cas, non, merci. Il y en a sûrement pour qui c'est très important, je les envie un petit peu car toute association signifie aussi une certaine appartenance, on n'est pas seul. Mais de toute façon je ne serais pas allé aux réunions, je n'aurais participé à aucun jury et je ne souhaitais pas profiter des possibilités de vacances que l'Association proposait, alors il n'y avait pas de raison pour que j'en fasse partie. Il me suffisait de pouvoir exposer de temps en temps. C'est comme tu veux, cher András, notre porte est toujours ouverte.

En ressortant, j'ai vu, assis derrière un bureau, au secrétariat, l'homme auquel j'avais voulu demander ce qu'il fallait faire pour devenir assistant, à l'époque où se dressait encore l'ancien pilier du pont Élisabeth. Il ne m'a pas reconnu. C'est sûr et certain. Ou plus précisément, il m'avait reconnu, mais il ne savait plus que c'était à moi qu'il avait dit que si je ressentais la nécessité de photographier avec un appareil à cinq cents dollars, je pourrais au moins apprendre à faire une mise au point correcte. Il avait un pull gris. Il s'est levé pour me saluer. Mon estomac s'est noué comme quand je n'étais pas encore l'apprenti de Reisz. Je n'ai pas fermé l'œil de la nuit. J'ai passé en revue toutes les possibilités, à commencer par aller le voir pour le remercier de m'avoir incité à étudier, jusqu'à lui proposer un emploi dans mon studio nettement plus intéressant que dans ce bureau. À l'aube, cela faisait un moment que ce n'était plus l'amertume qui m'empêchait de dormir, mais la honte. Cet entêtement, cette blessure, cette mesquinerie puérile qui sommeillaient en moi depuis presque vingt ans à cause d'une seule phrase. Qu'un ancien bon à rien avait dite à un autre ancien bon à rien. Qu'il n'y avait pas de remède contre une phrase idiote. Ni les deux décennies, ni le cher-András, ni la critique du *New York Times*. Je pouvais seulement m'efforcer de ne pas faire paraître cette mesquinerie, cette fierté amère, je suis arrivé au point de ne blesser personne avec ce genre de phrases, mais ce n'est pas l'envie qui m'en manquait, comme à presque n'importe qui. J'ai fini par prendre un somnifère. Je n'ai plus jamais mis les pieds à l'Association.

Je connaissais presque tout le monde de vue, et inversement, et bien sûr il y avait quelques personnes qui me détestaient, aussi de vue, mais c'est comme ça. Tout compte fait, ils m'acceptaient avec bienveillance et me laissaient tranquille car, de Biharkeresztes à Hegyeshalom, je ne dérangeais personne.

Je suis resté ici parce que cela m'a permis de garder ma liberté. Sans être obligé de faire des photos d'identité. Bien sûr, ma liberté ne se réduisait pas à ça, j'en suis conscient. Être privé de quelque chose est différent de ne pas en profiter. Si j'étais resté en Amérique, j'aurais été immédiatement obligé de profiter de toutes les possibilités. Pour participer. Si étonnant, voire repoussant que ce soit, ma liberté venue de l'extérieur était protégée justement par le Rideau de fer.

Le seul prix que je devais payer était d'être de temps en temps exhibé victorieusement tantôt comme un torchon ensanglanté, tantôt comme un drapeau blanc. Heureusement je ne devais pas y assister trop souvent. Une fois j'ai rencontré Aczél. Difficile de dire s'il m'avait invité ou convoqué. Le camarade vice-ministre serait ravi de faire votre connaissance personnellement. Il vous attend demain à deux heures quarante-cinq dans son bureau. Le serait-ravi est encore une invitation, mais le deux-heures-quarante-cinq et le bureau le sont déjà beaucoup moins. J'ai allumé une cigarette alors que j'étais encore à côté du téléphone, puis j'ai appelé Kornél pour lui demander ce qu'à son avis Aczél me voulait. Il a dit qu'il ne le savait pas, sans doute la même chose qu'à n'importe qui d'autre. Je lui ai demandé s'il l'avait déjà rencontré. Il m'a dit que je l'aurais su. J'ai voulu lui dire que ce n'était pas sûr du tout, mais finalement, je n'ai rien dit. Il m'a dit qu'en tout cas, c'était mieux qu'il veuille me rencontrer que s'il m'ignorait. Je lui ai dit que cette dernière possibilité me conviendrait mieux, et que s'il le voulait, il pouvait prendre ma place. Il n'a rien dit. Je me suis dit que je n'aurais pas dû dire ça, bon Dieu, maintenant, il pense que je pense qu'il me jalouse ou me méprise ou je ne sais quoi, mais j'en ai assez de ces silences. Je lui ai dit, voyons-nous après. Il a dit, bien sûr. Puis il a ajouté qu'il ne pouvait que le soir, après avoir couché les enfants. Il m'a rappelé cinq minutes plus tard pour me dire de ne pas me nuire à moi-même, si possible. Je lui ai dit, bien sûr. Puis j'ai quand même ajouté, merci. Je ne supportais pas son paternalisme. Au moins autant que ses silences pincés.

Chez Aczél, les premières minutes ont été assez pénibles ou plutôt officielles. Il était ravi, j'étais ravi, café, boisson *et cetera*. Puis, pour détendre l'atmosphère, il m'a dit en souriant, vous savez, je vous crains un peu.

Je lui ai demandé pourquoi.

Parce que je ne vous comprends pas vraiment. Et l'homme craint naturellement ce qu'il ne comprend pas.

Je lui ai demandé ce qu'il ne comprenait pas.

Il m'a dit, d'autres personnes seraient tentées de tirer un plus grand profit plus de votre situation exceptionnelle. Ou d'en abuser, ça dépend du point de vue.

Je lui ai demandé à qui il pensait.

Il n'a pas pu citer beaucoup de noms.

Je lui ai dit de se méfier d'eux, c'étaient des écrivains. On peut renverser une dictature avec une seule phrase, beaucoup moins avec une photo de studio.

Il m'a menacé du doigt avec une grimace amère en disant : Attention, vous avez fait une phrase.

Je lui ai dit que ce n'était pas une blague, que je le pensais vraiment et comprendrais mieux son angoisse si je ne faisais pas mes photos entre quatre murs. Que j'étais conscient non seulement de ma situation privilégiée, mais aussi de mes capacités. Mais que je ne m'y connaissais pas en mots. En tout cas, pas dans la mesure de m'en préoccuper.

Pourquoi au juste n'êtes-vous pas resté à l'étranger ? a-t-il demandé. Sous de nombreux aspects, vous y seriez mieux.

Je ne sais pas, ai-je dit. Mon oncle n'est pas parti en quarante-quatre, mon Père n'est pas parti en cinquante-six, ça compte sûrement aussi. Moi je suis resté tout simplement. Et tant que je ne m'y sentirai pas obligé, j'aimerais ne rien y changer. Même si avec mes photos, je pouvais avoir une meilleure situation n'importe où en Occident que nos écrivains avec leur langue maternelle.

Alors ne vous sentez pas obligé. Pourquoi le faudrait-il ? Pour ce qui est des mots, vous avez raison, le diable s'y niche. Aussi bien le nôtre que le vôtre. Celui de tout le monde. Mais heureusement, on ne peut pas photographier les mots.

J'ai réfléchi quelques instants s'il fallait répéter à ce camarade ministre ou je ne sais quoi la phrase qui avait valu à mon Père une gifle mémorable. Finalement, je n'ai pas trouvé de raison de ne pas la dire.

On ne peut pas photographier Dieu non plus, et malgré tout, j'essaie.

Alors c'est bien, espérons que vous allez réussir, a-t-il dit en riant.

Je n'ai compris que des années plus tard avec quelle sournoiserie il s'était arrangé pour me donner l'impression que je ressortais de son bureau dans le même état qu'en entrant. Pourtant, il est évident que j'en ressortais pas indemne. C'était vraiment un bon politicien.

(Reisz)

Deux ans après le départ d'Éva, j'ai fait connaissance d'une femme. Peu importe, comment elle s'appelait. Nous avons couché ensemble une fois. C'était la première femme avec laquelle j'avais essayé de sortir. Elle me plaisait beaucoup.

Mais ce n'est pas vrai.

C'était Lilla Hámori. Je l'avais attendue une fois devant le Conservatoire, parce qu'elle avait au moins un lien avec Éva. Je pourrais même dire qu'Éva me l'avait donnée. Et parce que depuis cette nuit d'anniversaire ratée, je savais très bien qu'elle ne dirait pas non. J'ai flâné devant le Conservatoire jusqu'à ce que le concert se termine, qu'elle me voie et m'interpelle. Ça fait longtemps que je ne t'ai pas vu.

Elle est venue au studio le soir même. Je ne voulais pas aller rue Szív. Je ne voulais pas qu'elle voie les manteaux d'Éva sur le portemanteau ni ses chaussures en dessous. Je ne voulais pas qu'elle s'asseye par hasard au piano et me demande où était passé le son. Elle m'a demandé comment j'allais. Je lui ai dit, bien. Elle a dit, quel dommage qu'Éva ait arrêté le piano, mais l'Amérique ne réussit pas à tout le monde. Elle m'a demandé si j'avais des nouvelles d'Éva. Je lui ai dit que non. Puis elle m'a demandé si c'était vraiment le mauvais révélateur qui avait abîmé les photos ou si c'était la pauvre Éva qui avait inventé cette histoire. Je lui ai dit que c'était à cause du mauvais révélateur. Et pourtant, elle aurait juré que c'était Éva qui les avait abîmées. Beaucoup de femmes étaient d'accord pour des parties à trois, mais peu l'appréciaient vraiment. Je lui ai dit qu'Éva n'était pas jalouse. Arrête tes bêtises. Puis elle m'a demandé pourquoi je n'émigrais pas, du moment que j'avais réussi. J'ai voulu lui dire, à quoi bon sans Éva, mais j'ai fini par dire que tout pouvait arriver. Quand on a parlé de Reisz, elle m'a demandé si j'avais quelqu'un en ce moment. Je lui ai dit que non. Elle m'a demandé si elle pouvait téléphoner. Je lui ai dit, bien sûr. J'ai voulu sortir, mais elle m'a fait comprendre d'un signe que je pouvais rester. Elle a dit trois phrases. Ne m'attends pas aujourd'hui, chéri. Parce que. Parce qu'aujourd'hui, ça ne me va pas. Je lui ai demandé si quelqu'un l'attendait. Elle m'a dit, pas autant qu'elle m'avait attendu après cette séance de photos. Mais ce n'était pas un reproche, elle savait qu'à l'époque, j'étais avec Éva. Je lui ai dit que c'était longtemps auparavant. Puis j'ai ouvert une bouteille de vin et ai dit que je regrettais toujours ces négatifs, c'étaient probablement les meilleures photos de ma vie. Après qu'on a eu trinqué, elle m'a regardé dans les yeux de la même manière qu'à l'époque, depuis la porte du trolley. Elle le regrettait, elle aussi, mais maintenant elle était là et moi non plus je ne devais pas me discipliner, je pouvais faire les photos que je voulais. J'ai dit que je voulais prendre une photo de ses mains. Elle a ri et m'a demandé ce qu'elle devait faire de sa main. J'ai dit, peu importe, de toute façon, la photo serait comme je la verrais, moi. J'ai mis un disque de chants grégoriens, suis entré dans la chambre noire pour mettre un plan-film dans le magasin. Je me disais que ni elle ni Éva, ni même Kornél, ne croiraient qu'en sept ans, ma plus grande infidélité ait été que cette femme avait posé ses pieds sur mes jambes le matin où Éva était descendue faire des courses. Mais malheureusement, elle avait raison, ce n'est pas être fidèle que de manquer simplement du courage d'être infidèle. De la même manière que le colonel Adler avait eu raison en disant qu'on ne devenait pas bon du simple fait de ne pas faire le mal. Et, bien sûr, mon grand-père aussi avait eu raison en disant que si on commettait une ignominie une fois, on ne devenait pas ignoble pour toute la vie. Il est temps pour moi aussi de trouver une telle vérité. On ne deviendra pas bla-bla si bla-bla-bla-bla. J'ai mis deux plans-films dans le magasin. En ressortant, je lui ai dit que je voulais aussi prendre une photo de ses pieds. Je l'avais presque deviné, a-t-elle dit, et me les a tendus pour que je lui enlève ses chaussures.

J'ai allumé l'éclairage, pris les deux photos, puis on a couché ensemble. C'était horrible, ce n'était pas sa faute. Sans amour, on ne replonge pas dans sa propre vie après le tourbillon, mais dans le néant. Plus un corps étranger est proche, plus on ressent que cette solitude pleine de courants d'air est notre vie. Mais il est possible que je sois le seul à le ressentir ainsi. Et donc, j'ai couché une fois avec Lilla Hámori. Je ne comprends pas comment elle a pu trouver ça bon.

Elle est venue au studio le lendemain soir. Je ne l'attendais pas. Elle voulait faire l'amour.

Je lui ai dit qu'on ne pouvait pas.

Elle m'a demandé pourquoi.

Je lui ai dit que je devais partir.

Elle a commencé à déboutonner sa robe, elle a dit, alors tu vas tout de suite partir.

Je l'ai reboutonnée. Je lui ai dit de ne pas m'en vouloir pour la veille.

Elle m'en voudrait seulement si je ne la ramonais pas tout de suite bien comme il faut.

Je lui ai dit de ne pas m'en vouloir d'être amoureux d'une autre. Que je la désirais beaucoup, mais qu'elle n'avait vraiment pas besoin qu'on cherche une autre femme en elle.

Même sa voix a changé. Elle m'a regardé comme si je lui avais craché au visage. Et pas seulement moi, mais Éva aussi.

Dans ce cas, j'aurais pu le lui dire la veille.

La veille, je ne pouvais pas encore le savoir, ça faisait deux ans que je n'avais couché avec personne.

Que je ne la fasse pas rire. Je photographiais ici des putes et je n'aurais couché avec personne depuis deux ans ?

Je ne comprenais pas ce que cette femme foutait là. Ou plutôt ce qui m'était arrivé pour ne pas avoir vu comment elle était. Ou même dans ce cas, pourquoi j'avais couché justement avec elle. Mais bien sûr que je l'avais vu, je l'avais déjà très bien vu quand je l'avais photographiée avec Éva. C'est pour cette raison que j'avais senti encore pendant des jours son étreinte sur mes épaules. C'est pour cette raison que le plâtre détrempé était tombé.

J'étais désolé, mais elle était vraiment la première depuis qu'Éva était partie. Et j'avais l'impression qu'elle serait aussi la dernière pour un bon bout de temps.

Ce que tu peux être pitoyable avec ton discours.

J'ai dit, peut-être. Mais si elle pensait vraiment que je sautais des putes chaque soir, pourquoi croyait-elle être une exception ?

Quoi, tu m'amènes ici pour baiser, puis tu me traites de pute ?

Ce n'est pas moi qui t'ai traitée de pute, mais toi-même.

Tu es qui, toi ? Pour qui tu te prends ? Tu crois que tu peux faire n'importe quoi avec n'importe qui ?

Je ne me prenais pour personne, mais là, il fallait qu'elle parte.

Vous êtes des dieux ? Une fois c'est ta pute qui me met dans son lit, une fois c'est toi ?

Elle a renversé la Linhof. Je lui ai dit de débarrasser le plancher.

Elle s'est jetée sur moi en hurlant, traite ta mère de pute, espèce d'ordure. J'ai immobilisé ses mains, elle poussait des cris.

Reisz est rentré chez lui à ce moment précis. En entendant les hurlements, il a poussé la porte, pour voir ce qui se passait.

J'ai dit, rien.

Il m'a dit de lâcher cette femme.

Je lui ai dit de ne pas se mêler de ça.
Ne me traite pas de pute, pourriture, ou je te tue.
Reisz a dit, arrêtez, il y a des gens qui habitent ici.
Lilla Hámori a dit, qui c'est, ce sale juif ?

Je lui ai relâché le bras, je ne savais pas ce qui allait se passer. Elle a pris son sac et est partie en courant. Reisz se tenait devant la porte. La porte de son propre studio. La porte du studio de son père. Sa main s'est mise à bouger. Pas à trembler, mais à bouger, comme s'il avait un Parkinson. Il m'a regardé comme – je ne sais pas. Je pense que ce n'était même pas moi qu'il regardait.

Excusez-moi, ai-je dit.

J'ai à peine entendu sa réponse.

Je vous jure que ce n'est pas ma faute !

Allez-vous-en, a-t-il répété.

Mais vous n'avez pas vu ? C'est une folle !

Allez-vous-en.

Vous me faites chier vous aussi, avec votre Auschwitz et tout votre bazar ! Vous me faites chier !

Allez-vous-en d'ici, a dit Reisz.

(les élections libres)

Le six juillet mil neuf cent quatre-vingt-neuf, János Kádár est mort. Il y en a qui situent le changement de régime à la chute du Rideau de fer, d'autres à la proclamation de la République, encore d'autres à certaines négociations et à la formation des partis ou des élections libres. Moi, c'est ce jour-là. Il est mort le jour où la Cour suprême a réhabilité Imre Nagy. Certains prétendent qu'il avait fait appeler un prêtre. Cela n'a pas d'importance. Le devoir du prêtre est d'aller là où on l'appelle, d'écouter et de donner l'absolution à quiconque l'appelle. Même si c'est János Kádár. Nul ne sait ce qu'il va faire avant sa mort. Ma Mère ne savait pas non plus qu'au lieu de faire la vaisselle, elle s'assiérait au piano. Mon Père ne savait pas non plus que le plus important serait d'un coup de repeindre l'appartement. Jusqu'au jour de sa mort, jamais la peinture de l'appartement ne l'avait intéressé. Pour Kádár, ça devait être pareil pour le prêtre. D'un coup, il lui était venu à l'esprit.

J'allais aux manifestations, lors d'une des retraites aux flambeaux, une femme m'a même embrassé. Elle m'a dit qu'elle reviendrait tout de suite, elle allait juste prévenir ses amis. Puis elle a disparu dans la foule, je ne l'ai jamais revue. Mais ce n'était pas très grave. Je crois que j'étais aussi euphorique que presque tout le monde. Ce qui me le fait dire, c'est qu'à deux ou trois reprises, je me suis rendu compte que je ne pensais pas à Éva.

Parfois j'étais sollicité pour signer une chose ou une autre, protester, adhérer. J'ai signé les premières protestations, mais je ne suis pas arrivé aux adhésions. Je savais de moins en moins que faire de l'argument disant que c'était mon devoir. Pour les uns, c'était à cause de mon Père, pour les autres à cause de la famille exterminée de mon oncle, pour les troisièmes parce que j'avais été réduit à faire des photos d'identité. Alors que, moi justement, je n'avais subi aucune contrainte. Quelqu'un était même venu de Mélyvár en disant que j'avais le devoir de signer parce que j'y étais né. Il est apparu assez rapidement que si on n'obéissait pas à ce devoir, on était tout simplement un traître. Ou un complice muet, ou qu'on était vendu aux juifs, ou qu'on vivait dans une tour d'ivoire.

En rentrant d'un séjour de six mois au Japon, j'ai vu double pendant quelques jours. Au moment où je suis sorti de l'avion à Budapest, l'image a glissé sur elle-même, comme dans le viseur du Leica avant la mise au point. Ça a duré quelques minutes, puis ça a recommencé. J'ai eu très peur. De devenir aveugle. C'est alors que j'ai fait la connaissance du Dr Péter Várnai. Par la suite nous avons beaucoup discuté, j'ai même parfois dîné chez eux. C'était un très bon ophtalmologiste, et un non moins important fondateur de parti. De plus il n'était pas devenu une crapule. Il est venu me voir une seule fois pour tenter de m'encarter.

Cher Péter, tu peux vraiment imaginer mon nom sur une liste électorale ?

Cher András, pourquoi ne le pourrais-je pas ?

Excuse-moi, mais c'est non.

Je dois me contenter de ça, ou tu peux me gratifier d'une explication ?

Je n'ai qu'une seule explication. Vos objectifs sont irréprochables, mais si je voyais de près vos méthodes, il est certain je verrais double à nouveau. Il y en a pas mal auxquelles je ne pourrais pas adhérer. De même qu'il y a une part de mon travail à laquelle tu ne pourrais pas adhérer. Et pourtant ces deux parts forment un tout.

Je ne te comprends pas, tu sais très bien à quel point j'estime ton travail. Et pas seulement ton travail. C'est pour ça que je suis là.

J'ai pris l'album japonais sur l'étagère et l'ai posé sur la table.

À ton avis, qu'est-ce qu'il y a sur cette photo ?

Une femme. Le visage d'une femme asiatique.

C'est ça. Une Japonaise. Et à ton avis, elle fait quoi cette femme ?

Allons, András, c'est une de tes photos les plus connues.

C'est justement pour ça que je te la montre. Alors, qu'est-ce qu'elle fait ?

Je ne veux pas que tu m'accuses d'être choqué par l'érotisme.

Je ne t'accuse de rien du tout, je te demande juste ce qu'elle fait.

Comment veux-tu que je le sache, on ne voit que son visage.

Péter, ne mens pas.

Elle baise. C'est ce que tu voulais entendre ?

Oui.

Ça devient tout doucement ridicule, András. Je ne sais pas où tu veux en venir, mais là, tu mélanges deux choses complètement différentes.

Justement, je ne veux pas mélanger les choses, alors poursuivons, je t'en prie. À ton avis, comment cette photo a-t-elle été prise ?

J'en-sais-rien. Je ne m'y connais pas particulièrement en photo.

Pas la peine de s'y connaître, il suffit de réfléchir. On peut déjà admettre qu'elle ne simule pas.

Ou alors elle simule très bien. Bien sûr qu'elle ne simule pas. Mais je ne sais pas comment elle a été prise.

Je vais t'aider. À ton avis, si c'est moi qui règle l'ouverture, le temps, la netteté, les lumières, alors avec qui elle baise ?

Il se taisait.

… Le fait que tu sois là n'en fait pas de la pornographie.

Non, sûrement pas. Et sûrement pas un portrait.

Eh ben alors. Je le répète, je ne comprends vraiment rien à tout ça.

Péter, cette femme est morte.

Il m'a regardé comme si je divaguais.

C'est une jeune femme poignardée par son fiancé dans un hôtel de Kyoto. Feuillette le livre tranquillement. Dans ce livre, personne n'est triste, personne ne dort, personne ne regarde la télé, personne ne baise, personne ne caresse son chien. Ils sont tous morts. Avec le regard qu'ils avaient quand les voisins, le personnel de l'hôtel ou les policiers les ont trouvés.

Il se taisait.

Tu vois, je suis aussi perplexe face à vos méthodes que tu l'es face à cette photo. Pour toi, au-delà d'un certain point, j'abuse de ma liberté, pour moi, c'est vous qui le faites.

Bon, il faut que j'y aille… Je regrette, a-t-il dit.

Il s'est dirigé vers la sortie, mais il s'est arrêté dans l'entrée.

Je ne veux pas te blesser, András, mais pour moi c'est une profanation, même si c'est toi qui as pris ces photos. Pourtant je suis médecin. Ça n'a rien à voir avec la liberté de l'artiste.

C'est possible. Mais moi, j'ai commencé la photo par une profanation. Celle de ma Mère. Crois-moi, la liberté ne m'est ni plus ni moins étrangère que, disons, vos campagnes de dénigrement. C'est justement pour ça que je ne veux pas imposer à qui que ce soit les critères douteux de ma liberté douteuse.

C'est comme ça que la politique fonctionne, András.

Et ça, comme ça.

(ma vie)

Je dois éclaircir une chose. À part Mélyvár et cet appartement du sixième arrondissement, j'ai vécu à Berlin-Ouest, à Hambourg, à Paris, à Barcelone, à Velletri, une petite ville à côté de Rome, et en Crète. Puis à Shanghai, Kyoto et au Java Central. Et aussi un peu à New York. Beaucoup moins. Dire que j'ai vécu là-bas veut dire que j'ai passé dans ces endroits plusieurs mois voire un an. J'avais un chez-moi, en tout cas en location, des connaissances, deux ou trois relations brèves et amères, des obligations. Parfois les connaissances se transformaient en amitiés. J'aimais mes logements. Je remplissais mes obligations. Le caractère amer de mes relations venait du fait que j'aspirais à autre chose. Et à part ça, j'ai passé ces quelques jours un peu partout au moment où personne ne tirait de coups de feu. Même si dans certains endroits, cela aurait pu arriver. Je dois mettre ça au clair, car hier j'ai feuilleté mes carnets, et ce qui précède n'apparaît pas du tout dans tout ce que j'y ai noté. Alors que je sais pertinemment que mes travaux, les livres, les catalogues d'exposition, les billets d'avion et les factures d'hôtel donnent l'image d'une vie beaucoup plus riche.

Il n'y a là aucune contradiction, mais maintenant, pendant que j'écris ces notes, la vie visible se détache de moi comme un moule qui se casse en morceaux une fois sa tâche accomplie. Pourtant, on pourrait croire que c'est juste le contraire. Que ma Mère, mon Père, Éva, Reisz, Imolka, Kornél sont un moule qu'il faut casser avec un marteau pour trouver l'essentiel. Car l'essentiel est quand même ce qui est visible entre dix heures et dix-huit heures à la Neue Nationalgalerie. Tu parles. En tout cas, pour moi, c'est juste l'inverse. Pour moi, mes photos ne sont intéressantes que dans la mesure où elles me permettent de retrouver la graine d'où elles viennent.

Je ne parle pas du fait qu'à Kyoto, il ne s'est rien passé en moi pendant six mois. Je ne parle pas du fait que ni les vapeurs des cuisines de Shanghai ni celles des pluies diluviennes de Java n'ont pénétré entièrement ma vie. Je parle seulement du fait qu'il n'y a pratiquement rien qui se soit décidé là-bas. Qu'il y a beaucoup plus de choses qui se sont décidées dans une salle de bains de la rue Úri, quand Neil Armstrong a marché sur la Lune. Elle avait raison, je l'avais attirée là-bas effectivement à cause d'Adél Selyem. Seulement on ne peut pas le dire tout haut.

(La Chambre claire)

Il y a deux ans, devant la vitrine d'une librairie, Lilla Hámori s'est arrêtée à côté de moi. Par hasard. Je préparais un discours que je devais faire pour une remise de prix à Zurich quelques jours plus tard. Je ne parle pas volontiers en public, surtout pas de la photographie, mais ils m'ont dit que cette fois-ci, c'était nécessaire. La photographie comme mort simplifiée, voilà de quoi je voulais parler. Je n'avais pas trouvé *La Chambre claire* à la maison, c'est pourquoi j'étais descendu place du Sept-Novembre. Ou plutôt désormais de l'Octogone. Et Lilla Hámori s'est arrêtée à côté de moi. Si près que son épaule frôlait presque mon bras.

Je ne l'avais pas vue depuis dix ans. Ou plus. J'ai aperçu son reflet dans la vitrine. Elle portait une robe d'été jaune sans manches. Je n'oublierai jamais que j'étais préoccupé par un discours de merde. Que j'ai regardé la robe qu'elle portait. Que j'ai constaté que les dix années qui étaient passées n'avaient pas laissé leur empreinte sur elle. Pourtant, je n'avais aucune envie de discuter, surtout pas avec elle. Mais je suis resté là jusqu'à ce qu'elle me remarque. Elle m'a salué. Je l'ai saluée aussi. Elle m'a dit qu'elle avait vu ses mains à l'exposition du musée Ernst. Je lui ai dit qu'à part elle et moi, personne ne savait à qui appartenaient ces mains. Elle a dit que c'était vrai. Puis elle a dit que c'était si horrible que cette pauvre Éva ait dû mourir juste comme ça.

Je ne comprenais pas.
J'ai demandé, quelle Éva ?
Eh bien, Éva.
Je suis resté bouche bée.
Je ne le savais pas ?

Non.

Elle savait seulement qu'elle était morte dans un accident, à Sopron. Au printemps, quand elle était venue à l'enterrement de sa mère. Elle a dit qu'elle regrettait que je l'apprenne par elle, comme ça, dans la rue.

Pas de problème.

(la nuit avec ma Mère)

Il était midi. Je ressentais seulement de la fatigue. Je suis rentré chez moi, j'ai fermé les volets et j'ai dormi. Puis je me suis levé pour boire de l'eau et faire pipi. Puis je me suis recouché. Je crois que j'ai dormi deux jours et demi. Je me suis réveillé au milieu de la nuit, il y avait encore un fond de café de l'avant-veille dans ma tasse. Je l'ai bu et j'ai mangé un morceau de pain. Puis je l'ai revue sur le seuil avec un pain emballé dans un torchon de cuisine. J'ai tout vomi. Puis j'ai commencé à ramasser ses affaires. J'ai rempli trois sacs en plastique avec les manteaux, chaussures, linges et vêtements qui attendaient là depuis dix-sept ans.

Pendant ce temps, ma Mère est venue. Elle m'a demandé ce que je faisais. Je lui ai dit qu'Éva était morte, que je ramassais ses vêtements. Je lui ai demandé de ne pas partir, j'avais presque fini, il ne restait que cette paire de chaussures, il valait mieux pour moi que je ne reste pas seul.

Mais tu es seul maintenant, mon garçon.

Oui, je le sais, ai-je dit.

J'ai pensé que, jusque-là, ils avaient tous eu tort. Kornél, le curé, l'amant, tous. Qu'ils étaient tout simplement bêtes. Tous. Incapables de comprendre que trente ans après la guerre, des déserteurs sortaient encore des forêts. Que les prisonniers de guerre arrivaient encore de Sibérie. Que des septuagénaires qui ne s'étaient pas vus la moitié de leur vie passaient devant l'autel. Que tant qu'on est en vie, tout peut arriver.

Durant trois ans, tu ne savais rien de mon Père. Et pourtant, tu as écrit ces lettres et tu les as posées sur son bureau.

Oui, mon garçon, jusque-là, tu avais raison. Mais maintenant, appelle Kornél.

D'accord, je l'appelle, ai-je dit.

Klári a décroché, elle a dit, c'est la nuit. J'ai dit, je sais. Elle m'a demandé ce qui s'était passé. J'ai dit qu'Éva était morte. Elle m'a demandé où j'étais. J'ai dit, à la maison. Elle m'a dit de ne pas bouger, d'attendre Kornél. J'ai dit, d'accord.

(la mort d'Éva)

Il y a deux ans, au printemps, Éva était rentrée. C'est tout ce que je sais. Par János Radnóti. Kornél m'avait dit de le contacter.

Elle n'était même pas venue à Budapest. Son frère l'attendait à l'aéroport, à Vienne, et de là il l'avait amenée à Sopron, à l'enterrement de leur mère. C'est tout ce que je sais.

Et aussi qu'Ádám était fou. Schizophrène ou je-ne-sais-quoi. C'est tout ce que je sais.

Qu'il se croyait mathématicien. Et avait écrit plein de bêtises sur les parallèles. C'est tout ce que je sais.

Qu'après la mort de leur père, il avait veillé au développement physique et moral de sa sœur, de sept ans sa cadette. Il lui avait donné ses premières leçons de piano. Parce que la musique et les mathématiques, c'est pareil. Elles seules peuvent purifier l'homme. En même temps, il faisait chanter Éva, disant qu'elle avait tué leur père. Il était mort parce qu'il ne supportait pas la honte de savoir que sa putain de fille se masturbait déjà à l'âge de six ans. C'est tout ce que je sais.

C'est lui qui avait dit à leur mère qu'Éva se sauvait par la fenêtre, la nuit. C'était lui qui lui procurait nuit après nuit la clé du cadenas. En échange, il énumérait chaque fois en détail tout ce qu'il pourrait faire à sa sœur enchaînée, mais qu'il ne ferait pas parce qu'il l'aimait. C'est tout ce que je sais.

Après le mariage d'Éva, son frère s'est installé dans la chambre de sa mère. Le reste de la maison jaune était vide, car sa mère se plaignait tous les jours de son cœur. Jusqu'à ses quatre-vingts ans et quelques. Parce que son fils était capable d'amour, pas comme sa fille qui l'avait abandonnée comme un vieux torchon. Pour un vaurien de professeur qui avait abusé d'elle. Ádám n'avait pas pu la chercher et la ramener à la maison, parce qu'il ne pouvait pas avoir de passeport. Parce que la brigade des mœurs avait enquêté sur lui, le soupçonnant d'être homosexuel. Mais il s'en était tiré parce qu'ils n'avaient pas pu le prouver.

Tout ce que je sais, c'est qu'Éva avait quitté János une première fois quand il avait voulu les dénoncer pour maltraitance. La deuxième fois, le jour où ils s'étaient mariés. La troisième, quand elle était tombée enceinte. La quatrième, quand elle m'avait vu au parc. Et la cinquième, quand elle était partie en Amérique.

Outre Ádám et moi, elle avait alors quitté tout le monde. Même Nóra.

Il y a deux ans, quand leur mère est morte, Ádám était allé chercher Éva à l'aéroport de Vienne. Au retour, aux abords de la ville, il a percuté un arbre de plein fouet. C'est tout ce que je sais.

Avant de partir, il avait laissé un bout de papier sur la table de la cuisine, demandant que leurs enterrements à tous les trois aient lieu en même temps. C'est tout ce que je sais.

Edward a rapporté les cendres d'Éva en Amérique. C'est tout ce que je sais.

Au lieu de prendre cette photo à la con, j'aurais dû les tuer. Les exterminer. Mettre le feu à leur maison. Avec eux à l'intérieur. Pour qu'ils brûlent dans cette maison de fous, enchaînés comme des chiens. Qu'ils pourrissent. Que le cancer leur ronge le cœur. Que Dieu les châtie. Les châtie.

Pardon.

(l'agence de voyages)

Quelques jours plus tard, je suis allé dans une agence de voyages, sur le boulevard. J'ai demandé s'ils avaient un voyage en Crète. Je savais pertinemment qu'il n'y avait rien là-bas, pas la moindre trace du labyrinthe ni du Minotaure, mais je devais y aller. La femme m'a demandé quelle somme je voulais y consacrer. Je lui ai dit que ça n'avait pas d'importance.

Elle devait quand même le savoir, car ils vendaient énormément de voyages et qu'elle ne pouvait pas les énumérer tous.

Alors je lui ai proposé d'essayer de faire une sélection selon d'autres critères. Elle m'a regardé d'un air perplexe, si bien que j'ai fini par lui demander une carte.

Ils n'avaient pas de carte, mais des prospectus. Elle pouvait aussi me montrer des vidéos de logements.

J'ai choisi cette dernière option. Elle m'a conduit à l'arrière, dans l'un des bureaux, m'a fait asseoir devant un poste de télé et m'a demandé quelle cassette elle devait mettre, celle des hôtels ou celle des appartements.

Les appartements, ai-je dit.

C'est indéniablement moins cher, mais il n'y a pas de climatisation dans chaque appartement.

Ce n'est pas grave, s'ils ont tenu cinq mille ans sans climatisation, je pourrai bien tenir un ou deux mois.

Elle regrettait, mais ils ne vendaient que des séjours de sept ou quatorze jours.

Dans ce cas, je vais vous demander quatre séjours de quatorze jours et comme ça, le problème sera réglé, ai-je dit. J'ai pensé que, la veille, soit je serais déjà sorti à l'épisode de la carte, soit j'aurais attendu la location climatisée et fait la leçon à cette morveuse sur un ton tel que je me serais senti encore plus mal qu'elle. Je ne peux pas affirmer que je n'étais pas énervé, mais au moins pas au point d'en avoir honte par la suite. Elle a introduit la cassette dans l'appareil. Je lui ai demandé la télécommande, je suis passé en mode recherche rapide pour qu'aucun de nous n'ait à subir la compagnie de l'autre plus que nécessaire.

Le film rappelait un programme de chaîne câblée de quartier. Après le titre sur fond de coucher de soleil, une femme en tailleur-pantalon vert faisait le tour des appartements de moyenne catégorie au bord de la mer Égée, elle présentait les immeubles de l'extérieur, puis les cuisines et les chambres à coucher et, pour finir, les possibilités de distraction. Sur la plupart des prises de vues, on voyait l'ombre de l'opérateur qui s'ennuyait avec sa caméra vidéo sur l'épaule. Parfois j'arrêtais l'image par politesse. J'allais laisser tomber l'affaire quand l'équipe de tournage est arrivée dans l'appartement Evangelia. J'ai rembobiné le film pour vérifier si j'avais bien lu, mais oui, sur un panneau bleu placé entre deux sapins, était écrit en lettres jaunes Evangelia.

Ça se trouve où ? ai-je demandé à la fille, qui m'a répondu que c'était probablement à côté d'Héraklion, mais qu'elle allait le vérifier dans le catalogue. J'ai dit alors que je voulais ce séjour, et que j'aimerais partir le lendemain, si possible.

Elle a dit avec une certaine satisfaction que c'était totalement exclu, car leurs vols charters ne partaient que le mercredi.

Je lui ai dit de me prendre un billet normal, j'ai payé d'avance deux mois de location, plus le supplément individuel.

(la douane)

Pendant que j'attendais le contrôle de douane, je pensais tout le temps que j'aurais peut-être mieux fait d'aller en Amérique. Au moins pour voir Edward. Puis je me suis dit que ça n'avait pas de sens. Le douanier m'a demandé ce que j'avais dans mon sac, je lui ai répondu, un peu agacé, que c'était mes affaires personnelles. Il m'a demandé d'ouvrir. Cela m'a surpris. Les dernières années, personne ne s'était jamais intéressé à mon sac de voyage. Ils le passaient aux rayons X, c'est tout.

J'ai dit, très personnelles, mais je sentais qu'en entrant dans un pays, ce n'était pas un argument. Et puis si je continuais à faire preuve d'agacement, je risquais seulement d'aggraver mon cas. Alors j'ai pris la clé dans ma poche et j'ai ouvert le sac.

Le douanier a demandé ce que c'était, tout en voyant précisément ce que c'était.

J'ai dit, des négatifs. J'ai failli ajouter que c'était ma femme, mais je me suis dit qu'il n'y avait pas de raison d'entrer dans une discussion personnelle avec un inconnu. L'homme a sorti une pellicule au hasard et en tournant vers la fenêtre l'a observée avec beaucoup d'attention. D'après ce que j'ai pu voir derrière le comptoir, c'étaient des photos d'Ózd, sous la pluie battante. Il l'a rembobinée, remise dans sa boîte, puis il en a pris une autre. Elle avait dû être prise après un concert, dans les vestiaires, mais d'après le négatif, je n'ai pas pu deviner quand. La vision de seins nus l'a visiblement gêné. Les veines de sa main se sont gonflées, le bruit et la fréquence de ses déglutitions témoignaient d'une salivation intense. Il le sentait lui aussi et, pour masquer son embarras, il a essayé de regarder et de rembobiner le film aussi soigneusement que le précédent.

Je vous avais dit que c'était très personnel, ai-je remarqué, tâchant de faire mine d'être gêné moi aussi, pour le sortir un peu d'embarras. À vrai dire, la seule chose qui me gênait était que mon sac soit toujours ouvert et que je doive m'attendre à d'autres questions. Je me suis retourné, parce qu'en général, quand la queue est longue, ils accélèrent, mais il n'y avait personne derrière moi. Puis je me suis rappelé que j'étais sorti de l'appareil en dernier parce que je ne voulais pas être bousculé.

Quel est votre métier ? a demandé le douanier.

Après un bref silence, j'ai dit que j'étais photographe. Je me suis dit que s'il me demandait de le prouver, je ne pourrais pas le faire. Que ces cent et quelques pellicules n'étaient pas des preuves. Alors il ne resterait plus rien qu'un dessous-de-table. Je détestais ça, mais dans le Sud, c'est une tradition plus vivace que chez nous. J'aurais peut-être dû commencer par là. Cinquante ou cent dollars, c'est partout beaucoup d'argent, me suis-je dit, mais au lieu de me poser d'autres questions, il a refermé le sac et m'a toisé d'un regard qu'il voulait le plus méprisant possible en me rendant mes clés.

Bonnes vacances, a-t-il dit.

(à Héraklion)

J'attendais devant le tapis roulant que la valise contenant mes vêtements franchisse le rideau de caoutchouc. Des fleurs artificielles étaient suspendues par-ci par-là, un enfant d'une huitaine d'années rangeait avec fracas les chariots abandonnés un peu partout, un soldat mâchouillait une allumette en s'appuyant au montant d'une porte. Tout compte fait, l'aéroport Nikos-Kazantzakis n'est pas tellement différent d'une gare de la ligne à voies étroites de l'Alföld, et, je ne sais pas pourquoi, ça m'a rassuré. Après une courte attente, le rideau en caoutchouc s'est ouvert et ma valise est apparue. J'ai arraché de la poignée l'étiquette Budapest-Héraklion, mais ne trouvant de poubelle nulle part, j'ai fourré le papier dans ma poche, puis j'ai pris un taxi qui m'a amené à Evangelia. C'était un endroit assez désolé. Chambre, coin cuisine, douche, mais je ne voulais pas en faire mon foyer. Je me suis installé. Le lendemain je suis allé en ville et j'ai acheté du papier, des cuvettes, des produits et un agrandisseur d'occasion. Durant deux mois, pendant que je triais les photos, je n'ai rien ressenti. C'est ça qui est bien dans la photo. Il n'y a que la pellicule et le papier. Papier de merde. Travail. Noir, gris, blanc.

(Ariane et Thésée)

À Héraklion, il y a une digue brise-vagues, parfois les vagues s'y écrasent et les embruns réfractent alors la lumière. Il est vrai que c'est rare. Comme quand ma Mère et moi, on secouait les draps mouillés dans la cour, à Mélyvár. En début de soirée, quand l'air était un peu plus frais, deux vieux en fauteuil roulant arrivaient sur la digue. Une femme et un homme. Je ne les ai jamais vus de près. Ils ne faisaient rien. Ils ne roulaient pas à droite et à gauche, ne discutaient pas, ne jouaient pas aux cartes. Ils regardaient la mer. Ou quelque chose. Ils restaient là jusqu'à la tombée de la nuit, puis ils repartaient en roulant en direction du marché.

Je les regardais depuis la terrasse du café du bord de mer. À vrai dire, je venais pour eux. Le dernier jour, j'ai demandé au serveur s'il savait pourquoi ils étaient handicapés. Il m'a regardé d'un air étonné, comme le font les gens du Sud quand ce qui est évident pour eux ne l'est pas pour les autres. Bien sûr qu'il le savait, tout le monde le savait. C'était Ariane et Thésée.

Pourquoi ? ai-je demandé.

Parce qu'ils avaient perdu la tête, les pauvres. Ils attendaient le bateau. C'étaient des artistes de cirque, avec un vrai numéro mondialement connu. Ils avaient sillonné tout le pays, ils s'étaient même produits à l'étranger. Dans leur numéro, Thésée sautait du trapèze sans sécurité, *salto mortale*, et Ariane lui jetait une corde qu'il devait attraper en l'air pour ne pas tomber. Il n'y avait pas de filet de sécurité, rien. Juste de la sciure sur la piste. Une fois, à Thessalonique, la corde s'était enroulée autour de la jambe d'Ariane. Elle n'avait pas pu la lancer. Elle avait sauté après Thésée, pour l'attraper. Parce qu'elle avait une ceinture de sécurité autour de la taille. Elle avait même réussi à l'attraper, ils étaient presque sauvés. Mais ils ont fini handicapés, parce que la ceinture d'Ariane ne pouvait supporter qu'une seule personne. C'est la règle au cirque. Une seule personne.

J'ai payé et suis retourné à Evangelia. Je devais faire mes bagages. Je me suis demandé si nous avions eu un seul moment dans notre vie où j'aurais eu le courage de me jeter d'un trapèze dans le vide. Un moment où j'aurais été sûr à cent pour cent qu'Éva se jetterait après moi. Selon toute vraisemblance, elle l'aurait fait. Mais elle a veillé à ce que je n'en aie jamais la certitude. Et ainsi, moi aussi je veillais sans doute à ce qu'elle n'en soit pas tout à fait sûre non plus. Ou l'inverse, Dieu lui-même ne le sait plus. Il n'y a pas de poison plus fort que la peur. Je me suis rappelé ce qu'elle avait dit à Kornél quand son disque de Chopin était sorti et que nous étions allés dîner au café New York : celui qui n'ose pas donner la vie ne mérite pas de vivre.

J'ai pris encore une photo de la terrasse du café au bord de la mer. En bas, sur le chemin étroit en dessous de la digue, une petite fille faisait rouler un cerceau en bois. Le soleil se couchait, son ombre s'allongeait. En haut, sur la digue, il n'y avait plus personne à part les deux vieux dans leurs fauteuils roulants. Ariane et Thésée. C'est la dernière photo que j'ai faite. Tant pis si elle est kitsch.

(l'exposition)

Personne ne comprenait pourquoi je voulais faire cette exposition au parc, dans ce bâtiment insignifiant. Je ne pouvais pas dire que c'était à l'ombre de ce mur de briques que j'avais vu Éva pour la première fois, vingt-deux ans auparavant. Ce n'est pas un argument. À part moi, ça n'intéresse personne. Et ça n'a rien d'intéressant. Qu'une vieille femme ait été assassinée ou non à Saint-Pétersbourg n'a aucune importance. Cela n'en a que pour elle et pour l'étudiant. En plus l'espace intérieur du bâtiment était nul, la galerie d'art était en rénovation et les bureaux s'y étaient installés provisoirement. J'ai dit que les bureaux ne me dérangeaient pas du tout, je voulais exposer mes photos pour une seule journée, je voulais que la grande salle soit transformée en chambre noire. Le directeur a dit que c'était de la folie, l'institution ne pourrait pas financer ça *et cetera*. J'ai dit que je m'occupais du financement. Il s'est raclé la gorge, ça ne va pas être possible, et que je veuille le croire, c'était pour mon bien, ce ne sera pas digne de mon travail, seulement je ne le voyais pas, parce que je n'étais pas en état. Je lui ai demandé si je pouvais organiser cette exposition là où j'estimais qu'elle avait sa place ou si je devais le faire à l'étranger, comme à l'époque de Kádár, pour mes premières photos.

Excuse-moi, je ne sais pas ce qui t'arrive, ça n'a rien à voir avec Kádár, toute cette conception est mièvre, infantile et dilettante.

J'ai dit que c'était vrai, mais que je n'en avais rien à foutre.

Je me suis levé et suis parti sans un mot. Il m'a rattrapé dans le couloir et m'a dit, d'accord, fais ce que tu veux.

Finalement il a fallu une semaine entière pour occulter les fenêtres, peindre l'espace en noir, mettre des rideaux à l'entrée, installer les deux sortes d'éclairage. J'avais compris que le plus simple était de faire venir le papier de l'usine et de tirer les photos sur place. Quelques assistants m'ont aidé à faire des agrandissements directement sur les papiers tendus sur les murs.

Kornél a assuré l'inauguration. Il a dit que celui qui n'a pas la capacité de se détacher, devient fou ou photographe. Et s'il devient photographe, il préfère se détacher de sa propre vie plutôt que de son appareil photo ou de ses clichés. Capa, Diane Arbus, Mapplethorpe.

Et voilà qu'il se détache de ses photos, peut-être justement pour ne pas devenir fou. C'est pourquoi nous sommes dans une chambre noire, pour voir exactement ce qu'il voit avant de regarder à la lumière du jour ce dont il se détache définitivement.

Ce qu'il disait m'énervait. Je l'avais sollicité, lui justement, parce que je croyais qu'il saurait dire plus précisément que moi ce que tout ça signifiait. Qu'Éva était morte. C'est tout. Et qu'il n'y avait pas de situation plus claire que le deuil. Qu'après ma Mère, j'avais placé mon espoir en Éva, mais qu'après Éva, il n'y en avait plus. D'autres en auraient peut-être, mais moi, je n'avais plus rien à voir avec ces choses. Ni Dieu ni la Patrie ne m'intéressaient particulièrement. Je ne Le verrais jamais en face, et la patrie m'intéressait tant que Kádár était en vie. Ce qui se passe maintenant avec les Hongrois antisémites et les Juifs anti-Hongrois dont les anciens fonctionnaires du Parti devenus milliardaires se moquent, c'est pire que ce que mon Père avait prédit. De même que je ne m'intéresse plus au pouvoir du sexe ni à celui de la mort. Ça n'a plus de sens de refaire le tour de la question et d'explorer les possibilités que recèle encore le sujet uniquement parce que je suis encore en vie. De toute façon, personne ne verra la mort aussi clairement que celui qui se tient devant sa propre mort. Et le bavardage des vivants au sujet de la mort m'ennuie autant que mes clichés m'ennuient. Parce qu'ils n'ont pas de sens. À part satisfaire mon ambition, les photos ne m'ont rien apporté. Je n'ai pas connu de développement intérieur, comme on dit. J'ai le poil qui se hérisse dès que j'entends parler de développement intérieur. En tout cas moi, je n'ai ressenti aucun développement depuis la mort de ma Mère jusqu'à la mort d'Éva. J'ai décidément les mêmes sentiments qu'à seize ans. J'ai assez de conserves et de pâtes à la maison pour une famille de cinq personnes pendant un mois. Par contre, je n'ai pas d'enfant et il est évident que je n'en aurai jamais. Car c'est la seule chose qui donnerait un sens à quelque chose. Kőszegi voyait peut-être les différentes idéologies plus clairement que mon Père, mais les idéologies sont interchangeables, n'est-ce pas. Comme les tableaux au mur. Mais pour mon Père, je n'étais pas interchangeable. Ces photos ici parlent de ça. De la lâcheté d'Éva, et de la mienne, bien sûr. Du fait qu'elle est partie sans laisser de trace, malgré les très bonnes critiques de son Chopin. C'est seulement ensemble qu'on aurait pu laisser une trace qui ait un véritable enjeu. La vie. Seulement moi, je ne peux pas le dire de manière compréhensible. Et puis ce n'est pas à moi de parler à mon exposition. Voilà pourquoi j'avais sollicité Kornél. Au lieu de ça, il a raconté toutes sortes de bêtises sur le détachement, la folie. Je n'étais pas du tout devenu fou, je savais très bien ce que je faisais, je ne laissais pas tomber quelque chose, je l'achevais. Seulement, de même que pendant quinze ans, je n'avais pas eu le courage d'exposer mes photos sur un mur de galerie, là, je n'avais pas le courage de ne pas les exposer.

Puis Kornél a demandé aux personnes présentes d'imaginer que, pendant quelques secondes, il n'y avait pas de gravité. Cela suffit pour que les mers et les rivières montent au ciel. Pour que le sable du désert se mêle à la bouillie du ciel. Que la Lune se détache. Nous flottons comme en rêve en écoutant Gagarine raconter son expérience. Pendant quelques secondes rien n'a de poids, et ces quelques secondes suffisent à nous faire regretter tous les poids, tous les fardeaux qui nous aient jamais été donnés. Alors, cette exposition serait quelque chose dans ce genre. Merci d'être venus.

Rires. Comment auraient-ils pu ne pas venir ?

Ce rire intimiste m'a énervé encore plus que le discours de Kornél. J'ai demandé à Zoltán de changer l'éclairage. Quelqu'un a lancé *Mehr Licht* pour plaisanter, j'ai failli lui dire putain-de-ta-mère. Je regrettais déjà de ne pas tout gérer tout seul.

Alors Zoltán a baissé tout doucement le rouge de la chambre noire et monté à mille cinq cents les spots dirigés sur les photos.

En réalité, moi aussi, je voyais les images pour la première fois. Je ne ressentais rien. Ce qui aurait dû se produire ne s'est produit qu'au niveau chimique, et aussi optique, bien sûr. Sauf que tout au fond, la chimie et l'optique ne comptent guère. De même que personne n'existera éternellement rien que pour avoir été photographié, nul ne disparaîtra pour l'unique raison qu'on aura détruit ses photos. Mais peu importe, au moins les photos qu'elle n'avait pas emportées ne laisseraient-elles pas de trace, parce qu'elle ne voulait pas les voir dans sa malheureuse vie réelle. Les deux réalités ne pouvaient pas coexister. Les photos non fixées se sont mises à noircir dans la lumière blanche. Pour des raisons que j'ignore, c'est celle que j'avais faite sur la scène vide du Conservatoire qui a tenu le plus longtemps, mais elle aussi a fini par disparaître.

La salle était comble. Les techniciens de la télévision s'énervaient parce qu'ils ne pouvaient pas faire de prise de vue correcte. Le garçon de la galerie courait dans tous les sens avec sa caméra vidéo pour tout enregistrer. Une journaliste m'a demandé si l'exposition était terminée ou si elle continuait le lendemain. Je lui ai dit qu'elle était terminée. Je regrettais infiniment tout ça. Je voulais sortir fumer une cigarette.

Alors il s'est passé une chose que je n'aurais pas imaginée, même dans un cauchemar. Barabási, un oligarque du nouveau régime, qui avait commencé à acheter mes photos à l'époque où personne n'en avait encore eu l'idée, m'a pris par le bras et m'a demandé de lui donner ma parole d'honneur que les négatifs n'existaient plus. J'ai répondu que s'ils existaient encore, quel intérêt aurait l'exposition, à son avis.

Et c'est vrai qu'il ne te reste pas un seul négatif d'Éva ? Que tu as tout brûlé ?

C'est vrai. Ou plutôt il en reste un. Le tout premier.

Alors considère que j'ai tout acheté. Le reste, on en discutera plus tard.

Tu as dû mal comprendre, ces photos n'existent plus. Elles ne sont donc pas à vendre.

Je te comprends. Alors, je te donne dix millions pour le tout.

Je lui ai dit, regarde autour de toi, ces photos n'existent plus.

András, même en Amérique, on ne t'offrirait pas tant pour tout ce papier gâché.

Alors Guttmann s'est retourné, et il a dit du bout des lèvres, onze.

J'ai dit, vous êtes tout simplement des escrocs, et j'ai voulu partir.

Je me suis dit que je n'avais jamais giflé personne, et que je voulais vivre ainsi le reste de ma vie. C'était un vrai cauchemar. Je ne voulais pas ça, loin de là, mais j'avais très mal évalué quelque chose, comme si souvent.

Onze et demi, m'a lancé Barabási, mais là, ça n'avait plus d'importance. Éva n'était plus là pour retenir ma main.

(la mort de ma Mère)

Le jour où ma Mère est morte, les choses suivantes sont arrivées.

En rentrant du travail, elle s'est mise à faire le ménage. Puis, arrivée à la chambre de mon Père, elle s'est arrêtée. Elle m'a demandé de continuer.

J'ai dit qu'il n'y avait là rien à nettoyer.

Elle m'a grondé, disant que je pouvais faire au moins ça.

J'ai dit que si je le faisais, ce serait comme ce serait.

Elle a dit qu'elle n'attendait pas ça de moi.

J'ai pris le torchon à poussière, le balai, la pelle, et j'y suis allé.

J'ai remonté les volets, il faisait déjà sombre, aucune lumière n'entrait.

Sur le bureau de mon Père, il y avait trois années de lettres. Ma Mère lui en écrivait une par mois, parfois deux. Puis elle les posait sur son bureau.

Elle écrivait de son écriture soignée sur du papier de machine à écrire. Mon chéri.

J'ai ouvert la fenêtre.

J'ai balayé, essuyé la poussière.

Puis je me suis assis au bureau et j'ai lu la première lettre. À vrai dire, ce n'étaient pas des lettres. C'étaient plutôt des journaux ou des comptes rendus. Les événements. Notre vie.

Tout.

Je n'ai pas eu la patience de les lire toutes.

Les voisins. Le jardin. Mes résultats scolaires. Mes lectures.

Le contremaître qui l'avait draguée à l'atelier.

Il n'y avait rien que je ne sache déjà.

Elle m'avait parlé du contremaître en pleurant.

Elle en aurait aussi parlé à mon Père s'il avait été là.

Il est vrai que si mon Père avait été là, elle n'aurait rien eu à raconter parce qu'elle n'aurait pas travaillé à l'atelier de couture.

Je suis sorti et j'ai dit à ma Mère que c'était fait. Elle était assise à la cuisine, elle ne faisait rien.

Elle m'a dit de bien nettoyer, on ne pouvait pas attendre mon Père comme ça.

J'ai dit d'accord.

Je suis retourné. Je les ai toutes prises, froissées et jetées dans la corbeille.

Je l'ai sortie dans la cour, j'ai mis le feu et c'est seulement quand tout a été brûlé qu'elle est sortie pour me demander ce que je faisais.

Je n'ai rien dit.

Elle avait très bien vu par la fenêtre de la cuisine ce que je faisais.

Elle n'a rien dit. Elle est rentrée.

Elle a servi le dîner, on a mangé.

J'ai demandé ce qui allait se passer maintenant.

Elle a dit qu'elle ne savait pas, qu'il se passait toujours quelque chose.

J'ai dit que c'était comme si mon Père était mort pendant trois ans et que maintenant, il ressuscitait.

Elle se taisait.
Je lui ai demandé si je devais faire la vaisselle.
Elle a dit qu'elle la ferait. Finalement, elle ne l'a pas faite.
Je suis allé dans ma chambre, je me suis couché.
Puis je me suis levé et j'ai pris l'album Schiele.
Le marque-page était là où la femme était couchée sur le ventre.
Elle m'énervait.
Je l'entendais ranger la chambre de mon Père. Je ne sais pas ce qu'elle rangeait, il n'y avait rien à ranger.
Je me suis dit qu'il aurait mieux valu que mon Père soit mort comme il faut. Au moins on saurait ce qui se passe. Au moins, ce serait sûr.
Ça ne changerait pas.
J'ai tourné la page sur une autre femme. Puis j'ai refermé le livre.
J'ai éteint la lumière et me suis mis à imaginer Imolka.
Quand Dorvai l'avait poussée sur la table, ma Mère était sortie dans le salon et avait commencé à jouer le *la* mineur de Grieg. C'était l'unique morceau qu'elle jouait de temps en temps. Et uniquement quand elle était seule.
Puis elle a refermé le piano et dit, oh-mon-Dieu.
Je croyais qu'elle pleurait.
J'attendais avec impatience que Dorvai empoigne enfin les cheveux d'Imolka, et la baise jusqu'à ce qu'elle commence à hurler que oh-c'est-pas-possible, oh-j'en-peux-plus, oh-fais-le-moi. Mais je n'entendais pas sa voix. Je n'entendais rien d'autre que le silence qui parvenait du salon.
Le matin, ma Mère aurait dû venir et me dire, le soleil est déjà haut dans le ciel, mon fils.
Et j'aurais dû répondre que c'était bien.

(le jeu)

Encore cette pomme. Je ne sais pas qui c'est ni ce qu'il veut, mais il m'énerve terriblement. Si je la prends, il y en a une autre le lendemain, si je la laisse, il en pose une autre à côté, si moi j'en pose une autre, il prend la mienne. Aujourd'hui, en descendant acheter du pain, j'ai mordu dans l'une d'elles pour rigoler. Pourtant je n'aime pas particulièrement les pommes. Je les achète parce qu'elles tiennent longtemps. En revenant du magasin, je ne m'en suis pas occupé. Et ce soir, je vois que la mienne est restée intacte et qu'il a croqué l'autre jusqu'au trognon. Ce n'est pas le petit Tzigane du fond de l'escalier, c'est sûr. Si quelqu'un me veut quelque chose, qu'il frappe à ma porte et me le dise.

(ma sœur)

L'année dernière, à Londres, une femme est venue me voir au vernissage. Elle devait avoir quelques années de moins que moi. Elle avait un visage de vautour.

Elles sont assez effrayantes vos photos, a-t-elle dit en hongrois.

Ce n'était pas mon intention, ai-je dit.

Elle était antipathique. Ou bien elle avait quelque chose de dérangeant. Je me suis dit qu'elle devait être membre ou organisatrice de la communauté hongroise locale. Et qu'elle allait tout de suite me demander pourquoi les communistes se promenaient en liberté à Budapest. Ou quelque chose de semblable. Depuis trois ans, on me le demande presque partout. Je n'ai pas la bonne réponse. Une fois, j'avais répondu à quelqu'un que se promener en liberté était encore ce qu'il y avait de moins honteux, mais ça ne l'a pas satisfait. D'autre part, il était indéniablement honteux qu'ils collent leurs affiches pour les élections libres. Qu'ils s'imaginent avoir encore quelque chose à promettre. Et ils en avaient. Peu importe. Cette femme au visage de vautour se tenait là, et je ne savais que faire.

Et pourtant, elles sont effrayantes, a-t-elle dit. Surtout quand je pense que vous êtes presque mon frère.

Vraiment ? ai-je dit en tâchant de rire.

Klári Zenta, a-t-elle dit en me tendant la main. Si je ne m'abuse, votre mère a été la première femme de mon père.

J'ai regardé dans le vide. J'ai regardé au-dessus d'elle. Et je veillais à ce que le verre ne tremble pas dans ma main.

Je croyais que vous le saviez.

Je ne le savais pas, ai-je dit. Ce qui était vrai. D'autre part, même le dernier jour, j'avais voulu demander à mon Père qui était ce Dr Zenta qui m'avait fait exempter de l'armée.

En tout cas, c'est bizarre.

Oui, c'est vrai, ai-je dit.

Alors vous ne savez sûrement pas non plus que nous avions une demi-sœur commune, dit-elle.

J'étais là, un verre de vin dans la main. J'ai regardé autour de moi, il y avait cinquante de mes photos sur les murs. J'avais cinquante ans. Je croyais avoir déjà tout vécu. J'avais posé mon appareil depuis plus d'un an déjà, il ne me restait que ces expositions.

Je lui ai proposé de sortir. Nous nous sommes assis sur les marches du musée. C'était un début de soirée étouffant, un chien aboyait de l'autre côté de la place. Une ambulance est passée, sirène hurlante. Puis elle s'est arrêtée devant la cathédrale. Je lui ai demandé ce qu'elle faisait ici. Elle m'a dit qu'elle était employée à l'ambassade. Une fois, j'avais même correspondu avec elle. Je regrette, je ne me souviens pas, ai-je dit. Je ne pouvais pas me souvenir, elle ne faisait qu'écrire les lettres, elle ne les signait pas.

Elle m'a raconté que Johanna Zenta avait vécu un jour, ou peut-être moins. Qu'elle est enterrée au cimetière Kerepesi, elle-même ne savait pas précisément où. Sûrement au fond, avec les enfants. Que son père était le meilleur ami de mon oncle, c'était comme ça qu'il avait connu ma Mère. Que ma Mère n'avait pas vingt ans, il avait fallu l'amener de force à l'enterrement. Qu'après le divorce, elle avait rompu toute relation avec son ancien mari.

Comment savez-vous tout ça ? ai-je demandé.

Chez nous, nous avions l'habitude de parler.

Chez nous aussi, ai-je dit, agacé.

Elle a ri.

Elle m'a dit, pour vous c'est facile, même si vos photos sont si oppressantes.

Je lui ai demandé pourquoi.

Parce qu'au moins votre père n'était pas à la Sûreté.

Je regrette, ai-je dit. De ce point de vue, effectivement, c'est facile.

Je voulais lui demander, comment ça la Sûreté, je croyais qu'il était médecin.

Mais je ne pouvais pas le lui demander, car il apparaîtrait que je l'avais déjà rencontré.

Elle m'a demandé si je voulais bien déjeuner avec elle le lendemain.

Je lui ai dit que mon avion partait le soir même.

Elle m'a dit, alors bon voyage.

(l'officier traitant)

J'ai un ami historien, il s'est renseigné sur le Dr János Zenta, dans la mesure où on peut se renseigner ici sur quoi que ce soit. Il avait fait la faculté de médecine, soutenu une thèse de neurologie. Il pratiquait l'hypnose, mais il avait cessé de le faire sur ordre du Parti. Quand les croix-fléchées ont tué son ami, Iván Hollós, il a adhéré au Parti communiste. Il a participé à la création du premier service de la Sûreté, l'ÁVO, en tant qu'expert médical. Puis il l'a quitté et a exercé comme neurologue indépendant. Puis il est retourné au ministère de l'Intérieur. Il a été officier traitant. L'un des plus efficaces, grâce à son talent de manipulateur. Puis il est devenu formateur. C'est lui qui a écrit le manuel qui précise comment un officier traitant doit se comporter avec son informateur. Il s'est marié deux fois. Klári Zenta était née de son deuxième mariage. Il s'est tiré une balle dans la tête à cause d'une affaire de corruption. Si mes comptes sont bons, c'est lui le colonel dont on ne devait pas connaître le nom. Celui qui avait fait restituer le piano de ma Mère.

Kornél m'a demandé pourquoi je ne voulais pas rencontrer cette femme. Nous avions des racines communes.

Elles ne sont pas communes, ai-je dit.

(la décoration)

Mi-octobre, une femme m'a téléphoné du cabinet du Premier ministre. Pour me dire qu'ils aimeraient bien me décerner une décoration, et me demander si je l'acceptais. Plus précisément, si je viendrais la recevoir personnellement ou si j'autorisais quelqu'un à le faire à ma place. J'ai dit, bien sûr, j'irai la recevoir personnellement. Elle a dit qu'ils étaient très contents, la remise aurait lieu le vingt-trois octobre. C'est là que je me suis rendu compte qu'effectivement, on était déjà en octobre.

Le vingt-trois, j'y suis allé. À droite, le château, à gauche, le Parlement. Je me suis dit que quand j'avais fait ma première photo du haut du pont avec le Zorki, je n'imaginais même pas qu'un jour, je mettrais les pieds dans cet édifice. Je n'en avais pas le désir non plus. Il est vrai, qu'à l'époque, ici, au milieu, il y avait Kádár. Je connaissais les autres récipiendaires de vue, ou pas du tout. C'est assez nul de venir seul à cet endroit. J'ai regardé autour de moi, cherchant une serveuse avec des coupes de champagne, non que j'en aie eu particulièrement envie, c'était pour passer le temps. Il n'y avait pas de serveuse.

Várnai, que j'avais connu en rentrant du Japon quand j'ai vu double et alors qu'il n'était encore qu'opposant démocratique, m'a posé la main sur l'épaule et m'a dit, gêné : je regrette. Puis il est parti. Je croyais qu'il avait dit cela par plaisanterie, à cause du protocole minable. Puis je me suis dit qu'il regrettait que ce n'étaient pas eux qui me remettaient le prix. Puis que ça n'aurait pas été mieux. Puis qu'il était médecin. Qu'il avait appris quelque part les résultats du labo. Je me suis rappelé que, la veille, le téléphone avait sonné toute la journée, mais je n'avais pas décroché. J'étais sûr qu'on m'appelait à cause des résultats, mais je ne voulais pas encore les connaître. J'ai fini par dégoupiller la grenade. Je me suis lancé sur les pas de Várnai pour lui demander ce qu'on lui avait dit. Puis je me suis rappelé qu'il ne pouvait rien savoir, puisqu'il était ophtalmologiste. Ça m'a complètement rassuré.

La cérémonie a commencé, président, ministres *et cetera*. Dans l'écrin il y avait une grande croix et une petite qu'on pouvait épingler aux grandes occasions sans qu'elle tire sur le col de la veste. La conférencière a lu un texte disant que je recevais cette croix en récompense de mon dévouement à la cause de la reconnaissance internationale de l'art et de la culture hongrois. D'abord j'ai pensé que c'était déjà la deuxième croix que je recevais dans ce bâtiment, non pour mon œuvre, mais eu égard à sa reconnaissance à l'étranger. Que ça n'avait pas changé. Puis que c'était normal, ce genre de chose ne changeait pas trop en quelques années. Puis que si j'avais accepté la première, je ne pouvais pas refuser celle-là. Puis que cet écrin rentrait tout juste dans le tiroir du bas de la bibliothèque. Puis j'ai pensé à ce qui pouvait pousser les gens à mettre leurs décorations dans la partie vitrée de leur bibliothèque. Puis à ce qui poussait certaines personnes à mépriser ou carrément à rire au nez de ceux qui accordaient une grande importance à une telle vitrine. Puis qu'on pouvait aussi me rire au nez, car depuis dix ans, je prenais mes photos avec un Leica fabriqué spécialement pour moi et non avec celui que mon Père m'avait offert. Après avoir serré toutes les mains, je me suis retourné, j'ai vu un homme, une femme, un homme, une femme. Je suis resté figé. La conférencière m'a gentiment indiqué que je pouvais retourner à ma place.

Après la remise, il y avait tout de suite une interview télévisée pour le journal de midi. Faite par un jeune reporter dynamique. Il se demandait si, après mes prix obtenus à l'étranger, une distinction hongroise me faisait encore de l'effet. J'ai dit que bien sûr. Il m'a demandé, quel effet. J'ai dit, un grand effet. Si je pouvais développer un peu. Écoutez, je suis né ici, j'ai fait la majeure partie de mes photos ici, je fais partie des gens peu nombreux qui sont devenus célèbres ailleurs tout en restant au pays. À mon avis, c'est naturel que l'attitude de la Hongrie face à ce fait m'intéresse. Un prix, c'est un peu comme un appareil photo. Il y a quelqu'un des deux côtés. De l'un, celui qui voit, de l'autre, celui qui est vu. Sauf qu'ici les rôles sont inversés. Et pour qu'on puisse faire une photo précise dans cette situation inversée, il est préférable de garder les fenêtres du Parlement propres.

Comment dois-je comprendre cela ?

Comme je le dis. Pour qu'on voie à travers. Pour l'instant, il semblerait que ma célébrité en Occident soit déjà bien visible d'ici. Mais elle était déjà visible du temps de György Aczél. Je serais content de recevoir la prochaine croix pour mon œuvre. Et ne pas être ici le seul photographe. Parce qu'il y en a encore quelques-uns.

Oui, c'est très important, et votre solidarité avec vos confrères est très sympathique.

J'ai dit que ce n'était pas de la solidarité, mais du bon sens.

Cette étoile rouge sur la coupole avait une très grande force d'attraction. Mais si on continue à donner les croix seulement à ceux qui sont reconnus à l'étranger, alors bientôt même ceux qui considéraient sous Kádár que leur devoir était de rester, partiront. Car il n'y aura rien à attendre.

Il m'a répondu alors que j'avais bien raison et que lui non plus ne voulait pas aborder ce sujet délicat et, bien sûr, je n'étais pas obligé de lui répondre, mais il aimerait bien savoir comment j'avais réussi à gérer émotionnellement ce que, par une malheureuse coïncidence, on venait juste d'apprendre à propos de mon Père. Surtout qu'il avait été décoré deux ans auparavant à titre posthume pour son activité révolutionnaire en cinquante-six.

Je ne comprends pas la question, ai-je dit, parce qu'effectivement je ne la comprenais pas.

Eh bien, c'était un mouchard. Il figure sur la liste publiée avant-hier.

J'ai voulu lui demander quelle liste, mais j'en étais incapable. J'étais là, debout, à regarder ce jeune homme qui me regardait avec son sourire de service public, son micro de service public à la main.

Savez-vous avec quoi on le faisait chanter ?

Je n'arrivais toujours pas à prononcer un mot.

Je vous l'ai dit, vous n'êtes pas obligé de répondre.

Ils n'avaient rien pour le faire chanter, ai-je dit.

Vous voulez dire qu'il a collaboré avec le ministère de l'Intérieur de son plein gré ?

J'ai repensé au moment où on était assis tous les trois dans la chambre de mon Père, avec le Dr Zenta, le premier mari de ma Mère. Eux deux assis dans les fauteuils, moi, sur le tabouret que j'avais apporté de la cuisine. Il y avait une bouteille de vin et deux verres sur la table. Des allumettes, des cigarettes, un cendrier. Et je demandais alors que faire, si je devais me pendre.

Non, pas de son plein gré. C'est moi qui lui avais dit de signer.

Pardon ?

C'est moi qui lui avais demandé de le faire. Je ne peux pas vous le dire plus clairement.

Éteignez ! Józsi, éteignez immédiatement ! Le son aussi !

Vous vous rendez compte de ce que vous dites ?

Oui.

(chez Kornél)

Place Kossuth, à la sortie du métro, j'ai appelé Kornél. Il m'a dit qu'il m'avait appelé hier toute la matinée. Il m'invitait chez eux. Ils habitaient à Óbuda depuis deux ans, j'y étais déjà allé deux ou trois fois. Un bel endroit, mais malheureusement, il fallait traverser la cité expérimentale. J'avais oublié de composter mon ticket dans le bus, j'ai dû payer une amende. Fondamentalement, elle était gentille, la contrôleuse, elle m'a dit que ce serait moins cher si je payais sur place. L'argent était dans la poche de ma veste, je ne pouvais le sortir qu'en sortant aussi l'écrin avec la médaille. Je lui ai dit de me dresser plutôt un procès-verbal. Elle m'a dit qu'on pouvait s'arranger pour la moitié de la somme. Mais pour ça aussi, j'aurais dû fouiller à côté de la croix pour prendre l'argent, alors nous en sommes restés au procès-verbal. Même si je peux me le permettre, je ne peux toujours pas concevoir d'aller à Óbuda en taxi.

Je préférais la maison de Budafok, mais elle n'existe plus depuis vingt ans. Les nouveaux propriétaires l'ont démolie à moitié, puis l'ont reconstruite correctement. Il n'y a sûrement plus d'escalier branlant ni de portail grinçant. C'est une belle maison, mais elle me laisse froid. Peut-être qu'il me suffirait de m'asseoir dans le jardin et de regarder une fourmi pendant une demi-heure. Du temps, j'en aurais, à vrai dire, ce qui me retient, c'est la peur. De constater que, ni de mon point de vue ni de celui d'un tout-puissant quelconque, j'en sois toujours là où j'étais à l'âge de dix-huit ans.

Quand ils ont enfin emménagé dans cette maison, après celle de Budafok et deux appartements à Budapest, deux des trois garçons étaient déjà partis et même le troisième n'y gardait ses affaires que par charité. En tout cas, l'autre jour, j'ai constaté avec une certaine satisfaction que j'avais quand même une photo des trois enfants ensemble qui pourrait avoir sa place dans une maison familiale.

Kornél m'a montré le journal, j'ai parcouru la liste. Ils ont sélectionné ceux de cinquante-six, les prochaines élections se préparent, j'imagine. Lovas y était aussi. Kőszegi, non. Ça ne veut rien dire, bien sûr.

Je lui ai demandé ce que je devais faire maintenant. Il m'a dit qu'il ne le savait pas. Parfois il tremblait à l'idée de ce qui se passerait si on apprenait aussi quelque chose sur son père à lui.
Rassure-toi, il n'y a rien qu'on puisse apprendre sur lui.
Il y a deux jours, j'aurais dit la même chose du tien.

Nous étions assis dans sa chambre, dans la fenêtre de la maison d'en face, une femme arrosait ses fleurs. Comme autrefois, la vieille derrière le rideau en nylon, celle dont j'avais pris tant de photos ratées. Je me suis dit que si je faisais encore des photos, je tiendrais le Leica de la même façon. Tout au plus, je ferais une mise au point plus précise, mais ça ne rendrait pas la photo meilleure.

Tu sais qui était son officier traitant ? Le premier mari de ma Mère.
D'où tu tiens ça ?
Je le sais. Il a été recruté quand j'ai été exempté.
Je t'en prie, ne recommence pas.

Quoi ?
Tu le sais très bien. Ton autoflagellation.
Là, c'est plutôt à toi de ne pas commencer.

Tu ne peux pas le savoir. Toute cette liste doit être un mensonge.
Oui, il est possible que cette liste soit un mensonge. Mais n'empêche, je le sais. J'ai vécu avec lui.
Moi aussi j'ai vécu avec mon père. Mon père aussi est mort du cancer. Tu ne peux pas le savoir !
Mais si.
Je te l'ai déjà dit, András, ne recommence pas !

Klári a apporté le café et m'a demandé si j'avais déjà des résultats du labo. J'ai dit, peut-être demain. Elle a dit que de toute façon, peu importe, je ne devais en aucun cas aller ici à l'hôpital, c'est des abattoirs. Kornél a dit, tu exagères, ma chérie. Klári a dit qu'elle était connue pour ça, mais quand même, que je n'irais de toute façon pas à l'hôpital ici, elle connaissait quelqu'un à Stockholm. J'ai dit que je craignais que ça n'ait plus d'importance. Elle m'a regardé en silence. Puis elle a dit : Peut-être pour toi. Elle est sortie. Finalement, elle avait raison.

Je savais que j'avais peur, mais je n'imaginais pas à quel point. Sûrement parce que j'avais vu mon Père. Ou plutôt parce que j'avais entendu ses cris de douleur dans la rue. Je n'ai pas la moindre idée de ce qu'il avait écrit, ni à propos de qui. Je ne le saurai jamais. Ce que je sais par contre, c'est que le matin il restait debout devant le miroir. Que rue Thököly, quand j'étais tombé sur eux dans ce bar, il m'avait hurlé à la lumière d'un réverbère de ne pas m'aviser de remettre en question son honnêteté. Et puis que je lui avais dit de signer, parce qu'il avait déjà tiré ses années de prison pour rien. Comme si on pouvait expier l'avenir. Qui aurait pensé en soixante et un, à l'âge de dix-sept ans, que trente-trois ans plus tard, on attraperait des cheveux blancs à cause d'une seule phrase prononcée autrefois.

(les journaux)

Le rédacteur a finalement décidé de ne pas couper cette phrase. Je n'ai pas de télé, je le sais parce que plusieurs personnes m'ont appelé le soir même. Il y en avait qui me plaignaient, d'autres qui m'injuriaient anonymement, encore d'autres qui me demandaient des comptes pour avoir osé salir la mémoire de mon Père.

Le matin, je suis descendu place Lövölde chez le marchand de journaux. Je lui ai demandé quels étaient les journaux les plus importants. L'homme a fait de grands yeux. Je lui ai dit qu'en général, je ne lisais pas les journaux, voilà pourquoi je lui avais posé cette question. Il me fixait toujours, puis gêné, il a fini par dire qu'il y en avait beaucoup, que ça dépendait de ce que je voulais savoir. Je lui ai dit de m'en donner un de chaque, dans ce cas. Il les a assemblés et là, j'ai compris pourquoi il me regardait ainsi. Malgré toutes mes expositions, mes livres, mes distinctions, ma photo n'était jamais parue aussi souvent en une des journaux.

András Szabad avoue avoir été un agent. Le gouvernement décerne un prix au fils d'un mouchard. Le fils endosse le crime de son père. La conscience du photographe des nus a parlé. Il oblige son père à moucharder pour faire carrière à l'étranger – en gros, c'était ça.

Je ne me souviens pas du reste.

Je me suis dit que l'image était quand même plus compréhensible que la parole. Plus équivoque. Un homme se tient sur le boulevard, une canne sur le bras et pose des assiettes par terre. Si je crois que c'est un mendiant ou un magicien, je serai toujours plus proche de la vérité que ne l'est de l'intelligibilité une phrase, comme, par exemple : C'est moi qui lui ai demandé de signer.

À la maison, dans un premier temps j'avais pensé débrancher le téléphone. Puis, finalement, non. Tout valait mieux que le silence. J'ai toujours quelque chose au frigo, j'y veille. J'ai mangé un morceau. Lovas m'a appelé le premier. Il voulait que je demande immédiatement une rectification, cette liste était une calomnie, il n'avait jamais dénoncé personne. Je lui ai dit que je voulais bien le croire, mais que je ne pouvais pas le demander en son nom. Il a dit qu'il n'attendait pas ça de moi, après tout ce qu'il avait fait pour mon Père. Que je n'ose pas donner mon nom pour laver son honneur. Je lui ai dit que lui seul pouvait donner son nom pour ça. Il a dit que mon Père serait déçu en me voyant si lâche. J'ai dit que je pensais qu'il se trompait, il ne serait pas déçu. Puis quelques journalistes m'ont appelé. Je leur ai répondu à tous que ce que je voulais dire à ce sujet avait été dit hier à la télé. Oui, je crois que selon vous, j'ai été irresponsable. Oui, je crois que l'opinion publique a droit de savoir, bien que ce soit plutôt le public qui ait ce droit, madame, pas l'opinion. Oui, je crois bien que ça va faire des remous en Occident. Non, je n'en ai pas peur. Rassurez-vous, monsieur, à Berlin, justement, on ne va pas décrocher mes photos des murs des musées à cause de cette phrase. Oui, je te crois, cher Péter, quand tu dis que tu compatis, mais même toi, je ne peux pas t'en dire plus. Puis j'ai eu un appel de l'hôpital, ils avaient mes résultats. J'imagine que c'est positif. Mais si, vous pouvez me le dire au téléphone, s'il vous plaît. Je m'en fiche que ce ne soit pas si simple, je me fiche de ce qui a contaminé la culture. Oui, je sais ce que veut dire positif. Non, cher Gábor, je ne veux pas organiser une exposition. Il est possible qu'il n'y ait pas meilleure occasion pour toi, et pas parce que j'ai peur, mais parce que je ne voulais pas le faire avant non plus. Pourquoi, qu'est-ce qui avait changé à ce propos ? Chère Sári, oui, tu as raison, tu es gentille mais là, exceptionnellement, ça ne m'intéresse pas de savoir qui d'autre était un mouchard.

Il y a eu dix minutes de silence. Ça ne m'aurait pas dérangé que Lovas me rappelle.

Kornél m'a appelé pour me dire de ne pas regarder les journaux si je n'y étais pas obligé.

Je les ai déjà vus, passe-moi plutôt Klári.

Pourquoi ?

Parce que je veux lui parler à elle, pas à toi.

De quoi tu veux lui parler ?

S'il te plaît, Kornél, passe-moi ta femme.

J'ai attendu. Je le voyais piétiner sur place, craindre que la paix rétablie pour des décennies ne soit à nouveau mise en péril.

Je t'ai dit de me passer ta femme, abruti !

Je suis sa femme, abruti. Alors, qu'est-ce qui se passe ?

Rien. Ils ont dit positif, mais ils veulent faire une autre culture.

N'importe quoi.

Je le pense aussi. Si la mort était en moi, je le sentirais. C'est ce que j'étudie depuis trente ans.

Étudie plutôt autre chose. Je vais parler à Juli. Achète un billet d'avion pour le week-end.

(le chien)

Il y a longtemps, Éva m'avait montré un tableau. Peint par Goya. Je ne le connaissais pas. Il représente un chien. Seulement la tête. Et même cette tête, on la voit à peine. Un ciel immense la surplombe. Une montagne de sable ou de boue se dresse devant. Il la regarde. Comme s'il s'y enfonçait. Comme s'il n'avait même pas quelques minutes à vivre. J'ai pensé au chien qui, sur les conseils des dompteurs de cirque, avait fait un tour dans le ciel étoilé et était revenu vivant. Alors le suivant a pu y aller. Vu de la distance habituelle, on aurait dit que le chien était désespéré. Seulement si on s'approche de très près, on voit qu'en réalité, il est étonné. Qu'il ne comprend pas, tout simplement. Je crois que ce tableau est l'une des représentations les plus pertinentes de l'homme.

Hier soir, j'ai trouvé dans ma boîte aux lettres une carte postale avec ce Goya. Il n'y a pas de timbre dessus, elle l'avait jetée directement. Elle avait écrit dessus : Un chien pour mon père. Anna Zárai. Budapest, Hotel Gellért, chambre 127.

J'ai peur, plus que je n'avais peur autrefois d'accrocher mes photos sur un mur blanc.

Ou que dernièrement pendant trois mois, jusqu'à ce qu'il s'avère que je n'ai qu'un simple kyste dans la gorge, rien de grave.

Elle lui a donné le nom de ma Mère.

(Noël blanc)

Aujourd'hui, il a neigé. Au petit matin, j'ai voulu regarder les anciennes photos d'Éva. J'en trouverais peut-être une où elle regarde l'objectif comme une mère. J'avais tout simplement oublié que je les avais toutes brûlées à cause d'une exposition à la con. Il est vrai que je ne savais pas encore que c'étaient des photos de famille. Puis je me suis dit que j'allais lui envoyer ma dernière photo d'Ariane et Thésée dans leurs fauteuils roulants avec la petite fille qui pousse un cerceau en bois. Puis je me suis dit que je n'allais pas donner à mon enfant une dernière photo alors que je la voyais pour la première fois. Finalement j'ai pris mon Leica. J'ai fait une photo des pommes alignées sur mon bureau. Je devais me dépêcher, parce qu'en hiver vers neuf heures du matin, le soleil n'éclaire ma table que quelques minutes. Elle n'était pas meilleure que mes premières photos, mais ça n'a pas d'importance maintenant. Je l'ai développée au format carte postale et j'ai écrit au verso que je préparais le dîner.

Dans la matinée, j'ai acheté un sapin au marché couvert de la place Hunyadi. Puis j'ai appelé Kornél pour lui dire que je ne pourrais pas venir. Il m'a demandé ce qui s'était passé, je lui ai dit qu'il n'y avait pas de problème. On se verra demain, je te raconterai, joyeux Noël, à Klári aussi. J'ai vidé le coin de la pièce et installé le sapin là où on l'avait mis pendant sept ans avec Éva. J'ai dressé la table, allumé trois bougies et mis la carte postale avec le chien de Goya sous le sapin.

Il ne reste presque plus personne. Ni ma Mère, ni mon Père. Ni János Kádár. Ni Éva. Et pourtant, tout est presque pareil. Une maille à l'endroit, une maille à l'envers, une maille à l'endroit. L'année dernière, les cendres de Horthy ont été rapatriées, le pont de Mostar a été dynamité, des avions de chasse ont survolé Sarajevo chaque nuit. Au printemps, les socialistes ont gagné main dans la main avec ceux qui les avaient renversés quatre ans auparavant. C'était bizarre, mais je crois que c'est tout simplement comme ça. J'aurai cinquante-cinq ans quand ils seront renversés à leur tour. Pas encore soixante quand mon petit-enfant commencera à marcher. Quand il apprendra à lire et écrire, je ne saurai toujours pas pourquoi ma Mère est morte juste cette nuit-là, pourquoi je fais des photos, si mon Père a nui à qui que ce soit hormis lui-même, si j'ai été un bon Hongrois, si Dieu existe.

C'est tellement bien qu'elle m'ait envoyé ce malheureux chien.

Je suis heureux.
Rien de plus que cela ne pouvait arriver.

OUVRAGE RÉALISÉ
PAR L'ATELIER GRAPHIQUE ACTES SUD
REPRODUIT ET ACHEVÉ D'IMPRIMER
EN JANVIER 2022
PAR NORMANDIE ROTO IMPRESSION S.A.S.
À LONRAI
POUR LE COMPTE DES ÉDITIONS
ACTES SUD
LE MÉJAN
PLACE NINA-BERBEROVA
13200 ARLES

DÉPÔT LÉGAL
1re ÉDITION : FÉVRIER 2022
N° impr. : 2106903
(Imprimé en France)